Alle Rechte, einschließlich das des vollständigen oder
auszugsweisen Nachdrucks in jeglicher Form, sind vorbehalten.

Alle handelnden Personen in dieser Ausgabe sind frei erfunden.
Ähnlichkeiten mit lebenden oder verstorbenen Personen wären rein zufällig.

Der Preis dieses Bandes versteht sich einschließlich
der gesetzlichen Mehrwertsteuer.

Umwelthinweis:
Dieses Buch wurde auf chlor- und säurefreiem Papier gedruckt.

Die Liebe hat das letzte Wort

Nora Roberts
Wilde Flammen
Seite 7

Debbie Macomber
Du bist wie ein Engel
Seite 159

Jayne Ann Krentz
Wild und fordernd wie du
Seite 289

Tess Oliver
Deine Augen verraten viel
Seite 415

MIRA® TASCHENBUCH
Band 20068

2. Auflage: August 2017
Copyright © 2017 by MIRA Taschenbuch
in der HarperCollins Germany GmbH
Deutsche Erstveröffentlichung

Titel der amerikanischen Originalausgaben:
Untamed
Copyright © 1983 by Nora Roberts
erschienen bei: Silhouette Books, Toronto
Aus dem Amerikanischen von Sonja Sajlo-Lucich

Almost an Angel
Copyright © 1989 by Debbie Macomber
erschienen bei: Silhouette Books, Toronto
Aus dem Amerikanischen von Tanja Herbst

A Woman's Touch
Copyright © 1989 by Jayne Ann Krentz
erschienen bei: HQE Mira, Toronto
aus dem Amerikanischen von Ruth von Benda

Red, Red Rose
Copyright © 1980 by Teri Kovak Shapiro
erschienen bei: Silhouette Books, Toronto
Aus dem Amerikanischen von N.n.

Published by arrangement with
Harlequin Enterprises II B.V./S. à r. l.

Umschlaggestaltung: büropecher, Köln
Redaktion: Maya Gause
Titelabbildung: Harlequin; Thinkstock/LiliGraphie
Satz: GGP Media GmbH, Pößneck
Druck und Bindearbeiten: GGP Media GmbH, Pößneck
Printed in Germany
Dieses Buch wurde auf FSC®-zertifiziertem Papier gedruckt.
ISBN 978-3-95649-658-5

www.mira-taschenbuch.de

Werden Sie Fan von MIRA Taschenbuch auf Facebook!

Nora Roberts

Wilde Flammen

Roman

Aus dem Amerikanischen von
Sonja Sajlo-Lucich

1. Kapitel

Ein Peitschenknall, und zwölf Löwen hoben ihre Vordertatzen in die Luft. Ein zweiter, und sie sprangen von einem Hocker auf den nächsten. Geschmeidig und fließend, in perfekter Übereinstimmung. Nur mit der Stimme und einigen sparsamen Handzeichen hielt die Dompteuse die kräftigen goldenen Körper in Bewegung.

„Gut gemacht, Pandora."

Kaum hörte sie ihren Namen, sprang die massige Löwin zu Boden und rollte sich auf die Seite. Ein Tier nach dem anderen folgte ihrem Beispiel, bis alle zwölf leise knurrend und schnaubend ausgestreckt in der Mitte der Manege lagen.

„Und ... Kopf hoch!"

Die Tiere gehorchten, während die Dompteuse die Reihe abschritt. Dann warf sie die Dressurpeitsche beiseite und legte sich mit einer anmutigen Bewegung quer über die warmen Körper. Der Löwe in der Mitte, eine afrikanische Großkatze mit beeindruckender Mähne, ließ lautes Gebrüll hören und wurde dafür mit einem ausgiebigen Kraulen hinter den Ohren belohnt.

Die Dompteuse erhob sich, klatschte in die Hände, und alle Löwen standen auf. Dann, indem sie den Namen jedes einzelnen Tieres rief und mit einem schlichten Wink der Hand, schickte sie alle durch den Gittergang zurück in ihre Käfige.

Ein Löwe blieb zurück, kam auf die junge Frau zu und rieb die prächtige dunkle Mähne an ihrem Bein wie eine Hauskatze. Mit einer schnellen Handbewegung zog die Dompteuse eine Kette unter der Mähne hervor und schwang sich auf Merlins Rücken. So ritt sie eine Runde durch die Manege und auf den Hinterausgang zu, wo der Wagen mit den Käfigen stand.

„Also, Duffy?" Jolivette Wilder, von allen nur Jo genannt, schloss sorgsam die Käfigtür. Dann drehte sie sich um und fragte erwartungsvoll: „Was denkst du? Sind wir bereit, auf Tour zu gehen?"

Duffy war ein kleiner, rundlicher Mann mit schütterem braunen Haar und unzähligen Sommersprossen im Gesicht. Mit seinem offenen Lächeln und den fröhlichen blauen Augen wirkte er wie ein gealterter Chorknabe, doch sein Verstand war hellwach und messerscharf. Er war der beste Manager, den der *Circus Colossus* je gehabt hatte.

„Morgen geben wir in Ocala unsere Eröffnungsvorstellung. Also solltest du besser bereit sein", erwiderte er mit sonorer Stimme und nahm den Zigarrenstummel aus dem linken Mundwinkel, um ihn in den rechten zu stecken.

Jo lächelte nur und machte einige Lockerungsübungen. „Meine Katzen sind mehr als bereit, Duffy. Es war ein langer Winter. Wir müssen alle wieder an die Arbeit."

Duffy runzelte die Stirn. Er war nur wenige Zentimeter größer als die Löwenbändigerin, die ihn mit ihren großen mandelförmigen Augen unverwandt anschaute. Grün waren diese Augen, smaragdgrün, umrandet von dichten schwarzen Wimpern. Im Moment schauten diese Augen amüsiert, aber Duffy hatte auch schon einen ängstlichen und schrecklich verlorenen Ausdruck in ihnen gesehen.

Er steckte die Zigarre noch einmal in den anderen Mundwinkel und paffte, während Jo einem der Helfer Anweisungen gab.

Er musste an Steve Wilder denken. Jos Vater war der beste Dompteur weit und breit gewesen. Seine Tochter konnte genauso gut mit den Raubkatzen umgehen wie er, wenn nicht sogar besser. Dabei hatte sie das Aussehen ihrer Mutter geerbt – zierlich, der dunkle, leidenschaftliche Typ.

Jos Mutter war eine berühmte Trapezkünstlerin gewesen, eine zarte Frau mit großen grünen Augen und schwarzem glatten Haar, das ihr bis zur Taille fiel. Und ihre Tochter war ihr beinahe wie aus dem Gesicht geschnitten.

Jos Brauen waren fein geschwungen, die Nase klein und gerade, hohe Wangenknochen, volle Lippen. Ihre Haut war von der Sonne Floridas leicht gebräunt und verlieh ihr ein exotisches Aussehen. Sie besaß eine Schönheit, die durch ihr enormes Selbstvertrauen und die lebhafte Art noch gesteigert wurde.

Jo hatte das Gespräch mit dem Tierhelfer beendet und hakte sich jetzt bei Duffy unter. Dieses Stirnrunzeln kannte sie. „Hat jemand gekündigt?", fragte sie, während sie gemeinsam zu Duffys Bürowagen gingen.

„Nein."

Nur selten antwortete Duffy so einsilbig. Doch da sie ihn seit Jahren kannte, hob sie nur eine Augenbraue und hielt ihre Zunge im Zaum.

Überall auf dem Gelände wurde geprobt. Vito, der Seiltänzer, gab seiner Darbietung den letzten Schliff auf einem Drahtseil, das zwischen zwei Bäume gespannt war. Die Mendalsons riefen sich Kommandos zu, während die Jonglierkeulen durch die Luft flogen. Die Dressurpferde wurden in ihre Ställe zurückgebracht. Jo erblickte eines der Stevenson-Mädchen, das auf Stelzen balancierte. Die Kleine war jetzt sechs, aber Jo erinnerte sich noch genau daran, wie sie zur Welt gekommen war.

In jenem Jahr durfte Jo zum ersten Mal allein im Löwenkäfig arbeiten. Sechzehn war sie damals gewesen und hatte noch ein ganzes Jahr warten müssen, bevor sie auch vor Publikum auftreten durfte.

Ein anderes Zuhause als den Zirkus hatte Jo nie gekannt. Sie war während der Winterpause geboren worden und im Frühjahr im Wagen der Eltern zum ersten Mal mit auf Tour gegangen – wie auch jedes darauffolgende Jahr. Von ihrem Vater hatte sie die Faszination und das Talent für die Arbeit mit den Großkatzen geerbt, von ihrer Mutter die Grazie und Geschmeidigkeit ihrer Bewegungen.

Inzwischen war es fünfzehn Jahre her, dass sie die Eltern verloren hatte, doch das Erbe würde ihr immer bleiben. Als Kind hatte Jo mit Löwenbabys gespielt, war auf Elefanten geritten und hatte mit Schellen an den Füßen getanzt. Sie lebte in einer Welt der Fantasie, war ständig unterwegs, zog von einem Ort zum anderen.

Jo sah auf die Narzissen, die vor dem Büro des *Colossus*-Winterquartiers wuchsen, und lächelte. Sie selbst hatte sie gepflanzt, damals, als sie dreizehn und endlos verliebt in einen Artisten gewesen war.

Sie erinnerte sich auch gut an jenen Mann, der ihr damals Ratschläge für das Setzen der Zwiebeln und für gebrochene Herzen gegeben hatte. Als sie an Frank Prescott dachte, wurde ihr Lächeln traurig.

„Ich kann immer noch nicht glauben, dass er nicht mehr bei uns ist", murmelte sie und stieg mit Duffy in den Wagen.

Der Bürowagen war nur spärlich möbliert mit einem Schreibtisch, metallenen Aktenschränken und zwei abgenutzten Stühlen. Poster bedeckten die Wände, Poster, die das Wunderbare, das Einzigartige, das Unglaubliche versprachen – tanzende Elefanten, fliegende Menschen, Löwen, auf denen man reiten konnte. Akrobaten, Clowns, unbesiegbare Männer und gigantische Damen brachten die verzauberte Atmosphäre der Zirkusarena in den engen Büroraum.

Als Jo zu der schmalen Tür schaute, folgte Duffy ihrem Blick. „Ich erwarte eigentlich, ihn jeden Moment zu sehen, wie er durch die Tür gestürmt kommt, voller Begeisterung für irgendeine neue, verrückte Idee."

Duffy machte sich an der Kaffeemaschine zu schaffen, die sein ganzer Stolz war. „Wirklich?"

Mit einem Seufzer ließ Jo sich rittlings auf einem der Stühle nieder, faltete die Arme auf der Rücklehne und stützte das Kinn darauf ab. „Er wird uns allen fehlen. Ohne ihn wird es nie mehr das Gleiche sein." Plötzlich schaute sie mit wütendem Blick auf. „Er war doch noch kein alter Mann, Duffy. Ein Herzinfarkt ist etwas für alte Männer." Düster starrte sie vor sich hin. Frank Prescotts Tod war so ungerecht.

Frank war Anfang fünfzig gewesen, und immer hatte ihm ein Lachen auf den Lippen gelegen. Ein Mann von unverfälschter Herzlichkeit, endloser Güte und Wärme. Jo hatte ihn von ganzem Herzen geliebt und ihm bedingungslos vertraut. Die Trauer um ihn war nahezu schlimmer als die um ihre Eltern. Solange sie denken konnte, war Frank das Zentrum ihres Lebens gewesen.

„Es ist jetzt fast sechs Monate her." Duffys Stimme klang rau, als er ihr einen Becher Kaffee reichte.

„Ich weiß." Sie nahm den Becher entgegen und hielt ihn mit beiden Händen, um sich zu wärmen. Der frühe Märzmorgen war noch kühl. Resolut schüttelte sie die düstere Stimmung ab. Frank würde nicht wollen, dass man sich seinetwegen grämte.

Jo starrte in den Kaffee und nippte vorsichtig. Wie erwartet schmeckte er scheußlich. „Stimmt es, dass wir die gleiche Route nehmen wie letztes Jahr? Dreizehn Staaten." Lächelnd beobachtete Jo, wie Duffy zusammenzuckte und hastig seinen Kaffee hinunterstürzte. „Du bist doch nicht abergläubisch, oder?" Dabei wusste sie, dass er immer ein vierblättriges Kleeblatt in seiner Brieftasche trug.

„Pah!", schnaubte er verächtlich, lief aber unter den Sommersprossen vor Verlegenheit rot an. Er stellte seinen Becher ab und ging um den Schreibtisch herum, um sich zu setzen. Als er die Hände über dem zerfledderten Kalender verschränkte, wusste Jo, dass er jetzt zum Geschäftlichen kommen würde. „Morgen um sechs sollten wir in Ocala ankommen", setzte er an, und pflichtschuldig nickte Jo. „Bis neun müssen die Zelte aufgebaut sein."

„Die Parade ist dann um zehn vorbei, und um zwei kann die Matinee-Vorstellung beginnen", ergänzte sie lächelnd. „Duffy, ich soll doch hoffentlich nicht wieder während der Parade eine kleine Dressurnummer vorführen, oder?"

„Ich denke, wir werden gutes Publikum haben", wich er geschickt einer Antwort aus. „Bonzo sagt, wir werden auch gutes Wetter bekommen."

„Bonzo sollte besser seine Stürze und das Stolpern üben." Argwöhnisch beobachtete sie, wie Duffy auf seiner erkalteten Zigarre kaute. „Also los, sag schon, was anliegt."

„In Ocala wird jemand zu uns stoßen, zumindest für eine gewisse Zeit." Er schürzte die Lippen, während sein Blick auf Jos Gesicht ruhte. „Ich weiß nicht, ob er bis zum Ende der Saison bei uns bleibt."

„Oh Duffy, doch nicht irgendein Neuzugang, oder? Dann müssten wir das ganze Programm umstellen. Oder ist er etwa ein brotloser Schriftsteller, der einen epischen Roman über das Aussterben des Wanderzirkus schreiben will? Einer, der ein paar Wochen mit uns herumzieht, jedem kurz über die Schulter schaut und danach behauptet, er wüsste alles, was es über die Zirkuswelt zu wissen gibt."

„Ich glaube nicht, dass er den anderen über die Schulter schauen will." Duffy hielt ein Streichholz an seinen Zigarrenstummel und brachte ihn umständlich wieder zum Glühen.

„Es ist ein bisschen spät, um eine neue Nummer einzustudieren, oder?"

„Er ist kein Artist." Duffy fluchte leise, bevor er Jo wieder ansah. „Ihm gehört der Zirkus."

Eine Weile sagte Jo gar nichts und saß vollkommen regungslos da, ein Trick, den sie auch beim Training mit jungen Raubkatzen anwendete. „Nein!" Abrupt sprang Jo auf und schüttelte wild den Kopf. „Nein, nicht er. Nicht jetzt. Wieso muss er mitkommen? Was will er hier?"

„Es ist sein Zirkus", wiederholte Duffy rau.

„Es war nie sein Zirkus und wird nie sein Zirkus sein", bestritt Jo ungestüm. Ihre großen grünen Augen schienen Funken zu sprühen.

Dabei ließ sie ihrem Temperament eigentlich nur sehr selten die Zügel schießen. „Es ist Franks Zirkus."

„Frank ist tot", bemerkte Duffy leise. Es klang endgültig. „Jetzt gehört der Zirkus seinem Sohn."

„Franks Sohn?", fragte Jo ihn beißend. Mit an die Schläfen gedrückten Fingern ging sie zum Fenster des Zirkuswagens hinüber.

Draußen ergoss sich strahlendes Sonnenlicht über das Gelände. Die Trapezakrobaten, flauschige Bademäntel über den eng anliegenden Trikots, gingen ins Zelt, um ihre Nummer zu üben. Überall liefen Artisten umher, das Gemisch der verschiedenen Sprachen war Jo so vertraut, dass sie es nicht einmal mehr bemerkte.

Sie stützte sich auf der Fensterbank ab und atmete tief durch, um ihre Beherrschung wiederzufinden. „Was für ein Sohn ist das, der es nie nötig gehabt hat, seinen Vater zu besuchen? Dreißig Jahre hat er Frank nicht gesehen. Er hat nie geschrieben. Er ist nicht einmal zur Beerdigung gekommen."

Mit aller Macht unterdrückte Jo die heißen Tränen der Wut, die in ihren Augen brannten, und schluckte den dicken Kloß in ihrer Kehle hinunter. „Warum taucht er jetzt auf?"

„Du wirst lernen müssen, dass jede Medaille zwei Seiten hat, Mädchen", sagte Duffy brüsk. „Vor dreißig Jahren warst du noch nicht einmal auf der Welt. Du kannst nicht wissen, wieso Franks Frau ihn damals verlassen hat und warum der Junge sich nie gemeldet hat."

„Er ist kein Junge mehr, Duffy, er ist ein Mann." Sie hatte sich wieder unter Kontrolle und drehte sich mit einem Ruck um. „Er muss jetzt ein-, zweiunddreißig sein. Ein erfolgreicher Anwalt in Chicago. Richtig wohlhabend. Wusstest du das?" Ein Lächeln umspielte ihre Lippen, erreichte aber ihre Augen nicht. „Übrigens nicht nur durch seine Arbeit. Die Familie mütterlicherseits muss wohl sehr gut betucht sein. Alter Geldadel, wie ich gehört habe. Ich verstehe nicht, warum sich ein reicher Anwalt aus der Stadt für einen kleinen Zirkus interessieren sollte."

Duffy zuckte die Schultern. „Vielleicht braucht er eine Abschreibungsmöglichkeit für seine Steuern, oder er will einfach nur mal auf einem Elefanten reiten, wer weiß das schon. Vielleicht hat er ja auch vor, unseren Zirkus aufzulösen und Stück für Stück zu verkaufen."

„Oh Duffy, nein!" Jos Miene verfinsterte sich erneut. „Das darf er nicht tun!"

„Er darf tun und lassen, was er will", brummte Duffy und drückte die Zigarre aus. „Wenn er uns entlassen will, dann entlässt er uns eben."

„Aber wir haben doch ein festes Engagement, bis in den Oktober ..."

„Komm schon, Jo, du bist doch gar nicht so naiv." Mit gerunzelter Stirn kratzte Duffy sich das schüttere Haar. „Er kann uns eine Abfindung zahlen, oder er lässt unsere Verträge eben nach und nach auslaufen. Der Typ ist Anwalt. Wenn er es darauf anlegt, kann er jeden Vertrag aushebeln. Oder er wartet eben, bis wir neue Verhandlungen anfangen, und lässt sie dann alle kippen. Hey, es muss ja nicht so kommen", versuchte er abzuwiegeln, als er Jos entsetzte Miene sah. „Dass er all das tun könnte, heißt noch lange nicht, dass er es auch tun wird."

Jo fuhr sich mit den Fingern durchs Haar. „Können wir denn nichts unternehmen?"

„Wir können ihm am Ende der Saison unsere Bilanz vorlegen", meinte Duffy sachlich. „Wir zeigen dem neuen Besitzer, was wir ihm zu bieten haben. Er muss erkennen, dass wir nicht nur irgendein kleiner Rummel sind, sondern ein Zirkus mit einem Unterhaltungsprogramm von Weltrang. Er soll sehen, was Frank aufgebaut hat, wie er gelebt hat, was er erreichen wollte. Und ich denke", Duffy hielt inne und beobachtete Jos Gesicht genau, „du solltest die Aufgabe übernehmen, es ihm zu zeigen."

„Ich?" Jo war viel zu verdattert, um empört zu sein. „Wieso? Du bist doch für solche Sachen wie Öffentlichkeitsarbeit viel qualifizierter als ich." Ein Anflug von Bosheit schlich sich in ihre Stimme. „Ich trainiere Löwen, nicht Anwälte."

„Du standest Frank näher als jeder andere. Und es gibt niemanden hier, der den Zirkus besser kennt als du." Die Falte auf seiner Stirn wurde tiefer. „Du bist intelligent. Hätte nie gedacht, dass all die klugen Bücher, die du liest, mal zu was gut sein könnten. Aber da habe ich mich wohl geirrt."

„Duffy." Ihre Lippen verzogen sich zu einem Lächeln. „Nur weil ich Gedichte gelesen habe, ist das keine Garantie, dass ich mit Keane Prescott fertig werde. Wenn ich nur an ihn denke, werde ich schon wütend. Wie soll das erst aussehen, wenn ich ihm gegenüberstehe?"

„Na", Duffy zuckte mit den Schultern, „wenn du meinst, du wirst nicht mit ihm fertig ..."

„Das habe ich nicht gesagt", murmelte Jo.

„Natürlich, wenn du Angst vor ihm hast ..."

„Ich habe vor nichts und niemandem Angst, schon gar nicht vor einem Anwalt aus Chicago, der Sägespäne nicht von Mist unterscheiden kann."

Sie steckte die Hände in die Hosentaschen und begann in dem kleinen Raum auf und ab zu marschieren. „Wenn Keane Prescott, seines Zeichens Rechtsanwalt, einen Sommer beim Zirkus verbringen will, dann werde ich mein Bestes tun, um es zu einem unvergesslichen Erlebnis für ihn zu machen."

„Aber sei nett zu ihm", mahnte Duffy noch, als sie auf die Tür zuging.

„Duffy", sie lächelte ihm unschuldig zu, „du weißt doch, was für ein sanftes Händchen ich habe." Und zur Bekräftigung knallte sie die Tür hinter sich zu.

Der Morgen graute am Horizont, als die Zirkuskarawane sich auf der großen Weide aufstellte. Das schwache Licht am Himmel ließ Farben nur erahnen. In der Ferne konnte man verschwommen riesige Orangenhaine sehen.

Als Jo aus der Fahrerkabine ihres Trucks ausstieg, sog sie den Duft der Blüten ein, der in der Luft hing. Ein perfekter Morgen, befand sie. Für sie gab es nichts Großartigeres, als zu beobachten, wie ein junger Tag sich anschickte, seine volle Schönheit zu entfalten.

Es war noch kühl. Jo zog den Reißverschluss ihrer grauen Kapuzenjacke zu. Jetzt stieg auch der Rest der Truppe aus den Wagen und Autos und Lastern. Schon bald drang munteres Stimmengewirr durch die Morgenluft. Alle machten sich sofort an die Arbeit. Als das große Hauptzelt aufgerollt wurde, ging Jo nachsehen, wie ihre Löwen die fünfzig Meilen Fahrt überstanden hatten.

Drei Helfer entluden die Reisekäfige. Von diesen drei Männern, die sich mit Leib und Seele dem Zirkusleben verschrieben hatten, war Buck derjenige, der am längsten dabei war. Er hatte schon für Jos Vater gearbeitet und sogar eine eigene kleine Dressurnummer einstudiert, die er in der Zeit nach dem Tode von Steve Wilder vorführte, bis Jo ihr Debüt gab. Buck war fast zwei Meter groß, mit einer wilden blonden Mähne und einem buschigen Vollbart. Mit seiner Statur trat er auf dem Zirkusplatz als Herkules der Unbesiegbare auf. Dabei war er in Wahrheit so schüchtern, dass jeder erleichtert gewesen war, als er die Nummer in der Manege aufgab. Für Buck waren mehr als zwei Leute schon ein Menschenauflauf. Er hatte riesige Hände, doch Jo konnte sich noch gut daran erinnern, mit welcher Sanftheit er zwei Löwenbabys auf die Welt geholfen hatte.

Neben ihm wirkte Pete nahezu wie ein Zwerg. Das Alter des drahtigen Mannes war nicht zu bestimmen, Jo schätzte ihn irgendwo zwischen vierzig und fünfzig. Vor fünf Jahren hatte der ruhige Pete mit der tiefen Stimme bei Jo um einen Job nachgefragt. Sie hatte nie von ihm wissen wollen, woher er kam, und er hatte es ihr nie gesagt. Ohne Baseballkappe und Kaugummi im Mund traf man Pete nie an. Oft lieh er sich eines von Jos vielen Büchern, und in jeder Pokerrunde war er der ungeschlagene König.

Gerry war noch sehr jung, gerade einmal neunzehn Jahre alt. Groß und schlaksig, war er begierig, so viel wie möglich zu lernen, um eines Tages selbst mit den Löwen zu arbeiten. Jo konnte den Ehrgeiz des Jungen nachempfinden. Auch sie hatte damals so gefühlt, und daher hatte sie schließlich zugestimmt, Gerry unter ihre Fittiche zu nehmen.

„Wie geht es meinen Lieblingen?", fragte sie. Vor jedem Löwenkäfig blieb sie stehen und redete leise auf die Tiere ein, bis sie sich beruhigt hatten. „Sie haben es gut überstanden, nicht wahr? Hamlet ist noch ein wenig nervös, aber es ist ja auch sein erstes Jahr auf Tour."

„Er ist ziemlich aggressiv", murmelte Buck.

„Ja, ich weiß", erwiderte Jo abwesend. „Und er ist ziemlich intelligent."

Sie hatte das Haar zu einem dicken Zopf geflochten, den sie jetzt über die Schulter zurückwarf. „Sieh nur, da kommen schon die Ersten aus der Stadt", sagte sie, als ein paar Autos und Motorräder auf die Weide einbogen.

Es waren Leute aus der Gegend, die sich für den Zirkus interessierten. Sie wollten zusehen, wie das große Hauptzelt aufgebaut wurde; manche würden spontan mit Hand anlegen und Masten halten oder Leinen ziehen. Als Dank für ihre Hilfe würden sie Freikarten für die Vorstellung und damit ein unvergessliches Erlebnis erhalten.

„Haltet sie mir nur von den Käfigen fern", wies Jo ihre Helfer an, und Pete nickte.

Auf der Weide herrschte geschäftiges Treiben. Überall lagen jetzt Drahtseile und Stützmasten. Sechs Elefanten warteten auf ihr Kommando, um die Seile anzuziehen, während die Männer Masten positionierten und Segeltuch spannten. Ganz langsam richtete sich das große Zelt auf und nahm Gestalt an.

Im Osten stieg die Sonne jetzt immer höher und färbte den fahlen Himmel mit einem kräftigen Rot. Kommandos hallten durch die Luft, Lachen und auch hie und da ein deftiger Fluch. Jo gab Maggie, der afrikanischen Elefantenkuh, ein Zeichen, und gehorsam senkte diese den Rüssel. Vorsichtig stellte Jo einen Fuß darauf und kletterte mit Maggies Hilfe auf ihren Rücken.

Die ersten Sonnenstrahlen fielen auf das große Feld. Der Duft der Orangenblüten vermischte sich mit dem Geruch von Leder und Tieren. Unzählige Male hatte Jo miterlebt, wie das Zelt aufgebaut wurde. Jedes Mal war es faszinierend, doch das erste Mal nach der langen Winterpause war immer etwas Besonderes. Maggie hob den großen Kopf und trompetete laut, so als wolle sie ihre Vorfreude auf die neue Saison kundtun.

Lachend klopfte Jo dem Elefanten auf die graue Schulter. Sie fühlte sich frei und voller Tatendrang und unglaublich lebendig. Ließe sich ein Augenblick in einer Flasche einfangen, um ihn für immer aufzubewahren, so würde sie ganz gewiss diesen hier wählen. Wenn ich dann alt bin, dachte sie, dann öffne ich die Flasche und fühle mich wieder jung. Zufrieden vor sich hin lächelnd, ließ sie den Blick über die geschäftigen Menschen dort unten schweifen.

Ein Mann, der bei einer Kabelrolle stand, zog ihre Aufmerksamkeit auf sich. Wie immer fiel ihr der Körperbau zuerst auf. Eine wohlproportionierte Figur war nun einmal unerlässlich für einen Artisten. Dieser Mann dort war schlank und stand sehr gerade. Gute Schultern, wie ihr auffiel, aber sie bezweifelte, dass die Arme übermäßig muskulös waren. Auch wenn er Jeans und T-Shirt trug, sah man ihm auf den ersten Blick den Stadtmenschen an. Sein Haar war von einem dunklen Blond, der Morgenwind hatte die Strähnen durcheinandergeweht, sodass sie ihm in die Stirn fielen. Er hatte ein attraktives Gesicht mit markanten Zügen. So unwirklich schön wie Vito sah er nicht aus, aber dieses Gesicht strahlte etwas aus – Entschlusskraft und Wachsamkeit.

Jo gefiel dieses Gesicht, ihr gefielen der feste Mund, die markanten Wangenknochen und die bernsteinfarbenen Augen. Am meisten jedoch sagte ihr die Offenheit in dem Blick zu, der jetzt auf ihr lag. Unwillkürlich musste sie an Ari denken, ihren Lieblingslöwen, der ebenso neugierig und unerschrocken dreinblicken konnte. Eigentlich war sie sich ziemlich sicher, dass der Mann sie schon viel länger ansah als sie ihn. Diese Unverblümtheit beeindruckte sie. Er starrte weiter zu ihr hin, ohne sein Interesse verhehlen zu wollen. Lachend warf sie sich den Zopf über die Schulter.

„Haben Sie Lust auf einen kleinen Ausritt?", rief sie zu ihm hinüber. Als Zirkusartistin war Jo viel zu sehr an fremde Menschen gewöhnt, um verlegen oder distanziert zu sein. Sie sah, wie er überrascht eine Augenbraue hochzog. Es reizte sie, herauszufinden, ob er auch in anderer Hinsicht ihrem Lieblingslöwen ähnelte. „Kommen Sie, Maggie tut Ihnen nichts. Sie ist sanft wie ein Lamm, nur eben ein bisschen größer."

Er hatte die Herausforderung in ihren Worten gehört und angenommen. Jo beobachtete, wie er über die Weide zu ihr kam. Er bewegte sich schnell und geschmeidig, sein Gang gefiel ihr ebenfalls.

Jo klopfte mit dem Stock leicht hinter Maggies Ohr, und gehorsam knickte der Elefant die Vorderbeine ein. Jo hielt dem Fremden die Hand hin, und mit erstaunlicher Beweglichkeit schwang er sich hinter sie auf den Rücken des großen Tieres.

Einen Moment lang war Jo verdattert über den Stromstoß, der durch ihren Arm gefahren war, als sie die Hand des Fremden berührt hatte. Aber der Kontakt war so kurz gewesen, dass sie sich das sicher nur eingebildet hatte.

„Auf, Maggie." Jo schlug noch einmal leicht hinter Maggies Ohr, und Maggie gehorchte. Sie setzte sich schaukelnd in Bewegung.

„Gehört es zu Ihren Gewohnheiten, fremde Männer auf diese Weise aufzugabeln?", fragte der Mann hinter ihr. Er hatte eine angenehme tiefe Stimme.

Jo sah lächelnd über die Schulter zurück. „Maggie ist für das Aufgabeln zuständig."

„Ja, scheint so. Wissen Sie eigentlich, dass es hier oben extrem unbequem ist?"

Jo lachte übermütig. „Dann sollten Sie erst mal versuchen, während der Parade durch die Stadt mehrere Kilometer auf ihr zu reiten und gleichzeitig immer schön zu lächeln."

„Danke, ich passe lieber. Kümmern Sie sich um die gute Maggie?"

„Nein. Aber ich kann mit ihr umgehen. Sie haben übrigens die gleichen Augen wie eine meiner Katzen. Das mag ich. Und da Sie scheinbar an Maggie und mir interessiert waren, habe ich Sie hierherauf eingeladen."

Dieses Mal war es der Mann, der auflachte. Jo drehte sich um. Sie wollte sehen, was mit seinem Gesicht geschah, wenn er lachte. Humor strahlte aus seinen Augen, und er zeigte eine gerade Reihe blendend weißer Zähne. Dieses Lächeln gefiel ihr, und so erwiderte sie es.

„Faszinierend. Sie laden mich zu einem Ritt auf einem Elefanten ein, weil ich Augen wie eine Ihrer Katzen habe. Ohne die gute Maggie beleidigen zu wollen, aber mein Interesse galt eigentlich mehr Ihnen."

„So?" Fragend schürzte Jo die Lippen. „Wieso?"

Sekundenlang betrachtete er sie schweigend. „Sie scheinen es wirklich nicht zu wissen."

„Sonst würde ich nicht fragen. Es wäre doch reine Zeitverschwendung, eine Frage zu stellen, wenn ich die Antwort schon kenne." Sie beugte sich leicht vor. „Halten Sie sich gut fest", sagte sie nach hinten. „Maggie muss sich nämlich jetzt ihr Frühstück verdienen."

Die Masten standen noch schief im Boden. Ein Helfer befestigte eine der vielen Spannleinen an Maggies Fußring, und vorsichtig trieb Jo den Elefanten an, zeitgleich mit den anderen Tieren. Das Hauptzelt richtete sich auf, straffte sich und stand nun gerade und beeindruckend groß in der Morgensonne. Maggie und die anderen Elefanten hatten ihre Arbeit gut erledigt.

„Ist es nicht imposant?", murmelte Jo.

Vito schlenderte vorbei und rief Jo etwas auf Italienisch zu. Sie winkte und antwortete ihm in seiner Sprache, dann gab sie Maggie den Befehl, wieder hinzuknien. Jo wartete, bis ihr Passagier abgestiegen war, bevor sie selbst vom Rücken des großen Tieres glitt.

Zurück auf dem Boden, stellte sie überrascht fest, dass ihr Gast fast so groß wie Buck war. Sie musste den Kopf zurücklegen, um ihm ins Gesicht sehen zu können.

„So riesig haben Sie gar nicht gewirkt, als ich da oben auf Maggie saß", sagte sie mit der ihr eigenen Offenheit.

„Dafür wirkten Sie nicht so klein."

Jo lachte vergnügt und klopfte Maggie liebevoll auf die Schulter. „Werden Sie sich die Vorstellung ansehen?" Sie wollte, dass er kam, sie wollte ihn wiedersehen. Ein verwirrender Wunsch, wie sie sich eingestand. Bisher hatten ihre Löwen immer an erster Stelle gestanden. Männer hatten nur selten eine Rolle gespielt. Und außerdem hatte sie sich noch nie für Stadtmenschen begeistern können.

„Ja, ich komme zur Vorstellung." Ein kleines Lächeln auf den Lippen, musterte er Jo nachdenklich. „Treten Sie auch auf?"

„Ich mache die Katzennummer."

„Aha. Ich hätte Sie mir eher am Trapez vorstellen können."

Sie lächelte. „Meine Mutter war Trapezkünstlerin." Jemand rief nach ihr, und sie drehte sich um. Ihre Hilfe wurde beim Aufbau der kleineren Nebenzelte verlangt. „Ich muss gehen. Ich hoffe, Ihnen gefällt unsere Show."

Bevor sie sich abwenden konnte, nahm er ihre Hand. „Ich würde Sie heute Abend gerne sehen."

Sie hob den Kopf und erwiderte seinen Blick. „Warum?" Es war eine ehrliche Frage. Ja, auch sie wollte ihn sehen, aber sie hatte keine Ahnung, warum das so war.

Dieses Mal lachte er nicht. Er ließ ihren langen Zopf durch seine Finger gleiten. „Weil Sie schön sind und ich fasziniert von Ihnen bin."

„Oh." Jo hätte sich nie als schön bezeichnet. Auffallend vielleicht, wenn sie in ihrem Kostüm von Löwen umringt war, aber hier, in Jeans und ungeschminkt? Sie bezweifelte es. Dennoch, ein interessanter Gedanke. „Na gut, einverstanden. Wenn es keine Probleme mit meinen Katzen gibt. Ari fühlt sich nämlich nicht wohl."

„Tut mir leid, das zu hören." Ein Lächeln zuckte um seinen Mund.

Wieder erscholl ihr Name, diesmal schon lauter und ungeduldiger. Beide drehten die Köpfe in die Richtung, aus der gerufen wurde.

„Sie werden gebraucht", sagte er. „Bevor Sie gehen, können Sie mir vielleicht noch zeigen, wer Bill Duffy ist?"

„Duffy?", wiederholte Jo überrascht. „Sie suchen doch nicht etwa nach einem Job?"

Ihre Ungläubigkeit ließ ihn grinsen. „Warum nicht?"

„Weil Sie nicht der Typ dafür sind."

„Gibt es denn einen bestimmten Typ?" Seine Frage klang sowohl interessiert als auch amüsiert.

„Ja, und Sie gehören auf jeden Fall nicht dazu." Jo schüttelte leicht den Kopf.

„Um ehrlich zu sein, ich suche keinen Job", gab er zu. „Aber ich suche Bill Duffy."

Es war nicht Jos Art zu drängen. Im Zirkus wurde Privatsphäre hoch angesehen und respektiert. So beschattete sie mit einer Hand die Augen und sah sich auf dem Gelände um, bis sie Duffy zusammen mit anderen Männern beim Aufbau des Küchenzeltes erblickte. „Duffy ist der mit der rot karierten Jacke." Sie zeigte mit dem ausgestreckten Arm in die Richtung. „Er zieht sich immer an wie ein Ausrufer."

„Ein was?"

„Sie würden es wahrscheinlich Conférencier nennen. Oder Marktschreier."

Mühelos kletterte sie wieder auf Maggies Rücken. „Sagen Sie Duffy, dass Jo Sie schickt. Er soll Ihnen eine Freikarte geben." Damit winkte sie ihm zu und gab Maggie das Kommando, sich in Bewegung zu setzen.

2. Kapitel

Jo spähte durch den Bühnenvorhang und wartete auf ihren Einsatz. Neben ihr stand Jamie Carter alias Topo der Clown. Seit drei Generationen stellten die Carters die Clowns, und Jamie trug sein grell geschminktes Gesicht und seine orangerote Perücke mit Stolz und Souveränität. Jung und schlaksig, wie er war, nutzte er seine Vorteile und bot seine Nummer mit ehrlicher Begeisterung dar.

Für Jo war Jamie mehr als ein Freund, fast wie ein Bruder. Die beiden waren praktisch zusammen aufgewachsen.

„Und sie hat wirklich nichts gesagt?", fragte er Jo jetzt schon zum dritten Mal.

Mit einem Seufzer ließ Jo den Vorhang zurückfallen. In der Manege unterhielten die Pausenclowns das Publikum, während der große Käfig für die Löwennummer aufgebaut wurde.

„Nein, Carmen hat kein Wort gesagt. Ich weiß wirklich nicht, warum du deine Zeit mit ihr vergeudest." Ihre Antwort klang recht scharf.

„Von dir erwarte ich auch gar nicht, dass du so etwas verstehst", erwiderte Jamie pikiert. Würdevoll reckte er die schmalen Schultern. „Schließlich ist Ari der Vertreter des anderen Geschlechts, dem du bisher am nächsten gekommen bist."

„Wie nett von dir." Jo war nicht wirklich beleidigt. Ihr Ärger rührte eher daher, dass Jamie sich wegen Carmen Gribalti, der mittleren Schwester der „Fliegenden Gribaltis", zum Narren machte. Carmen war eine exotische dunkle Schönheit, graziös, außergewöhnlich talentiert, hochnäsig und – absolut desinteressiert an Jamie.

Als Jo jetzt in Jamies geschminktes Gesicht sah, konnte sie die traurigen Augen hinter der Maske erkennen, und ihr Ärger verflog. „Wahrscheinlich hat sie einfach nur noch keine Zeit gefunden, deinen Brief zu beantworten", versuchte sie den Jungen zu beschwichtigen. „Du weißt doch, am ersten Tag der Saison geht immer alles drunter und drüber."

„Ja, möglich", murmelte Jamie in sich hinein. „Ich weiß wirklich nicht, was sie an Vito findet."

Jo sah das Bild des gut aussehenden Seiltänzers plötzlich vor sich, seine kecken Augen, sein charmantes Grinsen, seinen perfekt durchtrainierten Körper. Sie hielt es für klüger, nichts davon zu erwähnen. „Tja, die Geschmäcker sind eben verschieden", erwiderte sie diplomatisch und setzte einen herzhaften Kuss auf Jamies dicke rote Plastiknase. „Ich persönlich schmelze immer dahin, wenn ich einen Mann mit struppigen orangeroten Haaren sehe."

Jamie grinste. „Du weißt eben, worauf es ankommt."

Jo spähte wieder durch den Vorhang. Nicht mehr lange, und Jamie musste in die Manege. „Hast du heute zufällig einen Typ aus der Stadt hier herumlungern sehen?"

„Ungefähr drei Dutzend", kam die trockene Antwort, während Jamie den Eimer mit Konfetti aufhob, den er für seine Nummer brauchte.

Jo warf ihm einen kurzen Blick zu. „Nicht einer von den üblichen Besuchern. Ungefähr Anfang dreißig, groß, dunkelblondes Haar, trug Jeans und T-Shirt." Das Lachen aus dem Zirkuszelt war so laut, dass ihre Worte kaum noch zu verstehen waren.

„Ja, hab ich." Jamie schob sie beiseite, es war Zeit für seinen Auftritt. „Ging mit Duffy ins Büro." Und dann stürzte Topo, der Clown, mit roter Nase und übergroßen Turnschuhen wild Konfetti verteilend durch den Vorhang und in die Manege.

Mit gerunzelter Stirn sah Jo hinter dem Vorhang zu, wie Topo unter dem lauten Gelächter des Publikums seine drei Clownskameraden durch die Manege jagte.

Seltsam, dass Duffy einen Städter mit in den Bürowagen nahm. Schließlich hatte jener doch gesagt, er suche nicht nach einem Job. Ein Wanderarbeiter war er auf keinen Fall, irgendwie haftete ihm die Solidität eines Sesshaften an. Er war auch kein Artist von einem anderen Zirkus, dazu waren seine Hände zu weich. Und, fügte sie in Gedanken hinzu, während sie sich auf Babette, die schneeweiße Araberstute, schwang, diesen Mann umgab ganz eindeutig die Aura von Erfolg. Und Autorität. Nein, einen Job beim Zirkus hatte er ganz bestimmt nicht gesucht.

Es ärgerte Jo, dass es einem Fremden gelungen war, sich in ihre Gedanken zu schleichen. Während der Parade durch die Stadt hatte sie unwillkürlich nach ihm Ausschau gehalten, und selbst jetzt ließ sie den Blick um die Arena schweifen, ob er nicht im Publikum saß.

Bei der Matinee war er nämlich nicht anwesend gewesen. Sie klopfte der Stute den Hals und lauschte der Ansage des Zeremonienmeisters.

„Sehr verehrtes Publikum, meine Damen und Herren", rief jener aus. „Werden Sie Zeuge der atemberaubendsten Sensation im Zirkuszelt. Begrüßen Sie Jolivette, die Königin der Raubkatzen!"

Jo stieß ihre Fersen leicht in Babettes Seiten und galoppierte in die Manege. Applaus brandete auf für die zierliche Frau im schwarzen Cape mit den fliegenden schwarzen Haaren, auf denen ein Strassdiadem saß.

Jo ließ die Dressurpeitschen knallen und ritt einmal um die Manege, dann glitt sie vor dem Eingang zum Käfig vom Rücken der Stute und zog sich mit einer schwungvollen Handbewegung das Cape von den Schultern, während Babette zum Bühnenvorhang zurückgaloppierte und dort von einem Helfer in Empfang genommen wurde.

Jos Kostüm war ein eng anliegendes weißes Trikot, besetzt mit unzähligen goldenen Pailletten. Das lange schwarze Haar, das ihr offen über den Rücken fiel, bildete einen dramatischen Kontrast.

Es muss ein echter Auftritt sein. Das waren immer Franks Worte gewesen. Und Jo machte ihren Auftritt.

Die zwölf Großkatzen saßen bereits auf ihren blau-weißen Hockern rund um den Gitterkäfig. Für das Publikum sah es nach Routine aus, wenn der Dompteur den Hauptkäfig betrat. Doch Jo wusste, es war der kritischste Moment der ganzen Show. Sie musste zwischen zwei erhöht sitzenden Katzen hindurchlaufen, deshalb positionierte sie immer ihre beiden zahmsten Löwen auf diesen Hockern. Doch sollte einer von ihnen gereizt oder auch nur in Spiellaune sein, konnte er mit der Pfote nach ihr schlagen. Selbst bei eingezogenen Krallen konnte sie dann verletzt werden, wenn nicht sogar noch etwas Schlimmeres passierte.

Schnell ging Jo durch die Tür in den Käfig hinein und war jetzt eingekreist von ihren Raubkatzen. Das Scheinwerferlicht brach sich in den Pailletten ihres Kostüms und in den Strasssteinen der Tiara. Tanzende Lichtreflexe erschienen auf dem goldenen Fell der Tiere. Jo knallte mit der Peitsche, nur für den Effekt, denn es war ihre Stimme, der die Katzen gehorchten.

Ohne Unterbrechung zeigte Jo einen Dressurakt nach dem anderen; sie mochte keinen Stillstand in ihrer Show, wo sie sich auf

Willenskämpfe mit dem Tier einließ. Sie wollte ein Bild malen, wollte die kraftvolle Eleganz der Katzen herausstellen, nicht deren Gefährlichkeit. Das Publikum sah nur die spielerische Mühelosigkeit, mit der Jo mit den Tieren umging. In Wahrheit jedoch war jeder Muskel in ihrem Körper angespannt. Sie war so auf die Raubkatzen konzentriert, dass sie die vielen Menschen gar nicht wahrnahm.

Sie stand in der Mitte der Manege, während die großen Katzen über sie hinwegsprangen. Der Luftsog bewegte ihr Haar. Auf ihr leises Kommando hin brüllten die Löwen, ab und zu schlug eines der Tiere sogar nach dem Peitschenstock, und Jo musste es mit einem scharfen Ruf ermahnen. Sie schickte ihren besten Springer durch einen brennenden Reifen, ließ ihren besten Balancierer auf einem großen silbernen Ball durch das Zirkusrund laufen. Und sie genoss den Applaus, der sie begleitete, als sie auf Merlin zur Manege hinausritt.

Am Hinterausgang sprang Merlin in seinen Käfigwagen. Pete schob den Sicherheitsriegel vor. „Perfekte Show", gratulierte er Jo und reichte ihr den flauschig-warmen Bademantel. „Alles mal wieder bestens gelaufen."

„Danke." Hastig wickelte sie sich in den Bademantel. Die Frühlingsnacht war frisch, vor allem nach den heißen Scheinwerfern dort im Zelt. „Hör zu, Pete, sag Gerry, dass er den Tieren ihr Futter später geben kann. Heute sind sie alle brav."

Pete blies sein Kaugummi auf und ließ die Blase platzen. „Das wird den Jungen in Hochstimmung versetzen", gluckste er vergnügt.

Als er in den Truck steigen wollte, um den Wagen zu den anderen Löwenkäfigen zurückzufahren, rief Jo ihm nach: „Pete. Du behältst ihn aber im Auge, ja?"

Grinsend kletterte Pete in die Fahrerkabine. „Um wen hast du Angst, Jo? Um deine großen Katzen oder um den mageren Jungen?"

„Um beide", antwortete sie lachend. Die Strasssteine blitzten, als sie den Kopf zurückwarf. Ihr blieb noch eine gute Stunde, bevor alle Artisten sich zur abschließenden Verbeugung in der Manege versammelten. Sie würde ins Küchenzelt gehen und sich einen Kaffee genehmigen.

Auf dem Weg dorthin ging sie in Gedanken noch einmal Schritt für Schritt ihre Vorstellung durch. Ja, es war gut gelaufen. Und wenn

Pete sagte, dass die Show perfekt gewesen war, dann war sie das auch gewesen.

In den letzten fünf Jahren hatte sie sich mehr als einmal Petes Kritik anhören müssen. Zugegeben, Hamlet hatte ihr hin und wieder Probleme gemacht, aber das wussten nur sie und der Löwe. Wenn es überhaupt jemandem aufgefallen war, dann Buck. Jo schloss die Augen und rollte mit den Schultern, um die verspannten Muskeln zu lockern.

„Das ist schon eine außergewöhnliche Nummer, die Sie da vorführen."

Beim Klang der Stimme drehte sich Jo hastig um. Ihr Puls begann schneller zu schlagen. Ein wenig wunderte sie sich schon über ihr eigenartiges Interesse an einem Mann, den sie gar nicht kannte. Trotzdem musste sie zugeben, dass sie darauf gewartet hatte, ihn zu treffen. Sie freute sich, ihn zu sehen, und zeigte es auch.

„Hallo." Er nahm die teuer aussehende Sonnenbrille ab und kam auf Jo zu. Wieder fiel ihr auf, wie elegant und doch kräftig seine Hände wirkten.

„Hat Ihnen die Vorstellung gefallen?"

Direkt vor ihr blieb er stehen und musterte ihr Gesicht so durchdringend, dass Jo schon glaubte, ihr Bühnen-Make-up sei verschmiert. Dann lachte er plötzlich auf. „Wissen Sie, als Sie heute Morgen von Ihrer Katzennummer sprachen, hatte ich mir eigentlich siamesische vorgestellt, nicht afrikanische."

„Siamesische?", wiederholte Jo verständnislos, dann lachte auch sie, als sie verstand. „Sie meinen Hauskatzen." Er steckte ihr eine Strähne hinters Ohr, noch während sie sich vorstellte, wie sie versuchte, eine Siamkatze dazu zu bringen, durch einen brennenden Reifen zu springen.

„Aus meiner Sicht ergab das sehr viel mehr Sinn", er ließ die Strähne durch seine Finger gleiten, „als wenn so ein winziges Persönchen wie Sie sich in einen Käfig mit zwölf ausgewachsenen Löwen begibt."

„Ich bin nicht winzig", widersprach sie unbeschwert. „Und außerdem, den Löwen ist die Größe egal."

„Ja, wahrscheinlich." Er sah ihr in die Augen. „Warum tun Sie das?"

„Warum?" Es machte ihr Freude, ihn zu betrachten, und so hielt sie seinem Blick stand. „Es ist mein Beruf."

An seiner Miene erkannte sie, wie unbefriedigend diese schlichte Antwort für ihn war. „Vielleicht sollte ich fragen, wie Sie dazu gekommen sind, Löwen zu zähmen."

„Mit Löwen zu arbeiten", berichtigte sie automatisch. Applaus drang durch die kühle Abendluft zu ihnen herüber. Jo blickte in Richtung Zelt. „Jetzt treten die Beirots auf. Die sollten Sie nicht verpassen, sie sind wirklich Weltklasseakrobaten."

„Sie wollen es mir nicht sagen?"

Es interessierte ihn wirklich? „Nun, es ist kein Geheimnis. Mein Vater war Dompteur, und ich scheine die Begeisterung für diesen Beruf von ihm geerbt zu haben. Ich arbeite gerne mit den Katzen. Und so kam irgendwann eins zum anderen." Genauer hatte Jo noch nie über ihren Berufsweg nachgedacht. Mit einem Schulterzucken tat sie es ab. „Sie sollten Ihr Ticket nicht verfallen lassen und hier draußen herumstehen. Sie können vom Bühneneingang aus zusehen." Sie wollte sich umdrehen und vorgehen, doch als er nach ihrer Hand griff, blieb sie stehen.

Er stand jetzt so nahe vor ihr, dass sie sich fast berührten. Jo konnte die Wärme spüren, die er ausstrahlte, und ihr Herz begann schneller zu schlagen, einen harten, stetigen Rhythmus. So schlug es auch, wenn sie zum ersten Mal zu einem neuen Löwen in den Käfig ging. Das hier war auch neu.

Sie wunderte sich noch über dieses unbekannte Gefühl, als er die Hand ausstreckte und die Finger sacht an ihre Wange legte. Jo rührte sich nicht, doch sie hob den Blick und sah ihn an, wachsam, neugierig und beherzt.

„Werden Sie mich jetzt küssen?" Es war eine Frage, die eher neugierig denn hingebungsvoll oder gar verträumt klang.

Im dämmrigen Licht funkelten seine Augen amüsiert auf. „Ich muss gestehen, der Gedanke ist mir gekommen. Hätten Sie etwas dagegen?"

Jo überlegte. Ihr Blick glitt zu seinem Mund. Dieser Mund gefiel ihr, und sie fragte sich, wie es sich wohl anfühlen mochte, von ihm geküsst zu werden. Ohne dass er näher rückte, hielt er ihre Hand und legte die andere an ihren Nacken. Jo sah wieder in seine Augen. „Nein", entschied sie, „ich habe nichts dagegen."

Ein Mundwinkel zuckte, als er den Griff an ihrem Nacken ein wenig fester werden ließ. Langsam beugte er den Kopf. Gespannt und leicht argwöhnisch behielt Jo die Lider geöffnet und sah unentwegt in seine Augen. Augen verrieten mehr über Menschen und Katzen als alles andere. Zu ihrer Überraschung schloss er seine Augen ebenfalls nicht, auch nicht, als ihre Lippen sich berührten.

Es war ein sanfter Kuss, ohne Drängen, fast nur ein Hauch. Fasziniert spürte Jo die Erde unter ihren Füßen beben und fragte sich, ob die Elefanten wohl schon zur Manege hinausgeführt wurden. Aber das konnte unmöglich sein, es war noch viel zu früh. Mit den Lippen strich er leicht über ihren Mund, ohne den Blick von ihr zu wenden, und Jos Puls begann zu hämmern.

So standen sie da, berührten einander kaum, während hinter ihnen tosender Applaus aus dem Zelt drang. Ohne Eile zeichnete er mit der Zungenspitze ihre Lippenkonturen nach und lockte sie dazu, die Lippen zu öffnen. Noch immer drängte er nicht, neckte nur. Und doch spürte Jo, wie ihr Atem schneller ging. Mit einem leisen Seufzer schloss sie die Lider.

Für einen Augenblick gab sie sich völlig dem wunderbaren neuen Gefühl hin. Sie lehnte sich an ihn und seufzte zufrieden, während der Kuss andauerte.

Nach einer kleinen Ewigkeit löste er sich ein wenig von ihr, hob jedoch kaum den Kopf, als er die Lippen von ihrem Mund nahm.

In ihrem Kopf drehte sich alles, und erstaunt stellte Jo fest, dass sie sich auf die Zehenspitzen gestellt hatte, um den Größenunterschied zwischen ihnen auszugleichen. Seine Hand lag noch immer an ihrem Nacken, im Licht der Dämmerung glänzten seine Augen golden.

„Was für eine außergewöhnliche Frau Sie sind, Jolivette", murmelte er. „Sie stecken voller Überraschungen."

Jo fühlte sich lebendig wie nie. Ihre Haut prickelte, und das Blut rauschte in ihren Adern. „Ich kenne nicht einmal Ihren Namen", meinte sie lächelnd.

Er lachte leise und ergriff ihre andere Hand. Bevor er jedoch etwas sagen konnte, hörten sie Duffy vom Hauptzelt zu ihnen herüberrufen. Und da kam er auch schon auf sie zu.

„Sieh einer an", meinte er jovial. „Ich wusste ja nicht, dass ihr euch schon getroffen habt. Hat Jo Sie herumgeführt?" Er war bei ihnen angekommen und legte eine Hand auf Jos Schulter. „Ich wusste doch, dass ich mich auf dich verlassen kann, Mädchen." Jo sah ihn verdattert an, doch bevor sie ihn fragen konnte, fuhr er fort: „Ja, unsere Kleine hier zeigt eine wirklich tolle Show, nicht wahr? Sie wusste schon immer ganz genau, was sie wollte. Und sie kennt den Zirkus besser als jeder andere. Ist im Zirkus geboren und aufgewachsen."

Jo lächelte. Wenn Duffy in dieser Werbelaune war, konnte ihn so oder so niemand aufhalten. „Wenn Sie irgendeine Frage haben, Jo kann sie Ihnen beantworten. Natürlich stehe ich Ihnen ebenfalls zur Verfügung. Alles, was Sie über Verträge oder die Buchführung wissen wollen – fragen Sie mich nur." Duffy paffte an seiner Zigarre, und zum ersten Mal meldete sich eine ungute Ahnung in Jo.

Wieso redete Duffy von Buchführung und Engagements? Jo sah zu dem Mann, der noch immer ihre Hände hielt und Duffy mit einem amüsierten Lächeln betrachtete.

„Sind Sie etwa Buchhalter?", fragte sie perplex, doch da klopfte Duffy ihr lachend auf die Schulter.

„Du weißt doch, Mr. Prescott ist Anwalt, Jo. Also, verpass deinen Einsatz nicht, Mädchen." Damit nickte er den beiden fröhlich zu und trollte sich wieder davon.

Bei Duffys leicht dahingeworfener Bemerkung hatte Jo sich unmerklich versteift, doch Keane war es nicht entgangen. Mit zusammengezogenen Brauen musterte er sie. „Jetzt kennen Sie meinen Namen."

„Ja." Alle Wärme, die sie zuvor verspürt hatte, schwand mit einem Schlag. „Würden Sie bitte meine Hände loslassen, Mr. Prescott." Ihre Stimme war so kühl wie ihr Blut.

Keane zögerte kurz, doch dann folgte er ihrem Wunsch. Hastig steckte Jo die Hände in die Taschen des Bademantels. „Meinen Sie nicht, dass wir uns inzwischen mit Vornamen anreden können, Jo?"

„Ich versichere Ihnen, Mr. Prescott, hätte ich vorher gewusst, wer Sie sind, wäre es nie so weit gekommen", erwiderte sie würdevoll. Innerlich jedoch fühlte sie sich betrogen und erniedrigt.

Die frohe Stimmung des Abends war dahin. Der Kuss, bei dem sie sich vorhin noch so lebendig gefühlt hatte, erschien ihr mit einem Mal billig und abgeschmackt. Nein, sie würde diesen Mann nicht mit Vornamen ansprechen, niemals, das schwor sie sich. „Wenn Sie mich dann bitte entschuldigen wollen, ich habe noch ein paar Dinge zu erledigen, bevor ich wieder in die Manege muss."

„Warum ziehen Sie sich zurück?" Er hielt sie am Arm fest. „Mögen Sie keine Anwälte?"

Jo betrachtete ihn kalt. Wie hatte sie den Mann heute Morgen nur so völlig falsch einschätzen können? „Ich beurteile Menschen nicht nach ihrem Berufsstand, Mr. Prescott."

„Ich verstehe." Keanes Ton wurde ebenfalls um mehrere Grade kühler. „Dann muss es wohl an meinem Namen liegen. Haben Sie etwas gegen meinen Vater?"

Wut blitzte in Jos Augen auf. Abrupt entriss sie ihm ihren Arm. „Frank Prescott war der großzügigste, liebenswerteste, herzlichste und uneigennützigste Mensch, den ich je getroffen habe. Sie, Mr. Prescott, würde ich nie in einem Atemzug mit Frank nennen. Darauf haben Sie kein Recht." Nur mit Mühe hielt sie ihre Stimme unter Kontrolle. Nein, sie würde nicht schreien, kein Aufsehen erregen, keine Szene machen. Das hier würde zwischen ihr und Keane Prescott bleiben. „Es wäre besser gewesen, Sie hätten mir von Anfang an gesagt, wer Sie sind. Dann hätte es dieses dumme Missverständnis nicht gegeben."

„Ist es das, was sich hier abgespielt hat? Ein Missverständnis?", fragte er leise.

Seine Gelassenheit ließ Jo fast die Beherrschung verlieren. Am liebsten hätte sie ihn geohrfeigt. Sie verdrängte die Wut und hielt ihre Stimme kühl und sachlich. „Sie haben kein Recht auf Franks Zirkus, Mr. Prescott", wiederholte sie. „Dass er Ihnen den Zirkus überlassen hat, ist das Einzige, was ich ihm übel nehme."

Da sie merkte, wie ihre Beherrschung schwand, wirbelte sie herum und rannte über die Weide in die Dunkelheit hinein.

3. Kapitel

Obwohl noch früh am Morgen, war es bereits erstaunlich warm. Auf dem neuen Zirkusplatz gab es keine Bäume, die Schatten spendeten. Es roch nach warmer Erde.

Früh im Morgengrauen war der Zirkus weiter nach Norden gezogen. In den Duft der Erde mischten sich andere Gerüche: nach Segeltuch, Leder, Pferdeschweiß, Schmieröl und Kaffee. Die Zirkuswagen hatten sich im Kreis aufgestellt, die übliche Formation, wenn sie auf ihrer Reise durch das Land irgendwo anhielten. Die wehende Fahne über dem Küchenzelt signalisierte, dass das Frühstück serviert wurde. Das Hauptzelt war fertig aufgestellt und bereit, das Publikum für die Matinee-Vorstellung zu empfangen.

Rose eilte quer durch das Wagenrund zu den Tierkäfigen. Das braune Haar hatte sie zu einem festen Knoten im Nacken zusammengesteckt, ihre braunen Augen glitten suchend über das Gelände. Als sie Jo vor Aris Käfig erblickte, wickelte sie den Frotteebademantel fester um sich, rief, winkte und verfiel in leichten Trab. Jo sah zu ihr hin. Rose war immer für eine angenehme Ablenkung gut, und Jo konnte dringend Ablenkung gebrauchen.

„Hi, Jo." Atemlos kam Rose neben Jo zu stehen. „Ich habe nur ein paar Minuten. Hallo, Ari", fügte sie aus reiner Höflichkeit hinzu. „Sag, Jo, hast du Jamie gesehen? Ich suche ihn."

„Dachte ich mir schon." Jo wusste, Rose hatte sich in den Kopf gesetzt, Jamie zu erobern. Und wenn er auch nur einen Funken Verstand hat, dachte sie lächelnd, dann lässt er sich von Rose einfangen, anstatt Carmen anzuhimmeln. Alberne Herzensangelegenheiten! Löwen waren da viel unkomplizierter. „Nein, ich habe ihn heute Morgen noch nicht gesehen, Rose. Vielleicht probt er seine Nummer."

„Eher schmachtet er wohl Carmen an." Rose warf einen verächtlichen Blick zum Wagen der Gribaltis. „Er macht sich zum Narren."

„Dafür wird er ja auch bezahlt", versuchte Jo zu scherzen, aber Rose stand im Moment wohl nicht der Sinn nach einem Witz. Jo seufzte, sie mochte die natürliche und unbeschwerte Rose. „Gib nicht auf", sagte sie mitfühlend. „Manchmal ist er ein bisschen begriffsstutzig, du weißt schon. Im Moment ist er noch fasziniert von Carmen, aber das legt sich wieder."

„Ich weiß überhaupt nicht, warum ich mir solche Mühe gebe", grummelte Rose, doch ihre schlechte Laune verflog bereits. „So gut sieht er ja nun wirklich nicht aus."

„Nein", stimmte Jo zu. „Aber seine Nase ist niedlich."

„Nur gut, dass ich Rot mag." Jetzt lachte Rose schon wieder. „Da wir gerade von gut aussehend reden ..." Ihr Blick glitt in die Ferne. „Wer ist das?"

Jo sah über die Schulter zurück, und das Lachen schwand aus ihren Augen. „Das ist der Besitzer."

„Keane Prescott? Warum hat mir keiner gesagt, dass er so gut aussieht und so groß ist!" Mit einem bewundernden Lächeln schaute Rose ihm entgegen. „Diese Schultern! Jamie kann von Glück sagen, dass ich eine so treue Seele bin."

„Du kannst von Glück sagen, dass deine Mutter das nicht gehört hat", murmelte Jo und fing sich dafür einen Ellbogenstoß in die Rippen ein.

„Er kommt gerade her, *amiga*. Würde Jamie mich so ansehen, dann hätte mein Papa ihn schon längst mit mir vor den Altar geschleift!"

„Du bist ja verrückt", schimpfte Jo verärgert.

„Nein, Jo, ich bin romantisch."

Das Lächeln ließ sich nicht zurückhalten, doch als sie zu Keane hinübersah, bemühte sie sich hastig darum, eine unbeteiligte Miene aufzusetzen.

„Guten Morgen, Jolivette."

Er sprach ihren Namen mit einer solchen Selbstverständlichkeit aus, als würde er sie schon seit Jahren kennen. „Guten Morgen, Mr. Prescott." Neben ihr hüstelte Rose betont unauffällig. „Darf ich Ihnen Rose Sanchez vorstellen?"

„Es ist mir eine Ehre, Mr. Prescott." Mit einem Lächeln, das sie sich eigentlich nur für Jamie vorbehielt, streckte Rose die Hand aus. „Wie ich höre, reisen Sie mit uns."

Keane schüttelte lächelnd die dargebotene Hand. Voller Unmut erkannte Jo dieses offene, freundliche Lächeln wieder. Erst gestern hatte sie es auf seinem Gesicht gesehen. Doch da hatte sie noch nicht gewusst, wer er in Wahrheit war. „Hallo, Rose. Freut mich, Sie kennenzulernen."

Da Rose das Blut in die Wangen stieg, hielt Jo es für angebracht, diese rührende Szene zu unterbrechen. Sie würde Keane Prescott keine Eroberung erlauben. „Rose, du hast nur noch zehn Minuten und bist noch nicht geschminkt."

„So ein Mist!" Rose vergaß völlig, sich verführerisch zu geben. „Ich muss mich beeilen!" Und schon rannte sie los. „Sag Jamie bloß nicht, dass ich ihn gesucht habe", rief sie über die Schulter zurück. Dann blieb sie kurz stehen und drehte sich um. „Ich werde ihn später schon finden", fügte sie lachend hinzu und eilte weiter.

Keane sah ihr nach, wie sie mit gerafftem Bademantel zwischen den Zirkuswagen hindurchrannte. „Wirklich bezaubernd."

„Sie ist erst achtzehn", konnte Jo sich eine Erwiderung nicht verkneifen.

Mit amüsiertem Blick wandte Keane ihr das Gesicht zu. „Ich werde diese Information unter ‚Beratung' abspeichern. Und was genau macht die achtzehn Jahre alte Rose hier im Zirkus?" Er hakte die Daumen in die Gürtelschlaufen. „Kämpft sie mit Alligatoren?"

„Nein." Jo zuckte nicht mit der Wimper. „Rose ist Serpentina, die Schlangenbeschwörerin." Seine ungläubige Miene entschädigte sie ein wenig.

Er steckte ihr eine Strähne hinters Ohr, bevor sie ausweichen konnte, und ignorierte das unwillige Aufflackern in den grünen Augen. „Kobras?"

„Und Boas", ergänzte sie übertrieben liebenswürdig. Sie wischte sich den Staub von der ausgewaschenen Jeans. „Wenn Sie mich jetzt entschuldigen wollen …"

„Nein." Ein Wort nur, sachlich und neutral, doch Jo hörte unmissverständlich die Autorität heraus. Sie musste sich beherrschen, um nicht aufzubegehren. Immerhin, *er* war der Besitzer.

„Mr. Prescott", setzte sie höflich an, schließlich sollte es nicht nach Meuterei aussehen, „ich bin wirklich sehr beschäftigt. Ich muss mich für die Nachmittagsshow vorbereiten."

„Ihnen bleiben noch einige Stunden bis zu Ihrem Auftritt", erwiderte er sachlich. „Ich denke, Sie können einen kleinen Teil dieser Zeit für mich abzweigen. Schließlich obliegt Ihnen die Aufgabe, mich herumzuführen. Warum fangen wir nicht gleich jetzt mit der Führung an?"

Der Ton der Frage ließ nur eine Antwort zu. Jo zerbrach sich den Kopf, wie sie sich aus dieser Situation herauswinden könnte, doch im Moment blieb ihr wohl nichts anderes übrig. Kein leichter Gegner, dachte sie und hielt seinem Blick stand. Erst werde ich ihn genauer studieren müssen, bevor ich den Kampf mit ihm aufnehme.

„Wo möchten Sie anfangen?", fragte sie ergeben.

„Mit Ihnen."

Eine tiefe Falte erschien auf ihrer Stirn. „Wie meinen Sie das? Ich verstehe nicht ganz."

Einen Moment lang studierte er sie genau. Nein, da war keine Durchtriebenheit, keine Verschlagenheit in ihrem Blick. „Das sehe ich", meinte er schließlich. „Lassen Sie uns bei Ihren Löwen beginnen."

„Oh." Ihre Stirn glättete sich sofort. „Ja, natürlich." Sie sah zu, wie er eine Zigarette hervorholte und sie anzündete, bevor sie anhob: „Ich habe dreizehn – sieben Männchen und sechs Weibchen. Allesamt afrikanische Löwen, zwischen viereinhalb und zweiundzwanzig Jahre alt."

„Aber in Ihrer Show waren doch nur zwölf Tiere?" Keane ließ das Feuerzeug zurück in die Tasche gleiten.

„Stimmt. Ari ist im Ruhestand." Jo deutete auf den Käfig, in dem ein großer Löwe vor sich hin döste. „Er reist mit, weil er schon immer dabei war, aber ich arbeite nicht mehr mit ihm. Er ist der Älteste, zweiundzwanzig. Er wurde in Gefangenschaft geboren und hat schon mit meinem Vater gearbeitet. Dad hat ihn behalten, weil Ari am gleichen Tag geboren wurde wie ich." Jo seufzte. „Er ist der Letzte, der noch von der Truppe meines Vaters übrig ist. Ich könnte ihn niemals an einen Zoo verkaufen. Das wäre, als würde man einen greisen Verwandten ins Altersheim abschieben. Er ist sein ganzes Leben bei diesem Zirkus gewesen, genau wie ich. Sein Name ist übrigens das hebräische Wort für ‚Löwe'."

In glückliche Erinnerungen versunken lachte Jo auf und hatte den Mann neben sich fast vergessen. „Dad hat immer Namen ausgesucht, die irgendetwas mit ‚Löwe' zu tun hatten – Leo, Leonhard, Leonora. Zu seiner Glanzzeit war Ari der beste Springer überhaupt. Klettern konnte er auch, was lange nicht alle Katzen tun. Ari konnte ich alles beibringen. Nicht wahr, mein Guter, du bist eine clevere Katze." Der alte Löwe reagierte sofort auf ihre sanfte Stimme. Er öffnete die Augen und starrte sie unverwandt an, dann ließ er ein zustimmendes Knurren hören und schlief wieder weiter. „Er ist so müde." Jo klang bedrückt. „Zweiundzwanzig ist alt für einen Löwen."

Bevor sie sich abwenden konnte, hatte Keane die Trauer in ihren Augen gesehen und legte ihr eine Hand auf die Schulter. „Was ist denn?"

„Er stirbt", antwortete sie gepresst. „Und ich kann nichts für ihn tun." Abrupt steckte sie die Hände in die Taschen und ging zum nächsten Käfig. Bis Keane ihr folgte, hatte sie zweimal tief durchgeatmet und ihre Fassung wiedererlangt. „Mit diesen zwölfen arbeite ich", sagte sie und zeigte mit einer ausholenden Geste in die Runde. „Gefüttert werden sie einmal pro Tag. Rohes Fleisch an sechs Tagen, am siebten Milch und Eier. Sie alle wurden aus Afrika importiert und waren schon an den Käfig gewöhnt, als sie herkamen."

Orgelklänge drangen zu ihnen herüber, die Melodie ließ sie wissen, dass das Zirkusgelände inzwischen für Besucher geöffnet war.

„Das da ist Merlin. Er ist derjenige, auf dem ich am Ende der Vorstellung hinausreite. Er ist zehn und die gutmütigste Katze, mit der ich je gearbeitet habe. Heathcliff hier", fuhr sie fort und ging zum nächsten Käfig, „ist der beste Springer der Gruppe. Er ist sechs. Und das ist Faust", sagte sie beim nächsten Käfig. „Unser Baby mit viereinhalb." Die Tiere marschierten in ihren Käfigen auf und ab, während Jo mit Keane weiterging. Sie konnte sich nicht zurückhalten und gab Faust ein Zeichen mit der Hand, woraufhin der Löwe gehorsam ein ohrenbetäubendes Brüllen hören ließ. Leider zuckte Keane aber nicht erschreckt zurück, wie Jo gehofft hatte.

„Beeindruckend", sagte er nur gelassen. „Er ist der in der Mitte, wenn Sie sich auf die Tiere legen, nicht wahr?"

„Ja." Sie beschloss, offen auszusprechen, was sie dachte. „Sie besitzen eine genaue Beobachtungsgabe. Und gute Nerven haben Sie scheinbar auch."

„Das bringt mein Beruf mit sich", behauptete er.

Jo dachte einen Moment über die Bemerkung nach, wandte sich dann aber kommentarlos wieder ihren Löwen zu. „Dieser hier ist Lazareth", stellte sie den nächsten Löwen vor. „Er ist zwölf und ein richtiger Schauspieler. Bolingbroke, zehn. Er und Merlin sind Brüder. Und das ist Hamlet", sagte sie. „Hamlet ist fünf. Er hat Aris Platz in der Gruppe übernommen." Sie blickte dem Löwen unentwegt in die goldenen Augen. „Er hat echtes Potenzial, aber er ist arrogant. Und geduldig. Er wartet nur darauf, dass ich einen Fehler mache."

„Wieso?" Keane wandte den Kopf, aber Jo hielt den Blick starr auf das Raubtier gerichtet.

„Damit er mir eins mit seiner Pranke verpassen kann", sagte sie tonlos. „Es ist sein erstes Jahr im großen Manegenkäfig." Sie ging weiter. „Das hier sind unsere Damen. Pandora, eine sehr elegante Lady. Sie ist sechs. Hester ist sieben und sehr talentiert. Portia hier macht ebenfalls ihr erstes Jahr vor Publikum. Sie ist der Platzhalter."

„Platzhalter?", fragte Keane nach.

„Bis jetzt hat sie noch keine komplizierteren Tricks gelernt. Ein paar grundlegende Dinge kann sie, und sie bringt die Gruppe auf eine glatte Zahl. Ansonsten sitzt sie meist nur auf ihrem Platz." Jo schlenderte zum nächsten Käfig. „Dulcinea ist die Hübscheste von allen. Ophelia hat im letzten Jahr einen Wurf kleiner Löwen gehabt, und Abra hier hat zwar ein hitziges Temperament, aber sie balanciert sehr gut."

Als die Löwin ihren Namen hörte, streckte sie sich ausgiebig und rieb sich mit einem tiefen, kehligen Laut an den Gitterstäben.

Jo runzelte die Stirn. „Sie mag Sie", murmelte sie.

„Tatsächlich?" Keane beäugte die massige Raubkatze misstrauisch. „Woher wollen Sie das wissen?"

„Wenn ein Löwe jemanden mag, dann tut er genau das Gleiche wie jede Hauskatze: Er reibt sich an Ihnen. Da Abra nicht näher an Sie herankommen kann, müssen eben die Gitterstäbe herhalten."

„Ich verstehe." Ein Lächeln umspielte seine Lippen. „Ich muss gestehen, ich bin mir nicht recht im Klaren darüber, wie ich dieses Kompliment erwidern könnte." Er zog an seiner Zigarette und betrachtete Jo durch den blauen Rauch. „Ihre Wahl der Namen fasziniert mich."

„Ich lese gern." Dabei wollte sie es belassen. Sie hatte nicht vor, diese Unterhaltung über das Berufliche hinausgehen zu lassen. Keanes Lächeln erinnerte sie nur allzu gut an gestern Abend.

„Geben Sie ihnen Beruhigungsmittel vor dem Auftritt?"

„Ganz bestimmt nicht!" Jos Augen blitzten entrüstet auf.

„Ist die Frage denn so unsinnig?" Er ließ die Zigarette zu Boden fallen und trat sie unter Jos strengem Blick sorgfältig mit dem Absatz aus.

„Für einen Außenseiter ist das durchaus keine unsinnige Frage", gestand sie ihm mit einem Seufzer zu. „Beruhigungsmittel wären nicht nur Quälerei, sondern auch dumm. Ein halb betäubtes Tier befolgt keine Kommandos."

„Sie haben zwar eine Peitsche, aber Sie benutzen sie niemals für die Tiere. Wozu brauchen Sie sie also überhaupt?"

„Der Peitschenknall sichert mir die Aufmerksamkeit der Katzen. Und er hält das Publikum wach", fügte sie mit einem angedeuteten Lächeln hinzu.

Keane nahm sie beim Arm, und Jo versteifte sich automatisch. „Kommen Sie, laufen wir ein Stückchen zusammen." Er führte sie von den Käfigen fort. Da mehrere Leute in Sichtweite waren, nahm Jo sich zusammen und riss ihren Arm nicht aus seinem Griff frei. Das Letzte, was sie wollte, war Getuschel darüber, wie sie sich mit dem neuen Besitzer anlegte.

„Wie zähmen Sie die Tiere?", fragte er jetzt.

„Ich zähme sie nicht, ich trainiere mit ihnen." Eine große blonde Frau ging in einiger Entfernung an ihnen vorbei. Auf dem Arm trug sie einen weißen Zwergpudel. „Merlin hat Hunger", rief Jo der Frau lachend zu.

Die Blondine drückte den Pudel fester an sich und ließ einen erbosten Wortschwall in Französisch hören. Lachend antwortete Jo in derselben Sprache, dass Fifi wohl eh viel zu zäh für Merlin wäre.

„Fifi macht den doppelten Salto auf dem Rücken eines galoppierenden Pferdes", erklärte Jo gut gelaunt. „Er hat es trainiert, so wie meine Katzen ihre Kunststücke trainieren. Nur, Fifi ist ein Haustier, meine Katzen sind wild." Sie sah Keane an. Die Sonne warf einen glänzenden Schimmer auf ihr Haar und ließ goldene Pünktchen in ihren Augen aufleuchten. „Ein wildes Tier kann niemals gezähmt werden. Jeder, der es versucht, ist gedankenlos und töricht. Zähmt man eine wilde Kreatur, hat man ihr ihren wahren Charakter gestohlen. Und wirklich gelingen wird es so oder so nie, ein letzter Rest Wildheit wird immer bleiben. Wenn ein Hund sein Herrchen anfällt, dann ist das unschön und entsetzlich. Wenn ein Löwe seinen Dompteur anfällt, dann ist das tödlich."

Sie begann sich an die Hand dieses Mannes an ihrem Arm zu

gewöhnen. Es war einfach, mit ihm zu reden. „Ein ausgewachsener Löwe hat eine Schulterhöhe von fast einem Meter und wiegt knapp dreihundert Kilo. Ein einziger wohlgezielter Prankenhieb kann einem Mann das Genick brechen, ganz zu schweigen davon, was Zähne und Klauen anrichten." Lächelnd zuckte Jo mit einer Schulter. „Das sind nicht gerade die typischen Eigenschaften eines Haustieres."

„Und dennoch begeben Sie sich in einen Käfig, wo zwölf dieser Kreaturen auf Sie warten, nur mit einer Peitsche als Verteidigung."

„Die Peitsche ist nur Show", winkte Jo ab. „Im Ernstfall würde sie sowieso nichts nützen. Ein Löwe ist ein unerbittlicher Gegner. Tiger sind blutrünstiger, doch normalerweise schlägt er nur einmal zu. Verfehlt er sein Ziel, nimmt er das mit geradezu philosophischer Gelassenheit hin. Ein Löwe dagegen wird immer und immer wieder angreifen. Wissen Sie, wie der englische Dichter Byron den Schlag eines Tigers beschreibt? ‚Tödlich, präzise und vernichtend.'"

Ihre frühere Feindseligkeit hatte Jo inzwischen vollkommen vergessen. Dieser Spaziergang und die Unterhaltung mit dem gut aussehenden Fremden begannen ihr Spaß zu machen. „Byron hat natürlich recht. Aber ein Löwe ist absolut furchtlos in seinem Angriff. Natürlich ist er kein so faszinierend eleganter Kämpfer wie der Tiger, dafür ist er unnachgiebig und arbeitet hart, bis er seine Beute geschlagen hat. Wenn ich wetten müsste, würde ich immer auf einen Löwen setzen. Ein Mensch hat gegen ihn keine Chance."

„Und wie gelingt es Ihnen dann, heil und in einem Stück zu bleiben?"

Die Orgelmusik war kaum noch zu hören. Jo drehte sich um und stellte verwundert fest, dass sie sich ein ganzes Stück vom Lagerplatz entfernt hatten. Die Wohnwagen waren zwar noch zu sehen, und doch fühlte sie sich dem allen plötzlich unendlich fern.

Sie setzte sich ins Gras und pflückte gedankenverloren einen Grashalm. „Ich bin cleverer als sie. Zumindest lasse ich sie das denken. Ich beherrsche sie allein durch meine Willenskraft. Wenn man mit Löwen arbeitet, muss man eine Bindung zu ihnen aufbauen, eine Beziehung, die auf gegenseitigem Respekt basiert. Wenn man Glück hat, gelingt es einem sogar, so etwas wie Zuneigung und Anhänglichkeit aufzubauen. Trotzdem darf man ihnen nie so weit trauen, dass man unvorsichtig oder nachlässig wird. Und man muss die wichtigste Regel im Kopf behalten, dieselbe wie beim Pokern – immer bluffen." Grinsend lehnte Jo sich auf die Ellbogen zurück.

„Spielen Sie Poker?"

„Hin und wieder." Keane beobachtete fasziniert, wie ihr Haar das Gras streifte, und nahm die Lichtreflexe wahr, die das Sonnenlicht auf den dunklen Wellen hervorzauberte. „Spielen Sie?"

„Manchmal. Pete, einer meiner Helfer ..." Sie blickte zum Platz hinüber und zeigte dann auf einen der Männer. „Dahinten ist er, bei dem zweiten Wagen. Er sitzt mit Mac Stevenson zusammen, dem mit der Baseballkappe. Er organisiert ab und zu eine Pokerrunde."

„Wer ist die Kleine auf den Stelzen?"

„Das ist Macs Jüngste, Katie. Sie will unbedingt bei der Parade mitmachen. Sie ist inzwischen schon recht gut. Da ist auch Jamie." Sie lachte auf, als Jamie sich direkt vor Katies Stelzen hinfallen ließ.

Keane beobachtete die kleine Showeinlage. „Roses Freund?"

„Wenn es nach ihr geht, ja. Allerdings ist Jamie im Moment völlig hingerissen von Carmen Gribalti. Carmen würdigt ihn keines Blickes, sie hat ein Auge auf Vito, den Seiltänzer, geworfen, der wiederum jedem weiblichen Wesen schöne Augen macht."

„Das hört sich sehr kompliziert an." Er lächelte, und Jo verspürte plötzlich ein Kribbeln im Bauch. „Romanzen werden in der Zirkuswelt wohl ziemlich großgeschrieben?"

„Wie ich gehört habe, sollen sie überall großgeschrieben werden", erwiderte Jo.

„Und von wem sind Sie hingerissen, Jolivette?" Trotz der scheinbar nebensächlich hingeworfenen Frage beobachtete er ihre Reaktion genau.

Sie hielt seinem Blick unerschrocken stand, obwohl ihr für einen Moment der Atem stockte. Ihr war nicht klar gewesen, wie nahe er ihr war. Sie bräuchte sich nur einige Zentimeter vorzubeugen, und ihre Lippen würden sich berühren. Seltsam, welche Wirkung dieser Mann auf sie hatte. Plötzlich schienen ihre Sinne alles viel deutlicher wahrzunehmen, den Duft des Grases, die Wärme der Sonnenstrahlen, das Zwitschern der Vögel. Sie erinnerte sich an den Geschmack seiner Lippen und fragte sich, ob er jetzt der gleiche sein würde.

„Ich bin zu beschäftigt, um mich auf so etwas einzulassen." Ihre Stimme klang ruhig, doch in ihren Augen stand ein fragender Ausdruck.

Zum ersten Mal in ihrem Leben wünschte Jo sich, von einem Mann geküsst zu werden. Sie wollte fühlen, was sie am Abend zuvor gefühlt hatte. Sie wollte von ihm gehalten werden, nicht leicht, sondern in einer festen Umarmung, bis sie sich schwerelos vorkam und zu schweben meinte. Noch nie hatte sie körperliches Verlangen verspürt, und für einen Augenblick erlaubte sie sich, diese neue Empfindung zu erforschen. Ihr Magen zog sich ein wenig zusammen, es war ein verwirrendes, aber gleichzeitig sehr angenehmes Gefühl.

Keane hatte sie nicht aus den Augen gelassen. „Woran denken Sie gerade?"

„Ich frage mich, warum ich mich in Ihrer Gegenwart so seltsam fühle", antwortete sie mit schlichter Offenheit.

„Tun Sie das?" Diese Information schien ihm zu gefallen. „Wissen Sie eigentlich, dass Ihr Haar die Sonne einfängt?" Er nahm eine Handvoll auf und ließ sich die seidige Flut durch die Finger gleiten. „Solches Haar habe ich bei keiner anderen Frau gesehen. Das allein ist schon Versuchung genug. Sagen Sie, Jolivette, wieso fühlen Sie sich denn in meiner Gesellschaft seltsam?"

„Das weiß ich noch nicht." Selbst in ihren eigenen Ohren klang ihre Stimme belegt. Sich zu wünschen, von ihm geküsst zu werden, war albern und brachte nichts ein! Abrupt stand sie auf und wischte sich das Gras vom Hosenboden.

„Also laufen Sie weg?"

Ihr Kopf ruckte hoch, als er aufstand. „Ich laufe nie weg, Mr. Prescott, vor nichts und niemandem." Ihre Stimme klirrte vor Kälte. Sie ärgerte sich über sich selbst, dass sie schon wieder seinem Charme erlegen war. „Und schon gar nicht vor einem Anwalt aus der Stadt. Warum gehen Sie nicht zurück nach Chicago und bringen ein paar Schurken hinter Gitter?"

„Ich bin Strafverteidiger", hielt er ungerührt dagegen. „Mein Job ist es, die Leute aus dem Gefängnis herauszuholen."

„Auch gut. Dann sehen Sie zu, dass Sie ein paar Kriminelle wieder auf die Straße bringen."

Keane lachte auf und brachte Jo damit noch mehr in Rage. „Eine interessante Beschreibung meiner Arbeit. Sie faszinieren mich, Jolivette."

„Seien Sie versichert, das war nie meine Absicht." Sie würde ihm nicht erlauben, sich über sie lustig zu machen. „Sie gehören nicht hierher", sprudelte es aus ihr heraus. „Sie haben hier überhaupt nichts verloren."

„Im Gegenteil", widersprach er beherrscht. „Mir gehört der Zirkus."

„Wie kommen Sie darauf? Weil es auf einem Stück Papier steht?" Sie warf die Hände in die Luft. „Etwas anderes begreift ein Anwalt ja nicht – Stapel von Papier, gespickt mit Sätzen, die kein Normalsterblicher versteht. Warum sind Sie hergekommen? Wollen Sie sich ausrechnen, wie viel Sie mit uns verdienen können? Wie hoch lässt sich der Wert eines Traums ansetzen? Welcher Preis wird heutzutage für die Fantasie eines Menschen gezahlt? Sehen Sie sich doch nur um!" Sie machte eine umfassende Geste, die den gesamten Zirkusplatz einschloss. „Sie sehen nur Zelte und Wohnwagen. Die wahre Bedeutung können Sie gar nicht verstehen. Aber Frank wusste es. Er liebte es."

„Darüber bin ich mir klar." Noch immer blieb seine Stimme ruhig, auch wenn sich ein stahlharter Unterton einschlich. Seine Augen wurden dunkler. „Frank liebte den Zirkus, und er hat ihn mir hinterlassen."

„Ich werde nie verstehen, warum." Frustriert steckte Jo die Hände in die Taschen und wandte sich ab.

„Ich wohl auch nicht, dennoch ist es eine Tatsache."

„Kein einziges Mal in dreißig Jahren haben Sie ihn besucht." Sie drehte sich so abrupt zu ihm um, dass ihre Haare flogen. „Nicht ein Mal."

„Stimmt." Mit gespreizten Beinen stand er da und sah auf sie herunter. „Man könnte es natürlich auch andersherum sehen – kein einziges Mal in dreißig Jahren hat er mich besucht."

„Ihre Mutter hat ihn verlassen und Sie mit nach Chicago genommen …"

„Ich werde hier nicht über meine Mutter reden", fiel er ihr scharf ins Wort.

Jo verkniff sich einen Kommentar, sie hatte genug Mühe, die Beherrschung wiederzuerlangen. „Was haben Sie mit dem Zirkus vor?"

„Das geht allein mich etwas an."

„Uuh!" Sie warf ihm einen verächtlichen Blick zu. „Wie kann man nur so arrogant und gefühllos sein! Das Leben all dieser Menschen bedeutet Ihnen gar nichts, oder? Franks Traum bedeutet Ihnen nichts! Haben Sie nicht schon genug Geld? Müssen Sie auch noch all diese Leute verletzen? Ihre unglaubliche Geldgier haben Sie ganz bestimmt nicht von Frank geerbt!"

„Treiben Sie es nicht zu weit, Jolivette!", warnte er.

„Ich würde Sie den ganzen Weg zurück bis nach Chicago treiben, wenn ich könnte", fauchte sie.

„Ich habe mich schon gefragt, wie viel Temperament sich hinter diesen grünen Augen verbirgt", meinte er und beobachtete, wie ihre Wangen sich rot färbten. „Scheinbar eine ganze Menge." Jo wollte etwas sagen, doch er hob eine Hand. „Ob nun mit oder ohne Ihre Zustimmung, mir gehört der Zirkus jetzt. Es wäre sicherlich einfacher für Sie, das zu akzeptieren. Nein, hören Sie mir ganz genau zu", sagte er barsch, als sie den Mund öffnete. „Rechtlich gesehen kann ich mit ...", er zögerte einen Moment, bevor er fortfuhr, „... mit meinem Erbe machen, was mir beliebt. Ich habe keinerlei Grund, meine Entscheidungen vor Ihnen zu rechtfertigen."

Jo ballte die Fäuste, und ihre Fingernägel gruben sich dabei in die Handflächen. „Ich hätte nie gedacht, dass mir ein Mensch so schnell so unsympathisch werden kann."

„Jolivette." Keane wippte auf den Absätzen. „Ich war Ihnen doch schon unsympathisch, bevor Sie mich überhaupt kannten, richtig?"

„Stimmt", gab sie offen zu. „Und dann haben Sie es innerhalb von vierundzwanzig Stunden auch prompt geschafft, mir zu beweisen, dass ich damit vollkommen recht hatte." Sie drehte sich abrupt um. „Ich muss mich auf meine Show vorbereiten."

Damit marschierte sie zum Platz zurück. Zwar folgte er ihr nicht, aber sie spürte seinen Blick in ihrem Rücken, bis sie endlich bei ihrem Wohnwagen angekommen war und die Tür hinter sich zuzog.

Eine halbe Stunde später kam Jamie durch den Vorhang hinter die Bühne gerannt. Nach der langen Nummer war er völlig außer Atem und blieb erst einmal stehen, um Luft zu schöpfen. Dabei fiel sein Blick auf Jo, die mit ihrer weißen Stute auf ihren Einsatz wartete. Die Schultern steif und verspannt, blickte sie düster vor sich hin. Diese Miene kannte Jamie. Irgendetwas oder irgendjemand hatte Jo in extrem schlechte Laune versetzt, und ihm blieben gerade noch knappe zehn Minuten, um sie aufzuheitern.

Er ging zu ihr hinüber und zupfte sanft an ihrem Haar. „Hey."

„Hallo, Jamie." Sie mühte sich redlich, wie immer zu klingen, doch Jamie hörte die Anspannung heraus.

„Hallo, Jo", ahmte er ihren Tonfall nach.

„Hör auf damit", zischelte sie und wich ein paar Schritte zurück. Die Stute kam ihr folgsam nach. Jo holte tief Luft und bemühte sich sichtlich, die Fassung zurückzugewinnen. Doch das gelang ihr nicht.

„Was ist los?", fragte Jamie.

„Nichts", stieß sie aus und hasste sich im gleichen Moment für den boshaften Ton.

Jamie kannte sie zu gut, um beleidigt zu sein. „‚Nichts' ist überhaupt mein Lieblingsthema für ein gutes Gespräch." Er ignorierte es, dass sie zurückzuckte, als er ihr die Hände auf die Schultern legte. „Also, dann lass uns mal über dieses Nichts reden."

„Da gibt es nichts zu reden."

„Sag ich doch." Obwohl seine Hände noch immer in den viel zu großen Clownshandschuhen steckten, begann er vorsichtig die Anspannung aus ihren Schultern zu massieren.

„Oh, Jamie." Seiner Herzenswärme konnte niemand lange widerstehen. „Du bist ein Idiot."

„Komplimente hatte ich auch nicht erwartet."

Jo stieß die Luft aus und schloss für einen Moment die Augen. „Ich habe mich mit dem Besitzer angelegt."

„Wieso streitest du dich ausgerechnet mit ihm?"

„Er treibt mich zur Weißglut." Sie wirbelte herum, und ihr Cape wirbelte mit. Es war ein beeindruckender Anblick. „Dieser verdammte Kerl! Er sollte gar nicht hier sein. Wenn er in Chicago geblieben wäre …"

„Stopp!" Jamie schüttelte sie leicht bei den Schultern. „Du solltest es besser wissen, als dich zehn Minuten vor deinem Auftritt aufzuregen. Das kannst du dir nicht leisten. Du darfst an nichts anderes denken als an deine Löwen und daran, was du in diesem Käfig tun wirst."

„Das schaffe ich schon", murmelte sie.

„Jo." Es war eine Mahnung, die dennoch Trost und Mitgefühl enthielt.

Fast unwillig sah Jo in sein Gesicht. Seine Augen blickten so ernst in der grellen Clownsmaske. Mit einem schweren Seufzer legte sie die Stirn an seine Brust. „Jamie, es macht mich so wütend! Er wird alles ruinieren."

„Darum machen wir uns Sorgen, wenn es so weit ist." Beruhigend strich er ihr über das lange Haar.

„Aber er versteht uns nicht. Er versteht überhaupt nichts."

„Na, dann liegt es wohl an uns, es ihm zu erklären, oder?"

Jo hob den Kopf und krauste die Nase. „Du bist immer so verdammt vernünftig."

„Selbstverständlich!" Er stellte sich in Clownspose und wackelte mit den buschigen orangeroten Augenbrauen. Jo konnte nicht anders, sie musste lachen. „Wieder in Ordnung?", fragte er und nahm seinen Konfettieimer auf.

„Ja, alles in Ordnung", versicherte sie lächelnd.

„Gut, denn ich muss jetzt wieder rein." Damit verschwand er durch den Vorhang in die Manege.

Jo lehnte die Wange an den Hals der Stute. „Ich bin sicherlich nicht diejenige, die einem eingebildeten Anwalt aus der Stadt erklären wird, wie unser Zirkus funktioniert", sagte sie leise.

Ich wünschte, er wäre nie hier aufgetaucht, fügte sie in Gedanken hinzu, als sie sich auf den Rücken des Pferdes schwang. Ich wünschte, mir wäre nie aufgefallen, dass er die gleichen Augen wie Ari hat. Ich wünschte, er hätte mich nie geküsst.

Unwillkürlich fuhr sie sich mit der Zungenspitze über die Lippen. Lügnerin, schalt eine kleine Stimme in ihrem Kopf sie. Gib's zu, du hast es genossen. So etwas hast du noch nie gefühlt. Du wolltest ja sogar, dass er dich heute wieder küsst.

Jo versuchte diese Gedanken abzuschütteln. Sie brauchte unbedingt einen klaren Kopf. Tief Luft holend wartete sie, bis der Conférencier sie ansagte, dann stieß sie der Stute leicht die Fersen in die Flanken und galoppierte in die Manege.

Es lief überhaupt nicht. Das Publikum applaudierte zwar begeistert wie immer, doch Jo wusste genau, welche Probleme sie heute mit den Löwen hatte. Ihre Unruhe übertrug sich auf die Katzen, die Tiere waren nur schwer unter Kontrolle zu halten. Immer wieder musste Jo ihr Timing ändern, und als die Vorführung zu Ende war, fühlte sie sich völlig erschöpft. Erleichtert übergab sie den knurrenden Merlin an Buck und rieb sich die schmerzenden Schläfen.

Der hünenhafte Helfer kam zu ihr, sobald er den Käfig gesichert hatte. „Was ist los mit dir?" Buck regte sich nur selten auf, doch dieses Mal war der Ärger deutlich in seiner Stimme zu hören. Er hatte also die Vorstellung mit angesehen. Und im Gegensatz zum Publikum war ihm sofort aufgefallen, was alles falschgelaufen war.

„Wenn du noch mal in dieser Verfassung in den Käfig gehst, wird eine dieser Katzen herausfinden wollen, wie du schmeckst."

„Mein Timing passte nicht so genau, das ist alles." Jo versuchte das ungute Gefühl in ihrem Magen zu ignorieren.

„Nicht so genau?" Erbost funkelte Buck sie an, eine beeindruckende Gestalt mit wilder Mähne und buschigem blonden Bart. „Wem willst du hier was vormachen? Du arbeitest mit Löwen, nicht mit Hauskatzen. Ich kannte diese unberechenbaren Viecher schon, da warst du noch gar nicht auf der Welt. Wenn du in diesen Käfig gehst, musst du gefälligst auch konzentriert bei der Sache sein."

Natürlich hatte er recht. „Ich weiß, Buck", gestand sie. Erschöpft fuhr sie sich durchs Haar. „Es wird nicht wieder vorkommen. Wahrscheinlich bin ich nur müde und deshalb etwas unkonzentriert." Sie lächelte entschuldigend.

Buck ließ ein Schnauben hören. In den ganzen fünfundvierzig Jahren seines Lebens hatte er niemals dem Lächeln einer Frau widerstehen können. „Na schön", brummte er. „Aber nach dem Finale legst du dich sofort hin und ruhst dich aus. Bis zum Abendessen will ich dich nicht sehen, verstanden?"

„Ja, verstanden", stimmte sie kleinlaut zu, auch wenn sie zu gern gegrinst hätte. Die Schwäche schwand langsam aus ihren Beinen, und mit der Angst ließ auch der Kopfschmerz nach. Dennoch, sie würde sich Bucks ungewohntem Kommandoton fügen. Zwei Stunden Schlaf konnten nicht schaden. Außerdem war das die beste Art, um Keane Prescott für den Rest des Tages aus dem Weg zu gehen.

Entschlossen verdrängte sie jeden Gedanken an den Zirkusbesitzer und beschloss, sich die Zeit bis zum Finale durch einen Schwatz mit Vito dem Seiltänzer zu vertreiben.

4. Kapitel

Das schlechte Wetter wollte nicht weichen. Schon seit drei Tagen fiel unaufhörlich Nieselregen vom Himmel. Der Zirkus zog Richtung Norden, und der Regen folgte.
Trotzdem musste die Show weitergehen. Also wurde das Zelt inmitten aufgeweichter Weiden aufgestellt und Stroh ausgestreut, damit die Besucher trockenen Fußes zu ihren Plätzen gelangen konnten. Die Artisten selbst eilten mit Schirmen bewaffnet vom Zelt in ihre Wohnwagen.
Auch auf dem Platz in Waycross standen die Pfützen. Der Himmel hing grau und schwer über den Zelten. Jo war froh, dass heute Abend keine Vorstellung angesetzt war. Es war erst sechs und dennoch fast dunkel. Die kühle feuchte Luft drang jedem bis ins Mark. Nach einem frühen Abendessen hastete sie zurück zu ihrem Wohnwagen. Sie würde die Vorhänge zuziehen und sich mit einem Buch ins Bett kuscheln. Ja, eine hervorragende Idee, beglückwünschte sie sich, als ein Kälteschauer sie schüttelte.
Einen Schirm trug sie nicht, nur eine viel zu große Windjacke und einen alten Männerhut, den ein Besucher irgendwann vergessen hatte. Beides bot keinen sonderlich großen Schutz gegen den Regen. Mit gebeugtem Kopf sprang Jo über die Pfützen. Aus Vorfreude auf den gemütlichen Abend summte sie leise vor sich hin. Allerdings verging ihr das Summen abrupt, als sie auf etwas Hartes prallte. Eine Hand schnellte vor und fasste sie beim Arm.
Noch bevor sie erschreckt den Kopf hob, wusste sie, dass es Keane war. Bisher war es ihr mit Geschick gelungen, jegliche Begegnung mit ihm seit ihrem letzten nachmittäglichen Spaziergang zu vermeiden.
„Entschuldigen Sie, Mr. Prescott, ich habe nicht aufgepasst."
„Der Regen muss Ihr Radargerät unbrauchbar gemacht haben, Jolivette." Er schien nicht vorzuhaben, sie loszulassen.
Verärgert hielt Jo mit einer Hand ihren Hut fest, um zu Keane aufschauen zu können. Regentropfen liefen ihr in den Nacken und fielen auf ihre Wangen. „Ich weiß nicht, was Sie meinen."

„Oh doch, das wissen Sie", widersprach er sofort. „Im Moment ist niemand außer Ihnen und mir in Sicht. Dabei haben Sie in den letzten Tagen peinlich genau darauf geachtet, sich immer in einer Menschenmenge zu verstecken."

Jo blinzelte einen Regentropfen von den Wimpern. Natürlich, es war naiv gewesen, anzunehmen, er würde ihren kleinen Trick nicht durchschauen. Auch er hatte keinen Schirm dabei, nicht einmal einen Hut aufgesetzt. Sein Haar war dunkel vor Nässe, die gleiche Farbe, die auch das Fell ihrer Löwen annahmen, wenn sie gebadet wurden. In dem düsteren Licht war es unmöglich, sein Gesicht zu erkennen, doch den Spott in seiner Stimme konnte sie deutlich hören.

„Eine interessante Beobachtung, Mr. Prescott", erwiderte sie kühl. „Wenn Sie nichts dagegen haben ... ich würde gern in meinen Wohnwagen gehen." Als sie sich losmachen wollte, stellte sie verdutzt fest, dass sein Griff nur noch fester wurde. Erbost legte sie die Hände an seine Brust und wollte ihn wegstoßen, musste jedoch erkennen, dass sie sich zum zweiten Mal geirrt hatte. Für einen Mann aus der Stadt verfügte er über erstaunliche Kräfte. Sie hatte keine Chance gegen ihn. „Lassen Sie mich los", presste sie zwischen zusammengebissenen Zähnen hervor.

„Nein", kam es gelassen als Antwort.

Wütend funkelte sie ihn an. „Mr. Prescott, mir ist kalt, und inzwischen bin ich bis auf die Haut durchnässt. Ich möchte jetzt wirklich in meinen Wohnwagen zurück. Was wollen Sie eigentlich von mir?"

„Erstens will ich, dass Sie aufhören, mich ständig mit ‚Mr. Prescott' anzureden." Jo zog eine Grimasse, sagte aber nichts. „Zweitens möchte ich eine Stunde Ihrer Zeit in Anspruch nehmen, weil ich mit Ihnen die Liste des Personals durchgehen will." Er hielt inne. Durch die Windjacke konnte Jo die Wärme seiner Hand fühlen.

„Sonst noch was?" Sie gab sich alle Mühe, gelangweilt zu klingen.

Einen langen Augenblick war nur das Rauschen des Regens zu hören. „Ja", sagte Keane schließlich. „Es gibt da etwas, worüber ich mir endlich klar werden muss."

Jos Reflexe waren schnell, aber sie stand zu dicht bei ihm, als dass sie ihm hätte ausweichen können. Und er war ebenfalls schnell. Ihr Protest wurde von seinen Lippen höchst wirkungsvoll erstickt.

Natürlich hatte Jo sich schon vorher fest an einen männlichen Körper gepresst gefühlt – schließlich trainierte sie oft genug mit den

Akrobaten. Doch noch nie hatte sie derartige Empfindungen dabei verspürt. Mit jeder Faser ihres Seins fühlte sie Keane, seinen schlanken Körper, seine starken Arme, deren Kraft sie anfangs so unterschätzt hatte. Am intensivsten jedoch spürte sie seinen Mund auf ihren Lippen. An diesem Kuss war nichts Sanftes, nichts Zögerliches. Dieser Kuss eroberte ihren Mund und verlangte nach mehr, bevor sie ihre Reaktion überdenken konnte.

Jo vergaß den Regen. Sie vergaß die Kälte. Stattdessen verspürte sie eine innere Wärme, die sich in ihrem ganzen Körper ausbreitete. Sie vergaß sich selbst, oder besser die Frau, für die sie sich stets gehalten hatte. Durch Keanes Berührung erwachte eine neue, eine ganz andere Frau in ihr.

Als er sich schließlich von ihr löste, blieb sie mit geschlossenen Augen stehen und lauschte auf den Nachhall dieser Erfahrung, die ihren ganzen Körper vibrieren ließ.

„Küssen kann ein gefährlicher Zeitvertreib sein, Jo." Wieder beugte Keane den Kopf zu ihr hinab und küsste sie hart und fordernd. „Aber mit Gefahr kennen Sie sich ja aus, nicht wahr? Doch wie mutig sind Sie eigentlich ohne Ihre Raubkatzen?"

Plötzlich schlug ihr das Herz bis in den Hals. Ihre Knie wollten nachgeben, ein Schauer kroch ihr über den Rücken. Jo kannte dieses Gefühl. So fühlte sie sich, wenn sie eine gefährliche Situation mit einem der Löwen glimpflich überstanden hatte, wenn die Krise gemeistert war und sie außer Gefahr war. Erst dann überkam sie die Angst. Jetzt schaute sie in Keanes bernsteinfarbene Augen und erschauerte.

„Ihnen ist kalt." Seine Worte klangen brüsk. „Kein Wunder. Gehen wir in meinen Wohnwagen. Ich mache uns schnell einen Kaffee."

„Nein!" Ihr Protest kam impulsiv und mit erschreckender Heftigkeit. Im Moment war sie verletzlich, und sie besaß nicht genügend Erfahrung, um ihn abwehren zu können. Jetzt mit ihm allein zu sein wäre viel zu gefährlich.

Keane schob sie ein Stück von sich weg, ohne sie dabei loszulassen. „Was hier gerade passiert ist, ist rein persönlich. Mit dem Zirkus hat das nichts zu tun. Ich bin der festen Überzeugung, dass Privatleben und Geschäft strikt voneinander getrennt werden müssen, wenn ein Mann und eine Frau miteinander schlafen. Sie sind äußerst begehrenswert, Jolivette, und ich bin gewöhnt, mir zu nehmen, was ich will. Auf die eine oder andere Art."

Seine Worte fachten lodernden Zorn in ihr an. Sie stemmte die Arme in die Hüften, und ihre Augen funkelten. „Niemand nimmt mich, weder auf die eine noch auf die andere Art", sagte sie voller Verachtung. „Wenn ich mit einem Mann schlafe, dann nur, weil ich es will."

„Selbstverständlich." Keane nickte zustimmend. „Wir beide werden wissen, wann die Zeit dafür gekommen ist. Natürlich wäre heute Abend kein schlechter Zeitpunkt. Aber ich bin der Meinung, wir sollten uns vorher erst noch etwas besser kennenlernen."

Die Empörung raubte Jo schier den Atem. „Also, so etwas ungeheuerlich Arrogantes, so etwas Unerhörtes …"

„Und Ehrliches", ergänzte Keane lässig. „Im Moment jedoch haben wir Geschäftliches zu besprechen. Auch wenn ich Küsse im Regen sehr romantisch finde, so ziehe ich für ein geschäftliches Gespräch doch eher eine trockene Umgebung vor." Er hob abwehrend eine Hand, als sie etwas sagen wollte. „Der Kuss war eine Sache zwischen einem Mann und einer Frau. Die Unterredung ist eine Sache zwischen dem Zirkusbesitzer und einer unter Vertrag stehenden Artistin. Ist das so weit klar?"

Jo holte tief Luft, um ihre Stimme ruhig zu halten. „Glasklar", antwortete sie und folgte ihm ohne ein weiteres Wort über die morastige Wiese.

Bei Keanes Wohnwagen angekommen, schob er sie ohne große Umstände hinein. Sobald er das Licht einschaltete, musste sie gegen die Helligkeit blinzeln.

„Ziehen Sie die Jacke aus." Schon zog er an dem Reißverschluss, noch bevor sie selbst dazu kam. Als sie unwillkürlich einen Schritt zurückwich, zog er nur spöttisch eine Augenbraue in die Höhe, dann schüttelte er sich die nasse Jacke von den Schultern und ging zu der Kochnische, um frischen Kaffee aufzubrühen.

Jo nahm den tropfenden Hut ab und schüttelte ihr Haar aus. Mechanisch hängte sie Hut und Jacke auf die Garderobenhaken, während sie sich unauffällig umsah.

Es war jetzt sechs Monate her, seit sie zum letzten Mal in diesem Wohnwagen gewesen war. In Franks Wohnwagen. Und wie jemand, der nach langer Zeit einen alten Freund besucht, forschte sie mit klopfendem Herzen, ob irgendwelche Veränderungen zu entdecken waren.

Da stand noch immer die gleiche Tischlampe mit dem verblichenen Lampenschirm, die Frank zum Lesen benutzt hatte. Ganz offensichtlich war der kaputte Schalter aber inzwischen repariert worden. Das Kissen, ein Weihnachtsgeschenk von Lillie, der Garderobenfrau, verdeckte noch immer das kleine Brandloch in der Ecke der Sitzbank. Jo bezweifelte, dass Keane das Loch überhaupt schon bemerkt hatte. Franks Pfeife stand nach wie vor in ihrem Halter auf der Anrichte unter dem Fenster. Jo konnte nicht widerstehen und fuhr mit den Fingern leicht über den rauchgeschwärzten Pfeifenkopf.

„Er hat es nie geschafft, sie richtig zu stopfen", murmelte sie gedankenverloren. Plötzlich waren alle ihre Sinne in Alarmbereitschaft. Rasch drehte sie sich um. Keane studierte sie mit undurchdringlichem Blick. Sofort ließ sie die Hand sinken. Es geschah nur selten, doch dieses Mal wurde sie rot.

„Wie trinken Sie Ihren Kaffee, Jo?"

Sie schluckte. „Schwarz." Sie wusste zu schätzen, dass er sie mit ihren Gedanken allein ließ und keine Bemerkung machte. „Nur schwarz. Danke."

Keane stellte zwei dampfende Becher auf den schmalen Tisch. „Setzen Sie sich doch. Und ziehen Sie endlich die Schuhe aus. Die sind ja völlig durchnässt."

Das Wasser in ihren Schuhen verursachte schmatzende Geräusche, als sie zu der Bank ging und sich setzte. Mit klammen Fingern löste sie die nassen Schnürsenkel. Keane schob ihr einen Becher hin und verschwand im hinteren Teil des Wohnwagens. Als er zurückkam, nippte Jo bereits an dem heißen Getränk.

„Hier." Er reichte ihr ein Paar trockene Socken.

Erstaunt schüttelte Jo den Kopf. „Nein danke, das ist nicht nötig..."

Ihre Stimme erstarb, als er sich vor ihr hinkniete und ihre Füße in die Hände nahm. „Die sind eiskalt." Kräftig rieb er ihre Zehen, eine Geste, die Jo auf seltsame Weise wehrlos machte.

Die Wärme breitete sich in ihrem ganzen Körper aus. Ihr Herz begann schneller und schneller zu schlagen. „Da ich Sie im Regen festgehalten habe, bin ich wohl auch verantwortlich dafür, dass Sie morgen nicht niesend und hustend Ihre Vorstellung geben. So winzige Füße." Mit dem Daumen strich er über ihren Knöchel, während Jo wortlos auf seinen dunklen Schopf starrte. Regentropfen funkelten in seinem Haar. Wie gern wäre sie jetzt mit den Händen durch sein Haar gestrichen, hätte die nassen Strähnen an ihren Fingern gespürt. Sie war sich seiner Nähe ungeheuer bewusst. Insgeheim fragte sie sich, ob das wohl immer so sein würde, wenn sie sich in seiner Gegenwart befand. Keane zog ihr jetzt die zweite Socke an. Seine Hand umfasste fest ihren Knöchel und glitt dann langsam höher. Er hob den Kopf, ihre Blicke trafen sich. In Jos Augen war Verwirrung zu lesen. Ihr Körper, den sie immer perfekt unter Kontrolle gehabt hatte, übernahm plötzlich die Vorherrschaft und entführte sie in Gefilde, die ihr Verstand noch nie erforscht hatte.

„Immer noch kalt?", fragte Keane leise.

Jo fuhr sich mit der Zungenspitze über die trockenen Lippen. „Nein." Sie schüttelte den Kopf. „Nein, jetzt nicht mehr."

Er lächelte voll männlicher Selbstsicherheit. Offensichtlich wusste er genau, welche Wirkung er auf sie hatte, und mit seinem Blick ließ er sie wissen, dass er es genoss. Ohne sein Lächeln zu erwidern, verfolgte Jo mit den Augen, wie er aufstand.

„Das heißt nicht automatisch, dass Sie gewinnen werden", sagte sie laut als Antwort auf dieses stumme Zwiegespräch.

„Stimmt." Immer noch lächelnd, forschte er in ihrem Gesicht. „Aber das macht es nur noch interessanter, nicht wahr? Wozu eine Gerichtsverhandlung, wenn man von Anfang an weiß, wie der Fall ausgeht?"

Jo nippte an dem Becher, um ihre Nerven ein wenig zu beruhigen. „Wollen wir hier über Ihre Karriere reden oder über den Zirkus? Falls es nicht um den Zirkus geht, werden Sie sicherlich enttäuscht sein. Ich verstehe nämlich überhaupt nichts von Ihren merkwürdigen Methoden, Herr Anwalt."

„Wovon verstehen Sie denn dann etwas, Jolivette?" Keane ließ sich auf dem Sessel nieder.

„Von Raubkatzen. Und vom *Circus Colossus*. Ich bin gerne dazu bereit, Ihnen jede Frage zu diesen beiden Themen zu beantworten."

„Erzählen Sie mir von sich." Er lehnte sich zurück und zog eine Zigarette hervor.

„Mr. Prescott …"

„Keane", unterbrach er sie sofort und ließ ein Streichholz aufflammen. Durch den Rauch hindurch betrachtete er Jo amüsiert.

„Hatten Sie nicht gesagt, Sie wollten mit mir über das Personal reden?"

„Gehören Sie etwa nicht dazu?" Lässig lehnte er sich in dem Sessel zurück. „Natürlich gedenke ich, mich genau über jeden meiner Mitarbeiter zu informieren. Also, warum sollten wir nicht gleich bei Ihnen anfangen?" Sein freundlicher Tonfall konnte nicht darüber hinwegtäuschen, dass dies ein Befehl war. „Kommen Sie, tun Sie mir den Gefallen."

Nun gut, sie würde den Weg des geringsten Widerstandes gehen. „Da gibt es nicht viel zu erzählen", setzte sie mit einem Schulterzucken an. „Ich bin schon mein ganzes Leben beim Zirkus. Sobald ich alt genug war, wurde ich Springer."

Keane schenkte Kaffee nach. „Springer?", fragte er.

„Ja. Fast kein Zirkus, vor allem kein Wanderzirkus, kann sich Artisten mit Staraliüren leisten. Also gibt es in jedem Vertrag eine Klausel, die vom Artisten verlangt, mit einzuspringen, wo immer es nötig ist. Wo man gebraucht wird, packt man mit an. Buck zum Beispiel, einer meiner Helfer, übernimmt eine Rolle bei den Clowns, und er weiß alles darüber, wie man ein Zelt schnell und sicher aufstellt. Pete verkauft manchmal Karten. Außerdem ist er der beste Automechaniker weit und breit. Und einen besseren Elektriker als Jamie wird man kaum je finden."

„Und Sie?", wollte Keane wissen. „Wo springen Sie ein, wenn Sie nicht gerade auf einer Araberstute ohne Sattel reiten, mit einem Elefanten Spannseile ziehen und mit Ihren zwölf – Verzeihung –, dreizehn Löwen arbeiten?" Ein Lächeln stand nun in seinen Augen, als er Jo über den Rand seiner Tasse hinweg ansah.

Mit gerunzelter Stirn musterte sie ihn. „Machen Sie sich über mich lustig?"

Sofort wurde seine Miene ernst. „Nein, Jo, nichts liegt mir ferner."

Sie entspannte sich wieder. „Manchmal kümmere ich mich um die Tierschau. Oder ich arbeite beim Trapezakt mit. Natürlich nicht direkt am Trapez, sondern im Spanischen Netz. Das ist eine Kostümnummer, bei der mehrere Mädchen an Seilen synchron in der Luft turnen. Dieses Jahr wurden Schmetterlingskostüme für die Nummer ausgewählt."

„Ja, die Vorführung habe ich schon gesehen." Ohne sie aus den Augen zu lassen, zog Keane an seiner Zigarette.

„Allerdings setzt Duffy lieber die Mädchen mit etwas mehr Kurven ein. Das sind die, die im Finale dann als Showgirls auftreten."

„Ich verstehe." Ein Lächeln zuckte um seinen Mund. „Sagen Sie, Jo, stammten Ihre Eltern aus Europa?"

„Nein." Verdutzt sah sie ihn an. „Wie kommen Sie darauf?"

„Wegen Ihres Namens. Und weil ich Sie mit solcher Leichtigkeit Französisch und Italienisch habe reden hören."

„Im Zirkus schnappt man schnell andere Sprachen auf."

„Ihre Aussprache war in beiden Fällen perfekt."

„Was? Oh." Sie zog die Beine an und saß nun im Schneidersitz auf der Bank. „Hier im Zirkus sind alle möglichen Nationalitäten vertreten. Frank sagte immer, die Welt könne sich ein Beispiel am Zirkus nehmen. Wir haben hier Franzosen, Spanier, Italiener, Deutsche, Russen, Mexikaner, Amerikaner aus allen Teilen des Landes und noch viele andere."

„Ich weiß. Die Vereinten Nationen unter einem Zelt." Er schnippte Asche in den Aschenbecher. „Also haben Sie hier Französisch und Italienisch aufgeschnappt. Aber wenn Sie die ganze Zeit unterwegs waren, wie sah es dann mit der Schule aus?"

Sie hörte die leichte Kritik in seiner Stimme und erwiderte kühl: „Während der Winterpause besuchte ich die Schule, und während der Saison hatte ich einen Privatlehrer. Glauben Sie mir, Herr Anwalt, ich kann lesen und habe außer dem Abc noch eine ganze Menge gelernt. Wahrscheinlich weiß ich mehr über Geografie und Geschichte als Sie, und das aus interessanteren Quellen als Schulbüchern. Ich bin mir auch ziemlich sicher, dass ich mehr von Tieren verstehe als ein Veterinärstudent im Abschlussjahr. Ich spreche fünf Sprachen und ..."

„Fünf?", fragte Keane ungläubig nach.

„Nun, drei fließend", gestand sie ein. „Bei Griechisch und Russisch habe ich ein paar Schwierigkeiten. Es darf nicht zu schnell gehen, und das kyrillische Alphabet fällt mir noch schwer."

„Wer hat Ihnen denn das beigebracht?"

„Eine Gruppe von Jongleuren, die eine Zeit lang mit uns gereist sind." Jo starrte in ihren Kaffee. „Russisch eignet sich für das Training mit den Löwen. Nur wenige Leute hier verstehen diese Spra-

che, und wenn ich auf Russisch fluche, fühlt sich niemand beleidigt."
Sein lautes Lachen ließ sie zusammenzucken. Mit gerunzelter Stirn schaute sie ihn an. „Was ist denn so amüsant?", fragte sie leicht pikiert.

„Sie, Jolivette." Eingeschnappt wollte sie sich aufrappeln, doch er streckte blitzschnell die Hand nach ihr aus und hielt sie fest. „Nein, damit will ich Sie nicht beleidigen, im Gegenteil. Ich finde es nur absolut erstaunlich, wie lässig Sie über Ihre Fähigkeiten reden, mit denen jeder Universitätsprofessor angeben würde." Mit einem Finger fuhr er sanft über ihr Handgelenk. „Sie faszinieren mich immer wieder aufs Neue. Wenn Sie mich verfluchen, Jolivette, geschieht das dann auch auf Russisch?"

„Schon möglich."

Grinsend ließ er die Hand sinken und lehnte sich wieder im Sessel zurück. „Wie alt waren Sie, als Sie zum ersten Mal mit den Löwen aufgetreten sind?"

„Vor Publikum? Siebzehn. Frank hat es mir nicht früher erlaubt. Er war nicht nur der Zirkusbesitzer, sondern auch mein Vormund. Also hatte er sogar in zweifacher Hinsicht über mich zu bestimmen. Meiner Meinung nach wäre ich schon mit fünfzehn so weit gewesen."

„Wie haben Sie Ihre Eltern verloren?"

Die Frage kam unerwartet und überrumpelte sie. „Bei einem Brand", antwortete sie leise. „Ich war sieben."

„Hier?"

Sie wusste, seine Frage bezog sich nicht auf die geografische Lage, sondern auf den Zirkus. Jo nippte an ihrem Kaffee, bevor sie antwortete. „Ja."

„Und sonst haben Sie keine Familie?"

„Der Zirkus ist meine Familie. Ich habe mich nie als Waise gefühlt, dieser Gedanke kam nie auf. Frank war immer da für mich."

„So?" Sein Lächeln war sarkastisch. „Wie machte er sich denn so als Vater?"

Jo schaute Keane einen Moment lang schweigend an. War er verbittert? Oder amüsiert? Oder einfach nur neugierig? „Frank hat nie den Platz meines Vaters eingenommen", sagte sie schließlich leise. „Das hat er auch nicht versucht, keiner von uns beiden wollte das. Wir waren Freunde, sehr enge Freunde. Ich hatte einen Vater, und er hatte ein Kind. Wir haben nicht nach Ersatz gesucht. Sie sehen ihm kaum ähnlich, wissen Sie das eigentlich?"

„Ja, ich weiß." Er tat es mit einem Schulterzucken ab.

„Er hatte ein unglaublich freundliches Gesicht", erinnerte sie sich mit einem liebevollen Lächeln. „Voller Lachfalten. Sein dunkles Haar begann gerade die ersten grauen Strähnen zu zeigen, als er ..." Sie brach ab, schüttelte den Kopf. „Aber Ihre Stimme ist wie seine. Darf ich jetzt Ihnen eine Frage stellen?"

Keane betrachtete sie einen Moment lang schweigend, dann nickte er zustimmend. „Schießen Sie los."

„Warum sind Sie hier? Als ich Ihnen diese Frage vor einigen Tagen stellte, habe ich die Beherrschung verloren. Das tut mir leid. Aber ich möchte es wirklich wissen. Ich möchte Sie verstehen." Unsicherheit schlich sich in ihre Stimme, weil es so sehr gegen ihre Natur ging, neugierig zu sein. „Es muss doch schwierig für Sie sein, Ihre Kanzlei allein zu lassen, selbst für ein paar Wochen."

Keane nahm den letzten Zug von seiner Zigarette, bevor er sie im Aschenbecher ausdrückte. „Sagen wir einfach, ich wollte mit eigenen Augen sehen, was meinen Vater all die Jahre über so fasziniert hat."

„Sie sind nie gekommen, als er noch lebte." Jo verschränkte die Finger fest ineinander, um das Zittern ihrer Hände vor ihm zu verbergen. „Sie waren nicht einmal bei seiner Beerdigung."

„Wäre das nicht Heuchelei gewesen?"

„Er war Ihr Vater", sagte sie vorwurfsvoll.

„Das stimmt in gewisser Weise", erwiderte Keane ruhig. „Aber es reicht nicht aus, ein Kind zu zeugen, um Vater zu sein. Frank Prescott war ein Fremder für mich."

„Sie hassen ihn." Jo fühlte sich hin- und hergerissen zwischen ihrer Loyalität für Frank und dem Verständnis für den Mann ihr gegenüber.

„Nein." Nachdenklich schüttelte Keane den Kopf. „Als kleiner Junge war ich wütend auf ihn, ja, aber mit den Jahren gewann ich eine andere Einstellung."

„Er war ein guter Mensch." Jo lehnte sich vor. Keane musste das einfach begreifen! „Er wollte die Menschen glücklich machen, wollte ihnen den Zauber, die Magie des Lebens zeigen. Vielleicht war er nicht dazu geboren, ein Vater zu sein – manche Menschen sind einfach nicht dafür gemacht –, aber er war herzlich und gütig. Und er war stolz auf Sie."

„Stolz auf mich?" Dieser Gedanke schien Keane zu amüsieren.

„Wie das?"

„Oh, Sie sind wirklich abscheulich." Seine Gleichgültigkeit verletzte Jo. Wieder wollte sie aufstehen, doch Keane hielt sie zurück.

„Nein, sagen Sie es mir, ich möchte es wissen."

Seine Hand lag locker auf ihrem Arm, doch sollte sie sich wehren, würde der Griff fester werden, das wusste sie. „Na schön." Sie schüttelte das lange Haar zurück. „Er hatte die Chicagoer Tageszeitung abonniert. Jeden Artikel, jede Erwähnung Ihres Namens, ob nun bei einer Gerichtsverhandlung oder bei einer Dinnerparty, hat er aufbewahrt. Manchmal hat Frank mir den Artikel vorgelesen, bevor er ihn ausschnitt und in seine Mappe einklebte."

Sie befreite sich aus seinem Griff und ging an Keane vorbei zum Schlafzimmer. Die alte Holztruhe stand am Fußende des großen Bettes, dort, wo sie immer gestanden hatte. Jo ließ sich auf die Knie nieder und schlug den Deckel auf.

„Hier hat er immer alle Sachen aufbewahrt, die ihm wichtig waren." Zügig ging sie die Papiere und Erinnerungsstücke durch. Bisher hatte sie es nicht über sich gebracht, die Sachen in der Truhe zu sortieren. Keane stand im Türrahmen und sah auf sie herunter. „Er nannte es seine Erinnerungskiste. Seiner Meinung nach waren Erinnerungen die Belohnung fürs Altwerden. Hier ist es." Sie zog eine dicke dunkelgrüne Mappe hervor, setzte sich auf die Fersen und hielt sie Keane hin.

Erst nach einem Moment kam er in den Raum herein und nahm die Mappe von ihr entgegen. Außer dem Regen, der draußen große Pfützen bildete, war kein Laut zu hören. Mit undurchdringlicher Miene schlug er die Seiten auf, das Rascheln des Papiers mischte sich in das Rauschen des Regens.

„Er muss ein seltsamer Mann gewesen sein", murmelte Keane. „Eine Sammelmappe über einen Sohn anzulegen, den er gar nicht kennt." Keine Andeutung von Geringschätzung lag in seiner Stimme, nur Verwunderung. „Was für ein Mensch war er?" Er richtete den Blick auf Jo.

„Ein Träumer", antwortete sie spontan. „Seine Uhr ging immer nach. Wenn er ein Bild aufhängte, dann immer schief. Er richtete es auch nie, weil er es gar nicht bemerkte. Immer dachte er über das

Morgen nach. Wahrscheinlich bewahrte er deshalb das Gestern in der Truhe auf." Sie wollte die Unordnung in der Truhe beseitigen, die sie bei ihrer Suche angerichtet hatte. Doch ein Stück roten Stoffs, das unter zahlreichen anderen Dingen hervorlugte, ließ sie stutzen. Sie griff danach und zog eine alte Puppe hervor.

Es war ein trauriges kleines Ding aus Plastik, die Seide des Kleides verblichen, das aufgemalte Gesichtchen kaum noch zu erkennen. Ein Arm war herausgerissen, der Ärmel des Kleides hing schlaff herunter. Zerzaustes goldenes Haar kringelte sich wirr den Rücken herab, und die Ballettschuhe an den Füßen waren zerschlissen. Tränen schossen Jo in die Augen, und ihr entfuhr ein überraschter Laut, eine Mischung aus Freude und Trauer.

„Was ist?", fragte Keane. Er sah, wie Jo die ramponierte Ballerina fest an sich drückte.

„Nichts." Jo richtete sich hastig auf. „Ich muss gehen." Sie brachte es nicht über sich, die Puppe zurück in die Truhe zu legen. „Darf ich die behalten?", fragte sie unsicher. Sie wollte ihre Gefühle nicht vor ihm zur Schau stellen. Einen spöttischen Kommentar würde sie jetzt nicht ertragen oder, noch schlimmer, einen amüsierten.

Langsam kam Keane auf sie zu und hob sanft ihr Kinn an. „Sie scheint Ihnen doch bereits zu gehören."

„Ja, es war meine Puppe. Ich wusste nicht, dass Frank sie aufgehoben hat." Ihre Finger umklammerten die Spielzeugballerina. „Bitte", flüsterte sie. Der Gefühlstumult in ihr nahm gefährliche Ausmaße an. Der ganze Abend war eine Achterbahnfahrt der Emotionen gewesen, der Höhepunkt war mit dem Finden des wertvollsten Schatzes ihrer Kindheit erreicht. Wenn sie sich nicht sofort zurückziehen konnte, würde sie Zuflucht in Keanes Armen suchen. Die eigene Schwäche entsetzte sie und machte ihr Angst. „Bitte lassen Sie mich vorbei."

Zuerst schien es, als wollte er sich weigern, doch dann trat er beiseite. „Ich bringe Sie noch zu Ihrem Wohnwagen zurück."

„Nein!" Das kam viel zu schnell, viel zu heftig. „Nein danke", wiederholte sie beherrschter. „Das ist nicht nötig."

Hastig ging sie zurück zur Garderobe und schlüpfte in ihre Schuhe. Sie war zu aufgewühlt, um daran zu denken, dass sie noch immer seine Socken trug. „Wir müssen ja nicht beide wieder nass werden. Außerdem will ich noch nach meinen Löwen sehen, und …"

„Und Sie wollen nicht allein mit mir in einem Wohnwagen sein. Weil Sie Angst vor Ihren eigenen Gefühlen haben, oder?"

Zuerst wollte sie es bestreiten, doch ein Blick in seine Augen zeigte ihr, wie unsinnig das wäre. „Ja, das auch", gab sie zu.

Keane strich ihr behutsam das Haar zurück. Dann nahm er ihren Hut vom Haken und stülpte ihn ihr auf, und er hielt ihr die Jacke hin, damit sie hineinschlüpfen konnte. Bevor sie sich bedanken konnte, zog er ihr den Reißverschluss zu. Einen Augenblick lang schaute er ihr in die Augen, dann zog er ihr den Hut tief in die Stirn. Es waren unschuldige, harmlose Handgriffe, und doch berührten sie Jo bis tief in ihre Seele. Sie waren von einer Intimität, die sie bisher nie erfahren hatte.

„Wir sehen uns morgen", sagte er leise.

Jo nickte nur. Die Puppe fest an sich gedrückt, öffnete sie die Tür. Der Regen trommelte auf das Wohnwagendach. „Gute Nacht", murmelte sie und verschwand in der Dunkelheit.

5. Kapitel

Der Morgen roch frisch, die Luft war kühl. In den Pfützen auf dem neuen Lagerplatz spiegelte sich ein Regenbogen. Endlich war der Himmel wieder blau, kleine weiße Wolken verteilten sich darüber und zogen gemächlich ihre Bahn. Fröhlicher Lärm drang aus dem Küchenzelt, das Frühstück wurde serviert.

Doch Jo hatte keinen Appetit. Eine innere Unruhe hatte Besitz von ihr ergriffen. Ganz gleich, wie sehr sie sich auch bemühte, es gelang ihr nicht, Keane Prescott aus ihren Gedanken zu verbannen. Immer wieder dachte sie an die Geschehnisse des gemeinsam verbrachten Abends. Jede einzelne Szene stand ihr klar vor Augen, der leidenschaftliche Kuss, ihr Gespräch, seine Stimme, als er sich von ihr verabschiedet hatte. Seltsam, wenn sie mit ihm zusammen war, vergaß sie jedes Mal, dass er der Besitzer des *Circus Colossus*, dass er Franks Sohn war. Immer wieder musste sie sich daran erinnern, in welchem Verhältnis sie zueinander standen.

Tief in Gedanken versunken, schlüpfte Jo in ihr Trikot. Ja, es stimmte. Sie hatte es nicht geschafft, die Beziehung zu Keane rein geschäftlich und auf den Zirkus beschränkt zu halten. Der Wunsch, einfach mit ihm zu reden und zu lachen, wurde immer drängender. Sie wollte ihm den Weg zeigen, wollte ihn hinführen zu der Magie und dem Zauber, der jedem Zirkus innewohnte. Wenn Keane das erst einmal erkannte, dann würde er auch den Rest verstehen.

Jo selbst verstand in letzter Zeit allerdings herzlich wenig. Ganz besonders, wenn es um das Verhältnis zwischen ihr und Keane ging. Auch wenn sie sich inzwischen eingestehen konnte, dass sie sich zu ihm hingezogen fühlte, so fand sie doch keinen schlüssigen Grund für sein Interesse an ihr.

Warum ausgerechnet ich? fragte sie sich. Sie öffnete die Schranktür und betrachtete sich im Spiegel. Die Frau, die ihr entgegensah, war relativ klein und zierlich, ohne die üppigen Kurven, die Duffy bei seinen Showgirls bevorzugte. Schön, die Beine waren nicht übel, in dem Kostüm für ihren Auftritt wirkten sie sogar ziemlich lang. Schmale

Hüften, befand sie und schürzte kritisch die Lippen. Eher die Hüften eines Jungen, denn die einer Frau, und was die Oberweite betraf – nun, die würde niemanden zu Begeisterungsstürmen hinreißen.

In der Zirkustruppe gab es unzählige Frauen, die attraktiver waren und ganz bestimmt auch wesentlich mehr Erfahrung hatten. Nein, die Frau da im Spiegel war sicherlich nichts, was einen weltgewandten Anwalt aus Chicago beeindrucken konnte.

Er muss doch Dutzende von Frauen kennen, dachte sie, als sie ihre langen dichten Haare zu einem festen Zopf flocht. Wahrscheinlich geht er jeden Abend mit einer anderen zum Dinner aus, einer, die elegante Kleider und teure Parfüms trägt. Diese Frauen hatten sicher wohlklingende Namen wie Laura oder Patricia und lachten perlend mit tiefer, angenehmer Stimme.

Jo krauste die Nase und versuchte sich an einem solchen Lachen. Es klang gekünstelt und affektiert. Beim Dinner würden sie über gemeinsame Bekannte reden, über die Wallaces oder die Jamesons, bei Kerzenlicht und einem Glas Beaujolais. Und dann würde er die Schönste von ihnen mit zu sich nach Hause nehmen. Sie würden Chopin lauschen und vor dem Kaminfeuer einen Cognac trinken, bevor er sie in sein Bett einlud.

Bei dem Gedanken zog sich Jos Magen unangenehm zusammen, dennoch spann sie die Geschichte weiter. Ja, sie würden sich lieben, und die schöne Lady war erfahren und leidenschaftlich, ihre Haut hell und seidig. Und wenn es zu Ende ging, dann war sie nicht am Boden zerstört, sondern nahm es gelassen hin, ohne eine Szene zu machen. Schließlich war man zivilisiert.

Jo starrte ihr Konterfei an. Der Frau im Spiegel rannen Tränen über die Wangen. Mit einem frustrierten Aufschrei schlug sie die Schranktür mit Wucht zu. *Was ist nur in mich gefahren?* Unwirsch wischte sie sich die Tränen von den Wangen. *Schon seit Tagen bin ich nicht mehr ich selbst! Ich muss das endlich abschütteln, was immer es auch ist.* Sie schlüpfte in ihre Gymnastikschuhe, hängte sich den Bademantel über den Arm und verließ ihren Wohnwagen.

Entschlossen untersagte sie sich jeden weiteren Gedanken an Keane Prescotts Liebesleben. Stattdessen konzentrierte sie sich ganz darauf, nicht in eine der vielen Pfützen zu treten, als sie eilig über den Platz lief. Auf halbem Wege kam ihr Rose entgegen. An der Miene ihrer Freundin erkannte Jo sofort, wie wütend diese war.

„Hallo, Rose." Hastig wich sie aus, als die Schlangenbeschwörerin wutentbrannt durch eine Pfütze stapfte.

„Ich sag's dir, er ist ein hoffnungsloser Fall!" Aufgeregt wedelte Rose mit dem Zeigefinger. „Jetzt reicht es mir. Endgültig! Ich verschwende nur meine Zeit."

„Geduld hast du auf jeden Fall bewiesen." Mitgefühl war wohl in dieser Situation angebracht. „Mehr, als er verdient."

„Die Geduld einer Heiligen!" Theatralisch legte Rose sich die Hand aufs Herz. „Aber selbst eine Heilige stößt an ihre Grenzen." Sie schüttelte das Haar zurück und seufzte schwer. *Adios.* Ich glaube, meine Mutter ruft mich."

Auf dem Weg zum Hauptzelt begegnete ihr Jamie. Die Hände tief in den Taschen vergraben, murmelte er vor sich hin: „Sie ist irre." Er blieb stehen und breitete die Arme aus. „Sie ist völlig irre!", rief er. Sein Gesichtsausdruck war der eines missverstandenen und völlig zu Unrecht beschuldigten Mannes. Dann ging er mit hängendem Kopf weiter.

Jo sah ihm nach, bis er verschwunden war, dann rannte sie zum Zelt. In der Manege sah Carmen bewundernd Vito zu, der eine neue Nummer auf dem Seil einstudierte. Das Zelt hallte wider vom Lärm der Proben. Artisten riefen sich Kommandos zu, Hunde bellten, überall raschelte und klingelte und dröhnte es. Am Rand der Manege machten die Beirots ihre ersten Aufwärmübungen. Jo war also noch nicht zu spät dran, wie sie zufrieden feststellte. Hoch über ihrem Kopf erschallte plötzlich ein gellendes Pfeifen. Sie sah auf und winkte Vito zu, der dort oben auf dem Seil gerade eine Drehung vollzog.

„Hey, Kleines, deine Rückansicht ist wirklich hübsch. Fast so hübsch wie meine."

„Niemand hat so einen hübschen Hintern wie du, Vito", rief sie gut gelaunt zurück.

„Ich weiß. Ist das nicht traurig? Damit muss ich wohl leben." Er blinzelte ihr vergnügt zu. „Wann gehst du endlich mit mir aus, Süße?", fragte er sie wie immer.

„Wenn du meinen Katzen beibringst, auf dem Seil zu tanzen", lautete ihre Antwort, ebenfalls wie immer.

Vito lachte und begann einen leichtfüßigen Cha-Cha-Cha auf dem Seil. Jo erhaschte den vernichtenden Blick, den Carmen ihr zuwarf. Die hat es ja wirklich böse erwischt, dachte sie, wenn sie Vitos harmloses Flirten so ernst nimmt. Um Carmen zu beruhigen, ging sie zu ihr und flüsterte ihr verschwörerisch zu: „Er würde glatt abstürzen, sollte ich seine Einladung annehmen."

„Ich würde sofort mit ihm ausgehen." Carmen schmollte ganz entzückend. „Wenn er mich nur fragen würde."

Kopfschüttelnd wunderte Jo sich, warum Romanzen immer so kompliziert sein mussten. Sie konnte von Glück sagen, dass sie solche Probleme nicht hatte.

Tröstend klopfte sie Carmen auf die Schulter und ging schnell weiter.

Die Sechs Beirots waren Brüder, kleine, drahtige Männer aus Belgien. Jo trainierte häufig mit den Akrobaten, um sich in Form zu halten. Sie mochte sie alle, kannte ihre Frauen und Kinder und verstand auch den Mischmasch aus Englisch und Französisch ohne Mühe. Raoul war der älteste und muskulöseste der Brüder. Daher war er auch der Träger der menschlichen Pyramide, die die Beirots Abend für Abend vorführten.

Sobald er Jo erblickte, hob er grüßend die Hand. „Was ist? Zeigst du mir einen Purzelbaum?"

Lachend vollführte Jo eine Hechtrolle über die niedrige Manegeneingrenzung und streckte die Zunge heraus.

Raouls einziger Kommentar lautete: „Schlapp."

„Ich muss mich schließlich erst aufwärmen", behauptete sie gespielt beleidigt. „Meine Muskeln brauchen Feintuning."

Während der nächsten halben Stunde trainierte Jo mit den Beirot-Brüdern, machte Dehnübungen, spannte die Muskeln an und lockerte sie wieder. Ihr Herzschlag verfiel in einen harten, stetigen Rhythmus, sie fühlte sich energiegeladen und frei.

In ihrer übermütigen Laune ließ sie sich sogar zu einigen akrobatischen Kunststücken überreden, auch wenn sie die komplizierteren Sachen den Experten überließ. Sie schlug Räder, machte Handstandüberschlag vorwärts und rückwärts und sprang einen Salto auf Raouls Kommando. Volle dreißig Sekunden hielt sie sich auf dem großen Balance-Ball, erntete allerdings gutmütige Spottrufe für ihren wenig eleganten Abgang.

Als die Beirots mit ihren Sprüngen begannen, stellte Jo sich ein wenig abseits, um zuzuschauen. Ein Sprungbrett wurde aufgestellt, und die Männer nahmen in schneller Folge Anlauf und sprangen ab, um hoch in der Luft Salti zu drehen und dann auf der Turnmatte zu landen. Rufe in Englisch und Französisch hallten durch das Zirkusrund, Kommandos, um sich gegenseitig anzufeuern.

„Alors, Jo." Raoul machte ihr ein Zeichen. „Du bist dran."

„Oh nein." Sie schüttelte den Kopf und griff nach ihrem Bademantel. „Kommt überhaupt nicht infrage." Allgemeines Frotzeln auf Französisch war die Antwort auf ihre Weigerung. „Ich muss meinen Katzen noch ihre Vitamine verabreichen." Noch immer schüttelte sie den Kopf.

„Komm schon, Jo. Es macht Spaß." Raoul zog lachend die Augenbrauen hoch. „Fliegst du nicht gerne?" Er bemerkte, wie sie das Sprungbrett mit glänzenden Augen betrachtete und lächelte. „Du musst nur den richtigen Anlauf nehmen. Dann machst du einen einfachen Salto in der Luft und landest auf meinen Schultern." Mit beiden Händen klopfte er sich auf dieselben, um ihr zu beweisen, wie solide sie waren.

Unentschlossen kaute Jo an ihrer Unterlippe. Es reizte sie. Zu lange war es her, seit sie am Trapez durch die Luft geschwungen war. Zweifelnd schaute sie zu Raoul. „Und du fängst mich?"

„Raoul hat noch nie jemanden fallen lassen", sagte er stolz und schaute sich um Zustimmung heischend zu seinen Brüdern um.

„*N'est-ce-pas?*" Seine Brüder gaben nur unverständliche Laute von sich und schlugen die Augen zur Decke auf.

„Pah!", winkte Raoul eingeschnappt ab.

Natürlich wusste Jo, dass Raoul einer der Besten seines Fachs war. Dennoch ... „Du fängst mich auf jeden Fall, verstanden?", warnte sie ihn lieber noch einmal mit drohend erhobenem Zeigefinger.

„*Chérie.*" Prahlerisch stellte er sich in Position. „Ein Babyspiel."

„Kinder", korrigierte Jo. „Es heißt ‚Kinderspiel'." Sie holte tief Luft, nahm Anlauf und drückte sich vom Sprungbrett ab. Hoch oben in der Luft rollte sie sich zusammen und drehte sich einmal um sich selbst. Mit offenen Augen sah sie zu, wie sich das Zeltdach mitdrehte. Es war ein gutes Gefühl. Als das Zelt wieder in die richtige Perspektive rückte, streckte sie sich. Und dann spürte sie auch schon Raouls kräftige breite Schulter unter ihren Füßen und seine Hände an ihren Fußgelenken.

Nur kurz musste sie mit den Armen rudern, um das Gleichgewicht wiederzufinden. Von den Beirots kamen Applaus und begeisterte Pfiffe. Sie sprang von Raouls Schultern, der sie um die Hüfte packte, um sie nachfedern zu lassen.

„Wann kommst du zu unserer Truppe?", fragte er lachend und versetzte ihr einen freundschaftlichen Klaps auf den Po. „Wir setzen dich auf dem Hochmast ein."

„Danke, aber ich bleibe lieber bei meinen Löwen." Sie winkte zum Abschied und schob, schon auf dem Weg zum Hippodrom, einen Arm in den Ärmel ihres Bademantels. Doch dann verharrte sie mitten im Schritt. Keane saß auf einem der Sitze in der ersten Reihe des Zuschauerraums.

„Erstaunlich", sagte er und stand auf. „Aber im Zirkus soll ja auch jeder staunen, nicht wahr?" Er half ihr in den Bademantel. „Gibt es etwas, das Sie nicht können?"

„Ziemlich viel sogar." Sie nahm diese Frage durchaus ernst. „Meine Stärke liegt im Umgang mit Tieren. Alles andere ist nur Zeitvertreib."

„Dafür hat es außerordentlich professionell gewirkt", sagte er und zog ihren Zopf aus dem Bademantel.

„Sitzen Sie schon länger da?"

„Ich kam rechtzeitig ins Zelt, um Vitos Kommentar über Ihre Rückansicht mit anhören zu können."

Jo lachte auf und sah zu Vito zurück, der jetzt hemmungslos mit Carmen flirtete. „Vito ist ein wenig verrückt."

„Mag sein." Keane nahm ihren Arm. „Aber seine Augen sind völlig in Ordnung. Möchten Sie vielleicht einen Kaffee?"

Sofort musste Jo an den gestrigen Abend denken. Sie hatte nicht vor, sich erneut von seinem Charme einwickeln zu lassen, also schüttelte sie ablehnend den Kopf. „Ich muss mich umziehen." Sie verknotete den Gürtel des Bademantels. „Um zwei beginnt die Vorstellung. Ich muss das Programm noch einmal mit den Tieren durchgehen."

„Es ist wirklich erstaunlich, wie viel Zeit ihr Artisten in eure Kunst steckt. Die Proben scheinen übergangslos in die Vorstellung zu münden und umgekehrt."

Dass er die Zirkusarbeit als Kunst bezeichnete, stimmte sie etwas milder. „Was dachten Sie denn? Sie bereiten sich doch auch auf Ihre Gerichtsverhandlungen vor. Jemand, der sich vor Publikum präsentiert, versucht immer, das Beste aus sich herauszuholen. Man arbeitet

65

ständig an sich selbst, um sich zu perfektionieren. Hat man die eine Vorstellung gut hinter sich gebracht, denkt man schon an die nächste, wie man es eventuell noch besser, schneller, höher machen könnte."

„Ist ein Zirkusartist denn nie zufrieden mit dem Ergebnis?", fragte er, als sie ins Sonnenlicht hinaustraten.

„Wären wir das, würden wir keinen Grund mehr haben, zurückzukommen und es erneut zu versuchen."

Er nickte abwesend, so als sei er mit seinen Gedanken meilenweit fort. „Ich muss heute Nachmittag abreisen", sagte er eher zu sich selbst.

„Abreisen?" Jos Herz setzte einen Schlag lang aus. Die Enttäuschung traf sie mit solcher Wucht, dass sie einen Moment brauchte, um sich zu fassen. „Zurück nach Chicago?"

„Wie?" Er blieb stehen und wandte sich zu ihr. „Oh. Ja."

„Und was wird aus dem Zirkus?" In Gedanken schalt sie sich, wieso das nicht ihre erste Frage gewesen war. Doch sie wollte nicht, dass er abreiste.

Keane runzelte die Stirn und setzte sich wieder in Bewegung. „Ich sehe bisher keinen Anlass, den Plan für dieses Jahr zu ändern."

„Nur den Plan für dieses Jahr?", hakte sie vorsichtig nach.

Keane sah sie an. „Ich habe noch nicht entschieden, wie es mit dem Zirkus weitergehen soll. Aber bis zum Ende der Saison werde ich sicherlich nichts unternehmen."

„Ich verstehe." Sie seufzte. „Also eine Art Gnadenfrist."

„Wenn Sie es so nennen wollen", stimmte er zu.

Jo schwieg einen Moment, doch sie musste die Frage stellen. „Dann werden Sie also nicht ... ich meine, wenn Sie nach Chicago zurückfahren, dann werden Sie nicht weiter mit uns auf Tour gehen?"

Sie wichen beide einer Pfütze aus, bevor Keane antwortete. „Nach einer so kurzen Zeit kann ich noch keine endgültige Entscheidung über den Zirkus treffen. Bei einem meiner Fälle hat sich etwas ergeben, um das ich mich persönlich kümmern muss, aber in einer, spätestens zwei Wochen sollte ich wieder zurück sein."

Erleichterung überkam sie. *Er kommt zurück*, jubelte eine kleine Stimme in ihr. *Das sollte dir völlig gleich sein*, hielt eine andere dagegen. „In zwei Wochen sind wir in South Carolina", merkte Jo an.

Inzwischen waren sie bei ihrem Wohnwagen angekommen. Jo

legte die Hand an die Türklinke und drehte sich zu Keane um. Es geht mir darum, dass er den Zirkus versteht, sagte sie sich, als sie ihn anschaute. Das ist der einzige Grund, weshalb er zurückkommen soll. Dabei wusste sie genau, dass sie sich selbst belog. Was es schwierig für sie machte, ihm in die Augen zu sehen.

Ein Lächeln erschien auf seinem Gesicht. „Ich weiß, Duffy hat mir den Tourplan gegeben. Keine Sorge, ich finde Sie schon. Bitten Sie mich nicht mit hinein?"

„In den Wohnwagen? Nein, ich sagte doch schon, ich muss mich umziehen und ..."

Noch während sie sprach, trat er auf sie zu. Der Ausdruck in seinen Augen warnte sie. Manchmal sah einer ihrer Löwen sie so an, wenn er bereit zum Angriff war. „Ich habe jetzt wirklich keine Zeit. Falls wir uns nicht mehr vor Ihrer Abfahrt sehen sollten ... gute Reise." Sie zog die Tür auf. Doch da schob Keane sie bereits die Stufen empor und folgte ihr in das Innere des Wagens hinein. So ausmanövriert worden zu sein behagte Jo überhaupt nicht.

„Sagen Sie, Herr Anwalt, gibt es nicht ein Gesetz, das Einbruch und unbefugtes Betreten regelt?"

„Das findet hier keine Anwendung", erwiderte er glatt. „Es war ja nicht abgeschlossen." Interessiert sah er sich in Jos Wohnwagen um. Die Aufteilung war die gleiche wie in Franks Wagen, hier aber war die Inneneinrichtung geschmackvoll und deutlich feminin. Natürliche Erdfarben herrschten vor und betont klare Linien. Kleine persönliche Dinge machten den Wagen anheimelnd – Vorhänge an den Fenstern anstatt Jalousien, große Kissen auf der dunkelgrünen Sitzbank, ein Strauß Wildblumen in einer schmalen Vase auf dem Tisch.

Wortlos ging Keane zu der großen schwarzen Lacktruhe, die gegenüber der Eingangstür stand, und nahm das Buch auf, das darauf lag. „*Der Graf von Monte Christo*", las er den Titel vor, während Jo ihn aus zusammengekniffenen Augen wütend beobachtete. „In Französisch", fügte er mit einer verblüfft hochgezogenen Augenbraue an.

„Es wurde in Französisch geschrieben." Jo nahm es ihm aus der Hand. „Also lese ich es in Französisch." Sie hob den Deckel der Lacktruhe an, um das Buch in die Truhe zurückzulegen, doch bevor sie sie wieder schließen konnte, hielt Keane sie auf.

„Du lieber Himmel, sind das Ihre?" Keane kramte in den Büchern, die in der Truhe lagen. „*Anna Karenina*, Shakespeare-Gedichte und *Madame Bovary*. Wann finden Sie überhaupt Zeit in dieser verrückten Vierundzwanzigstundenwelt des Zirkus, um so etwas zu lesen?"

„Die nehme ich mir." Jos Augen funkelten böse. „Meine Freizeit nämlich. Hören Sie, nur weil Sie der Besitzer sind, haben Sie noch lange nicht das Recht, sich hier hereinzudrängen, meine Sachen zu durchstöbern und eine Rechtfertigung von mir zu verlangen, wie ich meine Zeit verbringe. Das hier ist mein Wohnwagen, und das sind alles meine Sachen."

„Moment", unterbrach Keane ihre ärgerliche Tirade. „Erstens, ich verlange gar keine Auflistung Ihrer Arbeitszeit. Ich bin einfach nur erstaunt, dass Sie bei all Ihren Aufgaben noch Zeit finden, so viel zu lesen. Zweitens ...", er trat einen Schritt auf sie zu, berührte sie aber nicht, „... entschuldige ich mich dafür, dass ich in Ihren Sachen gestöbert habe, wie Sie es nennen. Es hat mich nur interessiert, weil ich diese Bücher ebenfalls mag. Ob es uns gefällt oder nicht, wir scheinen die gleichen Autoren zu bevorzugen. Drittens, was nun das Eindringen in Ihren Wohnwagen betrifft ... da muss ich mich schuldig bekennen. Wenn Sie mich verklagen wollen ... ich kann Ihnen da ein paar wirklich fähige Anwälte empfehlen."

Seine letzte Bemerkung brachte immerhin ein schwaches Lächeln auf ihre Lippen. „Ich überlege es mir." Sehr viel behutsamer als nötig schloss Jo den Truhendeckel. Sie hatte sich wirklich nicht sehr freundlich verhalten. „Tut mir leid", entschuldigte sie sich bei ihm.

Neugierig betrachtete er sie. „Was tut Ihnen leid?"

„Dass ich Sie so angefaucht habe." Sie zuckte mit den Schultern. „Ich dachte, Sie wollen mich kritisieren. Wahrscheinlich bin ich einfach nur überempfindlich."

Er ließ sich einige Sekunden Zeit, bevor er sprach. „Die Entschuldigung ist unnötig, aber ich akzeptiere sie gern. Wenn Sie mir eine Frage beantworten."

Jo runzelte die Stirn. „Welche?"

„Lesen Sie auch Romane auf Russisch?"

Lachend strich Jo sich das Haar aus dem Gesicht. „Ja. Obwohl ich natürlich ziemlich lange dafür brauche."

Keane gefielen die beiden kleinen Grübchen, die sich auf ihren

Wangen zeigten, wenn sie lachte. „Wissen Sie eigentlich, dass Sie noch hübscher sind, wenn Sie lachen?"

Ihr Lachen erstarb. Jo war nicht an diese Art von Komplimenten gewöhnt und hatte nicht die geringste Ahnung, wie sie damit umgehen sollte. Die Frauen, mit denen sie sich Keane heute Morgen vorgestellt hatte, würden da sicherlich ganz anders reagieren. Die würden wissen, was man darauf erwidern konnte, würden perlend lachen oder eine geistreiche Bemerkung von sich geben. Leider gehörte Jolivette Wilder nicht zu diesen Frauen.

Sie hielt den Blick unverwandt auf sein Gesicht gerichtet. „Ich weiß nicht, wie man flirtet", sagte sie offen.

Keane legte den Kopf leicht schief. Etwas flackerte in seinen Augen auf, das zu schnell wieder verschwand, als dass Jo es hätte definieren können. „Ich flirte nicht, Jo, ich habe lediglich eine Tatsache ausgesprochen. Hat Ihnen noch nie jemand gesagt, dass Sie schön sind?"

Er stand viel zu dicht bei ihr, doch in dem begrenzten Raum des Wohnwagens sah Jo keine Möglichkeit, ihm auszuweichen. „Nicht auf die Art, wie Sie es eben getan haben." Sie legte eine Hand flach auf seine Brust, um den Abstand zu wahren. Möglich, dass sie eingekesselt war, aber geschlagen gab sie sich deshalb noch lange nicht.

Sanft nahm Keane ihre Hand und drückte einen Kuss auf die Innenfläche. Unwillkürlich schnappte Jo nach Luft. „Sie haben wunderbare Hände", murmelte er und fuhr mit einem Finger über die Adern, die unter der Haut schimmerten. „Zarte Knochen, lange schlanke Finger, kraftvoll. Ihre Handflächen zeugen von der harten Arbeit, die Sie jeden Tag verrichten. Was Ihre Hände so faszinierend macht." Er hob den Blick, forschte in ihrem Gesicht. „Genauso faszinierend wie Sie."

„Ich weiß nicht, was ich erwidern soll, wenn Sie solche Dinge sagen." Ihre Stimme klang heiser, sie konnte nichts dagegen tun. „Ich wünschte, Sie würden es nicht sagen."

„Wünschen Sie das wirklich?" Mit den Fingerknöcheln strich er ihr zart über die Wange. „Das ist schade. Denn je länger ich Sie ansehe, desto mehr Dinge fallen mir ein. Sie sind ein bezauberndes Wesen, Jolivette."

„Ich muss mich umziehen." Sie räusperte sich. „Gehen Sie jetzt, bitte."

„Daran ist wohl leider nicht zu rütteln." Er hob ihr Kinn leicht an. „Dann geben Sie mir einen Kuss zum Abschied."

Jo versteifte sich. „Das wird wohl kaum nötig sein."

„Sie könnten nicht mehr irren." Er beugte den Kopf vor. „Es ist sogar dringend nötig." Behutsam berührte er ihre Lippen mit seinem Mund und zog sie in seine Umarmung. „Küss mich, Jo", verlangte er leise. „Lege die Arme um mich und küss mich."

Einen Moment noch konnte sie widerstehen, doch die Versuchung war zu groß. Ihr Instinkt übernahm die Führung, schaltete den Verstand aus, als Keanes Lippen zärtlich die ihren streiften. Sie schlang die Arme um seinen Nacken, ihre Lippen wurden weich und nachgiebig.

Ihre Hingabe ließ heiße Flammen der Leidenschaft in Keane auflodern. Er vertiefte den Kuss, seine Umarmung wurde fester, er zog Jo enger an sich heran. Ihr leiser Seufzer war nicht Äußerung von Protest, sondern von Erstaunen. Sie schob die Finger in sein Haar, zog seinen Kopf näher. Sie spürte, wie ihr Bademantel auseinanderklaffte, fühlte Keanes Hände an ihren Seiten. Seine Berührung ließ sie erschauern, ihre Haut begann überall zu prickeln.

Als er jedoch seine Finger um die zarte Rundung ihrer Brust schloss, zuckte sie zurück. „Keine Angst, Darling", murmelte er an ihren Lippen und streichelte sie zart, bis sie sich wieder entspannte, küsste ihre Mundwinkel, bis sie erneut bereit war, seinen Kuss zu erwidern. Das dünne Trikot war keine Barriere für die brennende Berührung seiner Finger. Er ließ seine Hände langsam über ihre Brust, hinunter an ihren Seiten, über ihre Hüften gleiten.

Kein Mann zuvor hatte Jo so berührt. Sie fand nicht die Kraft, Keane aufzuhalten, im Gegenteil, in ihr wuchs der drängende Wunsch, er möge nie aufhören. War das die Leidenschaft, von der sie schon so viel gelesen hatte? Die Leidenschaft, für die Männer in Kriege zogen, wider besseres Wissen? Leidenschaft, die alle Vernunft ausschaltete, die Menschen dazu trieb, alle Risiken einzugehen? Jetzt endlich meinte sie zu verstehen, um was es in ihren Büchern ging.

Sie klammerte sich an ihn, während er ihr zeigte, welche Bedürfnisse ihr Körper hatte und wie sie gestillt werden konnten. Ihr Mund verlangte nach mehr, wollte seinen Geschmack ganz auskosten. Sie hätte ewig so in seinen Armen bleiben können, für Jahre, Dekaden, solange es dauerte, bis Welten vergingen und neue entstanden.

Doch da hob er den Kopf, und noch immer schien dieselbe Sonne durch die Fenster. Die Ewigkeit hatte nur Augenblicke gedauert.

Jo war nicht in der Lage, ein Wort zu sagen. Ihre Augen hatten sich verdunkelt, ein neues Bewusstsein stand in ihnen zu lesen, ihre Wangen brannten. Und doch, auch wenn ihre Lippen prickelten, behielt ihr Mund den unschuldigen Ausdruck der Jugend.

Keanes Arme lagen um ihre Taille, als er forschend diesen Mund betrachtete. „Es ist schwer zu glauben, dass ich der erste Mann bin, der dich berührt." Sein Blick glitt zu ihren Augen. „Und außerordentlich erregend. Denn deine Leidenschaft ist tatsächlich so mitreißend, wie dein Äußeres erahnen lässt. Ich möchte dich bei Tageslicht lieben, damit ich genau beobachten kann, wie deine bewundernswerte Selbstbeherrschung Stück für Stück schwindet. Wir werden darüber reden, wenn ich wieder zurück bin."

Jo riss sich zusammen, zwang ihre Muskeln, wieder zu gehorchen, wohl wissend, dass sie kurz davorstand, sich Keane zu ergeben. „Nur weil ich mich von dir habe küssen und berühren lassen, heißt das nicht, dass ich mit dir schlafen werde." Sie hob das Kinn, ihre Selbstsicherheit kam zurück. „Wenn es passiert, dann weil ich es will, nicht weil du es von mir verlangst."

Der Ausdruck in Keanes Augen änderte sich. „Natürlich", stimmte er ihr zu. „Meine Aufgabe ist es also, dich dahin zu bringen, dass du es willst." Er küsste sie hart und kurz. Dieses Mal behielt Jo die Augen offen, und sie spürte sein Lächeln an ihren Lippen. „Du bist die faszinierendste Frau, die ich kenne, Jolivette." Er wandte sich zum Gehen. „Ich komme wieder." Damit zog er die Tür hinter sich zu.

Jo blieb benommen zurück. Faszinierend? Mit den Fingern fuhr sie sich über die Lippen. Dann eilte sie zum Fenster und kniete sich auf die Bank, um Keane nachsehen zu können.

Schon jetzt vermisste sie ihn schrecklich.

6. Kapitel

Quälend langsam gingen die Tage dahin. Keane war jetzt schon die zweite Woche fort, und wohin der Zirkus auch kam, überall hielt Jo Ausschau, ob sie ihn nicht endlich irgendwo in der Menge erblickte. Ständig schwankte sie zwischen Unmut und Verzweiflung. Und je länger er wegblieb, desto schlimmer wurde ihr Zustand.

Nur im Löwenkäfig schaffte sie es, ihre Konzentration ausschließlich auf ihre Arbeit zu richten, denn schließlich wusste sie, dass sie sich hier Unaufmerksamkeit nicht leisten konnte. Doch selbst wenn die Vorstellung zu Ende war, konnte sie sich nicht wirklich entspannen. Jeden Morgen, wenn sie erwachte, dachte sie daran, dass Keane heute vielleicht zurückkommen würde. Und jeden Abend legte sie sich zu Bett, um in einen unruhigen Schlaf zu fallen, weil mit der aufgehenden Sonne vielleicht auch Keane kommen würde.

Der Frühling war ins Land gezogen, die Weiden erstrahlten in frischem jungen Grün. Die ersten Wildblumen wuchsen, und ihr zarter Duft erfüllte die Luft. Die Tage wurden wärmer, auch wenn der Zirkus sich Richtung Norden bewegte. Abends blieb es immer länger hell. Alle Artisten genossen die laue Luft der sonnigen Tage, nur Jo fühlte sich unausgeglichen und angespannt.

Da war diese Vorstellung, die sie mehr und mehr quälte: Nachdem Keane nun wieder zu seinem Leben in Chicago zurückgekehrt war, hatte er sicher gar keine Lust mehr, zum Zirkus zurückzukommen. Wozu auch? Dort in der Großstadt hatte er Luxus und Reichtum und elegante Frauen.

Dazu kam die Sorge um ihre eigene Zukunft: Welches Schicksal würde den Zirkus ereilen? Ob Keane beschloss, ihn nach Ablauf der Saison aufzulösen?

Immer wieder versicherte Jo sich, dass sie Keane nur aus einem einzigen Grund noch einmal treffen wollte: Sie musste ihn irgendwie dazu überreden, den Zirkus zu erhalten. Alles andere war unwichtig. Doch die Erinnerung an den leidenschaftlichen Kuss schlich sich viel zu oft in ihre Gedanken. So zog sie sich mehr und mehr in sich selbst zurück und füllte die seltsame Leere in ihrem Innern mit Arbeit.

Mehrmals pro Woche fand sie Zeit, Gerry unter ihre Fittiche zu nehmen. Sie erlaubte ihm, sich um zwei der jüngeren Löwen zu kümmern. Mit festen Lederhandschuhen geschützt, konnte er mit ihnen spielen, sie füttern und ihnen die ersten kleineren Tricks beibringen. Zufrieden sah Jo zu, wie die Tiere allmählich auf Gerry reagierten und ihm gehorchten. Jedes Mal, wenn die beiden jungen Raubkatzen ein Kommando befolgten, wurden sie mit einem kleinen Stück rohem Fleisch belohnt.

Gerry hatte ganz sicher Potenzial. Jo spürte seine aufrichtige Zuneigung zu den Tieren, und er zeigte Entschlossenheit. Allerdings hatte er bisher noch nicht den nötigen Respekt – oder besser gesagt – eine gesunde Angst entwickelt. Er war zu lässig, und mit der Lässigkeit kam unweigerlich auch die Gefahr. Erst wenn Gerry an diesem Manko weiterarbeitete, würde Jo ihn zur nächsten Phase im Training mit den Löwen führen.

An diesem Vormittag fand keine Matinee-Vorstellung statt, und so hallte das Hauptzelt vom Lärm probender Artisten wider. Jo trug Stiefel, Khakihosen und eine langärmelige Bluse. Zusammen mit Gerry stand sie vor dem Käfig in der Manege und deutete mit dem Peitschengriff auf die im Halbkreis aufgestellten Hocker.

„Also, pass auf. Buck wird Merlin in den Ring lassen. Merlin ist der Friedfertigste von allen, abgesehen von meinem lieben alten Ari. Aber Ari ist selbst zu dem kürzesten Training nicht mehr in der Lage." Ihre Augen blickten traurig, doch sie schüttelte das bedrückende Gefühl schnell ab. „Merlin kennt dich, er ist an deine Stimme und an deinen Geruch gewöhnt." Gerry schluckte und nickte stumm. „Wenn wir hineingehen, bleibst du immer dicht bei mir. Du bist praktisch mein Schatten. Du bewegst dich, wenn ich mich bewege. Und du machst den Mund nicht eher auf, bis ich es dir sage. Solltest du es mit der Angst zu tun bekommen – nur nicht rennen!" Sie fasste ihn eindringlich beim Arm. „Das ist wichtig, verstehst du? Nie rennen! Sag mir Bescheid, wenn du rauswillst, und ich bringe dich zum Ausgang."

„Ich werde nicht rennen, Jo", versicherte er ihr, musste sich aber die feuchten Handflächen an der Jeans abwischen.

„Bereit?"

Gerry nickte und grinste schief. „Ja."

Jo öffnete die Tür zum großen Manegenkäfig. Hinter Gerry legte sie den Riegel wieder vor. Mit ausholenden Schritten ging sie bis in die Mitte der Manege. „Lass ihn rein, Buck!", rief sie ihrem Helfer zu, und sofort war das Geräusch eines sich öffnenden Gitters zu hören. Merlin kam durch den engen Gang in die Arena und sprang auf seinen Hocker. Erst gähnte er ausgiebig, bevor er die Augen auf Jo richtete.

„Heute gibt es ein Solo für dich, Merlin", sprach sie mit dem Löwen, während sie sich ihm näherte. „Du bist der alleinige Star. Bleib hinter mir", wies sie Gerry scharf an, weil der Junge einfach nur stehen blieb und die große Raubkatze anstarrte. Merlin dagegen warf nur einen gelangweilten Blick auf Gerry und wartete.

Jo streckte einen Arm gerade in die Luft, Merlin richtete sich auf die Hinterpfoten auf. „Du weißt ja", sagte sie zu dem Jungen neben sich, „einem Löwen beizubringen, auf seinen Hocker zu springen, ist die allererste Übung. Dabei hält das Publikum es für selbstverständlich. Sich aufzurichten ist die zweite Übung." Sie bedeutete Merlin, sich wieder fallen zu lassen. „Und es dauert, bis sie das begriffen haben. Dazu muss man auch erst ihre Rückenmuskulatur stärken."

Sie gab Merlin ein weiteres Zeichen, und er schlug mit den großen Tatzen in die Luft und ließ ein beeindruckendes Brüllen hören. „Du bist ein wunderbarer Schauspieler", lobte Jo ihren Löwen mit einem Grinsen. „Das Kommando muss immer von derselben Stelle aus gegeben werden, in der gleichen Stimmlage. Das bedeutet unzählige Wiederholungen und endlose Geduld. Jetzt pass auf, Gerry, ich lasse Merlin von seinem Hocker herunterkommen."

Jo knallte mit der Peitsche und führte den Löwen dann zu der Stelle in der Manege, wo er sich hinlegen sollte. Dabei achtete sie darauf, dass ihr Schüler dicht neben ihr blieb.

„Dieser Käfig hat einen Durchmesser von etwas über dreizehn Meter. Du musst jederzeit jeden Zentimeter im Kopf haben", sagte sie zu Gerry. „Du musst auch immer wissen, wie viel Platz dir noch bis zu den Gittern bleibt. Kommst du zu nah an die Gitterstäbe, hast du keinen Spielraum mehr, um nötigenfalls auszuweichen. Das ist einer der schlimmsten Fehler, die ein Dompteur machen kann." Auf ihr Signal hin legte Merlin sich zu Boden und rollte sich auf die Seite.

„Drehen, Merlin", befahl sie knapp, und der Löwe vollführte mehrere Drehungen über den Boden. „Benutze so oft wie möglich ihre Namen, so hältst du die Verbindung zu ihnen aufrecht. Außerdem musst du die Eigenheiten jeder Katze kennen. Sie alle haben verschiedene Persönlichkeiten."

Jo folgte Merlin, dann befahl sie ihm, still zu liegen. Als er brüllte, strich sie ihm lobend mit dem Peitschenstock über die Mähne. „Sie mögen es, gestreichelt zu werden, genau wie Hauskatzen. Aber täusche dich nicht, es sind keine zahmen Haustiere. Deine Aufmerksamkeit darf nie nachlassen, und vor allem musst du ihnen immer zeigen, wer das Sagen hat. Das erreichst du nicht mit Schlägen und Schreien, das wäre nur Quälerei, sondern mit Geduld, Willenskraft und gegenseitigem Respekt. Sie haben ihren Stolz, also lass ihn ihnen. Du sollst sie nicht zu unterwürfigem Gehorsam zwingen, sondern du musst sie austricksen."

Jo hob beide Arme, und Merlin richtete sich auf die Hinterpfoten auf. „Der Mensch ist ein unbekannter Faktor für sie. Deshalb arbeite ich auch lieber mit Löwen, die in der Wildnis geboren wurden. Ari ist da die Ausnahme. Einem in Gefangenschaft geborenen Raubtier ist der Mensch zu vertraut. Da können sich Grenzen verwischen."

Sie lief durch die Manege, und Merlin folgte ihr auf den Hinterpfoten mit hoch in die Luft gereckten Tatzen. Auf diese Weise überragte er seine kleine, zierliche Dompteuse um ein beträchtliches Stück. Gerry hielt die Luft an, doch Jo fuhr ruhig fort: „Löwen können mit der Zeit ziemlich anhänglich werden, aber dann lässt auch der Respekt nach. Das passiert oft, wenn eine Raubkatze lange mit demselben Trainer arbeitet. Sie werden nicht zahmer, sondern gefährlicher, je länger sie in der Show sind. Sie werden ständig versuchen, dich zu testen. Der Trick dabei ist, sie glauben zu lassen, dass dir nichts etwas anhaben kann. Dass du unbesiegbar bist."

Sie gab Merlin das Zeichen, sich wieder auf alle viere fallen zu lassen. Er gähnte ausgiebig und lief zu seinem Hocker zurück. „Wenn sie nach dir schlagen, musst du sie sofort aufhalten und auf ihren Platz verweisen, denn sie werden es immer und immer wieder versuchen und jedes Mal näher an dich herankommen. Wenn ein Trainer im Käfig verletzt wird, dann nur, weil er einen Fehler gemacht hat. Tiere haben ein untrügliches Gespür für Fehler, manchmal reagieren sie nicht darauf, dann wiederum springen sie sofort darauf an. Merlin hier hat mir schon mehrere Male einen freundschaftlichen Schlag mit der Pranke versetzt. Bisher hat er die Krallen immer eingezogen behalten, doch irgendwann vergisst er vielleicht, dass er nur spielen will. Noch Fragen?"

„Hunderte." Gerry wischte sich mit dem Handrücken über den Mund. „Im Moment fällt mir nur keine ein."

Jo lachte leise und kraulte Merlin zärtlich die Mähne. „Die kommen dir später, sobald du wieder in Ruhe nachdenken kannst. Beim ersten Mal ist immer viel zu verarbeiten. Dann los, du kennst den Befehl. Sag ihm, er soll sich aufsetzen."

„Ich?"

Jo trat beiseite, sodass Merlin freie Sicht auf Gerry hatte. „Du kannst Angst haben, so viel du willst. Du darfst es ihn nur nicht spüren lassen. Sorge dafür, dass deine Stimme fest und entschlossen klingt. Und sieh ihm direkt in die Augen."

Gerry rieb sich die feuchten Handflächen an der Jeans, dann hob er den Arm, wie er es Hunderte von Malen bei Jo gesehen hatte. „Hoch!", befahl er dem Löwen.

Merlin starrte Gerry unentwegt an, blinzelte einmal, sah dann zu Jo. Der Blick in den goldenen Augen besagte deutlich, was er dachte. Das da war ein Amateur und damit weit unter seiner Würde.

Jo achtete darauf, ihre Miene absolut ausdruckslos zu halten. „Er stellt dich auf die Probe", sagte sie zu Gerry. „Du darfst nicht vergessen, Merlin ist im Showgeschäft schon ein alter Hase und nicht so einfach zu beeindrucken. Sei entschieden, benutze seinen Namen."

Gerry holte tief Luft und wiederholte das Handzeichen. „Hoch, Merlin!", sagte er fester.

Der Löwe starrte ihn nur an und rührte sich nicht.

„Noch einmal." Jo hörte Gerry schlucken. „Du musst mehr Autorität in deine Stimme legen. Er hält dich für einen Witz."

„Hoch, Merlin!" Jos Beschreibung ärgerte Gerry immerhin genug, dass das Kommando fest und entschlossen klang. Merlins Reaktion kam unwillig und zögerlich, aber sie kam. Langsam, ganz langsam hob die große Raubkatze die Pranken. „Er macht es", flüsterte Gerry. „Er macht es tatsächlich!"

„Sehr gut." Jo war mit beiden zufrieden, mit ihrem Schüler und dem Löwen. „Jetzt lass ihn sich wieder setzen."

Auch das klappte, und als Nächstes befahl Gerry dem Löwen, auf den Boden zu springen.

„Hier." Jo reichte Gerry die Peitsche. „Jetzt musst du ihn loben. Er erwartet, dass er jetzt gestreichelt wird. Am liebsten wird er übrigens hinter dem Ohr gekrault." Sie spürte das leichte Zittern, als Gerry ihr die Peitsche aus der Hand nahm, doch der Junge hielt sich gut, selbst als Merlin die Mähne schüttelte und ein Brüllen hören ließ.

Da er sich so gut benommen hatte, erlaubte Jo dem Löwen, sich an ihren Beinen zu reiben, bevor sie Buck zurief, den Käfiggang zu öffnen. Das Rasseln der Gitter war Zeichen genug für Merlin: Gehorsam trottete er mit hoch erhobenem Kopf in den Gang hinein.

„Du hast dich wirklich gut gehalten", lobte sie Gerry, als sie wieder allein waren.

„Es war toll!" Mit leuchtenden Augen reichte er Jo die Peitsche zurück. Der Stock war feucht vom Schweiß seiner Handfläche. „Wann wiederholen wir das?"

Lächelnd klopfte sie ihm auf die Schulter. „Bald", versprach sie. „Behalte nur alles im Kopf, was ich dir erklärt habe. Und wenn dir die hundert Fragen wieder einfallen, dann komm zu mir."

„Klar. Danke, Jo." Er trat in die Käfigtür. „Vielen Dank. Das muss ich jetzt unbedingt den anderen Jungs erzählen."

„Ja, mach nur." Sie sah ihm nach, wie er über die Manegenabgrenzung sprang und davonspurtete. Grinsend lehnte sie sich mit dem Rücken an die Gitterstäbe und blickte zu Buck hinüber, der auf der anderen Käfigseite stand. „War ich auch so?", fragte sie lächelnd.

„Als es dir das erste Mal gelang, einen Löwen zum Aufrichten zu bringen, musste der gesamte Zirkus sich das eine Woche lang anhören. Ganze zwölf Jahre alt warst du. Und felsenfest davon überzeugt, bereit für die Manege zu sein."

Lachend wandte Jo sich um. Doch im nächsten Moment schwand das Lächeln von ihrem Gesicht, und sie holte tief Luft.

Er stand direkt vor ihr.

„Keane!", rief sie den Namen aus, von dem sie sich geschworen hatte, ihn nie wieder in den Mund zu nehmen. Krampfhaft umklammerte sie den Griff der Peitsche, um nicht die Hände nach ihm auszustrecken. „Ich wusste nicht, dass du wieder zurück bist."

„Man könnte glatt den Eindruck bekommen, ich hätte dir gefehlt." Seine Stimme klang genau so, wie Jo sie in Erinnerung hatte – tief und samten.

In Gedanken verfluchte sie sich dafür, so leicht zu durchschauen zu sein. „Schon möglich, ein wenig vielleicht", gab sie unwillig zu. „Wahrscheinlich habe ich mich einfach nur an dich gewöhnt. Und du warst länger weg, als du vorhattest."

Er sah aus wie immer. Hastig erinnerte sie sich daran, dass es nur ein Monat gewesen war, auch wenn es ihr schon wie Jahre vorkam.

„Ja, es gab da mehr zu erledigen, als ich voraussehen konnte." Mit einem Finger strich er ihr über die Wange. „Du bist blass."

„Ich konnte nicht oft in der Sonne sein", wich sie aus. „Wie war's in Chicago?"

„Kalt." Forschend musterte er ihr Gesicht. „Warst du schon mal dort?"

„Nein. Gegen Ende der Saison kommen wir in die Nähe, aber ich habe noch nie die Zeit gefunden, auch wirklich in die Stadt hineinzufahren und sie mir anzusehen."

Keane nickte nur und richtete seinen Blick auf den Käfig. „Du lernst also Gerry an."

„Ja." Erleichtert nahm sie den Themenwechsel auf und lockerte die verspannten Schultermuskeln. „Es war das erste Mal für ihn. Bisher ist er einer erwachsenen Raubkatze noch nie so nahe gewesen, ohne dass ein Gitter dazwischen war. Er hat es sehr gut gemacht."

Keane schaute ihr ernst in die Augen. „Vom Zuschauerraum aus konnte ich ihn zittern sehen."

„Es war sein erstes Mal", setzte sie zu Gerrys Verteidigung an.

„Das sollte auch keine Kritik sein", fiel Keane ihr leicht ungeduldig ins Wort. „Ich wollte damit nur sagen, dass er am ganzen Körper gezittert hat, während du absolut beherrscht und gelassen danebenstandest."

„Beherrschung gehört nun mal zu meinem Job."

„Dieser Löwe überragte dich mindestens um einen Meter, als er auf den Hinterpfoten lief. Und du hattest nicht einmal den üblichen Stuhl als Schutz."

„Mir geht es um den Gesamteindruck, um fließende Bilder. Ich kämpfe nicht mit meinen Tieren."

„Jo." Es klang so scharf, dass sie blinzelte. „Hast du denn niemals Angst, wenn du da in dem Käfig stehst?"

„Angst?", wiederholte sie mit einer hochgezogenen Augenbraue. „Natürlich habe ich Angst. Ich habe mehr Angst, als Gerry sie hatte. Oder als du sie haben würdest."

„Wovon redest du überhaupt?" Seinen Ärger konnte Keane sich nicht so recht erklären. „Ich hab doch gesehen, wie dem Jungen da drinnen vor Angst fast die Beine versagt haben."

„Das kam mehr von der Aufregung", erklärte Jo geduldig. „Er ist noch viel zu unerfahren, um wirkliche Angst zu verspüren."

Sie schüttelte das Haar zurück und seufzte. Sie sprach nicht gern über ihre Ängste, mit niemandem. Gegenüber Keane erschien es ihr besonders schwierig. Und nur weil er alles über den Zirkus wissen sollte, fuhr sie fort: „Die echte Angst kommt, je besser man sie kennt, je länger man mit ihnen arbeitet. Gerry und du, ihr könnt nur mutmaßen, was so ein Löwe mit dir anstellen kann. Ich weiß es. Ich weiß genau, wozu sie fähig sind. Sie besitzen unbezwingbaren Mut, aber mehr noch, sie sind listig und verschlagen."

Sie blickte Keane eindringlich an. „Mein Vater hätte fast sein Bein verloren. Ich war dabei und hab gesehen, was passiert ist. Damals war ich fünf, aber noch heute erinnere ich mich daran. Dad hatte einen Fehler gemacht, und ein fast dreihundert Kilo schwerer afrikanischer Löwe biss zu und schleifte Dad am Bein durch die Arena. Glücklicherweise ließ der Löwe sich durch ein paarungsbereites Weibchen ablenken. In der Paarungszeit sind die Großkatzen völlig unberechenbar, wahrscheinlich war das auch der Grund, weshalb der Löwe überhaupt angegriffen hat. Die Männchen sind extrem eifersüchtig, wenn sie sich ein Weibchen auserkoren haben."

Jo holte tief Luft. „Irgendwie gelang es meinem Vater, sich zum Ausgang zu schleppen, bevor die anderen Tiere auf ihn aufmerksam wurden. Ich weiß gar nicht mehr, mit wie vielen Stichen die Wunde genäht werden musste. Es dauerte ewig lang, bevor er wieder normal laufen konnte. Und den Ausdruck in den Augen des Löwen werde ich nie vergessen. Wenn man im Käfig mit den Tieren zusammen ist, lernt man bald, was echte Angst ist. Aber man kontrolliert sie, nutzt sie für sich. Wer das nicht kann, muss sich einen anderen Beruf suchen."

„Warum machst du es?" Er fasste sie bei den Schultern, weil sie sich abwenden wollte. „Und sag nicht wieder, es sei dein Job. Das reicht nicht als Erklärung."

Jo verstand nicht, wieso Keane so verärgert war. Seine Miene war ausgesprochen finster, und seine Finger gruben sich hart in ihr Fleisch.

Zögernd erwiderte sie: „Also gut. Natürlich ist mein Job wichtig für mich. Aber das ist nicht der eigentliche Grund. Das Training mit den Löwen ist das Einzige, was ich je gemacht habe. Und ich bin gut darin."

Sie suchte in seinem Gesicht nach einer Erklärung für seine seltsame Stimmung. War er wütend, weil sie Gerry mit in den Käfig genommen hatte?

Hastig fuhr sie fort: „Gerry wird auch gut werden, er hat das Potenzial dazu. Ich vermute, jeder Mensch braucht etwas, das er gut macht, wirklich gut. Es macht mir auch Spaß, die Leute, die herkommen, zu unterhalten und ihnen eine perfekte Show zu bieten. Der wichtigste Grund jedoch ist, dass ich meine Katzen liebe. Für einen Laien ist das vielleicht schwer zu verstehen, doch ich bewundere ihre Intelligenz, ihre einschüchternde Schönheit, ihre Kraft und ihre Wildheit, die sich niemals ganz unterdrücken lässt. Das unterscheidet sie von einem trainierten Haustier. Es sind aufregende und furchterregende Tiere und dadurch eine wunderbare Herausforderung."

Keane schwieg. Seine Augen blickten noch immer düster, doch er lockerte seinen Griff. „Vermutlich kann man nach dieser Aufregung süchtig werden", meinte er. „Dann wird es schwierig, ohne sie zu leben."

„Ich weiß nicht." Sie war nur froh, dass er sich offensichtlich langsam beruhigte. „Darüber habe ich noch nie nachgedacht."

„Nein. Du hattest wahrscheinlich nie Grund dazu." Mit einem Nicken wandte er sich ab und wollte davongehen.

Jo machte einen Schritt vor, ihm nach. „Keane." Sein Name war ihr über die Lippen geschlüpft, bevor es ihr überhaupt bewusst wurde. Als er sich zu ihr umdrehte, fühlte sie sich nicht in der Lage, die unzähligen Fragen zu stellen, die ihr durch den Kopf gingen. Also beschränkte sie sich auf die unverfänglichste. „Hast du schon entschieden, wie es mit uns weitergehen soll – mit dem Zirkus?"

Sie sah das Aufflackern in seinen Augen, das ebenso schnell wieder verschwand, wie es gekommen war. „Nein." Ein einziges Wort nur, knapp und endgültig. Als er ihr wieder den Rücken zudrehte, verspürte sie die altbekannte Wut auf ihn. Sie fasste nach seinem Arm.

„Wie kannst du so gefühllos sein, so gleichgültig?", fauchte sie. „Das Schicksal von hundert Leuten liegt in deiner Hand."

Langsam, beinahe zärtlich ergriff er ihre Hand, um sie dann sanft, aber energisch von seinem Arm zu entfernen. „Provozier mich nicht, Jo", warnte er.

„Das will ich gar nicht." Frustriert fuhr sie sich mit den Fingern durchs Haar. „Ich bitte dich nur, fair zu sein. Und etwas Verständnis zu zeigen. Das ist doch bestimmt nicht zu viel verlangt."

„Du hast kein Recht, irgendetwas von mir zu verlangen", erwiderte er schroff. Unwillkürlich hob Jo das Kinn ein Stück höher. „Ich habe mein Versprechen gehalten", fuhr er fort. „Das sollte fürs Erste reichen."

Jo hielt ihren Ärger eisern im Zaum. Gut, er hatte Wort gehalten und war zurückgekommen. So blieb ihr also noch die gesamte restliche Saison, um für den Zirkus zu kämpfen. Das war ja schon mal ein Anfang. Wenn auch kein vielversprechender. Aber immerhin.

„Vermutlich habe ich keine andere Wahl", meinte sie leise.

„Richtig."

Ohne ein weiteres Wort ging er davon, geschmeidig und fließend, wie Jo fast unwillig bewunderte. Mit gerunzelter Stirn sah sie ihm nach, und erst jetzt wurde ihr bewusst, dass ihre Handflächen feucht waren, so wie vor Kurzem noch Gerrys. Ärgerlich rieb sie sie an ihrer Jeans ab.

„Brauchst du ein offenes Ohr?"

Abrupt drehte Jo sich um und fand Jamie hinter sich stehen, in vollem Clownskostüm. Dass sie ihn nicht bemerkt hatte, sagte ihr, wie aufgewühlt und tief in Gedanken sie gewesen war. „Jamie, ich habe dich gar nicht gesehen."

„Nein, seit du aus dem Käfig gekommen bist, hast du außer Prescott überhaupt nichts mehr gesehen", stellte Jamie trocken fest.

„Wieso bist du geschminkt?" Es war wohl besser, wenn sie seinen Kommentar ignorierte.

Er zeigte auf den Hund, der zu seinen Füßen saß. „Diese Promenadenmischung hört nur auf mich, wenn ich mein Kostüm trage. Willst du darüber reden?"

„Worüber?"

„Über Prescott. Darüber, was du für ihn empfindest."

Der Hund saß brav neben Jamie und klopfte mit dem Schwanz

auf den Boden. Scheinbar gelassen beugte Jo sich hinunter und streichelte das struppige graue Fell. „Ich weiß nicht, was du meinst."

„Hör zu, ich sage ja gar nicht, dass das nichts werden kann. Aber ich will auch nicht, dass du verletzt wirst. Ich weiß schließlich aus eigener Erfahrung, wie es ist, wenn man in jemanden verknallt ist."

„Wie um alles in der Welt kommst du darauf, ich wäre in Keane Prescott verknallt, wie du es nennst?" Jo schenkte dem Hund ihre volle Aufmerksamkeit.

„Hallo, ich bin's! Dein alter Freund. Erkennst du mich?" Jamie zog sie am Arm hoch. „Sicherlich wäre es nicht jedem aufgefallen, aber ... schließlich kennt dich auch nicht jeder so gut wie ich."

Jamie schnitt eine seiner schönsten Grimassen. Als er bemerkte, dass Jo nicht darüber lachte, fuhr er eindringlich fort: „Seit Keane Prescott weg ist, hast du schlechte Laune. In jedes Auto, das vorgefahren ist, hast du hineingeschaut, ob er nicht vielleicht darinsitzt. Und als er eben vor dir stand, hat dein Gesicht aufgeleuchtet wie die Zeltbeleuchtung bei der Abendvorstellung. Ich behaupte ja nicht, dass es eine Katastrophe ist, wenn du dich in ihn verliebst, aber ..."

„Ich? In ihn verliebt?", wiederholte sie ungläubig.

„Genau", erwiderte Jamie mit Engelsgeduld. „Du. In ihn verliebt."

Jo ließ sich die Worte und deren Bedeutung durch den Kopf gehen. „Oh nein", seufzte sie und schloss entsetzt die Augen. „Nein, das darf nicht wahr sein."

„Sag jetzt nur nicht, du hättest das nicht schon selbst herausgefunden." Mitfühlend strich er ihr über den Arm, als er sah, wie mitgenommen sie war.

„Doch. Ich nehme an, in solchen Sachen bin ich ziemlich unerfahren." Erstaunt blickte sie sich im großen Rund des Zirkuszeltes um. Müsste die Welt jetzt nicht anders aussehen? „Was mache ich denn nun?"

„Woher soll ich das wissen?" Mit seinen übergroßen Turnschuhen wirbelte Jamie den Sand auf. „Ich bin nicht gerade ein Experte auf diesem Gebiet." Er klopfte Jo aufmunternd auf den Rücken. „Du sollst nur wissen, dass du bei mir immer eine Schulter zum Ausweinen findest." Er grinste sein breites Clownsgrinsen und schlenderte davon. Jo blieb verwirrt und ratlos zurück.

Den ganzen restlichen Nachmittag dachte Jo über nichts anderes nach als über ihre Gefühle für Keane Prescott. Sie war tatsächlich verliebt! Zum ersten Mal in ihrem Leben. Jamies Worte hatten ihr die Augen geöffnet. Und nun offenbarte sich ihr eine völlig neue Welt. Sie, die bisher ganz für den Zirkus gelebt hatte, liebte einen anderen Menschen. Nicht als Freund, sondern als Mann. Es war, als würde eine neue Energie sie erfüllen, als hielte sie die Sonne in den Händen.

Sie gab sich Tagträumen hin. Keane liebte sie. Er sagte es ihr immer und immer wieder, während er sie unter dem Sternenhimmel in den Armen hielt und küsste. Er wollte sie heiraten, er konnte nicht mehr ohne sie leben. Und in diesen Träumen war Jo elegant genug, um in jedem Countryklub aufzutauchen und mitzuhalten. Sie würde geistreiche Gespräche mit Anwaltsfrauen führen, und ihre Kinder würden in dem wunderbaren Garten des wunderbaren Hauses auf dem Land spielen.

Wie es wohl sein mochte, jeden Morgen in der gleichen Stadt aufzuwachen? Sie würde kochen lernen und andere Ehepaare zu schicken Dinnerpartys einladen. Und dann waren natürlich noch die langen gemütlichen Abende allein mit Keane bei Kerzenlicht und romantischer Musik. Und wenn sie zusammen zu Bett gingen, dann würde er sie die ganze Nacht in seinen Armen halten.

Dummes Huhn, schalt Jo sich schließlich erbost. Während Pete und sie die Tiere fütterten, ermahnte sie sich immer wieder, dass Märchen etwas für Kinder waren. Nichts davon würde je passieren. *Ich muss mich zusammennehmen und einen Weg finden, um irgendwie aus diesem ganzen Schlamassel wieder herauszukommen.*

„Pete", sie achtete peinlich genau darauf, einen leichten Plauderton beizubehalten, während sie Merlin sein Futter gab, „warst du schon mal verliebt?"

Kaugummi kauend hielt Pete in seiner Arbeit inne und betrachtete Jo. „Na, lass mich überlegen. Oh, ich würde sagen, so ungefähr acht-, zehnmal. Kann auch zwölfmal gewesen sein."

Lachend ging Jo zum nächsten Käfig weiter. „Nein, ich meine, richtig verliebt."

„Ich verliebe mich sehr schnell", gestand er. „Sobald ich ein hübsches Gesicht sehe, bin ich hin und weg. Eigentlich bin ich bei jeder Frau hin und weg." Er grinste. „Das Einzige, was noch besser ist, als sich zu verlieben, ist ein Royal Flush beim Poker. Zumindest wenn der Einsatz auf dem Tisch sich lohnt."

Jo schüttelte nur den Kopf und ging weiter. „Na schön, da du so ein Experte auf dem Gebiet bist … was machst du, wenn du dich in jemanden verliebt hast, derjenige aber nicht so fühlt wie du und er es auch gar nicht erfahren soll, dass du in ihn verliebt bist, weil du dich nicht zum Narren machen willst?"

„Moment." Pete kniff die Augen zusammen. „Das muss ich erst mal überdenken." Er schwieg eine Weile mit konzentriert gerunzelter Stirn, schob das Kaugummi von einer Seite auf die andere. „Also, nur damit ich nichts missverstehe – du bist verliebt …"

„Das habe ich nicht gesagt", unterbrach sie ihn eiligst.

Pete hob zweifelnd eine Augenbraue und schürzte die Lippen. „Benutzen wir das Du einfach mal allgemein."

Jo nickte und widmete sich mit Inbrunst der Fütterung ihrer Löwen.

„Also", fuhr Pete fort. „Du bist verliebt, aber der Typ erwidert deine Gefühle anscheinend nicht. Nun … als Allererstes solltest du mal rausfinden, ob er dich wirklich nicht liebt. Wär doch schade, wenn du dich irrst."

„Er liebt mich nicht", murmelte sie und fügte hastig hinzu: „Allgemein gesprochen."

Pete warf ihr einen abschätzenden Seitenblick zu und kaute auf seinem Kaugummi weiter. „Okay. Dann musst du eben zusehen, dass du seine Meinung änderst."

„Seine Meinung ändern?", wiederholte Jo mit gerunzelter Stirn.

„Genau. Ist doch ganz einfach. Erst verliebst du dich in ihn, dann verliebt er sich in dich. Du tust unnahbar, oder du lässt dein Interesse an ihm durchblicken. Du kannst ihn natürlich auch offen anhimmeln." Pete lächelte übertrieben und klimperte mit den Wimpern.

Kichernd lehnte Jo sich an einen der Käfige und beschloss, die Show zu genießen. Pete mit seiner Baseballkappe, dem weißen T-Shirt und den ausgewaschenen Jeans war in seiner Rolle als verliebtes junges Mädchen einfach unschlagbar.

Wieder klimperte Pete mit den Wimpern. „Du machst ihn eifersüchtig", fuhr er fort. „Oder schmeichelst seinem Ego. Mädchen, es gibt endlos viele Wege, sich einen Mann zu angeln, ich kann sie gar nicht alle zählen. Und ich muss es wissen, denn bei mir funktionieren sie alle. Jawoll, ich bin Wachs in den Händen einer Frau und stolz darauf!" Er sah so selbstzufrieden aus, dass Jo grinsen musste. Wäre es nicht wunderbar, dachte sie, wenn ich die Liebe ebenso leicht nehmen könnte?

„Nehmen wir mal an, ich will all diese Dinge nicht tun. Nehmen wir an, ich habe wirklich nicht die geringste Ahnung und will die Sache nicht noch schlimmer machen. Nehmen wir an, diese andere Person ist ... nun, nehmen wir einfach an, es kann unmöglich funktionieren. Was dann?"

„Nehmen wir mal an, nehmen wir mal an. Diese ganze Annehmerei ist doch völliger Quatsch!" Pete hob tadelnd den Zeigefinger. „Jetzt hab ich mal was für dich: Nehmen wir mal an, es ist nicht besonders clever, von vornherein von einem Misserfolg auszugehen, nur weil man nichts im Spiel riskieren will."

„Manche Leute riskieren etwas und verlieren dann hoch", hielt sie dagegen, „vor allem, wenn sie nicht mit den Spielregeln vertraut sind."

„Mal gewinnt man, mal verliert man." Pete tat den Einwand mit einer Handbewegung ab. „Natürlich will jeder gewinnen, aber das Spiel selbst macht auch Spaß. Das ganze Leben ist ein Spiel, und die Regeln ändern sich ständig. Du hast doch Courage." Er legte ihr seine Hand auf die Schulter. „Mehr Courage, als ich sie bei jedem anderen je gesehen habe. Und du bist clever und wissbegierig. Warum also, erklär's mir, hast du solche Angst, es einfach drauf ankommen zu lassen?"

Ausreden würden ihr jetzt nichts mehr bringen, sie sah es in seinem ernsten Blick. „Ich gehe möglichst nie ein unnötiges Risiko ein, Pete. Ich bewege mich immer auf einem Gebiet, auf dem ich mich genau auskenne. Und ich weiß immer vorab, was passieren kann, sollte ich einen Fehler machen. Aber diesmal würden meine Gefühle verletzt werden und nicht mein Körper. Das ist eine völlig neue Situation. Für so einen Fall habe ich nicht trainiert."

„Du solltest ein wenig mehr Vertrauen in Jo Wilder haben, Mädchen." Er tätschelte aufmunternd ihre Wange.

„Hey, Jo!"

Jo wandte den Kopf und sah Rose auf sich zukommen. Sie trug Jeans, eine weiße Rüschenbluse und eine drei Meter lange Boa constrictor um den Hals.

„Hallo, Rose." Jo reichte Pete den Futtereimer. „Führst du Baby spazieren?"

„Er braucht etwas frische Luft." Rose streichelte die Schlange fürsorglich. „Ich glaube, der arme Kerl leidet unter Reisekrankheit. Findest du nicht auch, dass er ein bisschen blass aussieht?"

Jo sah auf die schimmernde Schlangenhaut und in die kleinen schwarzen Augen, als Rose ihr Baby zur Inspektion hinhielt. „Nein, eigentlich nicht."

„Na, heute ist es schön warm." Rose ließ Babys Kopf los. „Ich werde ihn baden. Vielleicht muntert ihn das ein wenig auf."

Jo entging nicht, wie Rose sich unauffällig umsah. „Suchst du Jamie?"

„Pah." Rose schüttelte die schwarzen Locken. „An den verschwende ich keinen Gedanken mehr." Abwesend strich sie über Babys Schuppen. „Für mich existiert er gar nicht mehr."

„So kann man es auch machen", mischte Pete sich ein und versetzte Jo einen leichten Stoß mit dem Ellbogen. „Den Trick hatte ich komplett vergessen. Aber die Wirkung ist sehr erstaunlich."

Zuerst schaute Rose verständnislos zu Pete, dann zu Jo. „Wovon redet dieser Mann eigentlich?"

Lachend setzte Jo sich auf eine Wassertonne. „Davon, wie man einen Mann erobert." Sie genoss die warme Sonne auf dem Gesicht. „Pete hat mir alle wichtigen Tricks verraten. Vom männlichen Standpunkt aus."

„Oh." Rose bedachte Pete mit einem vernichtenden Blick. „Du glaubst also, ich ignoriere Jamie nur, um sein Interesse zu wecken?"

„Ich behaupte felsenfest, dass die Wirkung von so einem Verhalten absolut umwerfend ist." Pete rückte seine Kappe zurecht. „Damit verwirrst du ihn erst einmal, also muss er darüber nachdenken. Was bedeutet, dass er an dich denkt. Er wird sich unablässig fragen, warum du ihn nicht beachtest."

Rose überdachte die Möglichkeiten. „Und das funktioniert?"

„Mit neunzigprozentiger Sicherheit." Pete tätschelte Baby freundlich. „Das funktioniert auch bei den Tieren. Schaut euch nur mal die Löwen an." Er deutete mit dem Daumen hinter sich. „Die hübsche Katzenlady da starrt einfach Löcher in die Luft, so als müsste sie über fürchterlich wichtige Dinge nachdenken. Und das Männchen im Nebenkäfig reißt sich praktisch ein Bein aus, nur damit sie ihn endlich beachtet. Sie dagegen leckt sich nur gelassen sauber, so als würde sie nicht einmal wissen, dass er da ist. Und dann, wenn er mit dem Kopf gegen die Gitter rennt, schaut sie gelangweilt zu ihm hinüber, blinzelt und tut erstaunt. ‚Ach so, du meinst mich?'"

Pete lachte und zuckte vielsagend mit den Schultern. „Und dann ist er erledigt, er hängt an der Angel wie ein zappelnder Fisch."

Die Vorstellung, wie Jamie an der Angel hing, die sie in der Hand hielt, entlockte Rose ein Lächeln. „Vielleicht setze ich Baby doch nicht in Carmens Wohnwagen ab", murmelte sie. „Seht nur, da kommen Duffy und der neue Besitzer."

Einem harmlosen Flirt nie abgeneigt, fuhr sich Rose mit den Fingern durch die Locken und setzte ihr verführerischstes Lächeln auf. Ohne die beiden Männer aus den Augen zu lassen, raunte sie ihrer Freundin zu: „Also mal ehrlich, Jo, ist das nicht der attraktivste Mann, der dir untergekommen ist?"

Jos Blick war automatisch zu Keane gewandert, sie konnte nichts dagegen tun. Ihre Finger umklammerten den Rand der Wassertonne fester. „Doch", antwortete sie bemüht lässig, „er sieht recht gut aus."

Hinter ihr murmelte Pete dicht an ihrem Ohr: „Denk daran, was ich dir eben gesagt habe. Und vor allem: Entspann dich! Deine Fingerknöchel sind schon ganz weiß."

Mit einem frustrierten Seufzer lockerte Jo ihre Finger und richtete sich gerade auf. Selbstbeherrschung, das war es, was hier angebracht war. Und Selbstbeherrschung war schließlich eine der Grundvoraussetzungen für ihren Beruf. Wenn sie sich im Käfig zusammennehmen und ein Dutzend wilder Löwen in Schach halten konnte, dann schaffte sie es auch ganz bestimmt bei einem einzelnen Mann.

„Hallo, Duffy." Rose nickte dem rundlichen Manager lächelnd zu, um dann ihre volle Aufmerksamkeit Keane zu schenken. „Mr. Prescott. Wie schön, Sie wieder bei uns zu haben."

„Hallo, Rose." Er erwiderte ihr strahlendes Lächeln, dann richtete er den Blick auf die Schlange um ihre Schultern. „Wer ist denn Ihr Freund dort?"

„Oh, das ist Baby." Sie tätschelte die dunklen Markierungen auf Babys Rücken.

„Angenehm." Humor ließ seine Augen golden auffunkeln. „Hallo, Pete." Er nickte dem Tierpfleger grüßend zu, bevor sein Blick zu Jo weiterwanderte und auf ihrem Gesicht haften blieb.

Wie bei ihrer ersten Begegnung machte Keane auch dieses Mal kein Hehl aus seinem Interesse. Er musterte Jo unverwandt, ohne eine Regung im Gesicht.

Ja, ich bin in ihn verliebt, schoss es Jo durch den Kopf. Aber sie verspürte auch Angst. Angst vor der Macht, die er über sie besaß. Er konnte sie verletzen, dessen war sie sich bewusst. Doch mit Angst konnte sie umgehen. Sie würde sich nicht von ihm einschüchtern lassen und sich an die erste Regel in der Manege halten – niemals fortrennen. Also hielt sie seinem abschätzenden Blick nicht nur stand, sondern erwiderte ihn sogar.

Schweigend schauten sie sich an, während die anderen das stumme Duell mit neugierigem Interesse verfolgten. Schließlich räusperte sich Duffy. „Äh, Jo ..."

Ohne jegliches Anzeichen von Eile wandte Jo sich zu ihm um. „Ja, Duffy?"

„Eines der Mädchen vom Seilakt musste in die Stadt zum Zahnarzt. Sie hat wohl einen Abszess. Du wirst bei der Abendvorstellung für sie einspringen müssen."

„Sicher."

„Und bei der Eröffnung und dem Finale in der Showtruppe." Duffy konnte sich nicht zurückhalten und warf einen schnellen Seitenblick auf Keane. Er wollte wissen, ob Keane Jo noch immer anstarrte. Tat er. Duffy verlagerte das Gewicht von einem Fuß auf den anderen. Was zum Teufel ging da vor? „Du stehst auf der üblichen Position. Lass dich in der Maske zurechtmachen."

„Gut." Jo lächelte Duffy zu, auch wenn sie sich Keanes Musterung sehr bewusst war. „Dann werde ich jetzt wohl besser ganz schnell üben, wieder auf diesen Zehnzentimeterabsätzen zu laufen. Auf welcher Position bin ich denn beim Seilakt?"

„Auf der vier."

„Duffy." Rose zupfte ihn am Ärmel. „Wann setzt du mich endlich einmal im Spanischen Netz ein?"

Duffy schüttelte den Kopf. „Wie soll jemand so Winziges wie du sich überhaupt in dem schweren Kostüm aufrecht halten können?" Er warf einen vorsichtigen Blick auf Baby. Selbst nach fünfunddreißig Jahren Wanderzirkus hatte er immer noch einen Heidenrespekt vor Reptilien.

„Ich bin stark genug dafür." Rose reckte sich, um größer zu

wirken. „Außerdem habe ich geprobt." Entschlossen, ihre Fähigkeiten zu demonstrieren, wickelte sie sich Baby vom Nacken.

„Halten Sie ihn mal kurz", meinte sie und legte Keane die Boa ohne Vorwarnung über die Arme.

„Äh ..." Höchst skeptisch beäugte Keane die Schlange. „Ich kann nur hoffen, dass er satt ist."

„Er hat gut gefrühstückt", versicherte Rose, bevor sie eine Folge von perfekten Handstandüberschlägen zeigte.

„Baby verschlingt keine Zirkusbesitzer." Jo konnte sich das Grinsen nicht verkneifen. Zum ersten Mal sah sie Keane aus der Fassung gebracht. „Nur manchmal vergreift er sich an dem einen oder anderen unvorsichtigen Großstädter. Rose achtet bei ihm sehr genau auf gesunde Ernährung."

„Dann kann ich nur hoffen", sagte Keane, während Baby sich in eine bequemere Position schlängelte, „dass er weiß, dass ich der Besitzer bin."

Keanes beunruhigte Miene machte Jo diebischen Spaß. „Tja, das kann ich leider nicht so genau sagen." Sie drehte sich zu Pete. „Hat irgendjemand Baby darüber informiert, wer der neue Besitzer ist?"

Pete wickelte sorgfältig einen Kaugummistreifen aus. „Also, ich auf jeden Fall nicht. Und ich meine, er sieht schon nach einem Großstädter aus, oder? Das könnte Baby verwirren."

„Das soll nur ein Witz sein, Mr. Prescott." Rose fiel nach dem letzten Handstandüberschlag in einen perfekten Spagat. „Baby verschlingt keine Menschen, er ist sanft wie ein Lamm. Die Kinder streicheln ihn immer, wenn ich mit ihm vor der Vorstellung über das Gelände laufe." Sie richtete sich auf und klopfte sich die Jeans ab. „Wenn Sie natürlich eine Kobra nehmen, dann ist das schon etwas ganz anderes ..."

„Danke, aber ich passe lieber." Erleichtert reichte Keane Rose die Schlange.

Rose legte sich die Boa wieder um den Hals. „Also, Duffy, was meinst du?"

„Lass dir von einem der Mädchen die Choreografie zeigen. Dann sehen wir weiter." Lächelnd schaute er Rose nach, wie sie zufrieden davonschlenderte.

„Hey, Duffy!" Jamie winkte der Gruppe zu. „Da sind ein paar

Städter, die mit dir reden wollen. Ich habe sie schon zum Bürowagen geschickt."

„Gut, ich komme." Duffy blinzelte Jo zu, bevor er sich Jamie anschloss und mit ihm zurückging.

Keane stand sehr nahe bei der Wassertonne. Wenn Jo jetzt also runtersprang, riskierte sie, ihm noch näher zu kommen.

Andererseits war ihr klar, dass sie nicht ewig hier sitzen bleiben konnte. Denn Keanes Gegenwart ließ ihr Herz schneller und schneller schlagen. Vergeblich versuchte sie sich zusammenzunehmen.

„Ich muss mich um mein Kostüm kümmern." Umständlich begann sie mit dem Abstieg. Ihre Fußspitzen berührten jedoch noch nicht einmal den Boden, als sie seine Hände bereits um ihre Taille spürte. Mit aller Macht zwang sie sich dazu, die Fassung zu bewahren. Jetzt nur keine Schwäche zeigen! Doch wie magnetisch angezogen begegneten sich ihre Blicke.

Mit den Daumen strich er leicht über ihre Seiten, Jo spürte die Wärme durch den Stoff ihrer Bluse. Mit jeder Faser ihres Seins wünschte sie, er würde sie loslassen. Und mit jeder Faser ihres Seins wünschte sie, er würde sie noch enger an sich ziehen. Ihr Herz begann noch wilder zu hämmern, als sie das Verlangen in seinen Augen erkannte.

Abrupt gab er sie frei und trat beiseite, um sie durchzulassen. „Du machst dich jetzt wohl besser auf den Weg in die Garderobe."

Was sollte das nun wieder bedeuten? Aber es war wohl kaum ihre Aufgabe, seine plötzlichen Stimmungsumschwünge zu verstehen. Entschlossen schob Jo sich an ihm vorbei und ging über das Gelände. Wenn sie sich auf ihre Arbeit konzentrierte, würde es ihr gelingen, Keane Prescott aus ihren Gedanken zu verbannen.

Hoffte sie.

7. Kapitel

Die Abendvorstellung war ausverkauft. Bei den Artisten, die sich hinter dem Vorhang für die Eröffnungsnummer aufgestellt hatten, breitete sich Lampenfieber aus. Dann war es so weit: Mit einem fröhlichen Marsch begleitete die Zirkusband den Einzug der Truppe in die Manege.

Jo hatte für die Parade die Rolle einer Schäferin übernommen. Sie trug einen weiten Krinolinenrock und führte ein Lämmchen an der Leine.

Weil ihre Löwennummer relativ bald nach der Eröffnung folgte, nahm sie normalerweise nicht an der Parade teil. Doch heute bot sich ihr endlich einmal die Chance, beim Einmarsch in die Manege die Zuschauer in aller Ruhe zu betrachten.

Im Publikum waren alle Altersgruppen vertreten – Babys, jüngere und ältere Kinder, Teenager, Eltern und Großeltern. Applaus begrüßte die Zirkuskünstler, und lächelnd und winkend absolvierte Jo die einstudierte Schrittfolge, ohne groß darüber nachdenken zu müssen.

Nach dem Aufzug wechselte sie eilig ihr Kostüm, um sich dem Publikum als Königin der Raubkatzen zu präsentieren. Wenig später musste sie sich erneut umkleiden. Diesmal schlüpfte sie in eines der Schmetterlingskostüme, um bei den „Zwölf Tanzenden Schmetterlingen" mitzumachen.

„Ich hab gehört", flüsterte Jamie, der in der Manege neben ihr stand, „dass du den Job in der Seilnummer bis nächste Woche übernehmen musst. Barbara ist wohl durch die Krankheit mehr mitgenommen als gedacht."

Die Hände schon an das Seil gelegt, bewegte Jo unmerklich die Schultern. Die blauen Schmetterlingsflügel waren schwer. „Rose wird vielleicht übernehmen. Duffy hat ihr gesagt, sie soll schon mal üben. Wenn sie dieses verflixte Gewicht aushält." Sie lächelte zerknirscht. „Die Dinger wiegen mindestens eine Tonne."

Die Band stimmte den langsamen Walzer an, und Jo hangelte sich Handbreit um Handbreit im Takt am Seil empor.

„Ah, Showbusiness", hörte sie Jamie unter sich aufseufzen und nahm sich vor, ihm später für diese Bemerkung einen Rippenstoß zu versetzen. Sie war oben angekommen, verhakte einen Fuß in der Seilschlaufe und begann sich in perfekter Übereinstimmung mit den anderen elf Schmetterlingen zu drehen.

Als sie einige Zeit später das Kostüm zur Garderobe zurückbrachte und in das nächste Trikot schlüpfte, gönnte sie sich eine Tasse Kaffee bei Roses Mutter. Ihre Muskeln schmerzten wegen des ungewohnten Gewichts der Schmetterlingsflügel, und in Gedanken malte Jo sich ein langes heißes Bad zur Entspannung aus. Doch bis Ende September würde dieser Luxus nur ein Traum bleiben. Während der Saison war immer nur Zeit für eine schnelle Dusche.

Bei ihrem letzten Auftritt des Tages stand Jo im weißen Trikot auf dem Kopf von Maggie, der Elefantenkuh. Gemeinsam mit vier weiteren Elefanten bildete die zuverlässige Maggie eine Kette, bei der jeder Elefant die Vorderbeine auf den Rücken des nächsten Tieres gelegt hatte. Hoch oben auf Maggies Kopf reckte Jo die Arme in die Luft. Das Licht der Scheinwerfer brach sich in den glitzernden Pailletten des Trikots und ließ Jo strahlen.

Der donnernde Applaus mischte sich mit der Musik, dem Lachen der Kinder und den Schlussworten des Zeremonienmeisters. In diesen Momenten fühlte Jo sich immer voller Energie und Leben. Später würde unweigerlich die Müdigkeit folgen, doch diese kurzen Minuten genoss Jo in vollen Zügen. Es war die Belohnung für all die harte Arbeit, die langen Stunden, die schmerzenden Muskeln. Das war der Zauber, den der Zirkus auf die Menschen ausübte. Auch als Jo von Maggies Kopf herunterstieg, hielt das Gefühl an.

Nach der Vorstellung schlenderten Artisten, Helfer und Gelegenheitsarbeiter über das Gelände. Man redete über die Show, kommentierte einzelne Nummern, erzählte sich Anekdoten. Nach und nach zogen sich alle in ihre Wagen zurück. Manche würden sich umziehen und beim Zeltabbau helfen, andere würden müde ins Bett fallen oder sich überlegen, wie sie ihre Show noch verbessern konnten.

Zu aufgedreht, um schlafen zu können, beschloss Jo, sich umzuziehen und bei den Zelten mitzuhelfen.

In ihrem Wohnwagen schaltete sie nur die kleine Lampe an. Auf dem Weg in das winzige Badezimmer flocht sie sich das Haar zu einem Zopf. Mit routinierten Gesten entfernte sie vor dem Spiegel das

Bühnenmake-up. Ihre Augen, durch die Schminke übergroß und exotisch, wirkten wieder normal, das Grün nur umrandet von dem Kranz dunkler Wimpern. Auch der Mund war ohne das leuchtende Rot weniger dramatisch, wirkte schmaler und kindlicher.

Jo war zu sehr an diese zwei verschiedenen Gesichter gewöhnt, als dass ihr der scharfe Kontrast zwischen Jolivette, der Artistin, und der grazilen Frau, die ihr dort aus dem Spiegel entgegenblickte, aufgefallen wäre. Jetzt wirkte sie jung und verletzlich, auch wenn ihr noch immer die Anziehungskraft von ungebändigter Wildheit anhaftete.

Bevor sie dazu kam, das Trikot auszuziehen, klopfte es an ihrer Tür.

„Herein." Sie warf sich den Zopf über die Schulter zurück und ging, um zu öffnen. Mitten im Schritt hielt sie jedoch inne, als Keane den Kopf zur Tür hereinstreckte.

„Hat dir nie jemand beigebracht, dass man erst fragt, wer draußen steht, bevor man ihn hereinbittet?" Er schloss die Tür hinter sich und verriegelte sie mit einer lässigen Handbewegung. „Vor den Zirkusleuten brauchst du sicherlich nicht abzuschließen, aber auf dem Platz lungern noch immer Besucher aus der Stadt herum."

„Mit einem neugierigen Städter werde ich schon fertig", erwiderte Jo. Keanes anmaßende Art ärgerte sie. „Meine Tür ist niemals verschlossen."

Ärger und Distanziertheit lagen in ihrer Stimme, Keane ignorierte es. „Ich habe dir etwas aus Chicago mitgebracht."

Das nahm Jo den Wind aus den Segeln, der Ärger verflog. Erst jetzt sah sie das Päckchen, das er in den Händen hielt. „Was ist es denn?"

Lächelnd kam Keane auf sie zu. „Nichts, was beißen könnte." Damit reichte er ihr das Paket.

Argwöhnisch betrachtete sie es. „Ich habe doch gar nicht Geburtstag."

„Und Weihnachten ist auch nicht", ergänzte Keane.

Das Lächeln in seiner Stimme ließ sie den Blick heben. Sie fragte sich, woher er wusste, dass sie sich bei Geschenken immer unwohl und irgendwie verlegen fühlte. „Herzlichen Dank", sagte sie förmlich und nahm das Päckchen an.

„Es ist mir ein Vergnügen", sagte er ebenso ernst.

Da die Förmlichkeiten nun erledigt waren, brauchte Jo sich nicht mehr zusammenzunehmen. Aufgeregt riss sie das Geschenkpapier auf. „Oh! Ein Gedichtband!" Sie legte das Buch behutsam auf den Tisch und strich mit den Fingerspitzen über den wertvollen Ledereinband. Der Duft stieg ihr in die Nase, sie schnupperte leicht, bevor sie den Buchdeckel aufschlug, langsam und vorsichtig, um das Vergnügen so weit wie möglich zu verlängern. Die Seiten waren dick und cremefarben, der Text mit kunstvollen Schnörkeln verziert.

„Es ist unglaublich schön", flüsterte sie überwältigt. Als sie den Blick zu ihm hob, sah sie das Lächeln auf seinem Gesicht. Und plötzlich wurde sie unendlich schüchtern, umso mehr, da ihr dieses Gefühl eigentlich fremd war. Wenn man sein Leben lang vor Menschenmassen auftrat, erwarb man ein natürliches Selbstbewusstsein in allen Lebenslagen. Jetzt jedoch brannten ihre Wangen, und die Worte, die ihr durch den Kopf jagten, wollten nicht über ihre Lippen kommen.

„Freut mich, dass es dir gefällt." Keane strich mit einem Finger über ihre Wange. „Wirst du immer rot, wenn dir jemand etwas schenkt?"

Da sie nicht die geringste Ahnung hatte, wie sie diese Frage beantworten sollte, wich sie aus. „Es war sehr nett von dir, an mich zu denken."

„Das scheint mir inzwischen zur Gewohnheit geworden zu sein." Bei seiner Antwort senkte sie hastig die Lider.

„Ich weiß nicht, was ich sagen soll." Zwar konnte sie ihn wieder offen anschauen, doch wusste sie, er hatte etwas tief in ihr berührt. Und sie wusste weder mit ihren Gefühlen noch mit der Wirkung umzugehen, die er auf sie ausübte.

„Du hast schon alles gesagt." Er nahm das Buch auf und blätterte darin. „Manche der Gedichte sind in der Originalsprache. Ich verstehe kein einziges Wort. Darum beneide ich dich wirklich." Bevor sie sich davon erholt hatte, dass ein Mann wie Keane Prescott sie um etwas beneidete, lächelte er sie auch schon wieder an. „Hast du vielleicht einen Kaffee für mich?" Er legte das Buch zurück auf den Tisch.

„Kaffee?", wiederholte sie verständnislos.

„Ja, Kaffee, du weißt schon. Diese Bohnen, die sie in Brasilien anbauen."

Jo schaute regelrecht verzweifelt drein. „Fertig ist keiner. Ich würde dir ja eine Tasse aufbrühen, aber … ich will noch beim Abbau helfen und muss mich vorher umziehen. Das Küchenzelt ist noch offen, dort kannst du bestimmt ..."

Keane musterte sie mit einer hochgezogenen Augenbraue. „Meinst du nicht, dass du als Schäferin, Dompteuse und tanzender Schmetterling für heute genug getan hast? Nebenbei bemerkt, als Schmetterling machst du dich bezaubernd."

„Danke. Trotzdem ..."

„Lass es uns einfach so ausdrücken." Er lächelte. „Du hast den restlichen Abend frei. Ich mache mir den Kaffee auch selbst, wenn du mir zeigst, wo alles steht."

Auch wenn Jo geräuschvoll die Luft ausstieß – eigentlich war sie mehr amüsiert denn verärgert. Kaffee war wohl das Mindeste, was sie ihm anbieten konnte, nachdem er ihr ein so wunderbares Geschenk gemacht hatte. „Ich übernehme das", erklärte sie entschieden. „Aber sobald du ihn probierst, wirst du dir wahrscheinlich wünschen, du wärst doch ins Küchenzelt gegangen."

Mit dieser wenig ermutigenden Einladung ging Jo zur Kochnische. Keane folgte ihr, und zum ersten Mal schien ihr die Nische viel zu klein zu sein.

Während er hinter ihr stand, stellte sie den Wasserkocher an und öffnete eine Schranktür, um zwei Tassen hervorzuholen. Würde sie sich jetzt umdrehen, dann läge sie praktisch direkt in seinen Armen.

„Hast du dir die ganze Vorstellung angesehen?", fragte sie im Plauderton, während sie Kaffeepulver in die Becher gab.

„Duffy hat mich hinter der Bühne gut beschäftigt gehalten. Er scheint entschieden zu haben, dass ich mich nützlich machen muss."

Jo drehte den Kopf und lachte amüsiert auf. Im gleichen Moment wurde ihr klar, welch kapitalen Fehler sie damit begangen hatte. Keanes Gesicht war nun nur noch Zentimeter von ihrem entfernt, und in seinen Augen konnte sie lesen, was ihm durch den Kopf ging. Er begehrte sie, und er gedachte auch, sie zu bekommen. Bevor sie ihre Stellung verändern konnte, hatte er sie bei den Schultern gefasst und drehte sie ganz zu sich herum.

Ganz selbstverständlich begann er ihren Zopf zu lösen, teilte die Strähnen mit seinen Fingern, bis ihr das Haar offen über die Schultern floss. „Das wollte ich schon tun, als ich dich zum ersten Mal sah. In diesem Haar kann man sich verlieren."

Ihr kam in den Sinn, dass ihre Widerstandskraft mit jedem Mal, wenn sie in seiner Nähe war, ein Stückchen mehr schwand. Sie verlor sich tiefer und tiefer in seinen Augen, fiel mehr und mehr unter seinen Bann. Schon prickelten ihre Lippen in der Erinnerung an den letzten Kuss und sehnten sich nach dem nächsten. Hinter ihr begann der Wasserkocher zu zischen.

„Das Wasser kocht", brachte sie mühsam hervor und versuchte sich umzudrehen. Seine Hand noch immer in ihrem Haar, lehnte Keane sich leicht vor und drückte auf den Schalter. Das Zischen wurde leiser und erstarb schließlich. In Jos Ohren hallte es endlos lange nach.

„Möchtest du jetzt Kaffee?", murmelte Keane und glitt mit den Fingern an ihrem Hals entlang.

Jos Augen weiteten sich, wurden größer und größer, während Keane sie forschend betrachtete. „Nein", flüsterte sie. In diesem Moment wünschte sie sich nichts anderes, als ihm zu gehören.

Seine Hand kam an der pochenden Ader zu liegen. „Du zitterst." Er konnte es fühlen, als er sie enger an sich heranzog. „Ist das Angst?" Mit dem Daumen fuhr er über ihre Lippen. „Oder Erregung?"

„Beides." Ihr entschlüpfte ein kleiner hilfloser Laut, als seine Hand zu der Stelle glitt, wo ihr Herz wild in ihrer Brust klopfte. „Wirst du ..." Sie unterbrach sich, musste sich sammeln, weil ihre Stimme atemlos und bebend klang. „Wirst du jetzt mit mir schlafen?" Hatten seine Augen sich verdunkelt, oder bildete sie sich das nur ein?

„Wunderschöne, wunderbare Jolivette", murmelte er leise, bevor er den Kopf beugte. „Natürlich und offen ... und unwiderstehlich."

Der sanfte Kuss, der folgte, änderte sich sehr bald, wurde leidenschaftlich, gierig. Sein Mund eroberte den ihren, und Jo ließ alle Vorsicht und Zurückhaltung fahren. Wenn ihn zu lieben verrückt und unmöglich war, war mit ihm zu schlafen dann jenseits jeder Vernunft? Verloren in ihren Emotionen, ließ Jo ihr Herz die Führung über ihren Verstand übernehmen. Als sie die Lippen öffnete, war es nicht Kapitulation, sondern berauschte Trunkenheit, mit der sie den Kuss willkommen hieß.

Keane küsste sie jetzt zärtlicher, sein Mund neckte, liebkoste, verhieß Versprechen, die Jo erzittern ließen und ihre Sehnsucht in unermessliche Höhen trieben.

Seine Finger fanden den Reißverschluss ihres Trikots und zogen ihn langsam auf. Er suchte die Wärme ihrer Haut, stieß einen zufriedenen Seufzer aus, als die sanfte Rundung ihrer Brust sich seiner Hand entgegenwölbte. Er ließ sich Zeit, erkundete jeden Zentimeter ohne Eile, so als wolle er sich alles auf ewig einprägen. Jo zitterte jetzt nicht mehr, sie schmiegte sich an ihn, ließ Keane den Rhythmus der Bewegungen bestimmen. In dem Seufzer, der sich ihrer Kehle entrang, lag nichts als verzückte Verwunderung.

Und dann stockte ihr der Atem, als er erneut den Kuss vertiefte und Jo damit in eine Welt katapultierte, von deren Existenz sie bisher nicht einmal geahnt hatte. Seine Hände wurden fordernder, seine Liebkosungen fiebriger. Er hatte seine Beherrschung aufgegeben, hielt sich nicht mehr eisern zurück, sondern ließ sich mit Jo zusammen von den Wellen der Leidenschaft mitreißen.

Für die Reise auf diesem Meer gab es keine Beschränkungen, keine Grenzen. Kein Horizont war zu erkennen, keine Tiefe zu bestimmen. Es waren Wasser, deren Strudel jeden hinunterzogen in das Reich unbeschreiblicher Freuden. Jo sperrte sich nicht, ließ sich stattdessen willig in der Strömung treiben und tauchte tiefer hinab in den Sog.

Zuerst glaubte sie, das laute Pochen stamme von ihrem eigenen Herzen. Als Keane sich von ihr zurückziehen wollte, murmelte sie protestierend und hielt ihn fest. Doch das Klopfen hielt an, und leise fluchend machte Keane sich von ihr los.

„Da ist jemand sehr hartnäckig", murmelte er. Jo starrte ihn verständnislos mit verhangenen Augen an. „Jolivette, jemand ist an der Tür."

„Oh." Verlegen fuhr sich Jo mit den Fingern durchs Haar und versuchte ihre Fassung zurückzuerlangen.

„Du solltest besser nachsehen, wer es ist." Mit einer schnellen Bewegung zog er ihr den Reißverschluss wieder zu. Die Realität holte Jo rasant wieder ein. Keane studierte ihr Gesicht, die erhitzten Wangen, das offene Haar, bevor er beiseitetrat, um sie durchzulassen.

Mit zitternden Knien ging Jo zur Tür. Erst als die Klinke sich nicht herunterdrücken lassen wollte, erinnerte Jo sich wieder daran, dass Keane abgeschlossen hatte. Sie zog den Riegel zurück. „Ja, was ist?"

„Jo." Buck stand auf den Stufen, sein Gesicht lag im Schatten, doch in dem einzelnen Wort hörte Jo heraus, wie bedrückt er war.

Eine ungute Vorahnung legte sich wie ein eiserner Ring um ihre Brust. „Es geht um Ari."

Er hatte die Worte kaum ausgesprochen, als Jo auch schon aus dem Wohnwagen stürzte und zu den Löwenkäfigen rannte. Als sie dort ankam, standen Pete und Gerry bereits vor Aris Wagen.

„Wie schlimm steht es um ihn?", fragte sie, als Pete ihr entgegenkam.

Er legte ihr beide Hände auf die Schultern. „Sehr schlimm."

Sie würde sich einfach weigern, es zu akzeptieren. Wenn sie das Unvermeidliche, das sie in Petes Augen lesen konnte, nicht anerkannte, dann würde es auch nicht geschehen.

Doch dann schob sie Pete aus dem Weg und lief auf Aris Käfig zu. Der alte Löwe lag auf der Seite, seine breite Brust hob und senkte sich schwer, weil das Atmen ihm solche Anstrengung bereitete.

„Öffne die Tür", wies sie Pete mit einer Stimme an, die nichts preisgab. Sie hörte das Klimpern von Schlüsseln, aber sie drehte sich nicht um.

„Du gehst nicht da rein." Keane war ihr nachgeeilt und wollte sie zurückhalten. Mit ausdruckslosem Blick drehte sie sich zu ihm um.

„Doch, das werde ich. Ari wird weder mir noch sonst jemandem mehr etwas tun. Er wird nur noch sterben. Und jetzt lass mich allein. Öffne die Tür", befahl sie Pete erneut, schüttelte Keanes Hände ab und betrat den Käfig.

Ari rührte sich kaum, öffnete nur die Augen, als Jo sich neben ihn kniete. Endlos müde und schmerzgequält blickte er zu ihr hoch.

„Ari." Jo legte eine Hand auf seine Seite. Für ihn würde es kein Morgen mehr geben. Ari wollte auf seinen Namen, auf Jos Berührung reagieren, doch für mehr als eine unmerkliche Bewegung mit dem Kopf hatte die alte Raubkatze keine Kraft. Bedrückt schmiegte Jo das Gesicht in die Mähne und überließ sich einen Moment den Erinnerungen, wie ihr geliebter Löwe einst gewesen war – voller Kraft und von Furcht einflößender Schönheit.

Sie hob den Kopf. „Buck, hol den Medizinkoffer", sagte sie leise, ohne die Augen von dem leidenden Tier zu nehmen. „Ich brauche eine Injektionsnadel mit Pentobarbital."

Sie konnte sein Zögern spüren, bevor er endlich antwortete. „Gut, Jo."

Sie blieb still sitzen und strich über Aris Mähne. In einiger Entfernung konnte sie hören, wie die Zelte abgebaut wurden, die Rufe der Männer drangen zu ihr herüber, Seile surrten, Holzmasten fielen polternd zu Boden. Ein Elefant trompetete. Drei Käfige weiter erwiderte Faust den Laut mit einem halbherzigen Brüllen.

„Jo." Sie drehte sich leicht und strich sich das Haar aus dem Gesicht, als Buck zurückkam. „Lass mich das machen."

Jo schüttelte nur stumm den Kopf und streckte die Hand nach der Spritze aus.

„Jo." Keane trat ans Gitter, er sprach leise und sanft. „Du musst das nicht selbst erledigen."

Seine Augen erinnerten Jo so sehr an die des Löwen zu ihren Knien, dass sie fast laut aufgeschluchzt hätte. „Er ist meine Katze", erwiderte sie stumpf. „Ich habe immer gesagt, ich tue es, wenn die Zeit kommt. Jetzt ist sie gekommen." Sie richtete den Blick auf Buck. „Gib mir jetzt die Spritze. Bringen wir es hinter uns."

Einen Moment lang starrte Jo auf die Spritze in ihrer Hand, dann klammerte sie ihre Finger darum. Ari sah ihr in die Augen, als sie sich zu ihm drehte. Nach mehr als zwanzig Jahren in Gefangenschaft lag noch immer etwas Ungezähmtes in diesem Blick, doch auch Vertrauen. Jo hatte Mühe, die Tränen zurückzuhalten.

„Du warst immer der Beste", murmelte sie und strich unablässig über seine Mähne. Betäubende Kälte kroch in ihre Glieder, sie hoffte, diese würde anhalten, bis die schreckliche Aufgabe erledigt war. „Du bist müde, Ari. Ich werde dir helfen, besser zu schlafen." Sie zog die Schutzkappe von der Nadel und wartete, bis ihre Hände nicht mehr zitterten. „Es wird dir nicht wehtun. Bald wird dir nichts mehr wehtun."

Sie rieb sich mit dem Handrücken über den Mund. Entschlossen und gleichzeitig sanft stach sie die Nadel in Aris Pfote und konnte nicht verhindern, dass sie aufschluchzte. Ari rührte sich nicht, hielt nur starr den Blick auf ihr Gesicht gerichtet.

Jo sagte nichts mehr, streichelte stumm weiter sein Fell. Sein Blick wurde trübe, sein Atem ging leiser, wurde langsamer, bis das Geräusch schließlich gänzlich aussetzte. Jo verkrampfte die Finger in seiner Mähne, ein Schauer durchlief sie. Dann richtete sie sich auf, kletterte aus dem Käfig und zog die Gittertür hinter sich herunter.

Sie hielt sich eisern gerade, denn wenn sie sich auch nur die kleinste Schwäche erlaubte, würde sie zerbrechen.

Keane fasste sie beim Arm. „Kümmern Sie sich um alles", sagte er leise zu Buck und wollte Jo fortführen.

„Nein." Vergeblich versuchte sie sich aus seinem Griff freizumachen. „Ich übernehme das."

„Ganz bestimmt nicht." Absolute Entschlossenheit lag in seinen Worten. „Du hast jetzt genug getan."

„Du wirst mir nicht sagen, was ich tun oder nicht tun soll!" In ihrer Trauer flüchtete sie sich in Ärger.

„Doch, das werde ich." Seine Finger umklammerten ihren Arm unnachgiebig.

„Das kannst du nicht." Sie schluckte krampfhaft, um den verräterischen Kloß in ihrer Kehle loszuwerden. „Du sollst mich endlich allein lassen."

Keane fasste sie bei den Schultern. Das Mondlicht machte den warnenden Ausdruck in seinen Augen sichtbar. „Auf gar keinen Fall werde ich dich allein lassen, wenn du so verstört bist."

„Das hat überhaupt nichts mit dir zu tun." Noch während sie sprach, zog er sie in Richtung ihres Wohnwagens. Dabei wollte Jo nichts anderes als allein sein, um sich ihrer Trauer in Ruhe hingeben zu können. Der Schmerz und die Tränen waren ihre ureigene Angelegenheit.

Doch Keane ließ sich von ihrem Protest nicht aufhalten. Er zog sie in den Wohnwagen und schloss die Tür hinter ihnen.

„Wirst du wohl von hier verschwinden?", fauchte sie ihn an und schluckte die Tränen hinunter.

„Nicht eher, bis ich mir sicher sein kann, dass du in Ordnung bist", erwiderte er ruhig und ging in die Küche.

„Mit mir ist alles in Ordnung." Sie holte zitternd Luft. „Oder zumindest wird alles mit mir in Ordnung sein, sobald du diesen Wohnwagen verlassen hast. Du hast nicht das Recht, deine Nase in meine Angelegenheiten zu stecken."

„Das hast du eben schon gesagt", kam es gelassen von ihm zurück.

„Ich habe getan, was getan werden musste. Ich habe ein krankes Tier von seinen Leiden erlöst, mehr nicht." Ihre Stimme brach, sie schlang die Arme um sich und wandte sich ab. „Herrgott, Keane. Geh endlich!"

Geräuschlos kam er auf sie zu. „Hier, trink das." Er reichte ihr ein Glas Wasser.

„Nein!" Sie wirbelte herum. Zu ihrem Entsetzen schossen ihr die Tränen aus den Augen und liefen ihre Wangen hinab. Sie hasste sich selbst dafür, presste den Handballen an die Stirn und schloss die Augen. „Ich will dich nicht hier haben." Keane stellte das Glas ab und zog sie in seine Arme. „Ich will auch nicht von dir gehalten werden."

„Pech." Er streichelte ihr beruhigend über den Rücken. „Du hast da etwas sehr Mutiges getan, Jo. Ich weiß, du hast Ari geliebt. Und ich weiß, wie schwer es dir gefallen sein muss, ihn gehen zu lassen. Solange du so leidest, werde ich dich nicht allein lassen."

„Ich will aber nicht vor dir in Tränen ausbrechen." Ihre zu Fäusten verkrampften Hände lagen an seinen Schultern.

„Wieso?" Er streichelte sie unablässig weiter und drückte ihren Kopf an seine Brust.

„Warum lässt du mich nicht endlich in Ruhe?" Ihre Selbstbeherrschung war dahin, sie verkrallte die Finger in sein Hemd. „Warum muss ich immer alles verlieren, was ich liebe?" Jetzt ließ sie zu, dass die Trauer sie überwältigte, ließ zu, dass Keane sie in seinen Armen hielt. So heftig sie sich vorhin dagegen gewehrt hatte, so heftig klammerte sie sich nun an den Trost, den er ihr spendete.

Sie protestierte auch nicht, als er sie auf seine Arme hob und zur Sitzbank hinübertrug. In seinen Armen streichelte er sie weiter, so wie sie Ari gestreichelt hatte, um einen Schmerz zu lindern, der unabänderlich war.

Nach und nach verstummte ihr Schluchzen, doch sie blieb an seiner Seite liegen, die Wange an seiner Brust, das Haar wie einen Schleier über ihrem Gesicht.

„Besser?", fragte er leise, als die Stille nicht mehr so erdrückend war.

Jo nickte stumm, sie traute ihrer Stimme nicht. Keane schob sie ein wenig nach vorn, um nach dem Wasserglas zu greifen.

„Du solltest etwas trinken."

Dankbar ließ Jo das kühle Wasser ihre trockene Kehle hinunterlaufen, dann schmiegte sie sich wieder an seine Brust. Es war unendlich lange her, seit jemand sie das letzte Mal gehalten und getröstet hatte. „Keane", murmelte sie mit geschlossenen Augen und fühlte seine Lippen an ihrem Haar.

„Hm?"

„Nichts." Sie war schon fast eingeschlafen. „Einfach nur Keane."

8. Kapitel

Die Sonne drang durch ihre geschlossenen Lider. Fröhliches Vogelgezwitscher begrüßte den neuen Morgen. Nur schwer kämpfte Jo sich aus den Tiefen des Schlafs empor. Noch im Halbschlaf sagte sie sich, dass Montag sein musste, denn nur montags schlief sie länger als bis zum Morgengrauen. Am Montag traf der Zirkus immer die Reisevorbereitungen, es war der einzige Tag, an dem keine Vorstellung stattfand.

Träge debattierte Jo mit sich, ob sie aufstehen sollte. Zwei Stunden wollte sie sich auf jeden Fall für das Lesen reservieren. Vielleicht würde sie auch in die Stadt fahren und sich einen Film im Kino ansehen. In welcher Stadt waren sie überhaupt …? Mit einem verschlafenen Gähnen drehte sie sich auf die andere Seite.

Heute werde ich noch mal das volle Programm mit den Löwen durchgehen, dachte sie. Und sollte es heiß genug werden, würde sie die Tiere gründlich abspritzen …

Die Erinnerung setzte ein und riss Jo jäh aus dem Halbschlaf. Ari.

Sie drehte sich auf den Rücken und starrte mit leerem Blick an die Decke. Die Bilder stürzten auf sie ein, wie der alte Löwe gestorben war, den Blick bis zum letzten Augenblick seines Lebens vertrauensvoll auf sie gerichtet.

Sie seufzte. Ja, die Trauer war noch da, aber nicht mehr so scharf und stechend wie am Abend zuvor. Sie begann das Unabänderliche zu akzeptieren. Und mit der Akzeptanz kam auch die Erkenntnis, dass Keane ihr mit seiner Unnachgiebigkeit, bei ihr zu bleiben, geholfen hatte. Erst hatte er sich als Zielscheibe für ihre wütende Trauer zur Verfügung gestellt und ihr dann eine Schulter zum Ausweinen geboten.

Sie erinnerte sich auch an das tröstliche Gefühl, von ihm gehalten zu werden, spürte noch die solide Brust, an die sie ihre Wange geschmiegt hatte. Mit dem rhythmischen Pochen seines Herzens an ihrem Ohr war sie eingeschlafen.

Sie drehte den Kopf und sah zum Fenster, dann auf den hellen

Fleck auf dem Teppich, den die Sonne hervorbrachte. Aber es ist ja gar nicht Montag, fiel ihr siedend heiß ein. Es ist Donnerstag!

Abrupt setzte Jo sich auf und schob sich das wirre Haar zurück. Wieso lag sie an einem Donnerstag noch in den Federn, wenn die Sonne längst am Himmel stand? Sie schwang die Beine aus dem Bett und rappelte sich auf. Als sie aus dem Schlafzimmer eilte, stieß sie frontal mit Keane zusammen.

„Ich hab gehört, dass du dich da drinnen rührst." Er ließ seine Hand über ihr Haar gleiten und legte die Finger dann um ihre Schulter.

„Was tust du hier?" Sie war völlig verdattert.

„Ich mache Kaffee." Er studierte sie genau. „Zumindest war ich vor einer Minute noch dabei. Wie geht es dir?"

„So weit gut." Sie hob die Hand an die Schläfe. „Im Moment bin ich wohl noch ein bisschen durcheinander. Ich habe verschlafen. Das ist mir noch nie passiert."

„Ich habe dir eine Schlaftablette verabreicht", teilte Keane ihr sachlich mit und legte ihr einen Arm um die Schultern.

„Eine Schlaftablette?" Jo stutzte. „Ich kann mich nicht erinnern, eine genommen zu haben."

„Nein. Ich habe sie in dem Wasser aufgelöst, das du getrunken hast." Der Kessel begann zu pfeifen. Keane ging in die Kochnische zurück. „Ich hatte nämlich so meine Zweifel, dass du freiwillig eine nehmen würdest."

„Stimmt, die hätte ich nicht eingenommen." Sie fand das anmaßend von ihm. „In meinem ganzen Leben habe ich noch keine Schlaftablette genommen."

„Nun, dann war gestern das erste Mal." Er reichte ihr einen Becher mit dampfendem Kaffee. „Ich schickte Gerry los, um eine zu holen, als du bei Ari im Käfig warst." Er musterte sie von Kopf bis Fuß. „Es scheint keinen Schaden angerichtet zu haben. Du bist von einer Sekunde auf die andere eingeschlafen. Ich habe dich ins Bett getragen, dich ausgezogen ..."

„Mich ausgezogen?" Sie sah an sich herunter. Erst jetzt wurde ihr klar, dass sie nichts als ein dünnes weißes Nachthemd trug. Unwillkürlich hob sie die Hand an den Hals und nestelte mit fahrigen Fingern am obersten Knopf. Sie konnte sich beim besten Willen an nichts erinnern, nur noch, dass sie in seinen Armen eingeschlafen war.

„In deinem Kostüm für die Elefantennummer hättest du wohl kaum bequem schlafen können." Über den Rand seines Bechers lächelte er sie an. „Immerhin kann ich auf einige Erfahrung zurückgreifen, was das Ausziehen von Frauen im Dunkeln angeht." Jo ließ die Hand von ihrem Ausschnitt sinken und richtete sich auf. Es war eine Geste, die Stolz und Würde ausdrückte. Sein Blick wurde zärtlich. „Du brauchtest Schlaf, Jo. Du warst völlig fertig."

Wortlos hob Jo den Becher an ihre Lippen und wandte sich ab. Sie ging zum Fenster und sah hinaus. Der Lagerplatz lag leer und verlassen da. Sie hatte so fest geschlafen, dass sie absolut nichts von dem allgemeinen Aufbruch mitbekommen hatte.

„Sie sind alle weitergezogen, nur der Wagen mit dem Generator steht noch hier. Sie fahren los, wenn du keinen Strom mehr brauchst."

Jo fühlte sich plötzlich unendlich verletzlich. Gestern Abend hatte sie mehrere Male die Beherrschung verloren. Dabei war Selbstbeherrschung eine Eigenschaft, die untrennbar zu ihrem Charakter gehörte. Und jedes Mal, wenn ihr das passiert war, war Keane Zeuge davon geworden. Sie wollte wütend auf ihn sein, weil er sich in ihre Privatsphäre gedrängt hatte, doch sie konnte es nicht. Sie hatte ihn gebraucht, und er hatte es erkannt.

„Du hättest nicht mit mir zurückbleiben müssen", sagte sie jetzt. Mit dem Blick folgte sie dem Flug einer Krähe, die über die Felder schwebte.

„Ich wusste doch nicht, in welcher Verfassung du heute sein würdest. Ob du in der Lage sein würdest, die fünfzig Meilen bis zum nächsten Platz allein zu fahren. Pete zieht übrigens meinen Wohnwagen."

Jo lockerte die Schultern und drehte sich zu ihm um. Sonnenlicht fiel hinter ihr durchs Fenster, flutete durch die Falten des Nachthemds und ließ die Konturen ihres Körpers durchscheinen. Als sie zu sprechen anhob, klang ihre Stimme leise und bedrückt. „Ich war gestern Abend schrecklich unhöflich zu dir."

Keane zuckte mit den Schultern. „Du warst aufgewühlt."

„Ja." In ihren Augen stand die Trauer zu lesen. „Ich hing sehr an Ari. Vermutlich, weil er die letzte Verbindung zu meinem Vater war, zu meiner Kindheit. Ich wusste schon länger, dass er die Saison nicht überstehen würde, aber ich wollte es nicht wahrhaben."

Sie sah in den Kaffeebecher, blickte dem Dampf nach, der aufstieg und sich auflöste. „Für ihn war es eine Erlösung. Ich war egoistisch, es hinauszuzögern. Und gestern wollte ich einfach meine Wut und meine Trauer an jemandem auslassen. Deshalb hat es dich getroffen. Ich entschuldige mich dafür."

„Ich brauche keine Entschuldigung von dir, Jo."

Er hörte sich verärgert an, was sie dazu brachte, aufzusehen. „Mir wäre es lieber, du würdest sie annehmen, Keane. Du warst so fürsorglich."

Verblüfft hörte sie ihn einen leisen Fluch ausstoßen. Abrupt drehte er sich zum Herd um. „Deine Dankbarkeit will ich ebenso wenig wie deine Entschuldigung." Hart setzte er den Becher auf die Anrichte und schenkte sich Kaffee nach. „Beides ist nicht notwendig."

„Für mich schon." Sie machte einen Schritt auf ihn zu. „Keane ..." Sie legte ihre Hand auf seinen Arm. Als er sich zu ihr drehte, ließ sie sich von ihrem Instinkt leiten. Sie bettete den Kopf an seine Schulter und schlang die Arme um seine Hüfte.

Keane versteifte sich, er fasste sie bei den Schultern, so als wolle er sie von sich schieben. Doch dann stieß er einen schweren Seufzer aus, und Jo fühlte, wie er sich entspannte.

„Bei dir weiß ich nie, was ich zu erwarten habe." Er hob ihr Kinn an, und automatisch schloss Jo die Augen und bot ihm ihre Lippen dar. Doch nur flüchtig strich er über ihren Mund. „Du solltest dich jetzt besser anziehen", sagte er freundlich, aber seltsam distanziert, als er von ihr zurücktrat. „Wir halten in der Stadt an, ich lade dich zum Frühstück ein."

Seine Zurückhaltung verwirrte sie, doch vorerst war sie froh, dass er nicht mehr böse auf sie war. Also nickte sie. „Einverstanden."

Der Frühling ging in den Sommer über, während der Zirkus weiter gen Norden zog. Die Tage wurden länger, Sonnenlicht fiel ins Hauptzelt, auch als schon die letzte Abendvorstellung begonnen hatte.

Es regnet nicht mehr so oft, dafür gab es kurze, heftige Sommergewitter mit Blitz und Donner. Im Juni zog der *Circus Colossus* über die Landesgrenze von North Carolina nach Tennessee.

In diesen Wochen wunderte Jo sich immer wieder über Keanes Verhalten ihr gegenüber. Sie empfand es als widersprüchlich und wusste es nicht zu deuten. Er war freundlich zu ihr, blieb aber unpersönlich. Sagte sie etwas Amüsantes, lachte er, beschwerte sie sich über etwas, hörte er aufmerksam zu. Doch jedes Mal errichtete er eine eindeutige Mauer zwischen ihnen.

Manchmal fragte sie sich, ob sie sich die Leidenschaft, die in jener Nacht zwischen ihnen aufgeflammt war, nicht nur eingebildet hatte. War das Verlangen, das sie in seinen Augen gelesen hatte, nur ein Wunschtraum ihrer Fantasie gewesen? Die Nähe, die ihrer Meinung nach zwischen ihnen geherrscht hatte, war inzwischen längst geschwunden. Sie waren nichts anderes mehr als ein Zirkusbesitzer und seine Artistin – eine rein geschäftliche Beziehung.

Zweimal während dieser Zeit flog Keane nach Chicago zurück. Bei der Rückkehr jedoch brachte er keine Geschenke mehr für Jo mit. Kein einziges Mal kam er zu ihr in den Wohnwagen. Sein verändertes Verhalten verwirrte sie immer mehr. Er war nicht verärgert, er war auch nicht kalt, sondern einfach nur … freundlich.

Jo verstand es nicht. Ihr Herz blutete vor Sehnsucht nach ihm. Doch als Tag um Tag verging, wurde immer klarer, dass Keane offenbar doch kein persönliches Interesse an ihr hatte.

Am Vorabend der großen Show für den vierten Juli lag Jo schlaflos in ihrem Bett. Sie hielt den Gedichtband in der Hand, doch während sie las, musste sie immer wieder an die Leere denken, die sie in sich fühlte. Rastlos schlug sie das Buch zu und starrte an die Decke. Sie musste sich zusammennehmen. Es wurde Zeit, dass sie all das hinter sich ließ. Sie musste aufhören, so zu tun, als wäre Keane je Teil ihres Lebens gewesen. Wenn man jemanden liebte, dann wurde er nur Teil der eigenen Wünsche, nicht Teil des eigenen Lebens. Und Keane selbst hatte nie von Liebe gesprochen, hatte ihr nie etwas versprochen. Und er hatte auch nicht wirklich etwas getan, um sie zu verletzen.

Sie wünschte, sie könnte ihn hassen. Dafür, dass er ihr einen kurzen Blick auf ein erfülltes Leben gewährt hatte. Nur um sich dann zurückzuziehen.

Doch sie konnte es nicht. Jo stieß geräuschvoll die Luft aus den Lungen und fuhr nachdenklich mit einem Finger über den kostbaren Ledereinband. Ich hasse ihn nicht, aber es ist mir auch nicht erlaubt, ihn zu lieben, dachte sie. Was also fühle ich für ihn? Ich sollte dankbar sein, dass er mich nicht mehr will. Ich hätte mit ihm geschlafen, und dann wäre ich hundertmal schlimmer verletzt worden.

Konnte sie denn überhaupt hundertmal schlimmer verletzt werden?

Sie lag reglos da und versuchte Ordnung in ihre Gedanken zu bringen. Es war wohl besser, wenn sie es nicht herausfand. Keane war nett und freundlich zu ihr gewesen, als sie ihn brauchte. Und damit Schluss. Sie hatte gar nicht das Recht, etwas von ihm zu verlangen. Der Sommer würde schließlich nicht ewig dauern. Vielleicht sah sie ihn nach der Saison nie wieder. Also würde sie die verbleibende Zeit mit ihm, so gut es ging, genießen.

Es waren die Überlegungen ihres Verstandes. Ihr Herz jedoch ließ sich davon nicht beruhigen.

9. Kapitel

Der Unabhängigkeitstag war für den Zirkus ein ganz normaler Arbeitstag. Zelte wurden in der neuen Stadt aufgestellt, die Parade zog durch die Straßen, zwei Vorstellungen waren angesetzt. Doch zugleich war der 4. Juli auch ein Feiertag. Also wogten weiße, rote und blaue Federbüschel auf den Köpfen der Elefanten, und die Abendvorstellung begann eine Stunde früher, weil im Anschluss das jährliche Feuerwerk stattfinden sollte.

Über die Festtage sollte der *Circus Colossus* in der kleinen Stadt in Tennessee bleiben. Die Erlaubnis der Gemeinde war lange im Voraus eingeholt worden, und auch die Feuerwerkskörper lagerten längst in einer Halle. Seit Jahren hatte sich nichts am Ablauf der Planung geändert. Der 4. Juli war schon immer der gewinnbringendste Tag im ganzen Jahr gewesen.

Jo hatte beschlossen, sich die Feierlichkeiten durch nichts verderben zu lassen. Nein, auch Keanes Distanziertheit würde den Höhepunkt des Sommers nicht für sie trüben. Grübeln und schlechte Laune änderten schließlich nichts an den Tatsachen. Außerdem war es praktisch unmöglich, bei so vielen lachenden und unbeschwerten Gesichtern schlechte Laune zu haben.

Zwischen den Vorstellungen ebbte die aufgekratzte Atmosphäre ein wenig ab. Manche der Artisten hatten sich vor den Wohnwagen zu einem Plausch in der Sonne versammelt, andere nutzten die Pause, um noch an ihrem Programm zu arbeiten. Ein paar Helfer spritzten die Elefanten ab, und das Wasser lief in breiten Rinnsalen über den Platz.

Jo schaute dem Elefantenbad immer gern zu. Manchmal waren unter den Helfern ein oder zwei Neulinge, die von Maggie oder einem der anderen Tiere überraschend eine Dusche erhielten. Natürlich wussten die Tierpfleger, was den Helfern drohte. Aber es gelang ihnen stets, völlig unschuldig dreinzuschauen.

In einiger Entfernung sah Jo Duffy vorbeilaufen. Sie sprang von der Eingrenzung des Elefantenareals und ging auf ihn zu. Er war in ein angeregtes Gespräch mit einem Städter vertieft. Der Mann war genauso klein wie Duffy, aber wesentlich ausladender. Er hatte das, was Frank immer eine „Wohlstandsfigur" genannt hatte. Sein Bauch begann direkt am Brustbein und wölbte sich beeindruckend vor. Er sah leicht ungepflegt aus und kniff die blassen Augen gegen die Sonne zusammen.

Jo kannte diese Art von Mann. Auf ihren vielen Reisen war sie immer wieder derartigen Typen begegnet. Sie fragte sich nur, was dieser hier wohl wollte. Und für wie viel. So ärgerlich, wie Duffy jetzt schnaubte, musste es sehr viel sein.

„Ich sagte doch schon, Carlson, die Hallenmiete ist bereits bezahlt. Ich kann Ihnen die Quittung zeigen. Und für die Lieferung sind fünfzehn Dollar vereinbart, nicht zwanzig."

Carlson warf den Stummel seiner filterlosen Zigarette auf den Boden und trat mit dem Absatz darauf. „Das haben Sie mit Myers abgemacht, nicht mit mir. Ich habe die Halle vor sechs Wochen gekauft." Er zuckte ungerührt die Schultern. „Ich kann schließlich nichts dafür, wenn Sie im Voraus zahlen."

Von der anderen Seite des Platzes näherte sich Keane, zusammen mit Pete. Während Jo die beiden beobachtete, sah Keane auf und schaute zu Carlson hinüber. Jo kannte diesen Blick – der andere Mann war soeben genau taxiert worden.

Keane lächelte ihr freundlich zu und wollte an ihr vorübergehen. Doch ihre Neugierde ließ Jo keine Ruhe. „Was ist denn da los?", fragte sie.

„Finden wir es heraus."

Sie waren bei Duffy und Carlson angekommen. „Gentlemen", grüßte Keane lässig. „Gibt es ein Problem?"

„Dieser Mensch", Duffys Stimme überschlug sich fast vor Ärger, während er mit dem Daumen auf Carlson zeigte, „verlangt den doppelten Preis für die Hallenmiete. Und er will zwanzig Dollar für die Lieferung der Feuerwerkskörper anstatt der vereinbarten fünfzehn."

„Myers hat fünfzehn verlangt", betonte Carlson. „Mit mir war gar nichts vereinbart. Wenn Sie Ihr Feuerwerk haben wollen, dann müssen Sie mich bezahlen – in bar." Er sah zu Keane. „Wer ist das?"

Duffy schnaubte empört, doch da legte Keane ihm beruhigend eine Hand auf die Schulter. „Ich bin Keane Prescott", sagte er freundlich. „Wollen Sie mir nicht sagen, um was es geht?"

„Prescott also, was?" Carlson rieb sich das Doppelkinn und begutachtete sein Gegenüber. Jung und harmlos, lautete sein Urteil. Mit dem würde er schon zurechtkommen.

„Na, sicherlich können wir die Sache regeln", meinte Carlson jovial und streckte die Hand aus, in die Keane ohne zu zögern einschlug. Es wurde ein sehr fester Handschlag. „Toller Zirkus, den Sie da haben, Prescott. Meine Frau und ich sehen uns jedes Jahr die Vorstellung an. Also ..." Er zog sich erst einmal die Hose zurecht. „Sie sind ja auch ein Geschäftsmann. Da werden wir uns schon einigen, was? Sehen Sie, Ihre Feuerwerkskörper liegen in meiner Lagerhalle. Ich muss mir schließlich meinen Lebensunterhalt verdienen, die Kartons können da nicht einfach umsonst stehen. Vor sechs Wochen hab ich Myers die Halle abgekauft, da kann ich ja wohl nicht für eine Abmachung verantwortlich sein, die Sie mit ihm getroffen haben, oder?"

Carlson lächelte. Es freute ihn, dass Keane so aufmerksam zuhörte. „Und was die Lieferung betrifft ..." Er zuckte scheinbar hilflos die Schultern. „Sie wissen doch selbst, wie rasant die Benzinpreise gestiegen sind."

Keane nickte zustimmend. „Sicher." Duffys Schnauben ignorierte er. „Aber es scheint so, als würden Sie sich hier in Schwierigkeiten bringen, Mr. Carlson."

„Ich habe keine Schwierigkeiten", entgegnete Carlson. Sein Lächeln wurde dünner. „Im Gegenteil, Sie haben ein Problem. Es sei denn, Sie wollen Ihre Feuerwerkskörper nicht haben."

„Oh, die bekommen wir schon, da mache ich mir überhaupt keine Sorgen", widersprach Keane ausnehmend freundlich. „Laut Paragraph drei, Abschnitt fünf des Handelsgesetzes übernimmt der neue Eigentümer mit dem Kauf sofort sämtliche Verträge und Absprachen sowie die Außenstände des früheren Eigentümers."

„Was soll denn das?" Das Lächeln war Carlson gründlich vergangen.

„Wir verzichten darauf, diese Sache vor Gericht auszutragen, allerdings nur, wenn wir unser Eigentum von Ihnen erhalten. Aber damit ist Ihr Problem nicht gelöst."

„Mein Problem?", stammelte Carlson. „Ich habe damit kein Problem."

Fasziniert schaute Jo Keane an, der sachlich fortfuhr: „Aber ja, Sie haben eines, Mr. Carlson. Auch wenn ich mir eigentlich ziemlich sicher bin, dass es keineswegs in Ihrer Absicht lag, etwas Illegales zu tun."

„Illegales?" Carlson begann zu schwitzen.

„Ja. Sie lagern ohne Genehmigung Sprengkörper auf Ihrem Besitz. Es sei denn, Sie haben nach dem Kauf der Halle eine Lizenz eingeholt."

„Nun, ich ..."

„Das dachte ich mir." Voller Verständnis hob Keane eine Augenbraue. „Sehen Sie, Paragraph sechs, Absatz fünf des Handelsgesetzes besagt, dass Genehmigungen und Lizenzen beim Kauf nicht übertragen werden. Der jeweilige Eigentümer muss sie neu beantragen. Auf dem Gewerbeamt." Keane ließ Carlson Zeit, die Information zu verdauen. „Wenn ich mich nicht täusche, sind die Strafen in diesem Staat hier für ein Versäumnis ziemlich streng. Natürlich hängt die Härte des Urteils ab von ..."

„Urteil?" Carlson wurde blass und wischte sich mit einem zerknüllten Taschentuch den Schweiß von der Stirn.

„Ich sag Ihnen was." Keane lächelte Carlson verschwörerisch zu. „Sie bringen die Feuerwerkskörper so schnell wie möglich her, damit sind sie von Ihrem Grundstück herunter. Wir müssen doch nicht gleich die Behörden einschalten. Schließlich sind wir beide Geschäftsmänner, nicht wahr?"

Carlson war viel zu aufgeregt, um den leichten Sarkasmus zu erkennen. „Es waren fünfzehn bei Lieferung vereinbart, richtig?" Hektisch stopfte er das Taschentuch zurück in die Hosentasche.

„Genau. Ich achte darauf, dass Sie das Geld in bar bekommen, sobald die Kartons abgeladen sind. Jederzeit gern zu Diensten."

Erleichtert eilte Carlson zu seinem Pick-up und kletterte in die Fahrerkabine. Jo behielt das ernste Gesicht bei, bis der Truck vom Gelände gerumpelt war. Kaum war Carlson außer Sicht, brach sie jedoch gemeinsam mit Pete und Duffy in schallendes Gelächter aus.

„Stimmt das denn alles?", fragte Jo und hakte sich bei Keane unter.

„Was?" Leicht kritisch betrachtete Keane die beiden Männer, die sich vor Lachen bogen.

„Paragraph drei, Absatz fünf des Handelsgesetzes und so weiter ...", zitierte Jo.

„Noch nie davon gehört." Keanes staubtrockener Kommentar trieb Pete Lachtränen in die Augen.

„Du hast das alles nur erfunden", stellte Jo verdattert fest. „Alles!"

„Schon möglich", gab Keane zu.

„Der beste Bluff, den ich seit Jahren miterlebt habe!" Duffy klopfte Keane anerkennend auf den Rücken. „Junge, Sie könnten daraus eine Karriere machen."

„Das habe ich bereits", erwiderte er grinsend.

„Sollte ich je einen Anwalt brauchen", Pete schob sich die Baseballkappe in den Nacken, „dann weiß ich ja, an wen ich mich wenden kann. Kommen Sie am Abend ins Küchenzelt, Boss, da läuft heute unsere Pokerrunde. Komm, Duffy, das müssen wir Buck erzählen."

Während sie den beiden nachsah, wurde Jo klar, dass Keane soeben offiziell akzeptiert worden war. Bisher war er zwar der Besitzer gewesen, aber ein Außenseiter, ein Städter. Jetzt gehörte er dazu. Sie wandte ihm das Gesicht zu. „Willkommen an Bord."

„Danke." Sie konnte sehen, dass er genau verstand, was hier gerade abgelaufen war.

„Wir sehen uns dann bei der Pokerrunde." Ihr Lächeln wurde zu einem breiten Grinsen. „Vergiss nicht, Geld mitzubringen."

Sie wandte sich ab und wollte gehen, doch Keane berührte leicht ihren Arm. Sie drehte sich wieder zu ihm um.

„Jo", setzte er an und verwirrte sie mit dem plötzlichen Ernst in seinen Augen.

„Ja?"

Er zögerte, dann schüttelte er den Kopf. „Nichts. Wir sehen uns später." Er strich ihr mit den Fingerknöcheln über die Wange und ging davon.

Mit regloser Miene besah Jo sich die Karten in ihrer Hand. Es fehlte ihr nur noch eine für einen Herz-Flush. Sie schaute in die Runde und wartete auf die Eröffnung. Duffy paffte scheinbar ungerührt an seiner Zigarre, obwohl er schon die letzten drei Runden verloren hatte. Pete kaute unbeteiligt sein Kaugummi. Amy, die Frau des Schwertschluckers, saß kerzengerade neben ihm, an ihrer Seite Jamie, dann Raoul und schließlich Keane. Er und Pete gewannen im großen Stil.

Der Topf in der Mitte wurde immer interessanter. Jetons klapperten auf den Tisch. Jo ließ sich eine Karte geben und konnte ein Kreuz gegen das fehlende fünfte Herz austauschen. Ohne mit der Wimper zu zucken, steckte sie die Karte ein. Schließlich hatte Frank ihr beigebracht, wie man Poker spielte.

„Ich passe." Angewidert schob Jamie sein Blatt zusammen. „Ich hätte nie Bucks Platz übernehmen dürfen." Er runzelte böse die Stirn, als Pete den Einsatz erhöhte.

„Du bist noch billig davongekommen, Junge." Duffy warf seine Chips in die Mitte.

„Drei Könige." Pete legte seine Karten auf den Tisch. Die anderen schnaubten verdrießlich und deckten ihre Karten ebenfalls auf.

„Ich habe ein Herz-Flush", sagte Jo sehr milde, bevor Pete nach dem Topf in der Mitte greifen konnte. Duffy lehnte sich zurück und lachte vergnügt auf.

„Braves Mädchen. Dieser verdammte Kerl soll nicht alles abstauben."

In den nächsten zwei Stunden mischten sich im Küchenzelt Rauch und der Duft nach Kaffee und Bier. Jamies Pechsträhne hielt beharrlich an, sodass er irgendwann nach Buck rief und seinen Platz an ihn abgab.

Jos nächste Hand war völlig wertlos. Die anderen jedoch platzierten sofort ihre Einsätze. Keane erhöhte Raouls Eröffnung, und nur aus purer Neugier ging Jo eine Runde mit. Sobald sie jedoch die neuen Karten sah, stieg sie aus. So konnte sie sich also zurücklehnen und das Spiel gelassen mitverfolgen.

Keane spielte gut. Seine Augen verrieten absolut nichts. Wie immer. Er nippte an seinem Bier und sah über den Rand des Glases zu, wie Duffy, Buck und Amy ihre Karten abwarfen. Pete taxierte Keane durchdringend. Keane hielt dem Blick stand. Raoul brummte etwas Unwirsches auf Französisch vor sich hin.

„Könnte natürlich auch ein Bluff sein", überlegte Pete laut und sah auf die fünf Jetons, die Keane in die Mitte schob. „Nun gut, ich gehe mit. Dann finden wir schon heraus, was hier eigentlich läuft."

Raoul fluchte erst auf Französisch, dann auf Englisch und deckte seine Karten auf. Keane dagegen ließ sich extrem viel Zeit und verdoppelte dann den Einsatz.

Am Tisch wurde Geraune laut. Pete besah sich nachdenklich seine Karten. Sein Blick glitt zu dem ansehnlichen Haufen Chips. Zehn konnte er durchaus riskieren … Er sah zu Keane zurück und spielte mit seiner Bierflasche. Dann begann er plötzlich zu grinsen.

„Ich passe", sagte er und legte seine Karten mit dem Bild nach unten auf den Tisch. „Es gehört alles Ihnen, Boss."

Ohne seine Karten aufzudecken, zog Keane den Chiphaufen zu sich heran.

„Wie wär's mit Kartenzeigen?", fragte Pete herausfordernd. Keane griff nach dem Jeton und zuckte gleichgültig mit den Schultern, bevor er sein Blatt umdrehte. Die Reaktion am Tisch erfolgte sofort. Empörte Flüche und ungläubiges Lachen mischten sich.

„Er hat nur Schrott auf der Hand!" Pete schüttelte den Kopf. „Sie haben echt Nerven, Boss." Er drehte die eigenen Karten. „Selbst ich hatte zwei Siebener."

Raoul war vor Empörung verstummt. Lachend erhob Jo sich und zupfte Jamie den Filzhut vom Kopf, um ihren Gewinn darin zu deponieren. „Du kannst sie mir später umtauschen." Sie versetzte Jamie einen herzhaften Kuss auf die Wange. „Aber verspiel sie nicht."

Duffy sah fragend zu ihr hin. „Du hörst jetzt schon auf?"

„Man soll aufhören, solange es gut läuft. Das hat Frank mir beigebracht." Sie winkte lächelnd zum Abschied und verschwand.

„Das ist typisch unsere Jo." Vergnügt in sich hineinglucksend, mischte Raoul die Karten für die nächste Partie. „Sie ist eben eine clevere Sache."

„Ein cleveres Ding", verbesserte Pete automatisch und steckte sich einen frischen Kaugummistreifen in den Mund. Natürlich war ihm aufgefallen, dass Keane ihr nachgesehen hatte. „Und hübsch. Finden Sie nicht auch, Boss?"

Keane nahm die Karten auf, die Raoul gegeben hatte. „Ja, sehr hübsch."

„Wie ihre Mutter", ergänzte Buck, ohne den Blick von seinem Blatt zu heben. „Sie war eine Schönheit, was, Duffy?"

Duffys Antwort war ein bloßes Grunzen. Im Moment beschäftigte ihn nur die Frage, warum er einfach immer so schlechte Karten hatte. Gedankenverloren murmelte er: „Auf diese Art ums Leben zu kommen. Eine echte Tragödie."

„Es war ein Brand, nicht wahr?", fragte Keane und fächerte seine Karten auf.

„Ja, ausgelöst durch einen Kurzschluss. In ihrem Wohnwagen, mitten in der Nacht, als alle schliefen. Auf der Seite, auf der das Schlafzimmer der Wilders lag, stand der Wagen schon lichterloh in

Flammen, bevor überhaupt Alarm geschlagen wurde. Jede Hilfe kam zu spät."

Er schwieg einen Augenblick und fuhr dann kopfschüttelnd fort. „Jo schlief auf der anderen Seite, und trotzdem hätten wir es fast nicht geschafft, sie da rauszuholen. Frank hat das Fenster eingeschlagen und sie rausgezogen. Der arme kleine Wurm! Sie umklammerte diese alte Puppe, als wäre das hässliche Ding mit dem fehlenden Arm das Letzte auf Erden, was sie noch hatte. Die Puppe hat sie ewig mit sich herumgeschleppt, man hat sie nie ohne gesehen. Erinnerst du dich noch, Duffy?"

Duffy schnaubte zustimmend und warf seine Karten auf den Tisch. „Frank hat immer gewusst, wie er mit der Kleinen umgehen musste."

„Das war wohl eher andersherum", lautete Duffys Kommentar.

Raoul erhörte den Einsatz um fünf Jetons, Keane stieg aus dem Spiel aus.

„Ich mache bei der nächsten Runde wieder mit", sagte er und stand auf. Einer der Gribalti-Brüder setzte sich auf Jos Stuhl. Jamie übernahm Keanes Platz und besah sich neugierig die abgelegten Karten.

Vier Buben. Mit nachdenklich gerunzelter Stirn sah Jamie zu der Zelttür, die hinter Keane zufiel.

Langsam ging Jo durch die laue Sommernacht. Sie sah zum dunklen Himmel auf und dachte an das Feuerwerk zurück. Es war wunderbar gewesen. Auch wenn es jetzt vorbei war, die Magie lag noch in der Luft. Und weil sie nicht müde war, wanderte Jo zum Hauptzelt hinüber.

„Hallo, hübsche Frau."

Mit zusammengekniffenen Augen versuchte Jo die Dunkelheit zu durchdringen. Nur die Kontur einer Gestalt war zu erkennen. „Oh, Bob, nicht wahr?" Sie blieb stehen und lächelte freundlich. „Du bist neu bei uns."

Er trat aus dem Schatten heraus auf sie zu. „Ich bin schon über drei Wochen dabei." Er musste ungefähr so alt sein wie Jo, kräftig gebaut, mit einem markanten Gesicht. Er war einer von den Helfern gewesen, denen Maggie am Nachmittag eine Dusche verabreicht hatte.

Jo steckte die Hände in die Taschen ihrer Shorts, ihr Lächeln wurde breiter. Der junge Mann hielt sich anscheinend bereits für einen Profi. „Wie gefällt dir die Arbeit mit den Elefanten?"

„Ist ganz in Ordnung. Der Zeltaufbau macht Spaß."

„Ja, mir auch." Sie deutete zum Küchenzelt hinüber. „Da drinnen spielen sie eine Partie Poker. Vielleicht hast du ja Lust, mitzumachen."

„Nein. Ich bin lieber mit dir zusammen." Als er noch näher kam, roch Jo seinen Bieratem. Er hat wohl ausgiebig gefeiert, dachte sie und schüttelte leicht den Kopf.

„Nur gut, dass morgen Montag ist", meinte sie. „Niemand wäre in der Lage, ein Zelt aufzubauen. Du solltest jetzt zu Bett gehen", schlug sie vor. „Oder dir im Küchenzelt einen Kaffee holen."

„Warum gehen wir nicht in deinen Wohnwagen?" Schwankend kam Bob auf sie zu und fasste sie beim Arm.

„Nein." Entschieden drehte Jo sich in die andere Richtung. „Gehen wir besser einen Kaffee trinken." Seine Aufdringlichkeit beunruhigte sie nicht. Sie waren nah genug beim Küchenzelt, Jo brauchte nur zu rufen, und schon würde ihr mindestens ein Dutzend Männer zu Hilfe kommen. Aber genau das wollte sie vermeiden.

„Ich will aber mit dir zusammen sein." Er legte Halt suchend die Arme um sie und versuchte sie unbeholfen zurückzuhalten. „Du weißt doch: Jeder richtige Mann braucht eben ab und zu die Gesellschaft einer schönen Frau."

„Ich verfüttere dich an meine Löwen, wenn du mich nicht sofort loslässt", drohte Jo und meinte es ernst.

„Ich wette, du kannst auch eine ganz schöne Wildkatze sein." Er beugte den Kopf vor und versuchte ungeschickt, seinen Mund auf ihre Lippen zu pressen. Ihre Geduld schwand zwar rapide, aber Jo ließ den Kuss über sich ergehen. Ihren Mund hatte Bob so oder so verfehlt, seine Lippen waren auf ihrer Wange gelandet.

Als er jedoch mit beiden Händen nach ihrem Po griff, reichte es ihr. Sie wollte sich aus seinen Armen winden, doch er umklammerte sie. Also blieb ihr wohl nichts anderes übrig ... Sie holte aus und schmetterte ihre Faust auf Bobs Kinn. Mit einem „Uff" landete der junge Mann hart auf seinem Hintern.

„Und ich dachte, ich müsste zu deiner Rettung eilen", sagte Keane hinter ihr.

Mit einem entnervten Seufzer drehte Jo sich zu ihm um. Ihr wäre es lieber gewesen, wenn es für diese Szene keine Zeugen gegeben hätte. Selbst in dem schwachen Licht konnte Jo sehen, wie wütend Keane war.

Instinktiv stellte sie sich zwischen ihn und den Mann, der auf dem Boden saß und sich verdattert das Kinn rieb.

„Er ... Bob hat sich nur von seiner Begeisterung mitreißen lassen", sagte sie hastig. Sie legte Keane eine Hand auf den Arm. „Er ist noch in Feierlaune."

„Ich habe auch gute Lust, mich von meiner Begeisterung mitreißen zu lassen", knurrte Keane und wollte sie beiseiteschieben.

Sie klammerte sich an ihn. „Nicht, Keane. Bitte", drängte sie.

Mit funkelndem Blick sah er auf sie herunter. „Jo, geh mir aus dem Weg, damit ich mich darum kümmern kann."

„Nein, erst hörst du mir zu." Ihre Beschwichtigungsversuche schienen ihn nur noch mehr in Rage zu bringen. Jo musste sich das Lachen verkneifen. „Keane, bitte. Lass ihn in Ruhe. Er hat mir doch nichts getan."

„Er hat dich tätlich angegriffen." Nur mit Anstrengung hielt Keane sich zurück. Am liebsten hätte er Bob sofort beim Kragen gepackt.

„Eigentlich hat er sich nur an mir festgehalten. Er hat nämlich ein wenig zu tief ins Glas geschaut. Das mit dem Kuss hat ja gar nicht geklappt." Den Rest erwähnte sie wohlweislich nicht. „Ich hab ihn viel härter geschlagen, als wirklich nötig war. Das sollte reichen, um ihm Respekt einzuflößen. Er ist neu, er kennt sich noch nicht aus. Wirf ihn nicht hinaus, Keane."

Fassungslos starrte er sie an. „Ihn hinauszuwerfen war nun das Letzte, woran ich im Moment dachte."

Jo konnte das Lächeln nicht länger zurückhalten. „Wenn du zur Rettung meiner Ehre gekommen bist ... viel mehr als mich mit seinem Bieratem anzupusten hat er nicht getan. Ich denke, deshalb musst du ihn nicht bestrafen. Vielleicht könntest du ihn für zwei Wochen zum Latrinenputzen abkommandieren."

Keane fluchte noch einmal leise, aber seine Miene entspannte sich, und ein Lächeln zuckte um seinen Mund.

Vorsichtig lockerte Jo ihren Griff um seinen Arm und trat einen Schritt zurück.

Keane bedachte Bob mit einem durchdringenden Blick. „Miss Wilder ist sehr viel nachsichtiger als ich", sagte er ruhig. „Und hat wohl auch ein weicheres Herz. Daher werde ich Ihnen weder einen Kinnhaken verpassen noch Sie hinauswerfen, obwohl ich große Lust dazu hätte." Er ließ Bob Zeit, die Worte zu überdenken. „Ich werde Ihnen also erlauben, Ihre ... Begeisterung auszuschlafen."

Ohne Vorwarnung riss er Bob am Kragen auf die Füße und fuhr fort: „Aber sehe ich Sie noch einmal in Miss Wilders Nähe oder bei irgendeiner anderen meiner Artistinnen, werde ich auf erstere Lösung zurückgreifen. Und bevor ich Sie dann hinauswerfe, wird jeder im Zirkus wissen, dass eine Frau, die keine fünfzig Kilo wiegt, Sie auf die Bretter geschickt hat. Haben Sie mich verstanden?"

„Ja, Sir, Mr. Prescott, Sir", sagte Bob, so deutlich es ihm möglich war.

„Geh schlafen, Bob", riet Jo milde. „Morgen geht es dir wieder besser."

„Du warst ganz offensichtlich noch nie betrunken." Grinsend sah Keane dem schwankenden Bob nach. „Ich glaube kaum, dass es ihm morgen besser gehen wird. Ganz im Gegenteil: Er wird einen höllischen Kater haben. Und das wird ihm dann hoffentlich eine Lehre sein."

Er nahm Jos Hand und betrachtete sie einen Moment lang. „Wo hast du eigentlich diesen rechten Haken gelernt?"

Jo freute sich, dass Keane nicht seine übliche distanzierte Höflichkeit zeigte. Lachend ließ sie zu, dass er seine Finger mit den ihren verschränkte. „Wenn Bob nicht schon so unsicher auf den Beinen gewesen wäre, wäre er bestimmt nicht zu Boden gegangen."

Im Sternenlicht strahlten ihre Augen, als sie Keane ansah. Etwas huschte über sein Gesicht, das sie sich nicht erklären konnte. „Stimmt etwas nicht?"

Einen Moment lang schwieg er, und Jos Herz begann schneller in ihrer Brust zu klopfen. Ob er sie küssen würde?

„Nichts." Der Moment war vorbei. „Komm, ich begleite dich zu deinem Wohnwagen zurück."

„Ich war gar nicht auf dem Weg dorthin."

Um die unbeschwerte Stimmung zurückzuholen, hängte sie sich bei ihm ein. „Wenn du mitkommst, zeige ich dir etwas – Magie. Magie gefällt dir doch, oder? Selbst ein nüchterner, pflichtbewusster Anwalt muss Magie mögen."

„So siehst du mich also?" Fast hätte Jo über seine beleidigte Frage aufgelacht. „Als langweiligen, faden Anwalt?"

„Nein, natürlich nicht. Aber deine sachliche Art gehört nun einmal zu dir." Er betrachtete sie konzentriert, und sie genoss es, ihn ein paar Momente für sich allein zu haben. „In dir stecken aber auch viel Abenteuerlust und Sinn für Humor. Und", fügte sie großzügig hinzu, „du hast Temperament."

„Du scheint mich ja sehr genau zu kennen."

„Aber nein, überhaupt nicht." Sie blieb stehen. „Ich sehe dich doch nur hier. Wie du in Chicago bist, kann ich nur vermuten."

Er zog die Augenbrauen hoch. „Du meinst, dort sei ich anders als hier?"

„Ich weiß nicht." Jo runzelte die Stirn. „Wäre das nicht normal? Schließlich bist du dort in einer anderen Umgebung. Wahrscheinlich hast du ein großes Haus oder eine schicke Wohnung. Eine Putzfrau, die einmal ... nein, zweimal die Woche kommt." Sie starrte in die Ferne und spann das Bild weiter. „Von deinem Büro aus kannst du auf die Stadt sehen, deine Sekretärin ist schick und fähig. Zum Lunch gehst du in den Klub. Im Kreuzverhör vor Gericht bist du absolut tödlich, und natürlich gewinnst du deine Fälle. Du hast deinen eigenen Schneider und gehst regelmäßig ins Fitnessstudio. Am Wochenende entspannst du dich im Theater und beim Sport. Tennis, ja, oder ... nein, Golf nicht. Handball vielleicht."

Keane schüttelte verwundert den Kopf. „Ist das die angekündigte Magie?"

„Nein, nur ein wenig Vorstellungskraft und Kombinationsgabe. Eigentlich nur Vermutungen. Schließlich muss man nicht selbst Geld haben, um zu wissen, wie andere leben. Und du nimmst das Gesetz sehr ernst. Du würdest dir nie einen Beruf aussuchen, wenn er dir nicht wirklich wichtig ist."

Keane lief schweigend neben ihr her. Als er zu sprechen anhob, klang seine Stimme sehr, sehr leise. „Ich bin mir nicht sicher, ob mir das Bild, das du von meinem Leben zeichnest, auch gefällt, Jolivette."

„Das ist doch nur eine grobe Skizze. Wenn ich dich wirklich verstehen wollte, müsstest du die Lücken füllen."

„Tust du das denn nicht?"

„Was?" Jo blieb stehen. „Dich verstehen?" Sie lachte auf, weil die

Frage so absurd war. „Du lebst in einer ganz anderen Welt. Wie sollte ich dich da verstehen können?"

Mit diesen Worten schlug sie die Zeltwand des Hauptzeltes zurück und betätigte den Lichtschalter. Hoch oben in der Kuppel flammten zwei Reihen Scheinwerfer auf wie Sterne am dunklen Nachthimmel. Schatten fielen auf die Sitzreihen und zogen sich bis in die dunkelsten Ecken, das ganze Zirkuszelt schien voller Leben.

„Ist es nicht wunderbar?" Jos Stimme hallte von den Wänden wider. „Es ist nie leer, sie alle sind immer hier – die Artisten, das Publikum, die Tiere." Jo stellte sich in die Mitte der Manege. „Weißt du, was das hier ist?" Sie streckte die Arme in die Luft und drehte sich um die eigene Achse. „Es ist das zeitlose Wunder in einer sich ständig verändernden Welt. Ganz gleich, was da draußen passiert, wir sind immer hier."

Sie schwieg einen Moment und fügte dann leise hinzu: „Dabei sind wir so verletzlich. Wir hängen ab von der Gnade der Elefanten, von Emotionen, von den Launen des Publikums. Doch sechs Tage in der Woche, neunundzwanzig Wochen lang, zeigen wir hier eine Wunderwelt. Im Morgengrauen bauen wir diese Welt auf, und in der Dämmerung verschwinden wir wieder. Das ist Teil des wunderbaren Mysteriums des Zirkus." Sie wartete, bis Keane zu ihr getreten war.

„Eine leere Weide erwacht zu Leben, wenn die Zelte aufgestellt werden. Plötzlich ziehen Elefanten und Löwen durch die Straßen der Stadt. Wir werden niemals alt, denn immer entdeckt uns die nächste Generation aufs Neue." Hoch aufgerichtet stand Jo im Licht der Scheinwerfer. „Das Zirkusleben ist verrückt und aufregend. Und es ist ein hartes Leben. Matschige Lagerplätze, endlose Proben, schmerzende Muskeln. Aber wenn deine Vorstellung zu Ende ist und du weißt, dass du dein Bestes gegeben hast, ist es ein unbeschreibliches Glücksgefühl. Nichts auf der Welt kommt dem gleich."

„Ist das der Grund, warum du es machst?"

Jo schüttelte den Kopf. „Es ist Teil des Ganzen, es gehört dazu. Ich nehme an, wir alle haben unsere eigenen Gründe. Du hast mich schon einmal gefragt, warum ich das mache. Ich kann es nicht richtig erklären. Vielleicht, weil wir alle an die Magie glauben. Mein ganzes Leben habe ich hier verbracht. Ich kenne jeden Trick, jede Illusion.

Ich weiß genau, wie es möglich wird, dass zwanzig Clowns in ein winziges Auto passen. Und trotzdem lache ich jedes Mal, wenn ich mir die Nummer anschaue. Es ist nicht nur die Aufregung, es ist auch die Vorfreude. Du weißt, du wirst jedes Mal etwas Außergewöhnliches zu sehen bekommen."

Sie marschierte mit hochgereckten Armen quer durch die Manege. „Meine Damen und Herren, sehr verehrtes Publikum", ahmte sie den Zeremonienmeister nach. „Sehen und staunen Sie! Menschen, Tiere, Sensationen! Lassen Sie sich von noch nie da gewesenen Darbietungen verzaubern. Und jetzt ... Applaus für die große Serena mit ihren faszinierenden Elefanten!" Lachend strich Jo sich das Haar zurück. „Oder die kleinen Seitenshows außerhalb des Zelts. Ja, kommen Sie heran, treten Sie näher, nur keine Angst. Die schöne Serpentina hat hypnotische Macht über menschenmordende Schlangen. Sehen Sie zu, wie Serpentina die todbringende Kobra und die grausame Boa bändigt. Lassen Sie sich diesen Nervenkitzel nicht entgehen!"

„Baby könnte auf Rufmord klagen."

Jo sprang auf die Eingrenzung und lachte. „Und wenn die Leute die zierliche Rose mit der Boa constrictor um den Hals sehen, dann haben sie etwas für ihr Geld zurückerhalten und sind zufrieden. Wir geben ihnen, wofür sie gekommen sind – bunte Farben und Fantasie. Das Einzigartige, Nervenkitzel und Spannung. Du hast doch selbst schon gesehen, wie das Publikum den Atem anhält, wenn Vito ohne Netz auf dem Hochseil arbeitet."

„Darüber habe ich auch schon nachgedacht. Mir wäre es ehrlich gesagt lieber, er hätte ein Netz, wenn er da oben in sechzig Metern Höhe herumturnt." Keane steckte die Hände in die Taschen und runzelte die Stirn. „Er riskiert jeden Tag dabei sein Leben."

„Das tut ein Polizist oder ein Feuerwehrmann auch." Sie legte ihm die Hände auf die Schultern.

Es schien ihr wichtiger denn je, ihm den Traum seines Vaters näherzubringen. „Natürlich ist mir klar, was du sagen willst, aber ... bei vielen Nummern macht gerade das Element der Gefahr einen Großteil der Faszination aus. Wenn Vito seinen Rückwärtssalto auf dem Drahtseil macht, hörst du das gesamte Publikum die Luft anhalten. Mit Netz wären sie sicherlich beeindruckt von seinem Können, aber ihnen würde nicht vor Schreck das Herz stehen bleiben."

„Ist das denn unbedingt notwendig?"

„Aber ja doch!" Jos ernste Miene hellte sich auf. „Sie müssen entsetzt und fasziniert und hypnotisiert sein. Das ist im Eintrittspreis enthalten. Schließlich ist das hier eine Welt der Superlative. Wir gehen bis an die Grenzen des Machbaren, des Vorstellbaren. Und diese Grenzen verschieben sich mit jedem neuen Tag. Weißt du eigentlich, wie lange es gedauert hat, bis der erste dreifache Salto am Trapez vorgeführt wurde? Heute gehört das zum Standardprogramm."

Ihre Augen leuchteten auf. „Eines Tages wird einem Artisten der vierfache Salto gelingen. Wenn heute ein Jongleur in der Manege steht und mit drei brennenden Fackeln jongliert, dann wird morgen ein anderer mit vier Fackeln arbeiten. Und übermorgen wird der nächste die Nummer auf einem galoppierenden Pferd zeigen. Erst tun wir das Unglaubliche, dann das Unmögliche. So einfach ist das."

„Einfach also", murmelte Keane und strich ihr übers Haar. „Ich frage mich, ob du das auch sagen würdest, wenn du es mit etwas mehr Abstand betrachten könntest."

„Das weiß ich nicht." Sie griff seine Schultern fester, als er die Finger in ihr Haar schob. „Diesen Abstand habe ich nie gehabt."

Sie standen zusammen im Scheinwerferlicht, ihre Körper warfen lange Schatten auf den Manegenboden. Keanes Hände lagen jetzt um ihr Gesicht. „Du bist einfach so bezaubernd", murmelte er.

Weder rührte sich Jo noch brachte sie einen Ton hervor. Die Art, wie Keane sie hielt, war irgendwie anders, zärtlicher, zurückhaltender. Dieses Zögern war neu. Auch wenn Keane ihr direkt in die Augen sah, sie wusste den Ausdruck in seinem Gesicht nicht zu deuten. Sie waren einander so nah, dass Jo seinen Atem auf ihrer Wange fühlen konnte. Sie schlang die Arme um seinen Hals und presste die Lippen auf seinen Mund.

Bis zu diesem Augenblick war ihr nicht richtig bewusst gewesen, wie leer sie sich gefühlt hatte, mit welcher Verzweiflung sie sich danach gesehnt hatte, von ihm gehalten zu werden.

Gierig suchte sie seine Lippen, und alle Zärtlichkeit schwand aus seiner Umarmung, seine Hände strichen fiebrig über ihren Körper. Die langen Wochen, in denen er sie nicht angefasst hatte, lösten sich in nichts auf. Jetzt zählte nur noch, wie das Blut durch ihre Adern pulste und die Hitze sich in ihr ausbreitete. Leidenschaft verdrängte Schüchternheit, Jo vertiefte den Kuss, tauchte hinab in wilde, unbekannte Tiefen.

Mit plötzlicher Klarheit begriff sie, dass all ihre Sehnsüchte, all ihre Wünsche nur auf ein Ziel gerichtet waren – Keane.

Jetzt löste er den Mund von ihrem und legte seine Wange für einen Moment an ihr Haar. In diesen Sekunden verspürte Jo mehr Erfüllung und tieferes Glück, als sie je in ihrem Leben empfunden hatte.

Und dann zog Keane sich abrupt zurück.

Verwirrt schaute sie ihm zu, wie er eine Zigarette hervorzog. Sein Feuerzeug flammte auf. „Keane?" Als sie den Blick auf sein Gesicht richtete, wusste sie, dass all ihre Gefühle in ihren Augen zu lesen standen.

„Du hattest einen langen Tag." Bei seinem seltsam höflichen Ton zuckte Jo zusammen wie unter einem Schlag. „Ich bringe dich zu deinem Wagen zurück."

Eine Welle von Schmerz überwältigte sie, jagte über ihre Haut wie eine Feuersbrunst. „Warum tust du das?" Zu ihrem Entsetzen stiegen Tränen in ihre Augen, verschlossen ihr die Kehle. Das Licht der Scheinwerfer brach sich in den Tränen wie in einem Prisma und ließ ihr die Sicht verschwimmen. Jo blinzelte heftig.

Mit gerunzelter Stirn betrachtete Keane sie schweigend. „Ich bringe dich zu deinem Wagen", wiederholte er. Sein sachlicher Ton stachelte Jos Wut weiter an.

„Wie kannst du es wagen!", stieß sie hervor. „Wie kannst du es wagen, mich dazu zu bringen …" Fast wäre es ihr herausgeschlüpft: „… dich zu lieben". Doch sie schluckte die Worte hinunter und fuhr stattdessen fort: „… dich zu wollen, und dann kehrst du mir den Rücken zu! Ich hatte also doch von Anfang an recht. Erst dachte ich, ich hätte mich geirrt, aber du bist tatsächlich kalt und gefühllos."

Ihr Atem ging heftig und schwer, doch sie würde nicht eher aufhören, bis sie alles gesagt hatte. „Ich weiß wirklich nicht, wie ich mir je einbilden konnte, du würdest begreifen, was Frank dir hier vermacht hat. Dazu bräuchtest du nämlich ein Herz. Ich bin froh, wenn die Saison vorbei ist und du mit dem Zirkus tust, was immer du zu tun gedenkst. Ich bin froh, wenn ich dich nie wiedersehen muss. Denn das hier wirst du mir nie wieder antun!" Ihre Stimme begann zu beben, Jo bemühte sich nicht, es zu kaschieren. „Du wirst mich nie wieder anfassen!"

Lange betrachtete Keane sie schweigend, dann erwiderte er ruhig: „Also gut, Jo."

Sie schluchzte erstickt auf, wandte sich abrupt um und rannte zum Zelt hinaus nach draußen.

10. Kapitel

Im Juli reiste der Zirkus durch Virginia, zog dann weiter nach Kentucky und schließlich nach Ohio. Die Sonne brannte auf das Zeltdach, und das Publikum fächerte sich mit den Programmheften Luft zu. Doch auch wenn es immer heißer wurde ... alle Vorstellungen waren ausverkauft.

Seit jenem Abend am vierten Juli ging Jo Keane geflissentlich aus dem Weg. Was nicht allzu schwierig war, da er die Hälfte des Monats in Chicago verbrachte.

Innerlich hatte Jo auf Automatik umgestellt. Sie funktionierte. Sie aß, weil Essen notwendig war, um ihre Kraft zu erhalten, sie schlief, weil sie die Energie für ihre anstrengende neue Dressurnummer brauchte. Doch das Essen schmeckte nach nichts, und der Schlaf brachte keine wirkliche Erholung.

Weil sie ihre Truppe nicht enttäuschen wollte, setzte sie eine unbeschwerte Maske auf und gab sich den Anschein von Normalität. Was sie jetzt auf gar keinen Fall gebrauchen konnte, waren mitfühlende Fragen und wohlgemeinte Ratschläge. Schon allein wegen der Löwen war es unerlässlich, ihre Gefühle im Zaum zu halten. Und nach den ersten paar Rückschlägen schaffte Jo es schließlich, sich relativ gelassen zu geben.

Sie übte weiter mit Gerry. Der Junge machte gute Fortschritte, und die Arbeit mit ihm half ihr dabei, auch die wenigen freien Stunden auszufüllen. Nur nicht ins Grübeln geraten – das war Jos derzeitige Devise.

An einem Tag, als keine Matinee-Vorstellung stattfand, ging sie mit Gerry in den Manegenkäfig. Je mehr Selbstvertrauen der Junge in den letzten Wochen gefasst hatte, desto mehr Löwen hatte Jo in den Käfig geholt. Jetzt, Anfang August, waren alle zwölf Raubkatzen mit ihr und Gerry im Käfig.

Die einzige andere Truppe, die gerade trainierte, waren die Artisten mit den Dressurpferden. Das Trappeln der Hufe bildete die dumpfe Begleitmusik, als Gerry versuchte, die Löwen eine Pyramide bilden zu lassen. Lazarus musste zweimal scharf ermahnt werden, bevor er endlich auf den Rücken der anderen Löwen sprang.

„Gut", lobte Jo, als die Pyramide sicher stand.

„Er wollte nicht ...", begann Gerry sich zu beschweren, doch Jo unterbrach ihn sofort.

„Du musst mehr Geduld haben. Jetzt lass sie wieder auf ihre Plätze zurückkehren." Jo hielt ihren Ton ruhig und sachlich. „Achte darauf, dass sie nacheinander und in der richtigen Reihenfolge runterspringen und sich auf ihren Hocker setzen. Es ist wichtig, immer die gleiche Abfolge einzuhalten."

Die Hände in die Hüften gestützt, beaufsichtigte Jo die Szene. Ja, Gerry hatte wirklich Potenzial. Er besaß gute Nerven, Einfühlungsvermögen und Geduld. Dennoch sperrte sie sich vor dem nächsten Schritt – ihn in der Manege allein zu lassen. Sie hielt es für zu riskant, selbst mit Merlin. Gerry war noch immer zu leichtfertig, er hatte noch kein sicheres Gespür für den Charakter der Raubtiere entwickelt.

Jo bewegte sich durch den Ring, was die Löwen nicht weiter störte. Sie waren an sie gewöhnt. Als die Löwen zu ihren Hockern liefen, stellte Jo sich an Gerrys Seite. „Wir gehen jetzt zusammen die Reihe ab, du gibst ihnen den Befehl, sich aufzusetzen. Dann schickst du sie raus."

Ein Tier nach dem anderen hob die Vordertatzen und schlug in die Luft. Jo und Gerry gingen von Hocker zu Hocker. Die Hitze im Zelt wurde langsam unerträglich, Jo sehnte sich nach einer kalten Dusche und frischer Kleidung. Als sie bei Hamlet ankamen, ignorierte er das Kommando und knurrte stattdessen rebellisch.

Übellauniger Rabauke, dachte Jo und wartete darauf, dass Gerry das Kommando wiederholen würde. Was er auch tat. Nur ... er trat dabei vor, um seinen Worten mehr Nachdruck zu verleihen.

„Nicht! Geh nicht zu nah ran!", warnte sie eindringlich. Und erkannte den veränderten Ausdruck in Hamlets Augen.

Instinktiv zog sie Gerry zurück und stellte sich vor ihn. Im gleichen Augenblick holte Hamlet aus. Brennende Hitze schoss durch Jos Schulter, als der Löwe ihr die ausgefahrenen Krallen in das Fleisch schlug. Dennoch blieb sie vor der Raubkatze stehen, hielt den Blick fest auf die Augen des Löwen gerichtet und umfasste Gerrys Arm mit stählernem Griff.

„Jetzt bloß nicht rennen." Ihre Stimme war eisern beherrscht. Ungeheurer Schmerz breitete sich in ihrer Schulterpartie aus, sie fühlte das warme Blut über ihren Arm laufen. Entschlossen nahm sie Gerry mit dem unverletzten Arm die Peitsche aus der Hand und ließ sie scharf durch die Luft knallen. Trotzdem war ihr klar, dass sie nicht die geringste Chance hätte, sollte Hamlet sich weiterhin so widerspenstig verhalten. Jede Hilfe käme dann zu spät. Sie knallte noch einmal mit der Peitsche. Schon wurden die anderen Katzen unruhig. Abra bleckte die Zähne und knurrte.

„Öffne den Gang", rief sie Buck zu, die Stimme eiskalt kontrolliert. „Du gehst jetzt raus aus dem Käfig", wies sie Gerry an. „Ich werde die Löwen einen nach dem anderen in den Gang schicken. Bewege dich langsam, und wenn ich dir sage, du sollst stehen bleiben, dann rührst du dich keinen Zentimeter vom Fleck. Verstanden?"

Er schluckte so laut, dass sie es hören konnte, während sie den fauchenden und knurrenden Tieren nacheinander befahl, vom Hocker zu springen und in den Gittergang zu traben. „Er hat dich erwischt. Ist es schlimm?", flüsterte Gerry kaum hörbar voller Entsetzen.

„Geh endlich." Die Hälfte der Tiere hatte die Manege verlassen, Hamlet starrte sie immer noch lauernd an. Jetzt kam es auf Sekunden an. Jo hörte laute Stimmen außerhalb des Manegenkäfigs, doch sie ignorierte sie und konzentrierte sich ausschließlich auf die noch verbliebenen Tiere. „Tu, was ich dir sage."

Langsam bewegte Gerry sich rückwärts. Es schien Stunden zu dauern, bevor Jo endlich das metallene Scheppern der Tür hörte, dabei waren es nur Sekunden.

Hamlet machte keinerlei Anstalten, seinen Hocker zu verlassen, als die Reihe an ihn kam. Er war der letzte Löwe im Manegenkäfig. Der Geruch von Schweiß, Staub und Blut mischte sich und hing in der Luft. Jos rechter Arm brannte wie Feuer.

Die Sicherheitsbox schien meilenweit weg zu sein. Langsam machte Jo zwei Schritte zurück, die Raubkatze spannte sofort die Muskeln an, Jo blieb stehen. Der Löwe würde sie niemals die Arena durchqueren lassen, das wusste sie. Selbst wenn sie rannte ... er hätte sie mit einem einzigen Sprung eingeholt und zu Boden gerissen. Sie musste bluffen, eine andere Wahl blieb ihr nicht.

„Hinaus", befahl sie scharf. „Hamlet, hinaus."

Sie ließ ihn nicht aus den Augen. Ein Tropfen rann ihr zwischen den Schulterblättern den Rücken hinunter. Ihre Haut war überzogen von kaltem Schweiß, während das Blut warm an ihrem Arm herunterlief. Das Bild ihres Vaters, von einem Löwen durch die Manege geschleift, schoss ihr plötzlich in den Kopf. Angst breitete sich in ihr aus, das Gefühl der Schwäche drohte sie zu überwältigen. Mit unendlicher Selbstbeherrschung verdrängte sie sämtliche Gefühle.

Der Zeitfaktor war jetzt enorm wichtig. Je länger sie Hamlet erlaubte, sich dem Kommando zu verweigern, desto aggressiver und gefährlicher würde er werden. Noch hatte er seinen todbringenden Vorteil nicht erkannt.

„Hinaus, Hamlet." Jo betonte jede Silbe scharf und laut und verstärkte das Kommando mit einem Peitschenknall. Der Löwe sprang vom Hocker. Jeder Muskel in Jo spannte sich an. Hamlet zögerte noch immer, lief nervös hin und her, den Blick unablässig auf die Trainerin gerichtet.

Jo wiederholte das Kommando. Das Tier war verwirrt, was ihr zum Vorteil gereichen oder zu ihrem Todesurteil werden konnte.

„Hamlet, hinaus!" Dieses Mal benutzte sie auch das Handzeichen, das er aus seinen frühesten Trainingstagen kannte.

Als hätte Jo damit einen Schalter umgelegt, entspannte sich die Katze, drehte sich um und trabte in den Gittergang. Noch bevor das Gitter ganz heruntergelassen war, sank Jo auf die Knie. Der Schock setzte ein, sie zitterte jetzt wie Espenlaub.

Keine fünf Minuten waren vergangen, seit Hamlet Gerrys Kommando nicht befolgt hatte, doch Jo verspürte die Anspannung von Stunden. Ihr wollte schwarz vor Augen werden, sie schüttelte den Kopf, um ihre Sicht zu klären. Und plötzlich war Keane an ihrer Seite.

Sie hörte ihn fluchen und fühlte, wie der zerrissene Stoff ihrer Bluse sanft von ihrem Arm gezogen wurde. Keane feuerte unablässig Fragen auf sie ab, doch sie konnte nicht mehr tun als nach Luft ringen. Sie richtete einfach nur den Blick auf ihn und dachte benommen darüber nach, wie dunkel seine Augen plötzlich wirkten.

„Was?" Sie hörte seine Stimme, konnte aber den Sinn seiner Worte nicht aufnehmen. Er richtete sich auf und hob sie in seine Arme. „Nicht." Ihr Verstand versuchte verzweifelt, den Nebel zu durchdringen. „Ich bin in Ordnung."

„Sei still", herrschte er sie an und trug sie zum Ausgang. „Sei einfach still."

Weil das Sprechen so anstrengend war, gehorchte Jo. Mit geschlossenen Lidern lauschte sie dem aufgeregten Stimmengewirr um sich herum. Der Schmerz in ihrem Arm war kaum zu ertragen, doch das beruhigte sie. Schmerz bedeutete, die Nerven funktionierten noch, Taubheit dagegen hätte ihr Angst gemacht. Dennoch hatte sie noch nicht den Mut, sich die Verletzung anzusehen. Im Moment reichte es ihr, am Leben zu sein.

Irgendwann hob sie die Lider. Keane trug sie über den Platz zum Bürowagen, aufgeregte Artisten folgten ihnen. Bei dem Tumult, der sich seinem Wagen näherte, war Duffy bereits an der Tür, bevor Keane sie aufstoßen konnte.

„Was, zum Teufel …" Abrupt brach Duffy ab, als sein Blick auf Jo fiel. Er wurde bleich unter den Sommersprossen und trat beiseite, damit Keane Jo auf die Sitzbank legen konnte. „Wie schlimm ist es?"

„Das kann ich noch nicht sagen", murmelte Keane. „Ich brauche eine Schüssel mit Wasser, ein sauberes Tuch und den Erste-Hilfe-Kasten."

Buck hatte schon alles zur Hand und reichte die Sachen an Keane weiter. Dann ging er zu einem Schrank und nahm eine Flasche Brandy heraus.

„So schlimm ist es nicht", brachte Jo hervor. Vorsichtig wagte sie einen Blick auf die Wunde. Keane hatte ihr mit Streifen aus dem zerrissenen Hemd den Arm abgebunden, um die Blutung zu stoppen. Dennoch war Blut über den ganzen Arm verteilt, sodass im Moment niemand abschätzen konnte, wie schwer die Verletzung tatsächlich war. Übelkeit stieg in Jo auf.

„Nicht so schlimm? Woher willst du das denn wissen?", stieß Keane zwischen den Zähnen hervor, während er begann, die Wunde zu reinigen. Er wrang das Tuch über der Schüssel aus, die Buck ihm hingestellt hatte.

„Es blutet doch gar nicht so stark." Jo schluckte, um die Übelkeit zurückzudrängen. Sie konnte jetzt wieder klarer denken und fragte sich, warum Keane so barsch zu ihr war. Sie schaute auf seinen gesenkten Kopf hinunter. Er musste ihren Blick gespürt haben, denn er blickte auf und sah sie an. Die Wut in seinen Augen ließ sie zurückzucken.

„Halt still!", befahl er und konzentrierte sich wieder auf ihren Arm.

Der Löwe hatte nicht wirklich fest zugeschlagen, dennoch verliefen vier tiefe Risswunden über Jos Oberarm. Sie biss die Zähne zusammen, als Keane über die offenen Stellen fuhr. Seine Schroffheit verursachte ihr fast noch mehr Schmerzen. Sie versuchte, auf beides nicht zu reagieren. Die Angst saß ihr noch immer in den Gliedern, und sie wünschte sich nichts mehr, als dass Keane die Arme um sie legen und sie ganz fest halten würde.

„Das muss genäht werden", sagte Keane, ohne Jo anzusehen.

„Und sie braucht eine Tetanusspritze." Buck hielt ihr einen reichlich bemessenen Brandy hin. „Trink das, Mädchen. Zur Stärkung."

Die Zärtlichkeit in seinem Ton hätte ihre Fassung fast zusammenbrechen lassen. Er legte seine große Hand an ihre Wange, und sie schmiegte fest das Gesicht hinein.

„Komm, trink", forderte er sie erneut auf, und Jo nahm gehorsam das Glas entgegen und tat wie geheißen. Es brannte höllisch in ihrer Kehle. Sie presste das Glas an die Stirn. „Was ist da in dem Käfig überhaupt passiert?" Er ging neben ihr in die Hocke, während Keane den Verband anlegte.

Jo holte tief Luft. Als sie sprach, klang sie ruhig und gefasst. „Hamlet reagierte nicht auf Gerrys Befehl. Also wiederholte der Junge das Kommando, aber gleichzeitig trat er dabei vor, zu nahe an den Löwen heran. Ich sah Hamlets Augen und wusste es sofort. Ich hätte schneller eingreifen müssen, hätte besser auf Gerry achten sollen. Es war ein dummer Fehler." Sie starrte in das Brandyglas.

„Sie hat sich zwischen die Katze und den Jungen gestellt", presste Keane hervor. Der Verband saß fest, Keane richtete sich auf und goss sich selbst einen Brandy ein, mit dem Rücken zu Jo.

Zutiefst verletzt starrte sie ihn an, bevor sie sich wieder Buck zuwandte. „Wie geht es Gerry?"

Buck hielt ihr das Glas an die Lippen und bemerkte erfreut den ersten Hauch Rosa auf ihren Wangen. „Pete ist bei ihm. Der Schock sitzt ihm noch in den Knochen, aber er kommt schon wieder in Ordnung."

Jo nickte. „Gut. Wahrscheinlich muss ich zu einem Arzt in der Stadt, um das hier behandeln zu lassen." Sie gab Buck das Glas zurück und fragte sich, ob sie es wohl schon wagen konnte, aufzustehen. Sie atmete tief ein und sah zu Duffy. „Er soll sich bereithalten. Ich bin bestimmt bald wieder zurück."

Keane drehte sich abrupt um. „Bereit – wozu?"

„Um wieder in den Manegenkäfig zu gehen", antwortete sie nüchtern. „Vor der Abendvorstellung sollte wohl Zeit für eine kurze Probe bleiben", sagte sie zu Buck.

„Nein."

Ihr Kopf ruckte herum, als Keane nur dieses eine Wort ausstieß. Lange starrten sie einander schweigend an. Feindseligkeit stand in beider Blick. „Du gehst heute nicht mehr da hinein."

„Natürlich gehe ich", entgegnete Jo. Ihr gelang es, Wut und Schmerz aus ihrer Stimme herauszuhalten. „Und wenn Gerry Dompteur werden will, wird er mitkommen."

„Jo hat recht." Buck versuchte die Wogen zu glätten. Er spürte, wie explosiv die Stimmung war. „Wenn man vom Pferd fällt, muss man auch sofort wieder aufsteigen, sonst traut man sich nie wieder."

Keane sprach weiter mit Jo, als hätte er Buck gar nicht gehört. „Ich erlaube es nicht."

„Du wirst mich nicht zurückhalten." Vor Empörung sprang sie auf. Die abrupte Bewegung jagte einen stechenden Schmerz durch ihren Arm, und für einen Sekundenbruchteil schloss sie die Augen.

„Ich kann, und ich werde." Er nahm einen kräftigen Schluck Brandy. „Mir gehört der Zirkus nämlich."

Jo ballte die Hände zu Fäusten. Wie konnte er nur so missbräuchlich mit seiner Macht umgehen! Nicht ein Zeichen von Mitgefühl oder Trost hatte er ihr gezeigt, seit er im Käfig neben ihr gekniet hatte. Dabei hätte sie nichts mehr gebraucht!

Um das Beben ihrer Stimme so gut wie möglich zu verheimlichen, sprach sie extrem leise. „Aber ich gehöre Ihnen nicht, Mr. Prescott. Und wenn Sie sich den Vertrag genau ansehen, werden Sie feststellen, dass Ihnen auch die Löwen und das Equipment keineswegs gehören. Ich habe Tiere und Ausrüstung gekauft und finanziere ihr Futter mit meinem Gehalt. Laut Vertrag steht Ihnen nicht das Recht zu, mir zu sagen, wann ich mit den Tieren arbeiten kann."

Keanes Miene wurde hart wie Stein. „Allerdings hast du auch nicht das Recht, den Manegenkäfig ohne meine Erlaubnis im Hauptzelt aufzubauen."

„Stimmt. Dann muss ich ihn eben woanders aufbauen", erwiderte sie hitzig. „Und ich werde ihn aufbauen, denn ich werde heute mit meinen Tieren arbeiten. Ich gehe nicht das Risiko ein, den Erfolg monatelanger Arbeit aufs Spiel zu setzen."

„Aber du riskierst dein Leben?" Keane setzte sein Glas mit Wucht ab.

„Was interessiert dich das!" In ihrer Erregung griff sie wieder auf das vertraute Du zurück. Nicht nur ihr Arm hatte Wunden davongetragen, auch ihr Herz, tiefer, als sie je vermutet hätte. Dabei wollte sie nichts anderes, als von ihm gehalten zu werden, so wie in jener Nacht, als er sie in ihrer Trauer um Ari getröstet hatte. „Ich bedeute dir doch nichts!" Wild schüttelte sie den Kopf, dass ihre Haare flogen. Sie stand kurz davor, in Hysterie auszubrechen.

Buck legte ihr eine Hand auf die Schulter. „Jo", sagte er beruhigend mit seiner tiefen Stimme.

„Nein!" Sie schüttelte seine Hand ab. „Er hat nicht das Recht dazu! Er hat kein Recht, über mein Leben zu bestimmen." Mit funkelnden Augen sah sie zu Keane. „Ich weiß, was ich zu tun habe. Ich weiß auch, was ich tun werde. Keine Angst, Herr Rechtsanwalt, ich übernehme die volle Verantwortung. Niemand wird dich verklagen, wenn mir etwas zustößt. Deine Karriere ist nicht in Gefahr."

„Jetzt mach aber mal halblang, Jo", mischte Buck sich entschieden ein. Er fasste sie bei ihrem unverletzten Arm und spürte ihr Zittern. „Sie ist völlig durcheinander, sie weiß nicht, was sie sagt", meinte er in Keanes Richtung.

Der Angesprochene zeigte nicht die geringste Regung, sein Gesicht glich einer Maske. Er griff nach der Flasche. „Oh, ich denke, sie weiß genau, was sie sagt." Es war so still, dass man hören konnte, wie Brandy in sein Glas lief. „Tu, was du tun musst, Jo", meinte er leise, nachdem er einen Schluck genommen hatte. „Es stimmt, ich habe nicht das Recht, dir etwas vorzuschreiben. Fahr mit ihr in die Stadt", sagte er noch zu Buck, bevor er sich wieder zum Fenster drehte.

„Lass uns gehen, Jo." Buck stützte sie mit einem Arm und führte sie zur Tür. Als sie nach draußen traten, kam ihnen Rose entgegengerannt.

„Jo!" Rose war blass vor Sorge. „Ich hab's gerade erst gehört." Sie blickte voller Entsetzen auf den Verband an Jos Arm. „Wie schlimm ist es?"

„Nur ein paar Kratzer, mehr nicht." Um Roses Sorgen zu beruhigen, mühte sie sich ein Lächeln ab. „Buck fährt mich in die Stadt, ich brauch nur ein paar Stiche."

Rose blickte misstrauisch drein. „Stimmt das, Buck?"

„Wohl mehr als nur ein paar Stiche", stellte er richtig und tätschelte Roses Hand. „Aber so schlimm ist es wirklich nicht."

„Soll ich mitkommen?" Rose lief neben den beiden her.

„Das ist lieb von dir, Rose", antwortete Jo. „Aber das wird nicht nötig sein, danke."

Und weil Jo lächelte, konnte Rose sich ein wenig entspannen. „Als ich es hörte, dachte ich schon ... nun, ich habe mir die schrecklichsten Dinge ausgemalt. Ich bin heilfroh, dass dir nichts Schlimmes passiert ist." Sie waren bei Bucks Pick-up angelangt, Rose küsste Jo auf die Wange. „Wir alle haben dich gern, Jo."

„Ich weiß." Sie drückte Roses Hand und ließ sich von Buck auf den Beifahrersitz helfen.

Sobald der Wagen sich in Bewegung setzte, legte Jo den Kopf an die Kopfstütze und schloss die Augen. So erschöpft und ausgelaugt hatte sie sich in ihrem ganzen Leben noch nicht gefühlt.

„Tut's sehr weh?" Buck fuhr vom Zeltplatz auf die asphaltierte Straße.

„Ja." Damit meinte sie beides, Arm und Herz.

„Sobald ein Arzt sich um dich gekümmert hat, fühlst du dich besser."

Jo erwiderte nichts darauf. Manche Wunden heilten nie. Oder wenn sie heilten, dann blieben Narben zurück, die urplötzlich wieder wehtun konnten.

„Du hättest nicht so auf ihn losgehen sollen." Der leichte Tadel in Bucks Stimme war nicht zu überhören.

„Und er hätte sich nicht einmischen sollen", gab sie sofort zurück. „Was ich mit meinen Tieren mache, geht ihn nichts an. Und was ich tue, kann ihm auch egal sein."

„Was ist nur los mit dir? Du bist nicht du selbst – so hart."

Sie blickte auf. „Hart? Ich? Und was ist mit ihm? Hätte er nicht zumindest einen Hauch von Mitgefühl zeigen können? Er hat mich behandelt, als hätte ich ein Verbrechen begangen!"

„Jo, der Mann war völlig schockiert und besorgt. Du betrachtest die Sache nur von deiner Seite." Buck kratzte sich nachdenklich den Kopf und seufzte schwer. „Du weißt ja nicht, wie es ist, draußen vor dem Käfig zu stehen, wenn jemand, an dem einem liegt, da drinnen ist und dem Tod ins Auge sieht. Ich hätte ihn fast k. o. schlagen müssen, damit er nicht in den Käfig zu dir rennt. Es hat reichlich Überzeugungsarbeit gekostet, ihm klarzumachen, dass er dich dadurch nur noch mehr in Gefahr bringen würde. Er hatte Angst um dich, Jo. Wir alle hatten Angst um dich."

Jo schüttelte den Kopf. Sie war sich sicher, dass Buck übertrieb, weil er sie beruhigen wollte. Aber so leicht ließ sie sich nicht hinters Licht führen. Keane war wütend gewesen, aber ganz bestimmt nicht aus Sorge um sie. „Du hast doch selbst gesehen, wie er mich behandelt hat, Buck. Seine Reaktion war ganz anders als deine. Du hast mich nicht angeschrien, du warst nicht kalt und grob zu mir."

„Die Menschen reagieren nun mal alle unterschiedlich."

Er wollte noch mehr sagen, aber Jo fiel ihm ins Wort: „Ich weiß auch, dass er mir nichts Böses wünscht, Buck. Ich sage ja nicht, er sei herzlos oder gemein." Seltsam, von einer Sekunde auf die andere lösten sich aller Ärger und alle Angst auf und ließen sie leer und ausgepumpt zurück. „Bitte, ich möchte nicht mehr darüber reden."

Buck hörte die Erschöpfung aus ihrer Stimme heraus und tätschelte ihre Hand. „Schon gut, Kleines, entspann dich einfach. Du wirst sehen, in null Komma nichts bist du wieder ganz in Ordnung."

Sie würde nie wieder ganz in Ordnung kommen. Das wusste sie jetzt schon.

11. Kapitel

Die Wochen vergingen, und mit ihnen auch die Steifheit in Jos Arm. Die Risswunden verheilten sauber, und sogar die Narben begannen schon zu verblassen. Die inneren Wunden jedoch wollten leider nicht so einfach heilen.

Jo hatte das Gefühl, dass etwas in ihrem Leben fehlte. Eine Art Funke oder echte Freude. Ständig kämpfte sie gegen das dumpfe Gefühl von Unzufriedenheit an, und weder ihre Arbeit noch ihre Freunde oder ihre Bücher konnten ihr die alte Lebensfreude zurückbringen.

Sie war erwachsen geworden, war zur Frau geworden, und ihre Bedürfnisse hatten sich verändert. Zu wissen, dass Keane der Grund ihres Problems war, half ihr nicht bei der Suche nach einer Lösung. Er war am Abend ihres Unfalls abgereist und bisher, nach vier Wochen, noch nicht zurückgekehrt.

Dreimal hatte Jo sich hingesetzt, um ihm einen Brief zu schreiben. Das schlechte Gewissen wegen ihrer scharfen Anschuldigungen ließ ihr keine Ruhe. Dreimal hatte sie den angefangenen Briefbogen frustriert zerrissen. Ganz gleich, welche Worte sie benutzte und in welcher Reihenfolge sie sie niederschrieb, es hörte sich immer ungeschickt und plump an. So klammerte sie sich an die Hoffnung, er möge ein letztes Mal zurückkommen. Denn wenn sie sich aussprechen und sich ohne Bitterkeit und Groll als Freunde voneinander trennen könnten, würde es ihr gewiss leichter fallen, diese Trennung endgültig zu akzeptieren.

Mit dieser Hoffnung im Herzen fand sie zu einer gewissen inneren Ruhe zurück. Sie trainierte, trat in der Manege auf und erledigte die täglichen Pflichten des Zirkuslebens. Und sie wartete.

Die Zirkuskarawane näherte sich auf ihrer Route der Stadt Chicago.

An einem heißen Augustnachmittag stand Jo in ihrem eng anliegenden Trikot im Zirkuszelt. Sie probte jetzt jeden Tag mit den Beirot-

Brüdern, um möglichst schnell wieder zu Kräften zu kommen. Inzwischen zeigte das Training schon erste Erfolge: Zum ersten Mal gelang ihr heute ein Handstandüberschlag, ohne dass die Schmerzen in ihrem Arm unerträglich wurden.

„Ich fühle mich richtig gut", sagte sie zu Raoul und drehte vor lauter Begeisterung eine Anzahl schneller Pirouetten.

„Dein Arm wird nicht kräftiger, wenn du nur auf den Füßen tanzt", spottete Raoul.

„Meinem Arm geht's gut", hielt sie dagegen. Zum Beweis machte sie einen Handstand und winkelte ein Bein langsam an, bis sie den Fuß auf das andere Knie legen konnte. Sie rollte sich ab und kam geschmeidig auf die Füße. „Ich bin stark wie ein Ochse", behauptete sie und vollführte einen perfekten Salto rückwärts.

Als sie sich aufrichtete, stand sie vor Keane.

Der Gefühlstumult, der in ihr losbrach, spiegelte sich nur kurz in ihren Augen wider. Dann hatte sie ihre Fassung wiedergefunden. „Hallo, Keane. Ich wusste gar nicht, dass du wieder da bist."

Kaum hatte sie den Satz über die Lippen gebracht, bedauerte Jo ihre banalen Worte. Doch andere fielen ihr nicht ein. Sehnsucht, jäh und heiß, loderte in ihr auf und erstickte jeden klaren Gedanken. Jo wollte nur eins: sich in Keanes Arme werfen und für immer dort bleiben. Das Gefühl war so stark, dass sie sich wunderte, wieso er es ihr nicht vom Gesicht ablesen konnte.

„Ich bin gerade erst angekommen." Sein Blick gab keine Regung preis. „Das ist übrigens meine Mutter. Rachel Loring, Jolivette Wilder", stellte er vor.

Erst jetzt nahm Jo die Frau an seiner Seite richtig wahr. Auch wenn sie ihr in einer riesigen Menschenmenge zufällig begegnet wäre, hätte Jo sofort gewusst, dass es sich um Keanes Mutter handelte. Die gleichen Gesichtszüge, nur sanfter, die gleiche Augenbrauenform. Das dunkle Haar, ohne jede Spur von Grau, hatte sie aus dem Gesicht zurückgekämmt, doch es waren ihre Augen, die Jo einen Stich versetzten. Bei keinem anderen Menschen hatte Jo solche Augen gesehen außer bei Keane.

Rachel Loring trug ein schlichtes, elegantes Kostüm, das von Geschmack und Reichtum zeugte. Neugierig sah sie sich im Zirkuszelt um, ohne jede Spur von Zurückhaltung und Arroganz.

Jo hatte stets angenommen, dass die Frau, die Frank verlassen und ihm seinen einzigen Sohn genommen hatte, ein hochmütiger, kalter Mensch sein musste. Doch das herzliche Lächeln auf Rachels Gesicht widersprach dieser Einschätzung.

„Jolivette, was für ein hübscher Name. Keane hat mir schon so viel von Ihnen erzählt." Rachel streckte die Hand zur Begrüßung aus. Jo schlug ein, in der Absicht, den Handschlag kurz und unpersönlich zu halten. Doch Rachel legte ihre andere Hand obendrauf und hielt Jos Finger voller Wärme. „Keane sagte mir auch, dass Sie Frank sehr nahestanden. Vielleicht können wir uns ein wenig unterhalten."

Diese Liebenswürdigkeit verwirrte Jo völlig. „Ja, sicher …", stammelte sie, „wenn Sie möchten …"

„Sehr gern sogar." Noch einmal drückte Rachel Jos Hand, bevor sie sie freigab. „Können Sie vielleicht etwas Zeit erübrigen und mich herumführen?" Die Frage wurde von einem herzlichen Lächeln begleitet, und Jo fand es immer schwieriger, ihre Zurückhaltung aufrechtzuerhalten. „Sicherlich hat sich so manches verändert, seit ich zuletzt hier war." Sie winkte Keane zu. „Du hast bestimmt Geschäftliches zu erledigen, und Jolivette wird sich gut um mich kümmern. Nicht wahr, meine Liebe?"

Ohne auf eine Antwort zu warten, hakte Rachel Loring sich bei Jo unter und zog sie mit sich. „Ich kannte Ihre Eltern, wussten Sie das? Zwar nicht besonders gut, weil sie erst kurz vor meinem Weggang zu der Truppe stießen. Aber ich weiß noch, sie waren unglaubliche Artisten. Keane sagte mir, Sie sind in die Fußstapfen Ihres Vaters getreten?"

„Ja, ich …" Jo zögerte. Sie fühlte sich irgendwie im Nachteil. „Ja, das bin ich", antwortete sie verwirrt.

„Dabei sind Sie noch so jung." Rachel lächelte milde. „Sie müssen ungeheuer mutig sein, um es ausgerechnet mit den Löwen aufnehmen zu können."

„Nein … nicht wirklich. Es ist mein Beruf."

„Ja, natürlich." Rachel lachte leise, so als würde sie von Erinnerungen eingeholt. „Das habe ich immer wieder gehört."

Sie standen jetzt draußen im Sonnenlicht. Aufmerksam schaute Rachel sich um. „Vielleicht habe ich mich geirrt, vielleicht hat sich doch nicht so viel verändert in den dreißig Jahren. Es ist ein wunderbarer Ort, nicht wahr?"

„Warum sind Sie weggegangen?" Jo bedauerte die Frage, kaum dass sie sie gestellt hatte. „Entschuldigen Sie, es geht mich nichts an."

„Es ist nur verständlich, dass Sie das wissen möchten." Rachel seufzte. „Duffy ist noch immer hier, wie Keane mir sagte." Der Themenwechsel ließ Jo vermuten, dass Rachel ihre Frage bewusst überging. „Ja. Ich glaube, er wird auch immer hier sein."

„Bieten Sie mir eine Tasse Kaffee an? Oder Tee?" Rachel lächelte. „Es war eine lange Fahrt von der Stadt hierher. Wo steht Ihr Wohnwagen?"

„Drüben auf dem Platz."

„Ach ja, richtig." Keanes Mutter lachte leise. „Genau wie immer. Die Wagen stehen auf dem Platz. Und nur der Platz ist alle paar Tage ein anderer. Kennen Sie übrigens die Geschichte von dem Hund und seinem Knochen?"

Natürlich kannte Jo die Anekdote, aber sie sagte nichts.

„Einer der Artisten", begann Rachel also, „gab seinem Hund jeden Abend einen Knochen. Und der Hund vergrub den Knochen jeden Abend unter dem Wohnwagen seines Herrchens. Doch jedes Mal, wenn das arme Tier am nächsten Morgen seinen Schatz wieder ausgraben wollte, war der verschwunden. Weil der Zirkus inzwischen nämlich weitergezogen war."

Jo fühlte sich seltsam befangen, als sie die Tür zu ihrem Wohnwagen öffnete. Wie war es möglich, dass sie diese herzliche Frau ihr ganzes Leben lang verdammt hatte? Rachel entsprach so gar nicht dem Bild von der kalten, gefühllosen Frau, die Frank verlassen hatte. Und jetzt, in dem engen Wohnwagen, schien sie sich auch keineswegs fehl am Platz zu fühlen, sondern eher wie zu Hause.

„Wie praktisch und bequem diese Wagen sind." Rachel sah sich bewundernd um. „Man merkt eigentlich gar nicht, dass man ständig unterwegs ist." Sie nahm das Buch auf, das auf Jos Büchertruhe lag. „Gedichte. Keane erzählte auch, wie sehr Sie Bücher lieben und wie viele Sprachen Sie sprechen."

Als Rachel Jo ansah, blickten die goldenen Augen ebenso direkt und durchdringend wie die ihres Sohnes. Jo musste an jenen Morgen denken, als sie Keane zum ersten Mal gesehen hatte und ihr seine Augen sofort aufgefallen waren.

Zu erfahren, dass Keane mit seiner Mutter über sie gesprochen hatte, machte Jo verlegen. „Ich gieße uns besser einen Tee auf." Sie ging zur Kochnische. „Mein Kaffee ist nur selten genießbar."

„Ja, gern." Rachel folgte ihr und setzte sich zwanglos an den kleinen Tisch.

„Ich fürchte, ich habe nichts da, was ich Ihnen sonst noch anbieten könnte." Jo kramte in den Küchenschränken.

„Eine nette Plauderei über einer Tasse Tee, das reicht mir völlig", meinte Rachel unbeschwert.

Mit einem Seufzer drehte Jo sich zu ihr um. „Sie müssen entschuldigen, ich bin unhöflich. Ich weiß einfach nicht, was ich zu Ihnen sagen soll, Mrs. Loring. Praktisch mein ganzes Leben habe ich Sie nicht leiden können. Und jetzt sitzen Sie hier und sind so gar nicht die Frau, für die ich Sie immer gehalten habe." Sie lächelte zerknirscht. „Sie sind weder kalt noch verabscheuungswürdig, und Sie gleichen …" Hastig unterbrach sie sich. Fast hätte sie Keane erwähnt.

Verständnisvoll überspielte Rachel die peinliche Situation. „Das wundert mich nicht, Jolivette. Keane hat mir erzählt, wie nahe Sie Frank standen. Sagen Sie", sie sprach jetzt sehr leise, „hat Frank mich auch verdammt?"

Jo hörte die Traurigkeit in Rachels Stimme und konnte sich nicht dagegen verschließen. „Nein, nicht dass ich wüsste. Ich glaube, Frank besaß gar nicht die Fähigkeit, nachtragend zu sein."

„Sie kannten ihn sehr gut, nicht wahr?" Rachel sah zu, wie Jo kochendes Wasser über die Teebeutel goss und mit den Bechern an den Tisch kam. „Wissen Sie, Jolivette, ich kannte ihn auch. Und ich bewunderte ihn. Er war ein Träumer, ein Freigeist." In Gedanken versunken, rührte Rachel in ihrem Tee.

Jo beherrschte ihre Neugier und setzte sich. Sie spürte, dass Keanes Mutter von sich aus ihre Geschichte erzählen würde.

„Ich war achtzehn, als wir uns kennenlernten. Ich ging mit einer Cousine in die Vorstellung. Damals war der Zirkus noch nicht so groß, aber die Magie, die war immer da." Mit einem Seufzer schüttelte Rachel den Kopf. „Es war Liebe auf den ersten Blick. Also haben wir innerhalb kürzester Zeit und gegen den Willen meiner Familie geheiratet. Dann gingen wir auf Tour. Alles war so wunderbar aufregend. Ich trainierte im Spanischen Netz und half in der Garderobe."

Jo riss erstaunt die Augen auf. „Sie sind aufgetreten?"
„Aber ja." Stolz ließ einen Hauch Rot auf Rachels Wangen erscheinen. „Ich war sogar recht gut. Dann wurde ich schwanger. Frank und ich waren überglücklich, wir freuten uns so sehr auf dieses Baby! Als Keane geboren wurde, war ich noch keine neunzehn. Ich war jung und unerfahren und sorgte mich ständig um das Baby. Ich geriet in Panik, wenn Keane nur nieste, und schleifte Frank ständig mit in die Stadt zum nächsten Kinderarzt. Frank war so unendlich geduldig, aber ..."

Rachel beugte sich vor und legte ihre Hand auf Jos. „Können Sie sich vorstellen, wie schwer das Zirkusleben für jemanden ist, der nicht von klein auf hier gelebt hat? Können Sie verstehen, welche Belastungen jemand wie mir diese Zauberwelt abverlangt hat? Ich war selbst fast noch ein Kind, ein Kind mit einem Baby und ohne die Hingabe und unbeugsame Ausdauer der Artisten. Ohne jegliche Erfahrung als Mutter. Meine Nerven waren fast immer zum Zerreißen gespannt." Sie atmete hörbar aus. „Als die Saison vorbei war, ging ich zu meinen Eltern nach Chicago zurück."

Zum ersten Mal erkannte Jo auch die Kehrseite der Medaille. Sie stellte sich das junge Mädchen vor, jünger als sie selbst, in einer fremden Welt, mit einem kleinen Baby. Über die Jahre hatte Jo unzählige Leute miterlebt, die das unerbittliche Zirkusleben nicht länger als ein paar Wochen ausgehalten hatten.

Dennoch schüttelte sie verwirrt den Kopf. „Natürlich kann ich verstehen, wie schwer es für Sie gewesen sein muss. Aber Sie und Frank liebten einander. Hätten Sie da nicht irgendeine Lösung finden können?"

„Welche denn? Hätte ich mich irgendwo in einem Haus niederlassen und die Hälfte jedes Jahres allein verbringen sollen? Darauf warten, dass Frank zu mir kommt, wenn die Saison vorbei ist? Ich hätte ihn dafür gehasst, dass er mich allein lässt. Oder hätte er sein Leben aufgeben sollen und mit mir und Keane zusammenleben sollen? Das hätte ihn zerstört und damit auch alles, was ich an ihm so liebte."

Rachel lächelte Jo traurig an. „Ja, wir liebten einander, Jolivette, doch nicht genug, um uns zu zerstören. Nicht immer ist ein Kompromiss möglich. Keiner von uns war in der Lage, sich den Wünschen des anderen anzupassen. Ich habe es versucht, und Frank hätte es versucht, wenn ich ihn darum gebeten hätte. Doch es war von Anfang an aussichtslos. Unter den gegebenen Umständen haben wir uns damals für die vernünftigste Lösung entschieden."

Jos ungläubiger Blick erinnerte Rachel an sich selbst vor vielen, vielen Jahren. Auch sie hatte damals geglaubt, dass die wahre Liebe ewig währte. Und dass es für jedes Problem schon irgendeine Lösung geben würde. Doch dann war sie erwachsen geworden. Eindringlich fuhr sie fort: „Es mag Ihnen kalt erscheinen, Jolivette, aber es hätte keinen Sinn gehabt, eine für alle schmerzliche Situation noch zu verlängern. Frank schenkte mir Keane und zwei wunderbare Jahre. Und ich gab ihm ohne Bitterkeit und Groll seine Freiheit. Zehn Jahre nach Frank habe ich noch einmal das Glück gefunden."

Sie lächelte, in Erinnerungen versunken. „Ich liebte Frank. Diese Liebe wird auf ewig so jung und voller Wunder bleiben wie am ersten Tag."

Jo schluckte. Sie musste einen Weg finden, sich irgendwie bei dieser Frau zu entschuldigen, für die sie all die Jahre nur Abneigung und Unverständnis empfunden hatte. „Frank hat eine Sammelmappe über Keane angelegt. Er hat sich eigens dafür immer die Chicagoer Tageszeitung schicken lassen."

„Wirklich?" Rachel lehnte sich mit einem begeisterten Lächeln zurück und nippte an ihrem Tee. „Das sieht ihm ähnlich. War Frank glücklich, Jolivette? Hat er erreicht, was er wollte?"

„Ja", antwortete Jo, ohne zu zögern. „Und Sie?"

Rachel musterte Jo einen Moment lang, bevor sie sprach. „Sie haben ein großes Herz, Jolivette, Sie sind verständnisvoll und großzügig. Ja, meine Wünsche haben sich erfüllt. Und Sie, wie sieht es mit Ihren Wünschen aus?"

Die Verlegenheit war längst von Jo abgefallen. „Ich habe wohl mehr Wünsche, als sich je erfüllen lassen."

„Nicht doch, Sie sind zu clever, um aufzugeben." Rachels Blick ruhte unverwandt auf Jos Gesicht. „Sie sind eine Kämpfernatur, keine Träumerin. Wenn die Zeit gekommen ist, dann werden sich all Ihre Träume erfüllen. Weil Sie bereit sind, alles dafür zu geben." Jos argwöhnischer Blick zauberte ein Lächeln auf Rachels Gesicht. „Kommen Sie, Jo", sie erhob sich, „zeigen Sie mir Ihre Löwen. Ich kann es gar nicht abwarten, mir endlich Ihren Auftritt anzusehen."

Jo stand ebenfalls auf, zögerte kurz, dann streckte sie der anderen Frau die Hand hin. „Ich bin wirklich froh, dass Sie gekommen sind."

Rachel ergriff ihre Hand und hielt sie fest. „Ja, ich auch."

An diesem Tag suchte Jo vergeblich nach Keane. Nach dem Gespräch mit seiner Mutter war es ihr wichtiger denn je, sich mit ihm auszusprechen. Ihr Gewissen würde ihr keine Ruhe lassen, bis sie sich nicht entschuldigt hatte. Doch bis zur Abendvorstellung blieb er unauffindbar.

Jede Nummer schien endlos zu dauern, so sehr fieberte Jo dem großen Finale entgegen. Bestimmt würde Keane dann mit seiner Mutter im Publikum sitzen, und nach der Vorstellung hätte sie endlich die Möglichkeit, mit ihm zu sprechen.

Als ihr Auftritt endlich vorbei war, blieb Jo beim hinteren Ausgang stehen, unsicher, ob sie warten oder einfach zu seinem Wohnwagen gehen sollte.

Erleichterung und Schreck durchfuhren sie gleichzeitig, als sie Mutter und Sohn auf sich zukommen sah.

„Jolivette." Rachel sprach zuerst und nahm Jos Hände. „Sie waren wunderbar, einfach unglaublich. Jetzt verstehe ich auch, warum Keane Sie eine ungezähmte Schönheit nennt."

Überrascht sah Jo zu Keane, traf aber nur auf eine absolut undurchdringliche Miene. „Danke. Freut mich, dass es Ihnen gefallen hat."

„Ich kann Ihnen gar nicht sagen, wie sehr. Dieser Tag hat mir ein paar unvergessliche Momente beschert. Und unser Gespräch bedeutet mir sehr viel."

Zu Jos Überraschung beugte sie sich vor und küsste Jo auf beide Wangen. „Ich hoffe, wir sehen uns wieder. Ich werde mich noch bei Duffy verabschieden, Keane", sagte sie zu ihrem Sohn. „Dann kannst du mich zurück in die Stadt fahren. Wir treffen uns beim Wagen." Sie winkte Jo zu. „Auf Wiedersehen, Jolivette."

„Auf Wiedersehen, Mrs. Loring." Jo sah ihr nach, wie sie davonging, bevor sie sich zu Keane umwandte. „Sie ist ein ganz wunderbarer Mensch. Sie hat mich beschämt."

„Dazu besteht kein Grund." Keane steckte die Hände in die Taschen und betrachtete sie nachdenklich. „Wir beide hatten unsere Gründe für unseren Groll. Und wir beide hatten unrecht. Wie geht es deinem Arm?"

Automatisch tastete sie nach der Stelle. „Gut. Es sind nur die Narben zurückgeblieben. Und die heilen langsam auch."

„Gut." Dem knappen Kommentar folgte drückendes Schweigen. Jo fühlte, wie ihr Mut schwand.

„Keane ...", setzte sie unsicher an, dann riss sie sich zusammen und sah ihm offen in die Augen. „Ich möchte mich entschuldigen. Nach dem Unfall habe ich mich dir gegenüber unmöglich benommen."

„Ich habe es dir schon einmal gesagt", erwiderte er kühl. „Mir liegt nichts an Entschuldigungen."

„Bitte." Sie schluckte ihren Stolz hinunter und legte ihm eine Hand auf den Arm. „Es lässt mir schon sehr lange keine Ruhe. Die Dinge, die ich gesagt habe ... ich meinte es nicht so. Ich hoffe wirklich, du kannst mir verzeihen."

Das war gewiss nicht die gewandte Entschuldigung, die Jo unzählige Male vor dem Spiegel in ihrem Wohnwagen geübt hatte. Aber im Moment war das alles, was sie hervorbringen konnte.

Seine Miene blieb undurchdringlich. „Es gibt nichts zu verzeihen."

„Keane, bitte." Sie griff nach seinem Arm, hielt ihn fest, als er gehen wollte. „Lass mich nicht mit dem Gefühl zurück, dass du mir nicht vergeben kannst. Ich weiß, ich habe schreckliche Dinge zu dir gesagt. Und du hast alles Recht der Welt, wütend auf mich zu sein. Aber könntest du nicht ... können wir nicht Freunde sein?"

Ein Ausdruck huschte über seine Züge, den Jo nicht zu deuten wusste. Er strich ihr leicht über die Wange. „Du hast eine Art an dir, Jolivette, die mich immer wieder verwirrt." Er ließ die Hand sinken, steckte sie zurück in die Hosentasche. „Ich habe Duffy etwas für dich gegeben. Werde glücklich." Damit ging er davon.

Die Endgültigkeit in seinem Ton ließ Jo wie erstarrt stehen bleiben. Er verschwand tatsächlich aus ihrem Leben! Regungslos sah sie ihm nach, bis sich seine Gestalt in der Dämmerung verlor.

Immer hatte sie geglaubt, ihre Gefühle würden sie überwältigen, wenn das Ende gekommen wäre. Doch sie fühlte gar nichts. Da war kein Schmerz, keine Verzweiflung, keine Tränen. Nie hätte sie geahnt, dass ein Mensch weiterleben konnte, obwohl er sich so leer fühlte.

„Jo." Duffy kam auf sie zu und hielt ihr einen dicken Umschlag entgegen. „Keane hat das für dich dagelassen." Schon lief er weiter, um darauf zu achten, dass keiner der neugierigen Städter auf dem Zirkusgelände zurückblieb.

Jo war zu keiner Empfindung mehr fähig. Mit leerem Blick starrte sie auf den Umschlag in ihren Händen, dann ging sie zu ihrem Wohnwagen. Ohne echtes Interesse und ohne sich zu setzen, riss sie die Lasche auf und begann zu lesen. Es dauerte einen Moment, bevor sie die komplizierte Rechtssprache durchdrang. Zweimal las sie die Seiten durch, dann zwangen ihre weichen Knie sie dazu, sich zu setzen.

Keane hat mir den Zirkus überlassen. Sie konnte das Ausmaß dieser Geste nicht fassen. *Er hat mir den Zirkus geschenkt.*

12. Kapitel

Am O'Hare Airport in Chicago herrschten wie üblich Hektik und ein ohrenbetäubender Lärm. Der Himmel war grau verhangen, und die Straßen waren schneebedeckt.

Jo bahnte sich einen Weg durch die Menschenmenge und erkämpfte sich vor dem Ausgang tapfer ein Taxi. Den Schnee bestaunte sie mit der gleichen Miene, mit der ein kleines Mädchen einen Schwertschlucker betrachtete.

Ihr Mantel, den sie sich extra für diese Reise gekauft hatte, war für ein solches Wetter nicht warm genug. Doch als sie sich endlich auf die Rückbank des Taxis sinken ließ, lehnte sie sich zurück und beschloss, die Fahrt zu genießen.

So weit im Norden des Landes war sie noch nie zu dieser Jahreszeit gewesen. Chicago im November bot einen beeindruckenden Anblick.

Nachdem sie den ersten Schock über Keanes Geschenk verarbeitet hatte, war ihr bewusst geworden, dass er ihr nicht nur den Zirkus, sondern auch eine enorme Verantwortung übertragen hatte. Neue Verträge mussten ausgehandelt werden, Lohnzahlungen kontrolliert und die Route für die kommende Saison festgelegt werden. Mit jedem neuen Tag wurde der Papierstapel auf Jos kleinem Schreibtisch größer. Letztendlich war ihr gar nichts anderes übrig geblieben, als sich auf Duffys Hilfe und Erfahrung zu verlassen.

Nach Saisonende hatte sie Dutzende Male Keanes Telefonnummer gewählt. Doch bevor die Verbindung zustande kam, hatte sie jedes Mal hastig wieder aufgelegt. Irgendwann war ihr schließlich klar geworden, dass kein Weg daran vorbeiführte: Sie musste nach Chicago reisen und persönlich mit ihm sprechen. Falls er überhaupt noch mit ihr sprechen wollte ...

Der Flug hatte sich allerdings um ein paar Wochen verschoben, da der Zirkus ein ganz besonderes Fest zu feiern hatte. Rose und Jamie hatten endlich zueinandergefunden. Und diese Hochzeit wollte Jo unter keinen Umständen verpassen.

Während sie als Brautjungfer neben Rose stand, war Jo plötzlich klar geworden war, was sie zu tun hatte. Es gab nur eines, was sie sich wirklich wünschte. Und das war, mit Keane zusammen zu sein. Während sie aufmerksam lauschte, wie Jamie und Rose ihre Gelübde ablegten, fasste sie einen Entschluss: Sie würde um den Mann, den sie liebte, kämpfen!

Tausende von Meilen entfernt von ihm hatte sie sich die Frage gestellt, ob sie auf immer beim Zirkus bleiben wollte. Die Antwort hatte Nein gelautet. Mit klopfendem Herzen hatte sie in Gedanken einen Plan ausgearbeitet. Sie würde nach Chicago fliegen, zu Keane. Sie würde sich nicht von ihm abweisen lassen. Einst hatte er sie gewollt, sie würde ihn dazu bringen, sie wieder zu wollen.

Und so saß sie also nun hier in einem Taxi, zitternd vor Kälte, und ließ sich durch die Stadt fahren. Mit klammen Fingern zog sie den Zettel mit Keanes Adresse aus der Tasche. Was, wenn er gar nicht zu Hause war? Vielleicht war er ja nach Europa oder Japan oder Kalifornien geflogen. Die Panik ließ sie schwindeln. Er musste einfach zu Hause sein. Es war Sonntag. Er las bestimmt die Zeitung. Oder saß brütend über einem Fall.

Oder verbrachte Zeit mit einer Frau.

Ich sollte den Fahrer anhalten lassen und vorher anrufen. Oder mich am besten gleich wieder zurück zum Flughafen bringen lassen.

Für einen Moment schloss Jo die Augen und kämpfte um Gelassenheit und Ruhe. Holte tief Luft und zwang sich, bewusst regelmäßig zu atmen. Sie konzentrierte sich auf die vorbeigleitenden Gebäude und die Menschen auf den Bürgersteigen. Und langsam, Stück für Stück, ließ die Panikattacke nach.

Ich werde keine Angst haben, wiederholte sie immer wieder und versuchte, auch wirklich daran zu glauben. Doch Jolivette, die Frau, die zwölf gefährliche Raubtiere beherrschte, hatte unendliche Angst. Wenn er sie nun zurückstieß? Nein, das würde sie ihm nicht gestatten. Unwillkürlich richtete sie sich auf. *Ich werde ihn verführen.*

Bei dem Gedanken presste sie die Finger an die Schläfen. Sie hatte ja nicht die geringste Ahnung, wie man so etwas anging. Sie würde dem Fahrer sagen, dass er sie zum Flughafen zurückbringen sollte.

Doch bevor sie die Worte aussprechen konnte, fuhr der Wagen auch schon rechts heran und bremste ab. Jo zahlte den Fahrpreis.

Aufgeregt, wie sie war, gab sie ein viel zu großzügiges Trinkgeld. Der Fahrer lächelte erfreut, und sie stieg mit zitternden Knien aus dem Taxi.

Der Wagen war längst weitergefahren, doch Jo stand noch immer ehrfurchtsvoll staunend vor dem hohen Gebäude. Schneeflocken wirbelten um sie herum, setzten sich auf ihre Schultern, legten sich auf ihr Haar. Ein vorbeihastender Fußgänger, der sie leicht anrempelte, brach schließlich den Bann. Sie atmete tief durch, nahm ihren Koffer und betrat das Gebäude.

Allein die Lobby war riesig. Rauchglasfenster und ein dezenter Teppich schufen eine elegante Atmosphäre. Unsicher, ob man sich grundsätzlich an der Rezeption anmelden musste, mied sie den Blick des Portiers und ging auf den Aufzug zu. Niemand hielt sie auf, auch nicht das Paar, das aus dem Lift stieg. Ihre Finger zitterten, als sie den Knopf für die Penthouse-Etage drückte.

Geräuschlos brachte der Lift sie ins oberste Stockwerk. Die Türen glitten auf, und Jo starrte sekundenlang in den mit Teppich ausgelegten breiten Flur. Erst als die Türen sich wieder schließen wollten, kam Bewegung in sie. Sie drückte sie auseinander und trat aus der Kabine.

Ihre Beine wollten nachgeben, doch sie riss sich zusammen und setzte einen Fuß vor den anderen. Schauer liefen ihr über den Rücken, als sie sich zögernd der Wohnungstür näherte. Dort angekommen, setzte sie den Koffer ab und legte die Stirn an das kühle Holz, rang nach Luft, versuchte ihren rasenden Pulsschlag zu beruhigen. Rachel Loring hat mich eine Kämpfernatur genannt, rief sie sich in Erinnerung und klammerte sich an diesen Gedanken.

Jo schluckte ein letztes Mal und klopfte an. Und in der nächsten Sekunde öffnete Keane bereits die Tür. Mit ungläubigem Erstaunen sah er auf sie herab.

Schnee lag auf ihrem Haar und ihrem Mantel, ihre Wangen waren rot von der Kälte, ihre Augen glänzten unnatürlich, fast fiebrig. Ihre Lippen bebten nur kurz, bevor sie zu sprechen ansetzte. „Hallo, Keane."

Er starrte sie nur stumm an. Offensichtlich hatte er in den letzten Monaten abgenommen, wie ihr auffiel, während sie seinen Anblick gierig in sich aufsog. Er trug Jeans und T-Shirt, war barfuß und unrasiert. Jos Finger sehnten sich danach, über die Bartstoppeln zu fahren, um herauszufinden, wie sich das anfühlen mochte.

„Was tust du hier?"

Die Panik kam mit Wucht zurück. Er klang geradezu barsch und erwiderte auch ihr Lächeln nicht. Jo mühte sich um Haltung. „Willst du mich nicht hereinbitten?" Das Lächeln begann zu wanken.

„Wie?" Ihre Frage schien ihn zu verwirren. Er runzelte die Stirn. Das war alles.

„Darf ich hereinkommen?" Dabei hätte sie am liebsten auf dem Absatz kehrtgemacht und wäre schnurstracks zum Flughafen zurückgefahren.

„Oh ... ja ... ja, natürlich. Entschuldige." Keane fuhr sich perplex durchs Haar und trat beiseite, um sie einzulassen.

Schon mit dem ersten Schritt versank Jo fast bis zu den Knöcheln in dem dicken Teppich. Für einen kurzen Moment erlaubte sie sich, den Blick umherschweifen zu lassen und sich umzusehen. Ein großer offener Raum, in dem klare Linien, Leder und Glas vorherrschten. Für Kontraste sorgten zahllose Kissen in kräftigen Farben und Gemälde an den Wänden.

Rechter Hand führten zwei flache breite Stufen zu einer Fensterfront, die einen atemberaubenden Blick auf Chicago bot. Ohne ihre Neugier zu verhehlen, ging Jo darauf zu. Seltsamerweise hatte ihre Furcht sich gelegt, seit sie über Keanes Schwelle getreten war. Damit war die Entscheidung gefallen, sie konnte nicht mehr zurück. Und so schwand nun auch die Nervosität.

„Ein großartiger Ausblick." Sie drehte sich zu ihm um. „Du musst dir wie ein König vorkommen, wenn du die ganze Stadt zu deinen Füßen liegen hast."

„Von dieser Warte aus habe ich das noch nie betrachtet." Vom anderen Ende des Raumes beobachtete er sie. Vor dem Hintergrund der geschäftigen Großstadt wirkte sie klein und zerbrechlich.

„Ich würde es auf jeden Fall so sehen." Das Lächeln fiel ihr jetzt leicht. „Ich würde hier am Fenster stehen und mir wahnsinnig wichtig vorkommen."

Unwillkürlich erwiderte er ihr Lächeln. „Jolivette", fragte er leise, „was tust du in meiner Welt?"

„Ich muss mit dir reden", antwortete sie schlicht. „Deswegen bin ich hier."

Er kam langsam auf sie zu, den Blick fest auf sie gerichtet. „Dann ist es wohl sehr wichtig."

„Für mich schon."

Er zog eine Augenbraue in die Höhe. „Nun gut, dann reden wir. Aber leg erst einmal den Mantel ab." Die vor Kälte bebenden Finger wollten nicht so recht funktionieren, Jo bekam die Knöpfe kaum auf. Wieder zeigte sich eine tiefe Falte auf Keanes Stirn. „Wo sind deine Handschuhe?" Er klang wie ein gestrenger Vater. „Da draußen herrschen mindestens zehn Grad minus."

„Ich hab nicht daran gedacht, mir welche zu kaufen." Nur schwer konnte sie sich auf Worte konzentrieren, während er ihre kalten Hände wärmend mit seinen umschloss. Wenn dieser Moment doch nur für immer anhalten würde!

„Wie kann man so dumm sein? Du solltest es wirklich besser wissen, als im November ohne Handschuhe nach Chicago zu kommen."

„Woher denn?" Sein verärgertes Knurren entlockte ihr ein übermütiges Lachen. „Ich war doch noch nie im November in Chicago. Es ist wunderbar."

Er hob den Blick von ihren Händen zu ihrem Gesicht, musterte sie lange, dann seufzte er schwer. „Und ich dachte schon, ich wäre kuriert."

Besorgt sah Jo ihn an. „Warst du krank?"

Lachend schüttelte Keane den Kopf, beantwortete jedoch die Frage nicht. „Gib mir deinen Mantel", sagte er nur.

„Mach dir keine Umstände." Doch da hatte er ihr schon die Knöpfe geöffnet und den Mantel von den Schultern gestreift.

„Mir ist es lieber, wenn ich weiß, dass du keine Erfrierungen hast." Er brach ab und betrachtete sie von Kopf bis Fuß. Sie trug einen grünen Angorapullover mit kleinen Perlmuttknöpfen am Ausschnitt und einen engen Wollrock. Das weiche Material schmiegte sich eng um ihre zierliche Figur. Die Schuhe an ihren Füßen waren hochhackige Pumps, sehr sexy, nur leider für das winterliche Wetter völlig ungeeignet.

„Stimmt etwas nicht?"

„Bisher habe ich dich nur in Jeans oder in einem Kostüm gesehen."

„Ach so." Lachend fuhr sie sich mit den Fingern durch das schneefeuchte Haar. „Ich sehe wohl anders aus."

„Ja, allerdings." Wieder erschien die Falte auf seiner Stirn. „Du siehst aus wie eine Studentin, die für die Weihnachtsferien nach Hause gekommen ist." Er hob eine Strähne ihres Haars an, wandte sich dann ab. „Setz dich doch bitte. Ich hole uns Kaffee."

Seine abrupten Stimmungsumschwünge verwirrten sie ein wenig. Sie wanderte durch den Raum, ignorierte Sofa und Sessel und ließ sich auf eines der großen Sitzkissen beim Fenster nieder.

Der Teppich schluckte jegliches Geräusch, dennoch wusste Jo intuitiv, dass Keane mit dem Kaffee zurückkam.

„Es muss wunderbar sein, jedes Jahr einen richtigen Winter miterleben zu können, schon allein wegen des Schnees." Sie wandte ihm ihr strahlendes Gesicht zu. „Ich habe mich immer gefragt, wie es ist, weiße Weihnachten zu feiern, wenn alles verschneit ist und die Eiszapfen von den Dächern hängen."

Sie richtete sich auf und nahm den Becher mit dampfendem Kaffee von Keane entgegen. „Danke."

„Ist dir wieder warm?", fragte er.

Jo nickte und setzte sich in einen der Sessel gegenüber der Couch. In der Stadt zu sein war so neu für sie, dass ihr alles wie ein einziges Abenteuer vorkam.

Keane nahm auf dem Sessel neben ihr Platz, und eine Weile lang tranken sie den Kaffee in einträchtigem Schweigen.

„Worüber wolltest du mit mir reden, Jo?"

Sie schluckte und ignorierte das leichte Flattern in ihrem Magen. „Über verschiedene Dinge. Eines davon ist der Zirkus." Sie drehte sich zu ihm um, damit sie ihm gerade in die Augen sehen konnte. „Ich wollte nicht schreiben, weil ich es für zu wichtig hielt. Aus dem gleichen Grund habe ich auch nicht angerufen. Keane ..." All die sorgfältig zurechtgelegten Ausführungen hatten sich verflüchtigt. „Du kannst den Zirkus nicht so einfach verschenken. Und ich kann ihn nicht annehmen."

„Wieso nicht?" Mit einem Schulterzucken nippte er an seinem Kaffee. „Wir wissen doch beide, dass der *Circus Colossus* eigentlich immer dir gehört hat. Ein Stück Papier ändert gar nichts daran."

„Keane, Frank hat ihn dir vermacht."

„Und ich habe ihn an dich weitergegeben."

Jo seufzte frustriert. „Wenn ich das Geld hätte, um ihn dir abzukaufen ..."

„Mich hat mal jemand gefragt, wie hoch der Wert eines Traums ist und welchen Preis man heutzutage für die Fantasie eines Menschen bezahlen muss. Damals hatte ich keine Antwort parat. Hast du heute vielleicht eine für mich?"
Seufzend schüttelte sie den Kopf. „Ich weiß nicht, was ich sagen soll. Ein Danke reicht für solch ein Geschenk jedenfalls nicht aus."
„Selbst das ist nicht nötig", widersprach Keane. „Ich habe dir nur zurückgegeben, was schon immer dir gehörte. Über was wolltest du noch reden? Du sagtest, es gebe verschiedene Dinge."
Jetzt ist es so weit, dachte sie. Sehr, sehr behutsam stellte sie den Becher ab und stand auf. Sie ging ein paar Schritte, hoffte darauf, dass ihr Magen sich beruhigen würde, holte tief Luft und drehte sich zu Keane um.
„Ich will deine Geliebte werden." Sie sprach absolut ruhig und betonte jede Silbe klar und deutlich.
„Was?!" Der Schock stand Keane ins Gesicht geschrieben.
Jo schluckte. „Ich will deine Geliebte werden", wiederholte sie. „Das ist doch die richtige Bezeichnung, nicht wahr? Oder klingt das heutzutage zu altmodisch? Ist ‚Freundin' besser? Weißt du, ich habe das hier nämlich noch nie gemacht."
Ebenso langsam wie sie stellte jetzt auch Keane seinen Becher ab und erhob sich. Doch er kam nicht auf sie zu, taxierte sie nur mit seinem durchdringenden Blick. „Jo, du weißt ja nicht, was du da sagst."
„Oh doch, sehr genau sogar." Sie nickte zur Bekräftigung. „Mir fehlt möglicherweise die moderne Terminologie, aber ich weiß ganz genau, was ich will. Und ich glaube, du weißt es auch. Ich möchte mit dir zusammen sein." Sie trat einen Schritt auf ihn zu. „Ich möchte mit dir schlafen. Ich möchte mit dir leben … ich meine, wenn es dir recht ist. Oder wenigstens in deiner Nähe."
„Jo, du redest wirres Zeug", fiel Keane ihr scharf ins Wort. Abrupt wandte er ihr den Rücken zu. Die Hände, die in seinen Hosentaschen steckten, waren nun zu Fäusten geballt. „Du weißt ja nicht, was du da verlangst."
„Du willst mich nicht mehr?"
Aufgebracht wirbelte er herum, wütend über das leichte Erstaunen in ihrer Stimme. „Wie kannst du das fragen!", verlangte er hitzig

zu wissen. „Natürlich will ich dich! Ich bin schließlich weder tot noch senil."

Der nächste Schritt, näher zu ihm hin ... „Aber wenn ich dich will und du mich willst, warum können wir dann kein Liebespaar werden?"

Fluchend packte Keane sie bei den Schultern. „Glaubst du wirklich, ich könnte für einen Winter mit dir zusammen sein und dich dann so einfach gehen lassen? Meinst du, zu Beginn der Saison winkte ich dir fröhlich zum Abschied zu, wenn der Zirkus wieder auf Reisen geht? Ahnst du denn nicht, was du mir antust?" Er schüttelte sie, sodass sie gar keine Möglichkeit fand, ihm zu antworten. „Du machst mich verrückt!"

Abrupt riss er sie an sich heran und presste den Mund auf ihre Lippen, die Finger hart in ihre Schultern gegraben. In Jos Kopf begann sich alles zu drehen und vermischte sich in einem Strudel aus Verwirrung, Qual und Ekstase. Es war so lange her, seit sie seine Lippen hatte schmecken können. Sie hörte das heisere Stöhnen, als er sich von ihr löste und abwandte. Der Raum um sie herum schien auf seltsame Weise zu schwanken.

„Was muss ich noch alles tun, um dich loszuwerden?", knurrte er wutentbrannt.

Jo bebte vor Empörung. „Ich bezweifle, dass ein Kuss da der richtige Weg ist!"

„Das ist mir klar", murmelte er. „Deshalb übe ich mich auch schon in Selbstbeherrschung, seit ich die Tür geöffnet habe und dich dort auf der Schwelle stehen sah."

Jo legte ihm sacht die Hand auf den Arm. „Du bist ja völlig verspannt." Wie gern hätte sie die Anspannung aus seinen Muskeln wegmassiert. „Es tut mir leid, wenn ich das hier falsch angefangen habe. Ich dachte, wenn ich es erst mal offen ausspreche, dann ist das besser, als dich einfach zu verführen. Ich glaube so oder so nicht, dass ich besonders gut darin gewesen wäre."

Der Laut, den Keane ausstieß, lag irgendwo zwischen Stöhnen und Lachen. „Oh Jolivette." Er drehte sich um und zog sie in seine Arme. „Wie soll ich dir nur widerstehen? Wie soll ich mich von dir fernhalten, wenn allein der Gedanke an dich mich in den Wahnsinn treibt?"

Seufzend schmiegte sie sich an ihn und schloss die Augen. „Ich habe mich so danach gesehnt, von dir gehalten zu werden. Ich will zu dir gehören, auch wenn es nur für eine kurze Zeit ist."

„Nein." Er hielt sie entschlossen von sich ab. „Verstehst du denn nicht? Einmal wäre zu viel, und ein ganzes Leben zu wenig. Ich liebe dich zu sehr, um dich gehen zu lassen. Doch weil ich dich liebe, weiß ich auch, dass ich dich gehen lassen muss."

Der Schock raubte ihr die Sprache, sie konnte ihn nur anstarren, während er weitersprach. „Als es mir noch nicht klar war, als ich dachte, ich sei einfach nur fasziniert von dir, da war es viel einfacher. Ich habe geglaubt, dass es von allein vergeht, wenn ich mit dir schlafe. Doch in der Nacht, als Ari starb und du in meinen Armen einschliefst, da erkannte ich, wie sehr ich dich liebe. Dass ich mich eigentlich schon vom ersten Augenblick an in dich verliebt habe."

„Aber ..." Sie schüttelte verständnislos den Kopf. „Du hast es mir nie gesagt. Du warst immer so kalt und distanziert."

„Weil ich mehr gewollt hätte. Weil ich mich unmöglich hätte zurückhalten können, wenn ich dich erst einmal berührt hätte. Und dennoch konnte ich mich wohl einfach nicht von dir fernhalten."

Er blickte sie eindringlich an. „Es war ziemlich schnell klar, dass einer von uns sein Leben aufgeben muss, wenn wir wirklich zusammen sein wollen. Ich liebe meinen Job als Anwalt. Endlich habe ich erreicht, was ich mein ganzes Leben lang gewollt habe. Doch damals, in dieser Nacht, ist mir eines klar geworden: Dich will ich noch viel mehr."

„Oh Keane." Sie schüttelte den Kopf, doch er legte ihr einen Finger auf den Mund, um sie zum Schweigen zu bringen.

„Allerdings wurde mir auch sehr schnell klar, dass das niemals funktionieren würde. Jedes Mal, wenn du zu den Löwen in den Käfig gingst, bin ich vor Angst fast verrückt geworden." Er ließ sie los und lief zum Fenster, stand mit dem Rücken zu ihr. Draußen wirbelten die Schneeflocken im kalten Winterwind. „Ich redete mir ein, ich würde mich schon daran gewöhnen, doch es wurde mit jedem Mal schlimmer. Also ging ich fort, kam zurück hierher. Doch ich konnte dich nicht vergessen. Deshalb kehrte ich immer wieder zum Zirkus zurück. An dem Tag, als du verletzt wurdest ..."

Keane hielt inne. Jo hörte, wie er scharf die Luft einsog, und als er fortfuhr, klang seine Stimme belegt. „Ich musste mit ansehen, wie du dich vor den Jungen stelltest und den Schlag abfingst. Ich kann nicht beschreiben, was ich in diesem Moment gefühlt habe, es gibt keine Worte dafür. Ich konnte nur eines denken – ich musste unbedingt zu dir. Hat Pete dir eigentlich erzählt, dass ich ihm einen Kinnhaken verpasst habe, bevor Buck kam und mich festhielt? Er war ziemlich verständnisvoll, hat nichts dazu gesagt."

Sein Lachen klang bitter. „Und dann musste ich dastehen und zusehen, wie dieser Löwe sich überlegt, ob er dich anfallen soll, und konnte absolut nichts tun. Eine solche Angst kannte ich bis dahin gar nicht. Es war die Art Angst, die einen von innen aushöhlt, die einen auffrisst."

Keane schwieg einen Moment. „Dann war die Gefahr vorbei, und ich konnte endlich zu dir. Du warst leichenblass, und du blutetest." Kopfschüttelnd fügte er hinzu: „Ich wollte den ganzen Zirkus abbrennen, ich wollte alle deine Löwen eigenhändig in der Luft zerreißen. Ich wollte dich in meinen Armen halten und nie wieder loslassen ... Aber ich konnte nicht über das Gefühl dieser wütenden Hilflosigkeit hinwegkommen. Und bevor ich überhaupt mit dem Zittern aufgehört hatte, wolltest du schon wieder in diesen verdammten Käfig zurückgehen. In dem Moment hätte ich dich umbringen können."

Langsam drehte Keane sich um und kam zurück zu ihr. „Wochenlang hatte ich diese Szene vor Augen. Ich weiß genau, wo du die Narben zurückbehalten hast." Mit einem Finger zeichnete er die vier Linien an ihrem Arm nach. „Sie sind genau hier."

Dann ließ er die Hand sinken und schüttelte den Kopf. „Ich ertrage es nicht, wenn du in diesen Käfig gehst, Jo. Aber wenn du jetzt bleibst, dann kann ich dich nie wieder zu deinem eigenen Leben zurückkehren lassen. Und ich kann dich unmöglich bitten, dein Leben aufzugeben."

„Ich wünschte, du würdest es tun." Ernst erwiderte Jo seinen Blick. „Ich wünsche mir so sehr, dass du mich endlich darum bittest."

„Jo", er wandte sich ab, „ich weiß, was der Zirkus dir bedeutet."

„Das Gleiche, das dir dein Job als Anwalt bedeutet. Und du warst bereit, das alles für mich aufzugeben."

„Stimmt. Aber ..."

„Oh, also schön!" Entnervt strich sie sich das Haar aus dem Gesicht. „Wenn du mich nicht fragst, dann muss ich es eben tun. Keane, willst du mich heiraten?"

Mit gerunzelter Stirn sah er sie an. „Jo, du kannst nicht ..."

„Natürlich kann ich. Wir leben in modernen Zeiten. Wenn ich dich fragen will, ob du mich heiratest, dann frage ich eben."

„Jo, ich denke ..."

„Bitte antworten Sie mit Ja oder Nein, Herr Anwalt. Auch wenn die Frage nicht ganz einfach ist." Sie trat vor ihn. „Ich liebe dich, und ich will dich heiraten und Kinder mit dir haben. Ist das annehmbar?"

Keane öffnete den Mund, schloss ihn wieder. Ein schiefes Grinsen breitete sich auf seinem Gesicht aus, als er die Hände auf ihre Schultern legte. „Das kommt recht plötzlich, oder?"

Grenzenlose Freude schoss jäh in ihr auf. „Na gut, du hast eine Minute Bedenkzeit. Aber ich kann dir jetzt schon sagen, dass ich ein Nein nicht akzeptieren werde."

Keane streichelte ihren Nacken. „Sieht aus, als hätte ich gar keine andere Wahl."

„Sehr gut erkannt." Damit schlang sie die Arme um seinen Hals und zog seinen Kopf zu sich herab.

Der Kuss entflammte lodernde Leidenschaft. Zusammen sanken sie auf den Teppich und hielten einander eng umschlungen, sprachen in einer Sprache, die keine Worte kannte. Als müsse er sich überzeugen, dass es kein Traum war, erforschte Keane jede Rundung, jeden Zentimeter ihrer Haut.

„Wie konnte ich mir je einbilden, ohne dich leben zu können?", flüsterte er. Gierig presste er den Mund erneut auf ihre Lippen.

„Eines muss dir klar sein, Jo", murmelte er dann, als er den Kopf hob, die Stimme tief und bewegt durch die Emotionen, die ihn erfüllten. „Ich liebe dich, und ich werde dich niemals gehen lassen. Ich will alles von dir."

„Ich weiß. Und ich werde nie gehen wollen. Halt mich fester, Keane. Und küss mich noch einmal." Sie konnte nicht sagen, ob sie es war, die den zufriedenen Seufzer ausgestoßen hatte, oder er. Bisher hatte sie nicht einmal geahnt, dass ein Kuss so intim, so erregend sein konnte. Sie schwebte im siebten Himmel, jetzt, da sie sich Keanes Liebe sicher war. Denn was er gesagt hatte, stimmte nicht ganz – er wollte nicht nur alles von ihr, er gab ihr auch alles.

„Ich lasse etwas zurück", sagte sie, als sie wieder sprechen konnte,

„doch dafür erhalte ich etwas sehr viel Wertvolleres." Sie barg ihr Gesicht an seinem Hals. „Wenn du erkennst, wie sehr ich dich liebe, wirst du es verstehen."

Lange schaute Keane sie nur an. Und als er sprach, kam einzig ihr Name über seine Lippen. Ein gehauchtes Wispern, mehr nicht. Jo legte glücklich lächelnd die Hand an seine Wange.

„Wenn sich ein Kompromiss finden lässt ..."

„Nein." Sie erinnerte sich an die Worte seiner Mutter und schüttelte den Kopf. „Manchmal kann es keinen Kompromiss geben, und wir lieben einander so sehr, dass wir keinen brauchen. Bitte glaube nicht, ich würde ein Opfer bringen. Das ist es nicht für mich." Sie genoss das faszinierend raue Gefühl seiner Bartstoppeln an ihrer Handfläche. „Nicht eine Minute meines Zirkuslebens bereue ich, und ich bereue es auch nicht, mein Leben zu ändern. Du hast mir den Zirkus geschenkt, also wird er immer ein Teil von mir sein." Ihr Lächeln verblasste, ihre Augen blickten ernst. „Wirst du auch zu mir gehören, Keane?"

Er löste ihre Hand von seiner Wange und führte sie an seinen Mund, presste einen Kuss auf die Innenfläche. „Das tue ich doch schon. Ich liebe dich, Jolivette. Ich werde dich den Rest meines Lebens lieben."

„Das ist nicht lang genug", hauchte sie, bevor ihre Lippen sich wieder fanden. „Ich will mehr. Deine Liebe soll mir bis in alle Ewigkeit gehören."

Mit wachsender Leidenschaft ließ er seine Hände über ihren Körper wandern. Einen nach dem anderen knöpfte er die kleinen Perlmuttknöpfe ihres Pullovers auf. „So unglaublich schön", murmelte er, liebkoste ihren Hals und glitt mit den Lippen hin zu der sanften Rundung ihrer Brust. Jo stockte vor Entzücken der Atem. „Du zitterst. Ich liebe es, wenn du unter meinen Händen zu zittern beginnst."

Er ergriff wieder Besitz von ihrem Mund, dann zog er sie sicher in seine Arme. „So lange habe ich mich nach dir gesehnt, habe darauf gewartet, dich einfach nur zu halten, so wie jetzt. Seit ich dich zum ersten Mal gesehen habe, gab es keine Sekunde, in der ich es mir nicht gewünscht hätte."

Mit einem zufriedenen Seufzer kuschelte Jo sich an ihn. „Keane?"

„Hm?"

„Du hast mir noch keine Antwort gegeben."

„Worauf?" Die Finger in ihrem Haar, setzte er kleine Küsse auf ihre geschlossenen Lider.

„Heiratest du mich jetzt oder nicht?"

Lachend rollte er sich über sie und presste einen langen, herzhaften Kuss auf ihren Mund. „Ist morgen früh genug für dich?"

– ENDE –

Debbie Macomber

Du bist wie ein Engel

Roman

Aus dem Amerikanischen von
Tanja Herbst

mtb

1. Kapitel

Wütend wischte sich Marian Stone die Tränen aus den Augen, setzte sich an ihren Computer und tippte die Kündigung, die ihr Arbeitsverhältnis mit dem Pharmakonzern Norris beenden sollte. Sie hatte genug von der Firma! Vor allem aber hatte sie genug von ihrem Chef, J. D. Norris!

Obwohl sie noch keine neue Stelle in Aussicht hatte, war Marian fest entschlossen, sich von David Norris nicht länger wie ein Roboter behandeln zu lassen. Ihr war während der vergangenen Jahre oft genug bewusst gewesen, dass sie sich wie eine Närrin aufführte. Doch erst jetzt hatte sie den Mut gefunden, der unerträglichen Situation ein Ende zu machen.

Nachdem sie die Kündigung unterschrieben hatte, lehnte sich Marian aufatmend zurück. Ob Dave sie vermissen würde? Er hatte sie zwar als hervorragende Sekretärin zu schätzen gewusst, aber wahrscheinlich nie gemerkt, dass in seinem Vorzimmer ein weibliches Wesen arbeitete. Daher würde er sich wahrscheinlich schnell an ihre Nachfolgerin gewöhnen ... vorausgesetzt, sie war so tüchtig wie Marian.

„Miss Stone, könnten Sie bitte einen Augenblick zu mir kommen?"

Beim Klang von Davids Stimme schrak Marian zusammen. Er hatte die Sprechanlage benutzt, um sie in sein Büro zu bitten. Sie nahm das Kündigungsschreiben und ihren Block, holte tief Luft und betrat das Zimmer ihres Chefs.

David Norris, der sich gerade etwas notierte, hob nicht einmal den Kopf. Marian benutzte die Gelegenheit, um sich den Mann, in den sie sich leichtsinnigerweise verliebt hatte, noch einmal gründlich anzuschauen.

David machte einen völlig entspannten Eindruck. Aber Marian kannte ihn lange genug, um zu wissen, wie kompliziert er sein konnte. Sie bewunderte ihn als starke Persönlichkeit und fürchtete seinen Eigensinn. Oft genug hatte sie bemerkt, wie schwer es ihm fiel, seine Verletzlichkeit hinter der Fassade eiserner Disziplin zu verbergen. Manchmal hatte Marian das Gefühl, David Norris besser zu kennen, als er sich selbst. Dann wieder hatte sie den Eindruck, als sei er ihr vollkommen fremd.

David war dreiunddreißig Jahre alt und ein großer, breitschultriger Mann. Er war ein begeisterter Segler, und man sah ihm an, dass er seine Freizeit so oft wie möglich auf seinem Segelboot verbrachte. Sein dunkelbraunes Haar war von der Sonne ausgeblichen, das Gesicht gebräunt. Wie immer, wenn er konzentriert arbeitete, schob er das markante Kinn vor, was ihn für Menschen, die ihn nicht kannten, unnahbar und arrogant erscheinen ließ.

Marian musste daran denken, wie oft sie sich über den wechselnden Ausdruck seiner braunen Augen gewundert hatte. Wenn Dave sich ärgerte, wurden sie dunkel vor Zorn. Doch wenn er das Foto seiner kleinen Tochter anschaute, das vor ihm auf dem Schreibtisch stand, wurde sein Blick zärtlich und weich.

Seit David geschieden war, lebte die achtjährige Angie bei der Familie seiner früheren Frau in New York. In all den Jahren, in denen Marian für ihn gearbeitet hatte, hatte David so gut wie nie über seine Tochter gesprochen. Er schien sich nicht viel aus familiären Bindungen zu machen und vermittelte den Eindruck eines Mannes, der am liebsten allein und unabhängig lebte.

Jetzt hob David Norris den Kopf, legte den Stift beiseite und strich sich über die Stirn. „Miss Stone, haben Sie irgendeine Schmerztablette für mich?"

„Selbstverständlich." Marian holte das Medikament aus dem Wandschrank, löste zwei Tabletten in Wasser auf und reichte David das Glas.

„Geht es Ihnen nicht gut, Mr. Norris?"

„Nicht besonders, ich habe fürchterliche Kopfschmerzen."

Erst jetzt fiel Marian auf, dass ihr Chef ungewöhnlich blass aussah. „Soll ich Ihre Termine für heute Nachmittag absagen?"

„Das ist nicht nötig." Er reichte ihr seine Notizen. „Könnten Sie mir das noch heute schreiben?"

„Aber natürlich." Marian schob das zusammengefaltete Kündigungsschreiben unter ihren Stenoblock. Sie beschloss, es David erst zu geben, wenn es ihm wieder besser ging.

„Gibt es sonst noch etwas, Miss Stone?"

„Ich ... Nein, Mr. Norris." Sie warf ihm noch einen zaghaften Blick zu und verließ sein Büro.

Zehn Minuten später betrat Sally Livingston, mit der Marian ihr Apartment teilte, das Sekretariat. „Nun, was hat er gesagt?"

„Nichts", erwiderte Marian verlegen.

„Überhaupt nichts? Hat er es etwa stillschweigend hingenommen, dass du die Firma verlassen willst?"

Da Marian die Beharrlichkeit ihrer Freundin kannte, gab sie zu: „Ich habe ihm die Kündigung noch nicht gegeben."

„Aber du hast es mir doch versprochen!", versetzte Sally ärgerlich.

„Ich ... ich habe die Kündigung ja auch geschrieben", entgegnete Marian. „Aber Dave hatte Kopfschmerzen, und ... es war einfach nicht der richtige Zeitpunkt."

„Wenn du auf den richtigen Zeitpunkt wartest, kommst du nie von ihm los!"

„Du hast ja recht." Marian musste sich eingestehen, dass sie eigentlich ganz froh war, diesen unwiderruflichen Schritt noch etwas hinausschieben zu können. „Sally, ich werde ganz bestimmt am Freitag mit Dave sprechen."

„Darf ich dich darauf aufmerksam machen, dass heute Freitag ist?"

„Das habe ich völlig vergessen. Also, am Montag kündige ich ganz bestimmt."

„Marian, das hast du mir schon so oft versprochen. Manchmal glaube ich, du willst ihn gar nicht verlassen."

„Aber Sally, sieh doch ein, dass ich David nicht noch mehr Ärger bereiten kann, wenn es ihm ohnehin schon so schlecht geht! Wer weiß, vielleicht hat er die Asiatische Grippe oder eine andere schlimme Krankheit."

„Das geschähe ihm ganz recht."

„Also, Sally!" Marian hatte das Gefühl, ihren Chef verteidigen zu müssen. Schließlich war es nicht seine Schuld, dass sie sich in ihn verliebt hatte. Außerdem wusste er gar nicht, wie sehr sie seinetwegen litt.

Es war ihr Fehler, ihr Herz an einen Mann zu verlieren, der jede gefühlsmäßige Bindung ablehnte. Es war nicht so, dass er sich bloß aus Marian nichts machte – für ihn schienen alle Frauen Luft zu sein. Wahrscheinlich hing es mit seiner Scheidung und dem plötzlichen Tod seiner Frau zusammen, dass aus David Norris ein verbitterter, einsamer Mann geworden war, vermutete Marian. Doch was immer die Gründe für seine Isolation waren: Sie wusste, dass sie ihn verlassen musste, wenn sie jemals wieder glücklich werden wollte.

Trotzdem war sie immer wieder versucht gewesen, die Fassade aus Trotz und Abwehr zu durchbrechen, hinter der sich David verschanzt hatte. Vielleicht wäre ihr das auch gelungen, wenn sie etwas mehr Erfahrung mit Männern gehabt hätte. So hatte sie sich damit begnügt, auf ein Wunder zu warten, und darauf gehofft, dass David ihre Zuneigung bemerkte und erwiderte.

Sallys ungeduldiges Räuspern brachte sie in die Realität zurück. Marian steckte das Kündigungsschreiben in einen Umschlag und versprach: „Den lege ich auf Daves Schreibtisch, bevor ich das Büro verlasse." Diese Lösung kam ihr zwar etwas feige vor, aber ihr fiel kein anderer Ausweg ein.

„Du bist ein tapferes Mädchen", lobte Sally. „Und nun beeil dich, damit du mit der Arbeit fertig wirst. Ich erwarte dich in Charleys Bistro."

Nachdem die Tür hinter Sally ins Schloss gefallen war, setzte sich Marian an den PC. Sobald Dave das Büro verlassen haben würde, würde sie den Umschlag mit dem Kündigungsschreiben auf seinen Schreibtisch legen und gehen, damit sie keine Gelegenheit hatte, es sich noch einmal anders zu überlegen.

Kurz nach sechs Uhr betrat Marian das überfüllte Bistro, in dem sie sich jeden Freitag nach Dienstschluss mit Sally traf. Sally hatte noch einen freien Tisch gefunden und winkte ihr zu. Marian setzte sich zu ihrer Freundin und bestellte sich ebenfalls einen Cocktail.

Sally prostete ihr zu. „Gratuliere zu deiner Entscheidung. Ich bin froh, dass du endlich den Mut gefunden hast, Norris zu verlassen."

Marian trank einen Schluck. „Sally, ich ... ich verspreche dir, dass ich am Montag ganz bestimmt kündigen werde."

Sally starrte sie ungläubig an. „Heißt das, dass du den Brief immer noch nicht abgegeben hast?"

„Weißt du, ich habe noch einmal nachgedacht und bin zu dem Schluss gekommen, dass ich Dave bisher ziemlich unfair behandelt habe."

„Wie meinst du das?"

„Nun, ich habe ihm nie die geringste Chance gegeben ... Er weiß ja gar nicht, was ich für ihn empfinde. Vielleicht sollte ich mit ihm über meine Gefühle sprechen, bevor ich ihn für immer verlasse."

Sally seufzte. „Marian, du bist wirklich ein hoffnungsloser Fall. Der Mann muss blind sein, wenn er bisher nicht gemerkt hat, was mit dir los ist. Schließlich weiß inzwischen das halbe Unternehmen, dass du in den Chef verliebt bist."

Marian wurde blass. „Heißt das, dass alle Bescheid wissen?"

„Vielleicht hat es sich noch nicht bis zum Pförtner herumgesprochen, aber für die Kollegen ist der Fall sonnenklar."

Marian sank in sich zusammen. Die Blamage war nicht auszudenken.

Sally versuchte sie zu trösten. „Ich habe absichtlich etwas übertrieben, um dir klarzumachen, dass du die Situation unbedingt beenden musst."

Marian atmete auf. „Du hast mir einen gehörigen Schrecken eingejagt. Sally, versuch doch bitte, mich zu verstehen. Ich will ja nur etwas Zeit gewinnen, und ich möchte Dave nicht unnötig verletzen."

„Darf ich fragen, was du vorhast? Willst du ihm etwa einen Heiratsantrag machen?"

„Nein, natürlich nicht! Ach Sally, wenn ich nur wüsste, was ich tun soll!" Sie strich sich einige vorwitzige hellbraune Locken aus der Stirn und seufzte. Es war wirklich nicht zu fassen. Mit ihren fünfundzwanzig Jahren führte sie sich wie ein verliebter Teenager auf.

Sally streichelte ihr mitfühlend über die Wange. „Marian, du arbeitest seit drei Jahren für Mr. Norris. Wenn du es bisher nicht geschafft hast, ihm deine Gefühle zu zeigen, wird es dir jetzt kaum noch gelingen. Außerdem bist du viel zu schüchtern, als dass du es fertigbringen würdest, ihm eine Liebeserklärung zu machen. Schlag dir David Norris aus dem Kopf. Er ist ein hoffnungsloser Fall, was Frauen betrifft. Ich kann wirklich nicht verstehen, warum du dich ausgerechnet in ihn verlieben musstest."

Sie griff nach den Erdnüssen, die der Kellner zu ihren Cocktails serviert hatte. „Der Mann ist verbittert und mit sich selbst nicht im Reinen. Er hat an nichts Freude, weder an Frauen noch an einer Ehe oder an einer anderen Beziehung. Er ist egoistisch und gefühllos wie ein Wolf. Als deine beste Freundin werde ich nicht länger zusehen, wie dich dieses Raubtier nach und nach kaputt macht."

„Aber er ist einfach wunderbar!" Als seine langjährige Sekretärin kannte Marian natürlich auch die Charakterzüge ihres Chefs, die den anderen Mitarbeitern verborgen blieben. Sie wusste, wie großzügig er sein konnte, wenn es um Spenden für wohltätige Zwecke ging. Sie bewunderte seinen Spürsinn bei der Entwicklung neuer Medikamente, die das Leben vieler Menschen retten konnten. Außerdem hatte sie noch nie erlebt, dass er jemanden ungerecht oder schlecht behandelte.

In den drei Jahren ihrer Zusammenarbeit war Marian zu der Überzeugung gelangt, dass es noch einen anderen Dave gab, der sich grundsätzlich von dem gefühlsscheuen Mann unterschied, als den seine Umwelt ihn erlebte.

Plötzlich legte Sally ihr die Hand auf den Arm. „Marian, bitte dreh dich nicht um! Er ist hier!"

„Wer denn, um Himmels willen?"

„Dein angebeteter Mr. Norris natürlich! Und dir hat er weisgemacht, dass er die Asiatische Grippe hat? Dass ich nicht lache!"

Marian wollte schon aufspringen, doch Sally hielt sie noch rechtzeitig zurück. „David ist hier? Das verstehe ich nicht. Sally, ich versichere dir, dass er heute Nachmittag wirklich sehr schlecht aussah."

„Nun", versetzte Sally trocken, „dann haben wir es wohl mit einer wundersamen Heilung zu tun."

„Er ist in Begleitung, nicht wahr? Das ist der Grund, warum ich mich nicht umdrehen soll, hab ich recht?" Beim bloßen Gedanken daran, dass David mit einer Frau verabredet sein könnte, wurde ihr beinahe übel.

„Falls es dich beruhigt: Dein kostbarer David ist allein." Sally beugte sich nach vorn, um Mr. Norris nicht aus den Augen zu verlieren. „Jetzt geht er zur Bar. Du, er sieht wirklich umwerfend aus. Beinahe kann ich verstehen, dass du für ihn schwärmst."

Marian wurde rot. „Ich fürchte, er gefällt jeder Frau."

„Dabei macht er einen ziemlich arroganten Eindruck. Aber diese Art von Unnahbarkeit wirkt ja meistens besonders anziehend auf das weibliche Geschlecht."

„Sally, was tut er jetzt?"

„Er steht an der Bar und bestellt gerade einen Drink. Übrigens habe ich ihn doch etwas anders in Erinnerung. Er wirkt irgendwie verändert."

Marian fasste sich ein Herz und drehte ihren Stuhl so, dass sie David beobachten konnte. Der Raum war von dichtem Zigarettenrauch vernebelt, sodass sie Mühe hatte, sein Gesicht zu erkennen. Trotzdem fiel ihr auf, dass etwas nicht stimmte. Er wirkte so bedrückt, wie sie ihn noch nie erlebt hatte.

„Es muss etwas Schreckliches passiert sein", flüsterte sie aufgeregt. „Schau nur, wie gebeugt er dasitzt. Und sein Gesicht ... Sally, ich habe Angst um Dave!"

Sally schüttelte den Kopf. „Marian, du siehst Gespenster. Hast du noch nie etwas von Körpersprache gehört? Er will bloß verhindern, dass sich jemand zu ihm setzt. Deswegen sieht er so abweisend aus."

„Vielleicht hast du recht." Marian stand auf und griff nach ihrem Glas und ihrer Handtasche.

„Was hast du vor?", fragte Sally besorgt.

„Ich möchte mich selbst davon überzeugen, dass mit ihm alles in Ordnung ist."

„Nimm dich vor ihm in Acht", warnte Sally, „und denk daran: Wölfe haben scharfe Zähne, und David Norris gehört zu der gefährlichen Sorte."

Obwohl ihr Herz vor Aufregung fast zersprang, ging Marian langsam und äußerlich ruhig auf David Norris zu. Zum Glück war der Barhocker neben dem seinen frei. Sie stellte ihren Drink auf die Theke, nahm Platz und wartete darauf, dass David ihre Anwesenheit zur Kenntnis nahm. Doch er blieb reglos sitzen und starrte vor sich hin.

Schließlich wagte sie ein leises „Hallo!"

Sie hatte das Gefühl, als dauere es eine Ewigkeit, bis David endlich reagierte. Als er sich ihr zuwandte, blinzelte er erstaunt und murmelte: „Miss Stone?"

Um sich Mut zu machen, trank Marian einen Schluck. Doch der Alkohol verfehlte seine Wirkung. Sie hatte keine Ahnung, wie sie David ihre Kühnheit erklären sollte. Hilfe suchend schaute sie in Sallys Richtung. Die nickte ihr aufmunternd zu.

„Ich ... ich wusste gar nicht, dass Sie in Charleys Bistro verkehren", brachte sie schließlich stockend hervor.

„Das tue ich auch nicht", entgegnete David mürrisch.

Marian versuchte einen neuen Anlauf. „Geht es Ihnen wieder besser?"

„Ich fühle mich nicht besonders wohl." Er schob dem Barkeeper sein Glas zu.

Marian schüttelte den Kopf. Sie trank selten Alkohol und nie mehr als ein Glas. „Möchten Sie noch eine Kopfschmerztablette? Ich habe immer welche bei mir."

„Nein danke", versetzte David mit abgewandtem Gesicht. Er ließ keinen Zweifel daran, dass er sich durch Marians Anwesenheit gestört fühlte.

Sie trank ihr Glas leer. Da sie ohnehin nichts mehr zu verlieren hatte, wagte sie einen letzten Versuch. „Mr. Norris, ich hoffe, Sie vertrauen mir. Schließlich arbeiten wir schon sehr lange zusammen. Warum wollen Sie mir nicht sagen, was Sie bedrückt?"

David drehte sich abrupt um. „Wie kommen Sie auf die Idee, dass mir etwas fehlt?"

„Nun, ich kenne Sie ganz gut und weiß, wenn etwas nicht in Ordnung ist. Ich habe schon manchmal bemerkt …"

„Miss Stone, ich weiß sehr gut, dass Sie seit drei Jahren meine Sekretärin sind!"

„Ich heiße Marian." Sie bemühte sich, seinen finsteren Blick auszuhalten. „Doch das wissen Sie sicherlich."

Davids Stimme klang eisig. „Sie irren sich, Miss Stone. Ich kenne Ihren Vornamen nicht, und er interessiert mich auch nicht."

Marian zuckte zusammen. Sie hatte David selten so verärgert erlebt. Beinahe hatte sie das Gefühl, als ob er sie verachtete. Verstohlen wischte sie sich eine Träne aus dem Augenwinkel. Sally hatte recht! Es war höchste Zeit, dass sie diesen kalten, arroganten Mann verließ. Deutlicher hätte ihr David Norris nicht zu verstehen geben können, dass sie ihm als Frau völlig gleichgültig war.

Sie stand auf und sagte leise: „Entschuldigung, dass ich Sie gestört habe. Es wird nicht wieder vorkommen."

Wie blind stolperte sie durch die dichte Menschenmenge, die sich um die Bar drängte. Nur ein einziger Gedanke beherrschte Marian: so schnell wie möglich fort von hier. Sie hatte sogar vergessen, dass Sally auf sie wartete. Sie presste ihre Handtasche an sich und eilte aus dem Lokal.

Draußen pfiff ein eisiger Januarwind. Marian rannte über die

Kreuzung. Sie hörte, dass jemand ihren Namen rief, doch sie drehte sich nicht um. Sie wollte jetzt mit niemandem sprechen.

In der Nähe des alten Französischen Viertels blieb Marian stehen. Sie musste warten, bis die Ampel auf Grün umsprang. Marian war gerade mitten auf der Fahrbahn, als sie ganz deutlich ihren Namen hörte.

„Miss Stone, so warten Sie doch!"

Als sie Davids Stimme erkannte, beschleunigte Marian ihre Schritte.

„Marian!"

Mit ein paar riesigen Schritten hatte David sie eingeholt. Marian wischte sich hastig über das Gesicht. Er brauchte nicht zu sehen, dass sie gerade geweint hatte. Schweigend liefen sie eine Weile nebeneinander her.

Schließlich unterbrach David das eisige Schweigen. „Ich möchte Sie um Verzeihung bitten."

Das war so ungewohnt, dass Marian nun ihrerseits meinte, sich entschuldigen zu müssen. „Es war meine Schuld, Mr. Norris. Die Tatsache, dass wir zusammen arbeiten, bedeutet natürlich nicht, dass Sie mir Ihr Vertrauen schenken."

„Das mag schon sein, aber ich war wirklich sehr grob."

Schweigend setzten sie ihren Weg fort. Als sie an einer kleinen Parkanlage vorbeikamen, blieb David stehen und deutete auf eine Bank. „Wollen wir uns einen Augenblick setzen?"

Marian nickte und folgte ihm zur Bank. David setzte sich neben sie und sagte nach einer Weile: „Es ist wegen Angie."

Instinktiv legte ihm Marian die Hand auf den Arm. Sie wusste, wie sehr David an seiner Tochter hing. „Ist sie krank?"

„Nein, soviel ich weiß, fehlt ihr nichts."

Marian atmete auf und wartete, bis David bereit war, ihr mehr zu erzählen.

Er seufzte. „Kennen Sie sich mit Kindern aus, Miss Stone?"

Sie schüttelte den Kopf. „Nicht sehr gut." Obwohl Marian an ihren Nichten und Neffen hing, hatte sie wenig Gelegenheit, die Kinder zu sehen. Ihre Familie lebte in Texas.

„Das hatte ich befürchtet." David strich sich nervös das Haar aus der Stirn. „Ich bin völlig ratlos und weiß keinen Ausweg mehr."

Marian zwang sich zur Geduld. Sie wusste, dass es keinen Zweck hatte, ihn mit Fragen zu bedrängen.

Er schien zu spüren, dass er ihr eine Erklärung schuldig war. „Sie wissen vielleicht, dass ich kurz nach Angies Geburt geschieden wurde. Seitdem besuche ich die Kleine, so oft ich kann. Natürlich sorge ich auch sonst für sie, soweit man in solchen Fällen mit Geld etwas tun kann."

„Angie ist ein sehr hübsches Mädchen." Marian wusste, dass David die Kleine öfters fotografieren ließ und das jeweils neueste Foto auf seinen Schreibtisch stellte. Daher hatte sie beobachten können, wie sich das Kind entwickelte und von Jahr zu Jahr hübscher wurde.

David nickte. „Das mag schon sein. Leider habe ich immer noch nicht gelernt, ihr ein guter Vater zu sein."

„Aber ..." Marian zögerte. „Diese Rolle kann doch so neu für Sie nicht sein. Angie ist ja immerhin schon acht."

„Trotzdem habe ich versagt." David stand auf und streckte sich. „Ich bin mir noch nie so hilflos vorgekommen."

Marian verstand, was er meinte. Solange sie David kannte, war er für sie der Inbegriff von Tatkraft und Kompetenz. Es musste ziemlich schlimm für ihn sein, sich einer Situation nicht gewachsen zu fühlen.

Obwohl er es nicht zugab, schien es ihm gut zu tun, dass sie ihm zuhörte. Er versuchte ein schwaches Lächeln und meinte: „Sie haben es wirklich nicht verdient, dass ich Sie eben so grob abgefertigt habe. Ich möchte mich bei Ihnen entschuldigen."

Marian konnte es kaum glauben. Zum ersten Mal behandelte David sie mit der Rücksichtnahme und dem Respekt, die sie bei ihm immer so schmerzlich vermisst hatte. Sie hob den Kopf und suchte seinen Blick. „Wollen Sie mir nicht sagen, was mit Angie los ist?", fragte sie leise.

David holte tief Luft. „Wenn Sie es durchaus hören wollen ..." Er setzte sich wieder auf die Bank. „Gestern habe ich mit meiner Schwiegermutter telefoniert. Sie sagte mir, dass es ihr und ihrem Mann gesundheitlich nicht sehr gut geht. Sie hat mich deshalb gebeten, mich von jetzt an selbst um Angie zu kümmern. Im Klartext heißt das, dass ich mich darauf einstellen muss, die Kleine zu mir zu nehmen."

Er strich sich erschöpft über die Stirn. „Meine Tochter kommt heute Abend in New Orleans an. Miss Stone, würden Sie mit mir zum Flughafen fahren?"

2. Kapitel

Auf dem internationalen Flughafen herrschte geschäftiges Treiben. David vergewisserte sich, dass das Flugzeug pünktlich eintreffen würde. Da sie noch ungefähr vierzig Minuten Zeit hatten, führte er Marian in den Warteraum. Dort setzten sie sich auf eine Bank nahe der breiten Fensterfront, sodass sie das Flugfeld gut überblicken konnten.

David war noch immer ziemlich angespannt und bedrückt. Dass er seine Besorgnis so offen zeigte, ließ ihn sehr menschlich wirken. Endlich einmal hatte Marian nicht den Eindruck, es mit einem gefühllosen Automaten, sondern mit einem Menschen aus Fleisch und Blut zu tun zu haben.

Er hielt es nicht länger auf seinem Platz aus, sprang auf und ging unruhig hin und her. Nach einer Weile blieb er vor Marian stehen. „Ich bin Ihnen sehr dankbar, dass Sie mich begleiten. Ich fürchte fast, dass Angie mich nicht wiedererkennt. Schließlich haben wir uns beinahe ein Jahr nicht gesehen."

„Ich glaube, Sie machen sich unnötige Sorgen", versuchte Marian ihn zu beruhigen. „Angie wird doch ihren Vater nicht vergessen haben."

Die Scheinwerfer einer zur Landung ansetzenden Maschine tauchten aus der Dunkelheit auf und erleuchteten die Landebahn. David schaute gespannt zur Anzeigetafel und nestelte nervös an seinem Kragen. Marian warf einen Blick auf ihre Armbanduhr. „Das kann unmöglich das Flugzeug sein, mit dem Angie eintreffen soll. Wir haben noch reichlich Zeit."

David nickte bloß. Jetzt sah er beinahe verängstigt aus.

Sie legte ihm die Hand auf den Arm. „Dave, ganz ruhig! Alles wird gut gehen."

Er zog die Augenbrauen zusammen und blickte Marian überrascht an. „Seit meiner Kindheit hat mich niemand mehr so genannt", erklärte er dann leise.

Marian wurde rot. „Entschuldigung, das ist mir nur so herausgerutscht." Im Stillen hatte sie ihren Chef immer Dave genannt. Für seine Angestellten war er J. D. Norris. Aber Marian hatte sich berechtigt gefühlt, die etwas intimere Kurzform seines Vornamens zu wählen.

„Das sollte kein Vorwurf sein ... Marian." David sprach ihren Namen noch etwas unbeholfen aus. Trotzdem freute sich Marian, dass er ihn überhaupt benutzte. Außerdem hatte David sie in den vergangenen Minuten ein paar Mal so aufmerksam angeschaut, als nähme er sie endlich einmal als Frau zur Kenntnis.

Ob ihm gefiel, was er sah? Marian wusste, dass sie nicht schön im klassischen Sinne war. Dazu waren ihre Züge zu fein, ihre Farben zu zart. Auffallend waren ihre großen Augen, die von einem ungewöhnlich hellen Blau waren und das fein geschnittene Gesicht beherrschten. Marian fand, dass sie eher durchschnittlich aussah, obwohl Sally und einige andere Freunde da ganz anderer Meinung waren.

Verträumt lächelte sie vor sich hin. Ihr war gerade eingefallen, dass sie David genau bis zum Kinn reichte. Sollte er jemals vorhaben, sie zu küssen, würde er sich zu ihr herunterbeugen müssen.

Erschrocken biss sie sich auf die Unterlippe. Wieder einmal war ihre Fantasie mit ihr durchgegangen und hatte ihr die Erfüllung eines Traumes vorgegaukelt.

Um sich abzulenken, fragte sie: „Wird Angie von ihren Großeltern begleitet?"

„Nein, das war den alten Leuten zu anstrengend."

Marian zog erstaunt die Augenbrauen hoch. Es erschien ihr ziemlich verantwortungslos, eine Achtjährige die weite Reise allein unternehmen zu lassen. Außerdem war noch der Unterschied zwischen der New Yorker Ortszeit und der von New Orleans zu berücksichtigen. Die Kleine würde entweder todmüde eintreffen oder vor Aufregung so überdreht sein, dass dem armen Dave ein sehr anstrengender Abend bevorstand.

„Haben Sie für ihre Ankunft alles vorbereitet? Ich meine, wo wird sie schlafen?"

David verzog unwillig das Gesicht. „Für besondere Vorbereitungen hatte ich keine Zeit. Fürs Erste werde ich Angie im Gästezimmer unterbringen. Alles Weitere wird sich finden."

Als er Marians verwunderten Gesichtsausdruck bemerkte, fügte er etwas freundlicher hinzu: „Sie finden wahrscheinlich, dass die Kleine nicht wie ein Gast in meinem Haus leben kann. Aber Sie müssen verstehen …"

Marian wehrte ab. „Ich verstehe schon. Sie müssen sich schließlich erst an den Gedanken gewöhnen, dass Sie von jetzt an nicht mehr allein leben werden. Für heute Nacht wird Angie sicherlich mit dem Gästebett zufrieden sein." Sie schaute auf die Uhr. Vom Rollfeld war wieder Motorengeräusch zu hören. „Ich glaube, das könnte Angies Flugzeug sein."

David straffte die Schultern, als müsse er sich Mut machen. „Angie müsste unter den ersten Passagieren sein, die das Flugzeug verlassen. Ich habe ihr ein Ticket für die erste Klasse besorgen lassen."

„Wir sollten hier auf sie warten. Die Flugbegleiterin wird das Kind bestimmt zum Warteraum bringen."

Mit einer ungewöhnlich impulsiven Geste griff David nach ihrer Hand. „Ich bin froh, dass Sie bei mir sind."

Marian bedankte sich mit einem schüchternen Lächeln. Während der vergangenen halben Stunde hatte sie einen ihr völlig neuen David Norris kennengelernt: einen verletzlichen Mann, der es fertig brachte, seine Ängste zuzugeben. Allerdings ließ er diese Seite seines Wesens nur zu, wenn es um seine Tochter ging. Unmöglich, ihn sich so im Geschäftsleben vorzustellen. Dort war er der kühl rechnende Manager, dessen schroffe Art selbst die in Ehren ergrauten Mitglieder des Aufsichtsrates einschüchterte. Dagegen genügte ein an sich völlig harmloser Anlass wie die Ankunft seiner Tochter, um ihn völlig aus dem Konzept zu bringen.

Die Ersten, die das Flugzeug verließen, waren zwei ältere Damen. Ihnen folgte eine Stewardess, die ein Mädchen an der Hand führte. Die Kleine hatte auffallend große Augen und dunkles Haar, das von zwei rosa Schleifen gehalten wurde. Als das Kind David erblickte, riss es sich von der Hand seiner Begleiterin los und lief auf den Warteraum zu.

„Daddy!"

David erschrak, fasste sich aber schnell und ging in die Hocke. Die Kleine stürzte in seine Arme und schmiegte sich an seine Brust. Verwirrt über die stürmische Begrüßung, schloss David die Augen und zwang sich, die Umarmung zu erwidern.

Marian beobachtete die ungewöhnliche Szene mit wachsender

Rührung. Es war offensichtlich, dass David nur selten einen Menschen so nahe an sich heranließ. Schließlich stand er auf und nahm seine Tochter bei der Hand.

„Angie, das ist Marian Stone, meine Sekretärin."

„Hallo, Miss Stone!"

„Hallo, Angie! Herzlich willkommen in New Orleans."

„Danke." Die Kleine seufzte. „Ich bin froh, dass ich endlich hier bin. Der Flug war entsetzlich langweilig. Manchmal hatte ich das Gefühl, als ob ich nie ankommen würde."

„Deinem Vater scheint es ähnlich ergangen zu sein."

Angie lächelte erfreut. „Gibt es zufällig ein McDonald's-Restaurant in der Nähe? Ich bin nämlich halb tot vor Hunger. Großmutter meinte, ich sollte im Flugzeug nichts essen. Sie hat kein großes Zutrauen zur Hygiene der Fluggesellschaften."

„Miss Stone, kennen Sie ein solches Lokal?" David nahm offensichtlich an, dass Sekretärinnen allwissend waren.

„Es muss ja nicht unbedingt McDonald's sein", erklärte Angie großzügig. „Irgendein Imbiss, wo ich einen Hamburger bekomme, tut es auch."

Marian überlegte. „Ich glaube, ein paar Kilometer stadteinwärts gibt es tatsächlich ein McDonald's-Restaurant."

Das Kind war erleichtert. „Dann lasst uns schnell losfahren, sonst falle ich um vor Hunger."

Da Marian seit der Mittagspause nichts mehr gegessen hatte, war sie froh, dass David Angies Vorschlag zustimmte.

Während sie an der Gepäckausgabe auf Angies Koffer warteten, erzählte die Kleine von den Großeltern und von ihrem Leben in New York.

Nachdem David das Gepäck im Kofferraum verstaut hatte, ließ er sich von Marian den Weg zu dem Restaurant erklären und fuhr los.

Angie saß hinten in der Mitte, streckte den Kopf zwischen die Lehnen der vorderen Sitze und plauderte munter weiter. „Miss Stone, ich wette, dass Sie ein Wintertyp sind."

„Ein Wintertyp?" Marian konnte mit dieser seltsamen Bezeichnung nichts anfangen.

„Ich meine die Farben, die zu Ihrem Typ passen. Haben Sie nie eine Farbanalyse machen lassen? Im vorigen Jahr war das der letzte

Schrei in New York." Angie hatte Mühe, ein Gähnen zu unterdrücken.

„Tut mir leid, Angie, aber davon habe ich noch nie etwas gehört."

„Macht nichts, das Geld können Sie sich sparen. Ich bin nämlich Farbexpertin, und ich habe sehr schnell herausgefunden, dass Sie ein Wintertyp sind. Sie sollten lebhaftere Farben tragen ... Rot und Blau und natürlich Weiß."

„Aha!" Marian lächelte amüsiert. Die Kleine hatte gar nicht so unrecht: Kräftige Farben standen ihr tatsächlich sehr gut. Allerdings bevorzugte sie für das Büro unauffälligere Töne und trug meistens Kostüme in gedeckten Farben.

Angie hatte noch mehr Vorschläge parat. „Wenn Sie Modetipps brauchen, sollten Sie sich die Sendung von Cheryl Tiegs anschauen. Als Modell weiß sie natürlich, wie man sich anzieht."

Marian nickte folgsam. „Das will ich gern tun."

Jetzt wandte sich Angie ihrem Vater zu. „Daddy, segelst du noch immer so gern?"

„Ja." David sah konzentriert auf die Straße.

„Gestern Abend habe ich mir die Sportschau angesehen. Der Reporter sagte, dass eine perfekte Wendetechnik alles ist. Ich glaube, dass die Neuseeländer gute Chancen haben, die nächste Regatta zu gewinnen."

„Damit könntest du recht haben." Jetzt musste auch David lächeln.

Eine Weile war es still. David schaute in den Rückspiegel. Er schien zu hoffen, dass Angie eingeschlafen war. Doch die Kleine hatte nur nachgedacht. Nach einer Pause meinte sie zuversichtlich: „Daddy, ich glaube, wir werden gut miteinander auskommen."

„Das hoffe ich auch", erwiderte ihr Vater. „Doch jetzt wäre es mir lieber, wenn du dich ein bisschen ausruhen würdest. Und schnall dich endlich an, sonst erwischt uns noch die Polizei."

Das klang so barsch, dass Marian erschrocken zusammenzuckte.

Angie dagegen schien an diesen Ton gewöhnt zu sein. Sie schloss den Sicherheitsgurt und sagte beiläufig: „Weißt du, das hättest du schon vor Jahren tun sollen, Daddy."

„Was meinst du?"

„Du hättest mich schon früher nach New Orleans holen sollen", erklärte Angie ihm.

David schwieg. Als er endlich antwortete, klang seine Stimme beinahe weich. „Vielleicht hast du recht."

Marian schaute ihn erstaunt an. Sie konnte es kaum fassen: David Norris lachte. Plötzlich wirkte er so entspannt, wie sie ihn kaum kannte.

Sie versuchte sich das Zusammenleben von Vater und Tochter vorzustellen. David Norris war für seine eiserne Disziplin und seinen streng geregelten Tagesablauf bekannt. Er verlangte von sich und seinen Mitarbeitern ständig Höchstleistungen. Ob es ihm gelingen würde, dieses Tempo weiter durchzuhalten, war fraglich. Wahrscheinlich würde er sich von jetzt an auch Zeit für Angie nehmen müssen. Damit bestand Hoffnung, dass David ab und zu einmal Pause machte und lernte, die angenehmen Seiten des Lebens zu genießen.

Zwischendurch fiel ihr ein, dass sie ja vorgehabt hatte, David Norris zu verlassen. Doch nach allem, was Marian während der letzten Stunden mit ihm erlebt hatte, hatte sie es plötzlich überhaupt nicht mehr eilig, ihre Stellung aufzugeben. Sie war gerade dabei, ihren Chef von einer völlig neuen Seite kennenzulernen, und wartete gespannt darauf, welche Überraschungen ihr noch bevorstanden.

Sally war noch wach, als Marian zwei Stunden später in der Wohnung eintraf, die die beiden Freundinnen miteinander teilten.

„Wo hast du nur gesteckt?", rief Sally aufgeregt. „Ich habe mir solche Sorgen gemacht! Warum hast du nicht wenigstens angerufen? Was war los? Nun erzähl doch endlich!"

Marian zog die Jacke aus und ließ sich in einen Sessel fallen. „Ich weiß gar nicht, wo ich anfangen soll. Also ... Nachdem ich das Bistro verlassen hatte, ist David mir nachgelaufen und hat ..."

„Das weiß ich doch! Marian, ich möchte hören, was er gesagt hat und wo du den Abend verbracht hast."

„Also, er ist mir nachgelaufen, und als wir uns später auf einer Bank ausruhten, hat er mir von seiner Tochter erzählt. Sie wird in Zukunft bei ihm wohnen."

„Wie aufregend! Aber ich verstehe immer noch nicht, wo du die ganze Zeit über gewesen bist."

„Angie sollte heute Abend hier eintreffen, und Mr. Norris hat mich gebeten, ihn zum Flughafen zu begleiten."

„Tatsächlich? Aber du kannst doch unmöglich den ganzen Abend auf dem Flughafen verbracht haben!"

„Nein, wir sind anschließend noch zu McDonald's gefahren."

„Das ist ja nun wirklich kein sehr romantischer Ort für ein erstes Rendezvous."

Marian lächelte. Sie hatte das Zusammensein mit David so sehr genossen, dass sie die nüchterne Ausstattung des Imbisslokals überhaupt nicht gestört hatte. David dagegen, der zum ersten Mal in einem Schnellimbiss aß, war sich ziemlich fehl am Platz vorgekommen.

„Und wie ging es weiter?", wollte Sally wissen.

„Wir sind nicht lange geblieben, weil Angie sehr müde war. Als wir an Davids Haus ankamen, schlief sie bereits."

„Du hast Mr. Norris nach Hause begleitet?", rief Sally überrascht. In der Firma kursierten die wildesten Gerüchte über Davids Zuhause, dem die Pracht eines Herrensitzes zugeschrieben wurde.

Marian nickte. Das alte, im Kolonialstil erbaute Haus hatte sie sehr beeindruckt. Die verwitterte Farbe der roten und weißen Ziegel hob sich wohltuend von den nüchternen Betonkonstruktionen moderner Gebäude ab. Das Dachgeschoss war ausgebaut und mit weißen Giebeln geschmückt. Um die Säulen der Vorderfront rankte Efeu. Alles in allem war Davids Haus eine gelungene Mischung aus dem Baustil des traditionsreichen Südens und dem Luxus des modernen Louisiana.

Sally platzte beinahe vor Ungeduld. „Was ist dann geschehen?", fragte sie aufgeregt.

„Ich habe Angie ausgezogen und ins Bett gebracht. Mr. Norris hat sich um ihr Gepäck gekümmert."

„Und dann? Marian, lass dir doch nicht jedes Wort einzeln aus der Nase ziehen!"

„Er hat mir ein Taxi bestellt, und ich bin nach Hause gefahren", schloss Marian ihren knappen Bericht.

Beim Abschied hatte sich David nochmals für sein unhöfliches Benehmen in dem Bistro entschuldigt. Marian hatte das Gefühl gehabt, dass er diese Förmlichkeit dazu benutzte, um die gewohnte Distanz zu seiner Sekretärin wieder herzustellen. Offensichtlich war es ihm im Nachhinein nicht recht, dass sie sich in den vergangenen Stunden etwas nähergekommen waren. Allerdings hatte er sich nicht nehmen lassen, Marian bis zum Taxi zu begleiten. Im Abfahren hatte sie bemerkt, dass er beinahe wieder so bedrückt wie am Nachmittag wirkte. Während der Heimfahrt hatte sie lange über Davids wechselnde Stimmungen nachgedacht.

Marian schwieg. Sie hatte keine Lust, sich noch länger von Sally ausfragen zu lassen. Außerdem war das, was sich zwischen ihr und David entwickelt hatte, zu kompliziert, als dass sie es der Freundin hätte erklären können.

„Marian, du verschweigst mir etwas." Sally schien Gedanken lesen zu können. „Du warst den ganzen Abend mit Mr. Norris unterwegs und willst mir weismachen, dass weiter nichts geschehen ist?"

„Sally, es gibt wirklich nichts mehr zu erzählen. Und jetzt möchte ich zu Bett gehen. Ich bin müde."

Marian machte ihr Bett zurecht und ging ins Badezimmer. Eigentlich war tatsächlich nichts Nennenswertes passiert. Aber für Marian hatte sich trotzdem viel verändert. Zum ersten Mal hatte David ihr zu verstehen gegeben, dass er in ihr mehr als nur eine perfekt funktionierende Sekretärin sah. Angesichts seiner sonstigen Zurückhaltung war das schon sehr viel.

Am Montag saß Marian bereits an ihrem Schreibtisch, als David im Büro eintraf. Sie schaute ihm erwartungsvoll entgegen, doch er verschwand nach dem üblichen knappen Gruß in seinem Büro. Seufzend machte sich Marian an die Arbeit.

Wie jeden Morgen brachte sie ihm kurz darauf die Eingangspost. Marian hatte sich an das Gespräch mit Angie erinnert. An diesem Tag entsprach ihre Kleidung in etwa den Farben, die ihr die Kleine als zu ihrem „Wintertyp" passend empfohlen hatte. Zu einem leuchtend blauen Kostüm trug Marian eine weiße Bluse mit einer roten Seidenschleife. Nach der frostigen Begrüßung hatte sie allerdings wenig Hoffnung, dass David ihr verändertes Aussehen bemerken würde.

Sie legte ihm die Post vor und schenkte ihm eine Tasse Kaffee ein. Während er in den Briefen blätterte, trank David ab und zu einen Schluck und gab Marian Anweisungen für die Beantwortung der Post.

Sie nahm die leere Tasse und die Postmappe, während David nach dem Telefon griff. Da sie neben seinem Schreibtisch stehen blieb, fragte er kurz: „Gibt es noch etwas?"

„Ich ... ich wollte mich erkundigen, wie es Angie geht." Marian hatte Mühe, die an sich belanglose Frage herauszubringen. Für sie war David wieder der kühle, unnahbare Chef, der Geschäft und Privatleben streng auseinanderhielt.

„Miss Stone, ich glaube kaum, dass Sie das etwas angeht. Ich bin ein viel beschäftigter Mann, und wäre Ihnen sehr dankbar, wenn Sie sich jetzt Ihrer Arbeit widmeten, für die ich Sie wahrhaftig gut bezahle."

Marian schluckte und flüsterte eine Entschuldigung. Mit zitternden Händen griff sie nach der Post und ging zu ihrem Schreibtisch zurück.

Obwohl es sie große Mühe kostete, arbeitete sie konzentriert bis zur Mittagspause durch. Doch als Sally sie zum Essen abholte, war es mit Marians Selbstbeherrschung vorbei. Ihre Augen blitzten vor Zorn. Am meisten ärgerte sie sich darüber, dass sie sich Davids scharfen Ton nicht verbeten hatte.

„Er ist unmöglich!", fauchte sie wütend.

„Wer? Etwa dein Mr. Norris?", fragte Sally ironisch.

„Wer denn sonst! Aber jetzt habe ich endgültig genug von ihm!"

Sally lächelte nachsichtig. Das hörte sie schon seit Wochen, und jedes Mal war Marian wieder davor zurückgeschreckt, ihre Kündigung vorzulegen.

Marian spürte, dass Sally sie nicht mehr ernst nahm. Doch die Freundin sollte sich getäuscht haben! Diesmal würde sie diesem ungehobelten Mr. Norris beweisen, dass sie ein Mensch war und wie ein solcher behandelt werden wollte!

Sie griff nach ihrer Handtasche. „Komm, lass uns gehen."

„Willst du deinem Sklaventreiber nicht Bescheid sagen, dass du das Büro verlässt?"

„Ich denke nicht daran! Er wird schon merken, dass ich gegangen bin."

Sally starrte sie sprachlos an. Sollte die sanftmütige Marian endlich anfangen, sich zu wehren?

Während sie auf den Fahrstuhl warteten, versuchte Marian mit ihrer Enttäuschung fertig zu werden. Offensichtlich hatte sie sich nach dem vergangenen Abend völlig unbegründete Hoffnungen gemacht. David Norris konnte wohl nicht aus seiner Haut heraus und nahm es sich übel, dass er sich ihr gestern von seiner verletzlichen Seite gezeigt hatte.

Während des Essens, das sie in der Firmenkantine einnahmen, war sogar die sonst so muntere Sally ungewöhnlich schweigsam. Marian hatte das Gefühl, ihr eine Erklärung schuldig zu sein. „Sally, ich glaube, du hast recht. Ich hätte meine Stellung schon vor Monaten aufgeben sollen."

„Es ist nie zu spät!" Sally biss in ihr Sandwich. „Allerdings glaube ich nicht mehr so recht daran, dass du jemals den Mut finden wirst, Mr. Norris deine Kündigung zu geben."

„Du weißt doch selbst, dass man sich am besten aus einer ungekündigten Stellung bewirbt. Ich verspreche dir, dass ich ab morgen die Stellenanzeigen lesen und mich um einen neuen Posten bemühen werde."

Sally nahm diesen Entschluss mit einem Ausdruck unverhohlener Skepsis zur Kenntnis. Marian wusste, dass es keinen Sinn hatte, die Freundin von der Ernsthaftigkeit ihrer Absicht überzeugen zu wollen. Sally würde ihr erst glauben, wenn sie ihre Stelle als Davids Sekretärin tatsächlich aufgab.

Bevor sie in ihr Büro zurückkehrte, kaufte sich Marian noch eine Tageszeitung, um den Stellenteil durchzusehen.

David schien sie bereits erwartet zu haben. Die Verbindungstür zwischen seinem und Marians Büro stand offen. Eine Weile später kam er in das Sekretariat und blieb neben ihrem Schreibtisch stehen. Da Marian den Kopf beharrlich gesenkt hielt und in einer Akte las, verließ er den Raum und ging zum Fahrstuhl.

Marian schlug die Zeitung auf und überflog den Anzeigenteil. Zwei der Anzeigen klangen recht vielversprechend. Marian rief die Inserenten an und verabredete Vorstellungstermine.

Eine Stunde später kam David zurück und verschwand wortlos in seinem Zimmer.

Im Laufe des Nachmittags rief er Marian zum Diktat. Nachdem sie ihm die Briefe zur Unterschrift vorgelegt hatte, verließ er das Büro noch einmal und ging in die Buchhaltung. Marian nutzte die Gelegenheit, um sich mit Sally zum Nachmittagskaffee zu treffen.

Sie hatte vor, David um einen freien Tag zu bitten, damit sie Zeit für die Vorstellungsgespräche hatte. Dabei würde sie sich vor allem danach erkundigen, ob ihr zukünftiger Chef glücklich verheiratet war. Keineswegs würde sie noch einmal für einen Mann arbeiten, der unter vierzig und so attraktiv wie David Norris war.

Als sie in ihr Büro zurückkam, blieb sie überrascht an der Tür stehen. An ihrem Schreibtisch saß die kleine Angie.

„Hallo, Miss Stone! Ich dachte schon, Sie kämen nie mehr zurück." Die Kleine schien sich sehr zu freuen, Marian wieder zu sehen.

Marian lächelte zurück und fragte: „Wie war der erste Schultag?"

Angie rümpfte die Nase. „Schrecklich! In dieser Stadt gibt es wirklich komische Kinder. Stellen Sie sich vor, in meiner Klasse weiß niemand, wer Bobby Short ist."

Obwohl auch Marian keine Ahnung hatte, um wen es sich bei dieser offensichtlichen Berühmtheit handelte, murmelte sie mitfühlend: „Das ist tatsächlich eine Schande!"

Angie war mit ihrer Reaktion zufrieden. „Jeder, der Musik mag, kennt Bobby. Schließlich ist er einer der Größten! Meine Großeltern kennen ihn persönlich und haben mich einmal mit ins ‚Carlisle' genommen, damit ich ihn hören kann."

Marian war beeindruckt. Davids Schwiegereltern mussten sehr wohlhabend sein, wenn sie es sich leisten konnten, in diesem renommierten New Yorker Hotel zu verkehren. Jetzt war sie auch sicher, dass es sich bei Mr. Short um einen Sänger handeln musste.

Angie rückte ganz dicht an Marian heran und flüsterte: „Bitte erzählen Sie Vater nicht, dass ich von meiner Schule enttäuscht bin. Ich möchte ihm nämlich keinen Kummer machen." Ohne Marians Antwort abzuwarten, fragte sie: „Was halten Sie eigentlich von Madonna?"

„Ich … ich finde sie nett."

„Ich auch. Meine Großeltern finden sie allerdings ziemlich schlampig."

Marian hatte Mühe, ein Lächeln zu unterdrücken. Die Kleine schien sich in der Popszene recht gut auszukennen. „Und warum haben deine Großeltern eine so schlechte Meinung von Madonna?", wollte sie von Angie wissen.

„Ich weiß nicht … vielleicht, weil sie sich so auffallend anzieht."

„Ich verstehe. Angie, es tut mir leid, dass ich unser Gespräch unterbrechen muss, aber ich habe noch einen Brief zu schreiben. Setz dich hierher. Wenn du magst, kannst du zuschauen."

„Das tue ich gern. Daddy hat zwar gesagt, ich soll Sie nicht bei der Arbeit stören, aber ich verspreche Ihnen, mich ganz still zu verhalten. Unsere neue Haushälterin kommt nämlich erst morgen, und Daddy hat mir erlaubt, heute Nachmittag hier zu bleiben."

Fasziniert beobachtete Angie, wie flink Marians Finger über die Tastatur huschten. Als der Brief fertig war, fragte Marian: „Möchtest du es auch einmal versuchen?"

„Darf ich wirklich?"

„Aber natürlich. Warte, ich spanne dir ein neues Blatt ein."

Das Kind war rundum begeistert von der neuen Beschäftigung. Marian beobachtete Davids Tochter voller Zuneigung. Obwohl Angie aus einem sehr reichen Elternhaus stammte und eine teure Privatschule besucht hatte, war sie völlig natürlich geblieben und machte überhaupt keinen verwöhnten Eindruck.

Gegen fünf Uhr kam David von seiner Besprechung zurück.

Angie rannte auf ihn zu und hielt ihm die Hände vor das Gesicht. „Schau mal, Marian hat mir erlaubt, dass ich ihren Nagellack ausprobiere."

Bevor sich David von seinem Erstaunen erholt hatte, klingelte das Telefon. Angie stürzte an den Apparat und meldete sich: „Hier ist das Büro von Mr. Norris. Sie wünschen bitte?"

David schüttelte verwundert den Kopf. „Haben Sie ihr das beigebracht, Miss Stone?"

„Angie hat sich gelangweilt. Wahrscheinlich hat sie gehört, wie ich mich am Telefon melde."

Angie streckte ihr den Hörer entgegen. „Eine Sally will mit Ihnen sprechen."

David verzog unwillig das Gesicht. „Miss Stone, sobald Sie das Gespräch beendet haben, erwarte ich Sie in meinem Büro."

3. Kapitel

„Sie wollten mich sprechen, Mr. Norris?" Das klang so selbstbewusst, dass David erstaunt den Kopf hob. Um seinem forschenden Blick zu entgehen, fixierte Marian ein Bild, das hinter seinem Stuhl hing. Den ganzen Tag über hatte sie sich bemüht, sich von Davids eisiger Miene nicht beeindrucken zu lassen. Er sollte ruhig merken, dass er sie verletzt hatte und dass sie nicht bereit war, ihm entgegenzukommen.

David lehnte sich zurück. „Ich möchte mich dafür entschuldigen, dass Angie Sie belästigt hat."

„Das Kind hat mich in keiner Weise gestört."

„Dann ist es ja gut. Ab morgen wird sich meine Haushälterin um Angie kümmern. Es wird also nicht noch einmal vorkommen, dass sie hier auftaucht."

„Ich verstehe. War das alles?"

„Ja ..." David zögerte.

Marian nutzte die Gelegenheit, um ihn um einen freien Tag zu bitten. „Ich möchte für Donnerstag einen Urlaubstag anmelden", sagte sie mit fester Stimme.

„Donnerstag dieser Woche?"

„Ja. Ich habe eine Verabredung."

„Brauchen Sie den ganzen Tag?"

Marian nickte.

David machte den Eindruck, als sei ihm das überhaupt nicht recht. Doch er schien keinen Grund zu finden, Marians Bitte abzulehnen. „Vergessen Sie nicht, mir eine ordentliche Vertretung zu besorgen."

„Selbstverständlich, Sir."

Er runzelte verärgert die Stirn. „Was soll denn diese plötzliche Förmlichkeit?"

„Entschuldigung, Mr. Norris, es soll nicht wieder vorkommen."

David seufzte irritiert. „Miss Stone, was ist mit Ihnen los? Haben Sie Probleme?"

Marian lächelte kühl. „Ich verstehe nicht, Mr. Norris. Warum sollte ich Probleme haben?" Sie merkte selbst, dass ihre Stimme ziemlich sarkastisch klang.

David war kurz davor, die Beherrschung zu verlieren. „Das will ich ja gerade von Ihnen wissen!"

„Meine Antwort bleibt die gleiche."

Er starrte sie ungläubig an. So eisig hatte David seine sanfte Sekretärin noch nie erlebt. Bevor er etwas sagen konnte, hatte sich Marian schon umgedreht und sein Büro verlassen.

Marian atmete befreit auf. Bisher hatte sie Davids Arroganz hingenommen, weil sie fürchtete, ihn durch Widerspruch zu kränken. Nachdem sie nun entschlossen war, ihn zu verlassen, hatte sie endlich den Mut gefunden, es ihm mit gleicher Münze heimzuzahlen. Das tat gut!

Angie schien den ziemlich lauten Wortwechsel gehört zu haben. „Ist Vater böse mit Ihnen, Miss Stone?"

„Nein, natürlich nicht."

„Dann bin ich beruhigt." Die Kleine seufzte. „Er hat nämlich eine ziemlich tiefe Stimme. Manche Leute glauben, er sei ärgerlich, wenn er etwas lauter wird. Als ich noch klein war, habe ich mich auch vor ihm gefürchtet. Aber dann habe ich gemerkt, dass er immer so spricht."

„Du bist ein sehr vernünftiges Mädchen, Angie. Wenn du möchtest, kannst du mich beim Vornamen nennen."

„Wirklich?"

„Ja. Angie, wollen wir Freundinnen sein?"

Wieder ließ das Kind einen Seufzer hören. „Nach allem, was ich heute erlebt habe, könnte ich wirklich eine Freundin gebrauchen."

Gegen ihren Willen musste Marian lachen. Die kleine Angie hörte sich manchmal sehr altklug an. Man merkte, dass sie mit älteren Menschen, den Großeltern und deren Freunden, zusammenlebte. „Aber Angie, was hast du denn heute so Schreckliches erlebt?"

Angie verzog das Gesicht. „Niemand in meiner Klasse mag mich. Dabei weiß ich nicht einmal, was ich den Kindern getan haben könnte. Großmutter würde wahrscheinlich sagen, dass ich mir zu viel Mühe gegeben habe, sie für mich einzunehmen."

Marian strich ihr über die Wange. „Nicht so ungeduldig, Angie. Ihr werdet euch schon noch zusammenraufen."

Die Kleine nickte. „Vielleicht haben Sie recht. Großmutter sagt das auch immer."

„Ich bin sicher, dass du in ein paar Wochen eine Menge neuer Freunde gefunden haben wirst."

„Ehrlich?"

„Ganz ehrlich! Und jetzt muss ich mich um die Ablage kümmern. Wenn du möchtest, kannst du diesen Brief für mich abschreiben. Ich finde nämlich, dass du sehr begabt bist. Vielleicht stelle ich dich eines Tages als meine Assistentin ein."

Marian spannte ein neues Blatt in die Maschine ein und gab Angie einen Musterbrief, an dem die Kleine ihre Schreibtechnik erproben konnte.

Angie setzte sich mit konzentrierter Miene an den Computer und gab sich alle erdenkliche Mühe, so professionell wie ihr Vorbild Marian auszusehen. Sie hatte zwar noch ziemliche Mühe, sich durch die verwirrende Vielfalt der Tastatur zu kämpfen, aber nach einer Stunde war das Werk vollendet. Sie hatte den Musterbrief Wort für Wort abgeschrieben.

Mit vor Stolz glühenden Wangen hielt sie Marian das Blatt hin. „Ist es so richtig?"

„Großartig!", lobte Marian. „Du wirst bestimmt einmal eine tüchtige Sekretärin."

Als David zurückkam, musste auch er das Erstlingswerk seiner Tochter bewundern. Angie rannte ihm entgegen und hielt ihm den Brief vor das Gesicht.

„Daddy, stell dir vor, Marian will mich zu ihrer Assistentin machen! Darf ich morgen wieder mit ihr arbeiten? Bitte, bitte, lass mich morgen wieder hierher kommen! Mit deiner steifen alten Haushälterin würde ich mich nur langweilen, und mit Marian hätte ich eine Menge Spaß."

Marian wartete mit angehaltenem Atem auf Davids Antwort. Sie hatte nichts anderes vorgehabt, als Angie über den langweiligen Nachmittag hinwegzuhelfen. Doch mit David war nicht zu spaßen. Möglicherweise warf er ihr jetzt vor, sie habe mit Angie herumgealbert und darüber ihre Arbeit vernachlässigt.

David reagierte erstaunlich gelassen. „Angie, ich habe nichts dagegen, wenn du Miss Stone gelegentlich bei der Arbeit hilfst. Aber sie ist eine sehr tüchtige Sekretärin und braucht dich daher nicht jeden Tag."

„Aber Daddy ..."

„Schluss jetzt, Angie!" David schien sich über seine Nachsichtigkeit zu ärgern und fertigte die Kleine ziemlich barsch ab. „Miss Stone wird ihre Arbeit tun, und du wirst dich nachmittags um deine Schularbeiten kümmern."

Angie verlegte sich aufs Betteln. „Ich möchte Marian so gern helfen! Wenn ich mich mit den Schularbeiten beeile, habe ich jeden Nachmittag Zeit übrig."

„Ich habe gesagt, dass du dich gelegentlich hier aufhalten darfst, und dabei bleibt es! Hast du mich verstanden, Angela?"

Angie senkte den Kopf und murmelte: „Ja, Daddy."

Trotz des abrupten Endes der Auseinandersetzung fand Marian, dass David einen großzügigen Kompromiss gefunden hatte. Er war bereit gewesen, auf den Wunsch des Kindes einzugehen, ohne auf seine väterliche Autorität verzichten zu müssen. Vielleicht war David Norris gar kein so schlechter Vater, wie er selbst befürchtete. Also war es völlig unnötig, sich Gedanken über das Zusammenleben von Vater und Tochter zu machen. Die beiden würden schon miteinander auskommen, und das war schließlich die Hauptsache.

Am Donnerstagnachmittag hatte Sally es sich gerade vor dem Fernseher bequem gemacht, als Marian nach Hause kam.

Sie musterte das abgespannte Gesicht der Freundin und meinte mitfühlend: „Du siehst aus, als ob du einen harten Tag hinter dir hättest."

Marian rieb sich die schmerzenden Füße. „Es war die Hölle."

„Darf ich das so verstehen, dass du noch keine neue Stelle gefunden hast?"

„Erraten. Leider gibt es nur wenig gute Positionen. Ich habe meine Bewerbung bei ungefähr zehn Firmen abgegeben und zwei Vorstellungsgespräche hinter mich gebracht. Überall bin ich auf später vertröstet worden."

„Und was hast du jetzt vor?"

„Ich werde wohl weiter bei Norris bleiben müssen, bis ich etwas Passendes gefunden habe."

Sally setzte sich zu Marian. „Vielleicht interessiert dich, was ich aus dem Büro zu berichten habe. Mr. Norris scheint dich sehr vermisst zu haben. Innerhalb eines halben Tages hat er zwei Aushilfen verschlissen."

Marian erschrak. „Hoffentlich hat ihm die Personalabteilung keine unqualifizierten Kräfte zugewiesen."

„Ich glaube kaum, dass es an den Damen gelegen hat. Norris soll den ganzen Tag über entsetzlich schlechte Laune gehabt haben."

„Was mag wohl der Grund dafür gewesen sein?"

„Das fragen wir uns auch. Auf jeden Fall sind die anderen Sekretärinnen froh, dass du morgen wieder im Büro bist. Sie haben nämlich den ganzen Tag Angst gehabt, dass das Schicksal, bei Mr. Norris aushelfen zu müssen, auch sie treffen könnte. Du weißt ja, wie sehr er überall gefürchtet ist."

„So schlimm ist er nun auch wieder nicht", verteidigte Marian ihren Chef. Schließlich hatte sie sich in einen zwar ziemlich launenhaften Mann verliebt, aber keinesfalls in einen Tyrannen.

„Natürlich, du musst ihn ja auch noch verteidigen! Und wie findest du es, dass er eine deiner Vertreterinnen eine unfähige Gans genannt hat?"

Marian schwieg. Wahrscheinlich hatte sich die Frau wirklich etwas ungeschickt angestellt. Auf jeden Fall stand fest, dass David Pech bei der Auswahl der Hilfskräfte gehabt hatte.

Sally trank einen Schluck Kaffee. „Wenn ich dich richtig verstanden habe, können wir also ab morgen wieder mit dir rechnen?"

Marian nickte. Es blieb ihr ja leider nichts anderes übrig. Als sie noch darauf hoffen konnte, eine neue Stelle zu finden, hatte sie sich die Rückkehr in Davids Büro in den leuchtendsten Farben ausgemalt. Sie würde ihm kühl lächelnd ihre Kündigung überreichen und ihn bitten, sich nach einer neuen Kraft umzuschauen. Doch auf diesen Triumph würde sie wohl noch etwas warten müssen.

„Dann ist es ja gut", meinte Sally erleichtert. „Auf diese Weise ersparst du mir die lästige Telefoniererei."

„Ich verstehe nicht …"

„Die Kolleginnen haben mich gebeten, sie sofort anzurufen, falls du morgen nicht ins Büro kommst. Sie hatten nämlich vor, sich krank zu melden, damit sie nicht vielleicht das Schicksal treffen könnte, an deiner Stelle für Norris arbeiten zu müssen."

„Das ist doch hoffentlich nur ein dummer Scherz!"
„Keineswegs! Marian, du ahnst ja nicht, welchen Ruf du unter den weiblichen Angestellten genießt. Sie halten dich für eine Heilige, weil du es so lange bei Norris ausgehalten hast."
Marian schüttelte lachend den Kopf. Sie hasste zwar jede Art von Büroklatsch, aber es tat ihr doch gut zu hören, dass man sie für unersetzlich hielt. Leider schien David anderer Meinung zu sein. Er war nur an dem reibungslosen Funktionieren seines Vorzimmers interessiert. Ob nun Marian oder eine ähnlich tüchtige Sekretärin dafür verantwortlich war, war ihm letztlich völlig gleichgültig.

Schon am nächsten Tag sollte Marian merken, wie sehr sie sich geirrt hatte.
Sie saß bereits an ihrem Schreibtisch, als David Norris das Büro betrat. Er blieb an der Tür stehen und schaute so lange in Marians Richtung, bis sie den Kopf hob. Überrascht stellte sie fest, dass David ihr zulächelte.
„Guten Morgen, Marian."
„Guten Morgen, Mr. Norris." Sie stand auf und folgte ihm in sein Büro. Erst als sie vor seinem Schreibtisch stand, wurde ihr bewusst, dass er sie gerade beim Vornamen genannt hatte.
Marian hoffte nur, dass David ihr nicht ihre Freude über seine freundliche Begrüßung anmerkte. Von dem Abend am Flughafen abgesehen, hatte er ihr zum ersten Mal auch im Büro das Gefühl gegeben, dass er sie tatsächlich wahrnahm.
David ging die Post durch und gab ihr einige Anweisungen. Marian wollte gerade sein Zimmer verlassen, als er sie zurückrief.
„Miss Stone?"
Sie drehte sich um. „Ja, bitte?"
„Nehmen Sie doch noch einmal Platz. Wie lange arbeiten Sie eigentlich schon für mich? Wenn ich mich recht erinnere, müssten es drei Jahre sein."
Marian nickte.
„Wann haben Sie die letzte Gehaltserhöhung bekommen?"
„Vor vier Monaten."
Marian war sich durchaus im Klaren, dass Norris sie sehr gut bezahlte. Bei ihren Vorstellungsgesprächen hatte sie den Eindruck

gehabt, dass ihre Bewerbung vor allem wegen der Höhe ihres derzeitigen Gehaltes abgelehnt wurde.

David lehnte sich zurück. „Ich bin mit Ihrer Arbeit sehr zufrieden, Miss Stone."

„Danke, Mr. Norris."

„Ich fürchte, ich sage Ihnen das viel zu selten."

Marian schwieg. Sie konnte sich nicht entsinnen, dass David sie jemals gelobt hatte.

David räusperte sich. „Ich hatte immer den Eindruck, dass wir gut zusammenarbeiten. Aber erst gestern ist mir klar geworden, wie viel Sie für mich tun."

„Nochmals vielen Dank, Mr. Norris." Marian war so überrascht, dass sie vergeblich nach Worten suchte. Es mochte zwar stimmen, dass David Grund gehabt hatte, sich über ihre Vertretung zu ärgern. Aber immerhin war Marian auch früher schon ein paar Mal nicht im Büro gewesen, und ihr Chef hatte bisher keinen Anlass gesehen, sie bei ihrer Rückkehr wegen ihrer Tüchtigkeit zu loben.

David trank einen Schluck Kaffee. „Gestern ist mir bewusst geworden, wie geschickt Sie auf mich eingehen. Sie scheinen meine Wünsche zu erahnen und arbeiten so selbstständig, dass ich Ihnen kaum Anweisungen zu geben brauche. Das ist eine sehr bemerkenswerte Fähigkeit. Also ist es nur fair, dass diese außergewöhnliche Leistung auch honoriert wird."

„Wie meinen Sie das, Mr. Norris?"

„Ich werde Ihr Gehalt erhöhen." Er nannte einen Betrag, der um beinahe fünfundzwanzig Prozent über ihrem ohnehin schon großzügigen Gehalt lag.

„Aber Sie haben mein Gehalt doch erst im Oktober erhöht", murmelte Marian verwirrt.

„Lehnen Sie etwa ab?"

„Natürlich freue ich mich über das Geld, aber ..."

„Dann ist ja alles in Ordnung." David griff nach dem Telefonhörer. „Danke, Miss Stone, das war alles."

„Mr. Norris, ich möchte mich ... vielen Dank, Mr. Norris." Marian stand auf. Sie war so durcheinander, dass ihr fast der Block entglitten und zu Boden gefallen wäre.

David lächelte amüsiert. Marian wich verlegen Davids Blick aus und verließ so hoheitsvoll wie möglich sein Büro. In ihrem Zimmer warf sie den Block auf den Schreibtisch und wählte aufgeregt Sallys Telefonnummer. Ihre Freundin arbeitete in der Buchhaltung und war sofort am Apparat.

„Sally, können wir uns gegen zehn zum Kaffee treffen?"

„Natürlich, das tun wir doch immer. Gibt es etwas Besonderes?"

„Ich habe eine Gehaltserhöhung bekommen. Mr. Norris scheint tatsächlich froh zu sein, dass ich wieder hier bin."

Sally wurde misstrauisch. „Heißt das etwa, dass du dich bestechen lässt?"

„Was meinst du damit?"

„Bleibst du wegen des Geldes bei Norris?"

„Nein, natürlich nicht. Aber ich weiß, dass ich in keiner anderen Firma so viel verdienen würde."

„Bist du sicher, dass dich dein Gehalt dafür entschädigen wird, wenn dir der Mann eines Tages das Herz bricht?"

Marian schwieg. Sally konnte ja nicht wissen, dass David sie an diesem Tage zum ersten Mal angelächelt hatte.

Während der nächsten zwei Wochen passierte nichts Außergewöhnliches. Trotzdem hatte sich für Marian der Büroalltag völlig verändert. Sie hätte nicht genau sagen können, worin diese Veränderung bestand. Vielleicht lag es daran, dass sie sich nicht mehr vor David fürchtete. David wiederum behandelte sie weniger förmlich als früher und machte meistens einen ungewohnt entspannten Eindruck. Marian nahm an, dass seine gute Laune etwas damit zu tun hatte, dass er mit seiner kleinen Tochter zusammenlebte. Angie war ein so liebenswertes Kind, dass sich selbst ein so nüchterner Mann wie David ihrem Einfluss nicht entziehen konnte.

Sie hätte sich gern nach Angies Befinden erkundigt, wagte aber nicht, David zu fragen. Schließlich hatte er ihr schon einmal deutlich zu verstehen gegeben, dass sein Privatleben sie nichts anging.

Als sie am Freitag aus der Kantine kam, wurde Marian in Davids Büro gerufen. Sie nahm den Stenoblock und setzte sich ihm gegenüber. Er machte einen etwas verlegenen Eindruck.

„Miss Stone, kennen Sie sich mit Kinderkleidung aus?"

„Mit Kinderkleidung?"

„Angela hat mich darüber informiert, dass ihre Garderobe nicht mehr ‚in' ist. Es scheint für sie beinahe ein Kapitalverbrechen zu sein, nicht nach der neuesten Mode gekleidet zu sein."

Marian lächelte. Sie konnte sich noch gut daran erinnern, wie wichtig es ihr als kleines Mädchen gewesen war, genauso modisch gekleidet zu sein wie ihre Freundinnen.

David seufzte. „Ich habe nichts dagegen, wenn sich Angie ein paar neue Sachen kauft. Ich möchte nur nicht, dass sie ihren Modefimmel übertreibt. Hoffentlich kommt sie nicht demnächst mit einer Punkfrisur nach Hause."

„Ich kann mir gut vorstellen, dass Sie das stören würde."

„Miss Stone, ich habe eine etwas außergewöhnliche Bitte." David strich sich nervös das Haar aus der Stirn. „Würde es Ihnen etwas ausmachen, mit Angie einkaufen zu gehen? Mir traut sie nicht zu, dass ich das Richtige aussuche, und damit hat sie wohl auch recht. Angie hat mich angefleht, Ihnen diese Bitte vorzutragen. Natürlich bezahle ich Sie für die Zeit."

„Ich gehe sehr gern mit Angie einkaufen."

„Damit tun Sie mir einen großen Gefallen", erklärte er erleichtert. „Allein die Vorstellung, stundenlang mit meiner Tochter durch die Kaufhäuser zu ziehen, macht mich krank."

Am nächsten Morgen brachte David Angie zu dem vereinbarten Treffpunkt in einer Ladenpassage, wo sie bereits von Marian erwartet wurden.

Die Kleine stürzte auf Marian zu und sprudelte aufgeregt: „Endlich sehe ich Sie wieder! Ich habe Sie richtig vermisst."

David beobachtete die stürmische Begrüßung mit einem ungewohnt weichen Lächeln. „Angie hielt es nicht länger zu Hause aus. Wir sind schon seit einer Viertelstunde da und haben uns die Schaufenster angesehen."

Marian schaute ihn fasziniert an. David lachte so selten, dass sie ihn kaum wiedererkannte. In diesem Augenblick wirkte er beinahe wie ein sorgloser großer Junge.

Erst als Angie sie ungeduldig am Ärmel zupfte, wandte sie sich wieder dem Kind zu. „Freust du dich auf unseren Einkaufsbummel, Angie?"

„Und wie! Daddy hat gesagt, dass ich alles kaufen darf, was mir gefällt. Schnell, Marian, ich kann es kaum erwarten!"

David warf einen Blick auf seine Armbanduhr. „Ich habe noch etwas zu erledigen, aber ich verspreche, dass ich die Damen zum Mittagessen ausführe. Wo wollen wir uns treffen?"

Bevor Marian antworten konnte, rief Angie: „Bei McDonald's, natürlich!"

„Sind Sie damit einverstanden?", fragte David amüsiert.

Wieder konnte sich Marian dem Zauber seines jungenhaften Lachens nicht entziehen. Erst jetzt fiel ihr auf, dass David nicht wie sonst einen eleganten Maßanzug trug, sondern eine gut geschnittene sportliche Hose mit einem beigefarbenen Pullover, der großartig zu seinen braunen Augen passte. „McDonald's ist mir recht." Sie musste an den Abend denken, an dem sie Angie vom Flughafen abgeholt und auf Wunsch der Kleinen Hamburger gegessen hatten.

Gegen Mittag war Marian völlig erschöpft, während sich Angie mit unerschöpflicher Energie durch Berge von Jeans und T-Shirts kämpfte.

Marian hatte nicht gewusst, wie wählerisch ein achtjähriges Mädchen sein konnte. Sie waren in ungefähr fünfzehn Geschäften gewesen, aber Angie hatte nur wenige Stücke gefunden, die ihrem Geschmack entsprachen. Marian hatte es gerade noch geschafft, Angie davon zu überzeugen, dass sie wenigstens ein Kleid und ein Paar Lederschuhe brauchte. Die Kleine bevorzugte Tennisschuhe und flippige, anspruchslose Teenagerkleidung.

David erwartete sie bereits bei McDonald's in der Innenstadt und begrüßte seine Gäste mit einem neugierigen „Nun, wie war es?"

„Marian ist einfach wunderbar!", rief Angie begeistert. „Es ist großartig, mit ihr einzukaufen!"

Marian lächelte gerührt. Sie mochte das lebhafte Kind und freute sich über Angies Zuneigung.

Angie biss herzhaft in ihren Hamburger. „Daddy, ich wünschte, ich könnte Marian öfter sehen."

Marian beugte sich über ihren Teller und wartete gespannt auf Davids Antwort. Nach einer längeren Pause sagte er: „Angie, du darfst nicht vergessen, dass Miss Stone tagsüber arbeitet und wahrscheinlich eine Menge Freunde hat."

Angie griff nach der Ketchup-Flasche. „Warum nennst du sie eigentlich immer Miss Stone? Du weißt doch, dass sie Marian heißt."

Marian hob den Kopf und erklärte hastig: „Auch ich würde mich freuen, dich öfter zu sehen, Angie."

David machte einen ziemlich hilflosen Eindruck. Offensichtlich fühlte er sich überstimmt. Außerdem schien er nicht zu wissen, wie er mit Angies Frage umgehen sollte.

Angie ließ nicht locker. „Marian ist sicherlich damit einverstanden, dass du sie beim Vornamen nennst. Großmutter sagt, dass das viele Erwachsene tun, die sich oft sehen."

David räusperte sich. „Wenn Miss Stone nichts dagegen hat …"

„Natürlich habe ich nichts dagegen."

Angie nickte zufrieden. „Aber jetzt müssen Sie Vater auch J.D. nennen, wie es alle anderen auch tun."

David schaute Marian unverwandt an. „Sie nennt mich lieber Dave", sagte er lächelnd.

„Dave?" Angie zögerte, als lausche sie dem Klang des ihr ungewohnten Namens. „Das gefällt mir. Wenn ich ein Junge wäre, hättet ihr mich dann auch Dave genannt?"

„Wahrscheinlich. Schließlich heiße ich ja auch so."

„Und warum habt ihr mich Angela getauft?"

„Weil du als Baby wie ein kleiner Engel ausgesehen hast."

Angie wiegte nachdenklich den Kopf hin und her. „Eigentlich wäre es mir lieber, wenn ich Millicent oder Guinevere hieße."

„Wirklich?" Marian lächelte skeptisch.

„Noch besser gefällt mir Charmaine." Angie legte die Hand auf das Herz und rollte die Augen. „Das klingt so aufregend! Dagegen ist Angela eher ein ziemlich gewöhnlicher Name."

David lachte. „Kleines, du bist alles andere als ein durchschnittliches Mädchen. Du brauchst wirklich nicht auch noch einen ausgefallenen Namen."

Angie war nicht recht überzeugt. „Marian ist auch ganz hübsch. Ich hätte nichts dagegen, so zu heißen."

Marian bedankte sich. „Weißt du, Angie, ich kann dich ganz gut verstehen. Als ich in deinem Alter war, wollte ich am liebsten Dominique heißen. Ich fand, dass dieser Name so geheimnisvoll klingt. Damals malte ich mir aus, dass ich als Dominique die aufregendsten Dinge erleben würde. Manchmal sah ich mich sogar als Heldin in Abenteuerfilmen. Natürlich bekämpfte ich alle bösen Feinde und rettete meine Freunde vor dem sicheren Tod."

Angie war fasziniert. „Und was ist mit dir, Daddy? Wolltest du früher auch einen anderen Namen haben?"

„Nein, warum sollte ich?"

Marian warf ihm einen vorwurfsvollen Blick zu. Der Kleinen zuliebe hätte er ruhig ein bisschen schwindeln können.

David schien es sich inzwischen anders überlegt zu haben. „Mir fällt gerade etwas ein, das ich beinahe vergessen hätte. Als ich elf war, wollte ich unbedingt Mordecai genannt werden. Der Name hatte für mich einen ausgesprochen kämpferischen Beiklang. Wenn man mich so rief, fühlte ich mich bärenstark."

„Mordecai", wiederholte Angie langsam. „Der Name gefällt mir beinahe so gut wie Dave." Sie drückte ihm zärtlich die Hand. „Oh Daddy, heute ist der schönste Tag, seit ich in New Orleans bin."

David strich ihr liebevoll über die Wange.

Angie hatte noch etwas auf dem Herzen. „Daddy, darf Marian mit zu uns nach Hause fahren? Ich möchte gern, dass sie sich mein Zimmer anschaut. Bitte sag ja, Daddy!"

4. Kapitel

Angie hatte sich bei Marian untergehakt. „Und jetzt müssen Sie sich unbedingt noch mein Schlafzimmer anschauen. Daddy hat extra eine Dekorateurin beauftragt, die Farben auszusuchen. Leider hat sie mir nicht erlaubt, das Zimmer lavendelblau zu tapezieren. Ich mag das Zitronengelb nicht besonders, das sie für mein Zimmer vorgeschlagen hat."

Das Mädchen öffnete die große Flügeltür.

Marian blieb wie gebannt auf der Schwelle stehen. Das Zimmer war mit kostbaren französischen Stilmöbeln ausgestattet. Neben dem breiten Bett stand ein zierlicher Schreibtisch. Der Toilettentisch war mit Schnitzereien und Aufsätzen geschmückt. Ein dicker gelber Teppich bedeckte den Fußboden. Vor den Fenstern wehten zarte gelbe Organdy-Gardinen.

„Aber Angie, das ist ja ein richtiges Paradies!", rief Marian. Unklar blieb allerdings, wie die Innenarchitektin auf die Idee gekommen war, ausgerechnet für eine lebhafte Achtjährige, die Jeans und T-Shirts bevorzugte, ein solches Prunkgemach einzurichten. Das Zimmer passte eher zu einem romantisch veranlagten jungen Mädchen. Marian ahnte, dass David nicht im Traum daran gedacht hatte, seine Tochter nach ihren Wünschen zu fragen.

„Ist es nicht himmlisch?" Angie ahmte die Stimme der Innenarchitektin so gekonnt nach, dass Marian lachen musste.

„Schauen Sie, ich kann sogar vom Bett aus fernsehen." Angie öffnete die rechte Tür des Kleiderschrankes, in den ein Fernsehapparat eingebaut war.

„Ich wette, du vergisst über diese Attraktion, dass kleine Mädchen viel Schlaf brauchen." Marian biss sich verlegen auf die Unterlippe. Sie hatte völlig vergessen, dass sie kein Recht hatte, sich in Davids Erziehungsgrundsätze einzumischen.

„Daddy meint, dass ich schon einschlafen werde, wenn ich müde bin." Angie sprang auf das mit einem Satinüberwurf bedeckte Bett und zeigte Marian die Fernbedienung, die am Kopfende angebracht

war. „Manchmal schlafe ich allerdings so schnell ein, dass ich vergesse, das Gerät auszuschalten. Aber Vater schaut abends noch einmal nach mir, bevor er zu Bett geht. Wenn der Fernsehapparat dann noch läuft, stellt er ihn ab."
Marian begnügte sich mit einem skeptischen Schulterzucken. Von Kindererziehung schien David Norris tatsächlich nicht viel Ahnung zu haben.
„Leider hat Dad abends immer viel zu tun", beklagte sich Angie. „Er ist eben ein sehr beschäftigter Mann und hat tagsüber keine Zeit, die vielen Zeitungen und Bücher zu lesen."
„Was tust du denn, während dein Vater liest?"
„Ich gehe in mein Zimmer und schaue mir etwas im Fernsehen an."
„Und was ist mit den Hausaufgaben?"
„Mrs. Larson, unsere Haushälterin, besteht darauf, dass ich die Aufgaben sofort nach dem Mittagessen mache." Angie seufzte. „Mrs. Larson ist soweit ganz in Ordnung. Ich mag es nur nicht, wenn ich gleich nach der Schule schon wieder lernen muss. Ich würde viel lieber eine Weile mit den anderen Kindern spielen. Aber das erlaubt sie mir nicht."
„Das klingt ja, als ob du doch neue Freunde gefunden hättest", meinte Marian und vermied es, eine Bemerkung zu Mrs. Larsons Anordnungen zu machen.
„Oh ja, ich kenne jetzt eine Menge Kinder, mit denen ich gern spielen würde. Sie hatten völlig recht, Marian. Ich brauchte nur ein bisschen Zeit, um mich mit den anderen anzufreunden."
Marian strich ihr das Haar aus der Stirn. „Es freut mich für dich, wenn du dich jetzt in der Schule wohl fühlst. Worüber unterhaltet ihr euch denn in den Pausen?"
„Über Madonna und ihre neuesten Hits. Und natürlich auch über Kosmetik. Die Mädchen waren sehr beeindruckt, als ich ihnen meine Fingernägel zeigte, die ich mir mit Ihrem Nagellack anmalen durfte. Leider ist er schon wieder abgeblättert." Angie schaute auf ihre Nägel. „Sieht das nicht fürchterlich aus?"
Marian lachte. „Ich habe verstanden. Zufällig habe ich Nagellack in der Tasche. Ich hoffe, dein Vater hat nichts dagegen, wenn ich ihn dir noch einmal leihe. Übrigens wollte ich dir einen Vorschlag machen. Ich finde, wir beiden kennen uns jetzt gut genug, dass du mich ruhig duzen darfst."

„Oh Marian, du bist wirklich großartig!" Angie sprang vom Bett und fiel Marian um den Hals. „Und wegen des Nagellacks brauchst du dir keine Sorgen zu machen. Daddy hat bestimmt nichts dagegen."

„Wogegen habe ich nichts?" David war ins Zimmer gekommen und beobachtete seine Tochter mit einem amüsierten Lächeln.

Als er sich dann Marian zuwandte, hatte diese Mühe, ihre Verwirrung zu verbergen. Davids Lächeln, der warme Ton seiner Stimme und sein offensichtliches Wohlbehagen verliehen ihm einen ungewohnten Charme.

Angie klammerte sich an seinen Arm. „Daddy, bitte erlaube mir, dass ich mir die Fingernägel lackiere. Marian will mir ihren Nagellack leihen."

„Von mir aus ..." David schaute unverwandt in Marians Richtung.

„Danke, Daddy, du bist prima! Und jetzt möchte ich Marian die Terrasse zeigen."

Angie nahm Marian bei der Hand. „Stell dir vor, Daddy wollte mir sogar eine Schaukel kaufen. Aber ich finde, dass ich für solchen Kinderkram wirklich schon zu groß bin."

Marian hätte am liebsten laut herausgelacht. Die Kleine war wirklich zu drollig!

Angie zog sie mit sich ins Freie. David rückte einen weiß lackierten Korbsessel für Marian zurecht. „Darf ich Ihnen etwas zu trinken bringen, Miss Stone?"

„Aber Daddy!", mahnte Angie. „Du wolltest sie doch Marian nennen."

„Entschuldige, das hatte ich vergessen. Also, Marian, was möchten Sie trinken?"

„Ich hätte gern einen Eistee, wenn das nicht zu viel Mühe macht."

David warf ihr einen bedeutungsvollen Blick zu. „Sie können auch gern einen Cocktail haben."

Marian wurde rot. Offensichtlich spielte er auf den Abend in Charleys Bistro an. Er schien gemerkt zu haben, dass sie sich damals ein bisschen Mut antrinken musste, um ein Gespräch mit ihm zu wagen.

„Danke, ich trinke lieber Tee", erklärte sie verlegen.

David ging ins Haus, um sich um die Getränke zu kümmern. Marian lehnte sich zurück und genoss den Blick auf die reizvolle Landschaft. Davids Haus lag am Pontchartrain-See, dessen Sandstrand bis an den Rand des parkähnlichen Grundstücks reichte.

Angie war Marians Blick gefolgt. „Wollen wir zum See gehen?" Marian war einverstanden. Sie war froh, Davids beunruhigender Nähe für eine Weile zu entkommen.

Eigentlich verstand sie selbst nicht recht, was in ihr vorging. Jahrelang hatte sie sich nichts sehnlicher gewünscht, als David näher zu kommen. Und jetzt, nachdem er sie in sein Haus eingeladen hatte, hätte sie am liebsten die Flucht ergriffen. Vielleicht lag das daran, dass sich ihr Verhältnis zu David in einem Tempo veränderte, das ihr den Atem nahm.

Noch vor ein paar Wochen war er der unnahbare Chef gewesen, der sich jeden privaten Kontakt strikt verbeten hatte. Jetzt sah es beinahe aus, als wollte er ihr Mut machen, in ihm mehr als nur den Vorgesetzten zu sehen. Warum sonst sollte er den Abend im Bistro erwähnt haben?

Nachträglich ärgerte sich Marian, dass sie auf seine Anspielung nicht etwas schlagfertiger reagiert hatte. Die Frauen, mit denen David sonst verkehrte, wären wahrscheinlich auf seinen Scherz eingegangen und hätten die Situation zu nutzen gewusst. Marian dagegen kam sich wie ein verliebtes junges Mädchen vor, das sich vor Verlegenheit nicht zu helfen wusste. Auf diese Weise würde David Norris wahrscheinlich nie erfahren, was sie für ihn empfand!

Inzwischen waren sie am Ufer angekommen. Angie zog Schuhe und Strümpfe aus und hielt den großen Zeh ins Wasser. „Komm, Marian, das Wasser ist überhaupt nicht kalt!"

Trotz der eher blassen Februarsonne wehte ein lauer, milder Wind, der den Frühling bereits erahnen ließ.

„Das Wasser ist schon richtig warm. Willst du es nicht auch einmal probieren?" Angie stand bereits bis zu den Knöcheln im Wasser.

Marian konnte nicht widerstehen und schlüpfte aus ihren Sandalen. Angies Begeisterung wirkte so ansteckend, dass sie ihr ins Wasser folgte. Die Wellen umspülten ihre nackten Füße. Plötzlich fühlte sie sich wie ein übermütiges Kind, das die Ferien genießt.

Angie bohrte die Zehen in den feuchten Sand. „Ich freue mich schon auf den Sommer. Leider erlaubt mir Daddy nicht, allein im See zu schwimmen. Er besteht darauf, dass ich nur mit ihm zusammen ins Wasser gehe."

„Dein Vater hat völlig recht", meinte Marian besorgt. „Es ist viel zu gefährlich für dich, allein zu baden." Wahrscheinlich würde David auch im Sommer nur selten Zeit haben, sich um Angie zu kümmern. Die Kleine war wirklich zu bedauern. Hoffentlich kam sie nicht auf die Idee, doch allein hinauszuschwimmen.

Angie seufzte. „Vater hat immer so viel zu tun. Ich fürchte, dass ich den ganzen Sommer allein verbringen muss. Ich habe ihn schon gebeten, seine Zeitungen auf der Terrasse zu lesen, damit er auf mich aufpassen kann. Aber er will das nicht. Er sagt, er kann nicht zwei Dinge gleichzeitig tun."

Marian nickte. „Es ist zwar schwer für dich, aber du musst das verstehen." Trotzdem tat ihr das Kind leid.

„Ich wusste, dass du das sagen würdest." Angie ließ betrübt die Schultern hängen.

Marian nahm sie bei der Hand. „Im Augenblick bin ja ich bei dir. Ich werde schon aufpassen, dass du nicht ertrinkst. Komm, wir laufen noch ein Stück am Ufer entlang." Sie hob den Saum ihres Rockes und raffte ihn über den Knien zusammen. Das kühle Wasser reichte ihr bis zu den Waden. „Ist das nicht herrlich, Angie?"

„Oh ja, Marian, mit dir zusammen macht mir alles viel mehr Spaß als allein!" Die Kleine hatte die Hosenbeine ihrer Jeans aufgerollt und stapfte neben Marian durch das Wasser.

Nach einer Weile drehte sie sich um und deutete zum Haus. „Marian, dort drüben steht Vater."

Marian schaute sich um. David stand auf der Terrasse und winkte ihnen zu. Sie erwiderte seinen Gruß.

Wenn sie früher von David geträumt hatte, hatte sie sich immer zusammen mit ihm am Ufer eines Sees gesehen. Marian wusste, dass David ein begeisterter Segler war. Wie oft hatte sie sich gewünscht, ihn begleiten zu dürfen. Ihre Träume waren so intensiv und lebendig, dass Marian oft geglaubt hatte, den herben Geruch des Wassers zu riechen und die frische Seeluft im Haar zu spüren.

Jetzt schien es, als sei ihr Traum wahr geworden. Sie stand am Ufer des Sees, David winkte ihr zu, der Wind strich ihr durch das Haar …

Obwohl Marian eben noch vor ihm davongelaufen war, wünschte sie sich nun, dass er ganz schnell zum Ufer kommen und sie in die Arme nehmen würde.

Von Weitem sah es so aus, als sei David ihr in ihren Wunschtraum gefolgt. Seine zum Winken erhobenen Arme streckten sich ihr verlangend entgegen. Seine Augen suchten ihren Blick und hielten ihn fest. Um seinen Mund lag ein sehnsüchtiges Lächeln.

Marian stand wie gebannt. Ihr Herz raste, ihre Wangen waren vor Erregung rosig überhaucht. Sie merkte nicht einmal, dass die Brandung den Sand unter ihren Füßen wegspülte. Erst als sie den Halt verlor und rücklings ins Wasser fiel, kam sie wieder zu sich.

Ihr Traum war wie eine Seifenblase zerplatzt. Nie wieder würde sie daran zu denken wagen, diese herrliche Landschaft zusammen mit David zu genießen. Er hatte ja gerade mit angesehen, wie kindisch sie sich benahm.

„Marian, um Himmels willen, was ist geschehen?" Angie versuchte sie hochzuziehen.

Marian hockte wie betäubt im Wasser und strich sich das nasse Haar aus dem Gesicht, unfähig, Angie zu antworten.

„Daddy, ich glaube, Marian ist verletzt!" Angie stürzte ans Ufer und rannte auf die Terrasse zu.

Marian richtete sich auf. Ihr Kleid klebte an ihrem Körper, die Haare fielen ihr wirr auf die Schultern. Obwohl es ihr peinlich war, David so unter die Augen zu kommen, blieb ihr nichts anderes übrig, als Angie an den Strand zu folgen.

David war ihr entgegengelaufen und erwartete sie am Ufer. Falls ihn Marians Ungeschick belustigt haben sollte, war er taktvoll genug, es nicht zu zeigen. Dafür war Marian ihm dankbar. Der Zwischenfall hatte sie so verwirrt, dass sie wahrscheinlich in Tränen ausgebrochen wäre, wenn er auch nur gelächelt hätte.

„Nun, Miss Stone, wie war es im Wasser?"

„Ich habe die Erfrischung sehr genossen", versuchte sie zu scherzen.

Angie hatte einen Stapel Frotteetücher geholt. Marian trocknete sich das Gesicht ab und wrang ihren Rock aus. David schaute ihr mit ausdruckslosem Gesicht zu. Dann griff er nach einem großen Badetuch und legte es Marian um die Schultern.

„Wie sind Sie nur auf die verrückte Idee gekommen, zu dieser Jahreszeit ins Wasser zu gehen?", fragte er leise. „Haben Sie denn vergessen, dass es gerade erst Mitte Februar ist?"

„Das Wasser ist schon ziemlich warm", verteidigte sich Marian. Die Szene war ihr entsetzlich peinlich. David musste sie für kindisch oder völlig überdreht halten. Den Frauen, mit denen er sonst verkehrte, wäre ein solches Missgeschick wahrscheinlich nie passiert.

Davids Hände lagen noch immer auf ihren Schultern. Er zog sie leicht an sich. „Jetzt kommen Sie schnell ins Haus, damit Sie sich nicht auch noch erkälten."

Marian schüttelte eigensinnig den Kopf. „Es ist besser, wenn ich nach Hause fahre, ein heißes Bad nehme und mich ins Bett lege."

„Das lasse ich auf keinen Fall zu. Sie müssen sich unbedingt sofort umziehen. Nun kommen Sie schon, damit Sie sich endlich aufwärmen können."

Widerstrebend folgte sie David ins Haus. Sie kannte ihn gut genug, um zu wissen, dass er sich auf keine weitere Diskussion einlassen würde.

David hatte ihr beschützend den Arm um die Schultern gelegt. Angie umkreiste sie wie ein aufgeregtes Hündchen, das seine Herrschaft bewacht.

„Daddy, ist Marian wirklich nichts passiert?"

„Natürlich nicht. Sie ist noch einmal mit dem Schrecken davongekommen."

„Es tut mir ja so leid, dass sie ins Wasser gefallen ist. Ich fürchte, es war meine Schuld."

„Du warst zwar ziemlich unvorsichtig, aber es kann schon einmal passieren, dass man das Gleichgewicht verliert. Mach dir keine Sorgen, Kleines. Miss Stone wird sich gleich besser fühlen, wenn sie trockene Sachen angezogen hat."

Marian strich dem Kind tröstend über das Haar. Es tat ihr leid, dass sich Angie ihretwegen Sorgen machte.

David führte sie über einen langen Korridor in sein Schlafzimmer. Marian trat unbehaglich von einem Fuß auf den anderen. Sie war noch immer tropfnass und fürchtete, den weichen, perlgrauen Teppich zu beschmutzen.

Er öffnete die Tür zu seinem Badezimmer. „Ich lasse Sie jetzt allein, damit Sie in Ruhe ein Bad nehmen können. Wenn Sie sich ausgezogen haben, wird Angie Ihre nassen Sachen zu Mrs. Larson bringen. Sie wird dafür sorgen, dass Ihre Kleidung trocknet. Sie können inzwischen meinen Bademantel anziehen. Ich mache Ihnen einen Kaffee und erwarte Sie im Wohnzimmer."

Nachdem David das Badezimmer verlassen hatte, zog sich Marian aus. Angie konnte sich noch immer nicht beruhigen.

„Marian, ich fühle mich einfach schrecklich. Wenn ich nicht so gebettelt hätte, wärst du nie auf die Idee gekommen, ins Wasser zu gehen."

„Angie, dich trifft wirklich keine Schuld. Außerdem ist ja überhaupt nichts passiert. Ich bin nur ausgerutscht und ein bisschen nass geworden." Natürlich konnte sie dem Kind gegenüber nicht zugeben, dass sie nur deshalb das Gleichgewicht verloren hatte, weil sie sich in ihren Wunschträumen verloren hatte.

„Bist du mir ganz bestimmt nicht mehr böse?"

„Nein, Angie! Und nun hör endlich auf, dich zu quälen. Sonst muss ich es mir nämlich noch einmal überlegen, ob ich dir meinen Nagellack leihen soll. Eigentlich bist du ja noch viel zu jung, um dich jetzt schon an lackierte Fingernägel zu gewöhnen."

„Schon gut", rief Angie aufgeregt. „Ich habe den Zwischenfall schon vergessen. Und wenn ich es mir recht überlege, war es doch deine Schuld, dass du ins Wasser gefallen bist. Du hast nämlich einen ziemlich verträumten Eindruck gemacht. Einen Augenblick lang hast du so ausgesehen, als ob du alles um dich her vergessen hättest. Und jetzt lass ich dich allein, damit du baden kannst."

Marian wurde rot. Die Kleine hatte den Nagel auf den Kopf getroffen!

Nachdem sie sich in dem heißen Wasser aufgewärmt hatte, ging Marian ins Wohnzimmer. Dort wurde sie bereits von David und Angie erwartet.

Marian ahnte, dass sie wahrscheinlich ziemlich komisch aussah. Das nasse Haar fiel ihr in wirren Strähnen auf die Schultern. Davids Bademantel, der ihr viel zu groß war, hing in wulstigen Falten um ihren zierlichen Körper.

David kam ihr entgegen. Er hatte sichtlich Mühe, nicht laut herauszulachen.

„Bitte machen Sie sich nicht über mich lustig!", warnte Marian.

„Nichts liegt mir ferner als das! Hier, trinken Sie erst einmal einen Schluck Kaffee."

Marian nahm ihm die Tasse ab und kuschelte sich in die weichen Polster der Couch. Vorsichtig trank sie einen Schluck und hustete. David hatte den Kaffee mit so viel Whisky vermischt, dass sie sich beinahe verschluckt hätte.

„Aber David, das ist ja ... Selbst für einen Irish Coffee haben Sie viel zu viel Whisky genommen."

„Ich möchte nicht, dass Sie sich erkälten. Nun trinken Sie schon, das bisschen Alkohol schadet Ihnen nicht."

„Daddy ist sehr besorgt um dich", meinte Angie. „Er sagt, du kannst froh sein, dass du keinen Fisch verschluckt hast."

Jetzt hatte Marian Mühe, nicht lauthals zu lachen. So viel Humor hätte sie David wirklich nicht zugetraut.

Er lehnte sich entspannt zurück. „Ich habe Mrs. Larson gesagt, dass Sie heute Abend zum Essen bleiben."

„Oh nein, das geht wirklich nicht", wehrte Marian ab. „Sobald ich ausgetrunken habe, fahre ich nach Hause."

„Bitte bleib doch zum Essen", bettelte Angie. „Es gibt Grillbraten mit hausgemachten Soßen und Erbsen. Die brauchst du natürlich nicht zu essen, wenn du sie nicht magst. Leider besteht Dad darauf, dass ich viel Gemüse esse."

David zog seine Tochter an sich. „Angie, du darfst Miss Stone nicht so bedrängen. Vielleicht hat sie für heute Abend schon eine andere Verabredung."

„Ich ... nein, eigentlich habe ich heute nichts mehr vor." Marian wandte sich verlegen ab. Seit sie sich in David Norris verliebt hatte, hatte sie jegliches Interesse an anderen Männern verloren.

„Also bleiben Sie zum Essen?", fragte David.

Marian nickte wortlos. Ihr fiel keine glaubwürdige Ausrede ein, und außerdem brachte sie es einfach nicht übers Herz, Angie zu enttäuschen.

Die Kleine strahlte vor Freude. „Ich bin sicher, dass dir Mrs. Larsons Essen schmecken wird. Sie ist nämlich eine prima Köchin", versicherte sie aufgeregt.

Eine Weile später brachte die Haushälterin Marians Kleidung zurück. Sie hatte sie inzwischen getrocknet und aufgebügelt.

Nachdem sich Marian umgezogen und die Haare geföhnt hatte, fühlte sie sich wesentlich wohler.

Beim Essen bestand Angie darauf, ganz dicht an Marians Seite zu sitzen. „Ich habe einen Riesenhunger", stellte das Kind fest.

„Ich auch", gab Marian zu. „Das kommt wahrscheinlich vom Schwimmen." Sie war froh, dass sie jetzt schon wieder über ihr Missgeschick lachen konnte.

Um Davids Mund zuckte es verräterisch. „Wunderbar, dass Sie die Sache von der heiteren Seite nehmen. Wollen wir auf den ereignisreichen Tag anstoßen?"

Er schenkte Marian und sich Wein nach und hob sein Glas. Marian zögerte. Nach dem starken Irish Coffee hatte sie ohnehin das Gefühl, auf Wolken zu schweben. Doch es wäre unhöflich gewesen, Davids Toast nicht zu erwidern.

Nach dem Essen saßen sie noch eine Weile im Wohnzimmer. David hatte noch einmal Wein nachgeschenkt und Kerzen angezündet. Angie lag zusammengerollt auf der Couch und war kurz vor dem Einschlafen.

Marian genoss die anheimelnde Atmosphäre, die sie sich so oft in ihren Träumen ausgemalt hatte.

David, der ihren versonnenen Gesichtsausdruck bemerkt hatte, sagte leise: „Das war ein schöner Tag."

„Das finde ich auch."

„Marian, ich bin Ihnen sehr dankbar, dass Sie Angie beim Einkaufen geholfen haben. Ich habe die Kleine selten so strahlend erlebt, und das macht auch mich glücklich. Natürlich werde ich Sie für die Zeit bezahlen, die Sie mit dem Kind verbracht haben."

„Aber ich bitte Sie!", protestierte Marian. „Ich bin wirklich gern mit Angie zusammen." Leider konnte sie David nicht sagen, wie sehr sie auch das Zusammensein mit ihm genossen hatte.

Er hatte sich unglaublich verändert! Das Zusammenleben mit seiner kleinen Tochter hatte ihn viel weicher gemacht. David hatte kaum noch Ähnlichkeit mit dem Mann, der Marian jahrelang auf Distanz gehalten und sich jedes private Wort verboten hatte. Ihr Blick fiel auf die schlafende Angie. Sie hatte allen Grund, dem Kind dankbar zu sein. Es war Angies liebenswertem Naturell zu verdanken, dass sie David an diesem Tag so nahe gekommen war.

David trank einen Schluck Wein. „Angie scheint Sie sehr zu mögen", stellte er fest.

Marian zuckte ein wenig zusammen. Das klang ja beinahe, als ob er sich darüber wunderte. Marian blickte ratlos vor sich hin. Hatte ihr ihre Fantasie schon wieder einen Streich gespielt? Hatte sich David nur in ihren Träumen in einen einfühlsamen, liebevollen Mann verwandelt?

„Warum wundert Sie das?", fragte sie mit zitternder Stimme. „Finden Sie es so seltsam, dass das Kind mich mag?"

David zog erstaunt die Augenbrauen hoch. „Aber nein, Miss Stone, Sie müssen mich falsch verstanden haben."

Der ungewohnte Alkohol machte ihr Mut. Sonst hätte sie es niemals gewagt, so offen mit David zu sprechen. Sie straffte die Schultern und sagte aufgebracht: „Geben Sie es ruhig zu, Mr. Norris, Sie wollen nicht, dass Angie etwas für eine Ihrer Angestellten empfindet."

David sah sie verständnislos an. „Ich erkenne Sie ja kaum wieder, Miss Stone! Ich wusste gar nicht, dass Sie so empfindlich sind."

„Ich und empfindlich?", empörte sich Marian, zeigte seine Bemerkung doch, wie wenig Einfühlungsvermögen er besaß.

„Mit der Feststellung, dass Angie Sie mag, wollte ich Ihnen eigentlich etwas Nettes sagen."

„Dann muss ich Sie missverstanden haben. Ich bitte um Entschuldigung."

Eine Weile saßen sie schweigend nebeneinander. Marian überlegte vergeblich, wie sie das Gespräch wieder in Gang bringen könnte. Doch ihr fiel beim besten Willen kein neutrales Thema ein. Allerdings machte David nicht den Eindruck, als sei er an einer Fortsetzung der Unterhaltung interessiert.

Schließlich sagte sie zögernd: „Ich fahre jetzt wohl besser nach Hause. Es ist schon ziemlich spät." Sie stellte das Weinglas ab. Vielleicht sollte sie in Zukunft keinen Alkohol mehr trinken, wenn sie mit David Norris zusammen war. Sie sagte dann nur Dinge, die ihr hinterher leid taten. Der Tag hatte so schön angefangen und endete nun nur wegen ihrer albernen Reaktion mit einem Missklang, der all ihre Hoffnungen zunichtemachte.

„Bevor wir uns verabschieden, möchte ich Sie noch um einen Gefallen bitten." David schien es unangenehm zu sein, Marians Hilfe noch einmal in Anspruch nehmen zu müssen.

Jetzt tat er Marian schon wieder leid. Um die Situation zu entspannen, sagte sie schnell: „Ich würde mich freuen, wenn ich noch etwas für Sie … für Angie tun könnte."

„Es geht um den Kinderkarneval. Angie freut sich schon sehr darauf, sich zu verkleiden und zu erleben, wie man den Karneval in New Orleans feiert. Aber Sie kennen ja meinen Terminkalender und wissen, dass er randvoll ist. Wären Sie bereit, mit Angie zum Umzug zu gehen? Wir könnten uns anschließend zum Essen treffen."

Marian war einverstanden. „Ich freue mich, wenn Sie mir Angie anvertrauen."

„Ich möchte aber nicht, dass Sie deswegen Ihr Privatleben vernachlässigen. Falls Sie bereits eine andere Verabredung haben mit jemandem, der Ihnen wichtig ist …"

„Ich sagte Ihnen bereits, dass ich mich gern um Angie kümmere."

„Gut, dann nehme ich Ihr Angebot an." David räusperte sich. „Da wir gerade davon sprechen: Gibt es jemanden in Ihrem Leben, der Ihnen so wichtig ist, dass Sie Ihre Freizeit mit ihm verbringen?"

Marian überlegte. Wie würde es David wohl aufnehmen, wenn er erführe, dass nur er für sie zählte? Doch das Risiko war zu groß. Sie würde ihn wahrscheinlich vor den Kopf stoßen, und er würde sich ganz in sein Schneckenhaus zurückziehen. Daher widerstand sie der Versuchung und begnügte sich mit einem Kopfschütteln. Vorsichtshalber fügte sie hinzu: „Seit einigen Monaten kann ich frei über meine Zeit verfügen." David brauchte ja nicht zu wissen, dass sie sich seinetwegen kaum noch für andere Männer interessierte.

Er nahm ihre Mitteilung mit einem nachdenklichen Kopfnicken zur Kenntnis.

Da Marian zu gern gewusst hätte, ob er nun aus Rücksichtnahme oder aus echtem Interesse gefragt hatte, sagte sie nach einer längeren Pause: „Es bleibt also dabei, dass ich mit Angie zum Umzug gehe. Was Ihre Einladung zum Essen betrifft, so möchte selbstverständlich auch ich nicht, dass Sie meinetwegen auf eine andere Verabredung verzichten, die Ihnen … mehr bedeutet." Marian schluckte. Hoffentlich hatte sie nicht zu viel riskiert!

David hatte sie mit einem amüsierten Lächeln beobachtet. „Mir geht es wie Ihnen, Marian. Auch in meinem Leben gibt es niemanden, auf den ich Rücksicht nehmen müsste … zumindest seit einiger Zeit nicht mehr."

Aufatmend lehnte sich Marian zurück. Auf so viel Offenheit hatte sie nicht zu hoffen gewagt. Vielleicht endete dieser Abend doch nicht so enttäuschend, wie sie befürchtet hatte.

Mit geschlossenen Augen lauschte sie der leisen Musik, die aus dem Lautsprecher erklang. Wie oft schon hatte sie von einem solchen Abend geträumt!

„Noch etwas Wein, Marian?", durchbrach David ihre Gedanken.

Sie schüttelte den Kopf. „Es ist besser, wenn ich nichts mehr trinke. Schließlich muss ich ja noch fahren."

„Ich werde Sie nach Hause bringen."

„Das ist wirklich nicht nötig." Obwohl sie nur zu gern Davids Angebot angenommen hätte, hielt Marian es für klüger, es abzulehnen. Er hatte wahrscheinlich nur höflich sein wollen. Außerdem hätte sie Sally bitten müssen, später mit ihr zu Davids Haus zu fahren, um ihr Auto abzuholen. Sally hätte ihr wahrscheinlich keine Ruhe gelassen und alles über den Abend mit David erfahren wollen.

David trank einen Schluck Wein. „Wie gefällt Ihnen übrigens Angies Zimmer?" Ihm war anzumerken, wie stolz er war, seiner Tochter so viel Luxus bieten zu können.

Marian zögerte. „Das Zimmer ist sehr hübsch. Allerdings ist mir aufgefallen, dass die Innenarchitektin eine Vorliebe für Gelb haben muss."

„Haben Sie etwas gegen die Farbe?"

„Im Gegenteil! Ich mag Gelb sehr gern."

„Und was sollte Ihr Zögern bedeuten?"

„Nichts, Mr. Norris, Sie müssen sich geirrt haben." Verlegen biss sich Marian auf die Unterlippe. Es stand ihr ja wirklich nicht zu, David darauf aufmerksam zu machen, dass seine Tochter einen anderen Geschmack haben könnte.

„Sie schwindeln nicht sehr überzeugend, Miss Stone. Also, was ist mit Angies Zimmer nicht in Ordnung?"

„Sie haben sicherlich viel Geld dafür bezahlt, dass sich Angie allein unterhalten kann. Sie kann bis in die Nacht hinein fernsehen, Musik hören ..."

„Ach so, Sie meinen, die Einrichtung sei zu aufwendig für ein kleines Mädchen?"

„Nicht unbedingt, nur ..."

„Marian, ich möchte jetzt endlich eine klare Antwort haben! Verstehen Sie doch endlich, dass ich großen Wert auf Ihr Urteil lege."

Marian holte tief Luft. „Wenn Sie es durchaus wissen wollen: Ich mache mir Sorgen um Angie. Dave, Sie haben sich alle Mühe gegeben, damit Angie ihr eigenes kleines Reich hat. Für ein junges

Mädchen wäre das sicherlich richtig, aber von einer Achtjährigen kann man nicht erwarten, dass sie sich den ganzen Tag allein beschäftigt. Das Kind hat ja bisher bei seinen Großeltern gelebt. Jetzt braucht es Hilfe, um sich hier einzuleben."

David hatte aufmerksam zugehört. „Ich verstehe immer noch nicht, worauf Sie hinauswollen."

„Jetzt habe ich beinahe das Gefühl, dass Sie mich nicht verstehen wollen." Marian strich sich das Haar aus der Stirn. Hoffentlich nahm es ihr David ab, dass sie sich nur aus Sorge um Angie einmischte. „Haben Sie schon einmal daran gedacht, ob Angie nicht darunter leiden könnte, dass Sie so wenig Zeit für sie haben?"

„Ich kann leider nichts daran ändern, dass meine Zeit sehr knapp bemessen ist."

Marian wurde energisch. „Dave, wenn Sie wollen, dass sich Angie bei Ihnen zu Hause fühlt, müssen Sie sie in Ihr Leben einbeziehen! Wenn Sie abends aus dem Büro kommen, muss Angie spüren, dass Sie sich auf das Zusammensein mit ihr freuen. Sie muss wissen, dass sie Ihnen mehr bedeutet als Ihre Bücher und Zeitschriften, mit denen Sie sich abends beschäftigen."

„Ich glaube, ich verstehe, was Sie meinen", murmelte David bestürzt.

Jetzt hatte Marian doch das Gefühl, zu weit gegangen zu sein. „Dave, bitte verstehen Sie mich nicht falsch. Ich habe Ihnen das nur gesagt, weil ich Angie mag und möchte, dass sie glücklich ist."

„Schon gut, Sie brauchen sich nicht zu entschuldigen. Ich werde auf jeden Fall über unser Gespräch nachdenken."

Marian stand auf. Es war höchste Zeit, die Unterhaltung zu beenden. Sie hatte das bestimmte Gefühl, David mit ihrer Offenheit ziemlich schockiert zu haben.

Er tat nichts, um sie zurückzuhalten. „Ich werde Sie zu Ihrem Wagen begleiten."

Die tagsüber milde Luft hatte sich empfindlich abgekühlt. Marian schlug den Mantelkragen hoch und ließ es zu, dass David ihr die Schlüssel abnahm und die Wagentür für sie öffnete.

Schweigend standen sie eine Weile nebeneinander. Schließlich sagte David nachdenklich: „Sie überraschen mich immer wieder, Marian. In Ihnen steckt viel mehr, als ich vermutet hatte." Er hob die Hand und strich ihr vorsichtig über die Wange.

Marian schloss die Augen und gab sich der unerwarteten Geste hin. David war ihr so nahe, dass sie befürchtete, er könnte das aufgeregte Klopfen ihres Herzens hören. Sie spürte, wie sich ihre Lippen öffneten. Marian hatte schon oft davon geträumt, von David geküsst zu werden. Noch nie war er ihr so begehrenswert erschienen wie in diesem Moment. Instinktiv hob sie den Kopf und bot ihm ihren Mund.

Aufstöhnend beugte sich David über ihre sehnsüchtig geöffneten Lippen. Er küsste sie mit einer Inbrunst, die ihr den Atem nahm. Wieder und wieder presste er den Mund auf ihren, bis Marian schließlich ihre Hemmungen überwand und seine Küsse voll Leidenschaft erwiderte.

Sie spürte, wie heftig er sie begehrte. Doch gleichzeitig schien es sich David übel zu nehmen, dass er seinem Gefühl nachgegeben hatte. Seine Hände verkrampften sich auf ihren Schultern, als wollte er Marian festhalten und im nächsten Moment wieder zurückstoßen.

Trotz dieser nur halb bewussten Wahrnehmung wünschte sich Marian, dass dieser traumähnliche Zustand nie enden würde. Nie hätte sie es für möglich gehalten, dass sie Davids Küsse in einen solchen Taumel des Entzückens versetzen könnten. Marian erschrak vor der Heftigkeit ihrer Reaktion. Wenn sie schon seine Küsse so erregten, wäre sie ihm wahrscheinlich rettungslos verfallen, wenn er ihren ganzen Körper berührte.

Widerstrebend löste er sich von ihren Lippen. Er trat einen Schritt zurück und flüsterte heiser: „Es ist besser, wenn Sie jetzt gehen."

Marian erwachte nur allmählich aus ihrem tranceähnlichen Zustand. Am liebsten hätte sie sich an David geschmiegt und ihn gebeten, sie nie mehr loszulassen. Doch ein Blick in sein angespanntes Gesicht zeigte ihr, dass sie sich verabschieden musste, bevor der Zauber des Augenblicks verflog.

„Ich möchte mich bei Ihnen bedanken." David streckte ihr die Hand entgegen. Seine Stimme klang belegt.

Marian schaute ihn verstört an. Was hatte das zu bedeuten? Dann begriff sie, dass sich David noch einmal bedankte, weil sie Angie beim Einkaufen geholfen hatte.

Sie lächelte vor sich hin. Eigentlich wäre es an ihr gewesen, sich bei ihm zu bedanken. Ihm verdankte sie es, dass ein Traum wahr geworden war: Er hatte sie geküsst.

5. Kapitel

Am Montagmorgen war Marian so nervös, dass sie sich kaum auf ihre Arbeit konzentrieren konnte.

Das ungewöhnlich offene Gespräch, das sie am Samstag mit David Norris geführt hatte, hatte ihr das ganze Wochenende keine Ruhe gelassen. Und es beruhigte sie keinesfalls, dass sie den ungewohnten Alkoholgenuss für ihre Kühnheit verantwortlich machen konnte.

Eine Sekretärin hatte sich nun einmal nicht einzumischen, wenn es darum ging, wie ihr Vorgesetzter seine Tochter erzog!

Eigentlich konnte sie noch von Glück reden, dass David nicht gefragt hatte, woher ihre Erfahrungen in Kindererziehung stammten. Dann nämlich hätte Marian gestehen müssen, dass sie zwar gelegentlich ihre drei Monate alte Nichte versorgte und im Allgemeinen gut mit Kindern zurechtkam, aber das hätte David sicherlich nicht als ausreichenden Grund anerkannt, um ihr ein Mitspracherecht bei Angies Erziehung einzuräumen.

Die Auseinandersetzung über Kindererziehung war nicht der einzige Anlass für Marians Nervosität. Mehr noch beschäftigte sie der leidenschaftliche Abschied von David, der sie umso mehr verwirrte, je länger sie darüber nachdachte. Gelegentlich kam ihr sogar der schreckliche Verdacht, dass sich David nur unter dem Einfluss von mehreren Gläsern Wein hatte hinreißen lassen, sie zu küssen.

Jetzt wartete sie mit wachsender Spannung darauf, dass David im Büro eintraf. Sie traute es dem sonst so beherrschten Mann durchaus zu, dass er so tun würde, als sei nichts zwischen ihnen vorgefallen. Vielleicht hatte er den Zwischenfall auch tatsächlich wieder vergessen. Und falls er gelegentlich doch noch daran dachte, würde er sicherlich erwarten, dass ihn Marian nicht an die Abschiedsszene erinnerte.

Marian war zwar bereit, den Vorfall auf sich beruhen zu lassen. Doch das wundervolle Gefühl, von David gehalten und geküsst zu werden, hatte sich für immer in ihr Gedächtnis eingegraben. Bisher hatte sie nur von ihm zu träumen gewagt. Jetzt, nachdem sie ihm so nahe gewesen war, waren ihre Sinne erwacht. Nie wieder würde sie sich damit zufrieden geben, ihn aus der sicheren Entfernung des Vorzimmers anzuschwärmen. Ihre Sehnsucht nach Zärtlichkeit verlangte eine Erfüllung, die nur die körperliche Vereinigung mit dem geliebten Mann ihr schenken konnte.

Als David endlich im Büro eintraf, wartete Marian mit angehaltenem Atem auf seinen Gruß. Er benahm sich wie immer, schenkte ihr kaum Beachtung und verschwand nach einem flüchtigen „Guten Morgen, Miss Stone", in seinem Zimmer.

Obwohl sich Marian diese Begegnung genauso kühl vorgestellt hatte, zuckte sie zusammen, als hätte er sie geohrfeigt. Deutlicher hätte ihr David nicht zeigen können, dass er das, was zwischen ihnen geschehen war, bereute. Wahrscheinlich hätte er sie am liebsten für immer aus seinem Vorzimmer verbannt. Er wollte offensichtlich nicht mehr daran erinnert werden, dass er für einen Augenblick die Kontrolle über sich verloren hatte.

Nachdem sie sich etwas gefasst hatte, nahm Marian die Post und folgte ihm in sein Büro. Sie legte ihm die Briefe vor und schenkte ihm eine Tasse Kaffee ein.

David sah flüchtig von den Akten auf und fragte beiläufig: „Wie geht es Ihnen heute Morgen, Miss Stone?"

Marian fühlte, wie sich ihre Mundwinkel verkrampften. „Danke, gut", brachte sie mühsam hervor.

„Das freut mich. Ich darf also annehmen, dass Ihr ... Schwimmversuch keine unangenehmen Nachwirkungen hatte?"

„N... nein", stotterte Marian hilflos. „Oder vielleicht doch ... Ich fürchte nämlich, dass ich unter der Nachwirkung des Schocks einiges gesagt habe, das ich im Nachhinein bereue. Es tut mir leid, dass ich mich so gehen ließ. Ich weiß selbstverständlich, dass es mir nicht zusteht, mich in die Erziehung Ihrer Tochter einzumischen. Ich kann nur hoffen ..."

„Setzen Sie sich doch bitte."

Mit zitternden Knien setzte sich Marian auf den Stuhl vor Davids Schreibtisch.

Er trank einen Schluck Kaffee. „Wenn ich mich recht erinnere, gaben Sie mir zu verstehen, dass ich mir mehr Zeit für die Kleine nehmen soll."

Marian hätte sich am liebsten geohrfeigt. David schien den Abend

in seinem Haus bereits vergessen zu haben, und sie war so dumm gewesen, ihn daran zu erinnern! „Mr. Norris, ich habe mich wirklich unmöglich benommen. Ich hätte den Wein nicht trinken sollen, weil ich Alkohol nicht gewöhnt bin. Und dann war ja auch noch der Whisky ... Ich scheine nicht mehr gewusst zu haben, was ich tue ..."
David zog die Augenbrauen hoch. „Sie haben also Gewissensbisse? Nun, das kann ich schon verstehen ..."
„Mr. Norris", unterbrach ihn Marian. „Ich weiß zwar, dass jeder Mensch für seine Handlungen selbst verantwortlich ist. Aber ich war am Samstag so durcheinander, dass ich Sie bitten möchte, den Tag aus Ihrem Gedächtnis zu streichen."
Davids Miene verfinsterte sich zusehends. Er machte den Eindruck, als hätte er sich hinter eine Mauer zurückgezogen. Marian kannte diesen Stimmungsumschwung bei ihm. So isoliert hatte David früher immer dann gewirkt, wenn ihn etwas bedrückte, über das er nicht sprechen wollte.
Sie versuchte noch einmal, ihn zu erreichen. „Ich bitte in aller Form um Entschuldigung für das, was am Samstag vorgefallen ist."
Er hob den Kopf. „Das reicht nun wirklich, Miss Stone! Sie haben sich schon mehrmals entschuldigt. Können wir jetzt die Post durchgehen, oder gibt es noch etwas, das Sie mir sagen möchten?"
„Ja ... oder vielmehr nein ... Selbstverständlich, Sir, die Post."
Eine Viertelstunde später klappte Marian völlig entnervt den Stenoblock zu. David behandelte sie so schroff wie seit Wochen nicht mehr. Er diktierte in einer Geschwindigkeit, der sie kaum folgen konnte. Seine Anweisungen waren barsch und unzusammenhängend, sein Blick erschien ihr kalt und abweisend.
Auf dem Weg in ihr Zimmer blieb Marian stehen und drehte sich noch einmal um. David hatte sich bereits wieder in die Akten vertieft. Als er Marians Zögern bemerkte, fragte er ungeduldig: „Gibt es noch etwas, Miss Stone?"
Marian fasste sich ein Herz. „Ich wollte nur sagen, dass ich nicht alles, was am Samstag geschehen ist, bereue." Sie hatte lange überlegt, ob sie David auf die intime Abschiedsszene ansprechen sollte. Es mochte zwar unklug sein, ihn daran zu erinnern, aber Marian hatte das Gefühl, ohnehin nicht mehr viel zu verlieren zu haben.
„Mr. Norris, ich kann zwar verstehen, dass Sie nicht an unseren Abschied erinnert werden möchten. Aber ich kann nicht vergessen,

was zwischen uns geschehen ist. Allerdings können Sie sich darauf verlassen, dass ich nie mehr darüber sprechen werde."

Mit gesenktem Kopf verließ sie Davids Büro und setzte sich an ihren Schreibtisch. Eine Weile später horchte sie auf. David schien seine schlechte Laune vergessen zu haben, denn er pfiff fröhlich vor sich hin.

Gegen zwölf Uhr meldete sie ihm durch die Sprechanlage, dass sie vorhabe, ihre Mittagspause in der Kantine zu verbringen.

Er wünschte ihr guten Appetit. „Miss Stone, bevor ich es vergesse: Habe ich Ihnen eigentlich im vorigen Jahr anlässlich des Sekretärinnentages etwas geschenkt?"

Marian stutzte. David hatte zwar für die Ansicht der Gewerkschaft, dass auch der Berufsgruppe der Sekretärinnen ein besonderer Ehrentag zustehe, nicht viel übrig, aber korrekt wie er war, hatte er sich dem Brauch angeschlossen.

„Wenn ich mich recht erinnere, haben Sie Blumen kommen lassen."

„Es wird wohl eher so gewesen sein, dass ich Sie beauftragt habe, sich einen Strauß zu besorgen. Wie auch immer, ich glaube, die meisten Chefs laden ihre Sekretärinnen an diesem Tag zum Essen ein."

„Das ist schon möglich."

„Also schulde ich Ihnen noch eine Einladung. Passt es Ihnen heute?"

Marian glaubte, sich verhört zu haben.

„Haben Sie mich verstanden, Miss Stone?"

„Ich ... ja, ich glaube schon."

„Gut, ich bin in zehn Minuten hier fertig und hole Sie ab."

Kopfschüttelnd stellte Marian die Sprechanlage ab. Sie konnte immer noch nicht glauben, dass David tatsächlich mit ihr zum Essen gehen wollte.

Sally kam, um Marian wie üblich zum Mittagessen in der Kantine abzuholen. Marian war zu verwirrt, um ihr die Situation erklären zu können. Sie deutete auf Davids Tür und zuckte hilflos mit den Schultern.

Sally reagierte empört. „Heißt das, dass dich der Unhold nicht einmal mehr in die Kantine gehen lässt?"

Marian schüttelte den Kopf.

„Was ist es denn sonst? Marian, ich sterbe vor Hunger, und du siehst aus, als ob du eine Erscheinung gehabt hättest. Was hat dir das Ungeheuer getan?"

„Ich habe Miss Stone zum Essen eingeladen." David war aus seinem Zimmer gekommen und musterte die empörte Sally mit einem amüsierten Lächeln. „Sonst noch Fragen, Miss Livingston?"

Sally trat verwirrt einen Schritt zurück. „Nein ... ich muss jetzt gehen. Ich wünsche dir guten Appetit, Marian. Es hat mich gefreut, Sie wieder einmal zu sehen, Mr. Norris ... Sir."

„Auf Wiedersehen, Miss Livingston."

„Bis später, Marian." Sally rannte wie gehetzt aus dem Sekretariat. David schaute ihr nach. Um seine Mundwinkel zuckte es verräterisch. Er machte gar kein Hehl daraus, dass er die Unterhaltung zwischen den beiden Frauen mitgehört hatte. „Wie kommt Miss Livingston eigentlich auf die Idee, ich sei ein Ungeheuer?"

Marian presste die Handtasche vor die Brust. „Nun, es gab Zeiten, in denen Sie alles taten, um diesen Eindruck zu erwecken."

David nahm diesen Kommentar erstaunlich gelassen hin. „Tatsächlich? Dann wird es Zeit, dass ich etwas für mein Image tue. Was halten Sie davon, mit mir zu ‚Brennan' zum Essen zu gehen? Vorsichtshalber habe ich dort einen Tisch reservieren lassen."

Marian war noch nie in dem luxuriösen Restaurant gewesen, das weit über die Grenzen von New Orleans für seine Eleganz und die exquisite Qualität der Küche bekannt war.

„Einverstanden?"

„Oh Dave ... Entschuldigung, Mr. Norris, das ist wirklich eine ausgezeichnete Idee."

Eine Viertelstunde später geleitete sie der Ober zu einem mit Blumen geschmückten Tisch. Falls David erwartet haben sollte, dass sich Marian mit einem Salat und einem Glas Eistee begnügen würde, hatte er sich getäuscht. Sie hatte schon immer einen gesunden Appetit gehabt und wusste gutes Essen durchaus zu schätzen. Sie bestellte ein komplettes Menü, das aus einer Platte mit kalten Vorspeisen, einem Salat aus Krebsschwänzen und überbackenem Hummer bestand.

Als der Ober die Bestellung aufgenommen hatte, lehnte sich Marian zufrieden zurück. „Sie finden mich hoffentlich nicht unbescheiden, Mr. Norris?"

David schüttelte lachend den Kopf. „Ganz im Gegenteil! Halten

Sie sich ruhig dafür schadlos, dass ich Sie noch nie zum Essen eingeladen habe."

„Das war aber nicht meine Absicht!"

„Wie auch immer. Aber ich wüsste nun wirklich gern, wie Sie all das bewältigen wollen, was Sie sich gerade bestellt haben. Schließlich sind Sie doch eine ausgesprochen zierliche Person."

Jetzt lachte Marian. „Sie werden sich wundern! Zum Glück habe ich noch nie Probleme mit der Figur gehabt. In meiner Familie sind alle Frauen sehr schlank, zumindest, solange sie keine Kinder haben. Von meiner Mutter und meinen Schwestern weiß ich, dass sie dann allerdings ständig auf ihre schlanke Linie achten mussten. Also nehmen Sie es mir bitte nicht übel, wenn ich nach Herzenslust esse, solange ich es mir noch leisten kann."

Marian schwieg verwirrt. Sie hatte das peinliche Gefühl, wieder einmal zu schnell und vor allem zu viel zu reden. Dabei hatte sie noch nicht einmal etwas getrunken! Wahrscheinlich lag es daran, dass sie sich selten so wohl gefühlt hatte wie in diesem Augenblick.

„Darf ich das so verstehen, dass Sie sich Kinder wünschen?", wollte David wissen.

„Warum nicht?" Marian schob sich ein Appetithäppchen in den Mund.

„Und es schreckt Sie nicht, dass ein Kind Ihre Figur ruinieren könnte?"

Marian schüttelte den Kopf. „Nicht im Geringsten. Meine Freundinnen finden mich ohnehin zu dünn. Natürlich möchte ich keine Tonne werden. Aber ein paar Kurven wären mir schon recht."

„Sie können sehr zufrieden sein mit Ihrer Figur. Jedenfalls kann ich Sie mir als Tonne nicht vorstellen", versicherte David, und in seiner Stimme schwang ein warmer, fast liebevoller Unterton mit, der Marian aufhorchen ließ.

„Ich hoffe, Sie behalten recht." Sie beugte sich über ihren Teller und spielte mit den Brotkrümeln. Sie hatte zwar noch nichts getrunken, fühlte sich aber bereits jetzt schon so animiert, dass sie beschloss, auf den Wein zu verzichten.

Warum wohl hatte David wissen wollen, ob sie Kinder mochte? Einen Augenblick lang war Marian versucht gewesen, ihm zu gestehen, wie gern sie ein Kind von ihm gehabt hätte. Dabei hatte seine Frage wahrscheinlich auf etwas völlig anderes abgezielt. Immerhin war es ja denkbar, dass Angies Mutter gegen ihren Willen schwanger geworden war und David deswegen mit Vorwürfen verfolgt hatte. Es war also völlig normal, wenn er nun wissen wollte, welchen Stellenwert Kinder im Leben einer modernen jungen Frau hatten.

David nippte an seinem Glas. „Ich habe Angie erzählt, dass Sie sie zum Karnevalsumzug begleiten werden. Sie war begeistert!"

„Das freut mich."

„Ich habe das Gefühl, dass Sie meine Tochter mögen."

„Angie ist ein ganz besonderes Kind. Ich habe sie sehr gern."

„Marian, ich möchte noch einmal auf unser Gespräch vom Samstag zurückkommen." David schaute nachdenklich aus dem Fenster. „Sie haben sicherlich recht, wenn Sie mir vorwerfen, dass ich Angie vernachlässige. Vielleicht sollte ich sie wirklich stärker in mein Leben einbeziehen. Aber Sie müssen auch mich verstehen. Nachdem ich viele Jahre allein gelebt habe, muss ich mich erst an das Kind gewöhnen. Trotzdem bin ich Ihnen dankbar, dass Sie sich Sorgen um Angie machen. Die Kleine hat Glück, dass Sie sich so intensiv um sie kümmern."

Marian schlang sich die Kordel der ledergebundenen Weinkarte um die Finger. Offensichtlich hatte sie sich umsonst mit Gewissensbissen gequält, weil sie sich unter dem Einfluss von ein paar Gläsern Wein in Angies Erziehung eingemischt hatte. Wer weiß, vielleicht verdankte sie es gerade dieser Mutprobe, dass sie jetzt mit David in einem der elegantesten Restaurants der Stadt saß.

„Ich sollte auf jeden Fall versuchen, mehr Zeit mit Angie zu verbringen. Nochmals vielen Dank, dass Sie mich an meine Vaterpflichten erinnert haben", fuhr David nach einer kleinen Pause fort. „Das sollte sich allerdings nicht so anhören, als ob ich mich nur aus Pflichtbewusstsein mit Angie abgebe. Ich merke nämlich, dass es mir tatsächlich Spaß macht, etwas mit ihr zu unternehmen. Auch das verdanke ich Ihnen."

Marian erwiderte Davids Lächeln. Das war ein wundervolles Kompliment, und dass es ausgerechnet von David kam, machte sie besonders glücklich.

„Seit ich mehr Zeit mit Angie verbringe, merke ich allerdings auch, wie sehr mich das Geschäft in Anspruch nimmt." David seufzte. „Sie wissen ja selbst, dass wir ein paar besonders hektische Monate vor uns haben. Vom Ausgang der Verhandlungen hängt viel für das Unternehmen und seine Mitarbeiter ab."

Marian nickte. Sie wusste, wie hart der pharmazeutische Markt umkämpft war. Vor einigen Monaten hatte ein Konkurrent versucht, David zum Verkauf seiner Firma zu überreden. David hatte den Vorschlag rundweg abgelehnt. Im Vergleich zur Konkurrenz war die Firma Norris zwar noch ziemlich klein, aber sie hatte sich auf einige hochwertige Produkte spezialisiert, die sich unter der Führung eines qualifizierten Managements rasch auf dem Markt durchsetzen würden.

David wirkte bedrückt. „Ich weiß wirklich nicht, wie ich es in den nächsten Wochen schaffen soll, genügend Zeit für Angie zu finden, ohne das Geschäft zu vernachlässigen."

Marian fand, dass David übertrieb. Schließlich hing eine intensive Beziehung zwischen Vater und Tochter nicht davon ab, wie viel Zeit sie miteinander verbrachten. Viel wichtiger war es, dass David Verständnis für Angies kindliche Probleme und Freuden zeigte und ihr das Gefühl gab, geliebt zu werden.

„Übrigens habe ich den Eindruck, dass Sie so etwas wie ein Vorbild für meine Tochter geworden sind." David lehnte sich zurück. „Seit sie Sie damals im Büro besucht hat, fragt Angie unaufhörlich nach Ihnen. Die Kleine hat Sie so gern, dass ich fast eifersüchtig werden könnte."

Marian spürte, wie ihre heitere Stimmung schlagartig verflog. Das also steckte hinter der unerwarteten Einladung: David war nicht etwa mit ihr zum Essen gegangen, weil er gern mit ihr zusammen war. Das aufwendige Essen war nichts anderes als ein Bestechungsversuch.

Seine Komplimente zielten einzig und allein darauf ab, sie als Kindermädchen für Angie zu gewinnen. Und da David nicht wissen konnte, welche Hoffnungen sich Marian gemacht hatte, würde er ihr wahrscheinlich für die Zeit, die sie mit seiner Tochter verbrachte, eine großzügige Bezahlung anbieten. Marian war so enttäuscht, dass sie am liebsten davongelaufen wäre.

„Wie schon gesagt, werde ich in den nächsten Wochen sehr beschäftigt sein. Daher wäre es mir sehr lieb, wenn Sie sich ab und zu ein bisschen um Angie kümmern würden. Ich werde Sie natürlich angemessen für diese Zeit bezahlen."

„Natürlich", murmelte Marian tonlos und versuchte sich ihre Enttäuschung nicht anmerken zu lassen.

„Ich bin eine solche Närrin", schluchzte Marian und griff nach dem Taschentuch, das Sally ihr hinhielt.

Sally wusste nicht recht, was sie mit ihrer verzweifelten Freundin anfangen sollte. Marian war nicht zu bewegen, ihr den Grund für ihre Tränen zu nennen.

Marian wischte sich über die Augen. „Ich hätte wirklich nicht geglaubt, dass man mich so leicht hinters Licht führen kann."

Noch vor ein paar Stunden hatte sie das Gefühl gehabt, auf rosa Wolken zu schweben. David hatte sie zum Essen eingeladen, sich mit ihr über ihren Wunsch nach eigenen Kindern unterhalten, ihr Komplimente über ihr Einfühlungsvermögen in die kindliche Psyche gemacht ... und schon kurze Zeit später hatte sich herausgestellt, dass sie das Opfer ihrer Wunschträume geworden war!

Und sie war so dumm gewesen zu glauben, David spreche über eine gemeinsame Zukunft. Ihre Liebe hatte ihr eine Familienidylle vorgegaukelt, sie hatte sich ihr zukünftiges Leben an Davids Seite in den leuchtendsten Farben ausgemalt. Dabei hatte er nichts anderes im Sinn gehabt, als ein Kindermädchen für seine Tochter zu finden!

Im Augenblick hätte Marian nicht sagen können, ob sie aus Enttäuschung über ihre vergebliche Hoffnung oder aus Wut über diese Demütigung weinte.

Sally legte ihr begütigend den Arm um die Schultern. „Marian, nun sei doch endlich vernünftig. Du musst David Norris verlassen! Dieser Mann ist es nicht wert, dass du dir seinetwegen die Augen aus dem Kopf weinst. Dafür kann dich nicht einmal das enorme Gehalt entschädigen."

„Aber ich kann ihn nicht verlassen, nicht ausgerechnet jetzt!"

„Warum nicht?"

„Es ist wegen Angie. Sie braucht mich."

Sally stemmte empört die Hände in die Hüften. „Ach so, ich verstehe! David hat gemerkt, dass du Angie magst, und nun benutzt er die Kleine, um dich zu erpressen. Er ist wirklich ein Ungeheuer."

„Sally, versuch doch, mich zu verstehen. Wenn ich jetzt kündigen würde, wäre Angie die Leidtragende. Sie hätte dann nämlich überhaupt niemanden mehr, der sich ab und zu um sie kümmert."

Das Kind tat ihr von ganzem Herzen leid. Angie hatte sich gerade von ihren Großeltern getrennt, musste sich in eine neue Schule eingewöhnen, hatte hier wenige Freunde und lebte ziemlich isoliert in

Davids Haus. Marian brachte es einfach nicht fertig, die Kleine im Stich zu lassen.

Daher hatte sie sich auch entschlossen, Davids Wunsch zu erfüllen und gelegentlich etwas mit Angie zu unternehmen. Jetzt hing alles davon ab, ob es ihr gelingen würde, ein neutrales Verhältnis zu David zu finden. Marian wusste genau: Wenn sie sich nicht von ihren Wunschträumen löste, würde sie nicht nur sich selbst schaden, sondern letztlich auch der kleinen Angie nicht helfen können.

Sally wurde ungeduldig. „Ich kann nicht länger mit ansehen, wie du dich quälst. Wie soll ich dir raten, wenn du mir nicht endlich erzählst, was heute vorgefallen ist?"

Marian war zu erschöpft, um noch länger nach Ausflüchten zu suchen. Außerdem würde es ihr sicher gut tun, sich allen Kummer einmal von der Seele zu reden.

„Du weißt ja, dass mir David eine beträchtliche Gehaltserhöhung zugesagt hat, obwohl die letzte erst vier Monate zurückliegt. Dann hat er mich zum Essen eingeladen, was er noch nie zuvor getan hat. Vielleicht war ich zu leichtgläubig, aber ich habe wirklich gedacht, er tut das, weil er sich für mich interessiert. Die bittere Wahrheit ist allerdings, dass mich David durch seine Großzügigkeit bestechen wollte. Er sucht nämlich ein Kindermädchen für seine Tochter."

„Wie bitte?"

„Du hast richtig gehört! David möchte, dass ich mich um Angie kümmere, wenn er selbst keine Zeit für das Kind hat."

Sally schüttelte fassungslos den Kopf. Marians Erzählung übertraf ihre schlimmsten Befürchtungen.

Marian sank in sich zusammen. „Vielleicht verstehst du nun, warum ich außer mir bin. Ich habe mir schlicht und einfach etwas vorgemacht! Dabei hätte ich wissen können, dass David meine Gefühle nicht erwidert. Vielleicht liegt das an meiner Figur. Ich glaube, er macht sich nichts aus dünnen Frauen."

„Unsinn!" Sallys Augen blitzten zornig. „Jetzt nimm das Ungeheuer nicht auch noch in Schutz! Fang endlich an, dich zu wehren! Sonst kriegst du seinetwegen noch Komplexe."

„Und was soll ich deiner Meinung nach tun?"

Sally überlegte. „Ich schlage vor, dass du dir möglichst schnell einen Freund suchst. Ich denke dabei an einen gestandenen, selbstbewussten Mann, der in der Lage sein muss, zur Abwechslung einmal diesem eingebildeten Mr. Norris Komplexe einzujagen."

„Und was soll ich tun, um ein solches Fabelwesen kennenzulernen?"

Sally zwinkerte verschwörerisch. „Nichts leichter als das. Du kennst ihn nämlich bereits. Ich übrigens auch."

„Was du nicht sagst!" Gegen ihren Willen musste Marian lachen. In ihren Augen war David Norris so attraktiv, dass sie sich keinen anderen Mann vorstellen konnte, der eine ernsthafte Konkurrenz für ihn darstellte. Und selbst wenn Sally einen solchen Mann kannte, würde sie ihn verständlicherweise für sich gewinnen wollen und nicht bereit sein, ihn an Marian abzutreten. „Sally, dein Vorschlag ist sicherlich gut gemeint. Aber da sich David nicht für mich interessiert, wird es ihm gleichgültig sein, wenn ich mich mit anderen Männern verabrede."

„Lass mich nur machen!" Sally lächelte siegesgewiss. „Wenn er erfährt, mit wem du dich verabredest, wird das David Norris bestimmt aus der Reserve locken."

„Schau mal, Marian, sieht das nicht herrlich aus?" Aufgeregt zappelnd bahnte sich Angie einen Weg durch die dichte Menschenmenge.

Traditionsgemäß erreichte der Karnevalstrubel seinen Höhepunkt erst am späten Abend. Wie versprochen, war Marian gemeinsam mit Angie zum Umzug gegangen, der von einem prachtvollen Feuerwerk begleitet wurde. Zu beiden Seiten der Straße wurden Fackeln entzündet. Eine Dixieland-Kapelle feuerte die Menge mit heißen Rhythmen an.

„Das ist die aufregendste Nacht, die ich jemals erlebt habe." Angie klammerte sich an Marians Hand. „Ich habe schon viel vom Karneval in New Orleans gehört, aber so großartig habe ich mir den Umzug nicht vorgestellt."

Marian, die seit dem Essen mit David kaum noch gelacht hatte, ließ sich von Angies ausgelassener Stimmung anstecken. Das Kind konnte sich so unbefangen freuen, dass Marian jede Stunde genoss, die sie mit der Kleinen verbrachte.

Inzwischen war die Musik so laut, dass jede normale Unterhaltung unmöglich wurde. „Ich habe noch nie so viele Leute auf einem

Haufen gesehen", rief Angie. „Daddy wird uns in diesem Gedränge nie finden."

„Keine Angst! Hauptsache, du bleibst immer neben mir, dann kann uns nichts passieren."

„Hoffentlich gefällt ihm mein Kostüm." Angie zupfte an ihren Flügeln. Seit sie erfahren hatte, warum sich ihre Eltern für ihren etwas altmodischen Namen entschieden hatten, stand ihr Entschluss fest: Sie wollte sich für den Karnevalsumzug als Engel verkleiden.

Da der Karneval in New Orleans ohne entsprechende Maskerade undenkbar ist, hatte sich auch Marian trotz ihrer trüben Stimmung für ein Kostüm entscheiden müssen. Sie hatte sich ein tief ausgeschnittenes, langes Rüschenkleid geliehen, wie es die Südstaatenfrauen früher bei den glanzvollen Festen auf den Plantagen getragen hatten. Angie war begeistert gewesen: Ihre große Freundin Marian sah aus wie Scarlett O'Hara in „Vom Winde verweht".

Marian war sich bewusst, dass zu dieser Rolle mehr als nur ein schwingender Reifrock und ein großzügiges Dekolleté gehörten. Scarlett war eine kapriziöse junge Frau, die nach Herzenslust flirtete und sämtlichen Männern den Kopf verdrehte.

So gesehen, passte das Kostüm hervorragend in Sallys Plan, David eifersüchtig zu machen. Marian hoffte nur, dass sie nun auch den Mut finden würde, in seiner Gegenwart die verführerische Herzensbrecherin zu spielen.

Um sich in die ihr zugedachte Rolle einzuüben, riskierte sie einen koketten Blick über den Rand des spitzenbesetzten Fächers. Angie zupfte sie aufgeregt am Ärmel.

„Schau mal, Marian, dort drüben geht ein Mann auf Stelzen."

„Tatsächlich. Toll, wie er sich auf den wackeligen Holzstangen hält!" Marian klappte den Deckel der kleinen Sprunguhr auf, die sie sich an den Ausschnitt gesteckt hatte. „Angie, es ist Zeit, dass wir uns auf den Weg machen. Dein Vater wird schon auf uns warten." Sicherheitshalber hatte sie sich mit David in einem Restaurant verabredet.

„Aber der Umzug ist doch noch gar nicht vorbei!"

„Keine Angst, er dauert noch Stunden. Komm, wir wollen deinen Vater nicht warten lassen."

„Ich komme nur mit, wenn du mir versprichst, dass wir nicht zu lange im Restaurant bleiben."

Marian nickte. Sie hatte selbst so viel Gefallen an dem bunten Treiben gefunden, dass sie David am liebsten versetzt hätte. Inzwischen hatten sich die Leute, die dem Karnevalszug vom Straßenrand aus zugejubelt hatten, singend und tanzend zwischen die blumengeschmückten Festwagen geschoben. Trinkend und lachend folgten sie dem farbenprächtigen Umzug durch die Altstadt von New Orleans. Mühsam bahnte sich Marian einen Weg durch das Gedränge. Plötzlich riss sich Angie von ihrer Hand los und griff sich an den Kopf. „Marian, warte. Ich habe meinen Heiligenschein verloren."

Marian schaute suchend zu Boden. „Angie, es tut mir sehr leid, aber du wirst dich wohl damit abfinden müssen, ein Engel ohne Heiligenschein zu sein. In diesem Trubel finden wir ihn nie wieder."

„Ohne Heiligenschein bin ich kein Engel", klagte Angie. Sie war kurz davor, in Tränen auszubrechen.

„Angie, nicht traurig sein. Es kann ja auch einem richtigen Engel einmal passieren, dass er seine Strahlen verliert. Entweder ist der Engel unachtsam gewesen, oder er hat seinen Heiligenschein verloren, weil er nicht lieb war."

„Und was passiert dann? Muss der Engel wieder ein Mensch werden?"

„Nein, so schlimm geht die Sache nun doch nicht aus. Der Engel wird um eine Stufe in der himmlischen Rangordnung zurückversetzt. Dann muss er viele gute Werke tun und ganz lieb sein, um wieder ein richtiger Engel zu werden."

Angie dachte nach. „Weißt du, eigentlich ist dieses System gar nicht so schlecht. Ich stelle es mir schrecklich vor, wenn ich als Engel immer perfekt sein müsste."

„Du bist ein vernünftiges Mädchen und kannst mit deinem Kostüm sehr zufrieden sein. Wenn dich jemand fragt, was du darstellst, sagst du einfach, du seist ein gefallener Engel auf dem Wege der Besserung."

Inzwischen war das Gedränge so dicht geworden, dass an ein Vorwärtskommen kaum mehr zu denken war. Marian drückte Angie ganz eng an sich und versuchte einen Ausweg zu finden. Zwischendurch schaute sie auf die Uhr. Sie waren noch ein ganzes Stück von dem Restaurant entfernt, in dem sie sich mit David treffen wollten.

Angie hatte eine Lücke in der Menschenmenge entdeckt und spähte erwartungsvoll auf die Straße. „Marian, schau doch, dort reitet ein Prinz."

Marian reckte sich auf die Zehenspitzen. Tatsächlich, mitten auf der Bourbon Street kam ein großer, stattlicher Mann auf einem Schimmel geritten.

Angie wurde immer aufgeregter. „Marian, jetzt hält er an!"

Ungläubig starrte Marian auf die Straße. Der Reiter hatte sein Pferd auf die Straßenseite gelenkt, auf der sie mit Angie stand. Jetzt warf er einem der Zuschauer die Zügel zu, sprang vom Pferd und kam direkt auf Marian zu.

Er begrüßte sie mit einer tiefen Verbeugung und sagte: „Madame, Ihre Schönheit hat mein Herz besiegt."

Obwohl der Mann eine Halbmaske trug, sodass sie die Augenpartie nicht sehen konnte, hätte Marian das Gesicht mit dem energischen Kinn und dem gut geschnittenen Mund überall wiedererkannt. Kein Zweifel – der charmante Prinz musste David Norris sein.

Doch dann stutzte sie. David war den ganzen Tag in einer Konferenz und wollte sie erst in einer halben Stunde im Restaurant treffen. Also hatte sie sich wohl geirrt. Außerdem gab es noch einen anderen Grund, warum der Fremde unmöglich David Norris sein konnte: Ihrem Chef wäre wohl kaum eine so romantische Begrüßung eingefallen wie die, mit der der Fremde sie so verwirrt hatte.

Angie warf dem Prinzen einen schwärmerischen Blick zu und flüsterte: „Marian, sieht er nicht himmlisch aus?"

Der Fremde streckte Marian die Hand entgegen, als wolle er sie bitten, ihm zu vertrauen. Marian schaute sich verlegen um. Ringsum warteten die Leute darauf, wie sich die Begegnung zwischen der aufreizend kostümierten jungen Frau und ihrem Ritter weiterentwickeln würde.

Ein bärtiger Mann feuerte den Prinzen an. „Nur Mut, Hoheit! Siehst du nicht, dass deine Lady auf einen Kuss wartet?"

Seine Begleiterin rief: „Hör mal, mein Hübscher, wenn deine Dame nicht will, kannst du dir von mir einen Kuss holen."

Offensichtlich wollte der Prinz seine Zuschauer nicht enttäuschen. Geschickt fasste er Marian um die Taille und zog sie an sich.

Marian war so verwirrt, dass sie sich nicht wehrte. Außerdem hätte sie sich lächerlich gemacht, wenn sie diesem attraktiven Mann ausgerechnet auf dem Höhepunkt des Karnevals einen Kuss verweigerte.

Mit angehaltenem Atem blickte sie in das Gesicht des Fremden.

Er beugte sich über sie und küsste sie so intensiv und ausdauernd, dass Marian taumelte.

Als er sich schließlich von ihr löste, applaudierten die Zuschauer. Marian schüttelte sich benommen und trat einen Schritt zurück. Unwillkürlich hatte sie die Hand aufs Herz gelegt.

Angie stieß einen tiefen Seufzer aus. „Marian, wie wundervoll! Ich dachte, der Prinz würde dich nie mehr loslassen."

Marian war so aufgewühlt von dem Kuss, der ihr seltsam vertraut vorkam, dass sie nicht sprechen konnte.

Vor allem die Zuschauerinnen hatten die Szene fasziniert verfolgt. Eine der maskierten Schönen beklagte sich: „Prinz, du bist ungerecht. Ich bestehe darauf, ebenfalls geküsst zu werden."

„Ich auch, ich auch!", riefen ihre Freundinnen übermütig.

Bei dem Prinzen schien es sich tatsächlich um einen geborenen Kavalier zu handeln. Charmant küsste er die Hände der umstehenden Damen. Nachdem er seine ritterliche Pflicht erfüllt hatte, griff er nach den Zügeln seines Pferdes, schwang sich in den Sattel und ritt davon.

Angie starrte ihm mit weit aufgerissenen Augen nach. „Marian, warum hat er nur dich auf den Mund geküsst?"

Marian war noch immer ziemlich benommen. „Ich weiß es nicht", erwiderte sie leise. Dann schien ihr etwas einzufallen. „Angie, hat dich der Mann an jemanden erinnert, den du kennst?"

Angie nickte. „Er sah aus wie der Prinz im Märchen von Aschenbrödel. Du weißt doch, er ließ alle Mädchen einen gläsernen Schuh anprobieren. Ich fand das immer ein bisschen merkwürdig. Wer trägt schon Schuhe aus Glas!"

Marian hatte nicht zugehört. Sie ertappte sich bei dem Wunsch, dass es sich bei dem Fremden doch um David Norris handeln könnte, obwohl jede Wahrscheinlichkeit dagegen sprach. Außerdem war es unvorstellbar, dass sich ausgerechnet ihr viel beschäftigter Chef auf diese Maskerade einließ. Und trotzdem ...

6. Kapitel

Inzwischen hatte sich das Gedränge etwas gelichtet. Marian hastete mit Angie die Straße entlang und sah zwischendurch auf die Uhr. Noch bestand die Chance, dass sie pünktlich an dem vereinbarten Treffpunkt ankamen.

Plötzlich fiel ihr ein, dass es doch eine Möglichkeit gab, herauszufinden, ob der als Prinz maskierte Mann mit David identisch war.

„Antoine", das Lokal, in dem sie mit David verabredet waren, gehörte zu den berühmtesten und ältesten der Stadt. Insgeheim hoffte Marian, dass David noch nicht eingetroffen war. Dann nämlich konnte er der Prinz gewesen sein. Er hätte sich unmöglich innerhalb so kurzer Zeit umkleiden können, um noch rechtzeitig in dem Lokal einzutreffen.

Atemlos vor Spannung betrat Marian den Speisesaal, der für seine kostbare Jugendstileinrichtung berühmt war.

Enttäuscht blieb sie am Eingang stehen. Auf einer der mit Plüsch bezogenen Eckbänke saß David und blätterte in der Speisekarte. Angie rannte zu ihrem Vater und schlang ihm die Arme um den Hals. „Daddy, du kannst dir überhaupt nicht vorstellen, was wir alles erlebt haben", sprudelte sie aufgeregt hervor.

Der Oberkellner begrüßte Marian mit einem höflichen Lächeln und geleitete sie zu Davids Tisch. Dort rückte er ihr einen der zierlichen Sessel zurecht und wartete, bis sie Platz genommen hatte.

Angie konnte es kaum erwarten, ihrem Vater von ihren Erlebnissen zu erzählen. „Zuerst haben wir den Umzug gesehen mit ganz vielen Fackeln und Feuerwerk und einem Mann auf Stelzen. Und dann kam das Schönste: Ein Prinz auf einem schneeweißen Pferd kam auf Marian zugeritten und hat sie geküsst. Daddy, du kannst dir überhaupt nicht vorstellen, wie romantisch das war."

David hatte aufmerksam zugehört. Als er sich Marian zuwandte, war ihm anzumerken, wie sehr ihn der Bericht seiner Tochter amüsierte. „Das hört sich ja an, als hätten Sie einen sehr aufregenden Tag hinter sich."

Angie hatte noch mehr zu erzählen. „Auf den Straßen waren beinahe so viele Leute wie in New York, und sie waren alle ganz toll kostümiert. Oh Dad, Karneval ist noch schöner als Geburtstag und Weihnachten!" Sie strich sich das Haar aus dem erhitzten Gesicht. Dabei schien ihr wieder einzufallen, dass ihr Kostüm nicht mehr ganz vollständig war. „Leider habe ich meinen Heiligenschein verloren. Ich wollte dich mit meinem Engelskostüm überraschen, weil du gesagt hast, dass ich bei meiner Geburt wie ein kleiner Engel ausgesehen habe. Marian meint, dass ich auch ohne Heiligenschein ein Engel oder wenigstens fast ein Engel sein kann. Eigentlich finde ich das viel besser, weil richtige Engel immer so lieb sein müssen. Und du kennst mich ja und weißt, wie schwer mir das fällt."

David lachte. „Und ob ich dich kenne!" Dann wandte er sich wieder an Marian und stellte fest: „Ich bin froh, dass Sie alles heil überstanden haben."

Marian nickte. Obwohl sie Davids Gesicht so gut kannte, dass es sie bis in ihre Träume verfolgte, beobachtete sie ihn nach der Begegnung mit dem Prinzen besonders intensiv. Wie sehr wünschte sie sich, ein Zeichen zu finden, das ihr die Gewissheit gab, gerade eben von David geküsst worden zu sein! Doch einerlei, sie war sich sicher: Wenn sie später einmal an diesen ganz besonderen Karneval in New Orleans dachte, würde sie immer nur David in der Maske eines Märchenprinzen vor sich sehen.

Als hätte er erraten, womit sich Marian in Gedanken beschäftigte, fragte David unvermittelt: „Miss Stone, küssen Sie eigentlich öfter fremde Männer, und noch dazu mitten auf der Straße?"

„Ich ... ich ..." Marian zuckte hilflos mit den Schultern. Ihr fiel keine Antwort ein. Schließlich konnte sie David ja nicht gestehen, dass sie geglaubt hatte, er sei der Prinz gewesen.

Angie kam ihr zu Hilfe. „Wenn du dabei gewesen wärst, hättest du gesehen, dass sich Marian gar nicht wehren konnte."

David zog erstaunt die Augenbrauen hoch. „Hat Ihnen der Unhold etwa Gewalt angetan?"

Marian starrte verlegen vor sich hin. „Das kann man eigentlich nicht sagen."

„Und warum haben Sie es dann zugelassen, dass Sie ein Wildfremder inmitten einer Masse von gaffenden Zuschauern in die Arme nimmt und leidenschaftlich küsst?"

Marian überlegte fieberhaft. Hatte David nicht gerade indirekt zugegeben, dass er der Prinz gewesen war? Wie sonst hätte er wissen können, dass es sich nicht nur um einen flüchtigen Kuss gehandelt hatte und dass die Szene von sehr vielen Menschen beobachtet worden war?

Sie zwang sich, Davids forschendem Blick standzuhalten. „Der Mann machte einen sehr kultivierten Eindruck. Irgendwie hatte ich sogar das Gefühl, ihn zu kennen."

David nickte. „Ich verstehe."

Angie hatte den Dialog mit gespannter Aufmerksamkeit verfolgt. „Dad, bleibt es dabei, dass Marian mich am Freitagabend besucht? Du hast mir versprochen, dass du sie fragen willst."

„Marian?" David hatte sich in die umfangreiche Speisekarte vertieft. Es schien ihn nicht besonders zu interessieren, ob Marian zusagte.

Marian schluckte. Wie konnte David nur so selbstverständlich davon ausgehen, dass sie jederzeit verfügbar war, wenn er sie für seine Tochter brauchte!

Dagegen wartete Angie so ängstlich auf ihre Antwort, dass Marian es nicht fertigbrachte, die Kleine zu enttäuschen. „Ich denke schon, dass ich es einrichten kann, dir Gesellschaft zu leisten."

„Angie, Mrs. Larson kann genauso gut auf dich aufpassen", brummte David ärgerlich. „Miss Stone, ich möchte nicht, dass Sie sich in irgendeiner Weise verpflichtet fühlen. Ab und zu werden Sie ja auch einmal andere Pläne haben."

„Ich habe wirklich nichts anderes vor."

„Oh fein!", rief Angie begeistert. „Das Wochenende ist nämlich meistens ziemlich langweilig. Mit dir habe ich immer viel Spaß."

Jetzt war Marian doch froh, zugesagt zu haben. Angie zeigte ihre Freude so offen, dass sie sich auf den Abend mit der Kleinen freute. „Angie, was hältst du davon, wenn du dir für Freitag eine Freundin einlädst? Wir könnten uns Pizza besorgen und ein paar Filme ausleihen."

„Wirklich?", rief Angie aufgeregt. „Oh Marian, das wäre einfach wunderbar!"

„Mr. Norris, Dave, sind Sie einverstanden?"

„Ich habe nichts dagegen, wenn Angie ein Mädchen über das Wochenende einlädt", erwiderte David steif. Irgendwie hatte Marian den Eindruck, als sei er mit dem von ihr vorgeschlagenen Programm ganz und gar nicht einverstanden.

Angie war bereits dabei, sich ihren Wochenendgast auszusuchen. „Ich glaube, ich werde Melissa einladen. Oder vielleicht doch lieber Wendy. Wir wollen nämlich beide Schriftstellerinnen werden, und wir könnten uns zusammen Geschichten ausdenken."

„Das hört sich sehr viel versprechend an", meinte Marian. „Finden Sie nicht auch, Dave?"

Er brummte etwas von Durcheinander und kleinen Mädchen, die morgens um sechs das ganze Haus aufwecken.

Die Karnevalswoche verging sehr schnell. David hatte recht gehabt, als er Marian vor den kommenden Monaten gewarnt hatte. Sein Terminplan ließ ihm keine freie Minute, sodass er oft bis spät in die Nacht unterwegs war. Marian merkte, wie die Hektik an seinen Nerven zerrte. Oft wünschte sie sich, ihn noch stärker entlasten zu können.

Als sie am Donnerstagabend das Büro verlassen wollte, hielt David sie zurück. „Haben Sie die Reinschrift des Harrison-Berichtes schon fertig?"

„Noch nicht." Der Bericht umfasste zweihundert Seiten und bestand aus einem so komplizierten Text, dass Marian nur langsam vorankam. „Wenn Sie wollen, kann ich heute länger bleiben."

„Das ist nicht nötig. Ich wäre Ihnen allerdings dankbar, wenn Sie sich morgen früh sofort an den Bericht machen könnten."

„Natürlich. Es tut mir leid, dass Sie warten müssen. Aber die letzten Tage waren so hektisch, dass ich länger als sonst gebraucht habe."

„Sie brauchen sich wirklich nicht zu entschuldigen, Marian. Diese Woche war für uns alle sehr anstrengend."

Am Freitag verzichtete Marian auf die Mittagspause, damit der Bericht rechtzeitig fertig wurde. Als David gegen Abend ins Büro zurückkam, fand er den dicken Stapel auf seinem Schreibtisch.

Er bedankte sich bei Marian für die prompte Erledigung des schwierigen Auftrages. „Gut, dass der Bericht noch heute fertig geworden ist. Ich brauche ihn für ein Gespräch mit mehreren Herren von der Bank. Ich fürchte, es wird spät werden. Daher bin ich besonders froh, dass Sie sich heute Abend um Angie kümmern. Ich kann beim besten Willen nicht sagen, wann ich zu Hause sein werde. Ich hoffe, Sie müssen nicht allzu viel Zeit für die Kleine opfern."

„Ich werde auf jeden Fall auf Sie warten."

„Das ist sehr liebenswürdig. Danke für Ihre Hilfe, Marian."

Marian nickte bloß. Was hätte sie auch erwidern sollen? Sie freute sich über Davids Lob, mehr aber noch darüber, dass sie ihm in dieser schwierigen Zeit zur Seite stehen durfte. Überhaupt hatte sich seit Angies Ankunft ihr Verhältnis zu David überraschend positiv entwickelt. Er ließ sie an seinen Sorgen teilhaben und zeigte auch, wenn er sich über etwas freute.

Doch das war Marian nicht genug. Sie liebte David und sehnte sich danach, dass er ihr mehr als nur gelegentliche Aufmerksamkeit entgegenbrachte.

Es war schon nach dreiundzwanzig Uhr, als Marian endlich Davids Wagen vorfahren hörte. Sie hatte im Wohnzimmer gesessen und gelesen. Angie und Wendy waren nach der anstrengenden Schulwoche so müde, dass sie schon zu Bett gegangen waren.

Jetzt schliefen die beiden Mädchen bereits fest. Das Haus war völlig still. Marian legte das Buch beiseite und wartete auf David. Sie freute sich darauf, mit ihm über den Ausgang der Verhandlungen zu sprechen, die für die Zukunft des Unternehmens so wichtig waren. Schließlich hing es von der Bereitwilligkeit der Banken ab, die Kredite noch weiter zu verlängern, damit die aufwendige Forschung fortgesetzt werden konnte. David hatte das zwar nie direkt zugegeben, doch als gute Sekretärin kannte Marian die Probleme ihres Chefs.

Als David das Wohnzimmer betrat, ging ihm Marian entgegen und begrüßte ihn mit einem warmen Lächeln. „Willkommen zu Hause."

Er reckte sich. „Es tut gut, wieder in den eigenen vier Wänden zu sein." Nachdem er die Jacke ausgezogen hatte, ließ er sich auf die Couch fallen. „Wie war der Abend?"

„Die Mädchen haben sich großartig amüsiert. Und wie war es bei Ihnen?"

David zuckte die Schultern. „Ich fürchte, ich werde mich bis nächste Woche gedulden müssen. Leider ist heute Abend noch keine Entscheidung gefallen."

„Sind Sie hungrig?"

„Und wie! Vor dem Gespräch war ich zu nervös, um etwas essen zu können." Er fuhr sich erschöpft über die Stirn.

Marian verstand das sehr gut. Sie wusste ja, wie viel vom Ausgang der Verhandlungen abhing, und hatte selbst auch kaum etwas gegessen. „Wir haben noch eine Menge Pizza übrig. Wenn Sie wollen, wärme ich Ihnen eine Portion auf."
„Essen Sie mit mir?"
Marian nickte.
„Dann kommen Sie mit in die Küche. Möchten Sie auch ein Bier?"
„Gern."
Marian schob die Pizza in den Mikrowellenherd, während David das Bier aus dem Kühlschrank nahm und die Gläser auf den Küchentisch stellte.

Die Peperoni-Pizza schmeckte auch aufgewärmt ganz hervorragend. Während des Essens erkundigte sich David, wie die Mädchen den Abend verbracht hatten.

Marian erzählte, dass die beiden angehenden Schriftstellerinnen von ihren selbst erdachten Geschichten so fasziniert gewesen waren, dass sie keine Zeit mehr gehabt hatten, die geliehenen Video-Filme anzuschauen.

„Da die Filme nun einmal im Hause sind, habe ich sie in das Gerät eingelegt. Wenn Angie Lust hat, kann sie sie morgen früh ansehen, damit Sie noch ein paar ungestörte Stunden für sich haben." Marian hatte bemerkt, dass David an diesem Abend noch abgespannter als in den vergangenen Tagen aussah.

Er bedankte sich mit einem schwachen Lächeln. „Sie sind eine sehr umsichtige Frau, Marian."

In Gedanken schien er noch bei dem Gespräch mit den Bankiers zu sein. Nachdem er das Bier ausgetrunken hatte, hatte sich David so weit entspannt, dass er etwas über den Verlauf der Verhandlungen erzählen konnte.

Als Marian schließlich auf die Uhr schaute, sagte sie erschrocken: „Ich habe ganz vergessen, dass es schon so spät ist. Dave, ich sollte jetzt wirklich nach Hause fahren."

„Ich hätte Sie nicht so lange aufhalten dürfen", entschuldigte sich David.

Während sie rasch den Tisch abräumte, lächelte Marian verträumt vor sich hin.

David, der sie beobachtet hatte, fragte leise: „Darf ich wissen, was Sie gerade gedacht haben?"

„Ich bewege mich in Ihrer Küche, als sei ich hier zu Hause. Und dabei haben Sie vor Kurzem nicht einmal gewusst, wie ich mit Vornamen heiße."

„Das war gelogen. Natürlich kannte ich Ihren Vornamen." Er stand so dicht hinter ihr, dass sie seinen Atem auf der Wange spürte. „Ich kenne ihn, seit Sie für mich arbeiten."

Bevor sich Marian von dieser Überraschung erholt hatte, hatte David sie bei den Schultern gefasst. Er zog sie an sich und ließ die Hände langsam über Marians bloße Arme gleiten. Er bewegte sich so vorsichtig, als wollte er Marian die Entscheidung überlassen, ob sie nachgab oder sich zurückzog.

Marian blieb völlig bewegungslos stehen.

Einen Augenblick lang legte David das Kinn auf Marians Haar. Dann beugte er sich über sie und küsste sie auf den Nacken.

Die zarte Berührung durchfuhr sie wie ein Blitz. Ohne zu überlegen, wandte sie sich um und schlang die Arme um Davids Taille.

Als sich ihre Lippen trafen, schloss Marian seufzend die Augen. David küsste sie mit einer Leidenschaft, die ihr fast den Atem nahm. Sie spürte, dass kein Mann ihr jemals so tief gehende Gefühle vermitteln konnte wie David, und erwiderte voll Verlangen seine Zärtlichkeiten.

Als er sie schließlich freigab, schmiegte sich Marian Halt suchend an ihn. David strich ihr das Haar aus dem Gesicht und küsste sie zärtlich auf die Schläfe. „Den ganzen Abend habe ich davon geträumt, dich in den Armen zu halten. Und dabei ging es bei der Verhandlung um die Existenz meines Unternehmens!"

„Oh Dave!" Marian lächelte glücklich und lehnte den Kopf an seine Schulter.

„Wir hätten das nicht tun sollen." David hörte sich aber nicht so an, als bedaure er es, dass er Marian geküsst hatte.

„Ich wollte es ebenso sehr wie du", gab sie leise zu.

„Du warst so lieb zu Angie!"

Misstrauisch hob Marian den Kopf. Wieder kam ihr der schreckliche Verdacht, dass David ihre Gefühle ausnutzen könnte. Es war ja auch sehr bequem, immer dann an ihre Zuneigung für ihn zu appellieren, wenn er Gesellschaft für Angie brauchte.

David spürte, dass sie verstimmt war. Er schaute ihr fragend in die Augen. „Marian, was ist los? Du bist plötzlich so verändert."

„Nichts, gar nichts."

„Ist es, weil ich dir gesagt habe, wie glücklich ich über deine Zuneigung zu Angie bin?"

„Nein, wie könnte ich! Ich mag Angie ja wirklich sehr gern."

Er zog sie an sich und küsste sie zärtlich auf den Mund.

Marian brachte es nicht fertig, ihn zurückzustoßen. Doch sie wusste, dass sie David ihre Zweifel gestehen musste, wenn ihre Liebe eine Chance haben sollte. „Dave, ich habe manchmal den Eindruck, dass du mich nur wegen Angie an deinem Leben teilhaben lässt."

Aufatmend trat sie einen Schritt zurück. Sie war froh, endlich die Wahrheit gesagt zu haben. Gleichzeitig fürchtete sie seinen Zorn. David würde es ihr sicherlich übel nehmen, wenn sie ihm egoistische Motive unterstellte.

Er starrte sie ungläubig an. „Glaubst du das wirklich?"

Marian nickte.

„Wenn das so ist, habe ich versagt." Davids Stimme klang traurig.

„Aber du wirst zugeben, dass du mich bisher immer nur dann in dein Haus eingeladen hast, wenn du mich brauchst, damit ich auf Angie aufpasse."

David wurde ärgerlich. „Das ist doch absurd!"

Mutlos ließ Marian die Schultern hängen. Warum nur musste dieser Abend so schrecklich enden! Gerade noch hatte sie sich in Davids Armen unendlich glücklich gefühlt, und jetzt war er so wütend, dass er sie wahrscheinlich am liebsten aus dem Haus gewiesen hätte.

Um ihre Tränen vor ihm zu verbergen, wandte sie sich um und stellte mit fahrigen Bewegungen das Geschirr in die Spülmaschine.

„Lass das!", rief David aufgebracht.

„Ich wollte nur ein bisschen Ordnung machen."

„Damit du mir später vorwerfen kannst, ich hätte dich als Küchenhilfe missbraucht?", fragte er höhnisch.

Marian zuckte bei seinen Worten zusammen. Wie konnte er sie nur so verletzen? Sie griff nach ihrer Tasche und lief weinend zur Tür. Blitzschnell war David ihr gefolgt und hielt sie zurück.

„Marian, es tut mir leid!"

„Mir tut es auch leid, dass dieser Abend so endet." Marian schämte sich wirklich, dass sie seine Ehrlichkeit infrage gestellt hatte. Gleichzeitig spürte sie, dass sie immer noch an der Aufrichtigkeit seiner Gefühle zweifelte.

Er beugte sich zu ihr und küsste sie sanft auf den Mund. Doch die verzauberte Stimmung war verflogen. David legte einen Arm um Marians Schultern und brachte sie zum Wagen. Schweigend stieg sie ein und ließ den Motor an.

Als Marian das Grundstück verließ, warf sie noch einen Blick in den Rückspiegel. David stand reglos vor dem Haus und schaute ihr nach.

„Marian, es ist soweit!" Sally lächelte unternehmungslustig und setzte sich auf die Kante von Marians Schreibtisch.

Marian schaute von ihrer Arbeit auf. Sie hatte keine Ahnung, was ihre Freundin meinte. Doch Sally würde ihr keine Ruhe lassen, bis sie nicht wenigstens eine Spur von Neugier zeigte. Also fragte sie betont höflich: „Würdest du mir bitte sagen, wovon du sprichst?"

„Aber Marian, du weißt doch – unser Plan!"

„Welcher Plan?"

Sally wurde ungeduldig. „Ich habe eine Verabredung für dich getroffen."

„Darf ich erfahren, mit wem du mich verabredet hast?"

„Das kannst du doch unmöglich vergessen haben! Also, noch einmal ganz von vorn: Sagt dir der Name Jerry Johnson etwas?"

Marian überlegte. Sally hatte in den letzten Tagen sehr geheimnisvoll getan. Doch Marian war zu sehr mit ihren eigenen Gedanken beschäftigt gewesen, um sich dafür zu interessieren. „Jerry Johnson? Ich glaube, ich habe den Namen schon einmal gehört."

„Das will ich auch hoffen. Schließlich warst du einverstanden, dich mit ihm zu treffen."

„Was soll ich getan haben?", rief Marian entrüstet.

„Du bist für Donnerstagabend mit Jerry verabredet."

„Würdest du mir bitte erklären, wann ich einem solchen Unsinn zugestimmt haben soll?"

Sally fasste Marian bei den Schultern. „Erinnerst du dich nicht mehr an den Nachmittag, als du dir vor Verzweiflung fast die Augen aus dem Kopf geweint hast? Damals haben wir einen Plan gemacht."

Marian überlegte. Irgendwie dämmerte ihr, dass Sally ihr heftige Vorwürfe gemacht hatte, weil sie es nicht fertig brachte, ihre Stellung bei David Norris aufzugeben. Sie hatte ihr sogar vorgeworfen, sich von ihrem Chef ausnutzen zu lassen. Dann war Sally auf die Idee gekommen, dass sich Marian einen Freund suchen und David eifersüchtig machen sollte. Marian war damals zu aufgeregt gewesen, um Sallys verrückten Plan sofort zurückzuweisen. Jetzt stellte sich heraus, dass das ein Fehler gewesen war.

Widerstrebend gab Marian zu: „Ich erinnere mich dunkel, dass du etwas vorgeschlagen hast ..."

„Ich habe nicht nur etwas vorgeschlagen, sondern auch schon etwas unternommen, was man von dir nicht behaupten kann."

„Das war auch gar nicht notwendig. Zwischen mir und David läuft alles bestens. Ich möchte jetzt wirklich nichts tun, was unsere Beziehung auch nur im Geringsten stören könnte."

Sally war empört. „Bist du damit zufrieden, dass dich der Sklaventreiber als Gesellschafterin für seine Tochter ausnutzt? Du hast ja kaum Zeit für dich selbst, geschweige denn für Männer!"

„Nicht so laut, Sally!"

„Hat dich Mr. Norris jemals allein eingeladen oder immer nur dann, wenn er jemanden brauchte, der sich um Angie kümmert? Habt ihr beide schon jemals einen Abend zu zweit verbracht?"

Marian schwieg. Es hatte keinen Sinn, Sally etwas vorzumachen. Leider hatte die Freundin auch diesmal recht: Sogar die Einladung zum Mittagessen war ein Vorwand gewesen, um Marian dazu zu bringen, mit Angie zum Karneval zu gehen.

„Verstehst du nun, was ich meine?", flüsterte Sally. „Mr. Norris benutzt dich! Er hat dich von Anfang an ausgebeutet. Als deine beste Freundin werde ich nicht länger zusehen, wie der Mann mit dir umgeht. Marian, du musst endlich aus diesem Einsiedlerdasein heraus. Verlass dich nur auf mich. Ich werde ein paar Verabredungen für dich arrangieren, damit du wieder unter Leute kommst."

„Aber Sally ..."

„Keine Widerrede. Donnerstagabend hast du dein erstes Rendezvous, und dabei bleibt es!"

„Wie du willst", seufzte Marian. Sally sollte ihren Willen haben. Sie würde bald genug einsehen müssen, dass sich Marian weder für Jerry Johnson noch irgendeinen anderen Mann interessierte, sondern nur und ausschließlich für David Norris.

Eine Weile später klingelte David und bat sie zum Diktat. Marian nahm ihren Block und ging in sein Büro.

Er begrüßte sie mit einem Lächeln. Marian fühlte, wie sich ihre Mundwinkel verkrampften.

„Ist der Hanson-Report schon fertig?"

„Beinahe. In einer Viertelstunde haben Sie ihn auf dem Schreibtisch."

„Sehr schön." David gab ihr einige Papiere. „Bitte kopieren Sie das fünfzehnmal und geben Sie mir den Vertrag geheftet zurück. Sie können das morgen zwischendurch erledigen, es hat keine Eile."

Marian wandte sich zum Gehen, doch David rief sie zurück. „Einen Augenblick noch, Miss Stone." Er machte sich eine Notiz, dann lehnte er sich entspannt zurück.

„Haben Sie Donnerstagabend Zeit, Marian?"

„Meinen Sie Donnerstag dieser Woche?", fragte sie zaghaft nach.

„Ja, ich meine morgen Abend. Es tut mir leid, dass ich nicht schon früher gefragt habe. Haben Sie etwas anderes vor?"

Marian spürte, wie ihre Handflächen vor Aufregung feucht wurden. „Es tut mir leid, Dave ... Mr. Norris, aber ich bin bereits verabredet."

„Nun, da kann man nichts machen. Ich hätte wirklich etwas früher daran denken sollen." David beugte sich wieder über seine Arbeit.

„Mr. Norris, falls Mrs. Larson nicht auf Angie aufpassen kann ..."

„Machen Sie sich deswegen keine Sorgen. Mrs. Larson wird sich um das Kind kümmern."

Mit zitternden Knien ging Marian an ihren Schreibtisch zurück. Sie hatte sich kaum etwas beruhigt, als Sally wieder auftauchte.

„Hast du einen Augenblick Zeit für mich?"

„Sally, was willst du denn schon wieder?"

„Ich möchte dir nur schnell ein Foto zeigen."

„Was für ein Foto?"

„Das von Jerry Johnson natürlich!" Sally lächelte zufrieden. „Ich habe es vorhin zufällig in meiner Handtasche gefunden und dachte, es interessiert dich bestimmt."

„Lass mich bloß mit dem Mann in Ruhe!"

„Sag das nicht, bevor du sein Bild gesehen hast. Hier, sieht er nicht großartig aus?" Sie hielt Marian voller Stolz das Foto entgegen und erwartete offensichtlich, dass Marian genauso begeistert war wie sie selbst, dass sie eine Verabredung mit einem so attraktiven Mann zustande gebracht hatte.

Marian warf einen Blick auf das Bild. Widerstrebend musste sie zugeben, dass Jerry Johnson wirklich blendend aussah.

Sally war sehr mit sich zufrieden. Ihr war nicht entgangen, dass Marian beeindruckt war. „Übrigens kennt Jerry dich bereits."

Marian blinzelte. „Ich kann mich zwar nicht an ihn erinnern, aber irgendwie kommt er mir bekannt vor."

„Ihr habt euch nur einmal gesehen, und zwar bei einer Weihnachtsfeier. Erinnerst du dich noch an das Fest, zu dem uns die Dawsons im vorigen Jahr eingeladen hatten?"

Marian überlegte. Die Dawsons waren Freunde von Sally, und sie war tatsächlich einmal bei ihnen eingeladen gewesen. „Sally, es ist schon möglich, dass wir uns damals flüchtig gesehen haben. Trotzdem verstehe ich nicht, warum ich mich mit Jerry treffen soll."

„Ah, schon wieder Miss Livingston." David hatte die Verbindungstür zum Sekretariat geöffnet und musterte Sally mit einem eisigen Blick. „Ich sehe Sie so häufig in meinem Vorzimmer, dass ich mich frage, wann Sie endlich einmal Zeit finden, für mein Unternehmen zu arbeiten."

Erschrocken sprang Sally auf. Ihr Blick irrte Hilfe suchend in Marians Richtung.

Marian lächelte entschuldigend. „Miss Livingston wollte gerade gehen. Sie hatte mir nur etwas zu übergeben."

„Ich konnte nicht umhin, Ihr Gespräch mitzuhören. Wenn ich richtig verstanden haben, brachte sie Ihnen das Foto des Mannes, mit dem Sie sich für morgen Abend verabredet haben."

Marian wurde rot.

David lächelte sarkastisch. „Und nun, meine Damen, gehen Sie bitte wieder an Ihre Arbeit. Ihre Privatangelegenheiten können Sie nach Büroschluss besprechen."

„Selbstverständlich, Sir." Sally war froh, das Sekretariat verlassen zu können.

„Haben Sie die Papiere inzwischen kopiert, Miss Stone?"

„Nein, ich werde sofort morgen früh damit anfangen."

„Ich brauche die Kopien jetzt!"

„Aber Sie sagten doch, ich könnte das morgen …"

„Miss Stone, ich habe weder die Zeit noch die Lust, mit Ihnen darüber zu diskutieren, wann ich welche Unterlagen benötige. Ich hoffe, wir haben uns verstanden."

„Selbstverständlich, Mr. Norris."

„Noch etwas: Falls ich Miss Livingston noch einmal während der Arbeitszeit in Ihrem Zimmer treffe, ist sie gefeuert. Sagen Sie ihr das bitte."

„Wenn Sally geht, gehe ich auch."

„Wie Sie wollen, Miss Stone!" David Norris verschwand in seinem Büro und schlug die Tür mit einem lauten Knall hinter sich zu.

7. Kapitel

„Sally, nun beruhige dich doch endlich!", bat Marian besorgt. „Du hast den ganzen Abend kaum ein Wort gesprochen. Denkst du immer noch an den ärgerlichen Zwischenfall im Büro?"

„Wie könnte ich den vergessen!" Sally sah blass und mitgenommen aus. „Der Mann war so wütend, dass ich dachte, er reißt mir den Kopf ab."

„Das hätte er wahrscheinlich auch am liebsten getan." Um Sally nicht noch mehr zu beunruhigen, verschwieg ihr Marian Davids Drohung, dass sie ihren Arbeitsplatz räumen müsse, falls er sie noch einmal ohne dienstlichen Anlass in seinem Sekretariat antraf.

Den ganzen Nachmittag über war David übelster Laune gewesen. Marian kannte ihren Chef gut genug, um ihn in solchen Stunden in Ruhe zu lassen.

Schließlich hatte sich Sally einigermaßen beruhigt. „Marian, es bleibt doch bei deiner Verabredung für morgen Abend?"

Marian nickte. „Natürlich werde ich mich mit Jerry treffen." Das klang selbstbewusster, als ihr zumute war. Sie hatte nach wie vor keine Lust, einen Mann wiederzusehen, den sie nur einmal flüchtig bei einer Party getroffen hatte. Nachträglich war ihr nämlich eingefallen, dass sie damals ein paar Gläser Punsch getrunken hatte und sich wahrscheinlich aus diesem Grund überhaupt nicht mehr an Jerry erinnern konnte.

Sie lächelte resigniert. Offensichtlich war es am besten, sie verzichtete in Zukunft ganz auf alkoholische Getränke. Gleichgültig, ob sie nun Wein oder Punsch trank – anschließend ging immer irgendetwas schief.

Als Marian am Freitagmorgen im Büro eintraf, saß David bereits an seinem Schreibtisch. Einen Moment lang blieb sie unschlüssig in der halb geöffneten Verbindungstür zum Sekretariat stehen.

Sie war erstaunt, dass sich David schon so früh in die Arbeit vertieft hatte. Noch mehr aber wunderte sie sich über sein Aussehen. Er wirkte müde und abgespannt. Um seine Augen zogen sich dunkle Ringe. Da er seine Jacke ausgezogen und über den Stuhl geworfen hatte, bemerkte sie den zerknitterten Kragen seines Hemdes. Es sah beinahe so aus, als habe David die Nacht im Büro verbracht.

Besorgt trat sie einen Schritt näher. „Dave, ich hatte Sie nicht so früh erwartet. Arbeiten Sie schon lange?"

Er schaute hoch und warf ihr einen eisigen Blick zu. „Miss Stone, ich würde es vorziehen, im Büro von Ihnen mit Mr. Norris angeredet zu werden."

„Wie Sie wünschen." Marian stellte die Kaffeemaschine an, füllte Kaffee und Wasser auf und ging an ihren Schreibtisch. Sie war entschlossen, Davids Wunsch zu respektieren. Er war der Boss und gab den Ton an.

Nachdem sie die Eingangspost sortiert hatte, legte sie David die Briefe vor, goss ihm Kaffee ein und wartete auf seine Anweisungen ... ganz so, wie es sich in den drei Jahren ihrer Zusammenarbeit eingespielt hatte.

Er lehnte sich zurück und fragte mit schneidender Stimme: „Nun, Miss Stone, wie war Ihre Verabredung?"

Obwohl sich Marian vorgenommen hatte, sich nicht herausfordern zu lassen, traf sie seine Ironie wie eine Ohrfeige. Mit äußerster Selbstbeherrschung antwortete sie: „Es war ein sehr schöner Abend." Sie reichte ihm einen Brief. „Hier ist das Schreiben von Charles Youngblood, auf das Sie gewartet haben."

„Gut." David blätterte die Post durch. „Werden Sie ihn wieder sehen?"

„Charles Youngblood?"

„Offensichtlich wollen Sie mich missverstehen! Ich meine natürlich den Mann, mit dem Sie gestern verabredet waren."

„Ich glaube kaum, dass Sie das etwas angeht", versetzte Marian erbost. Sie war kurz davor, die Geduld zu verlieren. „Es ist ausschließlich meine Angelegenheit, wie und mit wem ich meine Freizeit verbringe."

„Ich glaube schon, dass mich das etwas angeht. Ich werde es nämlich nicht zulassen, dass Ihre ... Freizeitaktivitäten Ihre Arbeitsleistung beeinflussen. Schließlich bezahle ich Sie dafür, dass Sie sich mit voller Kraft für mein Unternehmen einsetzen."

Marian stand wie erstarrt. Selbst auf die Gefahr hin, dass sie ihren Job gefährdete, fiel ihr keine passende Antwort auf diese ungeheuerliche Anschuldigung ein.

„Miss Stone, ich habe Sie etwas gefragt. Wollen Sie mir nicht endlich antworten?" Er trommelte nervös mit den Fingerspitzen auf die Schreibtischplatte.

Marian zwang sich zur Ruhe. Es hatte keinen Zweck, David noch mehr zu reizen. Sonst hätte sie ihm sicherlich gesagt, wie unverschämt sie seine Frage fand. Mit letzter Kraft hielt sie seinem Blick stand. „Mr. Norris, es bleibt dabei, dass ich mich weigere, mein Privatleben mit Ihnen zu diskutieren." Sie drehte sich um und ging an ihren Schreibtisch zurück.

Marian brauchte lange, um sich einigermaßen zu beruhigen. Ihre Hände zitterten, die Tränen saßen locker. Als David etwa eine Stunde später aus seinem Büro kam, machte sie sich mit angehaltenem Atem auf eine Fortsetzung des Verhörs gefasst.

Er blieb vor ihrem Schreibtisch stehen und gab ihr die Post zurück, die er mit handschriftlichen Anweisungen versehen hatte.

„Bitte sagen Sie für heute alle Termine ab, Miss Stone." Seine Stimme klang belegt.

Obwohl Marian mit gesenktem Kopf sitzen blieb, spürte sie, dass es David sehr schlecht gehen musste. Unwillkürlich warf sie ihm einen besorgten Blick zu.

Er hielt sich mühsam an der Kante ihres Schreibtisches fest. Sein Gesicht war aschfahl. Als er Marians Blick spürte, fuhr sich David über das schweißnasse Gesicht und sagte: „Ich fahre nach Hause."

Marian nickte.

„Miss Stone, ich wollte mich noch dafür entschuldigen, dass ich vorhin so barsch war. Selbstverständlich geht mich Ihr Privatleben nichts an."

Marian nahm seine Entschuldigung schweigend zur Kenntnis.

„Falls im Büro etwas Unvorhergesehenes passiert, können Sie mich zu Hause anrufen."

„Das werde ich tun."

„Auf Wiedersehen, Miss Stone."

„Auf Wiedersehen, Mr. Norris."

Während der Mittagspause, die sie mit Sally in der Kantine verbrachte, erzählte Marian von der heftigen Auseinandersetzung mit

David. „Ich habe ihn noch nie so aufgebracht und emotionsgeladen erlebt. Irgendwie tut es mir zwar leid, dass es Dave nicht gut geht. Aber andererseits bin ich auch wieder froh, dass er nicht mehr im Büro ist. Ich war so wütend, dass wir wahrscheinlich noch einmal aneinandergeraten wären. Und dann hätte ich bestimmt gekündigt, egal, ob ich nun eine neue Stelle habe oder nicht."

Sally kaute nachdenklich an ihrem Hörnchen. Nach einer Weile meinte sie zögernd: „Das hört sich ja beinahe so an, als hätte er sich tatsächlich in dich verliebt."

Marian hätte sich beinahe an ihrem Kaffee verschluckt. „Wie kommst du denn auf die Idee?"

„Weil er sich nach deiner Schilderung wie jemand aufgeführt hat, der rasend eifersüchtig ist. Genau das ist die Reaktion, auf die ich gewartet habe. Marian, mein Plan funktioniert!"

Marian schüttelte den Kopf. „Ich fürchte, du irrst dich. Wahrscheinlich hat mich David nur als Blitzableiter benutzt. Er hat Probleme und hat seinen Ärger an mir ausgelassen. Das ist alles."

Sie wusste, dass sich die finanzielle Lage des Unternehmens noch weiter verschlechtert hatte. Nachdem es David gerade geschafft hatte, einen seiner Konkurrenten auszuschalten, der die Firma hatte aufkaufen wollen, hatte sich der Wettbewerbsdruck noch weiter zugespitzt. Die Anstrengungen, sich gegenüber den Konkurrenten zu behaupten, hatten die Finanzkraft der Firma Norris sehr geschwächt.

Selbstverständlich war Marian nicht befugt, diese vertraulichen Informationen weiterzugeben. Daher konnte sie mit Sally auch nicht über die Gründe für Davids schlechte Verfassung sprechen. Außerdem war sie bei den meisten Verhandlungen nicht selbst dabei gewesen. Sie kannte die Details nur aus den Berichten, die sie für David schrieb.

Da er in den letzten Tagen nicht zum Diktieren gekommen war, war Marian selbst nicht auf dem neuesten Stand. Sie wusste zwar, dass es einen erneuten Versuch gegeben hatte, die Firma aufzukaufen. Aber sie hatte nicht in Erfahrung bringen können, wie David auf diese erneute Attacke der Konkurrenz reagiert hatte.

Sally blieb bei ihrer Meinung. „Ich glaube doch, dass ich recht habe. Was ich über das seltsame Verhalten deines Chefs erfahren habe, bestärkt mich in der Überzeugung, dass du ihm nicht mehr gleichgültig bist."

„Vielleicht ist das wirklich so", gab Marian zu. „Aber nicht, weil sich David in mich verliebt hat, sondern weil er mich als Kindermädchen für Angie schätzt. Die Kleine ist gern mit mir zusammen, und David ist froh, seine Tochter bei mir gut aufgehoben zu wissen. Schließlich bin ich bisher auch jedes Mal zur Stelle gewesen, wenn er mich für das Kind brauchte. Ich fürchte, er hat meine Schwäche für Angie ausgenutzt."

„Aber du magst das Kind doch, oder?"

„Ja, sehr sogar." Dann fügte sie etwas zögernd hinzu: „Übrigens werde ich dich heute nach Büroschluss nicht in Charleys Bistro treffen können."

„Warum nicht? Musst du Überstunden machen?"

„Das nicht gerade, aber Mr. Norris muss noch einige Briefe unterschreiben. Mir bleibt wohl nichts anderes übrig, als sie ihm nach Hause zu bringen."

„Aha!" Sally lächelte vielsagend. Dann schien ihr etwas anderes einzufallen. „Marian, gehe ich recht in der Annahme, dass dich Jerry Johnson auch nach eurem gestrigen Rendezvous nicht besonders interessiert?"

„Weißt du, er sieht wirklich fabelhaft aus, ist auch unterhaltsam und humorvoll. Aber trotzdem verspüre ich in seiner Nähe nicht das geringste Prickeln."

„Nun ..." Sally druckste ein bisschen herum. „Ich habe mir überlegt ..."

„Nur weiter!" Marian hatte Mühe, ein Lächeln zu unterdrücken. Sie ahnte, was Sally vorhatte. „Du willst mir sicherlich sagen, dass du dich gern selbst mit Jerry treffen möchtest."

Sally nickte schuldbewusst.

Marian drückte ihr beruhigend die Hand. „Glaubst du, ich hätte nicht bemerkt, dass du für ihn schwärmst? Du gerätst ja förmlich aus dem Häuschen, wenn man nur seinen Namen nennt."

„Tatsächlich? Merkt man, dass ich etwas für ihn übrig habe?"

„Und wie! Ich frage mich schon die ganze Zeit, wie du überhaupt auf die Idee kommen konntest, mich mit ihm verkuppeln zu wollen."

Insgeheim hatte Marian ihre Freundin sogar in Verdacht gehabt, dass sie sie nur deshalb mit Jerry zusammenbringen wollte, um den Kontakt zu ihm nicht ganz zu verlieren.

Sally fühlte sich durchschaut. „Marian, ich habe es ja nur gut gemeint. Hast du von Anfang an gewusst, dass ich für Jerry schwärme?"

Marian musste zugeben, dass sie anfangs viel zu verwirrt gewesen war, um lange über Sallys verrückten Plan nachzudenken. Doch im Nachhinein wurde ihr klar, dass keine Frau das Foto eines Mannes mit sich herumträgt, wenn sie nichts für ihn empfindet. Und schon gar nicht eine so romantisch veranlagte Frau wie Sally!

Sally schob ihren Teller zurück und stand auf. „Du hast also nichts dagegen?"

„Überhaupt nichts, im Gegenteil! Ich wünsche dir viel Glück mit Jerry Johnson."

Gegen fünf Uhr hatte Marian die Tagespost beantwortet und zur Unterschrift fertig gemacht. Sie wusste selbst, dass die Briefe nicht besonders eilig waren, ihr aber einen plausiblen Grund gaben, David an diesem Tag noch einmal zu sehen.

Direkt vom Büro aus fuhr sie zu seinem Haus am Pontchartrain-See. Marian spürte noch immer die Bestürzung, die die schreckliche Auseinandersetzung in Davids Büro bei ihr ausgelöst hatte. Sie hatte aber fest vor, sich wieder mit ihm zu versöhnen. Sie würde ihm sogar eingestehen, dass zwischen ihr und Jerry Johnson nie eine ernsthafte Beziehung bestanden hatte.

Mrs. Larson, die Haushälterin, begrüßte sie an der Haustür. „Guten Tag, Miss Stone, wie geht es Ihnen?"

Marian mochte die mütterliche ältere Frau. Mrs. Larson war verwitwet und führte Davids Haushalt mit großer Umsicht. In ihrem schwarzen Kleid, über das sie eine frisch gestärkte weiße Schürze gebunden hatte, wirkte sie wie der gute Geist des Hauses.

„Danke, Mrs. Larson, mir geht es gut", antwortete Marian freundlich. „Hat sich Mr. Norris ein bisschen erholt?"

Mrs. Larson schüttelte besorgt den Kopf. „Er gefällt mir gar nicht! Der Mann arbeitet sich noch krank. Manchmal weiß ich wirklich nicht, wie es mit ihm weitergehen soll."

„Ich kann gut verstehen, dass Sie sich Sorgen machen. Er sieht von Tag zu Tag schlechter aus." Jetzt machte sich Marian ernsthafte Vorwürfe, dass sie sich mit David gestritten hatte. Sie hätte wissen müssen, wie überarbeitet und nervös er war, und hätte auf seine ungerechten Vorwürfe gelassener reagieren müssen.

„Hat Mr. Norris wenigstens ein bisschen geschlafen?", erkundigte sie sich.

Die Haushälterin zuckte die Schultern. „Er hat sich heute Morgen zwar hingelegt, ist aber nach kurzer Zeit schon wieder aufgestanden und hat sich in sein Arbeitszimmer zurückgezogen. Wahrscheinlich sitzt er immer noch über seinen Papieren. Soll ich Sie zu ihm bringen?"

Marian nickte und folgte Mrs. Larson zu Davids Arbeitszimmer. Der große Raum lag direkt neben dem Wohnzimmer und bot einen wunderschönen Blick über den See.

Mrs. Larson klopfte und meldete den Besuch an, dann ließ sie Marian eintreten.

David war sichtlich erstaunt, seine Sekretärin zu sehen. „Marian, gibt es Probleme im Büro? Warum haben Sie nicht angerufen?"

Marian blieb an der Tür stehen. „Es tut mir leid, falls ich Sie störe."

„Nicht so schlimm. Bitte, setzen Sie sich."

Sie setzte sich in einen der schweren Ledersessel und schaute David erwartungsvoll an. Beinahe sah es so aus, als sei er froh über ihren unangemeldeten Besuch. Sie atmete auf. Ein Glück, dass sie den Mut gefunden hatte, ihn zu überraschen!

David erwiderte ihren Blick mit einem verlegenen Lächeln. Er wartete darauf, was sie ihm zu sagen hatte.

Unwillkürlich musste auch Marian lächeln. Nachdem sie sich eine so gute Ausrede für ihren Überfall ausgedacht hatte, hätte sie beinahe vergessen, ihm den Grund für ihr Kommen zu erklären.

„Ich habe einige Briefe zur Unterschrift bei mir." Verdutzt stellte sie fest, dass sie mit leeren Händen ins Haus gekommen war. Marian sprang auf. „Wenn Sie mich bitte einen Augenblick entschuldigen … ich habe die Unterschriftenmappe im Auto vergessen."

Auf dem Weg zum Parkplatz beschimpfte sie sich wegen ihrer Vergesslichkeit. Schade um den schönen Plan! Sie holte die Mappe aus dem Auto und ging in das Arbeitszimmer zurück.

David unterschrieb den ersten Brief, ohne ihn durchzulesen. „Es ist sehr aufmerksam von Ihnen, mir die Post nach Hause zu bringen."

Marian zögerte, dann fasste sie sich ein Herz. „Ich … Es tut mir leid wegen heute Morgen. Ich hätte sehen müssen, dass Sie völlig übernächtigt waren, und ich hätte nicht so heftig reagieren dürfen."

Außerdem hätte ich Ihnen ruhig sagen können, wie die Verabredung mit Jerry verlaufen ist ..."

Da Marian verstummt war, versuchte David sie zum Weitersprechen zu ermuntern. Vorsichtig fragte er: „Sie werden sich also weiterhin mit dem Mann treffen?" Resigniert fügte er hinzu: „Wenn das so ist, könnte ich es sogar verstehen."

Marian schluckte. „Ich werde Jerry nicht wiedersehen."

„Wirklich?" David sah plötzlich überhaupt nicht mehr müde und krank aus. Als schäme er sich seiner spontanen Reaktion, fuhr er mit gewollt gleichmütiger Miene fort: „Bitte verstehen Sie mich nicht falsch, Marian. Schließlich geht es mich ja nichts an, mit wem Sie sich verabreden."

„Das ist richtig." Sie stand auf. Die Briefe waren unterschrieben, und ihr fiel kein Vorwand ein, um das mühsam in Gang gekommene Gespräch fortzusetzen.

Plötzlich musste sie an Angie denken. Die Sorge um Davids Gesundheit hatte sie so sehr mitgenommen, dass sie überhaupt nicht dazu gekommen war, sich nach dem Kind zu erkundigen. „Ich habe lange nichts von Angie gehört. Wie geht es ihr?"

„Großartig! Ich habe ihr erlaubt, heute bei ihrer Freundin Wendy zu übernachten."

Marian nickte und zermarterte sich den Kopf, wie sie ihren Aufbruch noch ein bisschen hinausschieben könnte. Doch ihr fiel beim besten Willen nichts ein. Langsam ging sie zur Tür.

Auch David schien zu überlegen, wie er Marian noch eine Weile zurückhalten könnte. Nach einer kurzen Pause sagte er: „Angie scheint sich hier wohl zu fühlen. Sie macht nicht den Eindruck, als würde sie ihrem früheren Leben in New York nachtrauern."

„Das freut mich. Ich hatte von Anfang an das Gefühl, als ob Angie gern bei Ihnen leben würde." Sie blieb abwartend stehen.

David zögerte. „Meine Einladung kommt vielleicht etwas überraschend. Trotzdem würde ich mich freuen, wenn Sie heute Abend mit mir essen."

Marian atmete auf. Sie musste noch nicht gehen! Am liebsten hätte sie einen Luftsprung gemacht. „Ich esse sehr gern mit Ihnen."

David bedankte sich mit einem jungenhaften Lächeln. Dann schien ihm etwas einzufallen, und er musterte Marians Garderobe mit einem ziemlich skeptischen Blick.

Ihr war sein Blick nicht entgangen. War sie ihm nicht elegant genug angezogen? Sie trug ein dunkelblaues Kostüm mit einem eng geschnittenen Rock und einem knappen, zweireihig geknöpften Jäckchen. „Soll ich vorher nach Hause fahren und mich umziehen?"
„Nein, das ist nicht nötig."
„Ich weiß nicht recht ..." Marian schaute ihn ratlos an. Als er sie eingeladen hatte, hatte sie zunächst angenommen, dass er Mrs. Larson beauftragen würde, ein zweites Gedeck aufzulegen.
„Glauben Sie mir doch, Sie sehen großartig aus. Ich hoffe, Sie haben nichts dagegen, wenn ich darauf verzichte, mich umzuziehen?" David war sehr sportlich angezogen und trug Jeans mit einem grob gestrickten, blassgelben Wollpullover.

Nachdem sich David bei Mrs. Larson abgemeldet hatte, fasste er nach Marians Hand und ging mit ihr zum Auto. Er fuhr stadteinwärts und parkte den Wagen in einer Seitenstraße, die zum Französischen Viertel führte. Von da aus gingen sie zu Fuß weiter.

„Mögen Sie Bohnen mit Reis?", wollte David wissen.

Marian nickte eifrig. Dieses traditionelle Südstaatengericht tauchte in letzter Zeit wieder häufiger auf den Speisekarten der kreolischen Restaurants auf. Es handelte sich um ein Rezept aus der Sklavenzeit. Ältere Leute aus dem Süden erinnerten sich noch an die Zeiten, in denen Bohnen mit Reis zum festen Bestandteil des täglichen Küchenzettels gehörten.

„Eine alte Freundin von mir hat ein Lokal, das für seine klassische kreolische Küche bekannt ist", erklärte David. „Das Essen ist hervorragend, aber die Räumlichkeiten sind mehr als bescheiden, und das Publikum ist manchmal sehr gemischt."

„Machen Sie sich keine Sorgen. Ich bin wirklich nicht besonders empfindlich." Unwillkürlich musste sie lächeln. Was würde David wohl sagen, wenn er ihre Familie beim Essen beobachten könnte? Zu Hause war der Tisch mit Steingutgeschirr gedeckt, die Wassergläser stammten aus dem Supermarkt. Allerdings störte das den Appetit der zahlreichen Familienmitglieder nicht im Geringsten.

David legte den Arm um Marians Taille und zog sie an sich. „Ich wollte dich nur warnen. Wie ich dich einschätze, wird dir das Lokal gefallen."

Marian freute sich, dass er endlich das steife „Sie", aufgegeben hatte. Sie schmiegte sich an seine Schulter und erwiderte sein strahlendes Lächeln. Jetzt war er wieder so entspannt und vergnügt, wie sie ihn in den letzten Wochen kaum erlebt hatte.

David führte sie durch eine schmale Gasse, die Marian nicht kannte. „Bist du sicher, dass wir uns nicht verlaufen haben?" Sie schaute sich skeptisch um. Weit und breit war kein Restaurant zu sehen.

„Keine Angst, wir sind gleich da."

Das winzige Lokal machte tatsächlich einen ziemlich heruntergekommenen Eindruck. Auf den Tischen lagen fleckige Kunststoffdecken, die Stühle passten nicht zueinander, und von den Wänden war der Putz abgeblättert. Aber der aromatische Duft aus der Küche verriet einen hervorragenden Koch, der sich mit den Gewürzen der kreolischen Küche auskannte.

Eine ältere, dicke Afro-Amerikanerin begrüßte David mit einem vergnügten Lächeln. „Hallo Dave, was bringst du mir denn da für ein mageres Küken?"

David schüttelte ihr die Hand und machte sie mit Marian bekannt. „Marian, das ist meine alte Freundin Cleo."

Cleo musterte Marians zierliche Figur mit einem besorgten Kopfschütteln. „Aber Kindchen, Sie sind ja viel zu dünn! Sie müssen aufpassen, dass der Wind Sie nicht fortweht."

Marian lachte. „Das lässt sich leicht ändern, wenn Sie mir eine kräftige Mahlzeit bringen."

„Das werde ich sofort tun. Kindchen, Sie haben ja keine Ahnung, wie es ist, von Cleo verwöhnt zu werden." Sie rückte zwei Stühle zurecht. „Setzt euch!" Auf dem Weg in die Küche drehte sich Cleo noch einmal um. „Dave, hast du das Instrument mitgebracht?"

„Es liegt im Wagen."

„Welches Instrument?", fragte Marian.

„Wenn ich in Stimmung bin, spiele ich ab und zu Saxofon."

Verblüfft schüttelte Marian den Kopf. David war offensichtlich für jede Überraschung gut. Dieser Mann, den sie nun seit drei Jahren zu kennen glaubte, offenbarte ihr immer neue Seiten seiner vielschichtigen Persönlichkeit. Eine musikalische Ader hätte sie bei ihm bestimmt nicht vermutet.

Er warf ihr einen viel sagenden Blick zu, als wolle er ihr zu verstehen geben, dass sie noch längst nicht alles über ihn wusste.

Cleo kam mit einem Tablett aus der Küche zurück. Auf den Tellern dampften gewaltige Berge Reis mit Bohnen und einer würzig duftenden roten Soße. „Nun esst erst einmal ein Häppchen!" Sie stellte eine Platte mit gerösteten Brotscheiben und zerlassener Butter in die Mitte des Tisches.

„Sie erwartet hoffentlich nicht, dass wir das alles aufessen", meinte Marian zwischen zwei Bissen. Dann nickte sie anerkennend. Sie hatte schon oft Reis mit Bohnen gegessen, aber noch nie ein Gericht, das so perfekt gewürzt war und so viel Fleisch und Gemüse enthielt.

„Iss nur tüchtig", mahnte David und nahm sich eine zweite Portion. „Cleo wäre beleidigt, wenn die Teller nicht leer würden."

Marian aß mit so viel Appetit wie schon lange nicht mehr. Als Cleo wieder aus der Küche kam, waren beide Teller leer gegessen.

Cleo war zufrieden. „Ihr seht beide schon viel besser aus. Es war höchste Zeit, dass ihr wieder einmal ordentlich zugelangt habt." Sie wandte sich augenzwinkernd an David. „Deine Freundin gefällt mir."

David lachte. „Mir auch."

„Habt ihr noch Appetit auf einen Nachtisch? Dave, du kennst doch meine Spezialität. Ich meine den Auflauf aus süßen Kartoffeln und Pekannüssen."

David stöhnte. „Tut mir leid, Cleo. Ich bin so satt, dass ich passen muss."

Cleo schnaubte verächtlich. „Kein Wunder, dass die Weißen immer halb verhungert aussehen."

„Ich nehme eine Portion", entschied Marian.

„Das ist brav, Kindchen." Cleo schmunzelte. „Dave, dieses Kind ist zwar zu dünn, dafür aber sehr tapfer."

Marian ließ sich den süßen, schweren Auflauf schmecken.

„Du erstaunst mich!" David hatte fasziniert beobachtet, wie mühelos Marian nach dem deftigen Hauptgericht nun auch noch die Nachspeise bewältigte.

„Du weißt doch, dass ich einen gesunden Appetit habe. Und der Nachtisch war einfach köstlich." Marian fuhr sich genießerisch mit der Zunge über die Lippen.

Cleo brachte den Kaffee. „Dave, nimmst du das Mädchen mit zu St. Peter?"

„Aber natürlich!"

Nachdem David bezahlt und sich von Cleo verabschiedet hatte, führte er Marian in das berühmte Jazzlokal. „Ich hoffe, du magst Jazz."

„Ich mag jede Art von Musik."

Er stieß die Tür zu dem Kellerlokal auf und half Marian, sich im Halbdunkel des verrauchten Raumes zurechtzufinden. Mit Mühe und Not gelang es ihm, zwei freie Plätze zu finden. Marian schaute sich aufmerksam um. Die Musikgruppe machte gerade Pause, und der Pianist nutzte die Gelegenheit zu einer kleinen Improvisation. Das blecherne Stakkato des alten Klaviers, das Klicken der Eiswürfel in den Gläsern und die halblaute Unterhaltung der Gäste schufen eine intime Atmosphäre, in der sich Marian sofort wohl fühlte.

„Was möchtest du trinken?", erkundigte sich David. „Einen Cocktail?"

Marian schüttelte den Kopf. „Ich nehme ein Bier."

Er stand auf, um die Getränke zu holen. Nach ein paar Schritten drehte sich David um, als habe er etwas vergessen. Er kam an den Tisch zurück und gab Marian einen leichten Kuss auf den Mund.

An der Rückseite des Raumes war ein kleines Podium für die Musiker aufgebaut. Neben dem Pianisten hatte ein Schlagzeuger Platz genommen. David winkte den beiden zu und grüßte nach links und rechts. Er schien Stammkunde des Lokals zu sein, denn er kannte eine Vielzahl von Gästen. Nach einer Weile kam er mit zwei schaumbedeckten Biergläsern zurück.

Marian hatte kaum ein paar Schlucke getrunken, als David schon wieder aufsprang und sie mit sich auf die kleine Tanzfläche zog. Er nahm sie in die Arme und überließ sich den schmeichelnden Klängen eines Blues.

Sie schmiegte sich an ihn und genoss die vertraute Nähe, die sie so lange entbehrt hatte. In diesem Augenblick wusste Marian, dass sie nie mehr einen Mann so lieben würde wie David Norris.

Er strich ihr zärtlich über das erhitzte Gesicht. Sein Mund war ganz dicht an ihren Lippen. Marian sehnte sich so sehr nach seinem Kuss, dass sie sich auf die Zehenspitzen stellte und ihn verlangend anschaute.

„Marian, bitte schau mich nicht so an", flüsterte David heiser.

Sie schlug verlegen die Lider nieder. Jetzt wusste David, wie es um sie stand.

„Ach was, sollen die Leute doch denken, was sie wollen!" Er legte ihr die Hand unter das Kinn und beugte sich über ihren Mund.

Als er ihre Lippen berührte, durchströmte Marian ein tiefes Gefühl von Wärme, von Sehnsucht nach mehr Zärtlichkeit. Nach dem flüchtigen Kuss, mit dem er sie vorhin überrascht hatte, drückten seine Küsse jetzt eine Leidenschaft aus, die ihr unmittelbar ins Blut ging. Er hielt sie so fest an sich gepresst, dass sich Marian kaum rühren konnte. Genießerisch ließ er die Lippen über ihren halb geöffneten Mund gleiten. Marian seufzte vor Verlangen und schmiegte sich eng an ihn.

Eng umschlungen wiegten sie sich im Rhythmus des Blues. Noch nie hatte Marian einen Mann so begehrt wie David, der jetzt den Kopf in ihre Halsbeuge gelegt hatte. Erschauernd spürte sie seine Lippen auf der nackten Haut.

An der Reaktion seines Körpers merkte sie, dass er ebenso erregt war wie sie. David blieb stehen und flüsterte: „Komm, lass uns gehen."

Marian nickte.

Er führte sie zum Tisch zurück und legte ein paar Geldscheine neben die Gläser.

Sie wollten gerade das Lokal verlassen, als ein dunkelhäutiger Mann mit einem dichten schwarzen Bart auf David zutrat und ihn mit einem fröhlichen Grinsen begrüßte.

„Hallo Dave, willst du dich etwa davonschleichen? Das kommt überhaupt nicht infrage! Hol sofort dein Saxofon!"

„Er hat recht", meinte Marian. „Du darfst deine Fans nicht enttäuschen."

David versuchte zu verhandeln. „Fats, ein andermal gern. Jetzt bin ich in Eile."

Der bärtige Mann klopfte ihm auf die Schulter und sagte mit einem gutmütigen Lächeln: „Das kann ich gut verstehen, Dave. Du brauchst nur eine Nummer spielen, dann kannst du verschwinden. Wo ist das Instrument?"

„Im Auto."

„Dann hol es."

Dave brachte Marian zum Tisch zurück und zuckte bedauernd die Schultern. „Tut mir leid."

Sie drückte ihm einen leichten Kuss auf die Wange. „Ich möchte dich auch gern spielen hören, Dave."

Fats war auf die improvisierte Bühne gesprungen und hatte sich an die Bassgeige gestellt. Der Schlagzeuger wechselte zur Trompete über. Als David mit dem Saxofon zurückkam, stimmten sie die Instrumente und improvisierten ein paar Takte, bis sich die Tanzfläche geleert hatte und die Gäste wieder an ihren Tischen saßen.

In dem verrauchten Lokal herrschte erwartungsvolle Stille. Die Leute kannten das Trio und wussten, dass ihnen ein besonderer Genuss bevorstand.

David trat an die Rampe und setzte das Saxofon an die Lippen. Er war ein ausgezeichneter Musiker, der sich perfekt in das Ensemble einfügte und zwischendurch mit Soloeinlagen brillierte.

Marian hörte ihm wie gebannt zu. Sie hatte das Gefühl, als ob David nur für sie allein spielte. Plötzlich spürte sie, dass er sie anschaute. Marian beugte sich nach vorn und hielt seinen Blick fest. Eine beinahe unerträgliche Spannung, untermalt von der erregenden Musik, baute sich zwischen ihnen auf.

Sie war so versunken, dass sie kaum bemerkte, wie das Stück zu Ende ging. David kam an den Tisch zurück und legte den Arm um Marians Schultern. Sein Gesicht war ihr so nahe, dass sie die feinen Schweißtröpfchen auf seiner Oberlippe bemerkte. Marian fuhr ihm zart mit den Fingerspitzen über den Mund. Sie war so bewegt, dass sie nicht sprechen konnte.

Er hielt ihre Hand fest und ließ seine Lippen über ihre Fingerspitzen gleiten. „Hat es dir gefallen?"

Marian nickte. Ohne dass sie es gemerkt hatte, waren ihr die Tränen in die Augen gestiegen.

David strich ihr sanft über die Lider. „Marian, du weißt, dass ich nächste Woche verreisen muss."

Sie kannte seinen Terminkalender. Sie hatte für ihn einen Flug nach Kalifornien gebucht.

Er zog sie an sich. „Ich möchte, dass du mich begleitest."

„Ja, Dave!"

David zögerte. „Angie kommt auch mit." Das klang, als wollte er sich bei Marian entschuldigen. „Sie möchte, dass du mitfliegst. Und ich möchte es auch."

8. Kapitel

Angie stellte ihre Rückenlehne senkrecht und griff nach Marians Hand. „Darf ich dich um einen Gefallen bitten?"
Marian nickte. „Um was geht es?" Sie war noch nie erster Klasse geflogen, während sich Angie benahm, als sei sie in dem Großraumflugzeug zu Hause.
„Wenn wir in Kalifornien sind, möchte ich, dass du mich Millicent nennst. Später werde ich mir dann überlegen, ob ich für immer so oder lieber doch Guinevere oder Charmaine heißen möchte."
„Das will ich gern tun", erwiderte Marian. „Ich kann aber nicht garantieren, dass ich mich immer rechtzeitig daran erinnern werde, wie du gerade heißt." Unwillkürlich musste sie lächeln. Zurzeit wusste sie oft nicht einmal, wer sie selbst war, geschweige denn, welche Rolle sich die eigenwillige Angie gerade ausgesucht hatte.
Angie war zufrieden. „Wenn du willst, kann ich dich Dominique nennen."
„Das ist nett, Angie, aber ich bin mit meinem Namen ganz zufrieden." Sie warf einen verstohlenen Blick in Davids Richtung, der in der gegenüberliegenden Reihe saß. Er hatte sich in seine Akten vertieft und machte einen völlig konzentrierten Eindruck.
Seufzend beugte sich Marian über ihren Kriminalroman, der sie aber nur für wenige Minuten fesselte. Sie musste immerzu an Sallys Warnung denken, sich nicht schon wieder als Kindermädchen für Angie einspannen zu lassen. Marian hatte energisch widersprochen. Sie war sicher, dass David andere Gründe hatte, sie mit nach Kalifornien zu nehmen.
Nach dem Abend in dem Jazzlokal war sie davon überzeugt, dass David Norris etwas für sie empfand. Zwar war sie nicht so naiv zu glauben, er habe sich plötzlich in sie verliebt. Aber immerhin hatte er ihr zu verstehen gegeben, dass er sie ernst nahm und bereit war, sie an seinem Leben teilhaben zu lassen. Sonst hätte er sie wohl kaum in sein Lieblingslokal geführt und ihr seine Leidenschaft für Jazzmu-

sik gestanden, die so gar nicht zu dem beherrschten, versierten Geschäftsmann zu passen schien.

„Daddy!", rief Angie.

David schien sie nicht gehört zu haben und arbeitete weiter.

„Angie, bitte stör deinen Vater jetzt nicht", warnte Marian. „Was gibt es denn?"

„Ich will wissen, wie lange der Flug noch dauert und ob wir heute noch in den Disneyland-Park gehen. Ich kann es kaum erwarten, Mickymaus und Schneewittchen zu sehen."

„Eine Weile wirst du dich schon noch gedulden müssen. Der Flug dauert noch ein paar Stunden."

Die Kleine verzog enttäuscht das Gesicht. „Hat Vater viel zu tun in Kalifornien?"

Marian nickte. Auch ihr war es nicht recht, dass sich David so viele Termine und geschäftliche Besprechungen vorgenommen hatte. Eigentlich hatte er vorgehabt, ein paar Ferientage einzuplanen, damit er etwas mit Marian und mit seiner Tochter unternehmen konnte. Aber dann hatte sich herausgestellt, dass ihm die Geschäfte kaum eine freie Stunde ließen und er pausenlos unterwegs sein würde.

Das Flugzeug landete am Spätnachmittag in Los Angeles. Es gab Schwierigkeiten bei der Gepäckausgabe, sodass es fast Abend war, als sie endlich im Hotel eintrafen. Wegen des beträchtlichen Zeitunterschiedes zwischen Louisiana und Kalifornien war Angie müde und hungrig. Sie führte sich so quengelig auf, wie Marian das Kind selten erlebt hatte.

Auch Marian war müde und dazu noch deprimiert. Anfangs hatte sie sich darauf gefreut, David begleiten zu können. Jetzt, nachdem feststand, dass sie sich die ganze Zeit über allein um Angie kümmern musste, kam sie sich eher ausgenutzt vor. Außerdem hatte sie vor dem Abflug keine Zeit mehr gehabt, zum Frisör zu gehen. Zu allem Überfluss hatte sie sich beim Aussteigen auch noch einen Strumpf zerrissen, und ihr Rücken schmerzte vom langen Sitzen.

Das Hotel lag direkt neben dem Vergnügungspark, auf den sich Angie schon tagelang gefreut hatte. Jetzt war die Kleine so überdreht, dass Marian sie nur mit Mühe dazu bringen konnte, etwas zu essen und sich hinzulegen.

Als Angie endlich im Bett lag, atmete Marian auf. Sie ging in den Salon, der zwischen Davids und ihrem Zimmer lag, und ließ sich seufzend auf eines der Sofas fallen.

David legte seine Papiere beiseite, setzte sich zu Marian und drückte ihr mitfühlend die Hand. „Ich weiß wirklich nicht, wie ich den Flug ohne dich überstanden hätte. Es war wohl alles ein bisschen viel für Angie."

Marian fuhr sich erschöpft über die Augen und nickte bloß.

Er legte ihr den Arm um die Schultern. „Es tut mir so leid, dass ich kaum Zeit für euch haben werde. Eigentlich hatte ich geplant ..." Er zögerte. „Ich wollte dir ein paar Urlaubstage gönnen, aber ich hatte nicht damit gerechnet, dass dir Angie so viel Mühe machen würde. Vielleicht war es egoistisch von mir, dich zu bitten, uns nach Kalifornien zu begleiten."

Marian wandte sich ab. Sollte Sally mit ihrer Warnung recht behalten?

David zog sie an sich. „Ich habe dich mitgenommen, weil ich es nicht aushalte, dich fünf Tage lang nicht zu sehen. Bitte glaub mir das, Marian!"

Sie schluckte. Sie hätte David ja so gern geglaubt! Als sie seine Lippen auf ihrem Mund spürte, lehnte sie sich mit geschlossenen Augen zurück. Allmählich löste sich ihre innere Spannung.

Er strich ihr das Haar aus der Stirn und flüsterte: „Du hast Haare wie Seide. Und deine Haut fühlt sich so zart an ..."

Seine sanfte Berührung hatte eine beinahe elektrisierende Wirkung. Plötzlich fühlte sich Marian überhaupt nicht mehr müde. Sie schmiegte sich an Davids Brust, legte den Kopf zurück und öffnete erwartungsvoll die Lippen.

Als David zögerte, suchte sie verwirrt seinen Blick. In seinen Augen las sie ein so unverhülltes Verlangen, dass es ihr das Blut in die Wangen trieb. Wie gern hätte sie ihm in diesem Augenblick ihre Liebe gestanden. Doch nachdem sie gerade noch an ihm gezweifelt hatte, brachte Marian kein Wort über die Lippen.

„Marian, du bist wunderschön!" Er vergrub die Finger in ihrem dichten Haar und beugte sich über ihren Mund. Sein leidenschaftlicher Kuss besiegte Marians Zweifel. Jetzt war David wieder so, wie sie ihn in den seltenen Stunden kennengelernt hatte, in denen er sich nicht vor ihr versteckte. Das war der David aus dem Jazzlokal, der seine Musik ganz für sie allein spielte und sie mit einem einzigen Blick in einen Taumel des Entzückens zu versetzen vermochte.

Sie erwiderte seine Küsse so inbrünstig, als wollte sie für immer mit ihm verschmelzen.

Er griff nach ihrer Hand und drückte ihre Handfläche an seine Brust. „Fühlst du, wie mein Herz rast?", fragte er atemlos. „Marian, du bist die größte Versuchung meines Lebens!"

„Dave, mir geht es genauso", flüsterte Marian.

„Ich fürchte, jetzt ist nicht der richtige Zeitpunkt ..."

Marian schüttelte heftig den Kopf. Sie wollte nicht, dass der Zauber des Augenblicks verflog, weil David Bedenken hatte. Sie legte die Hände um seinen Nacken und zog seinen Kopf ganz nahe an sich heran. Sie begehrte David mehr als jeden anderen Mann zuvor, und sie hatte jetzt jede Scheu verloren, ihm ihr Verlangen zu zeigen.

Aufstöhnend gab David nach. Während er mit der Zunge ihren Mund erforschte, ließ er seine Hände unter Marians Pullover gleiten und streichelte ihre Brüste.

Bebend vor Lust, schmiegte sich Marian in seine Arme. Als er sich widerstrebend von ihr löste, stieß sie einen leisen Schrei aus.

„Nicht, Dave ..."

„Habe ich dir wehgetan?"

„Oh nein, es ist wundervoll, von dir berührt zu werden. Bitte hör nicht auf!"

„Das darfst du nicht sagen", stöhnte David gequält.

„Aber es ist so!"

David sah sie für einen Moment forschend an. Dann begann er, sie erneut zu küssen. Sie merkte kaum, dass er die Knöpfe ihrer Bluse öffnete und den Verschluss des Büstenhalters löste. Als er ihr Bluse und Büstenhalter abstreifte, hielt Marian den Atem an.

Er schaute sie fasziniert an. Während er mit den Fingerspitzen sanft über ihren Busen strich, flüsterte er: „So wunderschön habe ich mir dich immer vorgestellt."

Er senkte den Kopf und liebkoste mit den Lippen ihre Brustspitzen. Gleichzeitig streichelte er ihre Hüften, die Taille und versetzte Marian mit dem verführerischen Spiel seiner Hände und Lippen in einen wahren Gefühlstaumel.

Sie hörte das Klingeln erst, als David mit einem unterdrückten Fluch aufsprang. Als Marian die Augen öffnete, stand David schon am Telefon und hatte den Hörer abgenommen.

Benommen griff sie nach ihrem Pullover. Davids Stimme klang kühl und beherrscht wie immer. „Ja, das Flugzeug ist pünktlich gelandet. Wir sehen uns morgen früh. Ich habe Zahlen mitgebracht, die Sie überraschen werden."

Marian hatte mit gesenktem Kopf zugehört. Jetzt erschien es ihr beinahe unvorstellbar, dass der Mann, der so gelassen mit einem Geschäftspartner telefonierte, sie eben noch mit einer Leidenschaft geküsst hatte, die sie zutiefst aufwühlte.

Als sie ihr Haar ordnete, spürte sie, wie ihre Hände zitterten. Ihre Wangen waren noch vor Erregung gerötet, der Blick verhangen von einer Sehnsucht, der die Erfüllung versagt geblieben war. David dagegen saß auf der Schreibtischkante und hatte sich in ein Telefonat vertieft, bei dem es um Zahlen und Formeln ging.

Marian wartete nicht, bis er das Gespräch beendet hatte. Sie stand auf und ging in das Schlafzimmer zurück, das sie mit Angie teilte. Die Kleine schlief. Marian zog sich im Dunkeln aus, ging in das Badezimmer, um sich die Zähne zu putzen, und legte sich in ihr Bett.

Kurz vor dem Einschlafen hörte sie Davids Schritte, die sich ihrem Zimmer näherten und sich dann wieder entfernten.

„Hallo, Daddy!" Angie ließ sich in einen Sessel fallen. „Wenn du wüsstest, wie müde ich bin!" Sie streifte sich die Mickymausohren vom Kopf und ließ die Stofftiere, die sie im Vergnügungspark gekauft hatte, achtlos zu Boden fallen.

David nahm das Kind in die Arme und wandte sich an Marian, die Angie begleitet hatte. „Wie hast du denn den Tag überstanden?"

„Ganz gut, danke. Allerdings würde ich für kein Geld der Welt noch einmal in diese Geisterbahnen steigen. Es war ein richtiger Horrortrip."

„Während der ganzen Fahrt durch den Zauberberg hat Marian sich vor Angst an mich geklammert", beklagte sich Angie. „Ich hätte sie wirklich für mutiger gehalten."

„Und du? Wenn ich mich recht erinnere, hast du dir die Augen zugehalten, als wir auf dem Matterhorn waren."

Angie wandte sich verlegen ab. „Das ist etwas anderes! Du weißt doch, dass ich Höhenluft nicht vertrage."

David lachte. „Das hört sich ja wirklich an, als ob ihr beiden heute viel erlebt hättet."

Angie nickte eifrig. „Das kann man wohl sagen! Wer hat schon Gelegenheit, an einem einzigen Tag Donald Duck, Goofy und sogar Schneewittchen zu begegnen."

„Etwas würde mich noch interessieren." David blinzelte Marian zu. „Seid ihr zufällig auch einem Prinzen begegnet?"

„Leider nicht."

„Schade!" David zuckte bedauernd die Schultern.

Marian ging auf sein Spiel ein. „Der einzige Schimmel, den ich heute gesehen habe, war aus Plastik und stand auf einem Karussell. Und wie ist deine Besprechung verlaufen, Dave?"

Selbstverständlich wusste Marian, wie wichtig alle Termine waren, die David in Kalifornien wahrzunehmen hatte. Sie spürte, dass sich David von Tag zu Tag mehr Sorgen machte, und sie war in Gedanken bei ihm, wenn er mit seinen Geschäftspartnern unterwegs war.

„Alles ist zufriedenstellend verlaufen." Er schien keine Lust zu haben, mehr über das Ergebnis der Verhandlungen zu sagen.

Angie war schon eine Weile unruhig hin und her gelaufen. Jetzt hielt sie es nicht länger aus und rief: „Hört endlich auf, vom Geschäft zu reden. Ich sterbe vor Hunger!"

„Das ist doch kaum zu glauben!", wunderte sich Marian. „Du hast heute Nachmittag schon zwei Würstchen, eine Portion Zuckerwatte und eine Tüte Erdnüsse gegessen."

„Na und? Schließlich wachse ich noch und muss viel und regelmäßig essen. Jedenfalls behauptet das Mrs. Larson."

„Angie, sei mir nicht böse, aber ich kann nicht mehr. Ich bin den ganzen Tag mit dir durch die Gegend gezogen und brauche jetzt ein bisschen Ruhe." Marian hatte sich auf ein heißes Bad gefreut und verspürte nicht die geringste Lust, sich noch einmal auf eine von Angies anstrengenden Expeditionen einzulassen.

David versuchte einen Kompromiss zu finden. „Hat jemand Lust, mit mir schwimmen zu gehen?"

„Oh fein, Dad, ich komme mit." Vor Freude, endlich einmal etwas mit ihrem Vater unternehmen zu können, vergaß Angie sogar ihren Hunger.

Marian lehnte ab. „Ich bin so müde, dass ich mich kaum noch auf den Beinen halten kann. Vielleicht komme ich später nach. Ich werde mich jetzt erst einmal ein bisschen hinlegen."

Sie strich sich über die geschwollenen Knöchel und kuschelte sich in die Sofaecke. Angie hatte sie von einem Karussell zum nächsten gezerrt, und Marian merkte erst jetzt, wie viel Kraft sie die ungewohnten Torturen der modernen Vergnügungsindustrie gekostet hatten.

„Dad, warte auf mich, ich hole nur mein Badezeug." Angie rannte ins Schlafzimmer.

David setzte sich zu Marian und drückte ihr einen leichten Kuss auf die Wange. „Du siehst wirklich ein wenig erschöpft aus."

Marian nickte. „Vielleicht bin ich schon zu alt, um es noch mit dem Temperament einer Achtjährigen aufnehmen zu können", meinte sie mit gespielter Verzweiflung.

„Ruh dich ein bisschen aus. Während der nächsten Stunde werde ich mich um Angie kümmern."

Marian lehnte sich mit geschlossenen Augen zurück. Der Tag mit Angie hatte sie wirklich angestrengt. Das Kind hatte darauf bestanden, sofort nach dem Frühstück in den Vergnügungspark zu gehen. Seitdem waren zehn Stunden vergangen, in denen sie mit Angie kreuz und quer über das riesige Gelände gelaufen war. Auf dem Rückweg zum Hotel war Angie endlich damit einverstanden gewesen, einen der motorbetriebenen Wagen zu benutzen, die den Gästen für die Fahrt durch den Park zur Verfügung standen.

Doch Angies Begeisterung für die Wunderwelt von Walt Disney war unerschöpflich. Während der Rückfahrt hatte sie angekündigt, dass sie auch den nächsten Tag im Vergnügungspark verbringen wollte. Außerdem hatte sie wissen wollen, welches Programm Marian für den Abend dieses erlebnisreichen Tages vorzuschlagen hatte.

Marian war so erschrocken über den Erlebnishunger der Kleinen, dass sie Angie auf später vertröstet hatte. Sie hatte nicht gewagt, der Kleinen zu gestehen, wie sehr sie sich auf einen ruhigen Abend freute.

„Wir gehen jetzt." David hatte sich in seinem Schlafzimmer umgezogen. In der knappen Badehose und mit dem um die Schultern geschlungenen Frotteetuch wirkte er so vital und männlich, dass Marian ihn am liebsten zum Pool begleitet hätte.

Während sie noch überlegte, kam Angie hereingestürmt. „Bis später, Marian! Ruh dich aus und vergiss nicht, dass wir noch den ganzen Abend vor uns haben. Es gibt noch viel zu sehen in Los Angeles."

Das Kind war überglücklich, den Vater für die nächsten Stunden für sich allein zu haben.

Marian stand auf und ging in das Schlafzimmer. Sie war so müde, dass sie beschloss, sich sofort hinzulegen und erst später zu baden. Sie hatte sich kaum ausgestreckt, als sie auch schon fest eingeschlafen war.

Etwa eine Stunde später wurde Marian wach. Aus dem Nebenzimmer hörte sie Schritte. Nachdem Angie an die Tür geklopft und sie einen Spalt geöffnet hatte, ging das Kind in den Salon zurück und flüsterte David zu: „Marian schläft noch."

Marian lächelte und kuschelte sich fester in die weiche Daunendecke. Sie hatte gerade einen wunderschönen Traum gehabt und versuchte sich an Einzelheiten zu erinnern.

Natürlich hatte sie von David geträumt, der ihren sehnlichsten Wunsch erraten und ihr seine Liebe gestanden hatte. Der Traum war so intensiv gewesen, dass Marian sogar Düfte wahrgenommen und sich in einem Meer von Orangenblüten gesehen hatte, das eine festlich erleuchtete Hochzeitskapelle schmückte. Selbstverständlich war sie die Braut gewesen, für die der traditionelle Hochzeitsmarsch „Treulich geführt", erklang.

Leider war Marian inzwischen schon wieder so weit in die Wirklichkeit zurückgekehrt, dass sie sich nicht mehr ungestört auf den herrlichen Traum konzentrieren konnte. Außerdem hatte Angie die Tür nur angelehnt, sodass sie ungewollt die Unterhaltung zwischen Vater und Tochter mithören musste.

Angie schien dicht neben David zu sitzen, denn ihre Stimme klang ungewöhnlich leise.

„Dad, hast du eigentlich schon einmal daran gedacht, wieder zu heiraten?"

Erstaunt richtete Marian sich auf.

„Nein." Davids Stimme klang, als sei ihm das Thema nicht besonders angenehm.

„Schade", seufzte Angie. „Ich habe nämlich schon oft darüber nachgedacht, wie es wäre, wenn ich eine neue Mutter bekäme."

Ratlos starrte Marian zur Tür. Die beiden wussten offensichtlich nicht, dass sie nicht mehr schlief. Wenn sie aufstand und sich anzog, würden Angie und David merken, dass die Tür offen stand. Selbstverständlich würden sie dann ihr Gespräch unterbrechen. Aber es wäre David sicherlich peinlich, wenn er feststellte, dass Marian die Frage seiner Tochter gehört hatte. Und Marian wollte im Augenblick alles vermeiden, was ihn belasten oder nervös machen könnte.

Andererseits: Wenn sie sich nicht rührte und die beiden weiterreden ließ, würde sie wahrscheinlich etwas hören, das nicht für sie bestimmt war. Auf jeden Fall würde sie sich später Vorwürfe machen, dass sie David und Angie in dem Glauben gelassen hatte, sie könnten sich ungestört miteinander unterhalten.

Während Marian noch überlegte, wie sie sich am geschicktesten verhielt, war David offensichtlich zu dem Entschluss gekommen, dass er Angie eine Antwort schuldig war. „Hör mal, Angie ..."

„Bitte nenn mich nicht Angie. Du weißt doch, dass ich zurzeit Millicent genannt werden möchte."

„Also, Millicent: Ich bin nicht der Ansicht, dass dich die Frage, ob ich wieder heiraten möchte, etwas angeht."

So leicht ließ sich Angie nicht abspeisen. „Und warum geht mich das nichts an?"

David merkte, dass er die Hartnäckigkeit seiner Tochter unterschätzt hatte. Während er noch nach einer Erklärung suchte, wurde Marian immer unruhiger. Obwohl es sie selbst mittlerweile brennend interessierte, wie sich das Gespräch weiterentwickelte, ließ ihr ihr schlechtes Gewissen keine Ruhe. Sie setzte sich auf, schlug die Bettdecke zurück und hoffte halbherzig, dass die beiden von ihr Notiz nehmen würden.

Doch sie hatte sich wohl nicht energisch genug bemerkbar gemacht. Zwar war von David nichts zu hören, aber Angie nutzte die Denkpause ihres Vaters, um ihm ihre Pläne vorzutragen.

„Dad, ich denke manchmal darüber nach, wie es wäre, wenn du Marian heiraten würdest. Ich habe sie nämlich sehr lieb. Marian ist immer fröhlich und hat Zeit für mich."

„Marian ist zu jung", antwortete David kurz angebunden. „Ich bin fast zehn Jahre älter als sie."

„Aber Dad, das ist doch nur eine Ausrede!", rief Angie aufgebracht. „Ich habe nämlich gesehen, wie du sie geküsst hast. Wenn sie dafür nicht zu jung ist, kann sie auch deine Frau werden."

„Wann willst du das gesehen haben?", brummte David mürrisch. „Das weiß ich nicht mehr so genau. Auf jeden Fall ist es eine Weile her. Dad, mir kannst du nichts vormachen, ich habe es mit meinen eigenen Augen gesehen."

„Zu jung!", flüsterte Marian fassungslos. Es war offensichtlich, dass David nach einer Ausrede gesucht hatte, um der unbequemen Frage seiner Tochter auszuweichen.

„Daddy, gibst du zu, dass du Marian geküsst hast?"

„Ja. Und nun hör endlich mit der Fragerei auf!"

„Hat es dir Spaß gemacht?"

„Angie …" David seufzte resigniert. „Gibst du Ruhe, wenn ich zugebe, dass es mir Spaß gemacht hat?"

„Nur noch eine Frage, Dad: Wenn du Marian so gern küsst, warum heiratest du sie dann nicht?"

„Kind, du treibst mich zur Verzweiflung! Ein paar Küsse sind kein ausreichender Grund, um zu heiraten. Es gehört viel mehr dazu, bis ein Mann eine so wichtige Entscheidung trifft."

Angie ließ nicht locker. „Was gehört denn noch dazu?"

„Das … das verstehst du noch nicht. Angie, ich möchte, dass wir diese Unterhaltung beenden. Lass dir bloß nicht einfallen, Marian von unserem Gespräch zu erzählen! Sie kann schließlich nichts dafür, dass du so naseweise Fragen stellst. Es würde sie sehr verlegen machen, wenn sie wüsste, was du mich eben gefragt hast." Plötzlich schien David ein Verdacht zu kommen. „Angie, du hast dich doch nicht etwa schon mit Marian über dieses Thema unterhalten?"

„Keine Angst, das habe ich nicht getan. Natürlich wollte ich zuerst mit dir sprechen." Angies Stimme klang bittend. „Dad, du hast mir einmal gesagt, ich kann über alles mit dir reden. Ich weiß wirklich nicht, warum du jetzt so ärgerlich bist. Schließlich könnte es wichtig für dich sein, wenn ich nichts dagegen habe, dass du Marian heiratest. Ich glaube nämlich, dass sie eine prima Mutter wäre."

„In Ordnung, mein Kind, ich habe es zur Kenntnis genommen. Und vergiss nicht – kein Wort zu Marian!"

„Du kannst dich auf mich verlassen." Angie zögerte. Sie schien noch etwas auf dem Herzen zu haben. „Dad, hast du dir eigentlich schon einmal überlegt, ob du noch mehr Kinder haben möchtest?"

„Wie bitte?" Jetzt klang David ziemlich ungehalten.

„Ich möchte gern wissen, ob du dir noch Kinder wünschst, solche wie mich zum Beispiel."

„Ich ... Darüber habe ich noch nicht nachgedacht. Warum fragst du?" Es war offensichtlich, dass David ungeduldig wurde.

„Ach, nur so. Wenn du Marian heiraten würdest, möchtet ihr doch sicherlich Kinder haben. Jedenfalls würde ich mich sehr freuen, wenn ich Geschwister hätte. Zuerst möchte ich eine kleine Schwester und dann einen Bruder."

„Sag mal, hat dich Marian etwa auf diese seltsame Idee gebracht?", fragte David misstrauisch.

Am liebsten wäre Marian vor Wut aus dem Bett gesprungen und hätte David zur Rede gestellt. Wie konnte er nur vermuten, dass sie mit dem Kind über ein so delikates Thema gesprochen haben könnte! Glaubte er etwa, sie würde die Kleine benutzen, um ihn zu einer Heirat zu bewegen?

Dieser Verdacht war so fürchterlich, dass Marian kaum an sich halten konnte. Wenn David so von ihr dachte, bewies das, dass er sich nicht die geringste Mühe gegeben hatte, sie wirklich kennenzulernen.

Auch Angie schien sich über die seltsame Frage ihres Vaters zu wundern. „Natürlich hat Marian nicht mit mir darüber gesprochen! Und ich habe ihr auch nichts gesagt. Du weißt doch, dass ich zuerst deine Meinung hören möchte."

„Entschuldigung, ich war wohl etwas schroff", murmelte David.

„Dad, willst du nicht wenigstens einmal darüber nachdenken, ob Marian die richtige Frau für dich sein könnte?"

Marian wartete mit angehaltenem Atem auf seine Antwort. Nach einer längeren Pause hörte sie ein zögerndes „Vielleicht ..."

Schwer atmend setzte sie sich auf die Bettkante. Was sie eben gehört hatte, hatte sie so verwirrt, dass sie sich erst einmal beruhigen musste, bevor sie in den Salon zurückkehrte.

Nach etwa vierzig Minuten war Marian so weit, dass sie sich zutraute, das Schlafzimmer einigermaßen gefasst verlassen zu können.

David und Angie saßen vor dem Fernsehapparat und schauten sich einen Western an.

„Hallo, Marian, da bist du ja endlich! Ich sterbe vor Hunger!"

„Tut mir leid, dass ihr auf mich warten musstet. Ihr hättet ruhig allein gehen können, ich habe keinen Appetit." Marian blieb unschlüssig stehen. Beim bloßen Gedanken daran, den Abend mit David verbringen zu müssen, wurde ihr beinahe übel. Nach all dem, was sie gerade gehört hatte, war es kaum vorstellbar, dass sie jemals wieder unbefangen mit ihm sprechen konnte.

Angie schien nichts von Marians Nervosität zu merken, aber David spürte, dass sie sich irgendwie verändert hatte. Er musterte sie aufmerksam und fragte: „Ist alles in Ordnung?"

Marian nickte.

„Umso besser. Ich hoffe, du hast doch ein bisschen Appetit. Ich habe nämlich einen Tisch in einem ausgezeichneten italienischen Restaurant bestellt."

„Oh fein", rief Angie begeistert und griff nach Marians Hand. „Komm, Dominique, wir gehen aus", meinte sie fröhlich und zwinkerte Marian zu.

Die Tage in Los Angeles vergingen wie im Flug. Die unternehmungslustige Angie gab keine Ruhe, bis sie alle Sehenswürdigkeiten und vor allem die Filmstudios gesehen hatte. In den Abendstunden richtete es David so ein, dass er Zeit für seine Tochter hatte und Marian sich ausruhen konnte.

Marian ging regelmäßig früh zu Bett, um nicht mit David allein sein zu müssen. Damit es nicht so aussah, als ginge sie ihm absichtlich aus dem Weg, fand sie immer neue Gründe für ihr Ruhebedürfnis.

Am letzten Abend ihres Aufenthaltes in Los Angeles war Angie so erschöpft, dass sie vor dem Fernsehapparat einschlief.

David trug sie ins Schlafzimmer und legte sie auf das Bett. Marian, die ihm gefolgt war, beugte sich über Angie, deckte sie zu und küsste sie zärtlich auf die Stirn. Auch David verabschiedete sich mit einem Gute-Nacht-Kuss von seiner Tochter.

Marian richtete sich auf. „Ich glaube, ich lege mich auch hin."

„Aber es ist doch erst neun Uhr", protestierte David.

„Trotzdem bin ich müde. Es war ein langer Tag."

„Bitte, lass mich noch nicht allein", bat David. „Ich lasse Wein kommen, und wir unterhalten uns noch eine Weile. Immerhin gibt es etwas zu feiern."

„Heißt das, dass die Verhandlungen erfolgreich waren?"

David nickte und lächelte vielsagend.

Erleichtert ging Marian in den Salon zurück. Falls es David gelungen war, die finanzielle Lage des Unternehmens langfristig zu sichern, würde er sich bald ein bisschen mehr Ruhe gönnen können.

David bestellte eine Flasche Chablis und wartete, bis der Kellner die Gläser gefüllt und das Zimmer wieder verlassen hatte.

Marian strich sich nervös das Haar aus der Stirn. „Von mir aus hättest du keine ganze Flasche bestellen müssen. Du weißt ja, dass ich nicht mehr als ein Glas Wein vertrage."

David lachte. „Ich kann mich sehr gut an einen bestimmten Abend erinnern, an dem du mehr als ein Glas getrunken hast."

„Dieser Abend zählt nicht. Ich hatte schließlich ein unfreiwilliges Bad hinter mir. Das wirst du doch sicherlich nicht vergessen haben."

„Wie könnte ich diesen Abend jemals vergessen!"

Eine Weile schauten sie schweigend auf das Lichtermeer von Los Angeles. Nach einiger Zeit räusperte sich David und sagte: „Marian, ich bin dir wirklich sehr dankbar, dass du dich so rührend um Angie gekümmert hast."

„Ich habe es gern getan."

David trank einen Schluck Wein. „Ich habe den Eindruck, dass sich zwischen uns etwas verändert hat, seit Angie bei mir lebt."

Marian nickte.

„Ich habe zwar schon immer gewusst, dass du sehr tüchtig bist. Aber inzwischen habe ich erkannt, dass du auch eine warmherzige, fürsorgliche Frau bist."

„Danke."

„Marian, ich weiß, dass du mich magst. Und ich habe dir auch gezeigt, was ich für dich empfinde."

Marian saß völlig bewegungslos. Sie ahnte, was kommen würde: David hatte vor, ihr einen Heiratsantrag zu machen. Und sie kannte auch den Grund für seinen plötzlichen Entschluss. Angie hatte ihm klargemacht, dass sie sich Marian als Mutter wünschte, und David fühlte sich verpflichtet, seiner Tochter diesen Wunsch zu erfüllen.

Sie hob den Kopf und schaute David an.

Er hielt ihren Blick fest und sagte: „Meine Frage kommt vielleicht ein bisschen plötzlich, aber ich möchte dich bitten, meine Frau zu werden."

Obwohl sie seine Frage erwartet hatte, blieb Marian stumm.

David wurde unruhig. „Marian, ich warte auf deine Antwort."

Sie stellte ihr Weinglas ab und starrte traurig vor sich hin.

Manchmal war das Schicksal wirklich grausam! Nachdem sie David drei Jahre lang ohne die geringste Aussicht auf Gegenliebe angeschwärmt hatte, war die Versuchung, seinen Antrag anzunehmen, sehr groß. Doch ihr Verstand riet ihr ab. Es wäre ein verhängnisvoller Fehler, unter diesen Umständen Davids Frau zu werden.

Schließlich flüsterte sie mit versagender Stimme: „Dave, ich kann nicht. Entschuldige, dass ich so lange überlegt habe. Zuerst dachte ich, das könnte eine Lösung sein …"

„Marian, ich verstehe dich nicht. Was soll das heißen?"

Sie strich ihm leicht über die Wange. „Das kannst du auch nicht verstehen. Dave, bitte glaub mir, dass ich deinen Antrag zu schätzen weiß. Aber ich kann dich nicht heiraten."

„Du kannst mich nicht heiraten?" Er sah sie fassungslos an. „Marian, hast du dir das auch genau überlegt? Ich dachte … ich hatte gehofft …"

Marian sank in sich zusammen. „Dave, für mich bedeutet eine Ehe mehr, als du mir bieten kannst. Ich mag Angie, aber ich kann nicht allein deshalb deine Frau werden, weil du für Angie eine neue Mutter suchst."

Davids Gesicht verfinsterte sich. „Wie kommst du auf die Idee, dass ich dich nur Angies wegen heiraten möchte?"

„Dave, bitte …"

„Ich möchte eine klare Antwort!" Seine Stimme klang eisig.

Marian war zu erschöpft und vor allem viel zu traurig, um sich auf eine Auseinandersetzung einzulassen. Sie stand auf und sagte leise: „Dave, ich bin dir dankbar, dass du mich wenigstens nicht angelogen und mir vorgespielt hast, du würdest mich lieben. Ich habe deine Aufrichtigkeit immer geschätzt, obwohl sie mir manchmal sehr wehgetan hat. Und nun möchte ich mich zurückziehen. Gute Nacht."

David griff nach ihrer Hand. „Marian, bitte geh noch nicht. Zwischen uns gibt es Missverständnisse, über die wir reden müssen."

Marian schüttelte den Kopf. Die Situation war so verfahren, dass Reden auch nicht half. Außerdem wollte sie sich und David die Peinlichkeit ersparen, ihm sagen zu müssen, dass sie sein Gespräch mit Angie mitgehört hatte. Mit gesenktem Kopf ging sie zur Tür. „Gute Nacht, Dave."

Da er schwieg, drehte sie sich noch einmal nach ihm um. Er saß bewegungslos auf der Couch. Seine Hände waren zu Fäusten geballt und verrieten, wie schwer es ihm fiel, sich zu beherrschen.

Marian verließ den Salon. Sie hatte zwar ihren Stolz gerettet, fühlte sich aber so elend wie nie zuvor in ihrem Leben.

9. Kapitel

Für Marian war der Rückflug ähnlich anstrengend wie die Hinreise. Aber diesmal war nicht Angie der Grund. Das Kind schlief die meiste Zeit und war auffällig still.

David saß in der gegenüberliegenden Reihe und würdigte Marian keines Blickes. Sie hatte erwartet, dass er sie mit Schweigen bestrafen würde. Und trotzdem schmerzte es sie unsagbar, dass sich David übergangslos in seine eigene Welt zurückgezogen hatte, zu der sie keinen Zugang fand.

Nach der Ankunft in New Orleans kümmerte sich David um das Gepäck und wies Marian in knappem Ton an, zusammen mit Angie am Ausgang zu warten.

Angie, die die veränderte Stimmung zwischen ihrem Vater und Marian bemerkt hatte, fragte ängstlich: „Habt ihr euch gestritten?"

Marian schüttelte den Kopf. Es mochte falsch sein, Angie in dem Glauben zu lassen, dass zwischen ihr und David alles in Ordnung sei. Aber Marian war müde und wusste nicht, wie sie Angie die Situation erklären sollte.

Angie war misstrauisch geworden. „Wie kommt es, dass du während des ganzen Fluges ausgesehen hast, als ob du gleich zu weinen anfangen würdest?"

Marian zuckte hilflos die Schultern.

„Dad hat sich auch so komisch benommen", murmelte Angie. „Er hat fast überhaupt nicht mit dir gesprochen."

Nachdem sie eine Weile vergeblich auf irgendeine Reaktion von Marian gewartet hatte, sagte Angie: „Dad und ich haben in Los Angeles ein langes Gespräch gehabt. Wir finden, dass es gut wäre, wenn Dad und du heiratet." Angie presste erschrocken die Hand auf den Mund. Davids Warnung war ihr eingefallen. „Ich hätte dir das nicht erzählen dürfen."

„Ich weiß es bereits." Marian lächelte traurig.

„Und? Wirst du Dad heiraten?", rief Angie aufgeregt.

„Nein." Marian war am Ende ihrer Kraft. Sie liebte das Kind beinahe so sehr, wie sie David liebte. Aber trotzdem war sie nicht bereit, ihn nur Angies wegen zu heiraten.

„Du willst meinen Dad nicht heiraten?"

Marian zuckte zusammen. Zwar hatte auch David sehr heftig auf ihre Weigerung reagiert, aber Angies entsetzter Ausruf berührte sie so schmerzlich, dass sie kaum noch an sich halten konnte. „Nein, Liebling, ich kann deinen Dad nicht heiraten."

„Warum nicht?"

Marian ging in die Hocke und nahm Angie in die Arme. „Kleines, bitte glaube mir, dass ich euch beide sehr lieb habe."

„Das weiß ich doch!" Angie hatte Tränen in den Augen. „Und warum willst du dann nicht meine Mutter werden?"

„Wenn du wüsstest, wie sehr ich mir das wünsche!"

„Marian, ich verstehe nicht …"

Marian schüttelte niedergeschlagen den Kopf. Wie sollte sie dem Kind ihre schreckliche Lage klarmachen? „Angie, bitte nicht weinen! Dein Vater wird eine andere Frau finden."

„Ich will aber, dass du meine neue Mutter wirst!" Angie weinte so herzzerreißend, dass sich Marian keinen Rat mehr wusste.

Inzwischen hatte David das Gepäck geholt. Marian drückte Angie an sich und flüsterte: „Auf Wiedersehen, Millicent, ich muss jetzt gehen." Sie nahm David ihren Koffer aus der Hand und ging rasch zum Ausgang.

„Bitte, Marian, geh nicht! Du darfst mich nicht allein lassen!", rief ihr Angie schluchzend nach.

Ohne sich umzudrehen, bahnte sich Marian einen Weg durch das Gedränge und rannte auf ein Taxi zu. Während der ganzen Fahrt zur Innenstadt weinte sie leise vor sich hin.

„Du hast Davids Heiratsantrag abgelehnt?", rief Sally fassungslos. „Das kann doch nicht dein Ernst sein. Du musst krank gewesen sein und hast nicht gewusst, was du sagst."

„Sally, ich wusste ganz genau, was ich tat."

Sally war so aufgebracht, dass sie nach Worten suchen musste. „Du … du musst den Verstand verloren haben! Jahrelang himmelst du den Mann an, und wenn er dich endlich bittet, seine Frau zu werden, gibst du ihm einen Korb! Es ist wirklich nicht zu fassen!"

„Es ist aber so."

„Marian, wie kannst du nur so ruhig bleiben, als ginge dich das alles nichts an!"

„Ich hätte dir überhaupt nichts erzählt, wenn ich jetzt nicht ernsthaft anfangen müsste, mich nach einer neuen Stelle umzusehen."

„Aha!" Sally stemmte die Hände in die Hüften. „Mr. Norris hat sich also an dir gerächt und dich entlassen?"

„Er hat nichts dergleichen getan. Aber ich kann jetzt unmöglich weiter für ihn arbeiten."

„Du bist wirklich ein hoffnungsloser Fall! Die ganze Zeit habe ich geglaubt, du seist verrückt nach ihm ..."

„Das bin ich immer noch ... verrückt, meine ich." Marian wandte sich ab. Wie sollte sie Sally erklären, dass sie David vor allem deshalb verließ, um seinem Glück nicht länger im Weg zu stehen? Wenn er nicht mehr täglich mit ihr zusammentreffen musste, würde er nicht immer aufs Neue an seine Niederlage erinnert und war frei, sich nach einer anderen Frau als Mutter für Angie umzusehen.

Dieser Entschluss war Marian beinahe noch schwerer gefallen als die Weigerung, ihn zu heiraten. Marian kam sich auch diesmal nicht besonders tapfer vor, sondern fühlte sich innerlich leer und unendlich traurig.

„Marian, ich möchte dich ja gern verstehen. Aber das kann ich nur, wenn du mir sagst, warum du David abgewiesen hast."

„Ich kann nicht seine Frau werden, weil er mich nicht liebt."

„Vielleicht täuschst du dich."

„Nein, ich bin mir ganz sicher."

Sally überlegte. „Hast du einmal daran gedacht, dass er lernen könnte, dich zu lieben? Schon manches glückliche Ehepaar hat mit einer Vernunftehe begonnen."

„Das ist mir einfach zu riskant. Ich wäre todunglücklich, wenn sich Dave irgendwann in eine andere Frau verliebte und nur aus Anstand bei mir bliebe."

„Du sprichst immer nur von ihm! Marian, willst du endlich einmal anfangen, an dich zu denken?"

„Ach Sally, ich bin gar nicht so selbstlos, wie du meinst. Ich liebe Dave, und ich mag Angie sehr gern. Aber für mich gehört mehr zu einer Heirat. Der Mann, für den ich mich später einmal entscheide, muss mich genauso innig und bedingungslos lieben wie ich ihn. Ich möchte ihm so viel bedeuten, dass er sich ein Leben ohne mich nicht mehr vorstellen kann."

„Ich habe verstanden. Es bleibt also dabei, dass du am Montag mit einer Frist von zwei Wochen kündigen wirst?"

Marian nickte. „Eigentlich solltest du froh darüber sein. Schließlich hast du mich schon monatelang gedrängt, meine Stelle aufzugeben."

„Das mag schon sein. Aber trotzdem gefällt mir nicht, was du vorhast."

Am Montagmorgen war Marian schon sehr früh im Büro. Als David eintraf, lag ihre schriftliche Kündigung bereits auf seinem Schreibtisch.

Sie wartete, bis sie annehmen konnte, dass er ihr Schreiben gelesen hatte. Dann nahm sie die Eingangspost und betrat sein Büro.

David saß an seinem Schreibtisch und hielt das Kündigungsschreiben in der Hand.

Marian schenkte ihm Kaffee ein. „Ich hoffe, zwei Wochen genügen, um eine Nachfolgerin für mich zu finden."

Er blieb mit gesenktem Kopf sitzen und erklärte: „Zwei Wochen reichen. Ich möchte, dass Sie sich die Bewerbungsunterlagen selbst anschauen und mir zwei oder drei geeignete Kandidatinnen vorschlagen."

„Ich sage der Personalabteilung sofort Bescheid." Marian wandte sich zum Gehen, doch David rief sie zurück.

„Miss Stone, ich möchte Ihnen noch sagen, dass Sie eine ausgezeichnete Sekretärin waren. Es tut mir wirklich leid, Sie zu verlieren", meinte er leise.

„Vielen Dank, Mr. Norris." Marian ging in das Sekretariat zurück. Sie hätte sich gern nach Angie erkundigt, aber dazu hatte sie ja nun kein Recht mehr. Sie hatte von sich aus nichts getan, um das Kind wieder zu sehen, weil sie glaubte, es wäre für sie beide alles nur noch trauriger. Doch Marian hatte nicht geahnt, dass es ihr so schwerfallen würde, sich von dem warmherzigen kleinen Mädchen zu trennen.

Die nächste Woche verging sehr schnell. David und Marian waren ein so eingespieltes Team, dass ihre Zusammenarbeit in keiner Weise durch ihr privates Zerwürfnis beeinflusst wurde.

Auf Davids Wunsch schaute sie sich die Bewerbungsunterlagen der Sekretärinnen an, die sich für ihre Stelle beworben hatten. David lud drei der Damen, die sie ihm als geeignet vorgeschlagen hatte, zu

Vorstellungsgesprächen ein. Er entschied sich schließlich für eine mütterlich wirkende Frau von Anfang fünfzig, die Marian während der folgenden Woche in ihre zukünftigen Aufgaben einführte.

An ihrem letzten Arbeitstag bedankte sich David noch einmal bei Marian für die ausgezeichnete Arbeit der vergangenen drei Jahre und überreichte ihr eine Gratifikation in Form eines Schecks.

Marian war so erschrocken über die ungewöhnliche Höhe des Betrages, dass sie spontan ausrief: „Das ist aber wirklich zu viel!"

„Sie haben es verdient."

„Trotzdem kann ich den Scheck nicht annehmen."

„Miss Stone, ich wäre Ihnen dankbar, wenn Sie ausnahmsweise einmal etwas von mir annehmen würden, ohne sich mit mir herumzustreiten."

„Entschuldigung, Mr. Norris, und vielen Dank."

Sie wollte in ihr Zimmer zurückgehen, doch David rief sie noch einmal zu sich. „Haben Sie schon eine neue Stelle gefunden?"

Marian schüttelte den Kopf. In den vergangenen zwei Wochen war sie zu beschäftigt gewesen, um sich intensiv um eine andere Stellung zu bemühen. Außerdem war es ihr im Augenblick ziemlich gleichgültig, ob sie jemals wieder Arbeit fand.

David streckte ihr die Hand entgegen. „Ich wünsche Ihnen alles Gute, Miss Stone."

„Danke, Mr. Norris ... auch alles Gute für Sie." Marians Stimme zitterte. „Und nochmals vielen Dank."

„Auf Wiedersehen, Marian."

„Auf Wiedersehen, Dave."

Marian konnte die Tränen nicht länger zurückhalten und verließ hastig das Zimmer.

„Marian, hast du die Stelle bekommen?" Sally setzte sich zu Marian auf das Sofa. Sie war gerade aus dem Büro gekommen und freute sich auf den Feierabend.

Marian schaute von ihrem Buch auf. Trotz des strahlenden Sommerwetters hatte sie den ganzen Nachmittag zu Hause verbracht und gelesen. „Nein, ich habe die Stelle nicht bekommen. Man hat mir eine andere Bewerberin vorgezogen. Die Frau brauchte die Stelle dringender als ich."

Sie hatte den Termin für das Vorstellungsgespräch eigentlich nur aus Pflichtbewusstsein wahrgenommen und war ganz froh gewesen, dass die Stelle einer anderen Sekretärin zugesprochen worden war. Die Trennung von David hatte sie so erschüttert, dass Marian überzeugt war, eine längere Pause nötig zu haben.

Sally war erstaunt über Marians offen zugegebene Gleichgültigkeit. „Du scheinst nicht einmal traurig darüber zu sein, dass du noch immer keine Arbeit gefunden hast."

Marian seufzte. „Ich weiß auch nicht, was mit mir los ist. Wenn ich nicht irgendwann wieder Geld verdienen müsste, würde ich mich wahrscheinlich überhaupt nicht mehr bewerben. Ich kann es mir im Augenblick einfach nicht vorstellen, jemals wieder als Sekretärin zu arbeiten. Am liebsten würde ich den ganzen Tag im Bett bleiben oder lesen."

„Marian, ich habe das Gefühl, dass du dich hinter deinen Büchern vor der Realität versteckst."

„Das mag schon sein." Marian machte sich nichts vor – sie las, weil sie dabei den schmerzlichen Erinnerungen an die vergangenen Wochen am leichtesten entfliehen konnte. Allerdings durften es keine Liebesromane sein, die sie nur an das traurige Ende ihrer Beziehung zu David Norris erinnerten. Um sich abzulenken, bevorzugte sie spannend geschriebene Kriminalromane.

Sally schaute auf die Uhr und rief erschrocken: „Ich habe gar nicht gemerkt, wie spät es schon ist. Entschuldige mich bitte, ich muss duschen und mich umziehen."

„Gehst du aus?"

Sally wurde rot. „Ich bin mit Jerry verabredet. Wir wollen ins Kino."

„Ihr seht euch ja beinahe täglich! Seit einer Woche gehst du fast jeden Abend mit Jerry aus."

„Ich weiß." Sally lächelte verlegen. „Wenn du es genau wissen willst: Ich habe mich in Jerry verliebt, und ich wäre überglücklich, wenn er mich bitten würde, ihn zu heiraten."

Marian tat, als sei sie tief betroffen über diese Mitteilung. Schließlich hatte Sally ja zuerst versucht, sie mit Jerry zusammenzubringen. „Du bist mir eine schöne Freundin! Was fällt dir ein, mir den Mann meiner Träume auszuspannen?", fragte sie mit gespielter Empörung.

Sally lachte. „Ich hoffe, du wirst es überleben."

„Das hoffe ich auch. Dieser Stapel Bücher, den ich mir heute aus der Bücherei mitgebracht habe, wird mir sicherlich dabei helfen."

Skeptisch musterte Sally die Bücher, die Marian auf dem Couchtisch aufgetürmt hatte. Es gefiel ihr gar nicht, dass sich ihre Freundin stundenlang in ihre Kriminalromane vertiefte. Aber einen besseren Trost konnte sie ihr leider auch nicht bieten. Es dauerte offensichtlich lange, bis die tiefe Wunde, die die abrupte Trennung von David Norris geschlagen hatte, verheilt war.

Nachdem sich Sally verabschiedet hatte, fühlte sich Marian plötzlich sehr allein. Aber es war wohl an der Zeit, dass sie sich an das Alleinsein gewöhnte. Sally hatte sich Hals über Kopf in den attraktiven Jerry verliebt, und es war gut möglich, dass sie sich demnächst mit dem jungen Rechtsanwalt verlobte.

Gegen neunzehn Uhr klingelte es an der Wohnungstür. Überrascht sprang Marian auf und lief zur Tür. Sie erwartete eigentlich keinen Besuch.

„Dave?" Sie war so überrascht, dass sie sich am Türrahmen festhalten musste.

„Komme ich ungelegen?" David trat verlegen von einem Fuß auf den anderen. „Ich hätte mich telefonisch anmelden sollen. Aber ich bin aufgehalten worden, und dann …"

„Nein, Sie stören nicht. Bitte kommen Sie herein." Marian trat zur Seite und ließ David eintreten.

Plötzlich fiel ihr ein, dass sie sich tagelang nicht darum gekümmert hatte, wie es in der Wohnung aussah. Hastig nahm sie eine leere Wasserflasche vom Couchtisch und warf eine Bananenschale in den Papierkorb. Um Zeit zu gewinnen, fragte sie: „Darf ich Ihnen etwas zu trinken anbieten?"

„Nein, danke."

„Dann nehmen Sie doch wenigstens Platz." Marian spürte, wie sich ihre Hände vor Nervosität verkrampften. „Ist etwas im Büro passiert? Wollen Sie, dass ich aushelfe?"

„Danke, das ist nicht nötig."

Schlagartig fiel ihr Angie ein. David wusste, wie sehr sie an dem Kind hing. Er war bestimmt gekommen, um ihr eine schlechte Nachricht zu bringen, die das Kind betraf. „Ist es wegen Angie? Dave, ist dem Kind etwas passiert? Ist sie etwa krank?"

„Mit Angie ist alles in Ordnung. Sie vermisst Sie sehr, aber das war ja vorauszusehen."

Erleichtert atmete Marian auf. Jetzt war sie so weit beruhigt, dass

sie sich David gegenübersetzen und ihn anschauen konnte.
Er dagegen rutschte ziemlich unruhig hin und her. „Marian, ich bin gekommen, weil ich mich erkundigen wollte, ob Sie schon eine neue Stelle gefunden haben."
„Noch nicht." Sie wich seinem fragenden Blick aus. Sie hatte Hemmungen einzugestehen, dass sie sich bisher nicht ernsthaft um eine neue Arbeit bemüht hatte. David würde es ihr kaum glauben, dass sie ganz zufrieden gewesen wäre, den Rest ihres Lebens mit ihren Büchern zu verbringen.
„Das tut mir leid." David verschränkte die Hände hinter dem Kopf. „Ich dachte, dass ich Ihnen vielleicht helfen könnte."
„Helfen?" Marian horchte auf. David hatte sie also aufgesucht, um sie als Kindermädchen für Angie zu engagieren. Für ihn wäre das eine sehr bequeme Lösung. Auf diese Weise könnte er Angies Wunsch erfüllen, ohne Marian zu heiraten.
„Warum soll ich Ihnen nicht helfen können?" David tat, als habe er Marians Verstimmung nicht bemerkt. „Ich habe gute Beziehungen und könnte ein gutes Wort für Sie einlegen."
Sie merkte zwar, dass sie sich getäuscht hatte, wusste aber nun erst recht nicht, worauf David hinauswollte.
Er lehnte sich zurück. „Ich habe gehört, dass Hal Lawrence eine neue Chefsekretärin sucht. Wenn Sie wollen, werde ich Sie für diesen hervorragend bezahlten Posten empfehlen."
„Das ist sehr freundlich von Ihnen", murmelte Marian.
„Gut, dann rufe ich Hal morgen früh an." David stand auf. „Eigentlich wollte ich Sie noch etwas fragen."
„Ja?"
„Ich wüsste gern, warum du so sicher bist, dass ich dich nicht liebe."
Marian schluckte. Am liebsten hätte sie ihn gefragt, warum er ihr nicht einfach sagte, was er für sie empfand.
„Marian, ich warte auf eine Antwort."
„Ich ... ich habe nicht geschlafen."
„Wie bitte?"
„Ich meine, an dem Abend, an dem du dich in Los Angeles mit Angie unterhalten hast. Ich habe gehört, wie sie dich gefragt hat, ob du beabsichtigst, wieder zu heiraten."
„Aha!" David klang irgendwie erleichtert.

Marian verzog das Gesicht. „Nun tu bloß nicht so, als hättest du deine Antwort vergessen!"

„Natürlich weiß ich noch, was ich Angie geantwortet habe. Ist das etwa der Grund, warum du meinen Antrag abgelehnt hast?"

„Dave, du hast mich verdächtigt, dass ich Angie zu dieser Frage angestiftet haben könnte! Ich war sehr verletzt, wie du dir wohl vorstellen kannst."

„Du musst mich missverstanden haben. Ich würde so etwas nie von dir glauben."

„Vielleicht habe ich dich wirklich missverstanden." Marian strich sich das Haar aus der Stirn. „Aber das ist ja noch nicht alles. Am letzten Abend in Los Angeles, als du mich batest, deine Frau zu werden, hast du kein Wort darüber verloren, was du für mich empfindest. Ich war zutiefst verletzt, dass du mir nicht einmal in dieser entscheidenden Stunde sagen konntest, dass du mich liebst."

„Aber Marian, warum sonst sollte ich dich gebeten haben, mich zu heiraten?"

Sie lächelte traurig. „Weil du mich als Mutter für Angie wolltest! Dave, ich habe dir schon einmal gesagt, dass eine Ehe mehr für mich bedeutet."

Unruhig lief David eine Weile hin und her. Schließlich blieb er vor Marian stehen und sagte leise: „Vielleicht klang mein Antrag so wenig romantisch, weil ich mich vor der Liebe fürchte. Ich habe Angies Mutter geliebt und konnte trotzdem nicht verhindern, dass unsere Ehe scheiterte. Schon eine Woche nach unserer Hochzeit war Camille so unzufrieden mit ihrem Leben, dass ich glaubte, nur ein Kind könnte unsere Ehe retten. Doch sie wollte keine Kinder."

Er fuhr sich erschöpft über die Stirn. „Vielleicht wäre es besser gewesen, wenn ich ihren Wunsch respektiert hätte. Aber ich war jung, und ich liebte meine Frau. Dann wurde Camille ungewollt schwanger. Als sie im fünften Monat war, ging sie nach New York zurück, um bei ihrer Familie zu leben. Sie hat nie etwas für Angie empfunden und war froh, dass ihre Mutter bereit war, sich um das Kind zu kümmern."

Er setzte sich und spielte gedankenverloren mit seinen Fingern. „Nachdem Angie geboren war, bestand Camille auf einen langen Erholungsurlaub, den sie allein im Ausland verbringen wollte. Ich bin zwischen New Orleans und New York hin und her gependelt, um den Kontakt zu meiner kleinen Tochter nicht ganz zu verlieren. Ein Jahr später bat mich Camille um die Scheidung. Sie hatte sich in einen anderen Mann verliebt."

David schwieg eine Weile. Marian spürte, wie sehr ihn die Erinnerung an diese unglückliche Zeit aufwühlte.

Etwas gefasster fuhr er fort: „Nach und nach fand ich heraus, dass Camille diesen Mann schon vor Angies Geburt kennengelernt hatte und seit dieser Zeit mit ihm liiert war." Er lehnte sich zurück und starrte blicklos vor sich hin.

Marian stand auf und setzte sich zu ihm. David griff nach ihrer Hand und sagte tonlos: „Ein paar Wochen, nachdem mich Camille um die Scheidung gebeten hatte, kam sie bei einem Skiunfall ums Leben."

„Oh Dave, es tut mir so leid." Marian legte den Kopf an seine Schulter.

„Warum?"

„Weil sie dir das Herz gebrochen hat."

David nickte bedächtig. „Nach diesem schrecklichen Ende glaubte ich, unempfindlich gegen Gefühle zu sein. Das war auch so, bis Angie nach New Orleans kam."

Marian wischte sich eine Träne von der Wange. Beinahe wäre es David gelungen, sie zu überzeugen. Sie hätte ihm glauben können, wenn er nicht ausgerechnet in diesem Augenblick seine Tochter erwähnt hätte. Also lief alles wieder einmal darauf hinaus, dass David sie zurückgewinnen wollte, um Angie versorgt zu wissen.

Er zog sie in die Arme und beugte sich über Marians Mund. Sein Kuss war so heftig, fast gewalttätig, dass Marian beinahe erschrak. Es war, als wollte er sie dafür bestrafen, dass sie sich ihm so lange entzogen hatte.

Während er sie an sich drückte und sie zärtlich streichelte, spürte Marian, wie sich seine angespannten Muskeln lockerten. Seine Küsse drückten eine solche Sehnsucht nach Nähe aus, dass sie jeden Widerstand aufgab. Hingebungsvoll schmiegte sie sich an ihn, als hinge ihre Existenz davon ab, für immer Geborgenheit in Davids Armen zu finden.

Als er sich schließlich von ihr löste, zitterte Marian vor Erregung. Er suchte ihren Blick und sagte heiser: „Wenn du jetzt nicht spürst, dass das Liebe ist, kann ich uns auch nicht mehr helfen."

Bevor Marian etwas erwidern konnte, war David aufgesprungen und hatte die Wohnung verlassen. Sie kam erst wieder zu sich, als die Tür hinter ihm zuschlug.

Benommen fuhr sich Marian über die Stirn. Um ihre Mundwinkel spielte ein leichtes Lächeln. Mit David war etwas geschehen, das sie überraschte. Der sonst so beherrschte Mann hatte sich von seinen Gefühlen überrumpeln lassen! Mehr noch – er hatte seinen Stolz besiegt und war zu ihr gekommen. Zwar hatte ihr David immer noch nicht gesagt, dass er sie liebte. Aber für einen Mann, der so schmerzliche Erfahrungen mit der Liebe gemacht hatte, war es wohl schon eine Leistung, dass er das Wort „Liebe", überhaupt wieder aussprechen konnte.

Nachdem Marian etwa eine Stunde lang vor sich hingeträumt hatte, klingelte das Telefon. Es war David.

Marian war überglücklich. „Dave, ich habe dir überhaupt noch nicht gesagt …"

„Marian, entschuldige, wenn ich dich unterbreche. Hast du etwas von Angie gehört?"

„Nein, warum fragst du?"

„Bist du sicher, dass sie dich nicht angerufen hat?"

„Natürlich. David, was ist los?"

Nach einer qualvollen Pause erwiderte er: „Sie ist verschwunden. Mrs. Larson hat sie zum letzten Mal gesehen, als sie aus der Schule kam."

Erschrocken presste Marian die Hand vor den Mund. Ihr war eingefallen, dass es Angies sehnlichster Wunsch war, einmal allein im See zu schwimmen. „Dave", brachte sie mühsam hervor. „Hast du schon am See nachgeschaut?"

10. Kapitel

Marian war zu Davids Haus gefahren. Sie fand ihn im Wohnzimmer. Sein Gesicht war aschfahl und ohne Hoffnung.

„Dave, hast du inzwischen etwas von Angie gehört?"

„Nein. Wir haben das ganze Ufer abgesucht."

Weinend flüchtete sich Marian in Davids Arme. Er drückte sie so verzweifelt an sich, als wollte er Trost bei ihr suchen. Marian legte den Kopf an seine Schulter. Zum ersten Mal gab David zu erkennen, dass er sie brauchte.

„Ich fürchte, Angie ist weggelaufen", erklärte David mit ausdrucksloser Stimme. „Sie hat mir schon einmal damit gedroht."

„Aber Dave, warum sollte dich das Kind verlassen wollen?"

„Vielleicht, weil ich kein guter Vater bin. Ich liebe Angie, aber ich habe versagt."

„Aber Dave, das ist doch nicht wahr." Marian strich ihm über die Wange. „Du bist ein wunderbarer Vater. Und selbst wenn du ab und zu Fehler machst, darfst du nicht vergessen, dass es keine perfekten Eltern gibt..." Plötzlich stockte Marian der Atem. Ihr war gerade etwas Schreckliches eingefallen. Sollte Angies Verschwinden etwas mit ihrer Weigerung zu tun haben, Davids Frau zu werden? „Dave, ich glaube, Angie ist nicht deinetwegen davongelaufen, sondern weil sie annimmt, ich wollte dich ihretwegen nicht heiraten."

Verzweifelt schlug sie die Hände vor das Gesicht. „Gib es zu, das ist auch der Grund, warum du mich heute besucht hast. Du hast befürchtet, dass Angie weglaufen könnte, und du wolltest..."

„Marian, bitte beruhige dich!" David zog sie in die Arme. „Du machst dir grundlose Vorwürfe. Es ist richtig, dass ich mich mit Angie über dich unterhalten habe, bevor ich dich bat, mich zu heiraten. Aber du darfst das Kind nicht unterschätzen: Sie war sehr tapfer, als sie erfuhr, dass du nicht ihre neue Mutter wirst. Wenn ich es mir recht überlege, war sie sogar tapferer als ich ..." Er fuhr sich erschöpft über die Stirn. „Das alles bestätigt dich wahrscheinlich nur in dem Verdacht, dass ich dich bloß heiraten wollte, um Angie wieder eine komplette Familie bieten zu können."

Marian senkte den Kopf. Wie konnte sie David nur begreiflich machen, dass sie Angie nur allzu gern zur Tochter gehabt hätte – vorausgesetzt, sie wüsste sich von David geliebt.

Sie legte die Hände um sein Gesicht und schaute ihm in die Augen. „Dave, bitte sag mir jetzt die Wahrheit. Du wolltest mich als Mutter für Angie, nicht wahr?"

Er lächelte traurig. „Als ich dich bat, meine Frau zu werden, war ich natürlich froh darüber, dass auch Angie dich mag. Aber das war nicht der einzige Grund. Schließlich hängt Angie auch an Mrs. Larson, ohne dass ich jemals auf die Idee gekommen wäre, ihr einen Antrag zu machen."

Marian hatte ihm atemlos zugehört. Ihr Herz klopfte so heftig, dass sie unwillkürlich die Hände auf die Brust presste.

„Marian, du wirst mir wahrscheinlich nicht glauben, dass ich schon vor Wochen entdeckt habe, wie sehr ich dich liebe."

Sie starrte ihn sprachlos an. Sie war zu bewegt, um etwas sagen zu können. Allmählich löste sich ihre Spannung in Tränen auf.

David machte einen Schritt auf sie zu, als wollte er sie in die Arme nehmen. Doch da er sich ihre Reaktion nicht erklären konnte, blieb er hilflos stehen.

Weinend und lachend zugleich rief Marian: „Warum nur hast du mir das nicht früher gesagt?"

„Aber Liebling, ich habe es dir doch auf jede erdenkliche Weise gezeigt! Und was ist mit dir? Du warst ja auch nicht sehr gesprächig, was deine Gefühle für mich anbetrifft."

„Du musst doch gemerkt haben, wie es um mich steht." Unwillkürlich musste Marian lächeln. Wenn sogar dem Pförtner aufgefallen war, dass sie sich in den Chef verliebt hatte, war es beinahe unvorstellbar, dass David nichts geahnt haben sollte.

„Du hast recht", flüsterte David. „Ich habe es gemerkt, als wir uns das erste Mal in Charleys Bistro trafen."

Marian schluckte. Jetzt war sie doch überrascht, dass sie sich damals so wenig unter Kontrolle gehabt hatte. Sie wandte sich ab und schaute verlegen aus dem Fenster.

Plötzlich stieß sie einen Schrei aus. Wie eine Vision war am Ufer des Sees eine winzige Gestalt in einem bunten Sommerkleid aufgetaucht und gleich darauf wieder verschwunden.

Marian griff nach Davids Arm und zog ihn zum Fenster. „Angie! Dave, ich habe Angie gesehen!"

„Wo, um Himmels willen?", rief er aufgeregt.

„Ich glaube, sie hat sich in deinem Segelboot versteckt."

David rannte so schnell über die Terrasse, dass Marian ihm kaum folgen konnte. „Bitte, Dave, du musst dich zuerst einmal etwas beruhigen. Du darfst das Kind nicht erschrecken!"

„Erschrecken? Und was hat sie mit uns getan?"

Er lief auf den Steg zu, an dessen hinterem Ende das Segelboot lag, und rief: „Angela Catherine, komm heraus, aber schnell!"

Angie, die sich auf den harten Bohlen versteckt hatte, hob zögernd den Kopf über den Bootsrand. „Hallo Dad, hallo Marian."

„Angie, wie konntest du uns nur so erschrecken!", schluchzte Marian.

David richtete sich drohend auf. „Komm schleunigst an Land, junge Dame! Ich habe mit dir zu reden!"

„Sofort, aber zuerst musst du meine Sachen fangen." Angie hatte Kleidungsstücke und Spielsachen in einen Kopfkissenbezug gepackt, den sie David zuwarf. Unwillkürlich musste Marian lachen. Angie hatte ihren Ausreißversuch offensichtlich gut geplant.

Das Kind hielt ihr einen anderen Überzug hin, in dem sie einen Vorrat an Keksen und Getränken verstaut hatte. Nachdem Angie ihr Gepäck in Sicherheit gebracht hatte, kletterte sie aus dem Boot. Sie sah keineswegs schuldbewusst aus, sondern machte den Eindruck, als käme sie von einer überaus erfolgreichen Weltumsegelung zurück.

Breitbeinig stellte sie sich vor ihrem Vater auf. „Wahrscheinlich bekomme ich jetzt eine Tracht Prügel."

David schluckte. „Geh in dein Zimmer und warte dort auf mich."

„Darf ich Marian vorher etwas fragen?"

„Wenn es unbedingt sein muss ..."

„Marian, wirst du uns nun heiraten, meinen Dad und mich?"

„Jetzt reicht es aber!", rief David aufgebracht. „Du gehst sofort in dein Zimmer, Angela Catherine!"

„Schon gut!" Mit gesenktem Kopf lief Angie auf das Haus zu.

Die beiden Erwachsenen folgten ihr und trugen Angies Vorräte in das Wohnzimmer.

David sah blass und erschöpft aus. „Ich hatte also recht. Sie wollte weglaufen."

„Ich glaube nicht, dass sie vorhatte, sich weit vom Haus zu entfernen."

Er ließ sich auf die Couch fallen und vergrub das Gesicht in den Händen. „Wenn ich nur wüsste, warum uns das Kind so erschrecken wollte."

Marian zuckte hilflos die Schultern. „Ich weiß es auch nicht."

„Während der vergangenen Wochen sind wir uns so nahe gekommen, dass ich mir Angies Verhalten einfach nicht erklären kann." David seufzte. „Wahrscheinlich ist alles meine Schuld. Ich habe nun einmal kein Talent als Vater. Ich habe von Anfang an alles falsch gemacht …"

Marian setzte sich zu ihm und lehnte den Kopf an seine Schulter. „Das ist doch gar nicht wahr."

Er legte ihr die Hand unter das Kinn und suchte ihren Blick. In seinen Augen las Marian eine stumme, aber umso dringendere Bitte.

Sie schmiegte sich an seine Brust. „Dave, ich möchte, dass wir eines Tages eine richtige Familie werden."

„Möchtest du das wirklich?"

Marian nickte. „Ich wünsche mir zwei, nein, sogar drei Kinder."

„Oh Marian! Ist das wirklich dein Ernst?"

„Ja, Dave, es ist mein Ernst, weil ich dich liebe."

„Heißt das, dass du mich heiratest?"

„Ja, und zwar bevor unsere gemeinsamen Kinder zur Welt kommen", erwiderte sie verschmitzt lächelnd.

David nahm sie in die Arme und küsste sie zärtlich. Marian erwiderte seine Küsse so ungestüm und leidenschaftlich wie nie zuvor. Endlich durfte sie zeigen, wie viel David ihr bedeutete.

Er strich ihr liebevoll über das erhitzte Gesicht. „Damals in Charleys Bistro, als du so besorgt um mich warst, habe ich zum ersten Mal gemerkt, wie warmherzig und mitfühlend du bist. Das hat mich zutiefst erschüttert und zugleich beschämt, weil ich doch schon so lange mit dir zusammenarbeitete und nie mehr als eine tüchtige Sekretärin in dir gesehen hatte."

Marian schluckte. Noch einmal erlebte sie die Frustration, mit der die unerwiderten Gefühle für David sie jahrelang belastet hatten. „Jetzt kann ich dir ja sagen, Dave, dass ich damals vorhatte zu kündigen. Ich hielt es nicht länger aus, dich zu lieben und zu wissen, dass du nichts für mich empfindest."

Er nickte gedankenverloren. „Ich habe es gespürt. Anfangs war es mir ganz recht, dass du dir eine andere Stelle suchen wolltest. Doch dann hattest du einen freien Tag, und ich merkte plötzlich, wie leer das Büro ohne dich ist. An diesem Tag wurde mir klar, dass ich es nicht ertrage, mich von dir zu trennen."

Marian lächelte glücklich und schloss für einen Moment die Augen. Wie oft hatte sie davon geträumt, diese Worte von David zu hören.

David hatte noch mehr auf dem Herzen. „Ich will dir nichts vormachen, Marian. Es war mir überhaupt nicht recht, dass ich mich in dich verliebt hatte. Doch an dem Tag, an dem du mich zum ersten Mal besucht hattest und ins Wasser gefallen warst, merkte ich, dass ich mich nicht länger gegen meine Gefühle wehren kann."

Er schmunzelte. „Du sahst so jämmerlich aus in deinem nassen Kleid und mit den zerzausten Haaren! Doch du machtest einen so selbstbewussten Eindruck, als hättest du schon immer vorgehabt, an einem Februartag im See zu baden. Ich gab mich geschlagen. Ich wusste, dass ich dich liebte und immer lieben würde."

Marian hob den Kopf. „Da wir gerade bei Geständnissen sind: Wer war der Prinz?"

„Du meinst den Mann, der dich während des Karnevalsumzuges geküsst hat?"

„Dave, gib zu, dass du es warst."

David nickte verlegen. „Eigentlich verstehe ich selbst nicht mehr, wie ich auf eine so verrückte Idee kommen konnte. Aber mir fiel kein anderer Ausweg ein als diese Maske. Ich wollte dich unbedingt noch einmal küssen. Damals fürchtete ich nämlich, dass ich dazu nie mehr Gelegenheit haben würde, weil ..."

Marian sah ihn forschend an. „Dave, was ist damals wirklich geschehen?"

„Marian, du konntest ja nicht wissen, wie verzweifelt meine Lage damals war. Ich war kurz davor, das Unternehmen zu verkaufen, weil ich die Produktion nicht länger finanzieren konnte. Ich habe verzweifelt um die Existenz der Firma gekämpft, und beinahe wäre alles umsonst gewesen. Vielleicht ahnst du jetzt, warum ich mich gegen meine Liebe zu dir gewehrt habe. Für meine Verhandlungen brauchte ich einen klaren Kopf, und ich musste doch immer nur an dich denken."

„Aber David, wenn du mir früher gesagt hättest, dass du meine Gefühle erwiderst, hätte ich dir vielleicht helfen können, deine Schwierigkeiten zu bewältigen."

Er schüttelte den Kopf. „Das konnte ich dir nicht antun. Ich hatte mir fest vorgenommen, zuerst meine Probleme zu lösen und dann mit dir zu sprechen. Marian, begreif doch endlich: Wenn ich das Unternehmen verloren hätte, hätte ich gleichzeitig dich verloren!"

Marian zuckte zusammen. „David, wie kannst du nur so etwas von mir denken! Ich hätte dich nie verlassen."

„Und was war mit der Verabredung, die Sally für dich arrangiert hat? Ich bin fast verrückt geworden, als ich erfuhr, dass du dich mit einem anderen Mann triffst."

Sie spielte mit seinen Hemdknöpfen und erwiderte: „Sally hat das nur getan, weil sie überzeugt war, dass du mich ausnutzt."

David drückte sie an sich. „Du hast befürchtet, dass ich dich als Kindermädchen für Angie missbrauche? Aber hast du denn nicht gemerkt, dass das nur ein Vorwand war? Ich habe doch nur nach einem Grund gesucht, um dich wenigstens ab und zu privat sehen zu können. Ich hatte damals wahnsinnige Angst, dass ich dich verlieren könnte, während ich mich mit meinen Konkurrenten herumschlagen musste. Daher war ich sehr froh, dass ich Angie vorschieben konnte, wenn ich es vor Sehnsucht nach dir nicht mehr aushielt."

Marian nickte. „So weit habe ich dich verstanden. Aber etwas ist mir noch unklar. Als dir Angie in Los Angeles vorschlug, dass du mich heiraten könntest, hast du dich nicht so angehört, als erschiene dir diese Aussicht besonders verlockend."

David seufzte. „Marian, es tut mir wirklich leid, dass du das Gespräch mitgehört hast. Bitte, versuch mich zu verstehen. Die Zukunft des Unternehmens war damals noch völlig ungesichert. Ich liebte dich zwar, aber ich wollte nicht mit leeren Händen zu dir kommen."

„Und warum hast du geglaubt, dass ich Angie zu dem Gespräch angestiftet haben könnte?"

„Das muss wohl so eine Art Wunschdenken gewesen sein. Ich habe nicht gewagt, dir einen Antrag zu machen, bis ich die geschäftlichen Dinge in Ordnung gebracht hatte. Daher wäre es mir ganz recht gewesen, wenn du den ersten Schritt getan hättest ... von mir aus mit Angies Hilfe. Als die Verhandlungen dann beendet waren und ich wusste, dass die Firma gerettet ist, konnte ich dich guten Gewissens bitten, meine Frau zu werden."

„Dave, warum hast du mir an unserem letzten Abend in Los Angeles nicht gesagt, dass du mich liebst?"

„Hast du nicht gemerkt, dass ich an diesem verhängnisvollen Abend am Ende meiner Kraft war? Und du selbst warst ja auch so abweisend, dass ich einfach nicht den Mut fand, dir meine Liebe zu gestehen." Er zog sie in die Arme. „Ich habe meinen Antrag sicherlich nicht besonders romantisch formuliert. Im Nachhinein kam ich mir beinahe wie ein Pennäler vor, der fürchtet, von seinen Gefühlen überrumpelt zu werden. Trotzdem hat deine Weigerung, mich zu heiraten, meinen Stolz zutiefst verletzt. Du ahnst ja gar nicht, wie viel Kraft es mich gekostet hat, dich heute in deiner Wohnung aufzusuchen. Aber ich musste einfach kommen. Marian, ich hätte es nicht ertragen, dich für immer zu verlieren!"

„Oh Dave!" Marian schlang die Arme um Davids Hals und küsste ihn auf den Mund. Es war ein wundervolles Gefühl, sich von einem Mann geliebt zu wissen, der ihretwegen sogar seinen Stolz bezwungen hatte.

Plötzlich fiel ihr Angie ein. Die Kleine wartete noch immer auf ihre Strafe. „David, wir sollten Angie nicht länger allein lassen."

Angie saß auf der Bettkante, als David und Marian das Zimmer betraten, und starrte mit gesenktem Kopf vor sich hin.

David setzte sich zu ihr und sagte: „Nun, junge Dame, was hast du zu deiner Verteidigung vorzubringen?"

„Nichts", flüsterte Angie.

„Dir ist doch hoffentlich klar, wie sehr du Marian und mich erschreckt hast?"

Angie nickte.

„Wenn du das weißt, würde ich gern erfahren, warum du trotzdem weggelaufen bist."

Das Kind ließ die Schultern hängen und schwieg.

Marian nahm sie in die Arme. „Liebling, warum bist du so unglücklich?"

Endlich erwachte Angie aus ihrer Erstarrung. „Ich bin gar nicht unglücklich. Ich fühle mich hier so wohl wie nirgendwo sonst auf der Welt."

„Und warum wolltest du mich dann verlassen?", fragte David.

„Ich ..." Angie zögerte. „Ich wollte, dass Marian kommt."

„Tut mir leid, Angie, das verstehe ich nicht."

„Dad, du hast mir vorige Woche gesagt, dass Marian dich nicht heiraten will. Dabei wusste ich, dass sie dich liebt. Dass sie mich mag, weiß ich schon lange. Daher habe ich mir ausgedacht, dass etwas Schlimmes passieren müsste, damit Marian einen Grund hat, zu dir zu kommen. Wenn ihr beide erst einmal wieder miteinander sprecht, wird Marian auch bereit sein, uns zu heiraten."

Marian schluckte. Angies Plan war nicht nur logisch, er hatte auch funktioniert!

David blieb ernst. „Angie, ich will dir glauben, dass du in bester Absicht gehandelt hast. Aber trotzdem war es nicht richtig, dass du uns einen solchen Schrecken eingejagt hast."

„Ich weiß." Angie lächelte schüchtern. „Wirst du mich jetzt bestrafen?"

David wandte sich ab.

Angie zupfte ihm am Ärmel. „Dad, ich muss dir noch etwas sagen. Als ich vom Segelboot aus das Haus beobachtete, habe ich bemerkt, wie besorgt Marian aussah. Als ich dann sah, dass ihr miteinander sprecht, habe ich es nicht mehr länger in meinem Versteck ausgehalten. Ich habe mich auf die Terrasse geschlichen und gelauscht." Angie schmiegte sich an Davids Hüfte. „Oh Dad, ich war so glücklich über das, was ich gehört habe. Jetzt wird uns Marian heiraten, nicht wahr?"

Marian war so gerührt, dass ihr die Tränen kamen. „Liebling, du ahnst ja gar nicht, wie lieb ich euch beide habe."

„Marian, wirst du uns heiraten?", drängte Angie.

Marian nickte.

„Prima!", rief Angie aufgeregt. „Dad, jetzt kannst du mich ruhig verhauen. Ich verspreche dir, dass ich kein bisschen weinen werde."

Marian warf David einen beschwörenden Blick zu. Sie hatte zwar noch nicht offiziell das Recht, sich in Angies Erziehung einzumischen. Aber David konnte unmöglich vorhaben, das Kind jetzt noch zu bestrafen.

David erwiderte Marians Blick mit einem warmen Lächeln und räusperte sich. „Nachdem sich ja nun alles zum Guten gewandt hat, will ich für diesmal darauf verzichten, dir den Hintern zu versohlen."

Angie fiel ihm um den Hals und küsste ihn überschwänglich.

„Nicht so stürmisch, junge Dame! Du hast uns große Sorgen gemacht und hast einen Denkzettel verdient. Für die nächsten zwei Tage hast du Hausarrest."

Angie verzog das Gesicht. „Dad, bitte glaub mir, dass ich nie wieder weglaufen werde. Ich habe mich nämlich grässlich in meinem Versteck gelangweilt."

„Umso besser. Dann hast du ja schon einen Teil deiner Strafe weg."

Das Kind schlang den einen Arm um Marians Taille, mit dem anderen hielt sie sich an David fest. „Heute bin ich so richtig glücklich. Wir drei werden großartig miteinander auskommen!"

Marian lachte. „Das hoffe ich auch."

„Ich freue mich auch schon riesig auf meine Geschwister!" Angie strahlte. „Zuerst möchte ich eine Schwester und dann einen Bruder. Seid ihr einverstanden?"

David schaute Marian in die Augen. „Ich bin gern bereit, meinen Teil dazu beizutragen."

Marian wischte sich über die Augen. „Ich auch", murmelte sie.

Angie war zufrieden. „Wann kann ich meinen Freundinnen sagen, dass wir heiraten? Ich habe auch schon über das Datum nachgedacht. Passt euch Samstag, der fünfzehnte? Und was haltet ihr davon, wenn es zum Hochzeitsempfang Hamburger und Nusseis gibt?"

David lächelte nachsichtig. „Alles, was du willst, mein Schatz."

Angies Fantasie war unerschöpflich. „Ich weiß auch schon, wo ihr die Flitterwochen verbringt. Ich dachte an …"

David legte ihr den Zeigefinger auf den Mund und zog Marian

an sich. „Um die Flitterwochen würde ich mich gern selbst kümmern, Angie."

„Wie du willst." Angie schmiegte sich in Marians Arme. „Ich bin sicher, dass wir sehr glücklich sein werden."

– ENDE –

Jayne Ann Krentz

Wild und fordernd wie du

Roman

Aus dem Amerikanischen
von Ruth von Benda

mtb

1. Kapitel

Heftiges Verlangen durchlief Keith Stockbridge und ließ ihn erschauern. Es wühlte ihn auf und machte ihn gefährlich ruhelos. Als er die Suche nach Victoria begonnen hatte, hätte er an so etwas nicht einmal im Traum gedacht. Vor zwei Monaten hatte er sie gefunden und geglaubt, nun alles bestens unter Kontrolle zu haben. Der Coup hatte ihn mit Befriedigung erfüllt, wieder einmal war das Glück auf seiner Seite gewesen.

Doch seit er Victoria zum ersten Mal gesehen hatte, begehrte er sie. Die vergangenen zwei Monate waren qualvoll gewesen. Er hatte sich eingeredet, dass er damit fertig werden konnte. Seit wann die Dinge ihren eigenen Weg nahmen, konnte er nicht sagen. Er wusste an diesem Abend nur, dass er die brennende Leidenschaft nicht länger ignorieren konnte.

Keith Stockbridge gestand sich schließlich ein, dass er sich in seiner eigenen Falle gefangen hatte.

Bis zu diesem Augenblick war er der Jäger gewesen – schlau, selbstbewusst, mit sicherem Tritt. Jetzt aber erkannte er, dass er in Gefahr schwebte, selbst das Opfer zu werden, wenn er nicht äußerst vorsichtig war. Und die Rolle des Opfers zu spielen, war Keith Stockbridge absolut nicht gewöhnt.

Er beobachtete die Frau mit den bernsteinfarbenen Augen, die auf der anderen Seite des Raumes mit Freunden und Kollegen sprach. Stimmen summten um Keith herum, Eis klirrte in Gläsern, Musik, von einem Trio gespielt, erfüllte die Luft. Aber Keith nahm nichts wahr außer Victoria Warner.

Seit zwei Monaten spielte er mit dieser Frau ein gefährliches Spiel. Victoria erregte ihn mehr als jede andere Frau zuvor. Sie war keine blendende Schönheit, alles andere als eine exotische Sirene, die die Männer mit magischer Kraft anzog. Sie war einfach nur sie selbst und arbeitete für ihn. Erst seit zwei Monaten bei „Fläming Luck Enterprises", hatte sie dennoch der Firma bereits unübersehbar ihren Stempel aufgedrückt.

In ihrer tüchtigen und intelligenten Art hatte Victoria die ganze Firma umgekrempelt und neu organisiert. Management lag ihr einfach. Sie war seine Assistentin und hatte in dieser Eigenschaft alles neugeordnet, von Keith' Tagesablauf bis hin zu der Art und Weise, wie die Post ausgeteilt wurde.

Und was nach Ansicht des Personals am wichtigsten war: Victoria konnte mit dem Chef umgehen. Keith' Temperamentsausbrüche waren legendär, aber Victoria gegenüber hatte er noch nie die Beherrschung verloren.

Natürlich stritt er häufig mit ihr, grollte gelegentlich, wenn er nicht zufrieden war, und fuhr sie manchmal an, wenn sie sogar die weitgesteckten Grenzen überschritt, die er ihr zugestanden hatte. Aber er verlor niemals wirklich die Geduld, zumindest nicht so wie mit normalen Sterblichen.

Keith wusste, dass man von Victoria als der Dame mit dem Zauberstab sprach. Das Bild amüsierte ihn, aber etwas Wahres war daran. Wenn Keith wütend war und sich niemand in sein Büro traute, konnte Victoria ruhig in die Höhle des Löwen gehen, ohne dass ihr ein Haar gekrümmt wurde.

Bereits am Ende ihrer ersten Woche als seine Assistentin hatte Keith sich gefragt, worauf er sich mit ihr eingelassen hatte. Victoria war fröhlich in sein Zimmer geschneit, den immer gegenwärtigen Block in der Hand, und hatte Keith mitgeteilt, sie sei dabei, regelmäßige Wochenberichte einzuführen. Diese seien am Freitagmorgen abzuliefern und als Führungsinstrument zu betrachten, informierte sie ihn.

„Ihre Managementpraktiken sind unmöglich", hatte Victoria erklärt. „Gewiss, Ihre direkte Art, mit Geschäftspartnern umzugehen, mag Kunden anziehen, die Wert auf Offenheit und Ehrlichkeit legen. Aber Angestellte muss man ein wenig anders behandeln."

„Soll ich ihnen gegenüber etwa nicht ehrlich sein?"

„Sie müssen mit ihnen diplomatischer umgehen."

„Diplomatie war noch nie meine Stärke, Miss Warner." „Dann sollten Sie daran arbeiten, Mr. Stockbridge", erwiderte Victoria mit einem charmanten Lächeln. „Und wenn Sie schon mal dabei sind, können Sie sich auch gleich andere Führungsmethoden aneignen. Es wird Zeit, Mr. Stockbridge, dass Sie lernen zu delegieren."

„Ich möchte wissen, was meine Leute so machen", verteidigte Keith sich mürrisch.

„Das kann man auch herausfinden, ohne den Leuten ständig über die Schulter zu gucken." Victoria beugte sich über ihren Block und runzelte die Stirn. „Gut. Der erste Punkt dieser Woche ist..."

„Mein Name."

Victoria sah fragend auf. „Wie bitte?"

„Wenn Sie schon mal dabei sind, meine Firma zu übernehmen, können wir uns ebenso gut mit Vornamen ansprechen."

Das brachte Victoria ein wenig aus dem Gleichgewicht. „Ich versichere Ihnen, ich habe keinerlei Absichten, Ihre Autorität zu untergraben, Mr. Stockbridge."

„Dann versuchen Sie doch mal, ab und zu ein paar von meinen Anordnungen zu befolgen. Das wird mir die Illusion geben, dass ich noch etwas zu sagen habe. Nennen Sie mich Keith."

Victoria lächelte, fast ein wenig schüchtern. „Gut, Keith."

Dieses Lächeln hatte auf Keith eine unerwartete Wirkung. Er beobachtete, wie Victoria sich wieder über den Bericht beugte, und konnte an nichts anderes denken als daran, wie es sein würde, ihr das ordentliche, geschäftsmäßige schwarz-weiß-karierte Kostüm auszuziehen, sie auf die Ledercouch zu legen und nach allen Regeln der Kunst zu lieben.

In den darauffolgenden Tagen hatte Victoria begonnen, Keith' Führungsstil zu ändern. Keith musste lernen, Verantwortung zu delegieren. Er war sich nicht sicher, ob es ihm gefiel, sein Unternehmen auf diese Weise zu führen, aber so weit schien alles zu funktionieren.

Sie ist ja ganz attraktiv, aber keineswegs auffallend schön, stellte Keith in Gedanken sachlich fest. Es gab Frauen im Saal, die weit besser aussahen als Victoria.

Das volle dunkelbraune Haar fiel ihr glatt und glänzend über die Schultern. Es war an einer Seite zurückgekämmt, sodass man ihr zartes Ohr mit dem kleinen goldenen Ring sah. Auch ihr Nacken war sichtbar, was Keith irgendwie ungeheuer sexy fand. Wie gern hätte er die zarte Haut dort gestreichelt...

Die atemraubenden bernsteinfarbenen Augen ausgenommen, waren Victorias Gesichtszüge nicht sonderlich bemerkenswert. Ihre Nase war gerade, das Kinn klein und fest, die Lippen waren voll und stets bereit, sich zu einem Lächeln zu verziehen – alles sehr nett, aber nichts Außergewöhnliches.

Doch das Ganze wurde belebt durch wache Intelligenz sowie ein aufmerksames Interesse an anderen Menschen, das jedem, der auch nur flüchtig mit ihr sprach, das Gefühl gab, etwas Besonderes zu sein.

Victoria war ungefähr einen Meter fünfundsechzig groß, allerdings sah sie mit den hochhackigen Schuhen, die sie an diesem Abend trug, größer aus. Das türkisfarbene Seidenkleid umschmeichelte ihre schlanke Figur und deutete die kleinen, hohen Brüste und hübsch gerundeten Hüften an.

Wie stark und doch so weiblich dieser zierliche Körper wirkt, dachte Keith, da sah er, wie eine bekannte Gestalt in einem dunklen, modisch geschnittenen Anzug auf Victoria zusteuerte. Er sah das freundliche Lächeln, mit dem Victoria den Ankömmling begrüßte, und wurde von einer Welle besitzergreifender Eifersucht durchflutet. Instinktiv begann er, sich zu Victoria durchzuarbeiten, um seinen Anspruch anzumelden.

Jetzt wusste Keith mit absoluter Sicherheit, dass er sie an diesem Abend in sein Bett bekommen musste. Er musste die Qualen beenden, denen er seit zwei Monaten ausgesetzt war. Anders konnte er keinen Frieden finden. Und danach würde er ihr alles erzählen.

Wenn sie miteinander geschlafen hatten, würde noch Zeit genug sein, ihr die ganze Wahrheit zu sagen. Victoria würde ihn verstehen, musste ihn verstehen. Dafür würde er schon sorgen.

Victoria sah, wie Keith auf sie zukam, und beobachtete ihn aus den Augenwinkeln. Er bewegt sich mit der selbstsicheren Arroganz eines Revolverhelden aus dem vorigen Jahrhundert, der einen Saloon durchquert, dachte sie und musste ein Lächeln unterdrücken.

„Hallo, Harrison", sagte Keith und stellte sich neben Victoria. In den lässig gedehnten Worten lag so viel Gereiztheit, dass sein Gegenüber blinzelte. „Ich wusste gar nicht, dass Sie heute Abend hier sein würden. Ich dachte, Sie gingen solchen Anlässen lieber aus dem Weg."

Rick Harrison, ein junger, aufstrebender Mitarbeiter der Marketingabteilung betrachtete seinen Chef misstrauisch und lächelte dann Victoria an. „Vicky hat mich überredet, heute Abend meine Pflicht zu tun. Sie sagte, ich müsste den Umgang mit den Kunden mehr pflegen. Außerdem versprach sie mir, dafür zu sorgen, dass Fläming Luck künftig die Veranstaltungen von einem anderen Partyservice ausrichten lässt. Ich hatte letztes Mal eine regelrechte Lebensmittelvergiftung."

„Wenn Sie nur wegen des Essens gekommen sind, warum stürmen Sie nicht gleich das Buffet?", schlug Keith vor. „Es kommt mich verdammt teuer, also lassen Sie noch etwas für die Kunden übrig. Es gibt nichts, was sie eher aus ihren Schlupflöchern lockt als kostenloses Essen und Trinken."

Rick zog die Augenbrauen hoch und lächelte Victoria vielsagend an. „Ich sehe schon, er hat die Ausgaben für diesen kleinen Luxus immer noch nicht verkraftet."

Victoria lachte. „Seit einem Monat muss ich mir seine Klagen anhören. Man könnte meinen, ich hätte einen Viersternekoch engagiert und ließe nichts als Kaviar und Champagner servieren. Bis zum nächsten Firmenjubiläum muss ich mir sicher noch etliche Vorträge über unnötige Verschwendung von Firmengeldern anhören."

„Seien Sie froh, dass Sie nicht mit ihm verheiratet sind", raunte Rick ihr hörbar zu. Bevor er sich abwandte und davonging, fügte er hinzu: „Sie müssten wahrscheinlich für jede Summe, die Sie mit der Kreditkarte abheben, Rechenschaft ablegen."

Victoria fühlte, wie ihr heiß wurde. Allein der Gedanke, eine Affäre mit Keith zu haben, geschweige mit ihm verheiratet zu sein, erfüllte sie mit Sehnsucht und Erregung. Sie versuchte, die berauschenden Empfindungen zu verdrängen, wich Keith' forschendem Blick aus und nahm einen Schluck von ihrem Wein.

„Jeder tut, als wäre ich ein Monster", brach Keith das kurze gespannte Schweigen, das nach Ricks Bemerkung entstanden war. „Habe ich jemals geschrien, Victoria?"

Victoria dachte kurz nach. „Das Wort ‚brüllen' drückt es besser aus."

„In letzter Zeit verlassen sich alle darauf, dass Sie mich besänftigen, wenn mir nach Gebrüll zumute ist. Sie sind erst seit zwei Monaten meine Assistentin, und schon zählt jeder darauf, dass Sie mich bei Laune halten. Man hat Sie sozusagen zur Dompteuse des wilden Tieres erkoren."

„Das ist doch Unsinn."

Keith trank einen Schluck Whisky. „Keineswegs. Ich habe bemerkt, wie die Leute zuerst zu Ihnen kommen, um herauszufinden, in welcher Laune ich bin, bevor sie sich in mein Büro wagen. Und glauben Sie nicht, mir sei entgangen, dass die zaghaftern Naturen Sie um Vermittlung bitten, damit sie mir nicht selber gegenübertreten müssen, wenn etwas schiefläuft."

Letzteres kommt der Wahrheit sehr nahe, dachte Victoria. Mehr als einmal war sie von einem nervösen Abteilungsleiter gebeten worden, an seiner Stelle dem Temperamentsausbruch des Chefs zu trotzen.

„Ich weiß gar nicht, warum alle glauben, ich hätte eine besondere Art, mit Ihnen umzugehen, Keith. Sie neigen tatsächlich manchmal dazu, die Geduld zu verlieren und zu brüllen. Aber am Schluss sind Sie immer recht vernünftig."

Erstaunen und Belustigung sprachen aus Keith' Blick. „Hier sind Leute im Raum, die sich kaputtlachen würden, wenn sie das hörten."

„Warum?" In letzter Zeit hatte Victoria das Gefühl, bei Fläming Luck erzählte man sich einen Witz, von dem jeder außer ihr die Pointe kannte.

„Sagen wir, ich stehe in dem Ruf, schwierig zu sein."

„Die meisten Männer in Ihrer Position sind gelegentlich schwierig", erklärte Victoria philosophisch. „Dass Sie der Chef sind, entschuldigt allerdings nicht Ihr grobes und unbedachtes Verhalten", fügte sie unbeirrt hinzu.

„Ich werd's mir merken. Vielen Dank für diese Benimm-Lektion." Ein spöttisches Lächeln umspielte Keith' Lippen.

Victoria zögerte, traute sich aber schließlich doch, noch einmal nachzufragen. „Warum glauben die Leute, dass ich eine besonders glückliche Hand im Umgang mit Ihnen habe? Waren Sie wirklich so unumgänglich, bevor ich zu Fläming Luck kam?"

Keith überlegte einen Moment lang. „Richardson von der Personalabteilung hat dafür eine diplomatische Erklärung. Er sagt, Sie hätten bei Fläming Luck Kultur eingeführt."

„Das höre ich gern. Eine ungewöhnliche Personalbeurteilung, aber sehr schmeichelhaft. Hoffentlich denkt er daran, das auch in meine Akte zu schreiben." Victoria lächelte warm.

„Andere drücken sich weniger diplomatisch aus", fuhr Keith betont sanft fort.

Victorias Lächeln verflog. „Was sagen die anderen?"

„Sie sagen, dass Sie mich so leicht um den kleinen Finger wickeln können, weil Sie mit mir schlafen."

Victoria ließ beinahe ihr Weinglas fallen. Sie war einen Moment so schockiert, dass sie keinen klaren Gedanken fassen konnte. Es war, als hätte Keith ihre Gedanken gelesen und ihre geheimsten Fantasien erraten, Keith und offensichtlich auch die anderen Mitarbeiter.

„Nein", flüsterte Victoria verwirrt. Wenn die Leute wirklich so dachten, steckte sie tief in der Klemme. Sie würde Fläming Luck Enterprises verlassen müssen. „Nein", sagte sie noch einmal gequält. „Wie können sie nur so etwas sagen? Wir haben doch nicht... ich meinte, wir gehen nicht einmal miteinander aus, geschweige denn, dass wir miteinander schlafen. Ich verstehe es nicht. Es ist nicht recht. Unsere Beziehung war immer streng geschäftlich. Wie kann nur jemand behaupten ..." Sie verhedderte sich und brach ab.

Keith betrachtete nachdenklich ihr entsetztes Gesicht. „Wäre es denn so schlimm?", fragte er in seiner typischen brutalen Offenheit.

„Wie können Sie nur so etwas sagen? Derartiges Gerede kann viel kaputtmachen und ist gefährlich. Das muss sofort gestoppt werden."

„Heutzutage haben viele Menschen eine Liebesaffäre am Arbeitsplatz."

„Ich nicht!"

Keith lächelte grimmig. „Nein, Sie natürlich nicht. Ihrer Ansicht nach hat im Büro Zucht und Ordnung zu herrschen, nicht wahr? Ihr alter Chef hat mir alles darüber erzählt. Er sagte, Sie gingen nicht einmal mit einem Kollegen aus. Und ich habe ja gesehen, wie Sie mit der männlichen Hälfte meiner Angestellten umgehen. Aber für alles gibt es ein erstes Mal. Antworten Sie. Wäre es so schlimm, mit mir zu schlafen?"

„Wie können Sie mir nur so eine Frage stellen?"

„Denken Sie darüber nach."

„Keith!"

Er beachtete sie nicht, seine Aufmerksamkeit galt einem beleibten Mann auf der anderen Seite des Raumes. „Clifton Peabody ist eben hereingekommen. Wenn man bedenkt, wie viel Geld wir letztes Jahr durch ihn verdient haben, sollte ich ihn besser begrüßen. Entschuldigen Sie mich, Vicky. Ich bin in ein paar Minuten wieder da." Keith ging los, blieb dann aber stehen und wandte sich noch einmal um. „Harrison hatte unrecht."

Victoria verstand nicht, was Keith meinte. „Womit?"

„Wenn wir zusammenleben würden, würde ich mich nicht über jeden Betrag aufregen, den Sie vom Konto abheben. Ich wäre großzügig zu Ihnen, Vicky."

Zorn stieg in Victoria auf und verdrängte ihre Verwirrung. „Ich habe meine eigenen Kreditkarten", presste sie zwischen den Zähnen hervor. „Ich bin weder auf Ihre angewiesen noch auf die von irgendeinem anderen Mann."

Victoria war sich nicht sicher, ob Keith sie gehört hatte. Er hatte sich bereits abgewandt und tauchte eben in der Menge unter. Während sie ihm nachsah, versuchte sie ihre Gedanken zu ordnen.

Keith hatte sich an ein Thema herangewagt, das sie beide seit zwei Monaten bewusst mieden. An diesem Abend hatte zum ersten Mal einer von ihnen, wenn auch indirekt, die gegenseitige Anziehung zur Sprache gebracht.

Zum Glück ist sie gegenseitig, dachte Victoria mit merkwürdiger Erleichterung. Offenbar spürte Keith die zwischen ihnen wirkende Kraft ebenso stark wie sie selbst. Sie entstammte also keineswegs nur ihrer, Victorias, Fantasie. Bis dahin war sie sich nicht sicher gewesen, ob er sie ebenso sehr begehrte wie sie ihn.

Das Gefährliche war, dass sie sich zu Keith nicht nur hingezogen fühlte. Victoria befürchtete, ernstlich in ihn verliebt zu sein, und sie hatte so ein Gefühl, dass ihr das eine Menge Kummer einbringen würde.

Keith Stockbridge erinnerte sie trotz seiner gutgeschnittenen Anzüge und weißen Hemden häufig an einen Cowboy aus dem Wilden Westen. Er war selbstzufrieden, arrogant, aggressiv und oft rätselhaft. Vor hundert Jahren, als dieser Teil von Colorado noch von Cowboys, Desperados, Spielern und Revolverhelden durchstreift wurde, hätte Keith sich hier sicher wie zu Hause gefühlt.

Nicht, dass er nicht in das heutige Denver gepasst hätte. Er bewegte sich sicher und sehr erfolgreich in den Geschäftskreisen. Während der zwei Monate, die sie jetzt für Keith arbeitete, hatte sie gesehen, wie geschickt er mit hohen Einsätzen zu spielen verstand.

Fläming Luck Enterprises war eine blühende Firma, die sich mit

Immobilienhandel und Landerschließung befasste. Das Unternehmen stand in dem Ruf, zur rechten Zeit am rechten Ort zu sein – und Glück zu haben.

Aber wie viele geschickte Abschlüsse Keith auch an Land ziehen mochte, Victoria würde nie nur einen cleveren Geschäftsmann in ihm sehen. Keith war hart und auf altmodische Art männlich, was nicht recht zu seiner Empfindsamkeit passen wollte. Er hätte sich nicht mit einem schwarzen Porsche fortbewegen sollen, sondern auf einem schwarzen Hengst. Leder und Jeans hätten ihm besser gestanden als Anzüge. Und mit einem Colt hätte er einen ebenso lässigen Eindruck gemacht wie mit dem Aktenkoffer.

Keith Stockbridge sah hart aus. Seine markanten Gesichtszüge wirkten ebenso rau und unerbittlich wie ein Gipfel der Rocky Mountains im Winter. Seine grünen Augen waren mit goldenen Punkten gesprenkelt und betrachteten die Umwelt mit wacher Intelligenz. Knapp einen Meter achtzig groß, schmal und durchtrainiert, strahlte Keith Kraft und Härte aus.

Man möchte ihn nicht zum Feind haben, dachte Victoria. Sie selbst kannte ihn nur als Freund, als einigermaßen duldsamen Arbeitgeber und Traumliebhaber. Er hatte sie von Anfang an gut behandelt und ihr in dem Moment einen Job angeboten, wo sie drauf und dran war, ihren alten zu verlieren.

Victoria hatte schon von seinem ungezügelten Temperament gehört, aber nie verstanden, warum so viel Aufhebens davon gemacht wurde. Keith war manchmal gereizt, anspruchsvoll und schwierig, aber Victoria kannte ihn weder ungerecht noch wirklich gefährlich.

„Hallo, Vicky. Wie geht's? Sieht so aus, als sei das fünfte Geburtstagsfest von Fläming Luck Enterprises ein voller Erfolg. Ein Glück, dass Sie Stockbridge davon überzeugen konnten, das Fest dieses Jahr in einem anderen Hotel ausrichten zu lassen."

Victoria wandte sich um und lächelte die gutaussehende ältere Frau an, die neben ihr stehen blieb. Natalie Penn arbeitete seit zwei Jahren in der Personalabteilung von Fläming Luck.

„Hallo, Natalie. Die meisten Kommentare beziehen sich auf das Essen. Ich fange schon an, das hässliche Gerede über die letzten Feste zu glauben."

„Jedes Wort ist wahr. Das ganze Buffet war voll mit schlaffen, matschigen Sachen, die auf feuchten Toastscheiben lagen. Bei der Hälfte konnte man gar nicht sagen, was es sein sollte. Na, wahrscheinlich war das gut so. Aber dieses Jahr macht alles einen hervorragenden Eindruck." Natalie sah sich im Raum um und nickte zufrieden. „Wurde aber auch Zeit, dass Stockbridge dieser Seite des Geschäfts ein bisschen mehr Aufmerksamkeit widmet."

„Ich nehme an, er war in den letzten fünf Jahren mit dringlicheren Angelegenheiten beschäftigt", verteidigte Victoria ihren Chef ruhig. „Er hatte nicht viel Zeit, sich Sorgen um das Image der Firma zu machen. Sie wissen ja, wie er ist, wenn er ein bestimmtes Ziel vor Augen hat. Dann lässt er alles andere links liegen."

„So ist es." Natalie lächelte. „Er ist gut darin, alles zu ignorieren, was ihn von seinem Ziel ablenken könnte. Die Gefühle anderer Leute beispielsweise. Und die Empfehlungen seiner Abteilungsleiter oder anständiger Partyausrichter. Keith Stockbridge ist sehr gut darin, sich auf das zu konzentrieren, was er will."

Victoria lief ein Schauer über den Rücken. Natalie hatte recht. Keith konnte sehr beharrlich sein. Wenn er sich einmal für etwas entschieden hatte, ließ er nicht zu, dass sich ihm etwas in den Weg stellte. Und an diesem Abend hatte er deutlich gemacht, dass er sie, Victoria, wollte.

„Das hört sich an, als sei es schwierig, für Keith zu arbeiten", sagte Victoria. „Trotzdem sind Sie schon zwei Jahre in seiner Firma. Mit Ihrer Ausbildung könnten Sie überall hingehen."

„Vielleicht, aber ich verdiene nirgendwo mehr als hier. Das können Sie mir glauben. Das habe ich überprüft, und zwar einen Monat, nachdem ich diesen Job angenommen hatte. Gleich nachdem Stockbridge eines Morgens in mein Büro gestürmt kam und wissen wollte, wo ich die ‚Flaschen' gefunden hätte, die ich zu ihm zum Interview geschickt hatte wegen eines Jobs als Sachbearbeiter im Rechnungswesen."

Victoria schüttelte missbilligend den Kopf. „Bewerber für diese Jobebene sollte er nicht selbst interviewen."

„Ich weiß, aber bis zu Ihrer Einstellung zog Stockbridge es vor, die Dinge selbst zu erledigen, weil er kein Vertrauen in die anderen hatte."

„Fläming Luck ist zu groß geworden, als dass der Chef sich noch um alle Kleinigkeiten selber kümmern könnte."

„Genau meine Meinung", sagte Natalie trocken. „Aber bis vor zwei Monaten sahen und hörten wir alle ein wenig zu viel vom Chef. Er pflegte dann zu erscheinen, wenn man ihn am wenigsten erwartete. Von Charme und Takt hält er nicht allzu viel. Ich bin mir nicht einmal sicher, ob er weiß, was diese Worte bedeuten."

„Ich muss zugeben, dass er sich manchmal ziemlich unverblümt ausdrückt."

„Das ist sehr beschönigt, und das wissen Sie. Der Mann setzt sich rücksichtslos über jeden hinweg, der sich ihm in den Weg stellt. Um Ihnen die Wahrheit zu sagen, Vicky, es ist schön, dass Sie da sind und in letzter Zeit ein wenig vermitteln."

Victoria stöhnte. „Ist das die Rolle, in der man mich sieht? Ich wurde als Assistentin eingestellt und nicht als ..."

„Gladiator?" Natalie kicherte. „Wissen Sie was? Stockbridge hatte noch nie eine Assistentin, bis er Sie einstellte. Er wusste nicht einmal, was er mit einer hätte anfangen sollen. Er behauptete, er habe seine Sekretärin, und das reiche ihm. Vor zwei Monaten tauchte er dann plötzlich bei mir im Büro auf und sagte, ich solle die Papiere für seine erste Assistentin vorbereiten. Er sagte, Vorstellungsgespräche seien unnötig, er habe die richtige Kandidatin bereits gefunden."

„Ich verstehe", sagte sie verlegen.

„Das dachte ich auch." Natalie verzog das Gesicht. „Ich gestehe offen, dass ich der Situation skeptisch gegenüberstand. Es war mir rätselhaft, warum Stockbridge es sich auf einmal in den Kopf gesetzt hatte, eine Assistentin einzustellen. Geschäft und Privatleben hielt er immer streng voneinander getrennt. Ich glaube sogar, dass er kaum Zeit für ein Privatleben hat. Er ist jedenfalls kein Frauenheld, das steht fest. Sein Leben spielt sich praktisch im Büro ab."

Victoria war zutiefst verärgert. „Sie dachten, er hätte diese Position geschaffen, weil er ein Verhältnis mit mir hatte?"

„Dieser Gedanke ist mir in der Tat gekommen." Natalie lächelte breit. „Aber seit Sie hier sind, hat sich so viel geändert, dass es mir vollkommen gleichgültig ist, ob Sie beide eine Liebesaffäre haben oder nicht. Auch den anderen ist es egal. Die meisten Angestellten finden, sie seien genau die Frau, die Stockbridge braucht. Er hört auf Sie, Vicky."

„Ich habe keine Affäre mit ihm", stieß Victoria verzweifelt hervor. Offenbar dachte jeder, dass Keith und sie ein Verhältnis hätten. Jetzt war ihr klar, was für ein Scherz da im Umlauf war. Die Pointe davon war die angebliche Beziehung zwischen Keith und ihr.

„Wenn Sie es sagen." Natalie war augenscheinlich nicht sonderlich beeindruckt. „Ich schätze, es ist nicht so wichtig, solange der Zauber wirkt, den Sie auf Stockbridge ausüben. Halten Sie ihn uns weiterhin vom Leib, und Ihnen ist der Dank aller Angestellten gewiss. Hoppla, da ist Richardson. Ich glaube, er macht mir ein Zeichen. Bis später, Vicky."

Wie in Trance arbeitete sich Victoria durch die Menge zu einer stillen Ecke des Raumes durch. Ihr war schwindlig, und das kam nicht von dem bisschen Wein, das sie getrunken hatte.

Komplizierter hätte die Situation gar nicht sein können. Alle, mit denen sie zusammenarbeitete, nahmen bereits an, sie schlafe mit dem Chef. Selbst Stockbridge erschien die Vorstellung gar nicht so abwegig. Und was sie selbst, Victoria, anging, sie war in ihn verliebt und wünschte im Grunde sehnsüchtig, die Gerüchte entsprächen der Wahrheit.

Sie war jetzt dreißig und hatte es in all den Jahren ihres beruflichen Werdeganges stets abgelehnt, eine Affäre mit einem Kollegen anzufangen. Viel zu häufig hatte sie die katastrophalen Folgen miterlebt, die so etwas haben konnte.

Nur wenige dieser Bürofreundschaften führten zur Heirat, wesentlich mehr endeten in so gespannten, unhaltbaren Situationen, dass einer der beiden Beteiligten seinen Job aufgeben musste, und zwar meist die Frau.

Victoria hatte sich oft geschworen, sich niemals in eine so demütigende Lage hineinzumanövrieren.

Aber sie hatte sich auch noch nie in den Chef verliebt.

Nervös sah Victoria sich um und entdeckte Keith im Gespräch mit einem Kunden, um den man sich in der Firma zurzeit besonders bemühte. In den letzten zwei Jahren hatte er mit der Konkurrenzfirma Clear Advantage Development zusammengearbeitet, doch es war Keith gelungen, ihn für Fläming Luck zu gewinnen.

Schon am Nachmittag hatte Keith es arrangiert, dass er Victoria nach der Party nach Hause bringen konnte. Ihr war nichts anderes übrig geblieben, als zuzustimmen. Nun erschien ihr das Angebot, das sie für eine Geste der Höflichkeit gehalten hatte, auf einmal in einem ganz anderen Licht. Victoria entschied, sich kein zweites Glas Wein mehr zu holen. Sie würde ihren klaren Verstand nachher vielleicht noch brauchen. Sie sehnte die unvermeidliche Heimfahrt herbei und fürchtete sich zugleich davor.

Kurz nach zehn war es dann so weit. Die letzten Gäste waren bereits gegangen, und Keith schaute sich noch einmal zufrieden um und ließ den Blick über die Tische mit den leeren Gläsern, Tellern und Speiseplatten schweifen.

„Sie haben Ihre Sache gut gemacht, Vicky. Doch ich bin froh, dass ich bis zum nächsten Jahr meine Ruhe habe."

Er begleitete Victoria zu seinem schwarzen Porsche und ließ sie einsteigen. Schweigend setzte er sich dann neben sie und steuerte den Wagen auf die Straße.

Victoria spürte, wie Keith in tiefes Brüten versank, das war für sie nichts Neues. In den zwei Monaten, die sie für Keith arbeitete, hatte sie sich an seine Phasen der Selbstversunkenheit gewöhnt. Sie konnte nur raten, welche Richtung seine Gedanken diesmal nahmen.

Dachte er sich eine schlaue Entschuldigung aus, wie er sie dazu bringen konnte, noch bei ihm vorbeizuschauen, bevor er sie nach Hause fuhr? Nein, das passte nicht zu Keith. Er war immer offen und direkt, wenn er etwas wollte, und brachte damit die Leute aus der Fassung, wie Natalie richtig bemerkt hatte. Charme und Takt waren nicht seine Stärke.

Ich sollte mich besser entscheiden, was ich will, dachte Victoria. Keith war so unberechenbar, eine Beziehung mit ihm barg viele Gefahren.

„Sie haben meine Frage von vorhin noch nicht beantwortet", sagte Keith unvermittelt.

„Welche Frage?" Victoria ahnte, was als Nächstes kommen würde.

„Wäre es so hart für Sie, mit mir zu schlafen?"

Victoria atmete tief durch. „Nein", flüsterte sie. „Es wäre ganz und gar nicht hart."

2. Kapitel

„Tut mir leid. Ich bin in solchen Angelegenheiten nicht sehr geschickt", sagte Keith mit tiefer, rauer Stimme und kam zu Victoria an das breite Wohnzimmerfenster. Er hatte sein Jackett abgelegt und zerrte ungeduldig an seinem Krawattenknoten.

Victoria lächelte nervös und betrachtete das nächtliche Denver zu ihren Füßen. „Diesbezüglich kann ich Ihnen weder meinen Rat noch meine Hilfe anbieten", sagte sie, um einen scherzhaften Ton bemüht. „Ich habe in solchen Dingen nicht allzu viel Erfahrung."

„Das dachte ich mir", antwortete Keith unerwartet sanft. „Aber als Assistentin sind Sie spitze. Ich vertraue auf Ihren Sachverstand und Ihr Geschick. Wir schaffen es schon." Schweigen breitete sich zwischen ihnen aus.

„Ich habe mich oft gefragt, wie es bei Ihnen zu Hause aussieht", gestand Victoria einen Augenblick später. „Ich erwartete eigentlich, Sie hätten ein Haus in den Bergen."

„Von hier aus bin ich schnell im Büro." Keith reichte Victoria eines der Gläser, die er aus der Küche mitgebracht hatte.

Das starke Bouquet des Cognacs stieg Victoria in die Nase. Sie atmete tief durch und spürte, wie sie sich immer mehr in diese gefährliche Situation verstrickte. „Und es ist Ihnen wichtig, in der Nähe Ihrer Firma zu wohnen, nicht wahr? Fläming Luck Enterprises ist Ihr Leben."

„Nicht ganz, aber ein verdammt großer Teil." Keith betrachtete Victorias Profil, nicht die Aussicht. Er hatte bewusst kein Licht im Wohnzimmer eingeschaltet. „Ich habe ein Haus in den Bergen, wohin ich mich zurückziehen kann, wenn ich das Bedürfnis habe, der Stadt zu entfliehen."

„Ein Blockhaus?", fragte Victoria neugierig.

„Eine Ranch. Sie ist seit dem späten achtzehnten Jahrhundert im Familienbesitz. Mein Vater hinterließ sie mir, als er vor ein paar Jahren starb."

„Wird die Ranch bewirtschaftet?"

„Nicht mehr. Ich halte mir nur ein paar Reitpferde. Früher züchteten die Stockbridges auf der Fläming Luck Ranch Vieh, später wurde dort auch Bergbau betrieben. Aber seit ein paar Jahren ist es nur noch ein Ort, wohin ich fahren kann, wenn ich von der Arbeit Abstand gewinnen möchte. Verdammt, Vicky, ich will jetzt nicht über die Ranch reden."

Das Glas in ihrer Hand fühlte sich warm an. „Worüber möchten Sie denn sprechen?" Das war eine dumme Frage, und sie wusste es.

„Über uns. Dich und mich." Er berührte ihre Wange, streichelte sie. Seine Fingerspitzen fühlten sich ein wenig rau an. Er spürte, wie Victoria erschauerte, und fragte: „Hast du Angst vor mir?"

„Nein, aber vor der Situation", erwiderte sie ehrlich.

Keith fluchte leise. „Ich weiß. Wie ich schon sagte, ich bin in solchen Dingen nicht sehr geschickt. Schreib es meiner Unerfahrenheit zu."

Sie lächelte zaghaft und sah ihn kurz abschätzend an. „Meinst du Unerfahrenheit mit Büroaffären?"

„Ich hatte noch nie eine Affäre mit jemandem, der für mich gearbeitet hat", stellte Keith fest. „Ich war immer der Meinung, das sei eine Dummheit."

Victoria seufzte. „Das ist es auch."

„Diesmal nicht. Diesmal sehe ich keinen anderen Weg. Ich habe keine Wahl. Ich begehre dich, Vicky, und ich glaube, du willst mich auch. Ich merke, du bist nervös. Ich möchte dich gern beruhigen, aber ich weiß nicht recht, wie."

Es würde mir helfen, wenn du mir sagtest, dass du mich liebst, dachte Victoria. Aber er sagte es nicht. Stattdessen schob Keith ihr Haar zurück und küsste ihren Nacken. Victoria schloss die Augen und erbebte leicht unter der Liebkosung. Sie wandte den Kopf, ergriff Keith' Hand und drückte ihre Lippen auf die Handfläche. Eine nie zuvor erlebte Welle des Verlangens durchlief sie.

„Vicky." Keith stöhnte leise, nahm ihr das Glas ab und stellte es neben sein eigenes. Heftig zog er Victoria in die Arme. „Alles andere ist unwichtig", flüsterte er heiser. „Denk daran. Was auch geschieht, versprich mir, dass du es nie vergisst. Dies hier ist das einzig Wichtige."

Forschend schaute Victoria ihn an und suchte in seinen glänzenden grünen Augen nach den Antworten auf all die unausgesprochenen Fragen über Vergangenheit, Gegenwart und Zukunft. Als sie den Mund öffnete, um zu sprechen, küsste Keith sie wild auf die Lippen. Ein lustvolles Stöhnen entrang sich seiner Brust.

Victoria fühlte sich machtlos ihrem Verlangen ausgeliefert. Nie hätte sie geglaubt, dass sie so starke Leidenschaft empfinden konnte. Instinktiv hielt sie sich an Keith fest. Seine Nähe versprach Geborgenheit vor dem herannahenden Sturm. Der Kuss verlor seine Heftigkeit, wurde sanft, verführerisch und forschend.

Victoria ließ die Hände über Keith' breite Schulter gleiten und spürte durch die dünne Baumwolle des Hemdes seine starken Muskeln.

„Du bist so zart", sagte Keith leise an ihren Lippen. „Du fühlst dich an, als würdest du zerbrechen, wenn ich nicht vorsichtig bin."

Victoria sah träumerisch zu ihm auf. „Dann musst du eben vorsichtig sein, Keith."

„Darauf gebe ich dir mein Wort. Vertraue mir, Vicky. Vergiss deine Ängste. Ich werde für alles sorgen." Er hob sie hoch und presste sie an seine harten Schenkel, sodass sie sein Begehren spüren konnte.

Sie legte ihm die Arme um den Nacken und antwortete ihm mit einem heißen Kuss auf den Hals.

„Es wird wunderschön sein." Keith hob sie hoch und trug sie den Flur entlang zu seinem Schlafzimmer.

Victoria spürte seine wilde Entschlossenheit und wunderte sich darüber. Es gab so viele Dinge, die sie gern gewusst hätte, so viele Fragen, die sie stellen wollte. Aber dazu war keine Zeit. Erst einmal musste Keith' wilde Begierde gestillt werden. Victoria verstand das, weil sie selbst von ihrem Verlangen überwältigt zu werden drohte.

Wir können später noch genug reden, dachte Victoria, während Keith sie neben seinem Bett im dunklen Schlafzimmer auf die Füße stellte. Sie sah zu ihm auf und flüsterte: „Ich liebe dich."

„Oh Vicky", antwortete er mit erstickter Stimme. „Meine süße, treue Vicky. Wie habe ich nur jemals ohne dich leben können?"

Er bedeckte ihre Lippen mit seinen, nahm ihre Hände und führte sie an den oberen Hemdknopf. Mit bebenden Fingern machte sie sich daran, Keith von dem Kleidungsstück zu befreien. Sie spürte, wie Keith den Reißverschluss ihres Kleides öffnete.

Einen Augenblick später glitt das seidige Material über ihre

Schultern und Hüften hinab auf ihre Knöchel. Victoria stieg aus ihren Schuhen. Sie fühlte sich extrem verletzlich, als Keith auf sie herabsah. Seine Augen leuchteten in der Dunkelheit. „Als ich dich heute sah, am anderen Ende des überfüllten Raumes, konnte ich nur daran denken, wie du ohne das Kleid aussehen würdest."

An seinem begehrlichen Blick erkannte Victoria, dass er nicht enttäuscht war. Sie entspannte sich, trat näher zu ihm hin und ließ die Hände unter sein Hemd gleiten. „Ich glaube, dies ist kein schlechter Zeitpunkt, dir zu gestehen, dass auch ich in den letzten Wochen von Fantasien verfolgt wurde." Seine Haut war warm, und seine Brust mit lockigem Haar bedeckt.

Keith lachte heiser. „Erzähl mir von deinen Fantasien, dann erzähle ich dir von meinen." Er begann, ihren BH zu öffnen.

Wärme stieg Victoria in die Wangen. „Ich kann sie dir nicht erzählen. Noch nicht."

„Scheu? Ich dachte mir, dass du es sein würdest. Aber das ist in Ordnung. Du kannst es mir später erzählen, wenn du dich an meine Zärtlichkeiten gewöhnt hast. In der Zwischenzeit sage ich dir, was ich mir den ganzen Abend über vorgestellt habe."

Victoria hielt die Luft an, als ihr seidener BH zu Boden fiel.

„Ich stellte mir beispielsweise vor, dich so zu halten." Keith legte die Hände über ihre Brüste und ließ die Daumen leicht über die Spitzen gleiten. „Ich war gespannt auf deine Reaktion, wollte spüren und sehen, wie du mich begehrst."

„Oh Keith." Victoria schloss die Augen und lehnte sich an ihn. Ihre Brüste wurden prall und empfindlich, die Knospen heiß und hart.

„Du bist vollkommen", flüsterte Keith an ihrem Haar. „Ich wusste, dass du so sein würdest." Er strich mit den Handflächen über die Brustspitzen, und Victoria wimmerte leise. „Tu ich dir weh?", fragte er besorgt.

„Nein." Schnell schüttelte sie den Kopf. „Ich fühle mich so empfindlich, dass ich es kaum aushalten kann."

Keith lächelte voller Zufriedenheit. „Dann muss ich dich dort auf eine andere Art liebkosen." Er umfasste ihre Taille und zog Victoria an sich.

Sie konnte einen leisen Schrei nicht unterdrücken, als sie seine Zunge auf ihrer Brustspitze spürte. Den Kopf weit zurückgelegt, krallte Victoria sich an Keith' Schultern fest.

„Genauso habe ich mir dich vorgestellt, Liebes. Du bist so schön. Du machst mich verrückt. Sag mir, wie sehr du mich brauchst."

Keith ließ Victoria auf das zurückgeschlagene Bett gleiten und zog ihr mit einer einzigen Bewegung den Slip aus. Ungeduldig zerrte er dann an seinen eigenen Kleidern und konnte sie nicht schnell genug vom Körper bekommen.

Atemlos sah Victoria zu ihm auf. Erregung durchlief sie, während sie seinen Anblick in sich aufnahm. Keith war schlank und sehnig, besaß breite Schultern und schmale Hüften. Seine Beine waren lang und muskulös. Beim Anblick seiner Männlichkeit hielt sie unwillkürlich den Atem an.

„Du bist wunderbar", sagte sie schließlich und berührte seinen Schenkel.

„Genau wie du, Vicky. Wir sind genau richtig füreinander, du wirst sehen." Er legte sich neben sie, beugte sich über sie und nahm sie in die Arme. „Berühre mich", befahl er sanft. „Komm, berühre mich. Die Vorstellung, wie sich deine Hände anfühlen, hat mich ganz verrückt gemacht."

Victoria ließ die Finger über Keith' Körper gleiten, über seine Brust zur Taille und zu den Muskeln an seinen Schultern. Sein Körper wurde ihr immer vertrauter, und sie rückte näher zu ihm heran.

„Du fühlst dich gut an", sagte sie mit wachsender Erregung.

Sein Lachen klang hart vor Verlangen, das er kaum noch unter Kontrolle halten konnte. „Ich habe das Gefühl, ich werde gleich explodieren." Er beugte den Kopf herab, um die zarte Haut zwischen ihren Brüsten zu küssen. „Hör nicht auf. Ich möchte deine Hände überall auf mir spüren."

Sie wusste, um was er sie bat, und zögerte. Seit zwei Monaten träumte sie davon, mit Keith zusammenzusein, doch jetzt schien alles zu schnell zu gehen.

„Überall." Keith ergriff ihre Hand und zog sie hinab, um sie das Ausmaß seiner Erregung spüren zu lassen. „Oh ja, Liebling." Seine Stimme klang dunkel und sexy, was so erregend war wie seine Liebkosungen. „Ja, das ist es, was ich will. Genau so. Bitte."

Sie streichelte ihn sanft. Und als sie spürte, wie er reagierte, wich ihre Unsicherheit prickelnder Erregung. Keith war ein Mann, wie geschaffen, sich zu nehmen, was er vom Leben wollte. Heute Nacht aber gab er sich völlig in Victorias Hand. Er würde ihr nie wehtun.

Doch er würde alles nehmen, was sie ihm zu geben bereit war. Und sie wollte ihm alles geben.

„Genug", sagte Keith plötzlich. Er zog ihre Hand fort und hinderte sie daran, ihre intime Erforschung fortzusetzen. „Noch mehr davon, und ich halte es keine Minute länger aus." Victoria lächelte und genoss das Bewusstsein, dass sie fähig war, ihn so heftig reagieren zu lassen. „Wenn ich dich nicht streicheln darf, wie sollen wir dann die Zeit verbringen?"

„Keine Angst, ich habe schon ein paar Ideen." Er ließ seine Hände über ihren Körper gleiten, streichelte ihre Brüste, den Bauch und die sanft geschwungenen Hüften. „Öffne deine Beine für mich, Vicky. Jetzt bin ich dran, dich zu liebkosen." Zögernd tat sie, was er verlangte, und fühlte sich wieder unsagbar verletzlich. Aber der übermächtige Wunsch, seine Liebkosungen voll auszukosten, verdrängte alle Zweifel. Victoria legte das Gesicht an seine Brust und stöhnte leise, als er seine Finger zwischen ihre Beine gleiten ließ.

„Du bist bereit für mich, nicht wahr? Sag mir, dass du mich willst, Vicky."

„Ich will dich."

„Du bist so zart und anschmiegsam", staunte er. „So warm und feucht."

Victoria wand sich vor Lust unter dem Spiel seiner Finger. So überwältigend waren die Gefühle, die sie durchströmten, dass sie die Augen schließen musste. Sie klammerte sich an Keith und ließ den Fuß verführerisch an seinem Bein hinaufgleiten.

Ihre verführerischen Zärtlichkeiten steigerten seine Erregung ins Unerträgliche.

„Ich halte es nicht mehr aus", presste Keith zwischen den Zähnen hervor. „Ich wollte, dass dieses erste Mal die ganze Nacht über dauert, aber das war eine verdammt dumme Idee. Ich brauche dich so sehr. Ich habe so lange gewartet, ich kann nicht mehr." Er griff über sie hinweg, öffnete die Nachttischschublade und holte ein kleines, in Folie eingeschweißtes Päckchen heraus. Hastig riss er es auf.

„Bitte, Keith. Bitte. Jetzt. Ich will dich. Noch nie habe ich jemanden so begehrt wie dich."

„Lass mich in dich." Er drehte sie auf den Rücken und kauerte sich über sie. Im Dunkeln blitzten seine Augen, und sein Gesicht war angespannt vor Begierde. „Ich möchte in dir sein. Ich muss wissen, dass du mir gehörst."

Wieder öffnete sie die Beine für ihn. Ihre Finger gruben sich in seine Schultern, als er sich bewegte, um die letzten Geheimnisse ihrer Weiblichkeit zu ergründen. Victoria spürte, dass er kurz davor war, in sie einzudringen, und hielt die Luft an.

„Öffne die Augen, Darling. Sieh mich an. Ich möchte, dass du mich ansiehst, wenn ich dich nehme." Keith fuhr ihr mit den Fingern durch das Haar.

Sie schlug die Augen auf und wusste, dass ihr Blick ihr Verlangen verriet, ihre Angst vor der Hingabe und ihre Liebe. Verzweifelt suchte Victoria mehr in Keith' Blick als die offensichtliche Begierde, doch das wilde Verlangen schien in diesem Moment alle anderen Gefühle zu überlagern.

„Ich liebe dich, Keith", gestand sie zum zweiten Mal an diesem Abend.

„Zeig es mir, Baby. Nimm mich in dir auf und zeig es mir." Er drang tief in sie ein, und sie empfing ihn mit leisen Freudenschreien. Er küsste sie und trank förmlich die Laute von ihren Lippen.

Einen Augenblick lang hielt er inne und wartete, bis sie sich beide daran gewöhnt hatten, so innig miteinander vereint zu sein. Dann begann er sich zu bewegen.

Jeder Stoß kam langsam, sicher und so tief, dass Victoria von ihren Gefühlen überwältigt wurde. Instinktiv hob sie ihre Hüften, um Keith entgegenzukommen. Er hatte den Kopf an ihren Hals gelegt und flüsterte ihr aufreizende Worte zu. Victoria erschauerte und gab sich ganz der Leidenschaft hin, die sie beide zu verzehren drohte.

Gemeinsam erreichten sie den Höhepunkt, fühlten sich von einer unwiderstehlichen Macht ergriffen und davongewirbelt. Keith bäumte sich auf, und Victoria hörte wie von fern seinen halberstickten Schrei des Triumphs und der Befriedigung. Sie selbst rief immer wieder leise Keith' Namen.

Dann war es vorbei, und Victoria musste sich eingestehen, dass ihre persönliche Welt, die sie so sorgsam abgegrenzt hatte, nie mehr so sein würde wie vorher. Ein wildes, ungezähmtes Element war in ihre zivilisierte Welt eingedrungen. Und sie wusste, dass Keith Stockbridge der Mann war, auf den sie ihr Leben lang gewartet hatte.

Nur widerwillig gab Keith Victoria frei. Mit einem Seufzer der

Befriedigung legte er sich auf den Rücken und zog Victoria zu sich heran.

Jetzt wäre der richtige Zeitpunkt, ihr alles zu erzählen, überlegte er, konnte sich aber nicht dazu durchringen. Ihm war nicht zumute für lange, komplizierte Erklärungen. Der nächste Morgen würde früh genug sein für die Geschichte, die er, Keith, zu erzählen hatte. Jetzt wollte er die Entspannung genießen.

Die Zukunft erschien Keith mit einem Mal hell und einladend. Es war erstaunlich, wie viel klarer er nun denken konnte, da er die heftige Begierde gestillt hatte, die sich seit Wochen in ihm aufgestaut hatte.

„Was denkst du gerade, Keith?"

„Ich denke, dass du das Beste bist, was mir seit Langem geschehen ist", antwortete er ehrlich.

Victoria lächelte und schmiegte sich an ihn. „Das freut mich. Ich dachte gerade etwas Ähnliches über dich."

Er lachte nachsichtig und freute sich über ihr Geständnis. „Gut. Dann wirst du ja nichts dagegen haben, wenn ich dir sage, was als Nächstes kommt."

„Und was ist das?"

Keith stützte sich auf den Ellbogen und sah auf Victoria hinab. Sie sah so sanft und sinnlich aus mit dem offenen, dunklen Haar, das ihr über die nackten Schultern fiel. Eine Brust schaute vorwitzig unter dem Betttuch hervor. Keith beugte sich darüber, küsste die Spitze und registrierte zufrieden den leisen Schauer, der Victoria durchlief.

„Ich möchte, dass du zu mir ziehst", sagte er ruhig und beobachtete, wie sie die Worte aufnahm. „Je eher, desto besser."

Erstaunt sah sie ihn an, sagte aber zunächst nichts. Keith merkte, dass sein Angebot sie nicht gerade mit Begeisterung erfüllte.

„Nun?", drängte er sie.

„Ich weiß nicht, ob das wirklich so eine gute Idee ist, Keith."

„Was, zum Teufel, soll das heißen? In der letzten halben Stunde hast du mir mindestens zweimal gesagt, dass du mich liebst. Vor ein paar Minuten hast du auf dem Gipfel der Leidenschaft meinen Namen gerufen. Wir kennen uns seit über zwei Monaten, und ich weiß mit Sicherheit, dass es niemand anderen in deinem Leben gibt. Ich will dich, und du willst mich. Warum also findest du die Idee nicht gut, mit mir zusammenzuleben?"

Victoria sah ihn unsicher an. „Es wird schwierig genug sein, unsere Beziehung geheimzuhalten. Wenn ich bei dir einziehe, wird das unmöglich sein."

„Ich habe nicht die Absicht, unsere Beziehung zu verbergen. Verdammt noch mal, ich möchte, dass alle Welt weiß, dass du zu mir gehörst!"

„Sei doch vernünftig", bat sie verzweifelt. „Büroaffären sind für die Beteiligten meist peinlich und unangenehm."

„Unsere Beziehung ist mehr als eine Büroaffäre. Ich möchte, dass du mit mir zusammenlebst. Ich möchte, dass du mein Heim und mein Leben mit mir teilst. Und ich möchte, dass jedermann es weiß, die Angestellten von Fläming Luck Enterprises eingeschlossen."

„Die Leute werden reden."

„Sie reden ohnehin schon. Das habe ich dir bereits gesagt. Und wenn es dich bedrückt, dass über dich geklatscht wird, werde ich eben ein paar Klatschmäuler feuern. Dann wirst du keinen Grund mehr haben, dich zu sorgen."

„Du bist ungeheuer arrogant, Keith." Victoria lachte leise. „Hast du immer alles bekommen, was du wolltest?"

Keith sah sie an und war sich nicht sicher, wie er die Frage beantworten sollte. „Nein", sagte er schließlich ohne weitere Erklärung.

Die Belustigung verschwand von ihrem Gesicht. „Was hast du einmal gewollt und nicht bekommen?", fragte sie leise.

Keith verwünschte den Impuls, der ihm die ehrliche Antwort eingegeben hatte. „Das ist nicht wichtig, Vicky. Hör auf mit den Versuchen, das Thema zu wechseln."

In Gesellschaft dieser Frau würde er, Keith, achtgeben müssen. Sie nahm zu viel wahr und kannte ihn bereits zu gut. Sie konnte seine Launen vorhersehen und erraten, was er wollte. Wenn er nicht aufpasste, würde Victoria ihn bald völlig durchschauen. Es war also riskant, mit ihr zusammenzuleben.

Aber es wird sich lohnen, entschied er in Gedanken. Er war bereit, alle Vorsicht außer Acht zu lassen, wenn das bedeutete, dass Victoria ein fester Bestandteil seine Lebens sein würde. „Ich warte auf deine Antwort, Vicky."

„Ich werde über den Vorschlag nachdenken, Keith."

„Kommt nicht infrage", sagte er fest. „Wenn ich dich darüber nachdenken lasse, dann redest du es dir selber aus. Du kannst ebenso störrisch sein wie ich. Sag ja, Victoria. Sag es jetzt, heute Abend noch. Überlass es mir, damit fertigzuwerden, was im Büro auf uns zukommt."

„Kannst du wirklich damit umgehen?", fragte sie zweifelnd. „Natürlich kann ich das!", explodierte er. „Ich bin der Chef."

„Oh ja, natürlich", sagte sie mit gespieltem Erstaunen. „Das vergesse ich immer wieder."

Einen Moment lang glaubte er, sie meine es ernst. Dann sah er den Schalk in ihrem Blick und stöhnte. „Ich verstehe, warum in diesem Punkt eventuell Unklarheit herrscht", sagte er trocken. „Eine Menge Leute fangen an, sich zu fragen, wer bei Fläming Luck die Zügel in der Hand hält. Die Schlange von Bittstellern vor deiner Tür ist mittlerweile wesentlich länger als vor meiner."

„Nur, weil du so ein grimmiger Geselle bist."

„Danke. Nun, zumindest weißt du, dass dein Job sicher ist. Ich würde es nicht wagen, dich hinauszuwerfen, da ich weiß, dass die restliche Belegschaft wahrscheinlich innerhalb von fünf Minuten kündigen würde."

„Sag mir eines, Keith. Wenn ich es ablehne, zu dir zu ziehen, ist mir auch dann der Job sicher?"

Ärger flammte in Keith auf, doch er beherrschte sich. „Das ist eine verdammt dumme Frage."

„Ich muss es wissen", sagte sie einfach.

„Für was für einen gemeinen Kerl hältst du mich eigentlich? Wir wissen doch beide, dass du auf der Stelle gehen würdest, wenn ich deinen Job als Druckmittel benutze."

„Wenn ich mich also weigere, wirst du mich nicht feuern?"

„Nein. Aber ich werde auch nicht aufhören, dir nachzustellen. Und irgendwann wirst du aufhören, dir Sorgen darüber zu machen, was die Leute im Büro denken, und dich entschließen, mir zu vertrauen. Du weißt das, und ich weiß das. Es ist unvermeidlich. Warum also nicht heute Nacht Ja sagen?"

In Victorias sanftem, geheimnisvollem Lächeln lag ein Versprechen. „Ja", sagte sie ruhig.

Erleichterung durchflutete Keith. Victoria war nun sein. „Morgen ist Sonnabend. Am besten, du ziehst noch dieses Wochenende ein." Er wollte zur Sicherheit seinen Sieg untermauern.

Victoria hielt den Atem an. „Dieses Wochenende? Bist du dir so sicher?"

„Ja", sagte er bestimmt.

„Ich putze keine Fenster", warnte sie ihn.

Lachend lehne Keith sich zurück in die Kissen und zog Victoria auf sich. „Keine Sorge. Du hast eine Menge anderer Talente."

„Nämlich?"

Er platzierte ihren Körper so, dass sie seine neuerwachte Erregung spüren konnte. „Du hast mit deiner Naturbegabung das hartnäckigste Problem gelöst, das mich in den letzten Wochen beschäftigte."

„Ich bin der Auffassung, dass jeder seine Talente nutzen sollte." Sie bewegte sich verführerisch auf ihm.

„Liebe mich, Baby", bat er und fuhr ihr mit den Fingern ins Haar. „Liebe mich, bis ich nicht mehr klar denken kann."

Einen Moment lang sah Victoria unentschlossen auf Keith hinab, dann spürte er zu seiner freudigen Überraschung ihre Lippen überall auf seinem Körper. Sie küsste und neckte ihn, bis er das Gefühl hatte, er müsse verrückt werden vor Verlangen. Sie erforschte seinen Körper mit einer Kühnheit, die Keith den Atem verschlug. Rückhaltlos gab er sich ihren Verführungskünsten hin.

3. Kapitel

Weder nach der ersten Liebesnacht noch in den folgenden zehn Tagen konnte Keith sich dazu durchringen, Victoria den eigentlichen Grund für ihr Kennenlernen zu gestehen. Er fand immer neue Ausreden, das unangenehme Gespräch aufzuschieben. Auch baute er darauf, dass die Anwaltskanzlei, die Victoria wegen der Erbschaft suchte, noch einige Zeit brauchen würde, um sie zu finden. Das legendäre Stockbridge-Glück würde ihn sicher auch diesmal nicht im Stich lassen.

Während des Zusammenlebens mit Victoria entdeckte Keith zu seiner eigenen Überraschung, dass er viel häuslicher war, als er geglaubt hatte. Er genoss jede freie Minute mit Victoria und verließ, genau wie seine Angestellten, das Büro bereits um fünf Uhr abends, was seit der Gründung von Fläming Luck noch nie vorgekommen war.

Keith entdeckte auch, welch seltenes Vergnügen es ihm bereitete, mit einer Frau zu sprechen, die ihn verstand. Victoria teilte mit ihm die Ereignisse des Tages und besprach sie mit ihm später im Wohnzimmer bei einem Glas Wein.

Manchmal kritisierte sie ihn, manchmal lobte sie seine Geschicklichkeit in geschäftlichen Dingen. Oft machte sie Vorschläge und ließ sich nie daran hindern, ihre Meinung zu äußern.

Keith fand es anregend, mit Victoria über Geschäftsangelegenheiten zu sprechen. Er war es nicht gewohnt, sich einer Frau oder irgendjemand anderem anzuvertrauen, aber er merkte bald, wie gut ihm das nach einem langen harten Arbeitstag tat. Wenn er mit Victoria zusammen war, konnte er alles ein wenig leichter nehmen.

Das Erstaunlichste aber war, dass er die Rolle der Firma in seinem Leben in einem anderen Licht zu sehen begann. Es gab auch noch andere wichtige Dinge, und ganz oben auf der Liste stand: Victoria zu lieben.

Am Donnerstag musste Keith eine Geschäftsreise antreten, die seit Wochen geplant war. Es missfiel ihm außerordentlich, für eine ganze Nacht von Victoria getrennt zu sein. Sobald er in seinem Hotelzimmer in Phoenix angekommen war, setzte er sich aufs Bett und rief sie an.

„Ich bin gesund und munter hier angekommen", verkündete er.

„Was machst du?"

„Im Moment? Ich bin in der Küche und hacke Kohl. Und was treibst du?"

„Ich werde hart."

Victoria kicherte am anderen Ende der Leitung. „Beim Gedanken daran, wie ich Kohl hacke? Das ist interessant. Erregt dich die Vorstellung von dem Messer in meiner Hand oder der Gedanke an mein neckisches Schürzchen?"

„Die Schürze", gab er, ohne zu zögern, zurück. „Ich stelle mir vor, dass du darunter nichts trägst."

„Ich ziehe sie morgen für dich an, wenn du zurückkommst", versprach Victoria.

„Ja." Keith lehnte sich bequem zurück und merkte, wie angespannt die Muskeln seiner Schenkel waren. Die Nacht würde lang werden. „Wie ist alles gelaufen, nachdem ich die Firma am Nachmittag verließ?"

„Ganz normal. Fläming Luck ist nicht bankrott. Rick Harrison sagt, er hat das Jamison-Geschäft unter Kontrolle."

„Da tut er auch gut daran", gab Keith zurück. „Wenn er es verpatzt, dann hole ich mir seinen Kopf, und du kommst auch nicht ungeschoren davon. Schließlich hast du mich dazu überredet, Harrison die Verantwortung für dieses Geschäft zu übertragen, erinnerst du dich? Dieses Projekt ist mir sehr wichtig, Vicky. Wenn wir es nicht an Land ziehen, tut es Clear Advantage, und das will ich nicht zulassen."

„Ich verstehe", sagte sie leichthin. „Nun, wenn ich gewusst hätte, dass Ricks und mein Kopf auf dem Spiel stehen, hätte ich es mir noch einmal überlegt, dich zu ermutigen, ihm die Verantwortung für den Anschluss zu übertragen."

„Sag mir bitte, wie es um das Jennigs-Hutton-Geschäft steht."

Victoria informierte ihn ausführlich und verabschiedete sich schließlich, indem sie ihm versprach, ihn vom Flughafen abzuholen.

Keith legte widerstrebend den Hörer auf und ging ins Bad, um eine kalte Dusche zu nehmen.

Am nächsten Nachmittag wartete Victoria in der Ankunftshalle. Keith konnte sich nicht mehr erinnern, wann ihn das letzte Mal jemand vom Flughafen abgeholt hatte.

Sie fuhren nach Hause, wo Victoria das Abendessen und eine Flasche Wein vorbereitet hatte. Keith war, als käme er in ein Wunderland. Später am Abend zog Victoria eine rüschenverzierte Schürze an. Sie trug nichts darunter, und Keith glaubte, er müsse den Verstand verlieren.

Als sie in seinen Armen lag und vor Lust seinen Namen rief, beschloss er, den Tag der Wahrheit noch ein wenig aufzuschieben. Normalerweise ein realistischer Mann, der seine Probleme direkt und ohne zu zögern in Angriff nahm, entdeckte Keith, dass er es nicht fertig brachte, die Illusion zu zerstören, die er selbst geschaffen hatte.

Wie an jedem Morgen, seit sie zusammenlebten, fuhr Keith auch an jenem schicksalhaften Tag, an dem ihn schließlich sein Glück im Stich ließ, mit Victoria zur Firma und parkte den Porsche auf dem für ihn reservierten Parkplatz. Es störte ihn nicht, dass eine junge Sachbearbeiterin den Abschiedskuss sah, den er Victoria vor der Tür ihres Büros gab. Sie errötete und schalt Keith leise. Jeden Morgen musste Victoria ihn deswegen ermahnen.

Keith hingegen war es gleichgültig, ob seine Angestellten sahen, dass er Victoria küsste. Pfeifend ging er den Flur entlang zu seinem eigenen Büro, öffnete beschwingt die Tür und nickte seiner Sekretärin zum Gruß zu.

„Guten Morgen, Theresa. Wie war Ihr Wochenende?" Er warf einen Blick auf die Briefe, die sie geöffnet hatte.

„Gut, Mr. Stockbridge. Und Ihres?" Theresa lächelte höflich, konnte aber ihre Belustigung nicht ganz verbergen. Theresa Aldridge war fünfunddreißig und arbeitete seit fast fünf Jahren für Keith, also lange genug, um zu erkennen, dass die letzten zehn Tage eine völlig neue Seite seines Charakters zum Vorschein gebracht hatten.

„Ich hatte ein wundervolles Wochenende, Theresa."

„Dass Sie Ihr Wochenende nicht wie üblich im Büro verbrachten, Mr. Stockbridge, habe ich bemerkt. Im Gegensatz zu den anderen Montagmorgen in den letzten fünf Jahren habe ich keine Memoranden oder Anweisungen auf meinem Schreibtisch vorgefunden."

„Sehr richtig, Theresa. Ich habe entdeckt, dass ich meine Wochenenden sinnvoller verbringen kann."

„Das freut mich zu hören."

„Ist Harrison mit dem Bericht über das Jamison-Geschäft schon fertig?"

„Ja, ich habe ihn hier." Sie reichte ihm die Akte.

„Danke." Er schlug sie auf, während er in sein Büro ging. „Übrigens, Theresa, Sie brauchen mir heute Morgen keinen Kaffee zu machen. Ich habe bereits mit Vicky gefrühstückt", fügte er süffisant hinzu.

„Ich verstehe", erwiderte Theresa zurückhaltend.

„Vicky macht wunderbaren Kaffee", fügte Keith hinzu, nur um sicherzugehen, dass seine Botschaft angekommen war. Dann wandte er seine Gedanken dem neuen Arbeitstag zu.

„Das glaube ich Ihnen gern", sagte Theresa hinter Keith. „Miss Warner macht alles gut, was sie tut."

Etwas in ihrem Ton ließ Keith innehalten. Er fuhr herum und runzelte die Stirn. „Was genau soll das heißen, Theresa?" Keith war bereit, der ersten Person an die Kehle zu gehen, die es wagen sollte, sich kritisch über seine Beziehung zu Victoria zu äußern.

Theresas Lächeln blieb. Sie ließ sich nicht von seinem finsteren Gesicht einschüchtern. Schließlich arbeitete sie schon seit Jahren eng mit Keith zusammen und kannte ihn besser als jeder andere in der Firma. „Nur, dass Sie seit ein paar Tagen einen sehr glücklichen Eindruck machen, Mr. Stockbridge. Und wir alle wissen, wem wir das zu verdanken haben." Sie zögerte und fügte schnell hinzu: „Ich freue mich für Sie. Es wurde Zeit, dass Sie Ihre Abende und Wochenenden anders verbringen als hier in der Firma."

Keith nickte, von ihrer Aufrichtigkeit überzeugt. „Danke, Theresa." Er wandte sich um und ging in sein Büro. Victoria hat sich geirrt, dachte er, während er sich wieder mit Harrisons Bericht befasste. Es gab keinerlei Anlass, sich darum zu sorgen, was die Leute in der Firma sagen würden, wenn es sich herumsprach, dass sie zusammenlebten.

In Wahrheit war jeder, der für Keith arbeitete, Victoria sehr dankbar. Jetzt konnte sie den Tiger noch besser bändigen als vorher.

Zehn Minuten später war Keith' angenehme Montagmorgenstimmung in Empörung umgeschlagen. Er sah starr auf die Zahlen und Schlussfolgerungen in Harrisons Bericht. Zuerst glaubte Keith, sie seien falsch oder er lese sie nicht richtig. Er presste den Knopf der Sprechanlage.

„Ja, Mr. Stockbridge?"

„Holen Sie mir Rick Harrison her, und zwar auf der Stelle."

„Ja, Mr. Stockbridge." Theresas Stimme nahm den glatten Tonfall der geübten Sekretärin an, die weiß, dass eine Katastrophe naht.

Keith konzentrierte sich wieder auf den Report. Da kam ihm ein Gedanke. Wieder betätigte er die Sprechanlage. „Theresa?"

„Ja, Mr. Stockbridge?"

„Sagen Sie Harrison, dass er sich vor dem Essen seine Papiere abholen kann, wenn er auf dem Weg zu meinem Büro bei Vicky vorbeischaut. Verstanden?"

Am anderen Ende trat eine Pause ein, dann sagte Theresa vorsichtig: „Ich glaube, Mr. Harrison befindet sich bereits in Miss Warners Büro, Mr. Stockbridge."

„Teufel noch mal."

„Das ist ganz normal", erklärte Theresa. „Mr. Harrison hat jeden Montagmorgen eine Besprechung mit ihr. Sie gehen den Wochenplan durch und stellen Empfehlungen zusammen."

„Jeden Montag?" Keith' Empörung steigerte sich noch. „Jeden verdammten Montag? Wie lange geht das schon so?"

„Seit ungefähr drei Wochen." Theresa versuchte eilig, den Schaden zu begrenzen. „Miss Warner hat ein neues Programm eingeführt. Sie trifft sich zu verschiedenen Zeiten der Woche mit den Abteilungsleitern. Das ist eine von Miss Warners Maßnahmen, um für Sie, Mr. Stockbridge, den Geschäftsablauf zu erleichtern. Und Mr. Harrison hat montagmorgens seinen Termin. Ich rufe gleich in Miss Warners Büro an und lasse Mr. Harrison ausrichten, dass Sie ihn sehen wollen."

„Sie werden nichts dergleichen tun, Theresa", donnerte Keith. „Ich gehe selbst."

„Wie Sie wünschen, Mr. Stockbridge." Theresas Stimme hatte den speziellen undurchdringlichen Tonfall angenommen, den nur erfahrene Sekretärinnen so perfekt beherrschen.

Keith nahm den Bericht und stürmte zur Tür. Während er das äußere Büro durchquerte, beugte sich Theresa geschäftig über ihre elektrische Schreibmaschine. Er wusste, dass sie Victoria anrufen und warnen würde, sobald er aus der Tür war.

Er erreichte Victorias geschlossene Bürotür gerade, als drinnen das Telefon läutete. Ohne anzuklopfen, öffnete er die Tür und überraschte Victoria, die gerade nach dem Hörer griff.

„Sag Theresa, sie ist zu spät dran. Ich bin schon hier." Er blieb in der Tür stehen und sah Rick Harrison voller Abneigung an. Dieser seufzte und lehnte sich zurück wie ein Angeklagter, der sieht, wie das Gericht zur Urteilsverkündung den Saal betritt.

„Woher weißt du, dass es Theresa ist?" Wie üblich war sie von Keith' gefährlicher Stimmung nicht im Geringsten beeindruckt.

„Gut geraten, nicht wahr?", erwiderte Keith trocken und wartete.

„Hallo? Ja, Theresa, Mr. Stockbridge kam gerade herein."

Während Victoria telefonierte, ließ sie Keith nicht aus den Augen. Er sah, wie sie zusammenzuckte, als ihr allmählich klar wurde, warum er wie ein Racheengel bei ihr aufgetaucht war. Keith lächelte ungerührt und schaute sich neugierig im Zimmer um.

Mit Topfpflanzen und einem farbenfrohen Teppich hatte Victoria das unpersönliche Büro in einen gemütlichen Raum verwandelt. Zwei halbleere Tassen standen auf dem Schreibtisch. Victoria hatte offensichtlich heute Morgen nicht nur für ihn, Keith, Kaffee gekocht, sondern auch für Rick Harrison.

Und das geht schon seit drei Wochen jeden Montag so? dachte Keith. Er war darauf vorbereitet gewesen, Harrison eine ordentliche Standpauke zu halten, weil er das Jamison-Geschäft verpatzt hatte. Jetzt hatte er Lust, den Mann aus dem Fenster zu werfen.

Keith rührte sich nicht und wartete, bis Victoria das Gespräch beendet hatte. Dann hielt er die Akte hoch und sah Rick Harrison an. „Was, zum Teufel, ist das hier?", fuhr er ihn an. „Wie konnten Sie nur so einen Mist machen? Sie und ich sind dieses Angebot bis ins Kleinste durchgegangen. Jamison hatte in alles eingewilligt. Wir hatten das Geschäft praktisch schon in der Tasche, Harrison."

„Jamison hat seine Meinung geändert", sagte Harrison ruhig und stand auf. „Es ist ein bisschen kompliziert, aber ich kann es Ihnen erklären."

„Das werden Sie auch verdammt noch mal tun", presste Keith zwischen zusammengebissenen Zähnen hervor. „Sie hätten heute Morgen bereits in meinem Büro warten müssen, um mir diese Erklärung zu geben. Aber dort waren Sie nicht, Harrison: Stattdessen sitzen Sie hier in Victorias Büro und entwerfen mit ihr eine Strategie, wie Sie mir den Flop am besten beibringen. Haben Sie nicht den Mut, mir allein gegenüberzutreten?"

Rick presste die Lippen ärgerlich zusammen. „Ich treffe mich jeden Montagmorgen um diese Zeit mit Vicky. Als Nächstes wäre ich in Ihr Büro gekommen. Ich wollte Ihnen die Möglichkeit geben, sich meinen Bericht zunächst anzusehen."

„Unsinn. Sie haben versucht, sich hinter einem Weiberrock zu verkriechen."

„Keith", mischte Victoria sich energisch ein, „das reicht. Du urteilst voreilig. Rick war auf dem Weg in dein Büro. Er kam nur zuerst zu mir, um unseren üblichen Termin wahrzunehmen."

Er wandte sich Victoria zu und hob die Brauen. Dass er zu heftig reagierte, wusste er. Der Anfall primitiver Eifersucht hatte ihn selbst überrascht. Die Tatsache, dass sie möglicherweise völlig grundlos war, schien im Augenblick nicht wichtig. Keith verspürte das überwältigende Bedürfnis, seine Wut zum Ausdruck zu bringen.

„Komm ihm nicht zu Hilfe, Vicky, sonst weiß ich mit Bestimmtheit, dass er hierherkam, um dich zu bitten, ein Wort für ihn einzulegen. Harrison, gehen Sie in mein Büro und warten Sie auf mich."

„Ja, Sir." Rick stand auf und ging zur Tür.

„Und wenn Sie das nächste Mal hinter einer Frau Schutz suchen", sagte Keith sehr leise, „suchen Sie sich nicht meine Frau aus."

Rick begegnete Keith' herausforderndem Blick. Das volle Maß seines Unglücks wurde ihm bewusst, und er nickte grimmig. Dann verschwand er in den Gang und schloss die Tür hinter sich.

Etwas besänftigt, weil es ihm gelungen war, seinen Untergebenen einzuschüchtern, wandte Keith sich wieder Victoria zu. Er war nicht auf den Ärger vorbereitet, der in ihren bernsteinfarbenen Augen glitzerte.

„Wie kannst du es wagen?", flüsterte sie. „Keith, das war äußerst unpassend. Wie konntest du es zulassen, dass die Auseinandersetzung mit Rick auf diese persönliche Ebene kam? Wie, in aller Welt, soll ich hier arbeiten, wenn du dich jedes Mal so benimmst, wenn du einen Mann in meinem Büro vorfindest?" Der Bleistift, den sie in der Hand hielt, zerbrach zwischen ihren Fingern. „Ich wusste, es würde nicht funktionieren. Ich hätte nie zu dir ziehen dürfen."

Die Heftigkeit von Victorias Reaktion überraschte Keith. Seine Wut flammte wieder auf, aber er hielt sie im Zaum. Aggressiv ging er auf Victoria zu, warf die Jamison-Akte auf ihren Schreibtisch und stützte sich mit beiden Händen auf dessen Oberfläche.

„Das Ganze wäre nie persönlich geworden, hätte ich Harrison nicht bei einer gemütlichen Tasse Kaffee bei dir vorgefunden. Was, zum Teufel, ist hier los? Theresa sagte, das gehöre zum montäglichen Terminplan. Wen siehst du dienstagmorgens?"

„Sandra Billings von der Abteilung Textverarbeitung. Nimmst du jetzt an, Sandy und ich treffen uns hier, um Karten zu spielen oder über unser Liebesleben zu klatschen?"

„Versuch nicht, dich rauszureden, indem du tust, als sei das alles ganz normal."

„Es ist normal. Mein Chef bei meiner vorherigen Firma mochte diesen Arbeitsstil. Er fand ihn effektiv. Und auch dir gefiel, wie ich dort arbeitete, oder hast du das vergessen? Du sagtest, es habe dich sehr beeindruckt, was Carstairs dir über meine Leistungen erzählte. Deshalb hast du mich eingestellt, als die Firma aufgekauft wurde, wenn du dich noch erinnerst."

Keith unterdrückte seine Schuldgefühle. Carstairs' Empfehlung, mochte sie auch noch so enthusiastisch gewesen sein, war nicht der entscheidende Faktor gewesen, der ihn, Keith, veranlasst hatte, Victoria einzustellen. Aber das konnte er jetzt schlecht erklären.

„Ich habe nichts gegen deine Arbeitsmethoden, Victoria. Aber ich lasse nicht zu, dass die anderen Angestellten sich hinter dir verkriechen. Und genau das versuchte Rick Harrison heute Morgen zu tun."

„Das ist nicht wahr!"

„Es ist wahr. Verdammt, ich kenne Rick, und ich weiß, dass alle sich deiner bedienen, um eine direkte Auseinandersetzung mit mir zu vermeiden."

„Rick und ich unterhielten uns über deinen Terminplan, nicht über das Jamison-Geschäft", widersprach Victoria heftig.

„Du lässt etwas völlig Unschuldiges hinterhältig und unprofessionell erscheinen."

„Mir gefällt die Vorstellung nicht, dass du jeden Montagmorgen mit Rick Harrison Kaffee trinkst."

„Deine Einwände sind lächerlich. Du klingst eifersüchtig, Keith."

Ihre Worte trafen ihn tief. Keith fluchte, wandte sich von ihr ab und ging zur Tür. Dort drehte er sich zu Victoria um. „Vielleicht bin ich das", gab er ruhig zu.

Wie Keith gewusst hatte, nahm Victorias Gesicht sofort einen sanfteren Ausdruck an. Sie konnte es nicht ertragen, wenn andere litten. Sie wäre die letzte Frau, die versuchen würde, ihren Freund eifersüchtig zu machen.

„Du hast keinen Grund", sagte sie sanft.

Er sah zu der zweiten Tasse Kaffee auf dem Tisch. „Wirklich nicht?"

„Oh Keith, wie kannst du so etwas sagen?" Victoria sprang auf, eilte um den Schreibtisch herum und lief zu Keith. „Du weißt doch, ich würde nie etwas mit einem anderen Mann anfangen." Sie sah zu ihm auf und berührte seinen Arm. „Das weißt du doch, nicht wahr? Ich liebe dich, Keith. Du vertraust mir doch, nicht wahr?"

Er blickte auf ihr ängstliches Gesicht herab und beschloss großzügig, sich besänftigen zu lassen. Schwach lächelnd streichelte er ihren Hals.

„Ich vertraue dir, Baby", grollte er leise. Er beugte den Kopf und strich mit den Lippen über ihre. „Aber ich weiß nicht, ob ich auch Rick Harrison vertraue, oder den anderen Männern, die hier herumlaufen. Mich macht die Entdeckung nervös, dass du deine Vormittage damit verbringst, sie mit Kaffee und guten Ratschlägen zu verhätscheln."

„Hier gibt es nichts außer Kaffee und Besprechungen", sagte Victoria fest. „Und ich muss wissen, dass du das glaubst, Keith, sonst bin ich nicht in der Lage, hier weiterzuarbeiten."

Die kleine Drohung ärgerte Keith. Er wollte Victoria gerade mitteilen, dass für ihn das Thema erledigt sei, als sich nach flüchtigem Klopfen die Tür öffnete.

„Ich bitte um Entschuldigung, Miss Warner", sagte Theresa Aldridge und kam ins Büro. „Ich kam zufällig vorbei und dachte, ich könnte Ihnen gleich die Post hereinreichen." Sie lächelte Keith an. „Hallo, Mr. Stockbridge. Ich wusste nicht, dass Sie noch hier sind. Mr. Harrison wartet in Ihrem Büro auf Sie."

„Vielen Dank, Theresa. Ich bin sicher, Miss Warner ist Ihnen für Ihre Hilfsbereitschaft dankbar." Keith nahm der Sekretärin das schmale Bündel ab. „Auf Wiedersehen, Theresa. Sagen Sie Harrison, dass ich in einer Minute komme."

„Selbstverständlich. Kann ich sonst noch etwas für Sie tun, Miss Warner?", fragte sie betont.

„Ich denke, das ist alles, Theresa. Die Situation ist wieder unter Kontrolle. Danke für die Briefe." In Victorias Augen stand Belustigung, als sie zurück zu ihrem Schreibtisch ging.

„Keine Ursache." Theresa zog sich zurück, ohne die Tür hinter sich zu schließen.

Keith sah seiner Sekretärin nach und schüttelte den Kopf. „Was, zum Teufel, soll ich nur mit meinen Angestellten tun? Die Disziplin ist völlig zerrüttet. Es war schon schlimm genug, als sie dachten, sie könnten dich benutzen, um mit mir fertigzuwerden. Jetzt meinen sie auch noch, sie müssten dich vor mir beschützen."

„Ich finde es süß", sagte Victoria und setzte sich lächelnd.

„Süß, verdammt noch mal. Wie soll ich hier das Kommando behalten, wenn mein ganzes Personal auf deiner Seite steht?" Er kam zu Victoria an den Schreibtisch und warf automatisch einen Blick auf die Briefe, die er in der Hand hielt.

Sofort stach Keith der vertraute Name des Anwaltsbüros ins Auge, der in der linken Ecke des obersten Umschlags stand, der Schreck ging ihm durch und durch.

„Stimmt etwas nicht, Keith?" Victoria griff nach der Post und warf einen Blick auf den obenaufliegenden Umschlag.

„Alles in Ordnung." Widerstrebend reichte er Victoria die Briefe und sah voller Unbehagen, wie sie sich anschickte, den obersten zu öffnen.

Jetzt konnte Keith nichts mehr tun. Er würde ihr heute Abend alles erklären, bei einem Glas Wein. Sie würde ihn verstehen. Schließlich liebte sie ihn ja. „Ich sollte jetzt besser in mein Büro gehen, sonst glaubt Harrison, er würde noch mal davonkommen."

„Hör ihn an, bevor du ihm Vorwürfe machst, Keith", sagte Victoria ernst und sah von dem Brief auf. „Er ist einer deiner besten Leute. Du schuldest ihm die Höflichkeit, seine Erklärung anzuhören."

„Das ist ein guter Ratschlag, Vicky. Denke daran, wenn die Reihe an dich kommt." Er verließ das Büro, ohne sich noch einmal umzusehen.

Nachdenklich blickte Victoria auf die geschlossene Tür. Sie machte Fortschritte, aber es geschah noch viel zu oft, dass Keith sich in sich selbst zurückzog. In vieler Hinsicht war er Victoria nach wie vor ein Rätsel, obwohl er andererseits die Wärme ihrer Liebe zu begrüßen schien.

Insgesamt gesehen lief alles besser, als Victoria erwartet hatte. Die Situation war ihr von Anfang an unangenehm gewesen, nicht nur, weil Keith ihr Chef war, sondern auch, weil es so viele Dinge gab, die sie nicht von ihm wusste.

Die Reaktion der Arbeitskollegen, über die sie sich die meisten Sorgen gemacht hatte, war das geringste Problem. Soweit Victoria sehen konnte, betrachteten sie alle die Beziehung wohlwollend, fast so, als hätten sie sich als Kuppler betätigt. Natürlich wurde geredet, aber erstaunlicherweise ohne Bosheit.

Keith war kein Frauenheld. Für einen Junggesellen in seiner Position war sein Ruf tadellos. Victoria hatte in den letzten Wochen gelernt, dass seine Angestellten das respektierten. Das war wahrscheinlich der Hauptgrund, warum alle von der Beziehung so fasziniert waren, die sich direkt unter ihren Augen entwickelte.

Manchmal jedoch, wenn sie nachts wach lag und über ihre ungewisse Zukunft nachdachte, fragte Victoria sich, ob die Leute immer noch so nett sein würden, wenn Keith die Beziehung beendete.

Dieses Risiko bestand zweifellos. Immerhin hatte Keith ihr bis jetzt noch nicht ein einziges Mal gesagt, dass er sie liebte. Sie konnte nur hoffen, dass ihm eines Tages die volle Tiefe seiner Gefühle für sie bewusst werden würde.

Aber es bestand auch die Möglichkeit, dass sie, Victoria, sich etwas vormachte. Sie wusste so wenig über Keith. Sie hatte Gerüchte über eine vor vier Jahren gelöste Verlobung gehört, und jemand hatte ihr widerstrebend anvertraut, Keith sei einmal verheiratet gewesen. Sonst wusste Victoria nichts über seine Vergangenheit. Es war nicht viel.

Sie seufzte und griff nach der Post. Der oberste Umschlag mit dem Aufdruck einer ihr unbekannten Anwaltskanzlei fiel ihr auf. Vorsichtig öffnete Victoria den Brief und überlegte dabei, ob sie in letzter Zeit etwas Strafbares getan hatte. Sie war sich keiner Schuld bewusst. Warum also nahm ein Anwalt mit ihr Kontakt auf?

Victoria überflog den Brief und erfuhr, dass sie die Alleinerbin einer entfernten Verwandten war, einer gewissen Alice Cork, von der sie bis zu diesem Tage noch nie etwas gehört hatte. Die Anwälte, die Miss Corks Anwesen verwalteten, wünschten, mit ihr, Victoria, über das Testament zu sprechen.

Einen Moment lang saß sie ungläubig da, dann sprang sie auf und rannte aus ihrem Büro.

„Hallo, Theresa, ist Keith da?", fragte sie, als sie in sein Vorzimmer stürmte.

„Ja, aber Mr. Harrison ist noch bei ihm."

Victoria schnitt eine unmissverständliche Grimasse. „Würden Sie Keith bitte ausrichten, er möchte sich bei mir melden, wenn er mit Rick fertig ist?"

„Klar." Theresa blickte auf den Brief in Victorias Hand. „Gute Neuigkeiten?"

Victoria lachte. „Das weiß ich noch nicht."

Enttäuscht, dass sie das aufregende Ereignis nicht gleich mit Keith teilen konnte, ging sie zurück in ihr Büro, rief den Anwalt an und vereinbarte mit ihm einen Termin für ein Gespräch am Nachmittag.

Den ganzen Morgen über rief Keith nicht an. Als es Mittag war, lief Victoria beinahe über vor Aufregung, ihm die Neuigkeit zu erzählen. Sie nahm ihre Handtasche und ging, um Keith in seinem Büro zum Mittagessen abzuholen, das sie seit zehn Tagen gemeinsam einnahmen.

Keith kam eben aus seinem Büro, als Victoria das Vorzimmer betrat. „Oh, da bist du ja, Vicky. Ich wollte Theresa gerade bitten, dich anzurufen. Wir müssen unser gemeinsames Essen heute leider ausfallen lassen. Ich treffe Jamison im Club. Ich will versuchen, das Geschäft zu retten. Bis später." Schon stürmte er an ihr vorbei.

„Viel Glück", rief Victoria ihm nach, glaubte aber nicht, dass er sie noch gehört hatte.

Sie drehte sich um und begegnete Theresas nachdenklichem Blick. „Nun", sagte sie mit gespielter Fröhlichkeit, „hat Rick das Gespräch überlebt?"

„Es geht ihm gut, soweit ich weiß", antwortete Theresa ruhig. „Aber mir ist nicht ganz klar, was in den Chef gefahren ist."

„Was soll denn mit Keith los sein?"

„Keine Ahnung. Ich weiß nur, dass er gar keinen Termin mit Jamison hat, es sei denn, die beiden besitzen telepathische Fähigkeiten."

Victoria zog sich in die Cafeteria der Firma zurück und fragte sich, ob die schöne Zeit der jungen Liebe bereits vorbei sei.

Um zwei Uhr nahm sie sich eine Stunde frei und traf sich mit den Anwälten von Alice Cork. Als sie die Kanzlei fünfzig Minuten später wieder verließ, fühlte sie sich benommen. Sie war nun die stolze Eigentümerin eines großen, keilförmigen Landstreifens in den Bergen von Colorado.

Um fünf Uhr kam Keith endlich an die Tür ihres Büros. Das Jackett lässig über einer Schulter, sah er Victoria finster, fast herausfordernd an. Er wirkte, als bereite er sich auf eine Schlacht vor.

„Fertig?", fragte er.

Victoria zögerte. „Ich bin mir nicht sicher", antwortete sie ehrlich. „Du siehst aus wie ein Sheriff, der sich auf die Begegnung mit Gangstern vorbereitet. Stimmt etwas nicht, Keith?"

„Ja, aber damit werden wir schon fertig. Lass uns gehen." Er wandte sich um und ging hinaus.

Victoria überlegte sich ernsthaft, ob sie ihm folgen sollte.

4. Kapitel

„Ich weiß Bescheid über die Neuigkeiten, die du heute Nachmittag von den Anwälten erfahren hast." Keith stand mit einem Glas in der Hand am Fenster seines Apartments und sah gedankenverloren auf die Berge. „Ich gratuliere dir."

„Du klingst nicht, als würdest du dich für mich freuen", bemerkte Victoria ruhig und umfasste ihr Weinglas mit beiden Händen.

„Das tu ich auch nicht. Es kompliziert die Dinge. Andererseits hätten wir uns nie kennengelernt, wenn du nicht dieses Stück Land von Alice Cork geerbt hättest."

Victoria holte tief Luft. „Woher weißt du davon?"

„Das ist eine lange Geschichte."

„Es war einmal…", begann Victoria trocken.

„Genau. Es war einmal." Keith hielt inne. Offensichtlich suchte er nach Worten. „Es waren einmal zwei Männer und zwei Farmen, zwischen denen ein wertvolles Stück Land lag. Es hieß Harmony Valley, ein unpassender Name, um es milde auszudrücken. In diesem verdammten Tal hat es nie Harmonie gegeben."

„Wem gehörte es?"

„Jeder der beiden Farmbesitzer wollte es von Anfang an, aber schließlich bekam es ein Mann namens Macintosh."

„Und wem gehören die Farmen, zwischen denen es liegt?", fragte Victoria voller Vorahnungen.

„Den Ballards gehörte die Clear Advantage-Ranch, die auf der einen Seite des Tales liegt."

„Clear Advantage?" Victoria sah auf Keith' Rücken. „Hat das etwas mit der Clear Advantage Development Company zu tun?" Diese Firma war der Hauptkonkurrent von Fläming Luck.

„Da gibt es eine Verbindung, und zwar dieselbe wie zwischen der Fläming Luck-Ranch und Fläming Luck Enterprises, die beide mir gehören. Gien Ballard gehören die Clear Advantage-Ranch und die Firma, die er gegründet hat. Er benannte sein Unternehmen, genau wie ich, nach dem Familienbesitz. Unsere Farmen grenzen beide an

Harmony Valley, und die Stockbridges und die Ballards tragen seit drei Generationen eine Fehde aus über dieses verdammte Stück Land." Keith drehte sich um und sah sie mit durchdringendem Blick an. „Es begann mit einer Frau und einem Stück Land, und es sieht aus, als würde es auch so aufhören."

Victoria setzte ihr Glas ab und verschränkte die Hände auf dem Schoß. „Am besten, du erzählst mir jetzt alles."

Keith zögerte und begann dann, die Geschichte so flüssig zu erzählen wie jemand, der sie viele Male gehört hat. „Die Ballards und die Stockbridges wollten das Harmony Valley ursprünglich wegen des Wassers, später wegen der Mineralvorkommen. Macintosh, der Eigentümer von Harmony Valley, wollte weder an die Ballards noch an die Stockbridges verkaufen. Offenbar war er ein zäher alter Knabe. Die Situation spitzte sich zu, es wurde gedroht und geschossen."

„Das klingt sehr nach Wildem Westen."

„Das war der Wilde Westen. Jedenfalls machte Macintosh schließlich einen Vorschlag, um das Problem zu lösen. Er war todkrank und hatte eine Tochter, die nicht besonders hübsch gewesen sein soll. Macintosh wollte sie verheiratet sehen, und zwar entweder mit einem Stockbridge oder einem Ballard. Wer sie als Braut nähme, würde das Land erhalten."

„Die arme Frau", sagte Victoria mitfühlend.

„Sie wäre so oder so reich geworden."

„Sie war nur ein Mittel zum Zweck!"

„Nun, ich brauche wohl kaum zu sagen, dass Miss Macintosh von beiden Seiten umworben wurde. Schließlich entschied sie sich für einen Stockbridge. Die Ballards waren wütend, und es kam zu Übergriffen, als der Tag der Hochzeit nahte. Es wurde Vieh gestohlen, in der Stadt gab es Schlägereien, man lauerte einander in den Bergen auf. Natürlich kamen ein paar Leute dabei ums Leben. Beide Seiten bereiteten sich auf einen unnachgiebigen Kampf vor, da wurde Miss Macintosh schließlich klar, warum sie geheiratet werden sollte."

„Hatte sie ernsthaft geglaubt, dein Vorfahre sei in sie verliebt?"

Keith zuckte die Achseln. „Sie war ein junges Ding. Ihr Vater hatte es vorgezogen, ihr zu verschweigen, warum auf einmal die beiden begehrtesten Junggesellen im Umkreis von mehreren Meilen um sie warben. Aber sie brauchte nicht lange, um dahinterzukommen, und als sie es tat, war sie rasend vor Wut."

„Sie war verletzt", verteidigte Victoria die Frau heftig. „Jedenfalls sagte sie nichts und schob die Hochzeit so lange hinaus, bis ihr Vater starb. Einen Tag danach blies sie die Hochzeit ab. Sie war jetzt die Besitzerin von Harmony Valley und erklärte, sie werde niemanden heiraten, dessen Familienname Ballard oder Stockbridge sei."

Victoria gefiel die Konsequenz und Stärke der unbekannten Frau. „Gut für sie."

„Damit begann sie eine Fehde, die heute noch nicht beigelegt ist."

„Sie begann sie nicht, sie war ihr Opfer. Was geschah dann?"

„Miss Macintosh heiratete schließlich einen Mann aus Denver mit Namen Cork."

„Der sie wirklich liebte, hoffe ich."

„Wahrscheinlich wollte er Harmony Valley", sagte Keith grimmig. „Gutes Weideland und das ganze Jahr über Wasser. Aber diesem Cork lag zumindest so viel an seiner Frau und ihrem Land, dass er ihre Wünsche respektierte. Er weigerte sich, zu verkaufen, mochten die Ballards und die Stockbridges noch so viel bieten."

„Oder drohen."

„Wahrscheinlich. Aber Cork und seine Frau ließen sich von den beiden Familien nicht einschüchtern. Sie bekamen Kinder, zwei davon starben im Kindesalter, das dritte Kind, ein Mädchen, blieb am Leben und erbte das Land."

„Und prompt wurde sie von der nächsten Generation der Ballards und Stockbridges mit Drohungen und Heiratsanträgen überschüttet, nicht wahr?"

Keith nickte. „Zunächst ließ sie sich auf nichts ein. Ihre Mutter hatte sie gut erzogen. Aber schließlich unterlag sie den Verführungskünsten eines Ballard. Sie merkte, dass sie schwanger war, und nahm seinen Antrag an."

„Was geschah dann?" Victoria war fasziniert.

„Kurz vor der Hochzeit entdeckte sie, dass ihr Verlobter eine Geliebte hatte, die er auch nach der Hochzeit zu behalten gedachte."

„Also wollte er Miss Cork nur wegen Harmony Valley heiraten", schloss Victoria traurig.

„Du brauchst dich nicht gefühlsmäßig zu engagieren", sagte Keith scharf. „Es ist eine alte Geschichte."

„Die Geschichte, sagt man, neigt dazu, sich zu wiederholen. Was geschah mit Miss Cork?"

„Sie sagte die Hochzeit in letzter Minute ab, genau wie ihre Mutter."

„Trotz der Schwangerschaft? In jenen Tagen erforderte das großen Mut."

„Man erzählte sich, dass Ballard sehr wütend war. Er sagte, er sei der Vater ihres Kindes, und sie müsse ihn heiraten. Aber sie weigerte sich, seine Vaterschaft anzuerkennen, und sagte, es könne genauso gut ein Stockbridge-Sprössling sein – eine glatte Lüge, laut meinem Vater. Sie erlitt eine Fehlgeburt und verbrachte die nächsten vierzig Jahre ihres Lebens allein in Harmony Valley. Ihr Name war Alice."

Keith schwieg und sah Victoria finster an.

Victoria brauchte nicht lange nachzudenken, bis ihr klar wurde, wen Keith meinte. „Alice Cork? Die Frau, mit der ich weitläufig verwandt bin?"

„Genau die. Sie war eine sture alte Dame, das kann ich dir sagen. Als Vater starb und ich die Ranch übernahm, suchte ich sie auf, um mit ihr über Harmony Valley zu sprechen. Sie ließ mich nicht ins Haus. Ich hatte nur die Befriedigung, dass sie den Ballards gegenüber noch abweisender war. Vor drei Monaten starb sie."

„Und hinterließ mir das Land?" Victoria schüttelte verwirrt den Kopf. „Aber ich kannte sie gar nicht. Der Rechtsanwalt sagte, wir seien nur sehr entfernt verwandt."

„Deshalb haben die Anwälte auch so lange gebraucht, dich aufzustöbern." Keith nahm einen Schluck von seinem Drink. „Andererseits neigen Anwälte dazu, langsam zu arbeiten. Ich wusste, sie hätten Wichtigeres zu tun, als dich zu suchen. Schließlich war ihre Klientin tot. Ich jedoch engagierte die besten Privatdetektive, die für Geld zu haben sind, sobald ich das Testament sah."

„Wie kam es dazu?"

Keith seufzte. „Alice Cork wies ihren Anwalt an, das verdammte Papier in der Lokalzeitung zu veröffentlichen. Das war offenbar ihre Vorstellung von Humor. Sie wollte, dass jedermann in der Stadt erfuhr, dass die Stockbridges und die Ballards ein weiteres Mal von einer Frau geschlagen worden waren. Ich sagte den Detektiven jedenfalls, dass sie eine Extraprämie bekämen, wenn sie dich vor den Anwälten finden würden."

„Du bist immer sehr schnell, wenn du ein Ziel vor Augen hast, Keith. Ich habe lange genug mit dir gearbeitet, um das zu wissen."

Keith presste die Lippen zusammen. „Die Geschichte endet damit, dass ich dich zuerst fand. Ich hatte Glück. Die Stockbridges sind bekannt für ihr Glück auf bestimmten Gebieten. Es stellte sich heraus, dass du hier in Denver warst und für eine Firma arbeitetest, die kurz vor dem Verkauf stand. Es war einfach, über Carstairs an dich heranzukommen. Ich kenne ihn seit Jahren. Und als ich ihm sagte, dass ich eine Assistentin wie dich brauchen könnte, empfahl er dich wärmstens."

„Und wann hast du dich entschlossen, mich zu verführen, Keith?"

„Das war nicht meine Absicht, Vicky. Am Anfang wusste ich nicht einmal, was ich mit dir anfangen sollte. Ich wollte dich in erster Linie finden, aber als ich das geschafft hatte, war ich nicht sicher, wie ich mich dir gegenüber verhalten sollte. Du warst nicht so, wie ich erwartet hatte."

„Was hattest du denn erwartet?"

„Ich weiß nicht." Keith bewegte sich unruhig. „Ich war überrascht von dir, das ist alles. Ich hatte gehofft, du wärst ein Mensch, mit dem ich ein Geschäft machen könnte. Als ich dich dann kennenlernte, wollte ich das nicht mehr."

„Und du erwartest, dass ich dir das jetzt noch glaube, nachdem ich deine Familiengeschichte gehört habe?"

Keith betrachtete sie mit einem wilden Blick. „Verdammt, Vicky, ich hatte nicht erwartet, dass wir uns voneinander angezogen fühlen würden. Ich beschloss, auf Zeit zu spielen. Ich sagte mir immer wieder, dass es Monate dauern konnte, bis die Anwälte dich finden würden. In der Zwischenzeit wollte ich dich näher kennenlernen. Du brauchtest einen Job, und ich war in der Lage, dir einen zu geben."

„Du dachtest dir wohl, ich würde dir später aus Dankbarkeit das Land zu deinem Preis überlassen?"

Keith blickte betreten auf sein Glas. Als er wieder aufsah, stand Aufrichtigkeit in seinem Blick. „Ich dachte, du könntest mir vielleicht den Gefallen, den ich dir getan hatte, dadurch zurückzahlen, dass du dir zuerst mein Angebot anhören würdest und nicht Ballards."

„Dann kann ich also fest mit einem Angebot von ihm rechnen?", fragte sie kühl.

„Du kannst darauf wetten, dass Gien Ballard dem Anwalt auf den Fersen ist. Er wartet immer in den Kulissen darauf, jemandem den Sieg streitig zu machen."

Die Bitterkeit seiner Worte berührte Victoria. „Verstehe ich richtig, dass du mit Ballard schon etwas Ähnliches erlebt hast?"

„Ein- oder zweimal."

„Wann? Ging es um geschäftliche Dinge?"

„Das ist jetzt nicht wichtig, Vicky. Jetzt möchte ich, dass zwischen uns alles ausgesprochen wird. Mir ist klar, dass das Ganze ein wenig verwirrend für dich sein muss. Sicher hast du ein paar Fragen."

Als begreife sie die Situation noch immer nicht ganz, schüttelte Victoria langsam den Kopf. „Ich habe volles Verständnis dafür, dass du alles wie eine rein geschäftliche Angelegenheit hinstellen möchtest, die möglichst schnell erledigt werden sollte. Mich persönlich berührt dabei nur eine Frage, Keith."

„Bitte", erwiderte er großzügig und sah dabei aus, als glaube er, nunmehr Herr der Lage zu sein.

„Wie konntest du nur annehmen, ich würde dir verzeihen, was du mir angetan hast?"

„Wovon redest du Vicky? Ich habe dir nichts angetan, außer dich zu lieben."

„Das hast du nicht getan", sagte sie mit leisem Hohn. „Du hast mich benutzt. Du bist nicht besser als deine Vorfahren. Du hast versucht, mich zu verführen, weil du hofftest, ich würde dir das Land überlassen, ohne große Schwierigkeiten zu machen."

„Vicky, das ist nicht wahr." Keith kam einen Schritt auf sie zu. „Wenn du dich ein wenig beruhigt hast, wird dir das klar werden. Ich warne dich. Mach mir jetzt bitte keine Vorwürfe, die du später bereust. Ich habe dir die wahre Geschichte erzählt. Unsere Beziehung, wie sie jetzt ist, hat mit Harmony Valley nichts zu tun."

Victoria stand auf. Der Ärger drohte sie zu überwältigen. „Lüg mich nicht an, Keith. Es hat sehr wohl etwas damit zu tun. Das Tal scheint sogar die alleinige Basis unserer Beziehung zu sein. Es war der Anlass für unser Kennenlernen, der Grund, warum du mit mir geschlafen hast, der Grund, warum ich bei dir einziehen sollte. Eines muss man deinen Vorfahren lassen – sie boten den Frauen, denen das Tal gehörte, wenigstens die Ehe an. Nicht einmal das hast du getan."

„Du reagierst überempfindlich, Victoria. Das sieht dir gar nicht ähnlich. Beruhige dich und lass uns über alles sprechen."

„Was gibt es denn noch zu sagen? Willst du mir das Land abkaufen?"

„Vergiss das Land", fuhr Keith sie an. Offensichtlich verlor er langsam die Beherrschung. „Wir reden nicht über das Tal, sondern über uns, dich und mich."

„Tatsächlich?", fragte Victoria spöttisch. „Dann hättest du also nichts dagegen gehabt, wenn ich das Land heute Nachmittag an Gien Ballard verkauft hätte?"

Keith wischte die Drohung mit einer ungeduldigen Handbewegung beiseite. „Sag nicht so voreilige, dumme Dinge. Du bist nur ein wenig aufgeregt."

„Wie bitte?" Victoria traute ihren Ohren kaum.

„Vicky, wir können später über Harmony Valley sprechen. Das Wichtigste ist jetzt unsere Beziehung."

„Was für eine Beziehung?" Victoria blickte ihn wild an. „Soweit ich sehen kann, hätten wir ohne das Land gar keine."

„Das ist nicht wahr, Vicky. Hör mir zu." Keith kam noch etwas näher und stellte sein Glas ab. „Du benimmst dich unvernünftig. Das ist doch gar nicht deine Art. Beruhige dich und denk noch mal über alles nach."

Victoria hob aufsässig das Kinn. „Worüber soll ich denn nachdenken, Keith? Darüber, dass du mir nie gesagt hast, dass du mich liebst? Dass ich so närrisch war zu glauben, du seist in mich verliebt und brauchtest nur Zeit, um dir über deine Gefühle klarzuwerden? Oder vielleicht sollte ich mir überlegen, wie du mich benutzt hast. Das würde bestimmt wesentlich mehr bringen."

„Ich habe dich nicht benutzt." Keith packte Victoria an den Schultern und schüttelte sie kurz. Seine Augen blitzen vor Zorn, nur mühsam hielt er sein Temperament im Zaum. „Diese Anschuldigung lasse ich nicht auf mir sitzen. Ich habe dir schon einmal gesagt, dass unsere Beziehung nichts mit dem Land zu tun hat."

„Und das soll ich glauben? Nach der Geschichte, die du mir gerade erzählt hast?"

„Glaube es mir, Victoria", presste er zwischen zusammengebissenen Zähnen hervor.

„Nenne mir einen guten Grund."

„Du willst Gründe? Ich gebe dir einen. Du schuldest mir ein wenig Vertrauen, Victoria Warner. Ich bin der Mann, mit dem du schläfst. Der Mann, von dem du sagst, dass du ihn liebst."

„Ich soll dir vertrauen, nachdem ich eben erfahren habe, dass du mein Vertrauen missbraucht hast? Wenigstens weiß ich jetzt, warum du mir nie gesagt hast, dass du mich liebst. In dieser Hinsicht warst du ehrlich, das muss ich dir lassen."

Seine Hände schlossen sich fester um ihre Schultern. „Ich habe dir alles gegeben, was ich einer Frau geben kann", sagte er rau. „Alles."

„Nun, dann habe ich eine Neuigkeit für dich, Keith Stockbridge. Das reicht mir nicht!" Victoria schüttelte Keith' Hände ab und wich zurück.

„Lauf nicht vor mir davon, Vicky", bat Keith eindringlich.

„Ich renne vor nichts und niemandem davon. Aber ich werde so weit wie möglich von dir fortgehen."

„Dann werde ich dir folgen."

Victoria lächelte grimmig. „Du wirst mir nicht lange folgen. Sobald ich Harmony Valley verkauft habe, wirst du mich vergessen. Keine Sorge, Keith. Alle Gefühle, die du jetzt noch für mich zu haben glaubst, werden sich in Luft auflösen, sobald das Land nicht mehr zwischen uns steht." Victoria drehte sich auf dem Absatz um und ging zum Schlafzimmer.

„Wo willst du denn hin?" Keith blieb ihr hart auf den Fersen.

„Heute Nacht in ein Hotel. Morgen werde ich wohl einen kleinen Ausflug in die Berge machen. Ich bin neugierig auf das Land, das Alice Cork und ihre Mutter um keinen Preis aus den Händen geben wollten."

„Sie wollten wohl eher verhindern, dass es einem Ballard oder einem Stockbridge in die Hände fiel."

„Letzteres kann ich gut verstehen. Aber ich habe noch nichts gegen die Ballards."

Ohne Keith weiter zu beachten, ging Victoria ins Schlafzimmer, holte ihren Koffer aus dem Wandschrank und begann ihre Sachen zu packen.

„Glaube mir, Victoria, Gien Ballard ist genauso ein Schuft wie sein Vater und sein Großvater", sagte Keith, nachdem er ihr eine Weile schweigend zugesehen hatte.

„Tatsächlich?" Unbeirrt holte Victoria ihre Kleider und warf sie achtlos in den Koffer. „Woher weißt du denn das? Was hat er getan, außer um dieselben Geschäftsabschlüsse zu kämpfen wie du?"

„Er hat die Frau verführt, mit der ich verlobt war, um nur eines zu nennen", sagte Keith mit eiskalter Stimme.

Victoria hielt einen Moment lang entsetzt inne. Den Arm voller Unterwäsche, sah sie Keith ungläubig an. „Ballard hat dir deine Verlobte abspenstig gemacht?"

„Er und Darla sind seit fast vier Jahren verheiratet." Victoria wandte sich wieder dem offenen Koffer zu und ließ die Wäsche hineinfallen. „Ich hatte Gerüchte gehört, du seist einmal verlobt gewesen. Das andere ist mir neu."

„In der Firma weiß man nicht viel darüber. Über Derartiges rede ich nicht im Büro."

„Und auch sonst nicht. Ich hatte mich schon gefragt, wann du dich überwinden würdest, es mir zu sagen." Sie schlug den Koffer zu und verschloss ihn. „Ich hörte auch, du seist verheiratet gewesen. Ist das wahr, Keith?"

Keith fuhr sich mit den Fingern durch das Haar. „Ja."

„Ja? Das ist alles, was du zu einer gescheiterten Ehe und einer gelösten Verlobung sagen kannst?"

„Was willst du denn hören? Dass ich ein zweifacher Verlierer bin, wenn es um Frauen geht? Gut, ich gebe es zu. Stockbridge-Männer geben keine guten Ehemänner ab. Das kann dir jeder sagen, der uns kennt. Offenbar lässt uns das sagenhafte Glück bei Liebesangelegenheiten im Stich", schloss er bitter.

„Vielleicht hätten die Stockbridge-Männer sich nicht auf ihr Glück verlassen sollen, wenn es um Frauen ging. Vielleicht hätten sie es stattdessen mal mit ein bisschen Aufrichtigkeit versuchen sollen." Victoria hob den Koffer hoch. Er war so schwer, dass sie ihn nur mit beiden Händen tragen konnte.

„Stell den Koffer ab, Vicky. Ich möchte nicht, dass du gehst. Ich habe Angst, dass du etwas Unvernünftiges tust."

„Wie zum Beispiel Gien Ballard das Land zu verkaufen? Wenn ich es tue, lasse ich es dich wissen, das verspreche ich dir. Jetzt geh mir aus dem Weg."

„Du hast gesagt, dass du mich liebst", erinnerte Keith sie leise.

„Das war reine Unvernunft. Geh zur Seite, Keith."

„Verdammt, Vicky, du schuldest mir ein wenig Vertrauen."

„Warum? Weil ich mit dir geschlafen habe?", gab sie wutentbrannt zurück. „Für dieses Privileg schulde ich dir nichts. Eher bist du in meiner Schuld, für all die Liebe, die ich auf dich verschwendet habe. Und für all die Liebe, die ich auch in Zukunft auf dich verschwendet hätte. Aber es sieht nicht so aus, als bekäme ich das je zurückgezahlt, also werde ich es einfach abschreiben müssen."

„Ich warne dich, Vicky. Wenn du jetzt gehst, wirst du es bereuen."

„Tatsächlich? Was wirst du tun? Mich aus der Firma werfen? Nur zu. Wenn Carstairs mich dir so enthusiastisch empfohlen hat, bringe ich ihn sicher dazu, mich auch anderen gegenüber zu empfehlen. Vielleicht kann Gien Ballard eine Assistentin brauchen, die mehr als zwei Monate lang im Lager des Feindes gearbeitet hat."

Mit dieser letzten leeren Drohung war sie zu weit gegangen, das wurde Victoria sofort klar. Keith packte sie so wütend am Arm, dass es schmerzte.

„Besser, du denkst nicht einmal daran, zu Gien Ballard überzuwechseln", sagte Keith gefährlich leise.

Victoria atmete tief durch und beschloss, trotz ihres Ärgers ihre Drohung zurückzunehmen. Schließlich liebte sie Keith noch immer. „Beruhige dich, Keith. Ich werde nicht zu deinem Konkurrenten gehen und ihm meine Dienste anbieten. Ich möchte nicht zwischen die Fronten dieser Fehde geraten, will auch nichts damit zu tun haben. Je schneller ich das Land loswerde, desto besser ist es wohl."

Forschend sah Keith Victoria an und ließ sie widerstrebend los. „Verkauf mir das Land, und es wird nicht länger zwischen uns stehen", drängte er sie mit rauer Stimme. „Danach wirst du sehen, dass unsere Beziehung ganz unabhängig davon ist. Ich werde dich immer noch so begehren wie jetzt. Nichts wird sich zwischen uns ändern."

Victoria konnte seine Nerven nur bewundern. „Du verlangst nicht viel, nicht wahr?"

„Nur dein Vertrauen."

„Und was bekomme ich dafür?"

„Unsere Beziehung wird wieder so sein, wie sie bis zu diesem Moment war."

„Ich sage es dir nicht gern, Keith, aber ich glaube, es wird leider nie wieder so sein, wie es war. Es ist zu viel geschehen. Ich will mehr, als du geben kannst. Das weiß ich jetzt."

„Verdammt, was willst du eigentlich von mir?"

„Liebe, Bindung, Offenheit. Alles, was zu einer echten Beziehung gehört."

„Ich habe dir doch gesagt, Vicky, dass ich dir mehr gegeben habe als je einer Frau zuvor."

„Mehr als deiner Exfrau oder dieser Darla, mit der du verlobt warst?"

„Lass meine Ehefrau und meine frühere Verlobte aus dem Spiel."

„Warum sollte ich? Sie haben immerhin einen Ring bekommen, und das ist mehr, als du mir gegeben hast. Adieu, Keith."

Nach einem kurzen Blick auf sein betroffenes Gesicht drängte sich Victoria an Keith vorbei. Sie unterdrückte den inneren Schmerz und schleifte den schweren Koffer durch den Flur zum Fahrstuhl und in die Tiefgarage, wo ihr Auto stand.

Sie merkte, dass Keith ihr schweigend folgte. Er bot ihr seine Hilfe nicht an, machte aber auch keine Anstalten, sie aufzuhalten, als sie sich hinter das Steuerrad ihres Kleinwagens setzte. Er stand einfach am Eingang zur Tiefgarage, die Hände in den Taschen vergraben, und sah ihr zu, wie sie den Motor anließ.

Der letzte Blick in den Rückspiegel zeigte Victoria das unerbittliche, undurchdringliche Gesicht eines Mannes, der das Alleinsein gewöhnt war und der eigentlich nie wirklich erwartet hatte, der einsamen Zukunft zu entfliehen.

Drei Häuserblocks von Keith' Wohnung entfernt, fuhr Victoria auf den verlassenen Parkplatz eines Supermarkts und ließ ihren Tränen freien Lauf.

5. Kapitel

Es war einer jener schönen Sommertage, für die die Berge von Colorado berühmt sind. Die Luft war kristallklar, und die Sonne schimmerte auf den fernen, schneebedeckten Gipfeln. Doch Victoria hatte keinen Blick für die wunderbare Szenerie. Sie wollte ihr Ziel erreichen, eine kleine Stadt mitten in den Bergen. Von dort aus, hatte ihr der Anwalt gesagt, war es nicht mehr weit bis zum Harmony Valley. Die Schlüssel zu dem Haus, in dem Alice Cork jahrzehntelang allein gelebt hatte, waren in Victorias Tasche.

Victoria hatte sich nicht die Mühe gemacht, Theresa anzurufen und ihr zu sagen, dass sie nicht zur Arbeit kommen würde. Das sollte Keith übernehmen. Victoria hätte gern gehört, wie er seiner Sekretärin ihr, Victorias, Fernbleiben erklärte.

Der Schmerz, den Keith ihr zugefügt hatte, stieg wieder in ihr auf. Sie dachte an seine finstere, verschlossene Miene, konnte aber kein Mitleid mit ihm empfinden.

Keith hatte sich als zweifachen Verlierer bezeichnet. Kein Wunder, dass er unter diesen Umständen nicht gern von Liebe und Heirat sprach. Ob er wie sein Vater und sein Großvater nur um des Tales willen geheiratet hätte?

Zuerst hat er einmal versucht, durch Verführung an sein Ziel zu kommen, dachte Victoria bitter. Außerdem war es einfacher, eine wilde Ehe zu beenden als eine formelle.

Wie lange hätte er wohl noch über Harmony Valley geschwiegen und die Rolle, die sie, Victoria, in einer Fehde spielte, die seit drei Generationen andauerte? Keith musste ganz genau gewusst haben, dass ihm die Zeit davonlief. Trotzdem hatte er noch gewartet, bis der Brief des Anwalts auf Victorias Tisch gelandet war.

Das sieht Keith gar nicht ähnlich, überlegte Victoria. Er war ein Mann der Tat.

Es sah fast so aus, als hätte er sich mit der Situation, die er selbst geschaffen hatte, nicht befassen wollen. Es war, als hätte er gehofft, dass ihm auch diesmal das sagenhafte Glück der Stockbridges beistehen und alles glattgehen würde.

Am frühen Nachmittag erreichte Victoria die kleine Stadt, die ihr der Anwalt auf der Karte eingezeichnet hatte. Die Bezeichnung „Stadt", erschien Victoria maßlos übertrieben, denn die Ansiedlung bestand aus wenigen Wohnhäusern, zwei Tankstellen, einem Café, einem Lebensmittelladen, einer Gaststätte und einem winzigen Motel, in dem sie Unterkunft fand.

Das Zimmer war mit Holz verkleidet, wodurch es noch kleiner wirkte, als es ohnehin war. Aber alles funktionierte, und das Bett war besser, als man es in diesem Haus erwarten konnte. Victoria packte aus und machte sich auf den Weg, um etwas zu essen.

Mir bleibt noch der ganze Nachmittag, um Harmony Valley zu finden, sagte sie sich. Jetzt, unmittelbar vor ihrem Ziel, war sie plötzlich gar nicht mehr so erpicht darauf, es zu erreichen. Einem Teil von ihr widerstrebte es auf einmal, das Land zu sehen, dessentwillen ihre Beziehung mit Keith Stockbridge in die Brüche gegangen war.

Das Café war vollbesetzt mit Männern, die ramponierte Cowboyhüte trugen. Victoria kam der Weg zu der einzigen freien Nische im hinteren Teil des Lokals wie ein Spießrutenlaufen vor. Die neugierigen Blicke der Einheimischen zeugten nur zu deutlich davon, dass nur wenige Fremde sich in diese Gegend verirrten.

Sie setzte sich und nahm die Karte zur Hand. Dieser kleine Ort war also Keith Stockbridges Heimatstadt. Victoria konnte sich gut vorstellen, wie er in dieser Berglandschaft aufwuchs und so hart und abweisend wurde wie die Rocky Mountains selbst.

„Einen Hamburger mit Pommes frites und eine Tasse Kaffee, bitte", sagte Victoria zu der Kellnerin, die kam, um die Bestellung aufzunehmen.

„Kommt sofort." Die Kellnerin wandte sich um, da lief ein Murmeln durch das Café.

Victoria sah wie alle anderen zur Tür und wurde starr vor Schreck.

„Hey", erklärte die Kellnerin mit zufriedenem Lächeln. „Das ist Keith Stockbridge. Hab ihn hier ewig nicht mehr gesehen." Sie winkte ihm zu und rief fröhlich: „Wie geht's, Keith?"

Es war Keith, aber er wirkte ganz anders als sonst. Er trug nicht seinen Geschäftsanzug, sondern verwaschene, enganliegende Jeans, ein Hemd aus grober Baumwolle und alte, abgetragene Stiefel. Seinen schwarzen Stetson hatte er tief über die Augen gezogen. Er ging mit großen, lockeren Schritten auf Victoria zu wie ein Mann, der seine Zeit im Sattel in den Bergen verbracht hatte. Von allen Seiten wurde ihm freundlich zugenickt und manch kurzer Gruß zugerufen.

„Hallo, Baby", begrüßte Keith Victoria und setzte sich ihr gegenüber. „Überrascht, mich zu sehen?"

„Ja", sagte sie gepresst.

„Das wundert mich. Du musst doch gewusst haben, dass ich dir folgen würde." Keith lächelte und legte seinen Stetson neben sich auf die Bank. „Ich habe im Motel nach dir gefragt. Dort sagte man, du seist essen gegangen. Nachdem es im Ort nur ein Café gibt, war es nicht schwer, dich zu finden." Er sah zu der jungen Kellnerin auf, die mit einer Kanne Kaffee neben ihm erschienen war. „Ich nehme einen Burger, Jane. Nicht ganz durch, bitte."

„Klar, Keith." Sie schenkte erst ihm ein, dann Victoria. „Bleibst du diesmal lange?"

„Hängt davon ab."

Jane schenkte ihm einen wissenden Blick. „Wir haben alle damit gerechnet, dass du hier auftauchen würdest, nachdem Alice Cork gestorben war. Dad meinte, er sehe dich und Gien Ballard schon mit gezückten Colts in die Stadt reiten, um die Sache auszutragen. Genau wie im Kino."

„Das wäre sinnlos. Übrigens, Jane, kennst du schon die neue Besitzerin von Harmony Valley?" Keith deutete auf Victoria. „Ihr Name ist Victoria Warner. Sie ist meine Assistentin bei Fläming Luck Enterprises. Und", fügte er mit Besitzer stolz hinzu, „sie ist die Frau, mit der ich zusammenlebe."

„Nicht mehr", sagte Victoria ärgerlich.

Jane lächelte Keith an. „Damit wäre wohl die Frage geklärt, wer Harmony Valley bekommen wird, stimmt's?"

„Wetten Sie nicht das Café darauf", sagte Victoria leise. „Es wäre nett, wenn Sie jetzt meine Bestellung weitergeben würden, Jane. Ich werde langsam hungrig."

„Selbstverständlich." Aufgeregt eilte Jane in die Küche. Es war nur zu offensichtlich, dass sie es nicht erwarten konnte, ihre Neuigkeiten loszuwerden.

„Und ich dachte, der Klatsch in der Firma wäre schlimm." Victoria sah Keith über den Rand ihrer Kaffeetasse an und trank.

„Die Leute in dieser Gegend sprechen seit drei Generationen über die Stockbridges und die Ballards", stellte Keith fest. „Mach dir darüber keine Gedanken, die Stockbridges und die Ballards jedenfalls tun es nicht."

„Du hast leicht reden. Du hast sie ja dazu veranlasst, über mich zu klatschen."

„Geredet hätten sie so oder so. Auf diese Art wissen sie wenigstens Bescheid."

„Dabei hast du Jane glatt angelogen. Seit gestern lebe ich nicht mehr mir dir zusammen."

„Möchtest du gleich nach dem Essen nach Harmony Valley fahren?", lenkte Keith vom Thema ab.

Victoria kämpfte um ihre Beherrschung. Schon öfter hatte sie erlebt, wie Keith diese Taktik anwandte. Wenn ihm die Richtung nicht gefiel, die ein Gespräch nahm, änderte er einfach das Thema. Und durch nichts war er dann zu bewegen, zum anfänglichen Thema zurückzukehren.

„Ich beabsichtige, nach dem Essen in das Tal zu fahren. Allein."

„Ich fahre dich hin. Wenn du allein fährst, verirrst du dich."

„Dann verirre ich mich eben. Pech gehabt."

„Ich bringe dich zu dem Haus, in dem Alice gelebt hat."

„Und wenn ich dein Angebot ablehne?"

„Dann folge ich dir", sagte Keith ruhig.

Der Gedanke, meilenweit auf unbekannten Straßen nach den Bezugspunkten zu suchen, die der Anwalt angegeben hatte, und alles mit dem schwarzen Porsche im Rückspiegel, entmutigte Victoria.

„Wie nett von dir, dir so viel Mühe zu geben", sagte sie spöttisch.

„Das Vergnügen ist ganz meinerseits." Keith sah sie nachdenklich an. „War ich dir gegenüber jemals wirklich böse, Vicky? Sei ehrlich, Liebes."

„Hier kommen unsere Hamburger", verkündete Victoria und schlug Keith mit seiner eigenen Taktik.

Während der gesamten Fahrt war Victoria ungewöhnlich still. Tief in ihren Gedanken versunken, saß sie neben Keith im Auto und schien nicht die Absicht zu haben, sich mit ihm zu unterhalten.

Als sie sich Harmony Valley näherten, versuchte Keith, die Stimmung aufzulockern, indem er Fremdenführer spielte. „Ein gutes Stück Land", sagte er. Es bereitete ihm Vergnügen, auf das üppige Tal und die atemberaubende Berglandschaft hinzuweisen. „Auf dem Talboden gutes Weide- und Ackerland. Und während des Bergbaubooms wurde das volle Potenzial der Berghänge nie ganz ausgeschöpft. Wer weiß, was noch in diesen Hügeln schlummert. Es gibt einen breiten Bach, der das ganze Jahr Wasser führt."

„Was tat Alice Cork ganz allein hier in all diesen Jahren?", fragte Victoria verwundert, während sie den Blick über die saftig grüne Landschaft gleiten ließ. Es waren ihre ersten Worte, seit sie das Café verlassen hatten.

Keith sah Victoria aus dem Augenwinkel an und versuchte, ihre Laune abzuschätzen. „Alice lebte von der Landwirtschaft. Sie besaß ein paar Rinder und später auch Schafe. Die Tiere wurden alle vor ihrem Tod verkauft. Ich denke, sie wusste, dass ihr Ende nahte. Alice wusste oft Dinge im Voraus."

„Was für Dinge?"

„Ich weiß nicht, wie ich es erklären soll. Sie hatte einfach eine gewisse Vorahnung für Ereignisse. Zum Beispiel wusste sie im Voraus, wann ein Baby auf die Welt kommen würde. Sie war hier mehr oder weniger die Hebamme. Die Leute aus der Gegend kommen oft nicht rechtzeitig ins Krankenhaus, vor allem, wenn das Wetter schlecht ist. So stand Alice manches Mal auf, sogar während ein Schneesturm tobte, fuhr mit ihrem alten vierradgetriebenen Laster zum Haus eines Farmers, gerade rechtzeitig, um ein Baby auf die Welt zu bringen."

„Wirklich?" Victorias Blick signalisierte lebhaftes Interesse.

„Ja." Keith sah sie kurz an, froh, endlich ihre Aufmerksamkeit gefangen zu haben. „Das Interessante ist, oft musste man sie gar nicht erst anrufen. Sie kam einfach im richtigen Moment, als hätte sie genau gewusst, wann es ernst wurde. Sie konnte auch gut mit Tieren umgehen. Der hiesige Tierarzt beriet sich gelegentlich mit ihr."

„Das klingt, als wäre sie eine faszinierende Frau gewesen."

Keith gefiel der bewundernde Tonfall nicht. Er runzelte die Stirn, während er den Sportwagen über die tiefgefurchte Auffahrt zum alten Cork-Haus steuerte. „Sie war eine eigensinnige, schwierige, boshafte Hexe."

„Du bist ein Stockbridge und daher voller Vorurteile."

Keith schüttelte den Kopf. „Da kannst du jeden fragen."

„Ich habe vor, mir meine Meinung selber zu bilden. Schließlich bin ich mit ihr verwandt, selbst wenn ich nie etwas von ihr gehört habe." Victoria beugte sich neugierig vor. „Ist das das Haus?"

„Ja. In keinem besonders guten Zustand. Alice hat sich um die Scheune und den Garten besser gekümmert als um das Haus."

Das baufällige Ranchhaus sah aus, als könne ein Windstoß es umblasen. Das verwitterte Holz war grau und nicht gestrichen, das Dach über der Veranda hing gefährlich durch.

Victoria hatte die Autotür schon geöffnet, bevor Keith den Zündschlüssel abgezogen hatte. Dass sie von Alice Cork und dem alten Haus so fasziniert war, missfiel Keith. Noch nie hatte er sie so erlebt.

Er stieg aus und folgte ihr die Stufen hinauf zur Veranda, wo Victoria einen Satz Schlüssel aus ihrer Handtasche zog. Keith fühlte sich seltsam unbehaglich, als Victoria die Tür öffnete und das Haus betrat. Dies war verbotenes Territorium, zumindest für die Stockbridges und die Ballards. Keith fühlte sich, als begehe er Hausfriedensbuch – unsinnigerweise, wie er sich sagte, wenn man bedachte, dass sein Recht auf das Tal größer war als das von irgendjemand anderem, Victoria eingeschlossen.

Als spürte sie sein Zögern, sah Victoria über die Schulter zurück. „Was ist, Keith?"

„Nichts." Ärgerlich auf sich selbst, folgte er ihr entschlossen ins Haus. „Wenn Alice Cork mich jetzt sehen könnte, würde sie einen Anfall bekommen. Sie ließ mich nie einen Fuß über die Schwelle setzen."

„Sieh dir das Haus an", sagte Victoria leise. „Man fühlt sich hier wie in einem Museum des späten neunzehnten Jahrhunderts." Sie studierte die Feuerstelle aus massivem Stein, den Fransenteppich, die abgetretenen Dielen aus Hartholz und die alten Möbelstücke. „Keine modernen Geräte, keine Zentralheizung. Das Einzige, was einigermaßen modern aussieht, ist das Telefon."

„Sie brauchte eins. Die Leute riefen sie an und baten sie um Rat, wenn jemand Grippe oder Magenschmerzen hatte."

Keith fühlte eine Welle unterdrückter Erregung in sich aufsteigen, während er durch das alte Gebäude schlenderte. Jetzt endlich, nach all den Jahren, war Harmony Valley in Reichweite.

Wenn mein Glück anhält, werde ich alles bekommen, dachte Keith. Es gab keinen Grund, warum er letztendlich nicht sowohl Victoria als auch das Tal bekommen konnte.

„Du brauchst gar nicht so zu schauen, Keith.", sagte Victoria von der anderen Seite des Wohnzimmers. Sie begutachtete die verblassten Chintzvorhänge. „Dieses Haus gehört mir."

Ihre Wahrnehmungskraft ärgerte ihn. „Und du gehörst zu mir", erinnerte er sie knapp.

„Auch nicht mehr als Alice zu deinem Vater oder ihre Mutter zu deinem Großvater. Interessant, nicht wahr?"

„Was ist interessant?", fragte er herausfordernd.

„Wie diese Frauen sich sowohl gegen die Ballards als auch gegen die Stockbridges behaupteten. Mir ist, als sollte ich diese Tradition fortsetzen."

„Komm bloß nicht auf dumme Gedanken", warnte Keith sie und versuchte, den Anflug von Panik zu unterdrücken, den er verspürte.

„Es tut mir leid, dass ich Alice nie kennengelernt habe", sagte Victoria mit echtem Bedauern, während sie in der Tischschublade herumstöberte. „Ich hätte sie gern gekannt. Sie muss eine bemerkenswerte Frau gewesen sein. Mir gefällt ihr altes Haus."

„Sei vernünftig, Vicky. Dieses alte Gebäude ist gefährlich. Teile davon können jeden Augenblick einstürzen. Das einzig Vernünftige wäre, es einebnen zu lassen."

„Und ein neues Haus zu bauen?"

Keith schüttelte den Kopf und sah eine Weile schweigend aus dem Fenster hinaus auf die Hügelkette.

„Was würdest du mit Harmony Valley tun, wenn es dir gehörte?", fragte Victoria und sah Keith gespannt an.

„Ich würde ein erstklassiges Wintersportgebiet daraus machen."

„Ein Wintersportgebiet!" Sie schien erstaunt.

Keith nickte. „Diesen Gedanken trage ich schon lange mit mir herum. Harmony Valley wäre ein fantastisches Gebiet zum Skilaufen. Neue Geschäfte und neues Leben würde sich hier in den Bergen ansiedeln und die Gegend wirtschaftlich beleben. Wenn die Anlage gut konzipiert wäre, könnte man das ganze Jahr über Gäste aufnehmen. Hier fahren im Sommer viele Touristen durch. Es gibt keinen Grund, warum sie nicht hierbleiben sollten."

„Diese Art von Erschließung würde enorme finanzielle Mittel erfordern", stellte Victoria fest. „Fläming Luck Enterprises wäre dazu allein nicht in der Lage. Du müsstest noch andere Investoren finden."

Keith stützte sich mit einer Hand gegen den Fensterrahmen und dachte an seine Träume. „Es wäre möglich", beharrte er.

„Wenn ich dir das Land verkaufen würde", gab Victoria knapp zurück. „Ich will ganz ehrlich mit dir sein, Keith. Im Moment habe ich noch keine Ahnung, was ich mit Harmony Valley machen werde."

„Du bist eine vernünftige Frau, Vicky. Zumindest meistens. Du weißt verdammt gut, dass du nichts anderes mit diesem Land machen kannst, als es zu verkaufen. Ich kann mir nicht vorstellen, dass du hier draußen allein leben willst, so wie Alice. Du würdest verrückt werden."

„Vielleicht, vielleicht auch nicht." Victoria öffnete eine andere Schublade des alten Tisches.

„Stell dich in dieser Angelegenheit nicht gegen mich, Baby", versuchte Keith sie sanft zu überreden. „Verkauf mir das Land, und alles wird zwischen uns werden, wie es war. Du wirst es sehen. Du warst glücklich mit mir, Vicky. Gib es zu."

„In zehn Tagen Zusammenleben kann man sich darüber kaum eine Meinung bilden, Keith. Schau mal, hier ist ein altes Buch."

„Du hast zwar nur zehn Tage mit mir zusammengelebt, aber zwei Monate lang mit mir zusammengearbeitet. Diese Zeit zählt auch, Vicky. Wir kennen uns jetzt besser. Und zufällig sind wir im Bett auch ganz verrückt nacheinander. Wir gehören zusammen."

„Es ist ein Tagebuch", sagte Victoria leise, ohne Keith die geringste Aufmerksamkeit zu schenken. Sie öffnete das alte, in Leder gebundene Buch. „Es scheint Aufzeichnungen über Farmangelegenheiten und persönliche Notizen zu enthalten."

„Vicky", sagte Keith vorsichtig. Er merkte, dass sie ihm nicht richtig zuhörte. „Vergiss das dumme Tagebuch. Ich versuche, mit dir über die ernste Situation zu sprechen, in der wir uns befinden. Für Paare ist es wichtig, miteinander zu reden."

„Tatsächlich?", fragte Victoria.

„Natürlich ist es das", explodierte Keith. „Wir müssen unsere Probleme ausdiskutieren. Das liest man doch in jedem psychologischen Ratgeber."

„Ich wusste gar nicht, dass du so etwas liest." Victoria sah sich noch einmal in dem kleinen Haus um. „Und wann ist dir eingefallen, dass das offene Gespräch zwischen Mann und Frau so eine gute Idee ist? Das einzige Thema, über das du je offen mit mir geredet hast, war das Geschäft."

„Ich spreche gern mit dir über geschäftliche Dinge", gab er zurück. „Wir verstehen einander. Es gibt keinen Grund, warum wir uns nicht auch auf anderen Gebieten verständigen sollten."

„Vielleicht ein andermal", sagte sie höflich. „Ich glaube, ich bin hier für heute fertig. Bitte bring mich zurück ins Motel. Ich möchte über das Ganze nachdenken."

Keith kam sich vor, als rede er gegen eine Wand. Während er zur Tür ging, versuchte er eine andere Methode. „Du kannst auf meiner Ranch wohnen, Vicky. Da ist genug Platz."

„Ich bleibe im Motel." Mit dem Tagebuch unter dem Arm ging sie hinaus auf die Veranda.

„Du wirst dich zu Tode langweilen."

„Nein, das werde ich nicht. Ich werde die Tagebuchaufzeichnungen lesen und mich ein wenig mit der lokalen Geschichte vertraut machen."

„Mit Alice Corks Version? Glaubst du nicht, dass Alice etwas voreingenommen war?"

„Geschichte ist meistens einseitig", informierte Victoria ihn sanft. „Das liegt daran, weil es oft nur zwei Versionen gibt – die des Gewinners und die des Verlierers. Man muss nur wissen, welche Version man gerade liest."

„Glaubst du, Alice stand auf der siegreichen Seite?"

„In diesem besonderen Krieg scheint es keine echten Gewinner gegeben zu haben. Vielleicht wird sich das nie ändern."

„Es mag keinen wirklichen Gewinner gegeben haben, aber es gibt ganz klar eine richtige und eine falsche Seite", rief Keith.

„In diesem Fall bin ich auf der Seite von Alice Cork."

6. Kapitel

Am nächsten Morgen stand Victoria schon in der Dämmerung auf. Sie hatte den größten Teil der Nacht damit verbracht, Alice Corks faszinierendes und aufschlussreiches Tagebuch zu lesen. Auszuschlafen klang wie eine gute Idee, aber Victoria fühlte sich zu rastlos. Sie wollte wieder zu dem Cork-Haus hinausfahren. Vielleicht erfuhr sie dort noch mehr über Alice und deren Mutter.

Im Halbdunkel fuhr Victoria vom Parkplatz des Motels los und kam bei dem alten Haus an, gerade als die ersten Sonnenstrahlen über die Bergkuppen krochen. Victoria parkte das Auto in der Auffahrt, nahm das Tagebuch, das neben ihr auf dem Sitz lag, und ging zum Haus.

Als Victoria die Tür öffnete, ächzten die Holzdielen, und ein kleines Tier mit buschigem Schwanz huschte davon. Laut ihrem Tagebuch hatte Alice Cork in der Einsamkeit des alten Hauses auf ihre alten Tage eine seltsame Zufriedenheit empfunden. Aber in ihrer Jugend war das anders gewesen. Der Verlust der Eltern und die unglückliche Liebe zu Gien Ballards Vater hatten ihren Tribut verlangt. Der Verlust des Babys war ein weiterer Schlag gewesen. Irgendwie hatte Alice gespürt, dass sie nie wieder ein Kind haben würde. Keith hatte recht mit seiner Vermutung, dass Alice Cork viele Dinge im Voraus wusste.

Wie am Vortag schlenderte Victoria durch das Haus, wobei sie hier und da stehen blieb, um ein verblasstes Foto zu betrachten, eine handgemachte Flickendecke, ein altes Stück Geschirr, das repariert werden musste.

Schließlich setzte Victoria sich an den verwitterten Eichentisch und öffnete das Tagebuch mit den Aufzeichnungen.

„Der alte Hank hat mir heute im Laden erzählt, dass Martha Stockbridge Cale verlassen hat", las Victoria. Es kam ihr vor, als sitze ihr Alice direkt gegenüber und erzähle ihr die ganze Geschichte. „Niemand ist überrascht. Es war nur eine Frage der Zeit. Die arme kleine

Martha war dem schwarzhaarigen Teufel, den sie geheiratet hat, nicht gewachsen. Ich wusste schon beim ersten Mal, als ich sie sah, dass sie nie fähig sein würde, das Stockbridge-Temperament zu ertragen. Sie war zu schüchtern und zu jung, um mit Cale umzugehen. In den drei Jahren, in denen sie verheiratet waren, muss er ihr oft schreckliche Angst eingejagt haben. Jeder sagte, dass das Glück der Stockbridges bei Frauen nicht viel hilft. Aber ich weiß, dass es keine Frage des Glückes ist. Die männlichen Stockbridges, genau wie die Ballards, können außer ihrem Land nichts und niemanden lieben.

Der Junge ist erst zwei. Er wird sich nicht an seine Mutter erinnern. Das ist schade, weil es bedeutet, dass er sein Leben lang keine Sanftheit erfahren wird, nichts, was Cales Einfluss mildern könnte. Aber niemand kann Martha einen Vorwurf machen. Welche Frau könnte sich gegen das heftige Temperament und die Unbarmherzigkeit der Stockbridges behaupten? So wächst eine neue Generation harter, arroganter Stockbridges heran. Neulich sah ich den kleinen Keith mit seinem Vater in der Stadt. Er ist Cale wie aus dem Gesicht geschnitten, bis hin zu seinen beängstigenden grünen Augen. Ich sehe keine Spur von Martha in ihm. Die Stockbridge-Männer kommen mir manchmal vor wie Drachen."

Victoria musste lächeln. Wie oft hatten die Fläming-Luck-Angestellten Keith als Drachen bezeichnet.

Der Klang von Pferdehufen ließ Victoria erstaunt aufschauen. Sie schloss das Tagebuch, ging zur Tür und öffnete sie. Das Bild, das sich ihr bot, erschien wie eine Vision aus längst vergangenen Tagen.

Keith näherte sich im Galopp auf dem Rücken eines großen schwarzen Hengstes. Er ritt, als wäre das Tier ein Teil von ihm selbst. An einer Leine trottete eine kleine braune Stute nebenher, fertig gesattelt und aufgezäumt.

Fasziniert beobachtete Victoria, wie der Mann und seine Pferde aus dem Morgendunst näherkamen. Keith gehört in diese Landschaft, dachte sie. Dies ist sein wirkliches Zuhause.

„Guten Morgen, Vicky", begrüßte Keith sie lässig und ritt bis vor die Veranda. Das große schwarze Tier schüttelte den Kopf und schnaubte leise. Keith beugte sich vor und stützte sich mit dem Unterarm auf den Sattelknauf. Vergnügt blitzten seine grünen Augen unter dem Stetson hervor. „Nachdem du nicht ans Telefon gingst, als ich versuchte, dich in deinem Motel zu erreichen, nahm ich an, dass ich dich hier finden würde. Ich komme, um dich zum Frühstück zu holen."

Victoria verschränkte die Arme und lehnte sich gegen den Türpfosten. „Reiten wir in die Stadt?"

„Nein, durch das Tal hinauf in die Berge." Er klopfte auf die ausgebeulte Satteltasche. „Ich habe das Frühstück mitgebracht."

„Und du glaubst, dass ich reiten kann?"

„Das sagt mir mein Instinkt." Er lächelte flüchtig. „Aber wenn du es nicht kannst, mach dir keine Sorgen. Jeder könnte auf Athena reiten." Er nickte zu der braunen Stute hinüber, die an den Büschen vor der Veranda knabberte. „Sie ist sanft wie ein Lamm."

„Und dein Pferd?", fragte sie neugierig.

Keith streichelte den stolz gebogenen Hals des schwarzen Tieres. Es stampfte mit dem Fuß auf. „Willst du es mit dem alten Tulip aufnehmen?", fragte er mit erhobenen Brauen. „Er ist ziemlich ungezogen, vor allem, wenn er geraume Zeit nicht geritten wurde. Nun komm schon, Vicky. Lass uns endlich losreiten."

Nur kurz wog Victoria ihre Möglichkeiten gegeneinander ab. Sie konnte hierbleiben und hungern oder in die frische Morgenluft hinausreiten und mit Keith ein Frühstück unter der Morgensonne teilen. Die Entscheidung fiel ihr nicht schwer.

Schweigend schloss sie die Haustür ab, ging zu Athena und schob einen Fuß in den Steigbügel. Während sie nach den Zügeln griff und aufstieg, löste Keith die Leine.

„Du kannst reiten, nicht wahr?", erkundigte sich Keith.

„Ich komme zurecht."

„Das dachte ich mir. Du kommst immer zurecht. Die geborene Managerin." Er stieß Tulip leicht in die Flanken, und der große Schwarze bewegte sich ungeduldig vorwärts.

Keith und Victoria ritten über die Wiese hinter Alice Corks Haus auf die nahegelegenen Berge zu. Victoria atmete die frische Morgenluft ein und wiegte sich sanft im gemütlichen Schritt der Stute.

Ab und zu schaute Keith über die Schulter, um sich zu vergewissern, dass Victoria nicht zurückblieb. Er lächelte zufrieden, als er sah, wie leicht sie ritt.

Auf einem Bergrücken, der das Tal überragte, hielten sie an. Keith ließ sich von Tulips Rücken gleiten und ließ die Zügel lässig zu Boden fallen. Tulip blieb regungslos stehen.

Victoria tat es Keith gleich und stöhnte leise. „Ich werde morgen jeden Muskel spüren. Seit Jahren bin ich nicht mehr geritten."

„Ich habe etwas, worüber du deinen Kummer bald vergessen wirst." Er entnahm der Satteltasche eine Thermoskanne. „Kaffee."

„Den kann ich jetzt gut gebrauchen." Victoria ging zu einem großen Felsblock, kletterte hinauf und bewunderte die Aussicht. Harmony Valley erstreckte sich vor ihr in all seiner morgendlichen Schönheit.

„Ein wunderschöner Anblick, nicht wahr?" Keith kam zu ihr und reichte ihr einen Becher Kaffee und ein Sandwich. Er nahm einen Schluck aus seinem eigenen Becher.

„Sehr schön."

„Als Kind ritt ich manchmal hierher. Ich stellte mich auf diesen Felsen und redete mir ein, dass alles unten im Tal eines Tages mir gehören würde."

„Warum ist es dir so wichtig, Harmony Valley zu besitzen?"

Keith sah hinab auf das Tal und überlegte. „Einfach deshalb."

„Das ist natürlich ein zwingendes Argument", stellte Victoria sarkastisch fest.

Keith wandte den Kopf und sah sie an. „Wenn ein Mann etwas will, wenn er tief im Herzen weiß, dass dieses etwas ihm gehört, dann ist das Grund genug für ihn, sein Ziel zu verfolgen."

Victoria ließ sich im Schneidersitz auf dem kalten Granit nieder. Der Kaffeebecher fühlte sich in ihren Händen warm und tröstend an. „Ich glaube, über dieses Thema gäbe es noch manches zu sagen, aber ich möchte jetzt nicht darüber sprechen. Warst du jemals mit deiner Frau hier? Oder mit Darla?"

Eine Zeitlang blieb Keith regungslos stehen, dann setzte er sich neben Victoria. „Es hat keinen Sinn, die Vergangenheit aufzuwärmen, Vicky."

„Erzähl mir von deiner Exfrau", beharrte Victoria sanft.

„Laut Alice Corks Tagebuch hieß sie Heather."

Keith sah sie erstaunt an. „Hat Alice über meine Ehe geschrieben?"

„Alice verfolgte das Leben der Ballards und Stockbridges genau", erklärte Victoria. „Man könnte sagen, dass das eine Art Hobby von ihr war."

Mit einem Geräusch der Missbilligung wandte Keith sich von Victoria ab und schaute auf das Tal. Seine Stimme klang abgehackt, fast gefühllos, als er schließlich zu erzählen begann.

„Heather war ein junges kleines Ding. Hübsch, blond, mit großen blauen Augen. Ich traf sie im College. Ich konnte es nicht abwarten, sie mit nach Hause zu nehmen, um ihr die Ranch zu zeigen und ihr Dad vorzustellen. Dad warf einen Blick auf sie und sagte, sie sei zu sanft für mich. Nicht genug Kraft, sagte er, zu sehr wie deine Mutter. Ich erklärte ihm, dass Heather sanftmütig und zart sei. Sie brauchte Schutz, und den wollte ich ihr geben. Offenbar hatte ich damals eine idealistische Phase."

„Was sagte dein Vater?"

„Er fragte mich, wer sie vor mir beschützen würde." Keith biss kräftig in sein Sandwich.

Victoria studierte sein hartes Profil. „Du hast sie trotz der Einwände deines Vaters geheiratet?"

„Dad hatte nicht direkt etwas dagegen. Er sagte einfach voraus, dass die Ehe schiefgehen würde. Er sagte, ich sei zu jung, um zu erkennen, was für eine Frau ich brauchte. Er behielt recht. Um es kurz zu machen, die Zeiten im Viehgeschäft wurden hart. Dann starb Dad. Ich verließ das College, um zu arbeiten. Heather begann, viel zu weinen."

„Was sicher sehr gut bei dir angekommen ist", kommentierte Victoria halblaut.

„Die Dinge liefen nicht so, wie sie sich das vorgestellt hatte", fuhr Keith fort. „Wir hatten wenig Geld. Sie war jung und wollte sich amüsieren. Ich arbeitete viel und versuchte, das Ranchland zu retten. Ich hatte weder Zeit noch Lust, auf ihre kindischen Launen einzugehen." Er schüttelte den Kopf. „Ich wurde wohl ungeduldig und verlor ein paarmal die Beherrschung. Ich sagte ihr, es würde uns finanziell eine große Hilfe sein, wenn sie arbeiten ginge. Sie weinte noch mehr, und ich schrie sie noch öfter an. Dann machte ich eines Tages den Fehler, von Kindern zu sprechen."

„Von Kindern?"

„Ja. Ich dachte, vielleicht ginge es ihr besser, wenn sie ein Baby hätte. Außerdem hatten die Stockbridges immer Söhne, und ich dachte mir, es sei an der Zeit, auch einen zu haben."

„Und sie war nicht einverstanden?"

„Teufel, nein. Sie geriet in Panik und sagte, sie sei zu jung, eine Familie zu gründen. Wir hätten nicht genug Geld. Sie wolle das Leben noch ein wenig genießen, bevor sie sich durch die Verantwortung für ein Kind binden ließe, und so weiter. Schließlich hatten wir einen Riesenkrach, bei dem ich dann wirklich die Beherrschung verlor. Sie lief heim zu ihren Eltern und reichte die Scheidung ein."

„Hast du sie geliebt?"

Keith rieb sich das Kinn. „Am Anfang dachte ich, ich täte es. Wie gesagt, ich hatte eine idealistische Phase. Was ich auch immer bei der Hochzeit für sie empfand, es war lange vorbei, als ich die Scheidungsunterlagen erhielt. Ich spürte sogar eine gewisse Erleichterung, als alles vorbei war."

„Es interessiert dich vielleicht, dass Alice deiner Ehe dasselbe Ende voraussagte wie dein Vater."

„Das klingt, als hätte jedermann mehr Weitblick gehabt als ich", grollte Keith.

„Wusstest du, dass sie die Stockbridges eine feuerspeiende Drachenbrut nannte? Und dich bezeichnete sie als den letzten Drachen in einer langen Linie von grünäugigen Monstern."

„Wirklich?", brauste Keith auf. „Wie bezeichnete sie denn die Ballard-Familie?"

Victoria lächelte, als sie sich an den Abschnitt des Tagebuchs erinnerte. „Einen Clan von Hexenmeistern. Sie war der Meinung, die Ballards benützten ihren Charme, um andere zu verführen und zu vernichten."

„Damit könnte Alice den Nagel auf den Kopf getroffen haben." Keith sah besänftigt aus.

„Sie könnte mit beiden Beobachtungen den Nagel auf den Kopf getroffen haben", gab Victoria zurück. „Sie hatte genug Zeit, die beiden Familien zu beobachten. Erzähl mir von deiner Verlobung."

Bedächtig schenkte Keith sich Kaffee ein. „Es gibt eigentlich keinen Grund, warum ich dir nichts über Darla erzählen sollte." Er trank einen Schluck und sah Victoria kurz von der Seite an. „Darla ist eine nette Frau. Ich mochte sie schon immer gern, wohl so wie ein Bruder seine Schwester. Nach dem College verloren wir uns ein paar Jahre lang aus den Augen. Aber als ich sie vor vier Jahren in Denver wiedertraf, brauchte ich sie nur anzusehen, um zu erkennen, dass sie genau das war, was ich brauchte. Sie war nicht der Typ Frau, der mir Ärger machen würde, war nicht hinter meinem Geld her und würde keine allzu großen Ansprüche stellen. Sie war die geborene Gastgeberin und hatte nichts dagegen, mir einen Sohn zu schenken. Und außerdem war sie noch hübsch. Was konnte ein Mann sich noch mehr wünschen?"

„Mit anderen Worten, du hattest eine praktische Phase."

„Wahrscheinlich." Keith schraubte die Thermoskanne zu und betrachtete die Landschaft. „Es gelang mir, auch diese Beziehung zu zerstören."

„Wieder dein Temperament?", fragte Victoria sanft.

„Es lag nicht nur daran. Als ich Darla traf, hatte ich bereits gelernt, es zu beherrschen."

„Wirklich?" Victoria verbarg ihren Zweifel nicht.

Keith sah sie gekränkt an. „Es ist wahr. Ich bin jetzt viel ruhiger als in meiner Jugend. Die Menschen ändern sich."

„Ich habe den neuen, sanften Keith Stockbridge schon oft in Aktion erlebt", stichelte Victoria bedeutungsvoll.

„Verdammt. Ich habe dir gegenüber noch nie die Beherrschung verloren, Vicky."

Victoria sah Keith an und merkte, dass er meinte, was er sagte. Aus seiner Sicht war er noch nie wütend geworden, wenn er mit ihr zusammen war. Die Augenblicke der Ungeduld und des leichten Ärgers, deren Zeuge sie in den vergangenen Monaten gewesen war, zählten für Keith ganz offensichtlich nicht. Victoria fühlte sich beunruhigt bei dem Gedanken, dass sie noch nie einen echten Zornesausbruch miterlebt hatte. Sie fragte sich, wie stark der Sturm sein konnte – und wie groß der Schaden.

„Wer löste die Verlobung?", fragte Victoria ruhig. „Du oder Darla?"

„Gien Ballard brach die Verbindung", sagte Keith knapp. „Darla hatte nicht genug Mut, es mir selbst zu sagen."

Victoria seufzte. „Ich kann mir die Szene lebhaft vorstellen."

„Das bezweifle ich." Keith wandte sich Victoria zu und sah sie herausfordernd an. „Nun, jetzt kennst du die traurigen Einzelheiten und weißt, wie wenig ich auf diesem Gebiet erreicht habe. Das ist ganz typisch für die Stockbridge-Männer. Mein Vater hat es nicht besser gemacht, und mein Großvater auch nicht. Meine Großmutter verließ ihn nicht, weil man sich damals nicht scheiden ließ. Aber ich erinnere mich daran, wie trübsinnig und schweigsam sie meist war. Offensichtlich war sie unglücklich, und es kümmerte sie nicht, ob man es ihr ansah. Als ich acht war, erzählte sie mir, sie hätte meine Mutter beneidet, weil sie den Mut hatte zu gehen."

„Eine nette alte Dame", sagte Victoria grimmig und dachte sarkastisch: Genau die Art von lieber, fürsorglicher Großmutter, die ein mutterloser Junge wie Keith brauchte. Aber dann wurde ihr klar, wie verbittert die Frau in ihrer ausweglosen Situation geworden sein musste. „Klingt, als seien die Stockbridge-Männer im Aussuchen ihrer Frauen alles andere als geschickt."

„Die meisten Leute würden sagen: Es hängt nicht von der Frau ab, für die ein Stockbridge sich entscheidet. Mit einem Stockbridge ist die Ehe von Anfang an zum Scheitern verurteilt."

„Meinst du, wegen des berüchtigten Stockbridge-Temperaments?"

„Ich würde eher sagen, die Stockbridge-Männer haben Schwierigkeiten, eine Beziehung aufzubauen."

„Wirf dich nicht in einen Topf mit deinem Vater und deinem Großvater, Keith. Du bist nicht die Reinkarnation von einem von ihnen, sondern du selbst. Du kannst tun und lassen, was du willst. Du brauchst ihre Fehler nicht zu wiederholen."

„Danke, Frau Therapeutin." Keith hob einen Granitsplitter auf und warf ihn über die Kante. „Das war also meine Lebensbeichte. Bist du zufrieden?"

„Nein. Aber darüber können wir uns später Gedanken machen." Keith sah sie finster an, doch Victoria fuhr lächelnd fort: „Laut Alice Corks Tagebuch hatten die Ballards mit ihren Frauen auch nicht viel Glück. Alice meinte, die Ballard-Männer seien Frauenhelden, die unschuldige Mädchen verführten. Giens Mutter und Großmutter hätten die meiste Zeit still in sich hinein geweint, während ihre Männer hinter allem her waren, was Röcke anhatte. Ist Gien Ballard auch so?"

„Würde mich nicht wundern. Ich warnte Darla davor, aber sie wollte mich nicht anhören. Sie war überzeugt, dass Gien anders ist."

„Komm, Keith, sag mir die Wahrheit. Ist Gien so wie sein Vater oder sein Großvater?", beharrte Victoria.

„Wie, zum Teufel, soll ich das wissen? Ich kümmere mich nicht um Ballards Affären." Keith lehnte sich auf den Ellbogen und sah Victoria düster an.

„In einer so kleinen Gemeinde wie dieser kann man es gar nicht verhindern, die Angelegenheiten der anderen mitzubekommen. Du würdest Gerüchte hören, wenn Gien Ballard seine Frau hinterginge."

„Okay, okay. Gien Ballard ist in dieser Hinsicht vielleicht nicht so schlecht wie sein Vater."

„Aha! Meinst du, dass er Darla treu gewesen ist?"

„Soweit ich weiß, ja", gab Keith widerwillig zu. „Lass uns von etwas anderem reden. Gien Ballard ist das Letzte, worüber ich mich an diesem Morgen unterhalten möchte."

„Worüber dann?"

„Über dich."

„Was ist mit mir?"

„Du bist dreißig Jahre alt und die begehrenswerteste Frau, die ich je getroffen habe. Warum bist du eigentlich nicht verheiratet?"

„Die begehrenswerteste Frau, die du je getroffen hast?", fragte Victoria verblüfft.

„Du machst mich ganz verrückt, wenn wir in meinem Büro den Wochenbericht durchgehen", fuhr Keith fort. „Du kommst Freitagmorgen mit deinem Clipboard in der Hand zur Tür herein, und das Erste, was ich tun möchte, ist, dir die Kleider vom Leib reißen und dich auf der Couch lieben."

Victoria merkte an seiner Stimme, dass er die Wahrheit sprach. Sie musste sich ins Gedächtnis zurückrufen, dass Keith nichts so sehr begehrte wie Harmony Valley. Das konnte ihn dazu bringen, aufregende Dinge zu sagen, die ganz echt klangen. In anderen Worten, es konnte sein, dass er einfach log.

Trotzdem gefiel Victoria der Gedanke, dass sie Keith so stark erregen konnte. Bis sie ihn kennengelernt hatte, hatte sie sich nicht für eine besonders sinnliche Frau gehalten. Victoria wurde plötzlich klar, dass er ihr ein neues Vertrauen in die eigene Sinnlichkeit gegeben hatte.

„Warum, Vicky?", fragte Keith noch einmal, als Victoria schwieg.

„Es gab einmal einen Mann in meinem Leben. Vor ungefähr vier Jahren. Alles schien wunderbar. Wir machten beide die ersten Schritte im Beruf. Wir lachten viel miteinander und mochten dieselben Dinge.

Wir sprachen viel miteinander. Über alte Filme. Gutes Essen. Katzen. Wir waren verliebt."

Keith griff nach einem weiteren Stück Granit und schleuderte es hinab ins Tal. „Weiter", sagte er rau. „Was geschah mit diesem Inbegriff des modernen Mannes?"

„Wir waren ungefähr eineinhalb Jahre lang zusammen und planten zu heiraten. Wir versuchten, einen Termin festzulegen, der uns beiden passen würde, doch es wollte uns einfach nicht gelingen, einen Termin zu finden, der sich mit seinem Stundenplan vereinbaren ließ. Nach einiger Zeit wurde mir klar, dass er kalte Füße bekommen hatte und versuchte, einen Rückzieher zu machen."

„Warum?"

Victoria legte die Arme auf die angezogenen Beine. „Er sagte, ich sei zu stark für ihn. Ich sei zu bestimmt, zu aggressiv für eine Frau, zu unabhängig, zu eifrig und zu selbstbewusst. Mein größter Fehler, glaube ich, war jedoch, dass ich ebenso viel verdiente wie er. Das machte ihm wirklich zu schaffen."

„Das klingt, als sei er ein ganz schöner Idiot gewesen."

„Das wurde mir schließlich auch klar."

„Was wurde aus ihm?"

Victoria lächelte. „Er heiratete ein Tanzgirl, das zufällig bei ihm als Sekretärin jobbte."

„Das klingt, als habe er bekommen, was er verdiente", sagte Keith verächtlich.

„Daran sieht man, dass jeder mal einen Fehler macht", sinnierte Victoria. „Du hast kein Monopol darauf."

„Wohl nicht. Aber die Stockbridges neigen dazu, in dieser Hinsicht überproportional viele Fehler zu machen, und ich habe der Familientradition alle Ehre gemacht."

„Ist dir eigentlich klar, dass wir uns zum ersten Mal über unsere Vergangenheit unterhalten haben?"

„Ich wollte nie mit dir darüber sprechen."

„Ich weiß. Warum?"

„Ich dachte, es würde dich abschrecken", sagte Keith offen. „Du solltest nicht glauben, ich sei ein zweifacher Verlierer."

„Du bist kein Verlierer." Victoria stand auf und klopfte sich den Hosenboden ab. „Du hast einfach noch nicht die richtige Frau getroffen, das ist alles." Sie ging zu den Pferden hinüber.

„Vicky, warte!" Keith sprang auf und folge ihr. „Was meinst du damit?"

„Das ist ganz einfach", erklärte sie, während sie Athenas Zügel aufhob. „Bis jetzt hast du zwei Anläufe genommen, nicht wahr? Die erste Frau war schwach, und für die zweite suchtest du dir eine Frau aus, von der du nicht erwartetest, dass sie dich allzu sehr behelligen würde." Victoria schwang sich in den Sattel. „Du hast ein paar Fehler gemacht, und jetzt bist du übervorsichtig. Das ist verständlich. Die Wahl der richtigen Braut ist eine komplizierte Sache für euch Stockbridge-Männer. Ihr braucht offensichtlich Hilfe bei einer so wichtigen Entscheidung."

Victoria wendete Athena und begann, den Abhang hinunterzureiten. Keith sah ihr eine Minute lang nach und fragte sich, wie er ihre letzten Worte auffassen sollte.

Seine gescheiterte Ehe und die gelöste Verlobung schienen Victoria nicht sonderlich zu beunruhigen. Bedeutete das, dass sie kein Interesse mehr an ihm hatte?

Es gibt noch eine andere Möglichkeit, dachte Keith hoffnungsvoll: Victoria findet meine Erfahrungen gar nicht so abschreckend, wie ich befürchtete.

Er schwang sich auf Tulips Rücken und folgte Victoria hangabwärts. Nein, er würde nicht aufgeben. Victoria war die einzige Frau auf der Welt für ihn. Er musste sie zurückgewinnen.

Victoria verbrachte den Rest des Morgens damit, sich in Alice Corks Haus und der Scheune umzusehen. Keith versuchte, sie zu überreden, zum Mittagessen mit in sein Haus zu kommen, aber Victoria lehnte standhaft ab. Schließlich ließ Keith sie allein, zog seinen Hut tief über die Augen und galoppierte mit den zwei Pferden in einer Staubwolke davon. Victoria sah ihnen eine Weile gedankenverloren nach und machte sich dann wieder an die Arbeit.

Am Nachmittag wurde sie hungrig. Sie fuhr zurück in die Stadt und stellte das Auto auf dem Parkplatz des Motels ab. Da sie keine Lust auf einen weiteren Hamburger aus dem kleinen Café hatte, ging sie in den Lebensmittelladen, um etwas einzukaufen.

Die neugierige Miene, mit der der Ladeninhaber sie empfing, überraschte Victoria nicht. Sie gewöhnte sich allmählich an das Interesse, das ihr jedermann in der kleinen Gemeinde entgegenbrachte.

„Waren Sie schon draußen beim Cork-Haus?", fragte der alte Mann fröhlich und stellte sich als Herbert Crocket vor.

„Ich war heute Morgen dort", sagte Victoria, während sie Brot auswählte.

„Hübsches kleines Tal, nicht wahr?" Herbert machte ein scharfsinniges Gesicht. „Wenn ich Ihnen einen Rat geben darf, verkaufen Sie es bald. Sie wollen doch nicht in der Mitte stehen, wenn die Situation zwischen Ballard und Stockbridge brenzlig wird. Nehmen Sie das beste Angebot an und machen Sie sich davon. Aber versuchen Sie nicht, einen Käufer aus dieser Gegend zu finden. Jeder kennt die Situation. Sie müssten das Land an irgendjemanden aus Denver oder vielleicht aus Kalifornien verkaufen."

„Die Ballards und die Stockbridges haben in dieser Gegend zweifellos einen gewissen Ruf", stellte Victoria fest.

„Sie haben ihn verdient", teilte Herbert ihr genüsslich mit. „Keith und Gien haben schon im Kindergarten gestritten. Ihre Väter waren genauso schlimm und die Großväter noch schlimmer. Man sagt, sie hätten regelrecht aufeinander geschossen."

„Während die Leute hier in der Stadt Wetten abgeschlossen haben?", fragte Victoria geradeheraus.

Herbert Crocket blinzelte verdutzt und kicherte dann. „Ich will nicht sagen, dass die Auseinandersetzung nicht gelegentlich für amüsante Momente gesorgt hat. Ich habe einmal fünf Dollar auf Stockbridge gewonnen. Er und Ballard gerieten unten am Fluss aneinander, auf dem Nachhauseweg von einem High School-Ball. Tim Murphy und ich kamen im Auto vorbei und sahen die Keilerei. Murphy wettete auf Ballard, ich auf Stockbridge."

Victoria konnte sich die Szene gut vorstellen.

Eine grauhaarige Frau mit Brille gesellte sich aus dem hinteren Teil des Ladens zu ihnen. „Du beschönigst die Situation, Herbert." Zu Victoria gewandt fuhr sie fort: „Es gibt hier viel zu viele, die sich wie Herbert über die traurigen Vorstellungen amüsieren, die diese beiden Familien seit Jahrzehnten bieten."

„Es ist nicht meine Schuld, dass die Fehde schon so lange anhält, Ethel", grollte Herbert.

„Sie hätte schon längst beendet werden müssen", stellte Ethel fest. „Eine kluge, starke Frau hätte irgendwann etwas dagegen tun können. Aber die Ballards und die Stockbridges suchten sich immer die falschen Frauen, jedenfalls bis der junge Gien die kleine Darla geheiratet hat. Ich mochte Darla schon immer. Sie ist eine vernünftige Frau und hat einen guten Einfluss auf Gien. Er ist viel ruhiger geworden, seit die zwei zusammen sind."

„Es gibt keine Frau auf der Welt, die mit einem Ballard oder einem Stockbridge fertig wird, wenn es um Harmony Valley geht", erkläre Herbert. „Wenn es um das Land ging, waren die Stockbridges und die Ballards von jeher unvernünftig."

Die Ladentür wurde aufgerissen. Ein hagerer junger Mann streckte den Kopf herein und verkündete aufgeregt: „Wer Ballard und Stockbridge in Aktion sehen will, der muss schnell zu Cullys Taverne kommen. Stockbridge spielt dort Billard, und Ballard parkte gerade den Wagen vor dem Lokal. Das gibt bestimmt ein Feuerwerk."

„Es geht schon wieder los", jammerte Ethel Crocket.

„Ja", seufzte Herbert begeistert.

„Nichts dergleichen", entschied Victoria ruhig und fest. „Entschuldigen Sie mich, Herbert. Ich komme später wieder und nehme die Sachen mit." Sie stellte den Einkaufskorb neben der Kasse ab.

„Wo gehen Sie denn hin?", fragte Herbert erstaunt.

„Ich schaue mir die örtlichen Sehenswürdigkeiten an. Zeigen Sie mir den Weg zu Cullys Taverne?"

Herbert sah sie verwundert an. „Wenn Sie rauskommen, links. Einen halben Block entfernt. Sie können das Lokal nicht verfehlen. Aber Sie sollten dort nicht hineingehen. Es ist nicht gerade die Art von Lokal, wo sich eine nette Frau wie Sie wohlfühlen würde, wenn Sie wissen, was ich meine."

7. Kapitel

Victoria fand Cullys Taverne auf Anhieb. Vor dem Lokal blieb sie einen Moment stehen und betrachtete es. Eine Neonreklame warb für Bier und Pool-Billard. Ausgebleichte rote Vorhänge, die offenbar seit Jahren nicht gereinigt worden waren, verwehrten den Blick durch die kleinen schmalen Fenster. Neben dem Türpfosten warnte ein verbeultes Metallschild, dass Minderjährigen der Eintritt nicht gestattet war. Die düstere Atmosphäre des Lokals demonstrierte deutlich, dass Frauen nicht willkommen waren. Victoria ahnte, was sie im Inneren finden würde.

Entschlossen stieß sie die Tür auf. Eine Wolke aus schalem Zigarettenrauch, Alkoholdünsten und männlichem Geruch schlug ihr entgegen. Durch den Nebel sah sie, dass die Wände mit bunten Bieretiketten geschmückt waren.

Männer in Jeans und Arbeitskleidung saßen auf schäbigen Barhockern, tranken Bier und beobachteten aufmerksam das Geschehen am Billardtisch.

Wie auf Kommando drehten sich die Männer an der Bar zu Victoria um. Sie ließ den Blick über ihre Gesichter schweifen und wandte sich dann dem Pool-Tisch zu.

Keith beugte sich eben darüber und hatte den Queue zum Stoß angelegt. Sein Gesicht wurde von einer grellen dreieckigen Lampe über dem Tisch beleuchtet. Die Kugeln auf dem grünen Feld bildeten ein kompliziertes Muster.

Ein großer gutaussehender Mann mit kupferrotem Haar stand daneben und beobachtete Keith' Vorbereitungen zum Stoß, als sehe er einer Klapperschlange zu.

„Ich habe einen Vorschlag für dich, Stockbridge", sagte der Rothaarige. „Einer von uns kauft der Frau das Land ab. Wenn sie von der Bildfläche verschwunden ist, können wir das Land unter uns im Billard ausspielen."

„Vergiss es, Ballard." Keith zielte erneut.

„Du warst schon immer ein Feigling, der kein Risiko eingehen will. Ich schätze, du hast dich in den letzten Jahren nicht sehr geändert. Scheint typisch für die Stockbridges zu sein."

„Ich gehe gern ein Risiko ein", gab Keith ruhig zurück. „Aber ich muss zugeben, es ist mir lieber, wenn es sich kalkulieren lässt. Die verrückte Art von Risiko, die nur ein Narr eingeht, überlasse ich euch Ballards gern."

„So wie die Frauen?", schlug Ballard scheinheilig zurück. „Geh zur Hölle, Ballard. Ich habe zu tun." Keith ließ den Queue vorschnellen. Der Stoß saß, und eine Kugel fiel ins Loch. Keith richtete sich auf, ging um den Tisch und überlegte den nächsten Zug.

Er beugte sich herab, fixierte sein Ziel und entdeckte Victoria. „Was, zum Teufel, tust du hier, Vicky?"

„Ich nehme das Lokalkolorit in mich auf." Sie trat in der rauchigen Luft vor und lächelte den rothaarigen Mann an. „Und Sie sind Gien Ballard, nehme ich an?"

„Das bin ich." Ballard streckte sich und legte in einer altmodischen Geste die Hand an seinen breitkrempigen Westernhut. Während er Victoria betrachtete, verschwand der höhnische Ausdruck aus seinem Blick. Langsam verzog er die Mundwinkel zu einem Lächeln. „Und Sie müssen Victoria Warner sein."

„Das ist kein Ort für dich, Vicky." Keith legte seinen Queue auf den Tisch und kam um die Ecke. „Verdammt, dies hier ist alles andere als eine Cocktail-Bar."

„Das wurde mir sofort klar, nachdem ich die Tür geöffnet hatte."

„Miss Warner ist hier völlig sicher", sagte Gien Ballard herausfordernd. „Ich beschütze sie, wenn es sein muss."

„Den Teufel wirst du tun. Rühr sie an, und ich stoß dir den Queue in den Schlund."

„Keith, bitte", mischte Victoria sich ein. „Mach dich nicht zum Narren."

„Das ist ein guter Rat. Du solltest auf die Dame hören, Stockbridge." Ballard lächelte böse. „Natürlich ist es hart für einen Stockbridge, so einen Rat anzunehmen." Gien sah Victoria an. „Die Stockbridges neigen nämlich von Natur aus dazu, sich zum Narren zu machen", vertraute er ihr an. „Es liegt ihnen im Blut."

„Halt den Mund, Ballard."

„Warum sollte ich, Stockbridge?"

„Bitte, meine Herren", sagte Victoria sehr fest. Sie spürte die wachsende Spannung in der Taverne. Die Männer an der Bar legten Geld auf die Theke – ganz offensichtlich nicht für ihre Zeche – und kamen langsam näher. Es wurde Zeit, die Situation unter Kontrolle zu bringen. „Hier scheint ein Missverständnis vorzuliegen."

Keiner der beiden Männer schenkte ihr die geringste Aufmerksamkeit.

„Ich sagte", wiederholte Victoria ein wenig lauter, „dass hier ein Missverständnis vorzuliegen scheint." Victoria wandte sich um und sah die anderen Gäste an. „Statt Ihnen heute eine schlechte Show zu bieten, möchten Mr. Ballard und Mr. Stockbridge Ihnen eine Runde spendieren."

„Verschwinde, Vicky." Keith fixierte seinen Gegner. „Ich komme gleich nach, sobald ich Ballard Manieren beigebracht habe."

„Wenn ich ihn zu Ihnen hinausschicke, wird er vielleicht nicht mehr ganz der Alte sein, Miss Warner. Ich bin mir nicht sicher, ob er noch zu gebrauchen ist, wenn ich mit ihm fertig bin. Andererseits waren die Stockbridge-Männer noch nie zu viel zu gebrauchen", spottete Ballard.

„Ich fürchte, Sie verstehen mich nicht richtig", sagte Victoria kühl. „Sie werden beide auf der Stelle aufhören, sich so kindisch zu benehmen. Und dann werden Sie beide diesen Herrschaften hier einen Drink ausgeben. Wenn nicht, werde ich Harmony Valley irgendeiner verrückten religiösen Sekte überlassen. Soweit ich weiß, sind sie immer auf der Suche nach geeigneten Orten für ihre Kommunen."

„Sei nicht albern, Vicky", sagte Keith leise.

„Du weißt sehr wohl, dass ich selten albern bin. Ich meine jedes Wort, das ich sage. Ihr habt sechzig Sekunden, um euch zu entscheiden."

Keith fluchte und sah Ballard an. „Ich sage es nicht gern, aber es kann sein, dass sie wirklich tut, was sie sagt. Ich kenne sie. Wenn du nicht möchtest, dass diese Stadt von lauter Spinnern und ihren Gurus überschwemmt wird, tust du besser, was sie will." Keith zog seine Brieftasche heraus, ging zur Bar und legte mehrere Scheine darauf.

Erstaunt blickte Ballard von Keith zu Victoria, und irgendetwas in ihrer Miene schien ihn zu überzeugen, dass ihre Drohung echt war. Nachdenklich folgte er Keith zur Bar und legte ein Bündel Scheine auf die Theke.

Während Victoria sich umwandte und aus der Taverne ging, wurde ihr die atemlose Stille bewusst, die plötzlich im Lokal herrschte. Sie brauchte sich nicht erst umzudrehen, um zu wissen, dass Keith und Gien ihr folgten.

„Sie sind also die neue Besitzerin von Harmony Valley", sagte Gien Ballard zu Victoria, die zum Lebensmittelladen zurückstrebte. „Ich sage es Ihnen offen, Sie sind nicht das, was ich erwartet hatte. Ich wette, das gilt auch für Keith. Hey, da kommt Herbert. Was gibt's, Herbert? Du siehst so aufgeregt aus."

Herbert Crocket blieb verlegen vor Victoria stehen. Er blickte von ihrem ruhigen Gesicht auf die grollenden Mienen der beiden Männer. „Alles in Ordnung, Miss Warner?", fragte er besorgt.

„Alles okay, Herbert. Keith und Gien haben in Cullys Taverne für jeden einen Drink spendiert. Wenn Sie sich beeilen, bekommen Sie vielleicht noch ein Bier umsonst."

„Sie haben zusammengelegt, um alle auf einen Drink einzuladen?" Herbert sah Keith und Gien forschend an. „Das muss ein Irrtum sein. Ich dachte, es gäbe eine ..." Unter den durchdringenden Blicken der beiden Männer hinter Victoria brach Herbert schnell ab.

„Sie dachten, es gäbe eine Schlägerei?" Victoria lächelte höflich. „Nicht heute. Mr. Ballard und Mr. Stockbridge werden sich heute benehmen, nicht wahr, meine Herren?"

„Darauf werde ich mit den anderen an der Bar anstoßen." Herbert wandte sich zum Gehen. „Übrigens, Miss Warner, Ihre Lebensmittel stehen zum Abholen bereit", rief er über die Schulter zurück.

„Danke, Herbert." Victoria nahm ihren Weg zum Laden wieder auf.

Mit den in einem Papiersack verstauten Lebensmitteln auf dem Arm kehrte Victoria zum Motel zurück. Die beiden Männer folgten ihr noch immer schweigend wie hungrige Wölfe ihrer Beute.

„Miss Warner", sagte Gien schließlich betont geschäftsmäßig, „ich würde gern mit Ihnen sprechen."

„Möchten Sie das?" Victoria wandte sich um und betrachtete die beiden Männer abschätzend. Gien Ballard und Keith Stockbridge waren so verschieden wie Tag und Nacht. Keith wirkte dunkel und verschlossen, sein Gegenstück sonnig und voller frechem Charme.

Man musste Keith eine ganze Weile kennen, um zu entscheiden, ob man ihn mochte oder nicht, Gien Ballard dagegen war jedermann auf Anhieb sympathisch. Es sei denn, man wusste, was ihn dazu veranlasste, seinen Charme spielen zu lassen.

„Allerdings", sagte Gien leichthin. „Am besten fange ich von vorne an." Er machte eine kleine, amüsante Verbeugung. „Gien Ballard, zu Ihren Diensten, Madam. Meine Frau Darla und ich hörten, dass Sie in der Stadt seien, und fragten uns, ob Sie zu einer kleinen Gesellschaft kommen möchten, die wir heute Abend geben. Es ist nur eine Grillparty für ein paar Nachbarn. Und dazu gehören Sie ja jetzt."

Victoria gefiel der Gedanke, ihre neuen Nachbarn kennenzulernen. Aber die Vorstellung, die Frau zu treffen, mit der Keith einmal verlobt war, verursachte ein merkwürdiges Gefühl in ihrem Magen. Victoria wusste jedoch, dass sie früher oder später mit den Ballards zu tun haben würde. Bei einer Grillparty würde sich die Lage am einfachsten abschätzen lassen.

„Das klingt sehr gut", antwortete sie höflich. „Ich nehme Ihre Einladung an."

Keith fluchte. „Sei nicht dumm, Vicky. Ich dachte, du wärst klug genug, um nicht auf diese Schlange mit ihrem öligen Charme hereinzufallen."

„Warum lässt du Miss Warner nicht selbst entscheiden, Stockbridge? Du hattest deine Chance bei ihr. Wie ich hörte, hast du sie zwei Monate lang vor der Öffentlichkeit versteckt."

„Miss Warner trifft ihre eigenen Entscheidungen", sagte Keith gepresst. „Und in den letzten Wochen entschied sie sich dafür, bei mir zu bleiben."

„Vielleicht wusste sie nicht, warum du ein Auge auf sie hattest, hm?"

„Ich habe nicht die Absicht, mir dieses Gerede noch länger anzuhören", unterbrach Victoria die beiden und schloss die Zimmertür auf. „Wenn ihr mich entschuldigt, dann mache ich mir jetzt etwas zu essen." Sie drehte sich noch einmal um. „Und vergesst meine Drohung nicht, ich meine sie ernst." Sie schloss die Tür hinter sich und lehnte sich dagegen.

„Ich hole Sie in einer Stunde ab, Miss Warner", rief Gien fröhlich durch die Tür.

„Machen Sie sich keine Mühe. Ich finde Ihr Haus schon."

„Wie Sie möchten. Fragen Sie einfach den Motelbesitzer nach dem Weg. Darla wird sich freuen, Ihre Bekanntschaft zu machen, Miss Warner. Bis später."

Victoria hörte, wie Gien Ballard zufrieden pfeifend davonging.

„Mach auf, Vicky. Ich möchte mit dir reden."

„Jetzt nicht, Keith. Ich muss mich darauf vorbereiten, meine neuen Nachbarn kennenzulernen."

„Den Teufel musst du. Ballard versucht nur, dich einzulullen. Wenn du klug bist, hältst du dich in Zukunft von ihm fern."

„Ich werde daran denken", rief Victoria durch die geschlossene Tür zurück. „Geh jetzt, Keith."

Auf der anderen Seite der Tür herrschte Schweigen. Victoria wartete darauf, dass Keith es vielleicht mit einer anderen Taktik versuchen würde, hörte dann aber, wie er in seinem Porsche davonfuhr.

Stunden später erreichte Victoria das weitläufige Anwesen der Ballards, das in den Hügel vor der Stadt lag. Sie parkte ihr Auto neben einer Reihe von Fahrzeugen, in der sich von der neuesten Limousine bis hin zum mindestens fünfzehn Jahre alten Lieferwagen alle möglichen Fahrzeugtypen befanden. Es sah aus, als sei die ganze Gemeinde zu der Grillparty eingeladen.

Victoria folgte einem Steinpfad auf die Rückseite des Hauses, wo die Gäste in Gruppen lachend und schwatzend um einen großen Swimming-Pool standen. Kinder flitzten hin und her, wobei sie sich lachend etwas zuriefen. Der aromatische Duft eines Holzfeuers und von gegrilltem Fleisch erfüllte die Luft. Während Victoria sich noch fragte, welche der anwesenden Damen ihre Gastgeberin sein mochte, kam eine von ihnen mit einem freundlichen Lächeln auf sie zu.

„Sie müssen Victoria Warner sein. Ich bin Darla Ballard, und ich freue mich sehr, dass Sie kommen konnten. Ich sagte Gien, es sei ein Wunder, wenn Sie kämen. Ich bin sicher, Sie haben von den Stockbridges und den Ballards mittlerweile genug."

„Ich konnte der Aussicht auf ein richtiges Essen einfach nicht widerstehen. Seit meiner Ankunft habe ich in dem Café schon mehr Hamburger gegessen als sonst in drei Monaten", sagte Victoria lächelnd und musterte Darla kurz.

Gien Ballards Frau war eine hübsche, braunäugige Blondine. Sie war ungefähr in Victorias Alter und offensichtlich schwanger. Dieser Zustand schien Darla zu bekommen, denn sie strahlte.

„Ein Abendessen ist das Mindeste, was wir Ihnen anbieten können. Kommen Sie, ich möchte Sie unseren Nachbarn vorstellen. Sie haben mittlerweile alle von Ihnen gehört. Hier bleibt nichts geheim, was die Stockbridges und Ballards betrifft. Ich habe gehört, dass Sie heute Cullys Stammkundschaft in Erstaunen versetzt haben. Man nennt Sie den neuen Sheriff, Miss Warner, und erzählt sich, Sie seien ganz allein in den Saloon gegangen und hätten eine Auseinandersetzung verhindert, wie in den alten Tagen, wo Streitigkeiten noch mit dem Schießeisen ausgetragen wurden."

„So aufregend war es nun auch wieder nicht." Victoria folgte ihrer Gastgeberin durch die Menge und dachte daran, wie schnell Neuigkeiten sich hier verbreiteten. Wie mochten die Leute erst getratscht haben, als Darla die Verlobung mit Keith gelöst hatte. Der Gedanke schmerzte Victoria. Keith' Stolz musste einen empfindlichen Schlag erlitten haben.

Aber Darla wirkte nicht wie eine Frau, die so etwas leichtfertig tat. Während Darla Victoria verschiedenen Leuten vorstellte, versuchte diese, sich eine Meinung über ihre Gastgeberin zu bilden. Es war offensichtlich, dass sie sehr beliebt war, und ihr Lächeln war echt. Victoria merkte, dass auch ihr es leichtfiel, Darla sympathisch zu finden.

„Hallo. Schön, dass Sie hergefunden haben", rief Gien, der bei dem rauchenden Grillbecken stand. „Gib ihr einen Drink, Liebes. Sie kann ihn wahrscheinlich brauchen. Sie hat den ganzen Tag mit Stockbridge zu tun gehabt."

Darla lachte. „Was möchten Sie trinken, Victoria?"

„Ein Glas Wein, bitte. Sie haben ein wundervolles Haus, Darla."

„Vielen Dank. Ich wünschte nur, wir könnten öfter hier sein." Darla führte Victoria zu dem weißgekleideten Kellner, der die Drinks ausschenkte. „Leider sind wir wegen Giens Firma meist in Denver. Wir können nicht zulassen, dass Clear Advantage von der Konkurrenz abgehängt wird, wissen Sie."

„Ich bin überrascht, dass wir uns nicht bereits begegnet sind", meinte Victoria, während sie ihr Weinglas entgegennahm.

„Soll das ein Witz sein?" Darla sah sie mit großen Augen an. „Die Ballards und die Stockbridges sind noch nie gesellschaftlich miteinander verkehrt." Darla zwinkerte Victoria zu. „Das wäre gefährlich.

Kein normal denkender Mensch würde einen Stockbridge und einen Ballard zusammen in einen Raum sperren."

„Ich kann es wirklich kaum glauben. Und alles wegen Harmony Valley?"

Darla sah Victoria einen Moment forschend an und entschied sich für Offenheit. „Die Fehde begann wegen des Tales, aber im Laufe der Jahre kamen eine Reihe anderer Dinge hinzu, die ihr Nahrung gaben. Es ist verrückt, aber die Fehde geht schon so lange, dass niemand weiß, wie sie beendet werden könnte. Manchmal glaube ich sogar, dass diese netten Leute hier nicht einmal wollen, dass sie aufhört, denn sie ist so unterhaltsam und bietet so viel Stoff für Klatsch und Tratsch."

„Sie finden die Fehde nicht besonders unterhaltsam, nicht wahr, Darla?", fragte Victoria sehr sanft.

„Nein. Ich finde sie dumm und gefährlich. Aber das liegt vielleicht daran, dass ich weiß, wie es ist, im Kreuzfeuer zu stehen." Darla sah Victoria ruhig an. „Ich nehme an, Sie haben davon gehört?"

„Nur die Fakten."

„Nun, die Tatsachen lügen nicht. Ich war mit Keith Stockbridge verlobt. Und ehrlich gesagt, es würde mich nicht wundern, wenn dies der Hauptgrund für Gien gewesen wäre, um mich zu werben. Die Versuchung, einem Stockbridge einen Schuss vor den Bug zu geben, war für Gien unwiderstehlich, obwohl er das bis auf den heutigen Tag leugnet. Wir sprechen nicht über nette Familien, Victoria. Glauben Sie mir, ich weiß das. Ich bin in dieser Gegend geboren und aufgewachsen."

Victoria biss sich nachdenklich auf die Unterlippe. „Mit Ihnen und Gien scheint alles gutgegangen zu sein", stellte sie fest.

„Ja, weil Gien in seine eigene Falle tappte." Darla lachte leise. „Er verliebte sich in mich. Ich glaube, er war so überrascht wie ich, als er erkannte, was los war. Keith wird immer in dem Glauben bleiben, Gien hätte sich zwischen uns gestellt. Aber die Wahrheit ist, dass ich meine Verlobung mit Keith ohnehin lösen wollte. Ich hätte es schon Wochen vorher getan, wenn ich den Mut gehabt hätte."

„Den Mut?"

Darla nickte und trank einen Schluck Fruchtsaft. „Es braucht Mut, Keith Stockbridge zu trotzen. Sie haben das bestimmt auch schon festgestellt. Ich quälte mich schon länger damit herum, wie ich es Keith sagen sollte, da tauchte Gien auf und nahm mir das Problem ab. Er genoss es sehr, Keith die Neuigkeit mitzuteilen. Ich hätte nie zulassen dürfen, dass er es tat. Es war eine schreckliche Szene."

„Warum wollten Sie die Verlobung mit Keith lösen?", fragte Victoria ruhig.

„Aus zwei Gründen", erklärte Darla offen. „Erstens konnte er mich in Todesangst versetzen. Da ich aus dieser Gegend stamme, hatte ich natürlich schon von dem Stockbridge-Temperament gehört. Bis zu meiner Verlobung mit Keith hatte ich es jedoch nie selbst zu spüren bekommen."

Victoria sah ihre Gastgeberin überrascht an. „Er machte Ihnen Angst?"

„Leider ja. Sie haben doch bestimmt auch schon mal einen seiner Wutausbrüche erlebt?"

„Nun, ich habe ihn natürlich schon ärgerlich erlebt, und er kann sich auch ganz schön aufregen, wenn er nicht bekommt, was er will. Aber mir gegenüber hat er eigentlich noch nie so richtig die Beherrschung verloren."

„Sie Glückliche. Ich habe es ein- oder zweimal erlebt, und ich konnte es nicht ertragen", erklärte Darla. „Ich zitterte jedes Mal am ganzen Körper. Gien erhebt mir gegenüber nie die Stimme. Ich weiß, dass Gien genauso aufbrausen kann wie ein Stockbridge, aber in meiner Gegenwart tut er es kaum. Und selbst wenn, dann erschreckt es mich nicht. Nicht so, wie Keith mich erschreckte."

„So schlimm ist Keith gar nicht." Victoria fragte sich, warum sie das Gefühl hatte, ihn verteidigen zu müssen. „Er verliert selten völlig die Beherrschung. Aber irgendwie hat er gelernt, dass er seinen Jähzorn als Druckmittel einsetzen kann, um in bestimmten Situationen die Oberhand zu behalten, und leider nutzt er das auch aus."

Darla blickte Victoria zweifelnd an. „Keith ist in Ihrer Gegenwart nie in die Luft gegangen?"

„Ich habe schon gesehen, wie wütend er mit Angestellten umgesprungen ist. Ein paarmal hat er mich auch angeschrien, aber ich habe ihn nie als angsteinflößend empfunden."

„Erstaunlich", sagte Darla trocken. „Wenn er in meiner Gegenwart ärgerlich wurde, wäre ich am liebsten davongelaufen und hätte mich versteckt. Aber selbst wenn ich meine Scheu davor überwunden hätte, wäre da noch etwas anderes gewesen."

„Was denn?"

Darla sah sie wiederum forschend an. „Ich wusste nicht, wie ich mit der dunklen Seite seiner Persönlichkeit umgehen sollte. Ich spürte, dass ich einen Teil von ihm nie erreichen würde. Wir sprachen nie wirklich miteinander, teilten uns gegenseitig nie mit, was uns bewegte. Oft war er sich meiner Gegenwart wohl gar nicht richtig bewusst. Er war so damit beschäftigt, große Pläne für Fläming Luck Enterprises zu schmieden."

„Fläming Luck nimmt einen großen Platz in seinem Leben ein."

„Er dachte an nichts anderes, während unserer gesamten Verlobungszeit. Mir den Ring an den Finger zu stecken, schien für ihn ein Geschäft wie jedes andere gewesen zu sein. Danach konnte er seine Aufmerksamkeit wieder einem neuen Geschäftsabschluss zuwenden. Ich fühlte mich ausgeschlossen, merkte, dass er mich eigentlich gar nicht brauchte. Er liebte mich nicht. Ich kam zu dem Schluss, er sei vielleicht unfähig, jemanden zu lieben. Sobald mir das klar war, wusste ich, dass ich die Verlobung lösen musste."

„Haben Sie ihn geliebt?" Es fiel Victoria schwer, diese Frage zu stellen, aber sie musste es wissen.

Darla neigte den Kopf und dachte nach. „Ich bin mir nicht sicher. Was immer ich empfand, es hielt nicht lange an, also konnte es keine wahre Liebe gewesen sein. Wenn jedoch etwas mehr Gefühl von Keith zurückgekommen wäre, wer weiß, vielleicht hätte sich daraus doch noch Liebe entwickelt. Ich weiß jedenfalls, dass ich sehr aufgeregt war, als Keith begann, mit mir auszugehen. Schließlich war er der Sohn einer der bedeutendsten Familien in der Gegend. Und am Anfang zog mich sogar seine dunkle Seite an. Sie war eine Herausforderung für mich, nehme ich an."

„Keith kann tatsächlich eine Herausforderung sein", gab Victoria zu.

„Nun, ich verlor die Lust daran, als mir klar wurde, dass ich nicht die Macht hatte, ihn zu ändern. Ich wusste, ich brauchte einen Mann, der die Dinge leichter nahm. Der offener war." Darla lächelte. „Gien wird nur schwierig, wenn er Keith gegenübersteht. Das artet jedes Mal in eine Katastrophe aus. Man fühlt sich dann zurückversetzt in den Wilden Westen."

„Ich kann einfach nicht glauben, dass die beiden sich all die Jahre lang angefeindet haben."

„Ich auch nicht, aber es ist eine Tatsache." Darla strich sich über den gewölbten Leib. „Wahrscheinlich bin ich gerade dabei, die nächste Generation kriegerischer Ballards hervorzubringen."

„Vielleicht haben Sie Glück und bekommen ein Mädchen." Darla lächelte. „Das würde den beiden einen Strich durch die Rechnung machen, nicht wahr? Aber die Ballards hatten immer männliche Nachkommen, und die Stockbridges ebenso. Wenn Keith heiratet, bekommt er bestimmt einen Sohn, der in der Überzeugung aufwächst, dass die niedrigste Lebensform auf der Erde ein Ballard ist."

Victoria lächelte ihre Gastgeberin an. „Sehen Sie mich nicht so an, Darla. Es macht mich nervös."

„Tut mir leid. Aber als ich hörte, Sie hätten mit Keith zusammengelebt, fragte ich mich natürlich …"

„Wir haben nur zehn Tage zusammengewohnt. Es ist vorbei", sagte Victoria knapp. „Es war aus, als ich herausfand, wie es kam, dass Keith mich ‚zufällig' kennenlernte."

„Harmony Valley? Sie haben es erst neulich erfahren?"

„Die Anwälte fanden mich erst vorgestern. Ein paar Stunden später zog ich bei Keith aus."

„Und er folgte Ihnen", mutmaßte Darla.

„Natürlich. Harmony Valley ist ihm noch nicht sicher." Darla runzelte die Stirn. „Das sieht ihm gar nicht ähnlich."

„Wovon sprechen Sie?"

„Ich kann mir nicht vorstellen, dass Keith eine Frau bittet, bei ihm einzuziehen, damit er ihr Land in die Finger bekommt. Er und Gien würden alles Mögliche tun, um Harmony Valley zu kriegen, aber ich glaube nicht, dass einer von ihnen so weit gehen würde."

„Ihre Väter und Großväter waren offensichtlich bereit, des Landes wegen zu heiraten."

„Andere Zeiten, andere Männer", sagte Darla philosophisch. „Was Keith betrifft, mag ich mich irren. Ich gebe zu, dass ich ihn nie richtig kennengelernt habe. Aber ich weiß, dass Gien nicht geheiratet hätte, nur um in den Besitz des Tales zu kommen." Sie brach abrupt ab, als käme ihr gerade ein Gedanke. „Aber …"

„Aber?", hakte Victoria nach.

Darla lächelte heiter. „Mir scheint, wenn Keith in eine Situation geraten würde, die in mancherlei Hinsicht vielversprechend wäre, würde er nicht zögern, das Beste daraus zu machen. Das hätte Gien auch getan, bevor er mich kennenlernte. Es ist eine Tatsache, dass die Ballards und die Stockbridges ihren Vorteil zu nutzen wissen."

„Mit anderen Worten, wenn Keith gemerkt hat, dass er sich zu der Besitzerin von Harmony Valley hingezogen fühlt, wird er versuchen, beides zu bekommen."

„Bestimmt. Nun, die Stockbridges sind für ihr Glück in geschäftliche Dingen bekannt." Darla lachte leise. „Aber nicht für ihren Charme. Da haben ihnen die Ballards einiges voraus. Schluss jetzt mit diesem bedrückenden Thema. Lassen Sie uns mal nachschauen, ob wir ein Steak für Sie auftreiben können. Gien ist sehr gut im Grillen. Er sagt, es liegt ihm im Blut."

8. Kapitel

Die nächste Stunde verging schnell. Victoria begann, sich zu entspannen und zu amüsieren. Gien Ballard hatte mit den anderen Gästen zu tun und machte keinen Versuch, Harmony Valley zur Sprache zu bringen. Darla stellte Victoria noch ein paar ihrer Freunde vor, und das Gespräch beschränkte sich auf neutrale Themen. Es lag auf der Hand, dass die Leute viel zu höflich waren, um die Stockbridge-Ballard-Fehde oder Victorias Rolle darin zur Sprache zu bringen.

In ein Gespräch mit der Frau eines Ranchers vertieft, bemerkte Victoria nicht gleich, dass es am Swimmingpool eine Störung gab. Zuerst hörte sie nur ein erregtes Flüstern, aber einen Moment später schnappte ihre neue Bekannte nach Luft.

„Oje, es ist Keith Stockbridge", sagte die Frau. „Er ist hier, drüben am Pool. Sehen Sie sich das an! Der Mann hat Nerven. Die arme Darla." Auf ihrem Gesicht malten sich Erregung und Entsetzen. „Ich hoffe, es wird keine Szene geben." Ihrem Tonfall war zu entnehmen, dass es sehr wahrscheinlich zu einer Szene kommen würde. Andernfalls wären sie und die anderen Gäste sehr enttäuscht gewesen.

Victoria wandte sich um und sah Keith neben dem Pool stehen. Er hatte sich nicht die Mühe gemacht, sich umzuziehen, und trug immer noch die enganliegenden Jeans, die abgetragenen Stiefel und das ausgeblichene Baumwollhemd. Den schwarzen Stetson hatte er sich tief über die Augen gezogen. Seine Miene drückte spöttische Herausforderung aus. Er war gekommen, um Ärger zu machen, und scherte sich offenbar kein bisschen darum, wer es mitbekam. Er fing Victorias Blick auf und lächelte kalt.

Bewegungslos beobachtete Victoria, wie Gien Ballard mit einer Dose Bier in jeder Hand durch die Menge auf Keith zuging. Victoria atmete erleichtert auf. Wenigstens Gien schien eine Szene vermeiden zu wollen. Der Ring der Zuschauer schloss sich um die zwei Männer, sodass Victoria sie nicht mehr sehen konnte.

„Ich hätte wissen müssen, dass Keith eine Show abziehen wird.

Das sieht ihm ähnlich, hier einzudringen und unsere Party zu stören. Er wird das Bedürfnis haben, Sie möglichst schnell aus unseren Klauen zu entreißen." Victoria sah Darla an, die neben ihr aufgetaucht war und den Eindruck machte, als habe sie sich bereits mit der Katastrophe abgefunden.

„Sieht aus, als würde Gien sich anständig benehmen. Keith wird keine Szene machen, wenn Gien sich weigert, darauf einzugehen."

Die Frau des Ranchers schnaubte verächtlich. „Diese zwei machen doch überall und zu jeder Zeit eine Szene."

„Leider hat sie recht", sagte Darla. „Keiner kann der Versuchung widerstehen, den anderen zu reizen. Sie werden mir die Party verderben. Ich weiß es."

„Was können die beiden denn anstellen?", fragte Victoria ärgerlich. „Sie sind doch keine Revolverhelden, sondern angesehene Geschäftsleute. Sie werden sich doch auf einer Party nicht in die Haare kriegen!"

Die Frau des Ranchers und Darla sahen Victoria mitleidig an. „Sie meinen, die beiden könnten tatsächlich anfangen, sich hier zu prügeln? Vor allen Leuten?", fragte Victoria ungläubig. „Wäre nicht das erste Mal", erklärte die Frau des Ranchers. „Das darf nicht wahr sein", stöhnte Victoria. Dies war eine zivilisierte Party, keine Spelunke.

„Der herausragendste Anlass war mein Hochzeitsempfang", sagte Darla grimmig. „Aber es gibt auch andere Beispiele."

„Ich kann es nicht glauben. Zwei ausgewachsene Männer im Vollbesitz ihrer geistigen Kräfte?"

„Warten Sie's ab", riet die Frau des Ranchers wissend. Victoria begann, sich energisch durch die Menge nach vorne durchzuarbeiten. „Nein, ich werde es nicht abwarten. Ich werde dieser Sache auf der Stelle ein Ende bereiten. Es geht nicht an, dass Keith Ihre Party ruiniert, Darla."

„Warten Sie", rief Darla, folgte Victoria aber auf den Fersen. „Kommen Sie zurück. Glauben Sie mir, Sie sollten sich nicht einmischen. Die Ballards und Stockbridges streiten sich immer, wenn sie sich begegnen."

Victoria schenkte Darlas Worten keine Beachtung. Mit verdächtiger Bereitwilligkeit traten die Leute beiseite und ließen sie durch. Am

Pool angelangt, blieb Victoria überrascht stehen, als sie hörte, über was die beiden Männer sich unterhielten.

„Eines muss man dir lassen, Ballard", sagte Keith gerade. „Es wäre dir fast gelungen. Aber ich erkannte deine Handschrift sofort, als mein Angestellter mir zu erklären versuchte, warum Jamison seine Meinung geändert hatte. Ich kenne deine Taktik. Es wird dich freuen, zu hören, dass Jamison Montagnachmittag bei mir unterschrieben hat."

Gien zuckte die Achseln. „Es war einen Versuch wert", sagte er und nahm einen Schluck Bier. „Als ich herausfand, dass du mir bei dem Bankgeschäft mit Jamison zuvorgekommen warst, war ich ganz schön sauer."

„Du wirst langsam auf deine alten Tage, Ballard", spottete Keith.

„Ich bin nur sechs Monate älter als du, Stockbridge, und ich kann dich immer noch mit einer Hand auslöschen, wenn ich will."

„Das konntest du nie, und das weißt du auch. Erinnerst du dich noch daran, was bei der Hochzeit geschah? Am Schluss lagst du mit der Nase im Punsch."

„Und du hattest die Hochzeitstorte im Gesicht, wenn ich mich recht erinnere. Mit dir werde ich noch jederzeit fertig, das weißt du doch. Aber hier möchte ich den Kampf lieber nicht austragen. Darla mag unsere Auseinandersetzungen in der Öffentlichkeit nicht."

Gien entdeckte Victoria. „Und ich glaube, Vicky mag sie auch nicht, nicht wahr, Vicky?"

„Nein, allerdings nicht." Victoria sah Keith an. „Was tust du hier?"

„Meine Einladung ging offensichtlich in der Post verloren, aber ich wusste, Ballard würde enttäuscht sein, wenn ich nicht käme."

Victoria hörte, dass er ein wenig undeutlich sprach, und war entsetzt. „Bist du betrunken, Keith?"

„Nicht zu betrunken, um Ballard zu Brei zu schlagen." Keith nahm eine breitbeinige Kampfhaltung an, trank einen großen Schluck Bier und fixierte dann seinen Gegner. „Nun, Ballard? Willst du versuchen, mich rauszuwerfen?"

„Wenn ich beschließe, dich rauszuwerfen, werde ich es nicht versuchen, sondern einfach tun."

„So wie du versucht hast, Jamison von Fläming Luck wegzulocken?", höhnte Keith.

„Hör auf, Keith", zischte Victoria wütend. „Du machst eine Szene. Das lasse ich nicht zu."

Keith und Gien sahen sie an, als sei sie unglaublich naiv.

„Na und?" Keith lächelte sie herausfordernd an. „Übrigens, Vicky, ich hatte Zeit, über einiges nachzudenken. Ich glaube nicht, dass du Harmony Valley an ein paar spiritistische Spinner verkaufen willst. Deine Drohung zieht nicht mehr, ich kaufe sie dir nicht mehr ab."

„Dies ist eine sehr nette Party, und du wirst sie verderben, wenn du dich nicht anständig benimmst", schnappte Victoria.

„Ja", sagte Gien lässig. „Du wirst alles verderben, Stockbridge. Du wirst eine hässliche kleine Szene machen und die Nachbarn schockieren. Vielleicht gehst du besser, bevor man dich rausträgt."

„Ich gehe nur, wenn Vicky mitgeht. Ich kam, um sie zu holen, Ballard, und ich gehe nicht ohne sie."

Victoria sah Keith an. „Ich gehe, wenn ich Lust dazu habe. Ich bin hier zu Gast und habe vor, mich zu amüsieren. Es war ein herrlicher Abend, bevor du hier aufgetaucht bist."

„Das glaubst du doch selber nicht."

Gien Ballard lächelte wieder. „Ich freue mich, dass Sie sich gut unterhalten haben, Miss Warner. Darla mag Sie sehr gern. Sie sagt, ihr würdet sicher gute Freundinnen werden. Das ist nett, da wir Nachbarn sein werden."

„Hör nicht auf ihn, Vicky", sagte Keith gepresst. „Du willst doch mit diesem Kerl nichts zu tun haben."

„Warum nicht?", rief Victoria wütend.

„Weil er ein Ballard ist", schrie Keith. „Und du gehörst zu mir, klar?" Auch die letzten Gäste wandten sich nun dem Streit zu, der am Swimming-Pool in Gange war.

Victoria erschauerte und musste sich selbst eingestehen, dass sie über Keith' Temperamentsausbruch schockiert war. „Sprich leise, Keith. Du bringst mich in Verlegenheit."

„Und Darla ebenso, Stockbridge. Warum gehst du nicht einfach?" Giens höhnisches Lächeln war eine einzige Herausforderung. „Und mach dir keine Sorgen um Victoria. Wir kümmern uns schon um sie."

„Ich lasse sie nicht in deinen Krallen", entgegnete Keith kalt, stellte seine Bierdose ab und stützte die Hände in die Hüften.

„Keith, hör sofort auf!" Victoria machte sich ernstliche Sorgen, dass der Brand, den die beiden Männer entfacht hatten, außer Kontrolle geriet. „Du hast zu viel getrunken und benimmst dich wie ein Idiot."

„Sehr richtig", erklärte Gien Ballard vergnügt. „Du benimmst dich wie ein Idiot, Stockbridge. Aber das liegt wohl im Blut, nicht wahr?"

„Du willst, dass ich gehe, Ballard? Warum wirfst du mich nicht hinaus?" Keith öffnete eine Manschette seines Hemdes und begann, die Ärmel hochzukrempeln.

„Gern." Gien setzte seine Bierdose ab.

„Keith! Wage es nicht, hier eine Schlägerei anzufangen. Hörst du?", drohte Victoria. „Wage es nicht."

„Halt dich da raus, Vicky." Keith sah sie nicht an. Er hatte nur Augen für seinen Gegner.

„Ich werde mich nicht raushalten", zischte sie. „Hör sofort auf, oder ..."

Aber Keith beachtete sie nicht und bereitete sich auf die Prügelei vor. Gien Ballard hatte ebenfalls die Ärmel hochgerollt und duckte sich wie ein Kämpfer.

„Ich glaube das einfach nicht." Victoria sah von einem Mann zum anderen. „Ich werde diesem Vorgang auf der Stelle ein Ende setzen."

Sie packte Keith bei den Schultern und schob ihn mit aller Kraft an den Pool. Mit einem Schrei der Empörung stürzte er ins Wasser.

„Warum bin ich nicht auf diese Idee gekommen?" Darla Ballard tauchte hinter ihrem Ehemann auf, der sich vor Lachen bog, während er beobachtete, wie sein Gegner versank.

Darla gab Gien einen Stoß, und schon landete er bei seinem Leidensgenossen im Swimmingpool.

Als die beiden Streithähne wieder auftauchten, hielt die um den Swimmingpool versammelte Menge den Atem an. Beide Männer schwammen zum Rand, ohne ein Wort von sich zu geben. Niemand lachte, bis Keith und Gien sich über den Rand hochgezogen hatten und aufgestanden waren. Tropfnass standen sie vor Victoria und Darla und betrachteten sie erstaunt und zugleich empört.

„Ich glaube, ich bringe diesen hier besser nach Hause", sagte Victoria und nahm Keith am Arm. „Er ist nicht in der Verfassung, selbst zu fahren, und wenn er in seinen nassen Sachen hierbleibt, holt er sich vielleicht eine Erkältung. Die Vorstellung von einem großen, starken Revolverhelden mit Schnupfen ist nicht besonders beeindruckend, nicht wahr?"

„Sie hat recht, Gien." Darla betrachtete ihren Mann. „Am besten, du ziehst dich auch um. Es wird kühl hier draußen. Geh schon."

Gien gab etwas Unverständliches von sich, wandte sich um und machte sich fügsam auf den Weg ins Haus.

„Hier entlang, Sportsfreund." Victoria führte Keith, der ihr bereitwillig folgte, durch die amüsierte Menge. „Gute Nacht, Darla. Ich fand die Party sehr nett, bis diese zwei Helden meinten, es sei jetzt Zeit für ihren großen Auftritt. Vielleicht können wir uns demnächst mal wieder treffen?"

„Ich würde mich sehr freuen." Darla begleitete Victoria bis an den Rand der Terrasse. „Dieser Abend wird wahrscheinlich in die Lokalgeschichte eingehen."

„Warum?", fragte Victoria.

„Weil heute gleich zweimal jemand versucht hat, einen Ballard und einen Stockbridge davon abzuhalten, sich zu prügeln."

„Wir haben es nicht nur versucht", berichtigte Victoria, „wir haben es auch geschafft."

„Das ist Ihnen zu danken. Offensichtlich sind die Ballards und die Stockbridges gar nicht so rau, wie sie jedermann glauben machten", bemerkte Darla nachdenklich.

Keith spannte sich unter Victorias Hand an, sagte aber nichts. Victoria lächelte flüchtig.

„Wir sind heute Abend nicht Zeugen von Schwäche geworden, Darla", sagte Victoria, „sondern von gesundem Menschenverstand. Offensichtlich kann sogar ein Ballard oder ein Stockbridge erkennen, wann es Zeit zum Aufhören ist, wenn man es ihm deutlich zu verstehen gibt, egal, was der Volksmund sagt. Ich glaube, das ist ein sehr gutes Zeichen. Auf bald."

„Ich sorge dafür, dass Sie morgen Ihr Auto bekommen", rief Darla Victoria nach. „Wie wär's mit mittags?"

„Klingt gut", rief diese zurück.

Darla lachte und winkte. Dann wandte sie sich um und ging zurück zum Pool, wo die Menge damit beschäftig war, die Szene, die sich gerade abgespielt hatte, noch einmal in aller Ausführlichkeit durchzugehen.

Victoria hatte so eine Ahnung, dass man in der Gemeinde tagelang von nichts anderem sprechen würde.

„Wenn ihr beide euch noch besser versteht, wird es Zeit, dass ihr einen Verein gründet", sagte Keith dumpf, als er sich endlich herabließ, wieder mit Victoria zu sprechen.

„Keine schlechte Idee. Wir könnten ihn ‚Verein der Frauen zur Abschaffung der Stockbridge-Ballard-Fehde' nennen."

Keith sah sie finster an. „Was geht dich die Fehde an? Du willst doch an Ballard verkaufen und nach Denver zurückgehen."

„Will ich das?"

„Ist das nicht der Grund, warum du heute Abend hier warst? Du wolltest dir doch Ballards Angebot anhören."

„Nein. Ich kam aus reiner Neugier, und weil ich meine neuen Nachbarn kennenlernen wollte."

„Natürlich."

„Das ist die Wahrheit." Sie näherten sich dem schwarzen Porsche, der am Ende der Auffahrt stand. „Gib mir deine Autoschlüssel, Keith."

Er griff in die nasse Hosentasche und holte die Schlüssel heraus, gab sie aber Victoria nicht. „Ich fahre."

„Nein, du fährst nicht. Du hast zu viel getrunken."

Keith zögerte und reichte ihr dann die Schlüssel. Ohne sich darum zu kümmern, dass die Polsterung nass wurde, setzte er sich auf den Beifahrersitz. „Halte dich rechts, wenn du auf die Straße kommst. Hast du schon mal hinter dem Steuer eines Sportwagens gesessen?" Er schnallte sich an.

„Nein, aber ein Sportwagen ist ein Auto, oder?" Munter steckte Victoria den Schlüssel ins Zündschloss und legte den Gang ein.

Keith zuckte zusammen, sagte aber nichts, als das fein abgestimmte Getriebe knirschend protestierte. Langsam setzte Victoria das Auto in Bewegung und steuerte auf die Straße am Ende der Auffahrt zu.

„Du nimmst den Vorfall erstaunlich gelassen hin", bemerkte Victoria.

Keith lehnte den Kopf an die Stützen und schloss die Augen. „Mal gewinnt man, mal verliert man", sagte er bewundernswert ruhig.

Langsam dämmerte Victoria die Wahrheit. „Ich verstehe. Du meinst, du hättest heute Abend gewonnen, nicht wahr? Du hast erreicht, was du erreichen wolltest. Du bist uneingeladen auf der Party erschienen und hast mich aus Ballards Klauen gerissen. Gratuliere."

Keith öffnete die Augen nicht. „Danke. Der Sieg hat nur einen Schönheitsfehler: Ich hatte nicht damit gerechnet, im Pool zu landen."

„Ich nehme an, du warst auch nicht so betrunken, wie du vorgabst?"

„Ich habe nur das Bier getrunken, das mir Ballard heute Abend gab."

„Ich verstehe."

Keith öffnete die Augen. „Nein, das tust du nicht, aber vielleicht wirst du es eines Tages verstehen. Bieg bei der nächsten Kreuzung links ab."

Victoria gehorchte und fragte sich, ob sie über die Täuschung wütend sein sollte. Irgendwie fehlte ihr dazu die Energie. Zu viele andere Dinge gingen ihr durch den Kopf.

„Du kannst es dir nicht lange leisten, hierzubleiben und auf mich aufzupassen, Keith. Du hast in Denver eine Firma zu leiten."

„Ich übe das Delegieren von Verantwortung, wie du es mir beigebracht hast. Harrison hat jetzt das Kommando."

„Du hast Rick die Verantwortung überlassen?" Victoria war erstaunt. „Nachdem du ihn so zusammengestaucht hast, weil ihm fast das Jamison-Geschäft durch die Lappen gegangen wäre?"

„Er muss noch viel lernen, aber im Grunde ist er fähig genug, für ein paar Tage die Leitung der Firma zu übernehmen. Das hast du selbst einmal gesagt, erinnerst du dich?"

„Ich dachte, du hättest mir nicht zugehört."

„Ich höre dir immer zu, Vicky. Das solltest du mittlerweile wissen."

Victoria schwieg eine Zeitlang und dachte nach. „Heute habe ich in Alice Corks Tagebuch eine interessante Stelle gelesen", sagte sie schließlich.

„Ja?" Keith klang nicht ermutigt.

„Es ging um etwas, das vor vielen Jahren an Halloween passiert ist. Damals waren du und Gien Ballard noch Teenager. Alice schrieb, dass sie in dieser Nacht Schwierigkeiten hatte."

„Kinder machen an Halloween allen möglichen Unsinn."

„Sie schrieb, eine Bande Jungs aus der benachbarten Stadt haben beschlossen, sich einen Spaß daraus zu machen, ihre Scheune zu verwüsten."

„Die Kinder nannten sie immer eine Hexe."

„An diesem Abend hatte sie Angst um ihr Vieh. Sie fürchtete, die Tiere könnten verletzt werden", fuhr Victoria fort. „Sie wusste nicht recht, was sie tun sollte. Es waren mehrere Jungs, ein paar davon ziemlich brutal. Alice wollte nicht auf sie schießen. Schließlich waren es noch Kinder. Sie schrieb, dass sie sich dann doch keine Sorgen zu machen brauchte. Ein Lieferwagen der Stockbridge-Ranch fuhr vor, zwei Jungs stiegen aus und verprügelten die zwei größten Rowdies, die die Scheune zerstören wollten. Der Rest der Bande verschwand in der Dunkelheit. Die zwei Teenager, die Alices Scheune und wahrscheinlich auch ihre Tiere gerettet hatten, stiegen wieder in den Laster und fuhren davon."

„Wer hätte gedacht, dass die alte Alice alles so genau notieren würde?"

„Du warst es, der in jener Nacht den Wagen fuhr, nicht wahr, Keith? Und der andere Teenager war Gien Ballard."

Auf dem Beifahrersitz herrschte Schweigen. „Alice hat uns erkannt?"

„Oh ja. Sie wusste, wer ihr zu Hilfe gekommen war, und schrieb in ihr Tagebuch, dass es für die nächste Generation der Ballards und Stockbridges vielleicht doch noch Hoffnung gäbe. Wenn es darauf ankam, konntet ihr beide offensichtlich die Fehde vergessen und zusammenarbeiten."

„Vergiss nicht, dass Ballard und ich schon lange an Harmony Valley interessiert sind. Wir entwickelten beide in gewisser Weise Besitzergefühle für das Anwesen. Wir wollten beide verhindern, dass in jener Nacht die Rowdies Alices Scheune kaputtmachten. Man könnte sagen, wir nahmen die Angelegenheit persönlich. Als ich von den Halloween-Plänen hörte, borgte ich mir Dads Lieferwagen und machte mich auf die Suche nach Ballard. Ich brauchte Hilfe und dachte mir, dass auch Ballard ein persönliches Interesse an der Sache hätte." Keith schwieg einen Augenblick und fuhr dann fort: „Und nur wegen dieser einen Sache kam Alice zu dem Schluss, dass Ballard und ich eines Tages in Frieden miteinander umgehen könnten?"

„Ich glaube, Alice Cork war eine sehr scharfsinnige Frau. Und es gab noch andere Vorfälle, nicht wahr? Nicht viele, aber ein oder zwei. Alice schrieb, du und Gien hättet euch vor ein paar Jahren die Kosten von Herbert Crockets Bypass-Operation geteilt. Damals waren die Crockets nicht krankenversichert."

Keith fluchte. „Das wusste sie auch? Niemand sollte davon erfahren. Ich sagte Ethel, sie solle mir die Rechnung des Krankenhauses schicken und darüber schweigen. Aber irgendwie bekam Ballard Wind davon und bestand darauf, die Hälfte der Rechnung zu zahlen."

„Ihr wolltet natürlich nicht, dass irgendjemand herausfand, dass ihr durchaus fähig wart zusammenzuarbeiten. Das wäre schlecht für euer Image gewesen."

„Es war keine richtige Zusammenarbeit, Vicky. Sieh es nicht romantischer, als es ist. Und bilde dir nicht ein, du könntest die noble Friedensstifterin spielen und die Stockbridge-Ballard-Fehde beenden. Bieg rechts ab. Das Haus liegt am Ende dieser Auffahrt, dort oben am Hang."

Victoria entdeckte ein langgestrecktes zweistöckiges Ranchhaus, dessen Fenster hell beleuchtet waren. In der Dunkelheit wirkte es trotz der Lichter düster und abweisend. Große Gebäude, vermutlich Stallungen und Scheunen, schlossen sich an das Haus an.

„Du kannst dort drüben parken." Keith dirigierte Victoria zu einer großen Garage.

„Du musst ja frieren in diesen nassen Kleidern."

„Der Nervenkitzel deiner Fahrkünste hat mich warmgehalten." Keith öffnete seine Tür. „Aber jetzt, wo du davon sprichst, merke ich, dass du recht hast. Ich fröstele. Ich brauche eine heiße Dusche und einen Brandy. Lass uns ins Haus gehen."

Während sie schnell die Stufen hinaufgingen, streckte Keith die Hand nach den Autoschlüsseln aus. Victoria zögerte, gab sie ihm dann aber. Sie konnte sich später überlegen, wie sie ins Motel zurückkommen würde.

„Schenk uns einen Brandy ein", sagte Keith, als er die Haustür öffnete und Victoria ins Wohnzimmer führte. „Er steht drüben am Kamin. Ich sehe zu, dass ich aus den nassen Kleidern herauskomme." Er zerrte an den Knöpfen des Hemdes. „Bin gleich wieder da."

Victoria sah ihm nach, wie er in den Gang lief und sich im Gehen das Hemd auszog. Dann ging sie zu dem Mahagonitisch neben dem Kamin. Die Brandygläser waren aus feinstem Kristall, wie sie bemerkte. Und der Brandy war laut Etikett ungefähr so alt wie das Kristall.

Die Gläser waren das Einzige im Raum, was nach Eleganz oder Luxus aussah. Victoria fragte sich, ob sie Hochzeitsgeschenke gewesen waren, die Martha Stockbridge zurückgelassen hatte.

Alles andere im Wohnzimmer sah schwer und männlich aus, funktionell und kalt. Es war der Raum eines Mannes. Es gab keine Spuren von Anmut oder Liebreiz, die die bedrückende Atmosphäre etwas aufgeheitert hätten. Victoria versuchte sich vorzustellen, wie die Wirkung eines solchen Hauses auf einen jungen, mutterlosen Jungen sein mochte. Es gibt nichts Sanftes in Keith' Leben, hatte Alice Cork geschrieben. Keith war von einem harten, verbitterten, zurückgezogen lebenden Mann erzogen worden, der alles Weibliche abgelehnt hatte.

9. Kapitel

Es dauerte nicht lange, da kam Keith mit großen selbstsicheren Schritten vom Duschen zurück. Victoria beobachtete ihn und erkannte, dass er eine feste Vorstellung davon hatte, wie der restliche Abend verlaufen würde.

„Das Stockbridge-Glück scheint wieder ganz auf deiner Seite zu sein", fragte Victoria, während sie Keith ein Glas Brandy reichte.

„Das Stockbridge-Glück ist dem Ballard-Charme jederzeit überlegen." Keith nahm einen Schluck Brandy.

„Außer, wenn es um Frauen geht", sagte Victoria weich. Keith blickte sie über sein Glas hinweg an. „Hast du Darla sehr geliebt?"

Keith machte eine ungeduldige Handbewegung. „Ich habe dir doch von ihr erzählt. Es ist eine alte Geschichte."

„Das ist die Stockbridge-Ballard-Fehde auch, und sie hält trotzdem noch an."

„Bist du etwa eifersüchtig, Vicky?"

„Ich bin nur neugierig." Sie wandte sich ab und ging zu dem kalten Kamin hinüber.

„Du bist eifersüchtig", sagte Keith voller Befriedigung. Er setzte sein Glas ab und kniete sich nieder, um Holz in den Kamin zu schichten.

„Nein, das bin ich nicht!"

„Vergiss Darla", sagte Keith knapp und zündete das Feuer an. „Sie bedeutet mir nichts mehr. Ich gebe zu, ich war wütend, als sie mit Ballard durchbrannte, aber ich bin darüber hinweg." Er lächelte und wedelte mit dem langen Streichholz. „Du bist die Einzige, bei der mir warm wird, Baby. Ich will dich zurück, Vicky."

Sie hielt den Atem an. „Warum? Damit du sicher sein kannst, dass du Harmony Valley bekommst?"

„Nein, nicht wegen des Tales! Kannst du denn immer nur an das Eine denken?"

„Du selbst hast mich auf diesen Gedanken gebracht."

Keith stöhnte. „Ich weiß, ich weiß. Ich habe alles falsch gemacht.

Ich gebe es zu." Er wandte sich um und sah sie direkt an. Seine Augen glänzten im Licht des Feuers. „Aber ich würde alles tun, um dich zurückzugewinnen."

„Alles?", wiederholte sie unsicher.

Er schwieg einen Moment lang und sagte dann grimmig: „Ich nehme an, du möchtest, dass ich dir beweise, wie ernst ich das meine. Ich habe viel nachgedacht, Vicky, und ich bin bereit, genau das zu tun."

Victoria fühlte sich unbehaglich. Ihr gefiel die Richtung nicht, die das Gespräch genommen hatte. Keith Stockbridge war ein gerissener Gegner, der alle Tricks kannte und sich nicht scheute, sie anzuwenden. „Es geht nicht darum, irgendetwas zu beweisen", sagte sie vorsichtig.

„Ich glaube doch", gab er ruhig zurück. „Ich finde, die Situation zwischen uns ist so verfahren, dass du mir nie glauben wirst, wie viel du mir bedeutest, wenn ich es dir nicht zeige." Victoria sah ihn nicht an. „Wie willst du das machen?"

„Was würdest du tun, wenn ich dir sagte: Verkaufe Harmony Valley an Ballard?"

Victoria fuhr auf. „An Ballard verkaufen?"

Keith nickte wortlos.

„Das würdest du mir nie verzeihen, geschweige denn, dass du mich zurückhaben wolltest." Victoria spielte mit ihrem Glas. „Ich verstehe das Ganze nicht, Keith."

„Ich versuche, dir etwas zu beweisen, Vicky. Ich weiß nicht, wie ich es sonst tun soll."

Er kam zu ihr und nahm ihr sanft das Glas aus der Hand. „Ich will dich mehr als das verdammte Land." Er umschloss ihr Gesicht mit den Händen. „Und ich möchte, dass du es weißt." Keith beugte sich herab und küsste sie langsam und verführerisch. Mit bebenden Händen berührte Victoria seine Handgelenke, seine Arme, und dann fiel sie Keith mit einem kleinen Seufzer in die Arme.

„So ist es richtig, Liebling", hauchte er und zog sie eng an sich. „Kämpfe nicht dagegen an. Komm zu mir zurück. Lass mich dir zeigen, wie sehr ich dich begehre."

Der innere Schmerz und die Wut, die Victoria dazu gebracht hatten, vor Keith davonzulaufen, verflogen in der Wärme seiner Umarmung. Ich gehöre zu ihm, dachte Victoria. Sie liebte ihn.

Das würde sich niemals ändern.

„Ich habe das Gefühl, dass ich das bereuen werde."

„Nein, das wirst du nicht. Dafür werde ich sorgen. Es ist alles in Ordnung, Vicky", flüsterte Keith ihr beruhigend zu, die Lippen an ihrem Hals. „Alles wird wieder gut werden zwischen uns, du wirst es sehen. Gib mir endlich die Chance, es dir zu beweisen." Die beruhigenden Worte wurden von hungrigen Küssen unterbrochen.

Victoria gab sich ganz ihren Gefühlen hin. Keith hatte recht. Sie gehörte zu ihm. Sie presste sich an ihn und spürte seine Reaktion. Er verbarg nicht, wie heftig sie ihn erregte.

Sie fühlte Keith' Hände am Verschluss ihrer Bluse. Mit fast rührender Behutsamkeit zog er ihr das Kleidungsstück aus, und Victoria wurde bewusst, dass er versuchte, sich zu beherrschen. Ganz offensichtlich wollte er sie zu nichts drängen.

„Es ist gut", hörte Victoria sich flüstern und wusste, dass er sie verstanden hatte, als er stöhnte und sie eng an sich zog.

„Ich möchte es richtig machen. Ich möchte dir zeigen, was du mir bedeutest", sagte Keith heiser.

„Du machst es immer richtig, Keith. Mit dir ist es immer wunderbar gewesen." Und das ist die Wahrheit, dachte sie.

„Oh Vicky. Meine süße, zarte, sexy Vicky. Du machst mich verrückt."

Er entkleidete sie hastig und streichelte dabei Victorias vom Kaminfeuer warme Haut. Als das letzte Kleidungsstück neben ihre Füße fiel, ließ Keith die Daumen über Victorias Brüste gleiten. Als die Spitzen hart wurden, lächelte er zufrieden, beugte sich herab und berührte eine Spitze mit den Lippen.

„Keith", stöhnte Victoria heiser und schloss die Augen. Suchend fuhren ihre Hände unter sein Hemd und befühlten seinen Körper. Die Härte seiner straffen Muskeln erregte sie noch mehr.

Eilig zog Victoria Keith das Hemd aus und streichelte ihn. Begehrlich ließ sie die Finger tiefer gleiten und bemerkte, dass er sich nicht die Mühe gemacht hatte, den Hosenknopf zu schließen. Als Victoria begann, an seinem Reißverschluss zu ziehen, hielt er ihre Hand fest.

„Du zitterst ja." Dieses Zeichen ihrer Erregung schien ihm zu gefallen.

„Ich weiß. Ich kann es nicht ändern."

„Ich freue mich. Weißt du, wie mich das erregt?"
„Wie?"
„Das musst du selbst herausfinden, obwohl du es mittlerweile wissen müsstest." Er führte ihre Hand wieder zu seinem Reißverschluss und half ihr, ihn aufzuziehen. Dann schob er ihre Hand in seine Shorts. „Oh Baby", stöhnte er, während sie ihn liebkoste. „Baby."
Er war heiß vor Erregung. Er fühlte ihre Hand und drängte dagegen. Victoria streichelte ihn zart. Keith gab als Antwort ein Stöhnen von sich und schob seine Hüften gegen sie, um sie aufzufordern, ihn fester zu liebkosen.

Nach einer Weile entledigte er sich ungeduldig der Jeans und der Shorts. Im Licht des Feuers sah er besonders männlich aus.

Er ließ seine warmen Hände über ihren Rücken bis zu ihrem Po gleiten und presste sie so fest an sich, dass Victoria erbebte.

Dann nahm Keith Victoria in die Arme und legte sie auf den Teppich vor dem Feuer. Auf den Ellbogen gestützt, betrachtete Keith sie, und sein Blick war so leidenschaftlich, dass sie kaum zu atmen wagte.

„Hast du wirklich geglaubt, dass du vor mir davonlaufen könntest?" Er schob ein Bein zwischen ihre Schenkel und küsste Victoria ausgiebig. „Hast du wirklich geglaubt, ich würde dich gehen lassen, nachdem wir uns gefunden hatten?"

Darauf wusste Victoria keine Antwort. Sie legte die Arme um Keith und akzeptierte die Macht der körperlichen Anziehungskraft, die zwischen ihnen herrschte. Ebenso akzeptierte sie die Macht ihrer eigenen Liebe.

Schweigend nahm er ihre unausgesprochene Einladung an und legte sich zwischen ihre Schenkel.

„Halt mich fest, Baby", drängte er mit gepresster Stimme. „Nimm mich in dir auf."

Sie spürte ihn heiß und ungeduldig und legte Keith die Beine um die Hüften. Mit einem Laut der Zustimmung drang er in sie ein.

Victoria stöhnte, als sie Keith in sich spürte, umfasste ihn enger und presste ihn noch tiefer in sich hinein. Langsam begann er sich in ihr zu bewegen und ihre Lust zu steigern. Ihr wurde klar, wie gut er sie schon kannte, denn er wusste genau, wie er einen Wirbelsturm der Leidenschaft in ihr entfesseln konnte.

Voll Verlangen hob sie ihm die Hüften entgegen und stieß leise Schreie aus. „Berühre mich", bat sie leise.

„Wie?"

„Du weißt doch ganz genau, wie", sagte sie hastig. „So, wie du es immer tust."

„Ich tue alles, was du willst, Liebling. Du musst mir nur zeigen, wie du es möchtest." Er überließ ihr seine Hand.

Victoria war jetzt nicht in der Laune, sich von Keith necken zu lassen. Sie ergriff seine Hand und führte sie mühsam zwischen ihre Körper hinab. „Hier", sagte sie atemlos. „Berühre mich hier. So, wie du es immer tust."

„So?" Keith ließ seine Finger tanzen, und Victoria meinte, sie müsse vergehen vor Lust.

„Ja." Wild drängte sie sich an ihn. „Noch mal."

„So ein forderndes kleines Kätzchen." Er wiederholte die aufreizenden Berührungen, bis sie erschauerte und laut seinen Namen rief.

Da verlor auch Keith die Kontrolle über sich. „Vicky!" Er stieß ein letztes Mal tief in sie hinein. Sein Körper bog sich heftig durch, und sein Schrei erfüllte den Raum.

Noch lange danach lagen sie vor dem Feuer und lauschten dem Knistern des brennenden Holzes. Victoria fühlte sich warm und geborgen. An Keith' festen, starken Körper geschmiegt, weigerte sie sich, an die Zukunft zu denken. An diesem Abend war alles so, wie es sein sollte.

Keith musste lächeln, als er sie ansah. Nach einiger Zeit stand er auf, hob Victoria auf die Arme und trug sie den Flur entlang in sein Schlafzimmer.

Das Licht der Dämmerung sickerte durch das Fenster. Keith erwachte, lag einen Moment lang ruhig da und beobachtete den Sonnenaufgang, wie er es an jedem Morgen während seiner einsamen Kindheit getan hatte. Aber an diesem Tag war alles anders. Er war nicht mehr allein.

Die behagliche, sinnliche, vertraute Wärme der Frau, die neben ihm lag, hatte bereits die übliche Wirkung auf ihn. Ihm wurde klar, wie viel es ihm bedeutete, den Tag mit Victoria zu beginnen.

Er legte sich auf die Seite und ließ die Hand über Victorias Schulter hinab zu ihrer Hüfte und den Schenkeln gleiten. Victoria bewegte und streckte sich. Dann wandte sie sich um und sah aus halbgeschlossenen Augen zu Keith auf.

„Es kann doch nicht schon Morgen sein", klagte sie.

„Doch. Aber wir haben es nicht eilig."

Sie gähnte. „Warum hast du mich aufgeweckt?"

„Reine Höflichkeit. Ich dachte, du wärst gern wach, wenn ich mit dir schlafe." Er küsste ihre Schulter und genoss den Geschmack ihrer Haut.

„Das ist sehr nett von dir, aber ich versichere dir, es besteht wenig Aussicht, dass ich schlafen könnte, während du mich liebst." Victorias bernsteinfarbene Augen glänzten unter den langen Wimpern.

„Danke, Madam", erklärte Keith in bestem Cowboy-Slang. „Ich fasse das als ein Kompliment auf. Wir Jungs vom Lande tun unser Bestes, aber es ist immer nett, wenn so ein anspruchsvolles Stadtmädel zufrieden ist."

„Mach nur so weiter." Victoria sah sich im Zimmer um und betrachtete die dunklen, soliden Möbel und die nackten Wände. „Verbringst du viel Zeit hier, Keith?"

Er folgte ihrem Blick. „Nicht so viel, wie ich gern möchte. Die letzten paar Jahre war ich ziemlich beschäftigt."

„Ja, ich weiß. Du hast deine Firma aufgebaut." Victoria setzte sich auf und legte die Arme um ihre Knie.

„Du sagst das, als sei es ein Verbrechen. Um eine Firma wie Fläming Luck Enterprises erfolgreich zu machen, muss man eine Menge harte Arbeit hineinstecken."

„Das weiß ich, Keith."

„Das klingt, als würdest du es nicht gutheißen."

„Ich habe nur das Gefühl, dass die Dinge bei dir oft zur Besessenheit werden. Deine Firma, Harmony Valley ..."

„Und du", ergänzte er, zog Victoria wieder zu sich herab und beugte sich über sie. „Ich bin besessen von dir, Vicky. Ich habe dich seit dem ersten Tag, an dem ich dich sah, gewollt. Und ich möchte sichergehen, dass du mir glaubst. Ich meinte, was ich letzte Nacht sagte. Verkauf das Tal an Ballard. Dann wirst du selbst sehen, dass du mir wichtiger bist als ein Stück Land." Eine Zeitlang lag Victoria schweigend da und sah zu Keith auf. „In Ordnung. Wir müssen dieses Spiel nicht spielen." Verblüfft sah er sie an. „Was für ein Spiel?"

Victoria lächelte verzerrt. „Du weißt, wovon ich rede. Von diesen unsinnigen Ermunterungen, Ballard das Land zu verkaufen. Du kennst mich gut genug, um zu wissen, dass ich dich nie beim Wort nehmen würde. Genauso, wie du wusstest, dass ich das Tal nie an irgendeine verrückte Sekte verkaufen würde. Ich würde nie von dir verlangen, deine Aufrichtigkeit auf diese Weise unter Beweis zu stellen."

Eine Welle der Erleichterung durchlief Keith, aber er verstand Victoria noch immer nicht. „Du wirst also nicht an Ballard verkaufen?"

„Du wusstest doch immer, dass ich das Land nie an ihn abtreten würde. Hast du nicht deshalb gestern Abend diese große Geste gemacht, weil du wusstest, dass ich dich niemals beim Wort nehmen würde?"

Jetzt erkannte Keith deutlich, was Victoria dachte. Gerechter Zorn wallte in ihm auf. „Du meinst, ich hätte nur so getan, als ob? Du glaubst nicht, dass ich meinte, was ich sagte?"

Victoria berührte sanft seine Schulter. „Ich habe über zwei Monate für dich gearbeitet, Keith. Du kannst gut pokern, wenn es um geschäftliche Dinge geht. Aber ich habe dich schon früher bluffen gesehen."

„Ich habe nicht geblufft, verdammt!" Keith ergriff ihre Handgelenke. „Ich habe gestern Abend kein Spiel gespielt, Vicky. Das musst du mir glauben."

Traurig schüttelte sie den Kopf. „Du bist ein echtes Risiko eingegangen, Keith. Ich war gestern so sauer, dass ich mir allen Ernstes überlegte, Ballard das Tal zu verkaufen."

„Tu's, wenn es dich glücklich macht", presste er hervor.

„Das könnte ich nicht tun. Es bedeutet dir zu viel", sagte sie ruhig. „Und das weißt du auch. Lässt du mich bitte aufstehen? Ich möchte duschen."

Einen Augenblick lang weigerte sich Keith, sich zu rühren. Er durchforschte sein Gehirn nach einer Möglichkeit, Victoria zu überzeugen, dass sein Angebot ernst gemeint war.

„Lass mich bitte aufstehen, Keith."

Er wollte sie nicht weglassen, wollte sie festhalten und lieben, bis sie ihm einfach glauben musste.

Aber wenn er jetzt Zwang anwandte, würde sie ihm vielleicht nie wieder glauben. Frustriert ließ Keith sie los. „Geh und nimm deine Dusche. Wenn du fertig bist, werden wir reden."

Victoria kletterte seitlich aus dem Bett. Düster sah Keith ihr nach, wie sie im Badezimmer verschwand. Als die Tür sich hinter ihr geschlossen hatte, fluchte er heftig.

„Es ist wirklich ein faszinierendes Tagebuch", sagte Victoria begeistert zu Darla. Sie saßen im einzigen Café der Stadt und aßen Hamburger. „Ein echtes Stück Lokalgeschichte. Alice hatte ein wunderbares Gespür für Menschen und Dinge."

„Geht das Tagebuch noch bis in die Zeit zurück, wo Alice mit Giens Vater verlobt war?"

Victoria nickte. „Dieser Teil ist der einzige, der wirklich traurig ist. Alice war vernichtet, als sie herausfand, dass Ballard sie nicht liebte und nur verführt hatte, um Harmony Valley zu bekommen. Als sie merkte, dass sie schwanger war, fühlte sie sich zwischen Zorn und Mutterliebe hin- und hergerissen. Aber als sie das Baby verlor, weinte sie. Auch ich musste weinen, als ich diesen Teil ihrer Aufzeichnungen las."

„Und welche Rolle spielte Keith' Vater in dem Drama?"

„Nun, Cale versuchte vor Ballard, die arme Alice zu verführen. Aber es gelang ihm nicht. Er drängte sie, und als sie nicht nachgab, verlor er die Beherrschung. Alice hatte Angst vor ihm."

„Und Ballard Senior wartete in den Kulissen darauf, sie mit seinem Charme einzuwickeln", schloss Darla. „Typisches Ballard-Stockbridge-Szenario. Die arme Frau. Sie widerstand dem Raubein, nur um dann einem schmeichelnden Verführer zum Opfer zu fallen. Und keiner von beiden machte sich wirklich etwas aus ihr."

Victoria nahm ihren Hamburger und biss hinein. Während sie kaute, dachte sie über Keith' Verhalten an diesem Morgen nach. Sie hatte erwartet, dass er zumindest dankbar sein würde, dass sie ihn nicht beim Wort genommen hatte. Stattdessen war er zornig gewesen. Auf der Fahrt zum Motel hatte sie gespürt, dass er noch nie so nahe daran gewesen war, ihr gegenüber die Beherrschung zu verlieren.

„Glauben Sie, es gibt eine Lösung für das Ballard-Stockbridge-Problem?", fragte Darla.

„Ich habe lange darüber nachgedacht. Ich hoffe nur, mir fällt eine ein. Wissen Sie, Darla, Alice schrieb am Ende ihres Tagebuchs, sie habe so ein Gefühl, dass ich die Person sei, die etwas ändern könne. Sie dachte, ich könne mit Gien, Keith und der Fehde fertigwerden. Darla, ich habe Alice nie gekannt. Wie kam sie nur auf die Idee, mir ihr Vermögen zu hinterlassen?"

„Wer weiß, sie folgte vielleicht einer ihrer hellseherischen Eingebungen. Dass diese Frau vieles vorhersah, wird Ihnen hier jeder bestätigen. Wenn Alice das Gefühl hatte, dass Sie Harmony Valley bekommen sollten, dann hatte sie wahrscheinlich recht. Ich möchte trotzdem nicht in Ihrer Haut stecken. Werden Sie das Land verkaufen?"

„Und dem arglosen Käufer Gien und Keith auf den Hals hetzen?"

„Das würde einen Kapitalanleger vielleicht nicht stören", kicherte Darla. „Schließlich bieten Keith und Gien gutes Geld."

„Ja, aber der Krieg würde weitergehen. Dies ist kein normaler Grundstücksverkauf, sondern etwas sehr Persönliches."

Darla betrachtete sie interessiert. „Haben Sie einen Plan?"

„Ja", bestätigte Victoria. „Er fiel mir gestern Abend ein, als ich zusah, wie Keith und Gien sich aus dem Pool zogen."

„Das war ein Anblick! Darüber werden die Leute noch monatelang sprechen. Aber Sie gingen ein großes Risiko ein, als Sie Keith ins Wasser stießen. Ich habe ihn schon aus geringerem Anlass explodieren sehen."

„Ich weiß. Aber wie ich schon erwähnte, mir gegenüber hat Keith noch nie die Beherrschung verloren."

„Das ist wirklich erstaunlich, Vicky. Aber glauben Sie, dass Sie ungeschoren davonkommen, wenn Sie Ihren großen Plan ausführen?"

Victoria seufzte. „Nein. Ehrlich gesagt, ich erwarte, dass der Teufel los ist, wenn Keith erfährt, was ich mit dem Land vorhabe."

„Sie sehen nicht aus, als hätten Sie viel Hoffnung, dass Ihre Beziehung das überlebt", stellte Darla bedrückt fest.

„Ich habe keine Ahnung, was geschehen wird", gestand Victoria. „Aber ich werde wohl herausfinden, wie viel Keith wirklich für mich empfindet."

„Und wenn es nicht so viel ist, wie Sie hoffen?"

„Wird es mir nicht schlechter gehen als den beiden anderen Frauen, die das Pech hatten, Harmony Valley zu besitzen", sagte Victoria mit einer Ruhe, die sie nicht wirklich empfand. „Ich werde wenigstens die Befriedigung haben, zu wissen, dass der Gerechtigkeit Genüge getan worden ist."

Die Tür des Cafés öffnete sich, und Gien Ballard kam hereingeschlendert. Er nickte den anderen Gästen zu und kam durch den Raum zu seiner Frau und Victoria.

„Habt ihr beide dem Klatsch gestern Abend nicht genug Nahrung geliefert?" Lächelnd hängte er seinen grauen Stetson an einen Haken und setzte sich dann neben Darla.

Darla bot ihm lächelnd den Mund zum Kuss. „Victoria hat mir gerade anvertraut, dass sie entschieden hat, was mit Harmony Valley geschehen soll."

Giens Lächeln blieb freundlich, aber sein Blick war der eines Raubvogels, der Beute erspäht hat. „Im Ernst? Wann werden Sie das Damoklesschwert auf Keith und mich herabfallen lassen?"

„Sobald ich Sie und Keith an einen Tisch bekomme", versprach Victoria.

„Das sollte nicht lange dauern. Ich sah seinen Wagen drüben beim Motel. Keith scheint Sie zu suchen und wird schnell dahinterkommen, wo Sie sind."

Die Tür des Cafés wurde aufgerissen, und diesmal hätte Victoria auch ohne das Geraune der übrigen Gäste gewusst, wer den Raum betrat.

Mit dem für ihn so typischen forschen Schritt ging Keith die Reihe der Nischen entlang. Den neugierigen Blicken der Gäste schenkte er keine Beachtung. „Ich habe dich gesucht", sagte er zu Victoria und ließ sich neben ihr nieder. „Hallo, Darla."

„Hallo, Keith." Darla lächelte ein wenig verschmitzt. „Ist es nicht schön, dass weder du noch Gien euch gestern Abend erkältet habt?"

Victoria betrachtete die beiden Männer, die sich über den Resopaltisch hinweg musterten. „Es bräuchte schon mehr als ein unfreiwilliges Bad, diese beiden Männer zu Fall zu bringen."

Keith achtete nicht auf die beiden Frauen. „Was machst du hier, Ballard?"

„Ich wollte mir eben einen Hamburger bestellen und mir anhören, was Victoria mit Harmony Valley vorhat. Du musst zugeben, dass ich ein persönliches Interesse daran habe."

„Du hast etwa genauso viel legitimes Interesse daran wie eine

Schlange." Keith brach ab, als die Kellnerin sich näherte. „Bitte eine Tasse Kaffee, Jane. Und einen Burger."

„Für mich dasselbe, Jane", sagte Gien.

Jane nickte nur kurz, sah dann die beiden Frauen neugierig an und eilte sofort in die Küche, um möglichst schnell ihre Neuigkeit loszuwerden.

„Ich schlage vor, ihr hört auf, euch darüber zu streiten, wer von euch beiden ein berechtigtes Interesse an Harmony Valley hat", sagte Victoria bestimmt und schaute von Keith zu Gien, „denn ab jetzt habt ihr beide das gleiche Interesse an dem Land."

„Was, zum Teufel, soll das heißen?", forderte Keith.

„Ich habe mich entschlossen, euch beiden das Land zu übertragen. Ihr werdet es gemeinsam zu gleichen Teilen besitzen und müsst unter euch ausmachen, wie ihr es aufteilen wollt. Ich weiß, dass keiner von euch jemals an den anderen verkaufen wird, also müsst ihr euch irgendwie arrangieren. Ich verschwinde von der Bildfläche."

Darla hielt unwillkürlich die Luft an. Im Lokal herrschte Totenstille, weil jedermann sich bemühte mitzuhören.

Keith und Gien sahen Victoria an, als habe sie den Verstand verloren.

„Bist du verrückt geworden?", sagte Keith schließlich heftig.

„Vicky, das würde nie funktionieren", sagte Gien schnell. „Stockbridge und ich könnten nicht mal ein Stück Kuchen unter uns aufteilen, geschweige denn das Land. Wir würden uns sofort an die Gurgel gehen. Es ist eine nette Geste, aber ..."

„Es ist weder eine nette Geste noch überhaupt eine", sagte Victoria unverblümt. „Ich übe hier lediglich ein wenig Gerechtigkeit im Namen von Alice Cork, ihrer Mutter und mir selbst. Diese Frauen haben wegen des Tales unter den Ballards und den Stockbridges leiden müssen. Jetzt seid ihr dran. Ihr könnt es euch aussuchen. Ihr könnt euch gegenseitig in Stücke reißen, oder ihr könnt zusammenarbeiten und etwas aus diesem schönen Tal machen."

„Es gibt noch eine dritte Möglichkeit", warf Darla ein. „Ihr könntet an einen Außenstehenden verkaufen."

„Nie", sagte Gien rau.

„Keine Chance", bestätigte Keith sofort.

„Sehen Sie?", sagte Victoria zu Darla. „Es gibt Hoffnung. Über bestimmte Dinge sind sie sich einig."

„Was für eine Katastrophe", sagte Gien leise. „Sie hat recht, Keith. Alice und ihrer Mutter wird späte Rache zuteil."

Keith wandte sich an Victoria. Auf seinem Gesicht stand mehr Wut, als er ihr je gezeigt hatte. „Raus", sagte er gefährlich sanft. „Jetzt. Ich möchte mit dir reden." Er stand auf und wartete auf sie.

10. Kapitel

„Du hinterhältige, heimtückische Hexe", stieß Keith zwischen den Zähnen hervor, kaum dass die Tür des Cafés sich hinter ihnen geschlossen hatte. „Ich habe deine Meuterei in der Firma toleriert, aber ich lasse nicht zu, dass irgendjemand mit meinem Leben spielt, so wie du es versuchst. Hörst du, Victoria?"

„Ich verstehe", flüsterte sie und sah an ihm vorbei auf die entfernten Berge.

„Sieh mich an, wenn ich mit dir spreche." Er fasste sie am Kinn und zwang sie, seinem wütenden Blick zu begegnen. Sein Mund war verkniffen vor Zorn. „Das hast du dir ja fein ausgedacht. Du bekämst deine Rache, wenn ich dir das durchgehen ließe. Aber wenn du ernsthaft glaubst, dass du damit davonkommst, bist du verrückt. Ich lasse mich von keiner Frau zum Narren halten. Nicht einmal von dir."

Zorn stieg in Victoria auf. „Sag das nicht so, als hätte ich dir jemals etwas bedeutet. Wir wissen doch beide, dass du nur wegen Harmony Valley an mir interessiert warst. Ich hoffte, du hättest die Wahrheit gesagt, als du behauptetest, deine Gefühle für mich seien stärker als dein Wunsch, dieses Land zu besitzen. Ich hätte es besser wissen sollen, als dir zu glauben."

„Wage es nicht, so zu tun, als sei dies eine Prüfung meiner Gefühle für dich. Ich habe dir die Chance gegeben, mich auf die Probe zu stellen, indem ich dir sagte, du könntest ruhig an Ballard verkaufen. Aber du hast mir nicht geglaubt."

„Du wusstest die ganze Zeit, dass ich das nie tun würde", sagte Victoria hastig. „Vielleicht hätte ich es tun sollen. Es wäre dir recht geschehen. Aber dann hätte Ballard mehr bekommen, als er verdient, und es hätte keine Gerechtigkeit für Alice Cork gegeben."

„Was gibt dir das Recht, Alice und ihre Mutter zu rächen? Du kanntest sie doch gar nicht!"

„Sie gehörten zu meiner Familie." Victoria war überrascht, wie viel Mut es erforderte, Keith gegenüberzustehen und ihm zu trotzen.

Jetzt wusste sie, warum die anderen seine Temperamentsausbrüche fürchteten.

„Fordere mich nicht heraus, Vicky", warnte Keith. „Wir wissen beide, dass du nicht gewinnen wirst. Mach mich nicht zu deinem Feind. Tu uns das nicht an."

„Es gibt noch eine andere Möglichkeit", erklärte sie leise.

„Was für eine Möglichkeit? Mit Ballard zusammenzuarbeiten? Das ist vollkommen ausgeschlossen. Wenn du ein wenig mehr über die Geschichte dieses Ortes wüsstest, würdest du das einsehen. Ein Stockbridge kann nicht mit einem Ballard zusammenarbeiten. Du scheinst zu denken, dass diese Fehde so eine Art langjähriger Spaß ist. Aber so ist es nicht, Victoria. Im Kampf zwischen Ballards Familie und meiner wurden sogar Menschen getötet."

„Und Frauen mussten leiden. Aber das ist Vergangenheit. Es ist Zeit, dass der Spuk aufhört."

„Dir wird es nicht gelingen, die Fehde zu beenden", rief Keith. „Ich habe dich davor gewarnt, die Friedensstifterin zu spielen. Du gehörst zu mir, und deine Loyalität hat mir zu gelten und nicht Ballard. Du hast doch diesen Morgen selbst gesagt, du könntest ihm das Land nicht verkaufen."

„Du kannst mich nicht zwingen, mich für eine Seite zu entscheiden. Ich habe meinen Entschluss getroffen, und ich bleibe dabei."

„Selbst, wenn du damit unsere Beziehung zerstörst?"

Victoria sah Keith hilflos an. „Wir waren nie richtig zusammen, Keith. Ich hatte ein paar Hoffnungen und Träume, aber wie ich jetzt sehe, waren sie auf Illusionen aufgebaut. Du hast gerade gesagt, dass du mich für eine hinterhältige, heimtückische Hexe hältst. So eine Frau könntest du niemals lieben, nicht wahr?"

„Leg mir keine falschen Worte in den Mund, verdammt noch mal!"

„Du könntest wahrscheinlich keine Frau richtig lieben", fuhr Victoria traurig fort. „Das hätte ich schon früher merken sollen. Wenn du in vierzig oder fünfzig Jahren auf dein einsames Leben zurückblickst, dann denk daran, dass es einmal eine Frau gab, die versucht hat, dich glücklich zu machen. Denk daran, dass diese Frau dich wirklich geliebt hat, zumindest eine Zeitlang. Aber du konntest ihre Liebe nicht erwidern."

„Ich sagte dir einmal, ich hätte dir alles gegeben, was ich einer Frau geben könnte."

Sie nickte. „Es war nicht sehr viel."

„Verdammt, Victoria." Er packte sie an den Schultern. „Was willst du mir nur antun?"

„Nichts, Keith", sagte sie müde. „Ich ziehe mich nur aus dem Kreuzfeuer zurück. Du und Gien, ihr könnt mit dem Land machen, was ihr wollt. Ihr könnt es gleich hier auf der Hauptstraße vor Cullys Taverne austragen. Es ist mir egal, wer gewinnt. Wichtig ist, dass sich von nun an alles zwischen euch beiden abspielen wird. Die Frauen meiner Familie stehen nicht mehr zwischen den Fronten."

Sie befreite sich aus seinem Griff und ging resolut auf das Motel zu. Es war Zeit, abzureisen.

„Du kannst mich nicht verlassen", rief Keith in rasender Wut. „Ich bin noch nicht fertig mit dir." Aber Victoria wandte sich nicht um.

Keith sah ihr nach und ballte die Fäuste in ohnmächtigem Zorn. „Verdammt, Vicky", flüsterte er. „Du kannst mich nicht verlassen. Ich lasse es nicht zu."

Missmutig ging Keith zurück zum Café und stieß an der Tür fast mit Darla zusammen.

„Gien wartet auf dich. Er möchte einiges mit dir besprechen, Keith. Er weiß, wie ich zu Vickys Vorschlag stehe. Jetzt liegt die Entscheidung ganz bei euch. Viel Glück." Sie wandte sich ab und lief zu ihrem Wagen.

Nachdenklich ging Keith zur Nische und setzte sich seinem lebenslangen Gegenspieler gegenüber.

Ballard lächelte leicht. „In dieser Stadt wird der Gesprächsstoff die nächsten zehn Jahre nicht ausgehen. Man stelle sich vor, ein Ballard und ein Stockbridge, die gemeinsam zu Mittag essen."

„Dies ist nicht gerade ein Geschäftsessen."

„Wir haben immerhin etwas bestellt, nicht wahr? Hier kommt dein Hamburger."

Keith sah ärgerlich auf, als Jane das Tablett vor ihm absetzte. Nervös zog sich die junge Frau zurück und eilte in die Küche.

„Was hat sie denn, zum Teufel?", sagte Keith gedämpft.

„Ich glaube, sie ist ängstlich, jetzt, wo die Frauen fort sind. Solange Darla und Victoria in der Nähe sind, denkt jeder, die Lage sei unter Kontrolle. Aber wenn wir zwei allein hier sitzen, könnte alles Mögliche passieren. Wer weiß? Der ganze verdammte Schuppen könnte in Flammen aufgehen."

„Wie kommen die Leute auf die Idee, dass Darla und Victoria uns beherrschen können?", fragte Keith gereizt.

„Es hat sich herumgesprochen, was gestern alles passiert ist. Unser Ruf als starke, raue Männer hat gelitten. Darla sagt, man nennt Vicky den neuen Sheriff der Stadt."

„Das ist verrückt. Dummes Geschwätz." Keith wollte schon seinen Hamburger beiseiteschieben, als er auf einmal merkte, dass er hungrig war.

Eine Weile aßen die beiden Kontrahenten schweigend und hingen ihren Gedanken nach.

„Ich nehme an, du bist nicht so vernünftig, an mich zu verkaufen?", fragte Keith schließlich.

„Nein. Noch nie war ein Ballard so nahe daran, Harmony Valley zu besitzen. Erwarte nicht, dass ich meine Hälfte aufgebe." Es gab eine delikate Pause, bevor Gien glatt fortfuhr: „Du wirst wohl nicht deinem gesunden Menschenverstand folgen und an mich verkaufen?"

„Vergiss es." Keith aß den Rest seines Hamburgers und lehnte sich zurück. „Was nun?"

„Keine Ahnung." Gien sah ihn nachdenklich an. „Weißt du was? Ich habe eigentlich nie groß darüber nachgedacht, was ich mit Harmony Valley machen würde, wenn ich es jemals bekäme. Irgendwie schien es immer genug zu sein, es einfach zu besitzen. Hast du eine Idee?"

„Harmony Valley würde ein ausgezeichnetes Skigebiet abgeben."

„Ein Skigebiet?" Gien dachte ein wenig nach. „Das würde eine Menge Kapital erfordern."

„Stimmt."

„Ein erfolgreiches Urlaubszentrum würde eine Menge Geld in diese Gegend bringen und Arbeitsplätze schaffen. Es würde die ganze Wirtschaft der Gegend beleben." Gien sah aus dem Fenster. „Aber kannst du dir vorstellen, dass wir zwei zusammen an so einem Projekt arbeiten?"

„Nein." Keith trank einen Schluck Kaffee.

„Ich auch nicht. Stockbridges und Ballards arbeiten nicht zusammen. Wenn wir eine Entscheidung zu treffen hätten, würde jedes Mal Blut fließen."

„Es würde nie funktionieren", stimmte Keith zu.

„Die Alternative ist, das Land brachliegen zu lassen, bis mein Sohn groß ist und es erbt." Gien kicherte. „Keine schlechte Idee. Wenn ich lange genug warte, wird Harmony Valley ohnehin ganz den Ballards gehören."

Keith sah ihn an. „Was ist mit meinem Sohn?"

„Darüber mache ich mir keine großen Sorgen. So, wie du dich benimmst, wirst du keine Erben haben."

„Wie ich mich benehme?", fasste Keith vorsichtig nach.

„Die Dame, die gerade ihre Koffer packt, ist die einzige Frau auf Gottes Erdboden, die dazu fähig wäre, mit dir eine Ehe zu führen", sagte Gien. „Es war eine typische Stockbridge-Dummheit, sie gehen zu lassen. Aber ich denke, wie üblich wird es sich zu meinem Vorteil auswirken."

„Interessant, was du dir da ausmalst, aber wenn ich du wäre, würde ich keine Hoffnungen darauf setzen. Ich habe Pläne mit Victoria."

„Ja, aber wird sie mitmachen? Diese Frau hat ihren eigenen Kopf."

„Lass Vicky meine Sorge sein", sagte Keith heftig. „Wir haben andere Dinge zu besprechen."

Einen Moment lang herrschte Schweigen. Dann sagte Keith nachdenklich: „Erinnerst du dich an Halloween, als wir beide zu Alice hinausfuhren und die gemeinen Kerle verjagten, die die Scheune kaputtmachen wollten?"

Gien nickte. „Ich erinnere mich."

„Damals haben wir zusammengearbeitet."

„Ja, ungefähr eine Stunde lang." Gien machte eine Pause. „Ich schätze, wir könnten versuchen, einen Plan für ein Skigebiet in Harmony Valley zu entwerfen."

„Dies wird kein normales Entwicklungsprojekt sein, Ballard. Aber wir sollten es zumindest einmal miteinander versuchen."

„Wenn unsere Väter und Großväter uns hörten, sie würden sich im Grabe umdrehen, Stockbridge."

„Ich glaube, Alice und ihre Mutter würden sich auch nicht schlecht amüsieren, wenn sie uns sähen." Keith stand auf.

Gien erhob sich ebenfalls und griff nach seinem Hut. „Ich sehe,

Jane steht mit unserer Rechnung an der Kasse. Wahrscheinlich hat sie zu viel Angst, sie zu uns zu bringen."

„Ich übernehme die Rechnung."

„Den Teufel wirst du tun", sagte Gien liebenswürdig. „Kein Stockbridge lädt mich zum Essen ein. Du zahlst deine Hälfte, ich zahle meine."

Lächelnd warf Keith ein paar Scheine auf die Theke.

„Was ist denn so komisch?" Gien legte denselben Betrag dazu.

„Du sagtest zu Victoria, wir könnten nicht mal ein Stück Kuchen unter uns aufteilen, ohne zu streiten. Wir haben gerade die Kosten für das Mittagessen geteilt. Nicht schlecht für unseren ersten geschäftlichen Versuch."

„Freu dich nicht zu früh, Stockbridge. Wahrscheinlich geht es von jetzt an bergab."

„Wahrscheinlich. Doch das Problem ist, dass ich keinen anderen Weg für uns sehe, als uns über das Projekt zusammenzuraufen."

„Hattest du jemals das Gefühl, in deiner eigenen Falle zu sitzen?", überlegte Gien laut.

„Ja, sehr oft, seit ich Victoria kenne." Gefolgt von Gien verließ Keith das Lokal. Er war sich bewusst, dass ihnen jedermann verblüfft nachblickte.

Ohne sich noch einmal nach seinem neuen Geschäftspartner umzusehen, ging Keith zum Motel. Jetzt, wo sich seine Wut abgekühlt hatte, musste er mit Victoria ein paar Dinge besprechen.

Es war ein Schock für ihn zu erfahren, dass Victoria vor zehn Minuten abgereist war.

Furcht erfasste Keith. Es war also erneut geschehen. Er hatte Victoria gegenüber die Beherrschung verloren, und sie hatte ihn verlassen, genau wie seine Exfrau und Darla.

Aber diesmal war es anders. Keith war nicht bereit, Victoria gehen zu lassen wie Heather und Darla. Er wollte nicht aufgeben und sich in sich selbst zurückziehen, wie Cale Stockbridge es getan hatte, als Martha davongelaufen war.

Die nächsten vier Tage waren die schlimmsten, die Keith je erlebt hatte. Er suchte Victoria einen ganzen Tag lang in den Bergen. Keith überprüfte sogar die Motels der Nachbarstadt.

Dann stieg er in seinen Porsche und fuhr nach Denver zurück. Angst und Zweifel nagten an ihm.

Doch bald musste Keith sich eingestehen, dass es nicht so leicht war, Victoria in Denver zu finden. Er hatte es bei ihrer alten Wohnung versucht, ihren Lieblingsrestaurants, hatte sogar in den größeren Hotels Nachrichten für Victoria hinterlassen. Nachts lief Keith ruhelos durch seine Wohnung, als erwartete er, Victoria plötzlich vor sich zu sehen.

Am Montagmorgen stand Keith auf und erinnerte sich, dass er eine Firma zu leiten hatte. Er konnte Fläming Luck Enterprises nicht länger vernachlässigen. Er war schon eine Woche weg, ohne etwas von sich hören zu lassen. Der Himmel allein wusste, wie Harrison ohne die Hilfe der klugen, fähigen Assistentin zurechtkam.

Auf der Fahrt zur Firma beschloss Keith, dieselben Detektive zu engagieren, die Victoria schon einmal aufgestöbert hatten.

„Guten Morgen, Mr. Stockbridge." Theresa Aldridge sah überrascht auf, als Keith eintrat. „Wir wussten nicht, ob wir Sie heute erwarten konnten oder nicht."

„Dies ist meine Firma, denken Sie daran."

„Ja, Sir", sagte Theresa höflich. „Ich denke daran." Mit der undurchdringlichen Miene einer professionellen Sekretärin fuhr sie fort: „Die meisten der angefallenen Vorgänge wurden im Laufe der Woche bereits bearbeitet, aber ich habe noch ein paar Nachrichten für Sie notiert." Sie langte nach einem Block. „Möchten Sie sie gleich mit mir durchgehen?"

Keith unterdrückte einen Fluch. „Ja. Kommen Sie in mein Büro, aber bringen Sie bitte eine Tasse Kaffee mit."

An der Tür zu seinem Büro drehte Keith sich noch einmal um. „Was meinen Sie eigentlich damit, dass die meisten Vorgänge bereits bearbeitet wurden?"

„Mr. Harrison hat sich ein paar vorgenommen, und der Rest wurde auf die übliche Art erledigt."

Keith schenkte der rätselhaften Antwort keine Bedeutung und schloss die Tür hinter sich. Übliche Art, das hatte in den letzten zwei Monaten bedeutet, dass Victoria sich der Dinge angenommen hatte.

Das sonst so vertraute Büro wirkte auf Keith völlig fremd. Es war vollkommen aufgeräumt, keine Papierstapel, die nach Erledigung riefen, lagen auf dem Schreibtisch, keine Notizen von Managern, keine Liste mit Anrufen, die so schnell wie möglich erwidert werden mussten. Keith warf sein Jackett von sich und sah finster auf die leere Tischplatte hinab. Dann beugte er sich vor und hieb auf den Knopf der Sprechanlage.

„Ich habe das Gefühl, ich bin hier überflüssig, Theresa. Wo, zum Teufel, sind die ganzen Vorgänge, die sich angesammelt haben müssten, während ich nicht da war?"

„Die Routineangelegenheiten wurden erledigt, Mr. Stockbridge."

Keith biss die Zähne zusammen und ließ die Taste los. Bevor Victoria das Kommando übernommen hatte, hätte sich niemand an diese Art von Routineangelegenheiten herangewagt.

Ich brauche jetzt unbedingt einen Kaffee, dachte Keith, ließ sich auf seinen Schreibtischsessel sinken und drückte noch einmal die Sprechtaste. „Vergessen Sie bitte meinen Kaffee nicht, Theresa", sagte er unwirsch.

Einen Moment lang herrschte im äußeren Büro Schweigen. Dann sagte Theresa mit eisiger Höflichkeit: „Ihr Kaffee ist unterwegs, Sir, zusammen mit dem Wochenbericht vom Freitag."

Keith lehnte sich in den Sessel zurück. Victoria würde es nicht gutheißen, dass er seine Sekretärin terrorisierte. Aber zu Theresas Pech war Victoria nicht mehr hier, um den Drachen zu bändigen.

Keith war gerade dabei, die Telefonnummern der Detektivagentur herauszusuchen, als die Tür sich öffnete.

„Danke, Theresa", sagte er, ohne aufzuschauen.

„Hättest du Zeit, mit mir den Wochenbericht durchzugehen?", fragte Victoria ruhig und stellte eine Tasse Kaffee vor Keith ab.

Keith fuhr auf und schaute sie an wie eine Erscheinung. „Victoria!"

Gelassen setzte sie sich auf den Stuhl Keith gegenüber. „In den letzten paar Tagen haben sich eine Reihe von Dingen angesammelt. Die Routinearbeiten wurden bereits am Donnerstag und am Freitag durch Mr. Harrison und mich erledigt, aber es gibt mehrere Punkte, um die du dich persönlich kümmern musst. Das Jennings-Hutton-Geschäft ist in Gefahr, soweit ich sehe. In dieser Sache müssen einige Entscheidungen getroffen werden."

Keith sprang auf und schlug auf den Tisch. „Du warst Donnerstag und Freitag hier? Ich habe die ganze Stadt nach dir abgesucht."

„Tatsächlich?"

„Vicky, ich habe wie ein Verrückter versucht, dich zu finden."

„Ich war die ganze Zeit hier. Wo dachtest du, dass ich wäre?" Keith ermahnte sich zur Ruhe. „Du bist vor mir weggelaufen", sagte er schließlich leise.

„Ich verließ die Berge, ohne dir meine Pläne mitzuteilen", berichtigte Victoria ihn. „Ich bin nicht vor dir weggelaufen. Ich laufe nie davon. Das solltest du mittlerweile wissen."

„Ich habe in deiner früheren Wohnung nachgeschaut. Du warst nicht dort."

„Ich wohne im Hotel, solange ich noch keine andere Wohnung habe."

„Wirklich?" Keith richtete sich auf. „Das kann aber kein besonders gutes sein. In den meisten größeren Hotels und Motels habe ich Nachrichten für dich hinterlassen."

„Tatsächlich?", fragte sie ein wenig zu fröhlich. „Warum?" Keith' Erleichterung wurde von einem Gefühl wachsenden Ärgers verdrängt. Ihm wurde klar, dass Victoria möglicherweise ein Spiel mit ihm trieb. „Warum?", wiederholte er vorsichtig. „Weil ich herausfinden wollte, wo du bist, natürlich."

„Nachdem du mich ja jetzt gefunden hast, können wir endlich den Wochenbericht durchgehen", sagte Victoria kühl.

„Nein, das werden wir nicht tun." Keith sah sie böse an. „Wir werden miteinander reden, verdammt noch mal."

„Worüber?"

„Über uns. Und schau mich nicht so unschuldig an. Ich bin wirklich nicht in der Laune für Spielchen. Ich habe eine harte Woche hinter mir, und das ist alles deine Schuld. Du hast mir genug angetan. Gönn mir eine Pause. Ich habe für meinen Fehler bezahlt."

Victoria lehnte sich zurück und betrachtete Keith nachdenklich. Er bemerkte die Anspannung in ihrem Blick und wurde etwas ruhiger. Unter ihrer unnahbaren, höflichen Fassade war Victoria genauso nervös wie er.

„Ich verstehe nicht, was du meinst, Keith."

„Du verstehst sehr gut. Und ich begreife auch langsam, was du willst, Vicky. Es genügte dir nicht, mich zu zwingen, eine geschäftliche Partnerschaft mit Gien Ballard einzugehen. Nein, Victoria Warner will alle Rache, die sie kriegen kann. Sie rächt zwei Frauen, die sie nie gekannt hat, und dann übt sie auch noch Vergeltung für sich selbst. Du musst doch gewusst haben, was du mir mit deinem Verschwinden antun würdest." Victoria sah auf die Notizen auf ihrem Clipboard. „Das ist nicht wahr, Keith. Ich war mir gar nicht sicher, wie du mein Verschwinden aufnehmen würdest. Ich wusste nur, dass ich Zeit zum Nachdenken brauchte. Ich nahm an, hier würdest du mich am allerwenigsten vermuten."

„Du kennst mich so gut, Vicky."

„Ich habe in der letzten Zeit viel dazugelernt", gab sie zu.

Er rieb sich den Nacken. „Mehr, als du jemals hättest erfahren sollen, wenn es nach mir gegangen wäre."

„Deine Geheimnistuerei war nicht richtig, Keith."

„Ich glaubte, ich hätte keine andere Wahl." Er ging zum Fenster und sah auf die Rocky Mountains. „Ich wusste nicht, wie ich es dir sagen sollte. Ich hatte Angst, wenn du alles über mich wüsstest, würdest du mich verlassen. Welche kluge Frau täte das nicht? Dann, als ich gerade glaubte, du würdest es vielleicht doch mit mir aufnehmen, brachtest du die Nummer mit dem Land. Und ich verlor schließlich doch die Beherrschung mit dir, obwohl ich mir geschworen hatte, es nie zu tun."

„Es musste früher oder später geschehen", sagte Victoria mild. „Du hast ein teuflisches Temperament, Keith. Meistens kannst du es unter Kontrolle halten, aber es wird immer wieder Gelegenheiten geben, wo es mit dir durchgeht. Offen gesagt, ich verstehe nicht, wieso du so viel Aufhebens davon machst."

„Jetzt verstehe ich gar nichts mehr. Aus welchem Grund hast du mich dann verlassen und bist untergetaucht?"

„Ich sagte doch, ich brauchte Zeit zum Nachdenken."

„Über uns?"

„Ja."

Keith gestattete sich ein wenig Hoffnung. „Und zu welchem Ergebnis bist du gekommen?", fragte er betont ruhig.

Das Clipboard noch immer in der Hand, stand Victoria auf und sah Keith an. „Ich habe beschlossen, dich zu heiraten."

Wenn das Fenster hinter Keith offen gewesen wäre, wäre er vielleicht hinausgefallen. „Mich heiraten?"

„Genau. Eines ist mir in der letzten Zeit besonders klar geworden, nämlich, dass die Stockbridges nicht sonderlich geschickt sind im Umgang mit Frauen. An dem Morgen, an dem wir zusammen ausritten, sagte ich dir, die Männer in deiner Familie hätten sich beim Aussuchen ihrer Gefährtinnen nicht besonders klug angestellt – dich eingeschlossen. Daher habe ich beschlossen, dir diese Angelegenheit aus der Hand zu nehmen und selbst zu entscheiden. Darin bin ich gut, wie du weißt."

Wie benommen sah Keith in Victorias ruhiges Gesicht. „Vicky, bist du dir sicher? Du weißt, was für eine Katastrophe meine erste Ehe war. Beim zweiten Mal konnte ich ja nicht mal meine Verlobung aufrechterhalten."

„Mir ist klar, dass dich der Gedanke ans Heiraten nervös macht. Das ist verständlich, wenn man bedenkt, was du schon hinter dir hast. Aber diesmal kannst du dich entspannen. Ich übernehme das Kommando, und es wird keine Fehler geben."

„Meinst du wirklich?", fragte er ironisch. Ihn durchflutete eine übermächtige Freude, die ihm fast den Atem raubte.

„Absolut", sagte sie ernst.

„Wann?"

Sie klopfte mit dem Stift auf das Clipboard und schürzte nachdenklich die Lippen. „Nun, es gibt da ein oder zwei Dinge, die noch getan werden müssen, bevor wir die Papiere unterschreiben."

„Was denn?", fragte er mit belegter Stimme.

„Ich möchte, dass du um mich wirbst", erklärte Victoria. „Und zwar richtig."

Keith war sprachlos. „Um dich werben", wiederholte er schwach.

„Ich will alles, Keith. Alles, was ich beim ersten Mal nicht bekommen habe. Blumen, mit dir tanzen, süße Worte, einen Ring und eine große Hochzeit. Aber das ist noch nicht alles." Stolz hob sie das Kinn. „Ich möchte von dir hören, dass du mich liebst."

„Ich liebe dich", sagte er, ohne nachzudenken. Die Worte kamen überraschend leicht. Sie hingen wie ein Echo in der Luft und hallten in Keith nach. Es war die Wahrheit. Auf einmal fühlte er sich sehr verletzlich. „Ich liebe dich so sehr, dass es mich fast zerreißt."

Victoria lächelte. „Das ist ein guter Anfang", sagte sie zufrieden. „Du kannst mich heute Abend um sieben zum Essen abholen. Ich gebe dir die Adresse meines Hotels."

„Nein. Du kommst mit mir nach Hause", sagte er heftig. „Ich

möchte dich unter meinem Dach haben. Ich führe dich zum Essen aus, wenn du möchtest, aber komm nach Hause."

„Erst wenn wir verheiratet sind, Keith. Ich möchte, dass du um mich wirbst. Wir machen das auf meine Art. Deine haben wir schon ausprobiert, und sie hat nicht funktioniert." Sie setzte sich wieder und sah auf ihre Notizen. „Da das Persönliche nun geklärt ist, wird es Zeit, den Wochenbericht anzusehen, meinst du nicht?"

Langsam wurde Keith klar, dass er nicht mehr Herr der Lage war. Victoria wollte ihn so lange auf die Folter spannen, wie es ihr gefiel, bevor sie zu ihm zurückkehren würde. Victoria Warner stieg wohl die Macht zu Kopf.

Mit einem großen Schritt war er bei ihr und nahm ihr das Clipboard aus der Hand. „Das geht zu weit, Vicky. Ich liebe dich und habe Grund zu der Annahme, dass du mich auch liebst. Damit ist dieser Punkt klar. Wir werden heiraten, sobald wir einen Termin bekommen. Doch ich lasse nicht zu, dass du mich noch mal durch die Mangel drehst. Du hast mein Leben schon genug durcheinandergebracht."

„Ich möchte, dass du um mich wirbst, Keith. Mit Blumen und was sonst noch dazugehört. Dann eine große Hochzeit, mit allem Drum und Dran. Ich ziehe nicht eher bei dir ein, bevor ich das nicht bekommen habe."

„Warum, Vicky, warum?", schrie er hilflos. „Das ist eine dumme Zeitverschwendung."

„Das sehe ich nicht so", sagte sie sanft. „Es ist mir schmerzlich bewusst geworden, dass den Stockbridge-Männern der richtige Schliff fehlt."

„Und du willst ihn mir geben?"

„Das ist doch wohl das Wenigste, was ich für den Mann tun kann, den ich liebe."

11. Kapitel

Victoria war entschlossen, Keith nie erfahren zu lassen, wie nervös sie an diesem Morgen gewesen war, als sie das Büro verlassen hatte. Aber in den folgenden Tagen merkte sie, dass sich das Risiko ausgezahlt hatte.

Keith liebte sie und war bereit, es zu beweisen, indem er um sie warb. Er überschwemmte ihr Büro und ihr Hotelzimmer mit Blumen. Jeden Abend führte er sie zum Essen und anschließend zum Tanzen aus.

Aber das Beste war, dass er allmählich seine düstere Verschlossenheit ablegte und zugänglicher wurde. In den Tagen, die auf Victorias Heiratsantrag folgten, lachte und scherzte Keith mehr als in den zwei Monaten zuvor.

Während des Essens bei Kerzenschein begann Keith, sich zu öffnen und mit Victoria über seine Vergangenheit und seinen Vater zu sprechen, und über die Zukunft.

Und Keith' Neugierde in Bezug auf Victoria war unstillbar. Er wollte alles über sie wissen. Sie beantwortete seine Fragen, halb amüsiert, halb fasziniert, und freute sich über Keith' Wandlung.

Manchmal loderte das berüchtigte Stockbridge-Temperament kurz auf. Vor allem geschah das, als Victoria Keith zum ersten Mal vor der Hotelzimmertür gute Nacht wünschte. Er hatte es hingenommen, dass sie sich weigerte, mit ihm nach Hause zu kommen, aber er hatte offensichtlich nicht erwartet, dass sie es ablehnen würde, zu der Intimität zurückzukehren, die sie früher geteilt hatten.

Doch am darauffolgenden Freitagnachmittag wurden Victorias Pläne zunichte gemacht. Keith tauchte kurz vor fünf in ihrem Büro auf. Er trug nicht mehr den Anzug und die Krawatte, die er den ganzen Tag angehabt hatte, sondern die vertrauten Jeans und den schwarzen Stetson. Irgendetwas an Keith' Blick ließ Victoria wachsam werden. Ein seltsamer Schauer der Erwartung durchlief sie.

„Hast du Pläne fürs Wochenende?", fragte sie höflich.

„Ja, allerdings." Keith lächelte breit.

Victoria misstraute diesem Lächeln. „Was für Pläne? Fährst du zur Ranch?"

„Richtig. Was für eine aufgeweckte Assistentin du doch bist." Er schlug sich den Hut gegen die Schenkel und sagte bestimmt: „Du kommst mit."

Sie legte den Stift aus der Hand und betrachtete ihn argwöhnisch. „Tue ich das?"

Victoria dachte darüber nach. „Ich glaube nicht. Wie ich dir schon sagte, werde ich bis zur Hochzeit nicht mit dir schlafen."

„Das Problem mit dir ist, dass du zu stur bist, Vicky. Du musst lernen, gelegentlich ein wenig nachzugeben."

„Kannst du dich ein ganzes Wochenende lang benehmen? Gibst du mir ein Gästezimmer, ohne mich zu bedrängen?"

„Du kannst dir ein Zimmer aussuchen", sagte er und kam um den Schreibtisch herum. „Aber egal, welches du nimmst, ich werde darin sein."

„Keith!", schrie Victoria und sprang auf, um davonzulaufen. Aber es gab kein Entrinnen. Keith fing sie, und ehe sie sich versah, lag sie über seiner Schulter.

„Keith Stockbridge, wage es nicht, mich so hier hinauszutragen. Was werden die Leute denken?"

„Dass ich endlich genug davon habe, mir von dir auf der Nase herumtanzen zu lassen. Ich habe dich umworben, Vicky. Jetzt bringe ich dich in die Berge und werde dich lieben. Ich habe genug von deiner Herrschsucht."

Er trug sie aus dem Büro, ohne sich um die erstaunten und entzückten Blicke seiner Angestellten zu kümmern. Als er den Lift erreichte, öffnete Rick Harrison ihm lächelnd die Tür und trat nach seinem Chef ein.

„Sie beide haben interessante Pläne fürs Wochenende, wie ich sehe", bemerkte er höflich.

„Wir fahren in die Berge", erklärte Keith und tätschelte Victorias Hinterteil. „Vicky braucht frische Luft und Auslauf."

„Ich verstehe. Amüsieren Sie sich gut", sagte Rick, während sich im Erdgeschoß die Türen öffneten.

„Ganz bestimmt", versprach Keith. Victoria versteckte ihr Gesicht.

Keith trat aus dem Fahrstuhl und trug seine Last zu dem Parkplatz, wo sein schwarzer Porsche stand. Er setzte Victoria in den Wagen und fuhr mit ihr davon.

Die Nacht war kühl und klar, und auf der Bergstraße herrschte fast kein Verkehr. Victoria fühlte sich behaglich und sicher im Auto, denn Keith fuhr konzentriert und doch entspannt.

Victoria wusste, dass sie sich beide darüber im Klaren waren, dass der Krieg vorbei war. Keith hatte seine Strafe mit relativ guter Haltung hingenommen, glaubte aber, dass es nun genug sei. Und sie, Victoria, hatte bekommen, was sie wollte.

Sie waren zwei starke Charaktere, die die Grenzen des anderen anerkannten. Sie liebten sich, und jetzt endlich war es das Einzige, was wirklich zählte.

Sie erreichten das Fläming Luck-Ranchhaus bei Dunkelheit. Es wirkte düster und verlassen, doch sobald Keith und Victoria die Lichter eingeschaltet hatten, kam es ihnen vor, als seien die Schatten der Vergangenheit nun endgültig gewichen.

„Ich glaube, in diesem Haus stecken doch noch einige Möglichkeiten", sagte Victoria und betrachtete die nackte, rustikale Einrichtung.

„Was es braucht", sagte Keith, der das Kaminfeuer angezündet hatte und sich nun daran machte, zwei Drinks einzuschenken, „ist die Hand einer Frau."

Victoria nahm ihr Glas entgegen und lächelte Keith liebevoll an. Dann stellte sie sich auf die Zehenspitzen und küsste ihn leicht auf den Mund. „Das haben die Stockbridges überhaupt immer gebraucht. Sie wussten einfach nicht, wie man die richtige Frau auswählt."

Mit einem warmen, sehnsüchtigen Blick sah Keith sie an. „Ich war so klug, dich zu wählen, nicht wahr?"

„Das muss man dir lassen, obwohl du danach nicht so recht wusstest, was du mit mir anfangen solltest."

„Das ist eine Verleumdung. Ich wusste es genau. Ich habe dich so oft geliebt wie möglich, wenn du dich erinnerst."

Victoria sah zu ihm auf. „Und das wirst du heute Nacht tun?"

„Das werde ich heute Nacht tun", versprach er.

„Gut. Um ehrlich zu sein, ich wurde das Hotelzimmer schon leid."

Keith lachte leise. „Aber du warst zu stolz, es zuzugeben. Daher musste ich die Dinge in die Hand nehmen. Du hast mir leidgetan."

„Leidgetan!"

„Klar. Meinst du, ich weiß nicht, was der Stolz einem antun kann? Darin bin ich Experte. Du hattest dich in die Ecke manövriert. Ich habe dich nur herausgezogen."

„Wirklich? Ich sage dir was, Cowboy, ich war drauf und dran, dir zu sagen, es sei Zeit, den Ring zu kaufen und den Hochzeitstag festzusetzen."

„Zu spät. Ich habe mich schon um beides gekümmert." Er langte in seine Brusttasche und zog ein Päckchen heraus. „Wenn du in den letzten Wochen entgegenkommender gewesen wärst, hätte ich dich gefragt, ob dir der Ring gefällt. Aber nachdem es dir so viel Spaß gemacht hat, die eiskalte Lady zu spielen, habe ich ihn ohne dich besorgt."

Victoria lächelte entzückt, als sie die kleine Schachtel geöffnet hatte und den Inhalt betrachtete. „Er ist wunderschön, Keith. Danke."

„Das ist gut. Ich habe nämlich die Hochzeit auf kommenden Donnerstag festgelegt."

„Donnerstag?", rief Victoria überrascht. „Wie um alles in der Welt soll ich bis dahin fertig werden? Keith, eine Hochzeit kann man nicht übereilen. Die Vorbereitungen brauchen Zeit. Wir müssen ..." Weiter kam sie nicht, da Keith sie mit einem Kuss zum Schweigen brachte.

„Schon alles erledigt", sagte er und gab ihren Mund frei.

„Von wem?"

„Von mir. Glaubst du, du bist die Einzige, die so etwas managen kann?"

„Du bist unmöglich." Lachend stellte Victoria ihr Glas ab und warf sich Keith in die Arme.

„Ich liebe dich, Vicky", sagte Keith heiser. Er ließ sich auf das Sofa gleiten und zog Victoria auf sich. „Wie sehr ich dich liebe!"

Sie legte ihm die Hände zärtlich um das Gesicht und sagte leise: „Ich liebe dich, Keith. Für immer und ewig. Ich werde dich nie verlassen, was immer du auch tun wirst."

„Vicky." Er fuhr mit den Fingern in ihr Haar und zog ihr Gesicht zu sich herab. Leidenschaftlich forderten seine Lippen von ihr die bedingungslose Unterwerfung und zeigten ihr zugleich, dass er bereit war, ihr rückhaltlos alles zu geben.

Langsam zogen Victoria und Keith sich gegenseitig aus und ließen die Sachen achtlos auf den Boden fallen. Endlich war das letzte Kleidungsstück ausgezogen, und Keith streichelte Victorias nackten Rücken und ihre Oberschenkel. Sie erschauerte, als er sie fest an sich drückte und sie seine Erregung spüren ließ. „Ich frage mich", sagte er rau und küsste Victorias Kehle, „was du von Kindern hältst."

Victoria strich Keith das schwarze Haar aus der Stirn. „Ich habe gehört, dass die Stockbridges immer Söhne haben."

„Richtig." Er küsste die Kuhle an ihrer Schulter und tastete sich zart zu der Wärme zwischen ihren Beinen vor.

„So wie die Ballards."

Keith liebkoste mit den Lippen Victorias Schulter. „Ballard hat einen Vorsprung. Aber wenn wir uns beeilen, können wir kurz nach ihm die Geburt unseres Kindes feiern." Keith schob behutsam ihre Beine auseinander. „Lass mich in dich hinein", drängte er und rückte Victoria in die richtige Position. „Ganz tief hinein. Ich möchte wieder ein Teil von dir sein. Die Nächte waren so einsam ohne dich."

Victoria stöhnte leise. „Ich liebe dich, Keith."

„Ich weiß", sagte er mit belegter Stimme. „Hör niemals damit auf, Darling. Ich brauche dich so sehr. Ich liebe dich so sehr." Victoria empfand die Wärme des Feuers auf ihrer Haut wie eine Liebkosung, die die Hitze der Leidenschaft ergänzte, die Keith ausstrahlte. Victoria verlor jedes Gefühl für ihre Umgebung, nahm nichts mehr wahr außer die Kraft des Mannes, der sie hielt. Die Spannung in ihr wurde so mächtig, dass Victoria zu vergehen glaubte.

„Ja, Baby", drängte Keith und bog sich ihr entgegen. „Lass uns bis zum Ende gehen. Nimm mich mit dir."

Atemlos klammerte sich Victoria an ihm fest, während sie auf die Erfüllung zutrieb. Keith war bei ihr und rief ihren Namen, als sie beide jegliches Gefühl für Zeit und Raum verloren.

Nur langsam kamen Keith und Victoria in die Realität zurück. Ruhig lagen sie beieinander, schauten ins Feuer und hingen ihren Gedanken nach.

„Es ist gut zu wissen, dass ich mich in Zukunft nicht mehr allzu sehr auf das Stockbridge-Glück verlassen muss", sagte Keith schließlich und strich ihr zärtlich übers Haar.

„Worauf wirst du dich dann verlassen?"

„Auf dich." Er sah ihr tief in die Augen.

Victoria glaubte, unter der Intensität dieses Blickes dahinzuschmelzen. „Ich werde immer für dich da sein, Keith." Sie lächelte. „Selbst wenn du dich manchmal in einen feuerspeienden Stockbridge-Drachen verwandelst."

„Keine Chance", versicherte er ihr fröhlich. „Von jetzt ab werde ich ein guter Drache sein."

„Bestimmt. Deshalb hast du mich heute Nachmittag aus dem Büro entführt, nicht wahr?"

Er lächelte. „Du hättest dein Gesicht sehen sollen, als ich an der Tür erschien und du wusstest, dass deine Zeit abgelaufen war."

Victoria stützte sich auf seine Brust und sah auf ihn hinab. „Eigentlich fand ich es recht romantisch."

„Nicht schlecht für einen Mann, der Schwierigkeiten im Umgang mit Frauen hatte, oder?"

„Gar nicht schlecht", stimmte Victoria zu und ließ die Hand über Keith' Bauch nach unten gleiten. Sie umfasste ihn und begann, ihn sanft zu massieren.

Keith rollte Victoria auf den Rücken und legte sich auf sie. „So stelle ich mir Romantik vor. Es ist genau, wie alle im Büro sagen: Du weißt, wie man mich anfassen muss."

– ENDE –

Tess Oliver

Deine Augen verraten viel

Roman

Aus dem Amerikanischen
von N.n.

mtb

1. Kapitel

Es war ein nebliger nordkalifornischer Wintermorgen, an dem Sarah Halston in ihrem kleinen gelben Auto unterwegs war. Das verwitterte Rotholzschild, das von dichtem Gebüsch umgeben war, wäre ihr bestimmt nicht aufgefallen, wenn sie nicht nach ihm Ausschau gehalten hätte.

Sie drosselte das Tempo und bog in die Auffahrt ein, die in sanften Windungen durch das ausgedehnte Grundstück zum Haus führte. Sie umfuhr vorsichtig ein Schlagloch und blickte dann auf ihre Armbanduhr. Sie kam zu früh, ihre Verabredung mit Kenneth Ramsey sollte erst in einer Viertelstunde stattfinden.

Sarah war absichtlich viel zu zeitig von zu Hause aufgebrochen, um auf jeden Fall pünktlich auf dem Landsitz einzutreffen, der zwanzig Meilen von Sacramento entfernt lag. Es war für sie so wichtig, dass sie den Posten erhielt, um den sie sich bewerben wollte. Die Landschaft entzückte sie. Der Besitz lag am Ufer des American River im Vorgebirge der Sierra Nevada, nicht sehr weit von dem Ort entfernt, an dem 1849 das erste Gold gefunden worden war.

Nach einer letzten Kurve sah sie das Haus vor sich liegen. Der Anblick entlockte ihr ein entzücktes Lächeln. Es mochte vor etwa fünfundzwanzig Jahren erbaut worden sein. Der Architekt, der es geplant hatte, musste seiner Zeit voraus gewesen sein, so modern wirkte es. Es war ein langgestrecktes Landhaus mit einem tiefer liegenden Flügel, erbaut aus kalifornischem Rotholz mit breiten Aussichtsfenstern und Terrassentüren. Das Gartengelände bot allerdings einen weit weniger erfreulichen Anblick.

Zur Rechten des Hauses sah Sarah eine große Garage, die drei Autos Platz bot. Sie fuhr auf den kiesbestreuten Vorplatz und parkte ihr Auto. Durch das offene Tor erblickte sie eine weiße Limousine und einen schnittigen Sportwagen. Der dritte Platz war mit teilweise verrosteten Gartengeräten vollgestellt.

Sie stieg aus. Bis zu ihrem Vorstellungstermin konnte sie sich auf dem Grundstück ein wenig umsehen, obwohl das Wetter kaum zu einem Rundgang einlud. Der graue, nasskalte Januartag verstärkte den trostlosen Eindruck, den das verwilderte Grundstück auf sie machte. Die Hecken, die die Rasenfläche umsäumten, wiesen mehr tote braune als grüne Zweige auf. Das Gras war lange nicht mehr gemäht worden, es war voller Unkraut.

Sarah blickte sich missbilligend um. Sie entdeckte zur Linken des Hauses einen Rosengarten. Es blieb ihr bis zu ihrer Verabredung Zeit genug, ihn sich anzuschauen, und so lief sie hinüber. Im Haus hatte sich nichts geregt, ihre Ankunft schien noch nicht bemerkt worden zu sein.

Drei Jahre war Sarah nun schon als Gärtnerin tätig, aber noch niemals hatte sich ihr ein so trauriger Anblick geboten.

Die Kletterrosen sahen aus, als seien sie seit Jahren nicht gestutzt worden. Schwaches, unreifes Holz durchsetzte die gesunden Triebe. In einem fast noch schlimmeren Zustand waren die Polyantha-Rosen und Teehybriden. Sie waren ebenfalls nicht zurückgeschnitten worden.

In dem milden kalifornischen Klima blühten die Rosen fast bis Weihnachten, und im Februar zeigten sich bereits wieder die ersten Knospen. Die meisten Züchter zwangen ihren Pflanzen eine Ruhepause auf, indem sie sie Ende Dezember schnitten. Wenn die verschiedenen Sorten in diesem Garten nicht innerhalb der nächsten Tage behandelt werden würden, wäre es für dieses Jahr zu spät.

Sie erkannte mit dem geübten Auge der Gärtnerin in einem Büschel der niedrig wachsenden Polyantha-Rose einen abgeknickten Trieb. Sie bückte sich danach. Wenn hier nicht rasch ein sauberer Schnitt gemacht wurde, würde dieser Trieb gänzlich absterben. Natürlich brauchte sie sich nicht darum zu kümmern. Es ging sie nichts an, jedenfalls noch nicht. Vielleicht auch nie. Aber kann jemand etwas dagegen haben, wenn ich mich flink an die Arbeit mache? dachte sie.

Sie schaute sich verstohlen um. Ihr war bewusst, dass es nicht richtig war, sich in einem fremden Garten zu schaffen zu machen. Aber dieser geknickte Zweig störte sie. Sie konnte es nicht übers Herz bringen, ihn absterben zu lassen. Zum Glück trug sie stets in ihrer Umhängetasche eine Gartenschere mit sich herum. Sie zog sie heraus und kniete sich nieder, um den Rosenbusch genauer zu inspizieren. Sie fand ihren Verdacht bestätigt. Es handelte sich bei dem geknickten Zweig um einen Wildtrieb, der aus einem früheren Schnitt herauswuchs.

„Es tut mir leid, ich muss dich abschneiden. Du hast hier nichts zu suchen", sagte sie halblaut. Sie merkte gar nicht, dass sich die Dornen in ihren Jeans verfangen hatten. Sie vergaß Zeit und Ort, nachdem sie einmal angefangen hatte zu arbeiten. Während sie den Busch beschnitt, streckte sie ihr Hinterteil in die Höhe und summte leise vor sich hin. Beim Klang einer tiefen Stimme fuhr sie erschreckt zusammen.

„Der Besitz ist bereits für seine herrliche Aussicht berühmt", sagte jemand, der dicht hinter ihr stand. „Wenn Sie weiterhin in dieser Position verharren, werden wir die Schaulustigen nur noch durch einen elektrischen Zaun vom Grundstück fernhalten können."
Sarah richtete sich zu hastig auf. Eine dicke Strähne ihres kastanienbraunen Haares verfing sich dabei in den Zweigen. Bei dem ungeschickten Versuch, sich zu befreien, verletzte ein Dorn sie an der Stirn.
„Hören Sie endlich auf, sich zu bewegen. Sie machen es nur noch schlimmer. Ich werde Ihnen helfen."
Der Fremde trat an sie heran und befreite sie behutsam aus den dornigen Zweigen. Dann ergriff er ihre Hand und führte sie auf den Rasen zurück.
„Alles in Ordnung?", fragte er und fuhr erschrocken fort: „Du lieber Himmel, Sie bluten ja."
„Es ist sicher nicht schlimm", sagte Sarah und strich sich das zerzauste Haar aus der Stirn.
Mit großen Augen, die dunkler als sonst aussahen, blickte sie zu ihm auf. Der Unbekannte schien ihr ungewöhnlich groß zu sein, dabei war sie für ein Mädchen auch nicht gerade klein geraten. Bei der Bewegung wurde ihr ein wenig schwindlig, und sie spürte einen stechenden Schmerz an der Stirn.
Der Mann, der dicht vor ihr stand und sie mit einer Mischung aus Besorgnis und Belustigung eingehend musterte, hatte ein rot-schwarz kariertes Wollhemd nachlässig in seine ausgebleichten Jeans geschoben. Die groben Reitstiefel hatten bestimmt schon lange gute Dienste leisten müssen. Er zog ein Taschentuch aus der Hemdtasche und tupfte ihr das Blut ab, wobei er ihr Kinn mit der Linken festhielt.
Die Berührung und seine Nähe verwirrten Sarah.
„Es ist mir doch nichts passiert", wehrte sie ihn verlegen ab. „Sie

brauchen sich wirklich nicht um diesen lächerlichen Kratzer zu kümmern."

Er trat einen Schritt zurück und streckte ihr die Hände entgegen, die Handflächen in scherzhafter Kapitulation nach oben gerichtet.

„Bitte, entschuldigen Sie vielmals", sagte er amüsiert, „ich fühle mich verantwortlich für Ihre Verletzung."

„Das sollten Sie auch", gab sie schnippisch zurück. „Sie schleichen sich heran, machen freche Bemerkungen und erschrecken die Leute zu Tode."

„Es tut mir leid, wenn ich Sie erschreckt habe. Aber was das Umherschleichen angeht, sollten Sie sich in dem Zusammenhang nicht lieber an die eigene Nase fassen?"

Sarah war sonst durchaus bereit, eigene Fehler einzugestehen. Diesmal entschloss sie sich zum Angriff als der besseren Verteidigung, obwohl eine innere Stimme sie warnte.

„Ich wäre hier auch nie so weit eingedrungen, wenn dieses Rosenbeet nicht so jämmerlich aussehen würde. Sollte die Gartenanlage in Ihren Aufgabenbereich fallen, verstehe ich jetzt, warum Mr. Ramsey einen neuen Gärtner sucht."

Das Gesicht des Unbekannten wurde von einem strahlenden Lächeln erhellt. „Sie sind Gärtnerin?", fragte er. Die Stimme verriet Überraschung, aber auch eine Belustigung, die Sarah ärgerte.

Sie war es gewohnt, dass die Menschen auf ihre Berufswahl anders reagierten, als sie es sich wünschte. Am meisten verletzte es sie, wenn man sie auslachte. Mit Ablehnung, Missfallen oder unerwünschter Neugier konnte sie fertig werden, dann glaubte sie jedenfalls, dass man sie ernst nahm. Natürlich wusste sie, dass es töricht war, sich überhaupt um die Meinung anderer Leute zu scheren. Doch für ein so empfindsames Mädchen wie Sarah, die schmerzhafte Zurückweisungen erlitten hatte, war das leichter gesagt als getan.

Was sollte sie tun? Sarah blieb unschlüssig vor dem breitschultrigen Unbekannten stehen und zwang sich, ihn mit kühler Ablehnung anzuschauen. Eine Locke seines dunklen Haares hatte sich gelöst und fiel ihm in die Stirn. Er sah umwerfend gut aus, und er war bestimmt kein Gärtner, erkannte sie. Dazu waren seine Hände viel zu gepflegt.

Sie versteckte voller Unbehagen die eigenen Hände, die schmutzig geworden waren, hinter dem Rücken. Dabei nahm sie sich wieder einmal vor, bei der Arbeit Handschuhe zu tragen.

„Nein, mit dem Garten habe ich nichts zu tun", erwiderte er endlich. „Ein guter Gärtner ist so etwas wie ein Künstler. Das bin ich leider nicht." Mit diesem Eingeständnis und einem charmanten Lächeln beschwichtigte er sie ein wenig.

„Alles vergeben", sagte sie und erwiderte sein Lächeln.

„Dafür bin ich Ihnen dankbar", meinte er unerwartet ernst.

„Da Sie also gestanden haben, kein Gärtner zu sein", fragte Sarah neugierig, „was tun Sie dann hier?"

„Ein wenig von diesem, ein wenig von jenem", erklärte er mit einem Schulterzucken.

Damit wollte sich Sarah nicht zufriedengeben. „Sind Sie der Verwalter oder so eine Art Aufseher?", beharrte sie. Schließlich war es wichtig für sie zu wissen, wie viel sie mit diesem aufreizenden Mann zu tun haben würde, falls Mr. Ramsey sie einstellen sollte.

„Ja, so kann man es wahrscheinlich nennen", antwortete er nach einer kleinen Pause. Er ging auf das Haus zu und forderte sie mit einer Handbewegung auf, ihm zu folgen. Da er auf den Vordereingang zusteuerte, zögerte Sarah. Sie sah bestimmt nicht sehr vorteilhaft aus, mit dem Kratzer auf der Stirn und den beschmutzten Jeans. Sie warf einen Blick auf die Armbanduhr.

„Ich möchte Mr. Ramsey auf keinen Fall warten lassen", begann sie. „Aber ich würde mich gern ein wenig zurechtmachen." Sie drehte die schmutzigen Hände hin und her, um ihm die Dringlichkeit ihres Wunsches klarzumachen. Sie würde ohnehin auf Mr. Ramsey einen merkwürdigen Eindruck machen. Warum hatte sie sich für diese Unterredung nicht hübscher angezogen, statt in Jeans zu erscheinen?

„Ob Mr. Ramsey wohl auf Äußerlichkeiten großen Wert legt?", erkundigte sie sich besorgt.

Der hochgewachsene Mann an ihrer Seite lächelte. „Nicht besonders, soviel ich weiß. Warum fragen Sie?"

„Vielleicht hat er erwartet, dass ich in einer eleganteren Aufmachung erscheine."

„Bei einem Gärtner setzt er das wohl nicht voraus."

Sarah seufzte erleichtert. „Dann ist es ja gut. Wissen Sie, ich liebe meinen Beruf, und ich nehme ihn genauso ernst, wie es, na ja, ein Mann tut. Ich habe mir zum Prinzip gemacht, mich beim ersten Treffen so anzuziehen wie bei der Arbeit. Das klärt die Situation zwi-

schen mir und meinem zukünftigen Chef. Man nimmt mich dann auch eher für voll, denn ob Gärtner oder Gärtnerin, die Berufsanforderungen haben mit dem Geschlecht nichts zu tun."
Er senkte den Kopf ein wenig und hielt sich die Hand vor den Mund, als ob er einen Hustenreiz unterdrücken müsste. Sarah entging jedoch nicht, dass er nur ein Schmunzeln verbarg. Er amüsierte sich schon wieder über sie!
„Sie wollen mir doch nicht weismachen, dass Ihnen die Arbeitskleidung genügt, um sich vor Annäherungsversuchen zu schützen? Wenn das Ihre Erfahrungen sind, können Sie eigentlich nur Modedesigner kennen."
Die Frau in ihr war über das Kompliment entzückt, aber die berufstätige Sarah richtete sich ein wenig höher auf und erwiderte würdevoll: „Bisher haben meine männlichen Chefs sehr wohl verstanden, dass ich den Auftrag annehme, ihren Garten zu pflegen, um darin zu arbeiten und nicht mit ihnen zu lustwandeln. Sollten Sie daran zweifeln, gehe ich wieder und suche mir einen anderen Job."
Er nickte, ohne eine Miene zu verziehen. „Völlig klar."

Sie waren bei der Eingangstür angelangt, und Sarah nahm an, er würde klingeln. Stattdessen umfasste er ihren Arm. Sie wandte sich ihm zu. Plötzlich empfand sie heftiges Bedauern, dass sie ihn vorhin so unfreundlich abgewehrt hatte, als er ihren Kratzer behandelte. Wenn sie ihn nach diesem Tag womöglich nie wiedersah, wenn er sie nie wieder berühren würde, bliebe ihr nur die Erinnerung an seine Hand, die ihr Kinn umschlossen und sich so warm angefühlt hatte ...
Er beugte sich vor, um die kleine Wunde aus der Nähe zu begutachten. Sie spürte seinen Atem auf der Haut.
„Sie möchten sicher die Wunde reinigen, die Sie sich im Kampf mit den Rosen geholt haben", schlug er vor. „Ich werde Mrs. Mole bitten, sich darum zu kümmern. Sie brauchen sich keine Sorgen zu machen, dass Sie Mr. Ramsey warten lassen. Er war auf Ihr Erscheinen genauso wenig vorbereitet wie Sie auf ihn."
Es klang etwas rätselhaft. „Sind Sie deshalb vorhin in den Garten gekommen, um mir das mitzuteilen?"
„Treten Sie ein", sagte er, ohne ihre Frage zu beantworten. Zu Sarahs Überraschung hatte er einfach die Tür geöffnet und ließ sie an sich vorbeigehen. Einladend wies er ins Haus.

Sie hatte kaum Zeit, sich in der sehr großen Eingangshalle bewundernd umzusehen, in der die vielen Rankgewächse und blühenden Pflanzen in dem warmen Licht, das von der Decke fiel, üppig gediehen, als eine mürrisch dreinblickende ältere Frau aus einem neben dem Eingang liegenden Raum kam, und sie ihr vorgestellt wurde.

Beim Erscheinen dieser Frau ging mit dem vorher so charmanten Mann eine erstaunliche Veränderung vor. Seine Haltung wurde reserviert, und seine Stimme klang kühl, fast arrogant. „Das ist Miss Halston, Mrs. Mole, Sie möchte sich um die Stellung als Gärtnerin bewerben. Wie Sie sehen, hatte sie einen kleinen Unfall. Zeigen Sie ihr das Bad, und sorgen Sie dafür, dass sie alles hat, was sie braucht. Wenn Miss Halston fertig ist, führen Sie sie ins Arbeitszimmer."

Missbilligend schürzte Mrs. Mole die Lippen. Sarah kannte diesen Ausdruck. Sie hatte ihn oft genug ansehen müssen. Die Frau wandte sich abrupt um und eilte voran. Sarah folgte ihr, ohne sich noch einmal umzudrehen. Sie wollte Mrs. Mole nicht aus den Augen verlieren. Es ging durch die Halle in ein kleines, geschmackvoll dekoriertes Badezimmer. Schweigend reichte Mrs. Mole ihr eine Schachtel mit Pflaster in verschiedenen Breiten und ein Handtuch. Dann ließ sie Sarah allein.

Das Pflaster wollte nicht kleben, da sich die Wunde sehr dicht am Haaransatz befand. Während sich Sarah das Blut abtupfte, fiel ihr ein, dass sie nicht einmal den Namen des Mannes kannte. Wenn Mr. Ramsey sie nicht einstellte oder wenn sie diesem Fremden nicht zufällig wieder über den Weg liefe, würde sie nie erfahren, wer er war. Natürlich würde sie Mrs. Mole nicht fragen. Um nichts in der Welt hätte Sarah dieser säuerlichen Person auch nur einen einzigen Anhaltspunkt für argwöhnische Überlegungen geliefert. Der Gedanke, ihn nie wiederzusehen, gab ihr einen Stich ins Herz. Sie war über die Stärke dieser Empfindung überrascht. Dabei war es nicht ihre Art, sich von gefühlvollen Regungen überwältigen zu lassen. Vor knapp einer Viertelstunde war sie diesem Mann begegnet, und nun war ihr zumute, als sei er ihr seit Langem vertraut…

Lächerlich! dachte sie. Sie zog aus ihrer Umhängetasche die Bürste und fuhr sich energisch durch das schulterlange Haar, bis es wieder weich herabfiel. Die Lippen malte sie sich nicht an – schließlich war sie eine Gärtnerin und kein Mannequin!

Mrs. Mole wartete vor dem Badezimmer. Mit einer knappen Kopfbewegung bat sie Sarah, ihr zu folgen, und führte sie in einen Raum, dessen eine Seite verglast war. Der Blick, der sich Sarah bot, rechtfertigte die Bemerkung des fremden Mannes über die berühmte Aussicht dieses Anwesens.

Die Schiebeglastür führte auf eine breite Terrasse mit Ziegelsteinbelag, auf dem Gartenmöbel aus Rotholz standen. Vor ihr schimmerte das Blau eines Swimmingpools, dahinter lagen ein niedriges Häuschen und ein Tennisplatz. Sarahs Blick wurde jedoch von dem majestätisch dahinfließenden graugrünen Wasser des American River und seinen bewaldeten Ufern gefesselt. Jenseits des breiten Flussbettes lag die Stadt Sacramento.

In dem hellen Raum verstellten Bücherborde und offene Regale die anderen Wände. Die Möbel waren modern und zweckmäßig: ein beigefarbenes Ledersofa, Tische aus Glas und Chrom, ein polierter Teakholzschreibtisch, auf dem Blaupausen lagen. Einen leuchtenden Farbfleck bot der flauschige Teppich in terrakottafarbenen und zarten Brauntönen, offenbar eine indianische Arbeit.

Auf den Regalen standen einige Modelle von Gebäuden, die Sarah zum Teil irgendwie bekannt verkamen. Sie wollte sie sich gerade aus der Nähe anschauen, als sie bemerkte, dass jemand ins Zimmer trat.

Sarah wandte sich um. Ihre Furcht war grundlos gewesen. Es war der Mann, den sie unbedingt hatte wiedersehen wollen. Er hatte sich umgezogen und trug jetzt zu hellen Flanellhosen einen kakaofarbenen Kaschmirpullover über einem zartgrauen Seidenhemd, das am Hals offenstand.

Mit strahlendem Lächeln ging Sarah auf ihn zu. „Ich hatte mir gerade überlegt, dass wir uns nicht einmal miteinander bekannt gemacht haben. Ich bin Sarah Halston und ..." Doch plötzlich ging ihr ein Licht auf, und das Lächeln verschwand aus ihrem Gesicht. „Aber natürlich, Sie wussten, wer ich bin. Sie haben mich vorhin ja Mrs. Mole vorgestellt. Und Sie sind ins Haus gegangen, ohne zu klingeln. Sie sind ..."

„Ja, ich bin Kenneth Ramsey." Er lächelte so spitzbübisch wie ein Junge über einen gelungenen Streich.

Sarah erstarrte. Sie schämte sich, weil sie sich so sehr nach dem Wiedersehen gesehnt hatte, aber zugleich empfand sie Zorn. Er hatte sie zum Narren gehalten. Er hatte sich über sie lustig gemacht, nur weil sie ihn für einen Angestellten von Mr. Ramsey gehalten und ihm ihre Bedenken wegen ihres Aussehens eingestanden hatte! Wie hatte sie nur auf ihn hereinfallen können?

Für ihn schien alles bereits entschieden zu sein, denn er klärte sie über die Pflichten des Gärtners auf, den er suchte. Sarah nahm es kaum in sich auf. „Es ist ein ziemlich großes Gelände, das bearbeitet werden muss ...", sagte er, „... zu viel für einen einzigen Gärtner ..." Dann hörte Sarah genauer hin. „Ich würde Ihnen völlig freie Hand lassen und jede Hilfe zugestehen, die Sie brauchen."

Empörung und Wut machten Sarah zu keiner klaren Überlegung fähig. „Wie konnten Sie mir das antun!", rief sie überlaut.

Sein freundliches Gesicht nahm einen Ausdruck von Überraschung an. Dann musterte er sie kühl. „Entschuldigen Sie", entgegnete er nach einem Augenblick, „natürlich war es falsch, Sie in dem Irrtum zu lassen. Aber anfangs wusste ich nicht, wer Sie sind, und als ich es begriff, war es zu spät."

„Was meinen Sie mit ‚zu spät'?", fuhr sie auf. „Hätte es Ihnen in irgendeiner Weise geschadet? Zu spät, die Rolle des unpersönlichen Arbeitgebers einzunehmen, nachdem Sie sich wie ein einfacher Lohnempfänger benommen haben?"

„Nun hören Sie aber auf, Miss Halston! Sie sind nicht ..."

„Ich habe Ihnen nichts mehr zu sagen, Mr. Ramsey", unterbrach Sarah ihn scharf und wandte sich der Tür zu.

Er packte ihren Arm, als sie an ihm vorbei wollte, und hielt sie mit eisernem Griff fest. „Was sind Sie eigentlich, Sarah Halston? Ankläger und Richter in einem, und das in einem so hübschen Körper? Oder habe ich schon wieder ein Verbrechen begangen, weil ich Ihr Aussehen erwähnte?"

Sie versuchte, sich zu befreien, sie konnte ihren Arm jedoch keinen Millimeter bewegen.

„Mr. Ramsey", sagte sie in einem absichtlich beleidigenden Tonfall, „bilden Sie sich nur nicht ein, von mir angeklagt zu sein. Es ist lediglich so, dass Ihre Bemerkungen erstaunlich unzulänglich sind. Wäre ich hier, um mich als Fotomodell vorzustellen, so wären Ihre Betrachtungen über mein Aussehen verständlich. Da ich mich als Gärtnerin vorstelle, sind sie es nicht. Weiter habe ich Ihnen nichts zu sagen, also lassen Sie mich bitte los."

Als er seinen Griff nur noch verstärkte, packte Sarah die Furcht. Was wusste sie schon von diesem Mann?

„Daraus, dass Sie mir nichts mehr zu sagen haben, folgt nicht unbedingt, dass ich Ihnen auch nichts mehr zu sagen habe, Miss Halston. Außerdem bin ich es nicht gewohnt, dass ein zukünftiger Angestellter entscheidet, wann eine Unterredung mit mir beendet ist."

„Welch ein prächtiger Standpunkt, Mr. Ramsey. Aber Ihre Voraussetzungen sind falsch. Ich bin nicht Ihre zukünftige Angestellte. Für Sie würde ich nicht arbeiten, selbst wenn ich am Hungertuch nagte!"

„Für jemanden, der nichts mehr zu sagen hat, reden Sie eine ganze Menge", warf er sarkastisch ein. „Aber da ich körperlich stärker bin als Sie, lasse ich es mir nicht nehmen, Ihre ungerechten Anklagen zu berichtigen. Zunächst einmal: Sie sind nicht ganz schuldlos an diesem Missverständnis. Wie sollte ich Ihrem Antwortschreiben, das Sie nur mit ‚S. Halston' unterzeichneten, entnehmen, dass Sie eine Frau sind? Das haben Sie mir unterschlagen."

„Selbst Sie werden ja wohl wissen, dass die meisten Arbeitgeber schon ein Vorstellungsgespräch ablehnen, wenn sich eine Frau um die ausgeschriebene Stellung bewirbt. Es wäre also unklug, würde ich mich in meinem Bewerbungsschreiben als Gärtnerin zu erkennen geben."

Während er sich noch eine Antwort überlegte, versuchte Sarah wieder, sich seinem schmerzhaften Griff zu entziehen. Gedemütigt, weil er ihre Anstrengung offenbar nicht einmal bemerkte, gab sie schließlich auf.

„Ist das nicht eine unzulässige Verallgemeinerung? Fällt Ihnen gar nicht auf, dass Sie genauso voller Vorurteile stecken, wie Sie es mir und anderen unterstellen?"

„Dann beantworten Sie mir nur eine Frage", erwiderte Sarah, „hätten Sie mir einen Termin gewährt, wenn Sie meinem Brief entnommen hätten, dass ich ein weiblicher Gärtner bin?"

Seine Miene verriet eine leichte Unsicherheit. „Das weiß ich nicht", meinte er nachdenklich. „Und jetzt ist es leider zu spät, um es herauszufinden."

Die Worte berührten Sarah seltsam. Es gibt noch mehr, was wir niemals herausfinden werden! dachte sie betrübt.

Zögernd lockerte er den Griff und ließ ihren Arm los. Sarah fühlte plötzlich mehr Bedauern als Zorn, während sie langsam auf die Tür zuging.

„Warten Sie, Miss Halston", hörte sie ihn sagen. Seine warme Stimme erregte sie noch stärker als vorher seine Berührung. Was war nur los mit ihr?

Sarah blieb stehen. Sie wandte sich aber nicht zu ihm um. Sie fürchtete, ihre Selbstbeherrschung zu verlieren, wenn sie ihn ansah.

„Ich möchte Ihnen noch etwas sagen", fuhr Kenneth Ramsey ruhig fort. „Mein Benehmen war nicht korrekt, darum bitte ich Sie um Entschuldigung. Wollen wir nicht den verunglückten Start vergessen? Sie wissen sicher nicht, dass ich diesen Besitz erst kürzlich erworben habe. Der frühere Eigentümer hat ihn so verwahrlosen lassen. Wie Sie ja festgestellt haben, braucht das Grundstück dringend einen begeisterungsfähigen Gärtner, so einen, wie Sie es sind. Wir könnten doch einfach noch einmal von vorn beginnen. Ich wünsche, einen Gärtner einzustellen, und Sie möchten den Job haben. Nehmen Sie ihn doch bitte an."

Sarah wollte keineswegs immer recht bekommen – weder privat noch im Beruf. Aber ihre feste Überzeugung, dass aus diesem miserablen Beginn keine gute Zusammenarbeit entstehen konnte, blieb unerschüttert. Sie sah ihm nun doch in die Augen und las in seinem Gesicht so viel Erwartung, dass sie fast schwankend geworden wäre.

„Ich akzeptiere Ihre Entschuldigung, Mr. Ramsey. Mir tun die dummen Missverständnisse auch leid. Aber ich habe mich von Ihnen zum Narren halten lassen, und eine Närrin werden Sie doch wohl nicht einstellen wollen."

Bei Sarahs Worten zuckte er sichtlich zusammen. Er drehte sich um und wandte ihr den Rücken zu. Für Sarah bedeutete das, dass er sie entließ. Sie blieb noch einen Augenblick stehen und hörte ihn mehr zu sich selbst leise sagen: „Es stimmt, in diesem Raum befindet sich tatsächlich ein Narr."

Das war also der Abschied. Sie wandte sich endgültig zum Gehen und sah Mrs. Mole in der offenen Tür stehen. Der Himmel mochte wissen, wie lange sie schon zugehört hatte. Sie trug ein Tablett in den Händen, das offenbar mit Kaffeekanne und Gebäck beladen war. Sarah sah es nur verschwommen, denn Tränen schossen ihr in die Augen. Nur eines hatte sie klar erkannt: Mrs. Moles zuvor so mürrischer Gesichtsausdruck hatte einer triumphierenden, erfreuten Miene Platz gemacht.

2. Kapitel

Am nächsten Morgen hätte Sarah alles dafür gegeben, wenn sie nach einer fast schlaflosen Nacht liegen bleiben könnte. Sie war wie zerschlagen und in trübsinniger Stimmung. Aber da sie jeden Sonntag mit ihrer Freundin Iris Millidge verbrachte, wollte sie sie auch an diesem Tag nicht enttäuschen.

Sie schlug die Decke zurück und schlich barfuß in die Küche. Dort thronte, wie an jedem Morgen, Duke in würdevoller Resignation mitten auf dem Frühstückstisch und wartete mit angestrengter Geduld auf das Erscheinen seiner Herrin, die ihm den Futternapf füllen würde.

„Entschuldigen Euer Gnaden, dass ich verschlafen habe", murmelte sie, während sie eine Dose Katzenfutter öffnete und eine Portion abmaß.

Während die große gelbbraune Katze sich über ihr Futter hermachte, goss sich Sarah einen Becher Kaffee auf und setzte Wasser für ein Ei auf. Dann ging sie ins Wohnzimmer und zog die eierschalfarbenen Leinengardinen zurück. Die breite Terrassentür führte in den Hintergarten.

Der Wohnblock, in dem Sarah lebte, enthielt sechsundzwanzig Apartments, die um einen Innenhof gruppiert waren. In ihm befand sich ein kleiner Swimmingpool. Zum Innenhof hin besaß jeder Bewohner ein Gärtchen, das er nach Belieben gestalten konnte. Weil es so winzig war, hatte sich Sarah einen japanischen Garten angelegt.

Wieder einmal wünschte sie sich, Ben würde sehen können, wie der exotische Garten, bei dessen Entwurf er ihr vor drei Jahren half, sich entwickelt hatte. Ben Yashimoto, der Gärtner ihrer Tante Elaine, war Sarahs liebster Freund gewesen. Mit sechs Jahren wurde sie Waise, als ihre Eltern auf einer Urlaubsreise in Frankreich bei einem Hotelbrand umkamen. Danach hatte sie bei der Schwester ihrer Mutter gelebt. Tante Elaine war freundlich gewesen und hatte es in materiellen Dingen an nichts fehlen lassen. Aber sie war eine tatkräftige Person von nervösem Temperament, der das Familienleben nicht lag. Viel lieber verbrachte sie ihre Zeit bei den Sitzungen und Veranstaltungen der künstlerischen und kulturellen Vereine von Sacramento. So blieben die Erziehung und die alltägliche Versorgung des heranwachsenden Kindes einer Reihe von Haushälterinnen überlassen, die, je nach Tante Elaines Launen, kamen und wieder gingen. Ben Yashimoto war der einzige Fixpunkt in Sarahs Kindheit. Mit ihm verbrachte sie die meiste Zeit, wenn sie nicht in der Schule war. Ihm vertraute sie all ihre kindlichen Ängste und Nöte an. Selbstverständlich wurde Ben mit der gleichen Regelmäßigkeit gefeuert wie die Haushälterinnen. Er verbeugte sich dann jedes Mal tief, wenn Tante Elaine ihm wieder einmal in einem Anfall schlechter Laune kündigte, und ging einfach an seine Arbeit zurück. Meist war der Tag noch nicht herum, da tat auch seine Chefin so, als sei überhaupt nichts gewesen. Für Tante Elaine war der Garten ein Paradestück, auf das sie stolz war und das sie gern vorzeigte. Sie wusste nur allzu gut, wie unersetzlich Ben war.

Anfangs hatte Sarah Elaines Stolz auf ihren Garten für echte Begeisterung gehalten. Sie hatte sie erfreuen wollen, indem sie diese Begeisterung teilte. Bens Einfluss war es dann zu verdanken, dass sich bei ihr frühzeitig die Neigung für den Beruf des Gärtners und eine ganze Menge Kenntnisse einstellten. Mit siebzehn Jahren, kurz vor dem Highschool-Abschluss, stand ihr, wie sie selbst fand, sehr vernünftiges Berufsziel fest. Sie wollte Gartenarchitektin werden. Selbst heute noch, Jahre danach, schwankte Sarah zwischen Zorn und Enttäuschung, wenn sie an das spöttische und ungläubige Gelächter dachte, mit dem Tante Elaine ihren Berufswunsch zur Kenntnis nahm.

„Du warst schon immer ein sonderbares Kind, Sarah, aber diese Idee, die du dir in den Kopf gesetzt hast, ist wirklich der Gipfel. Für ein Mädchen aus gutem Hause ist es völlig undenkbar, so etwas werden zu wollen. Mach dich doch nicht lächerlich! Meinst du, ich hätte dir diese sorgfältig geplante Erziehung angedeihen lassen, nur damit du dein ganzes Leben lang untergeordnete, mäßig bezahlte Arbeiten verrichtest, und so etwas wie eine Dienstbotin wirst? Das kommt nicht infrage. Du wirst Kunst oder Literatur studieren. Bis zu deiner Heirat kannst du bestimmt einen passenden Job in einem Verlag oder Museum finden ..."

Es war immer Sarahs geheimster und innigster Wunsch gewesen, einmal zu heiraten und Kinder zu haben. Kinder, die sie so lieben und umsorgen konnte, wie sie selbst es bewusst nie erfahren hatte. Da sie von Elaine keine große Zuneigung geschenkt bekam, hatte sich bei ihr unbewusst die Überzeugung gebildet, sehr wenig liebenswert zu sein. Da das nun einmal so war, würde sie wohl auch später kaum die Liebe eines Mannes erringen können, genauso wenig wie als Kind die Liebe ihrer Tante. Wenn sie sich auch damit wohl oder übel abgefunden hatte, so traf sie jetzt die Reaktion auf ihre Berufswünsche wie ein Schlag. Da sie sich ihrer Tante gegenüber jedoch verpflichtet fühlte, tat Sarah gehorsam, was sie von ihr verlangte – bis zu einem bestimmten Punkt.

Sie belegte heimlich Vorlesungen in Botanik und hörte sich jeden Vortrag an, der irgendwie mit Gartenarchitektur zu tun hatte. Der regelmäßige Briefwechsel mit Ben bestärkte sie darin. Seine Briefe waren wahre Lehrbücher für den Beruf, den sie liebte und den auszuüben sie fest entschlossen war. Ihre Begeisterung war ungebrochen.

Sarah hatte einige Semester studiert, als Tante Elaine überraschend ihr Haus verkaufte und von Sacramento nach Paris umzog. Sarah hatte kein Zuhause mehr. Ben blieb bei den neuen Besitzern, und Sarah fuhr zu ihm, als sie ihr Studium beendet hatte. Die lauwarme Einladung ihrer Tante, sie in dem eleganten Apartment gegenüber dem Bois de Boulogne zu besuchen, lehnte sie ab.

Ben half ihr bei der Wohnungssuche. Er handelte für sie mit dem Hausverwalter einen günstigen Mietvertrag aus. Sarah war nur verpflichtet, in den Anlagen rings um den Wohnblock einige leichte Arbeiten zu verrichten, aber sie brauchte nur die halbe Miete zu zahlen.

Zwei Jahre lang jobbte Sarah unter Bens Anleitung als Gärtnerin. Sie verdiente sich bald genug Geld, um regelmäßig einen Betrag beiseite zu legen. Ihren Wunsch, aufs College zurückzugehen und ihr Diplom als Gartenarchitektin zu erringen, hatte sie nicht aufgegeben.

Dann geschah vor gut einem Jahr das Unfassbare. Ben erlag einer Herzattacke. Sarah trauerte um ihn, aber auch um sich selbst. Sie hatte jetzt niemanden mehr, der ihr nahestand, niemanden, der sie – wie Ben – seit ihrer Kinderzeit behütet hatte, niemanden, der ihre Wünsche guthieß und unterstützte. Ohne seine Ermutigung ließ ihr

Ehrgeiz bald nach. Immer häufiger wünschte sie sich im vergangenen Jahr, irgendwo als fest engagierte Gärtnerin zu arbeiten. Sie würde Halt und eine Art Familienersatz in so einer Stellung finden, genauso wie es Ben bei ihrer Tante gefunden hatte.

Sarah blieb lange am Frühstückstisch sitzen, aber sie aß kaum etwas. Sie holte sich noch einmal die Annonce in der Zeitung her. Die Stellung eines Gärtners wurde angeboten mit angemessenem Gehalt und einer kleinen Wohnung auf dem Grundstück des Besitzers.

Diese Anzeige war ihr wie eine Antwort auf ihre Wünsche erschienen. Am darauffolgenden Tag hatte sie sich schriftlich beworben und fast umgehend einen Anruf von Mr. Ramseys Sekretärin erhalten.

Es wäre klüger gewesen, sich von Anfang an keine Hoffnungen zu machen. Denn was die Annonce versprach, war zu schön, um wahr zu sein.

Und dann kam diese unselige Begegnung mit Kenneth Ramsey! Hätte sie sich nur nicht gleich so zu ihm hingezogen gefühlt, dann hätte sie darüber lachen können, dass er sich über sie lustig gemacht hatte! Denn Menschen, denen wir keine Zuneigung entgegenbringen, haben nicht die Macht, uns zu verletzen.

Wenn sie nur nicht ihre Gefühle bei jeder seiner Berührungen, bei jedem seiner Worte so deutlich gezeigt hätte ... Selbst mit ihrem Zorn hatte sie ihn spüren lassen, wie stark sie sich zu ihm hingezogen fühlte. Er würde sicher begreifen, wenn er über ihre Begegnung nachdachte, aus welchen Motiven heraus sie so heftig reagiert hatte. Darum konnte sie einfach nicht seine Angestellte werden, denn dann würde sie weder ihre Selbstachtung noch ihre Unabhängigkeit bewahren können. Außerdem würde es sehr schmerzhaft sein, ihm jeden Tag in dem Bewusstsein zu begegnen, dass er sie für albern und hysterisch hielt. Seine letzten, offenbar nicht für sie bestimmten Worte hatten ihr das deutlich gemacht.

Mit einem tiefen Seufzer schickte sie sich an, den Frühstückstisch abzuräumen. Es wurde höchste Zeit, Iris für die Sonntagsverabredung abzuholen. Sie ließ Duke zu seinem morgendlichen Streifzug hinaus. Für heute war der Besuch des Sutter's Fort geplant. Doch es war draußen so kühl, dass Sarah hoffte, Iris zu einem gemütlichen Nachmittag in ihrer Wohnung überreden zu können, wenn sie ihr vorschlug, Kekse zu backen.

Sie zog zu einer schwarzen Wollhose eine schwarz-weiß karierte warme Baumwollbluse an, die ihr nussbraunes Haar und den hellen Teint vorteilhaft hervorhob. Nachdem sie sich den Regenmantel über die Schultern gehängt hatte, fuhr sie los.

Iris Millidge lebte bei ihren Pflegeeltern Mike und Maggie Reilly nicht weit von Sarahs Apartment in einem winzigen Haus, das in einem Altbaugebiet von Sacramento lag. Dieser Stadtteil war ziemlich heruntergekommen, denn über ihm wölbte sich eine breite Autostraße, die Interstate 80, die in die Sierra Nevada hineinführte und dann drei tausend Meilen weiter in den Osten. Es war kein beliebtes Wohngebiet.

Sarah hatte kaum ihren Wagen geparkt, als die Haustür aufgerissen wurde und Iris barfuß auf die Veranda lief. Aufgeregt winkte sie Sarah zu, und das nicht unbedingt hübsche Gesicht verschönte ein strahlendes Lächeln.

„Sarah, Sarah, ich bin gleich fertig! Maggie sagt, du sollst reinkommen."

Hinter Iris betrat Sarah das kleine, bescheiden möblierte Wohnzimmer, in dem der Geruch nach gutem Essen noch nicht verflogen war. Mike Reilly begrüßte sie mit einer Umarmung, während Maggie sich sofort aufregte, als sie den Kratzer an Sarahs Stirn sah. „Du passt nie auf dich auf. Du hast einen so zarten Teint – und so schöne Hände! Und sieh nur, wie du sie misshandelst."

„Lass Sarah in Ruhe, Maggie", bat Mike. „Was erwartest du, wenn jemand in einem Garten arbeitet? Mach das Kind fertig. Sarah kann nicht den ganzen Tag warten."

Mit einem Kopfschütteln wandte Maggie sich Iris zu und half ihr in die Schuhe. „Du hättest schon fertig sein können, wenn du vorhin nicht alle Kleider durchprobiert hättest", schalt sie das Kind mit ihrer hohen, etwas schrillen Stimme.

„Lass es gut sein, Maggie. Wir werden sonst alle taub", brummte Mike.

Die Reillys waren beide Mitte sechzig, beide ziemlich rundlich und grauhaarig. Sie waren schon so lange miteinander verheiratet, dass sie begannen, sich ähnlich zu sehen. Ihre Temperamente ergänzten sich glücklich, und sie waren einander sehr zugetan. Aus diesem Grund, und weil sie Erfahrung in der Erziehung mehrerer Kinder gesammelt hatten, wurden sie als Pflegeeltern für Iris ausgewählt. Diese Entscheidung hatte sich für alle als sehr zufriedenstellend erwiesen. Keiner, der Iris kannte, bevor sie zu den Reillys kam und bevor Sarah in ihr Leben trat, hätte zu glauben vermocht, dass innerhalb eines Jahres aus dem verschüchterten, unglücklichen Wesen ein so munteres, lebhaftes Kind werden würde.

Ein paar Wochen nach Bens Tod hatte Sarah in der Zeitung den Aufruf einer Organisation entdeckt, die sich „Freunde der Kinder" nannte. Diese Organisation vermittelte Kinder, deren Eltern die Vormundschaft entzogen war, an Menschen, die nicht nur Zeit, sondern auch Liebe zu geben hatten. An einem feuchtkühlen Tag hatte Sarah die Organisation aufgesucht, sich Fotos angesehen und in den Akten gelesen. Nach dem Studium mehrerer Fälle war ihr jämmerlich elend zumute gewesen. Im Gedenken an Ben Yashimoto beschloss sie, sich der kleinen Iris Millidge anzunehmen. Nicht nur, weil das Mädchen aus trostlosen Familienverhältnissen kam, sondern vor allem, weil es ein so unscheinbares, blässliches Geschöpf war, dass Sarah befürchtete, niemand sonst würde sich seiner erbarmen.

Während Maggie Iris den Mantel anzog, berichtete Mike Sarah mit gedämpfter Stimme: „Gestern hat Bill uns besucht. Er findet, dass unsere Kleine sich gut entwickelt hat." Bill Blanding war der für Iris zuständige Fürsorger. „Einen ganzen Monat lang hat sie schon keinen Albtraum mehr gehabt", fügte Mike zufrieden lächelnd hinzu.

„Dank dir und Maggie", sagte Sarah. „Niemand sonst hätte ein solches Wunder vollbringen können wie ihr beide."

„Ach geh, dir hat sie ebenso viel zu verdanken", widersprach Mike liebevoll.

„Nein. Ihr seid Tag und Nacht für sie da, ich bin nur an jedem Sonntag zu Besuch bei ihr."

„Und das bedeutet Iris sehr viel", warf Mike ein. „Aber auf jeden Fall ist das Kind noch längst nicht über den Berg. Die Sorge, was aus ihm werden wird, hält mich manche Nacht wach. Iris ist erst sieben Jahre alt. Wie soll es weitergehen, wenn Maggie und ich nicht mehr genügend Kräfte haben oder, schlimmer noch ..." Er konnte nicht weitersprechen.

„Du darfst dir keine unnötigen Sorgen machen, Mike", tröstete ihn Sarah. „Bill und ich werden uns um Iris kümmern – auf irgendeine Weise, das verspreche ich dir."

„Das ist es doch, was mich bedrückt. Ihr könnt nur auf ‚irgendeine Weise' für sie da sein. Iris hat schon so traurige Erfahrungen machen müssen, die sie nur durch ein Wunder heil überstanden hat. Eine neue Enttäuschung kann sie bestimmt nicht verkraften."

Sie mussten ihr Gespräch beenden. Maggie hatte Iris endlich so warm angezogen, dass sie sie ohne Gewissensbisse ziehen ließ. Nach einem fröhlichen Abschiedswinken fuhren Sarah und Iris davon.

„Warum hast du die Kleider durchprobiert? Passen sie dir nicht mehr?", fragte Sarah. Sie hatte es übernommen, das Kind einzukleiden, denn Mike hatte nur eine geringe Rente und der Zuschuss, den die „Freunde" den Reillys gewähren konnten, war knapp bemessen.

„Doch, die passen mir noch", sagte Iris. „Ich hab' nur Verkleiden gespielt."

Sarah ergriff die günstige Gelegenheit. „Du bringst mich auf eine Idee. Es ist so ein Schmuddelwetter. Wollen wir nicht den Festungsbesuch auf einen schöneren Sonntag vertagen und stattdessen zu mir fahren? Wir können uns beide verkleiden, Kuchen backen oder spielen, was du möchtest. Einverstanden?"

Voller Zutrauen blickte Iris zu ihr auf. „Es ist mir auch recht, Sarah, wenn ich nur bei dir bin."

„So geht es mir auch, mein Liebling", sagte Sarah gerührt.

Vor der Haustür wartete auf sie ein regenfeuchter, aber gelassener Duke. Er hockte auf seinem Hinterteil, den Schwanz graziös um die Vorderpfoten gelegt. Iris hob ihn gleich hoch und trug ihn ins Haus. „Ich bin die Mutter, und Duke ist mein Baby", verkündete sie strahlend. „Was willst du sein, Sarah?"

Es fiel Sarah nicht zum ersten Mal auf, dass Iris niemals die Rolle des Vaters vergab. Um keine traurigen Erinnerungen heraufzubeschwören, schlug sie ein Zirkusspiel vor, das Iris' begeisterte Zustimmung fand.

Sarah musste der Clown sein. Mit leuchtend rotem Lippenstift bemalte sie sich die Nasenspitze und die Wangen. Die Augenbrauen wurden schwarz betont. Da ihr das Weiß fehlte, um den traditionellen Halbmond um den Mund herum zu malen, nahm sie Lila, wobei sie eine ganze Tube Lidschatten verschwendete. Iris war begeistert. Zum Schluss liefen sie noch zu einer Nachbarin und borgten sich für den Clown schwarze Schwimmflossen. Dann zog Sarah einen Arbeitskittel über und stopfte sich vorn und hinten mit Kopfkissen aus. Ihre Kleidung war perfekt.

Danach wurde Iris in eine bezaubernde Trapezkünstlerin verwandelt. Dazu musste ein Spitzentop von Sarah dienen – wenn es auch zu weit war und ein abgelegter Petticoat aus Gaze, den Sarah flink kürzte. Iris bestand darauf, sich allein zu schminken. Sie trug sich die verfügbaren Farben natürlich in aller Üppigkeit auf.

Dukes widerwillige Mitarbeit bestand darin, den Tanzbär zu spielen. Er verkroch sich jedoch bald in eine Ecke, nachdem er aus seiner Verkleidung, einer braunen Mohairweste Sarahs, herausgeschlüpft war.

Nachdem Heiterkeit und Übermut den Höhepunkt überschritten hatten, gingen Sarah und Iris in die Küche. Duke, wieder versöhnt, folgte ihnen. Sarah schob gerade das erste Backblech in den Ofen, als es an der Tür klingelte. Iris sprang flink vom Schemel, auf dem sie stand, um die Plätzchen ausstechen zu können, und rannte aus der Küche. Die Schwimmflossen noch immer an den Füßen, ging Sarah ihr watschelnd nach. Da stand Kenneth Ramsey bereits im Wohnzimmer, von Iris ahnungslos dorthin geführt.

„Oh nein!", stöhnte Sarah entsetzt. Seine braunen Augen weiteten sich erstaunt bei ihrem Anblick, und ein belustigtes Lächeln zeigte sich auf seinem Gesicht.

Iris blickte von einem zum anderen, rannte dann zu Sarah und umschlang sie. „Wer ist das, Sarah? Was will er?"

Beruhigend legte Sarah der Kleinen den Arm um die Schultern. „Ein Bekannter, mein Schatz. Warum läufst du nicht in die Küche und machst die Plätzchen fertig? Gib mir Bescheid, wenn die Zeituhr läutet. Du darfst den Ofen nicht allein öffnen, hörst du?"

Mit einem misstrauischen Blick auf den hochgewachsenen Fremden machte sich Iris davon.

In dem Verlangen, ihn ihre alberne Verkleidung vergessen zu machen, setzte Sarah eine würdevolle Miene auf und sprach mit kühler Höflichkeit. „Ich dachte, wir hätten uns nichts mehr zu sagen. Da Sie jedoch offensichtlich anderer Ansicht sind, hätten Sie vorher zumindest anrufen können, um zu hören, ob Ihr Besuch erwünscht ist.

Aber die Rücksicht auf andere kommt bei Ihnen wohl nicht an erster Stelle."

Um bei ihrem Anblick nicht von einem Lachanfall überwältigt zu werden, starrte Kenneth so angespannt auf den Teppich, als erblicke er ein seltenes Kunstwerk. „Es tut mir leid, Miss Halston. Ich muss mich wohl schon wieder bei Ihnen entschuldigen. Tatsache ist jedoch, dass ich angerufen habe. Meine Nachricht habe ich auf Ihren Anrufbeantworter gesprochen."

„Oh!", sagte Sarah und blickte so vorwurfsvoll zum Telefon, als habe es sie hintergangen.

„Soll ich meine Mitteilung wiederholen, oder wollen Sie sie abhören, um sich zu überzeugen, dass ich die Wahrheit gesagt habe? Ich fürchte, dass Sie mir nicht recht glauben."

„Seien Sie nicht albern. Ich habe Sie nie für einen Lügner gehalten", entgegnete sie empört. „Ich wollte mein Telefon erst später abhören, wenn ich Iris heimgebracht habe."

„Ach", meinte er interessiert, „dann ist die Kleine nicht Ihre Tochter?"

„Natürlich nicht!", fuhr Sarah auf.

„Wieso ‚natürlich'? Sie würden eine wunderbare Mutter abgeben. Ich habe lange nicht ein so entzückendes häusliches Idyll erlebt: spielen, backen und ein gemütliches Zimmer an einem kalten, regnerischen Nachmittag."

Sarah fühlte sich veralbert. Ihr schien, als wolle er sich über eine Situation lustig machen, die er nicht beurteilen konnte.

„Mr. Ramsey, Sie sind hier eingedrungen, ohne eingeladen zu sein. Bitte sagen Sie, was Sie zu sagen haben, und dann gehen Sie wieder."

Sein Gesicht verfinsterte sich, und Sarah bedauerte ihre Grobheit. Kenneth' Stimme war kühl und sachlich geworden. „Ich bin gekommen, um Sie zu fragen, ob Sie es sich noch einmal überlegt haben. Ich wollte Ihnen wieder die Stelle als Gärtnerin anbieten, doch ist jetzt klar, dass Sie sie ausschlagen. Stattdessen ändere ich mein Angebot und frage Sie, ob Sie bereit sind, jedenfalls aus dem Rosenbeet etwas Ordentliches zu machen. Sie meinten ja, es müsste umgehend etwas geschehen, und immerhin hatten Sie schon einen Anfang gemacht."

Sarah schaute ihn prüfend an. Machte er sich vielleicht wieder über sie lustig? Nein, seine Miene zeigte nicht die geringste Spur von Heiterkeit, und die Augen blickten unfreundlich und kühl auf sie.

„Mr. Ramsey, es bleibt dabei. Ich möchte weder bei Ihnen angestellt sein noch einen Auftrag von Ihnen übernehmen", sagte sie steif.

Er zuckte mit den Schultern und nickte, als bestätige ihre Antwort nur seine Erwartungen. Dann drehte er sich zur Tür und zog den Regenmantel fester um sich.

„Eine typisch weibliche Reaktion", sagte er bitter. „Und trotzdem klingt sie verwunderlich aus dem Munde einer Gärtnerin, die ihre Arbeit ernst nimmt."

„Was wollen Sie damit sagen?"

„Frauen neigen doch sehr dazu, sich über Kleinigkeiten aufzuregen. Finden Sie nicht auch? Sie denken offenbar mit dem Bauch, statt mit dem Kopf. Glauben Sie, ein Mann würde bei einem so kleinen Missverständnis wie dem gestrigen gleich beleidigt sein?"

Hatte Sarah ihre Unhöflichkeit vorher noch bedauert, so war sie jetzt außer sich vor Empörung. Welch eine Unverfrorenheit! Sie wollte schon zu einer passenden Antwort ansetzen, als sie spürte, dass er nur auf einen Ausbruch von ihr wartete. Halt dich zurück! dachte sie. Du hast dir schon genug Blößen gegeben.

„Sie haben ja so recht, Mr. Ramsey", begann sie mit einem übertrieben liebenswürdigen Lächeln. „Ich bin sicher, kein Mann hätte so reagiert wie ich. Aber dieses ‚kleine Missverständnis' wäre ja, hätte es sich um einen Mann gehandelt, gar nicht aufgekommen. Man stelle sich vor, Sie hätten einem Mann gegenüber eine Bemerkung über seinen … seinen Hintern gemacht. Sie hätten sich in der nächsten Hecke wiedergefunden." Kenneth Ramseys finstere Miene hellte sich mit einem Schlag auf, und er brach in ein herzliches Gelächter aus. Sarah wunderte sich, dass es ihr solche Freude machte, ihn wieder lachen zu hören. „Sie sind wahrlich nicht auf den Mund gefallen, Miss Halston", sagte er anerkennend. „Ein Punkt für Sie."

„Sarah!" Sie wandte sich um, als Iris' helles Stimmchen von der offenen Tür her zu ihr drang. „Die Ofenklingel hat geläutet."

„Ich komme gleich, Schatz", antwortete Sarah und wandte sich wieder Kenneth Ramsey zu. „Damit ist wohl alles geklärt", sagte sie zögernd.

„Lassen Sie die Kekse nicht verbrennen", erwiderte er nur. „Ich warte, wenn Sie es erlauben."

Sarah schwankte zwischen ihren Küchenpflichten und dem Wunsch, Kenneth endgültig zu verabschieden. Dann lief sie erst einmal in die Küche. Flink entledigte sie sich der Kopfkissen und der Schwimmflossen und reinigte mit einem Handtuch ihr Gesicht.

„Hoffnungslos", seufzte sie, während sie hastig das Backblech aus dem Ofen zog, mit Iris' Hilfe das zweite Blech belegte und es wieder hineinschob. „Du bleibst bitte hier, Schatz, und wartest auf die Klingel. Ich bin gleich wieder da."

Im Wohnzimmer stand Kenneth Ramsey an der Terrassentür und schaute in den Garten hinaus. Sarah war froh, dass sie vor ein paar Minuten wortlos hinausgegangen und nicht wütend geworden war. Trotzdem hatte sich die Spannung zwischen ihnen kein bisschen vermindert.

„Welch ein wunderbarer Garten", sagte er. „Haben Sie ihn angelegt oder gehörte er schon, so wie er jetzt ist, zur Wohnung?"

„Ich habe ihn entworfen – mit der Hilfe eines Freundes."

In der linken Ecke im Hintergrund wuchsen drei kunstvoll gestutzte Zwergkiefern neben einem kleinen Gesteinsblock. Büschel gelber Narzissen leuchteten zwischen den Bäumchen. Eine kleine Böschung in der Mitte des Gartens war mit einem zartblättrigen Bodendecker berankt, der im Frühling und Sommer kleine gelbe Blüten hervorbrachte. An der rechten Seite stand ein Kamelienbusch, über und über mit leuchtend rosa Blüten bedeckt. Die wenigen freien Stellen des kleinen Gartens waren mit weicher grauer Borke belegt.

„Sie sind wirklich eine Künstlerin", sagte er und ließ seinen Blick nachdenklich auf ihr ruhen.

„Sehr nett, mir das zu sagen."

Mit einer raschen Bewegung, so als müsse er sich von dem Anblick losreißen, drehte er sich vom Fenster weg. „Ich habe Sie schon lange genug aufgehalten." An der Tür wandte er sich noch einmal um. „Ich glaube, selbst ich könnte die Rosen irgendwie beschneiden. Meinen Sie nicht?" Dabei lächelte er sie mit unwiderstehlichem Charme an. „Es geht ja nur darum, sie etwa um einen Meter zu kürzen, oder?"

„Unterstehen Sie sich!", rief Sarah, die der Gedanke an diese Barbarei entsetzte. Doch dann fiel ihr ein, dass es schließlich seine Rosen waren, und sie machte einen Rückzieher. „Wissen Sie, es ist leider so, dass eine unsachgemäße Behandlung den Rosen mehr schaden könnte als das Verwildern. Finden Sie denn niemanden sonst dafür?"

„Ich werde es versuchen", meinte er. „Aber es kann eine Weile dauern. Ich habe mich schon mit einigen jungen Männern unterhalten, die sich um den Job bewarben. Ich war überzeugt, unter den Bewerbern einen geeigneten Gärtner zu finden. Und tatsächlich fand ich ja auch einen hervorragenden! Aber – wie auch immer – ich werde wohl von Neuem eine Anzeige aufgeben müssen, und die Vorstellungsgespräche gehen wieder von Neuem los. Sie sehen, es kann noch ein paar Wochen dauern, bevor ich dieses Problem gelöst habe. Den Rosen wird es wohl nicht gut bekommen. Das haben Sie mir selbst erklärt, wenn Sie sich noch daran erinnern."

Bevor Sarah antworten konnte, kam Iris mit einem Teller noch warmer Kekse herein. „Ich habe sie selbst vom Backblech genommen", murmelte sie scheu. Sie wagte es aber nicht, dem fremden Mann etwas anzubieten.

Er bemerkte ihre Schüchternheit sofort, trat mit einem freundlichen Lächeln auf sie zu und ging auf ihr nicht offen ausgesprochenes Angebot ein. „Ich würde gern einen Keks nehmen. Um ganz ehrlich zu sein, ich hatte schon gehofft, du würdest es mir erlauben."

Er nahm sich ein Plätzchen, doch es zerbrach, und die Hälfte fiel auf den Teppich. Im gleichen Moment kam Duke, der unter dem Sofa gehockt hatte, hervorgeschossen und stürzte sich darauf.

Bedächtig, und mit himmelwärts gerichtetem Blick, verspeiste Kenneth Ramsey die andere Kekshälfte, so wie ein Kenner einen Jahrgangswein kostet. Iris schaute ihm dabei beglückt zu. Als er das Gebäck verzehrt hatte, sagte er mit ernster Miene: „Ich muss dir sagen, dass ich noch nie einen köstlicheren Keks probiert habe!" Sein Kompliment wurde mit einem beseligten Lächeln belohnt. „Mehr noch", fuhr er fort und zog Iris' Hand an die Lippen, „ich bin bisher auch nie einer so reizenden und hübschen Bäckerin begegnet."

Iris lief mit einem entzückten Kichern zu Sarah hin und barg verschämt das Gesicht in ihrem Schoß.

Über den Kopf des Kindes hinweg lächelten sich die beiden Erwachsenen zu. Kenneth schaute Sarah so voller Zuneigung an, dass sie es wie eine zarte Berührung empfand.

„Sie mag Sie sehr", sagte er leise.

„Ich mag sie auch sehr", antwortete Sarah ebenso leise. Sein Blick machte sie verlegen. Sie zwang sich förmlich dazu, den Kopf fortzudrehen.

„Jetzt habe ich Sie wirklich lange genug aufgehalten. Das habe ich vorhin zwar schon einmal gesagt, aber nun werde ich wirklich gehen.

In den nächsten Tagen kann ich mich wahrscheinlich noch nicht mit den Rosen beschäftigen. Rufen Sie mich bitte an, falls Sie sich es anders überlegt haben."

„Es stimmt doch gar nicht, dass Sie die Rosen selbst schneiden wollen", warf Sarah ihm lachend vor.

„Oh doch, das ist meine feste Absicht. In ein, zwei Tagen fange ich an." Er machte eine beredte Handbewegung. „Schnipp, schnapp, herunter mit den Blüten ... Meine Telefonnummer steht übrigens nicht im Buch. Ich habe sie auf den Anrufbeantworter gesprochen."

Die Tür fiel hinter ihm ins Schloss. Sarah wandte sich Iris zu, die sich aufgerichtet hatte und mit verklärtem Gesicht vor ihr stand. „Hast du gehört, was er über die Kekse gesagt hat?"

„Natürlich", erklärte Sarah. „Und ich habe auch genau gehört, was er sonst noch gesagt hat. Wirst du mir nun endlich glauben, dass du ein ganz liebes, hübsches Mädchen bist?"

Iris neigte den Kopf zur Seite und schaute sie nachdenklich an. „Nein, Sarah, er hat gar nicht mich gemeint. Er hat von dir geredet." Das weiß ich ganz genau.

3. Kapitel

Sarah blieb bei ihrem festen Entschluss, sich nicht von Kenneth Ramsey anstellen zu lassen. Das sagte sie sich immer wieder, nachdem sie Iris abgeliefert hatte und nun allein zurückfuhr. Trotzdem lief sie daheim gleich zum Telefon, um seine Nachricht abzuhören.

„Hier spricht Kenneth Ramsey, Miss Halston. Ich bin heute Nachmittag in Sacramento und möchte bei der Gelegenheit etwas Dringendes mit Ihnen besprechen. Erlauben Sie mir, bei Ihnen vorbeizukommen. Sollte ich Sie nicht antreffen, melde ich mich wieder. Oder würden Sie so freundlich sein, mich am Abend anzurufen?"
Dann hatte er noch seine Telefonnummer angegeben.

Es war für Sarah unerklärlich, dass ihm die Einstellung eines Gärtners so wichtig war. Die spontanen Einfälle und Wünsche von Tante Elaine hatten sich zwar auch immer sofort erfüllen müssen. Aber ein Mann wie Kenneth Ramsey musste doch weit wichtigere Probleme haben. Ihre Gedanken kamen nicht von ihm los. Sie sah ihn deutlich vor sich: hochgewachsen, ausgesprochen gutaussehend, von umwerfendem Charme...

Wahrscheinlich wollte er nur diese unwichtige Angelegenheit endlich hinter sich bringen. Er hatte angedeutet, dass er für diesen Posten jemanden gefunden hatte, der ihm außerordentlich passend erschien. Sie konnte nicht glauben, dass er sie selbst damit meinte. Wahrscheinlich gab es mehrere Interessenten, denen er die Stellung angeboten hatte und die sie aus irgendeinem Grund ausgeschlagen hatten. Es war Sarah nicht möglich gewesen, die Gärtnerwohnung zu besichtigen, und auch über die Höhe des Gehaltes war nicht gesprochen worden. Einem verheirateten Mann mochte möglicherweise beides nicht zusagen.

Wie viele erfolgreiche Männer war er wahrscheinlich gewohnt, ohne großes Wenn und Aber alles zu erreichen, was er sich in den Kopf gesetzt hatte. „Dringend", war für ihn die Angelegenheit wohl nur insofern, als er sie vom Tisch haben wollte, um sich seinen Geschäften widmen zu können, welche das auch immer sein mochten.

Von Sarahs Standpunkt aus lag die Dringlichkeit allerdings in dem trostlosen Zustand des Gartengrundstücks. Wenn man nicht schleunigst das Unkraut vernichtete, würde es blühen und sich aussäen. Dann gäbe es bald keinen grünen Rasen mehr. Und diese armen Rosen! Ob er sie wohl wirklich absäbeln würde, als seien sie auch nur Unkraut? Die Vorstellung ließ Sarah den ganzen Abend nicht zur Ruhe kommen.

Am nächsten Morgen war sie entschlossen, sich des Rosenbeetes anzunehmen. Fest anstellen lassen würde sie sich aber von Kenneth Ramsey unter keinen Umständen – und wenn er noch so „dringend" einen Gärtner brauchte.

Am Telefon meldete sich zu Sarahs Enttäuschung Mrs. Mole, die ihr kundtat, dass Mr. Ramsey unterwegs sei.

Sarah zögerte. War das vielleicht ein Zeichen, die ganze Angelegenheit zu vergessen?

„Wer spricht denn da?", fragte die mürrische Mrs. Mole, die offensichtlich Sarahs Namen nicht verstanden hatte.

„Sarah Halston. Wir haben uns gestern kennengelernt ..."

„Als ob ich das vergessen könnte", unterbrach Mrs. Mole sie spöttisch. „Wenn Sie wegen der Rosen anrufen, soll ich Ihnen von Mr. Ramsey ausrichten, dass Sie kommen können, wann es Ihnen passt."

Er musste sich seiner Sache sehr sicher gewesen sein, wenn er diese Anweisung hinterlassen hatte. Auf den unfreundlichen, kurz angebundenen Ton eingehend, sagte Sarah: „Danke. Ich komme im Laufe des Morgens." Dann hängte sie ein. Warum benahm die Haushälterin sich einer Fremden gegenüber so abweisend, fast feindlich? Sie hatte ihr doch nichts getan!

Eine gute Stunde später fuhr Sarah auf das Grundstück. Sie zog sich Gartenhandschuhe über und machte sich sofort an die Arbeit. Das Wetter war freundlicher als am Vortag. Die Sonne schien, und die Luft war klar. Um elf Uhr war sie mit der Hälfte des Beetes fertig, und sie dachte schon verlangend daran, ihr Frühstücksbrot zu holen, um ihren knurrenden Magen zufriedenzustellen.

Ein Motorengeräusch unterbrach die ländliche Stille. Sarah sah eine silbergraue Limousine direkt vor dem Haus anhalten. Es war ein englischer Wagen, und so konnte sie die Besucherin, die auf der rechten Seite ausstieg und ohne zu klingeln schnurstracks ins Haus eilte, nicht erkennen. Wahrscheinlich gehörte sie zur Familie. Vielleicht war sie eine Schwester von Kenneth Ramsey. Sarah hatte nur einen flüchtigen Eindruck von blondem Haar und einer eleganten Erscheinung. Aber was ging es sie an? Sie ärgerte sich über ihre ungewohnte Neugier.

Ich muss den Tatsachen ins Auge sehen, dachte sie. Natürlich hat ein Mann wie Kenneth Ramsey eine attraktive Freundin. Wahrscheinlich mehr als eine!

Mit frischer Energie machte sie sich wieder an ihre Arbeit. Immerhin war sie der Anlass für ihre Anwesenheit, und Mr. Ramseys Privatleben ging sie nichts an.

Trotzdem empfand Sarah die Tatsache, dass ihre Gedanken ständig um diesen Mann kreisten, als sehr verwirrend. Sie hatte während der vergangenen Jahre einige Freunde gehabt, einige sogar recht gern gehabt. Zurzeit war sie mit Bill Blanding, Iris' Fürsorger, befreundet. Doch niemals zuvor hatten sich ihre Gedanken so intensiv mit einem Mann beschäftigt. Niemals zuvor hatte sie auf die Berührung einer Hand, den Klang einer Stimme, auf ein Lächeln so gefühlvoll reagiert.

Sarah hätte nie geglaubt, dass sie zu den Frauen gehörte, die sich Hals über Kopf in einen Mann verliebten und dazu noch in einen, der für sie bestimmt unerreichbar war. Dabei lehnte sie Kenneth Ramsey eigentlich ab. Er war ein Playboy, der das Leben leichtnahm, für den Frauen nur ein Spielzeug waren.

Die Mittagssonne stand schon hoch am Himmel, als Sarah zu ihrem kleinen Wagen ging, um sich ihr Frühstücksbrot zu holen. Sie aß eine Schnitte und biss gerade in einen Apfel, als sie durch die Windschutzscheibe Mrs. Mole erblickte, die aus der Tür trat und mit einer wahren Leidensmiene auf sie zukam.

„Mrs. Ramsey möchte Sie sehen", verkündete sie.

Die Enttäuschung schnürte Sarah die Kehle zu. Wie dumm von ihr, aus dem Fehlen eines Eheringes Schlüsse zu ziehen. Natürlich war er verheiratet. Ihr Stolz zwang sie, sich vor Mrs. Mole nichts anmerken zu lassen. „Gleich?", fragte sie munter.

„Ja, gleich."

Sarah legte den angebissenen Apfel beiseite und folgte Mrs. Mole ins Haus. Sie schritten durch die Halle, an dem kleinen Badezimmer vorbei, das Sarah vor ein paar Tagen benutzt hatte, bis zu einem Zimmer an einem langen Korridor. Mrs. Mole klopfte an eine Tür und trat ein. Zögernd folgte Sarah ihr.

Ihr Blick fiel sofort auf zwei Damen, die sich vor dem Kamin auf zweisitzigen Sofas gegenübersaßen. Auf einem Couchtisch standen noch die Reste des Mittagessens. Die junge Frau, deren Ankunft Sarah beobachtet hatte, lehnte sich lässig in die Sofakissen zurück. Der Blick der kühlen blauen Augen richtete sich abfällig auf Sarah. Die ältere weißhaarige Dame sah ihr mit freundlicher Miene entgegen.

Mit ungewohnt liebenswürdiger Stimme kündigte Mrs. Mole die Besucherin an: „Miss Halston, Madam."

Zu Sarahs Erstaunen streckte ihr daraufhin die ältere Dame die Hand zur Begrüßung entgegen. „Ich freue mich, Sie kennenzulernen, Miss Halston", sagte sie mit einem Lächeln. „Darf ich Sie mit Vivica Harrington bekannt machen." Die elegant gekleidete blonde junge Frau schenkte Sarah ein knappes Lächeln. „Mrs. Mole, Miss Halston würde sicher gern etwas trinken. Was ziehen Sie vor, Tee oder Kaffee, meine Liebe?", fragte Mrs. Ramsey.

„Vielen Dank", erwiderte Sarah, immer noch um ihre Fassung kämpfend, „Kaffee wäre mir am liebsten."

„Und wie ist es mit dir, Vivica?"

„Für mich nichts, Grace. Ich muss mich wirklich beeilen. Heute Nachmittag erwarte ich Kenneth, und ich muss vorher noch einige Besorgungen erledigen."

Sarah verspürte Erleichterung. Egal, ob die beiden eng befreundet waren, jedenfalls waren sie nicht verheiratet. Und wieder ermahnte sie sich, dass es sie ja eigentlich nichts anging.

Vivica Harrington erhob sich mit vollendeter Grazie und hauchte der älteren Dame einen Kuss auf die Stirn. Dann wandte sie sich mit einem süffisanten Lächeln Sarah zu. „Ich fand es hochinteressant, jemanden wie Sie kennenzulernen … eine Frau, die grobe, körperliche Arbeit verrichtet, ist für mich etwas ganz Neues."

Mrs. Mole folgte mit dem Tablett der davonrauschenden Vivica.

„Bitte, nehmen Sie doch Platz, Miss Halston." Mrs. Ramsey deutete auf den frei gewordenen Sofasitz. Sarah, die mit ihrer Arbeitskleidung nicht die weißen Kissen beschmutzen wollte, sah sich nach einem weniger empfindlichen Stuhl um.

„Keine Sorge", meinte Mrs. Ramsey, der der suchende Blick nicht entgangen war, „Ihre Garderobe ist völlig in Ordnung, außerdem sind die Bezüge waschbar."

Vorsichtig setzte sich Sarah. Sie ahnte nicht, was Mrs. Ramsey von ihr wollte, und war auf alles gefasst.

„Ihnen ist wohl kaum entgangen", bemerkte Mrs. Ramsey, „dass vor allem das Grundstück völlig verwahrlost ist. Mein Sohn hat erst kürzlich diesen Besitz erworben, und ich zog am vergangenen Wochenende hier ein. Die Vorbesitzer haben sich anscheinend um nichts gekümmert. Für sie war es nur ein Ferienhaus. Aber Kenneth und ich wollen ständig hier wohnen. Sie sehen, es kommt noch viel Arbeit auf uns zu."

Es klopfte, und Mrs. Mole trat mit dem Kaffeetablett ein. Sie setzte es auf dem Couchtisch ab. Jede Bewegung verriet Unterwürfigkeit Mrs. Ramsey gegenüber, und Sarah wurde mit einem falschen Lächeln bedacht, ehe sie mit einem angedeuteten Knicks den Raum wieder verließ.

„Aus diesem Haus lässt sich wirklich viel machen", fuhr Mrs. Ramsey fort. Sie schenkte Sarah und sich Kaffee ein. „Normalerweise hängt man an seinem Elternhaus, aber ich muss gestehen, dass ich froh bin, meines losgeworden zu sein. Wir haben in einem jener riesigen, düsteren Kästen in der Nähe des McKinley Parks gelebt. Kennen Sie den Stadtteil?"

„Aber ja", sagte Sarah, von dem Zufall seltsam berührt. „Ich wuchs auch dort auf."

„Wirklich? Dann verstehen Sie ja sicher, dass eine alte Frau aus einem solchen Museum lieber in ein helles, behagliches Haus wie dieses zieht. Ich bin Kenneth sehr dankbar. Er hat darauf bestanden, dass ich hier wohne. Nicht jeder Junggeselle würde seine gebrechliche alte Mutter um sich haben wollen."

Eine gebrechliche alte Dame war Mrs. Ramsey sicher noch nicht. Aber damit hatte sie recht: Nur wenige Söhne würden ihre Mutter zu sich nehmen. Diese Großmütigkeit hätte Sarah ihm eigentlich nicht zugetraut.

„Natürlich schmeichle ich mir, dass meine Anwesenheit für ihn auch ein wenig nützlich sein kann", fuhr die charmante alte Dame fort. „Wegen seiner geschäftlichen Verpflichtungen hat er in San Francisco und in Sacramento ein Apartment gemietet. Aber jetzt, da er die dreißig überschritten hat, scheint es ihn doch nach einem richtigen Zuhause zu verlangen. Bis er heiratet, werde ich mich also bemühen, es ihm behaglich zu machen." Bedeutungsvoll ließ sie den Blick durch den Raum schweifen.

Vielleicht stand Mrs. Ramsey hinter der Eile, mit der das Grundstück in Ordnung gebracht werden sollte? Denn von einer Wildnis umgeben zu sein, gefiel ihr sicher nicht. Und die offenbar sehr anspruchsvolle Vivica, zukünftige Herrin dieses Besitzes, erwartete bestimmt eine Umgebung, die ihren Erwartungen entsprach. Sarahs Aufmerksamkeit wandte sich wieder Mrs. Ramsey zu, die zu ihrer Überraschung sagte: „Ihrem Bewerbungsschreiben entnahm ich, dass Ben Yashimoto Sie ausgebildet hat. Das ist die beste Empfehlung, die jemand haben kann."

„Sie kennen Ben?", fragte Sarah erstaunt. Es machte sie glücklich, dass Bens Name und sein guter Ruf auch nach seinem Tode weiterlebten.

„Aber ja! Elaine Langs Gärtner war in ganz Sacramento berühmt. Die Leute haben ihm fantastische Summen geboten, damit er für sie arbeiten würde. Doch er gab der Versuchung nie nach. Niemand begriff, warum. Denn Elaine schätzte ihn gar nicht genug. Bei jedem anderen hätte er es besser gehabt."

Sarah schoss die Röte ins Gesicht. Es interessierte sie natürlich, Mrs. Ramseys Ansicht zu hören, doch sie fühlte sich verpflichtet, die alte Dame darauf aufmerksam zu machen, dass sie von ihrer Tante sprach. Sie sollte lieber nicht Dinge äußern, deren Erwähnung für beide peinlich war.

„Elaine Lang ist meine Tante, Mrs. Ramsey", platzte sie heraus. „Sie hat mich aufgezogen. So kam es, dass Ben mein Lehrer war." Sie zwang sich zu einem Lächeln, um Mrs. Ramsey zu beruhigen. Doch die alte Dame blickte sie entsetzt an.

„Oh, mein liebes Kind, habe ich etwas Unüberlegtes gesagt? Habe ich irgendetwas geäußert, das ich besser für mich behalten hätte?"

Sarah beeilte sich, sie zu beruhigen. „Nein, natürlich nicht. Ich weiß selbst, dass Tante Elaine nie begriff, welch ein Juwel Ben war."

Mrs. Ramsey sah immer noch so verlegen aus, dass es Sarah leidtat. Deshalb erzählte sie ihr, ohne ihre Tante dabei herabzusetzen, von dem Streit, den es jedes Jahr zwischen Elaine und Ben wegen des Rosenschnitts gab. Tatsächlich gelang es ihr, Mrs. Ramsey mit der

Wiedergabe dieser kleinen Episode aufzuheitern. Sie lachte belustigt, während sie die Kaffeetassen wieder füllte.

„Sie sind also die kleine Nichte, die Elaine nach dem Tod ihrer Schwester aufnahm." Kenneth' Mutter blickte Sarah mit einem Lächeln an, das sie an ihn erinnerte. „Wir haben uns einmal kennengelernt. Aber Sie waren noch zu klein, um sich jetzt daran zu erinnern. Eines Tages erwähnte ich Elaine gegenüber, dass ein gemeinsamer Freund eine bestimmte Rosensorte in ihrem Garten gelobt hätte. Sie ging hinaus und wollte mir ein paar Blüten abschneiden, konnte die Sorten aber offenbar nicht auseinanderhalten. Ben, der im Garten arbeitete, kam angestürzt. Er verbeugte sich, lächelte und schlug Elaine vor, sich von ihrer Nichte die Rosen schneiden zu lassen. In seiner Nähe hatte ein kleines Mädchen gespielt. Obwohl es bestimmt nicht älter als acht war, gab er ihm den Auftrag, die gewünschte Rose zu schneiden. Das Kind nahm die Schere an sich und übergab mir gleich darauf drei Blüten. Das müssen Sie gewesen sein. Erinnern Sie sich?" Sarahs Lächeln war ein wenig wehmütig. „Nein, das tut mir leid. Daran kann ich mich nicht mehr erinnern. Aber so etwas passierte häufig. Tante Elaine hat nie begriffen, dass Ben und ich entschlossen waren, sie von den Rosen fernzuhalten."

„Das kann ich gut verstehen", meinte Mrs. Ramsey.

Nach einigen Minuten erhob sich Sarah, nachdem sie eine dritte Tasse Kaffee abgelehnt hatte. „Vielen Dank, dass Sie mich zu sich geholt haben, Mrs. Ramsey. Aber jetzt wird es Zeit. Ich möchte heute unbedingt mit dem Rosenbeet fertig werden."

„Verzeihen Sie! Ich bin eine geschwätzige alte Frau und habe Sie viel zu lange aufgehalten. Würden Sie sich trotzdem, ehe Sie gehen, noch anhören, was mir auf der Seele liegt, Sarah? Ich darf Sie doch Sarah nennen?"

„Selbstverständlich – bitte!"

„Danke, meine Liebe. Die Sache ist die: Ich habe einer Wohltätigkeitsorganisation, der ich angehöre, die Benutzung unseres Grundstücks für ein Sommerfest zugesagt. Das war reichlich unüberlegt. Kenneth war so lieb, sich sofort um einen Gärtner zu kümmern. Aber Sie wissen ja am besten", sie blinzelte Sarah belustigt zu, „dass er keinen Erfolg hatte. Kurz nachdem ich hier eintraf, kam er am

Sonntagnachmittag zu mir. Er war ganz außer sich. Er sagte, er habe unter den Bewerbern einen Diamanten gefunden, habe jedoch eine schroffe Ablehnung bekommen. ‚Ich habe alles getan, was in meinen Kräften steht', klagte er, jetzt bist du dran. Auf mein Drängen erzählte er mir dann die ganze Geschichte."

Es machte Sarah äußerst verlegen, dass Mrs. Ramsey die Einzelheiten des peinlichen Vorfalls kannte. Wie mochte er die Begegnung mit ihr seiner Mutter wohl geschildert haben?

„Es war ein Missverständnis, Mrs. Ramsey", erklärte sie, um der Angelegenheit die Spitze zu nehmen. Die alte Dame sollte sich nicht aufregen. „Ich habe wohl zu empfindlich reagiert."

„Vielleicht, vielleicht auch nicht. Kenneth neigt manchmal dazu, sich Freiheiten herauszunehmen. Aber was soll's noch. Jetzt ist es jedenfalls so, dass ich ihm versprochen habe, einen Gärtner einzustellen. Er wird also mein Angestellter sein, nicht der meines Sohnes. Könnte Sie das eventuell umstimmen?" Sarah zögerte. Keine Frage, sie wünschte sich den Job immer noch. Und für Mrs. Ramsey zu arbeiten wäre sicher ein Vergnügen. Immerhin wäre sie unter diesen Umständen Kenneth Ramsey keine Rechenschaft schuldig …

„Ja, Mrs. Ramsey, unter diesen Umständen würde ich Ihr Angebot gern annehmen", sagte sie mit einem warmen Lächeln.

Mrs. Ramsey atmete erleichtert auf. „Das freut mich wirklich, Sarah. Und lassen Sie mich Ihnen noch eines sagen: Ich habe die größte Bewunderung für Ihre Berufswahl."

Tränen der Dankbarkeit schossen Sarah in die Augen. Sie senkte den Kopf, um sich nicht anmerken zu lassen, wie gerührt sie war. Außer Ben war Mrs. Ramsey der erste Mensch, der sie dafür lobte, dass sie diesen Beruf ergriffen hatte.

„Seien Sie froh, dass Sie in dieser Zeit jung sind", meinte Mrs. Ramsey. „Heute hat ein Mädchen die Möglichkeit, sich praktisch jeden Beruf auszusuchen. In meiner Jugend wollte ich nur eins: Pilot werden."

Sarah lachte etwas kläglich auf. „Ich wünschte mir nur, viele Menschen würden so denken wie Sie, Mrs. Ramsey."

„Ach, auf die anderen können Sie pfeifen. Engstirnige Leute ohne Fantasie! Sie müssen lernen, sich dagegen zu wappnen."

Das Gehalt, das Sarah bekommen sollte, war sehr großzügig bemessen. Sie war glücklich, denn das versetzte sie weiterhin in die Lage, den Reillys zu helfen.

Mrs. Ramsey zog sich einen Mantel über, um Sarah ihre zukünftige Unterkunft zu zeigen. Wie berauscht folgte Sarah ihr durch das große Wohnzimmer und die Halle nach draußen. Als sie über die Terrasse in Richtung des Häuschens hinter dem Schwimmbecken gingen, meinte Mrs. Ramsey, während der nächsten nasskalten Tage könne Sarah sich der tropischen Pflanzen annehmen.

Sarah fiel Duke ein. „Ich habe eine Katze, Mrs. Ramsey. Ich hoffe, das macht Ihnen nichts aus?"

„Überhaupt nichts. Ich mag Katzen", sagte Mrs. Ramsey lebhaft. Sie schritt kräftig aus, als genösse sie die Bewegung in der frischen Landluft.

„Wie heißt Ihre Katze?"

„Es ist ein Kater. Duke."

Als sie das Häuschen erreicht hatten, schloss Mrs. Ramsey auf und forderte Sarah mit einer Geste auf, einzutreten. Das ganze Haus hatte ungefähr die Größe von Sarahs Apartment. Aber hier waren die einzelnen Räume viel interessanter geschnitten. In dem verhältnismäßig großen Wohnzimmer gab es einen aus weißen Steinen gemauerten offenen Kamin mit einem dunklen Rost. Die Wände waren weiß gestrichen. Ein weicher grauer Teppich bedeckte den Boden. Die Fensterbänke waren tief und für Topfpflanzen sehr geeignet.

„Und jetzt müssen Sie die Küche sehen", meinte Mrs. Ramsey.

Noch nie hatte Sarah eine so perfekt eingerichtete Küche gesehen. Alle denkbaren Geräte waren vorhanden. Die nagelneuen Einbauten glänzten in sonnigem Gelb.

„Kochen Sie gern?", wollte Mrs. Ramsey wissen.

„Ja, und sogar recht gut."

„Wirklich? Vielleicht laden Sie mich ja mal zum Essen ein", schlug die alte Dame vor.

Sarah murmelte, dass es ihr eine Ehre sei, wechselte dann aber rasch das Thema. „Ist es im Sommer, wenn Sie Gäste haben, nicht lästig und unbequem, dass ich dann hier wohne?"

„Aber nein. Die Gästezimmer sind in einem Flügel des Haupthauses. Viel wichtiger ist, dass Sie hier nicht gestört werden. Aber Besuch haben wir meistens nur übers Wochenende, und ich nehme an, eine hübsche junge Frau wie Sie wird ihre freie Zeit besser nutzen, als daheim rumzusitzen." Da sie Sarahs fragende Miene sah, fügte sie schnell hinzu: "Aber bitte, denken Sie nicht, dass Sie gezwungen sind, das Häuschen zu verlassen. Wahrscheinlich haben Sie am Wochenende auch gern einmal Ihre Freunde bei sich. Ich hoffe also, Sie werden sich hier wohl fühlen. Im Übrigen geben wir Ramseys nicht viele Partys."

Sarah hätte wetten mögen, dass sich das schnell änderte, wenn Vivica die Rolle der Hausherrin spielte.

Nachdem alle wichtigen Einzelheiten besprochen waren, verabschiedete sich Mrs. Ramsey von Sarah mit einem herzlichen Händedruck. Während sie wieder im Rosenbeet arbeitete, dachte Sarah über alles nach. Dies war einer der glücklichsten Tage ihres Lebens. Endlich hatte sie ein eigenes Aufgabengebiet. Etwas, das ganz zu ihr gehörte, so wie das Land jenen gehört, die es beackern.

Es war bereits vier Uhr, und es dunkelte schon, als Sarah den Gartenabfall zusammenharkte und in schwarze Plastiktüten stopfte. Nachdem sie ihr Werkzeug eingesammelt hatte und dabei war, es im Kofferraum zu verstauen, kam der schwarze Sportwagen die Auffahrt herauf und hielt direkt vor ihrem Auto.

Dass ihr der bloße Anblick von Kenneth Ramsey eine so große Freude bereitete, konnte sich Sarah kaum erklären. Es lag wohl nur daran, dass sie so guter Laune war, so zufrieden mit sich und der Welt. Nichts, was vorher geschehen war, schien ihr jetzt noch von Bedeutung. Wahrscheinlich würde dieses Gefühl nicht andauern. Doch im Augenblick war sie einfach glücklich, ihn zu erblicken. Er sah so vital aus, so kraftvoll und energisch, wie er ausstieg und mit seinem charmanten Lächeln auf sie zukam.

"Welch ein hübscher Anblick", sagte er zur Begrüßung. "Obwohl ich zugeben muss, dass Ihnen auch rote Flecken auf den Wangen und ein lila Mund sehr gut stehen."

Sarah lachte vergnügt. "Sie scheinen gar nicht überrascht zu sein, mich hier anzutreffen."

"Ich war überzeugt, dass meine Mutter es meistert", entgegnete er. "Sie hat sich immer nur mit dem Besten zufriedengegeben. Das habe ich von ihr gelernt."

"Aber wieso konnten Sie so sicher sein, dass ich auftauche?"

"Ach, ich kenne euch Künstler doch. Immer bereit, durch die Hölle zu gehen, wenn es nur dem Werk dient. Ich habe gehofft, das

Risiko, mir wieder zu begegnen, würde Ihnen weniger schrecklich erscheinen als der Gedanke, die Rosen ihrem Schicksal zu überlassen. Und eines wusste ich: Lernt Mutter Sie erst mal kennen, dann setzt sie Himmel und Hölle in Bewegung, um Sie zum Bleiben zu überreden."

Verwirrt suchte Sarah nach Worten. „Neuigkeiten bleiben nicht lange geheim."

„Ich habe zu Hause angerufen, um zu hören, ob das Problem gelöst ist. Es war ja nicht sicher, ob Sie Mutters Charme erliegen würden, und ich wollte mich Ihrem Zorn nicht schon wieder aussetzen, falls es bei Ihrem Nein bleiben würde."

„Sie stempeln mich ja zu einem Zankteufel!", protestierte Sarah lachend.

„Nein, das nicht. Aber Sie sind ein Gegner, den man nicht unterschätzen darf."

„Wenigstens brauche ich jetzt nicht zu hungern", scherzte Sarah, und er lachte in dieser herzhaften Art, die ihr Herz höher schlagen ließ.

Eine Weile schwiegen beide, während er sie lächelnd betrachtete. „Wissen Sie, dass Sie wie eine frische rote Rose aussehen?"

Verlegen wandte Sarah ihr Gesicht ab.

„Nein, sehen Sie nicht weg." Er tat einen Schritt auf sie zu und nahm eine Locke ihres Haares zwischen die Finger. „Ich möchte Sie Rose nennen, wenn Sie es mir erlauben."

Sarah stand wie verzaubert vor ihm und blieb stumm. Was sollte sie darauf antworten?

„Ich weiß noch, dass Sie behaupteten, lieber am Hungertuch zu nagen als für mich zu arbeiten", sagte Kenneth leise. „Da Sie nun aber meiner Mutter zugesagt haben, kann ich Ihnen etwas eingestehen: Ich würde auch lieber hungern, als Sie für mich arbeiten zu lassen."

Sie wollte auf diese unglaubliche Bemerkung eine schlagfertige Antwort geben, aber es fiel ihr nichts ein. Und ehe sie zur Besinnung kam, hatte er sie mit überraschendem Ungestüm in die Arme gezogen und sie geküsst. Kenneth hielt sie so fest, dass sie sich nicht wehren konnte. Sarah wollte es auch nicht. Die Welt um sie herum versank, und sie spürte nur noch die warmen Lippen auf ihrem Mund und seinen sehnigen Körper an dem ihren. Sie war sanft und voller Hingabe und so glücklich, wie sie es nie zuvor gewesen war.

Der Klang einer schrillen Stimme zerriss den Traum. „Mr. Ramsey, ein dringender Anruf für Sie!"

Jäh ernüchtert, riss Sarah sich los. Sie konnte Mrs. Mole in der Haustür sehen, aber es war zu dunkel, um ihren Gesichtsausdruck genau zu erkennen. Vermutlich würde diese unfreundliche Person sie in Zukunft noch energischer ablehnen. Sarah ließ ihre Enttäuschung an Kenneth aus. „Was fällt Ihnen ein? Und was soll diese Bemerkung bedeuten? Sie haben kein Recht, mich zu …"

„Ist es nicht das selbstverständliche Recht eines Mannes, ein bezauberndes Mädchen zu küssen?", unterbrach er sie gewollt poetisch. „Außerdem sollten Sie über meine Bemerkung nachdenken; falls Sie nicht allzu beschäftigt sind. Bitte, denken Sie darüber nach! Ich bin sicher, dass ein so kluges Mädchen wie Sie rasch dahinterkommen wird."

„Schuft!", schimpfte Sarah hilflos hinter ihm her, während er bereits davoneilte. Er hatte es dennoch gehört und winkte ihr lachend zu. Dann war er im Haus verschwunden.

Es war nicht schwer zu erraten, wer ihn so dringend am Telefon sprechen wollte. Sarah biss sich auf die Unterlippe, um ein Schluchzen zu unterdrücken. Ihre Augen standen voller Tränen, und sie blinzelte sie fort. Nie wieder wurde er sie so überrumpeln können, schwor sie sich. Das Recht eines Mannes … Zum Teufel mit ihm!

Sie gab Vollgas, als sie in ihrem kleinen Auto saß, und preschte die gewundene Auffahrt viel zu schnell hinunter, ihrem Apartment entgegen, das sie gerade für ein neues Zuhause aufgegeben hatte. Ein Zuhause, das ihr wie der Himmel auf Erden vorgekommen war. Würde es nicht eher eine selbstverschuldete Hölle sein?

4. Kapitel

Sarah holte aus ihrem Wagen das Äußerste heraus, um so schnell wie möglich so weit wie möglich von diesem eingebildeten Burschen fortzukommen. Selbst ein Trottel würde keinen ganzen Abend brauchen, um die Bedeutung dieser unverschämten Bemerkung zu verstehen. Vermutlich hatte er – wie die meisten Männer – Angst davor, ausgelacht zu werden, wenn er eine Frau engagierte, die die Arbeiten eines Mannes verrichtete. Die Verantwortung, sie einzustellen, überließ er lieber seiner Mutter.

Außerdem wäre er, wenn sie seine Angestellte würde, nicht frei, seine Annäherungsversuche ungehemmt zu wiederholen. Sarah wusste natürlich, dass es Chefs gab, die ihre weiblichen Mitarbeiter auch in dieser Beziehung schamlos ausnutzen. Doch sosehr sie Kenneth auch misstraute – dass er dazu fähig sein sollte, glaubte sie nicht. Stattdessen hatte er es so eingerichtet, dass Sarah von ihm völlig unabhängig war und sie trotzdem als Gärtnerin für ihn arbeitete. Nun, mit diesem Plan hatte er sich verrechnet. Sie, Sarah, war nicht gewillt, sich auf ein flüchtiges Sexabenteuer einzulassen. Kenneth sollte seine poetischen Komplimente und seine Küsse lieber für Vivica aufsparen!

Daheim fand Sarah auf dem Anrufbeantworter eine Nachricht von Bill Blanding vor. Sie rief erfreut zurück und vernahm, dass er sie zum Abendessen einladen wollte.

„Sehr gern", sagte sie fröhlich. „Mir ist heute Abend absolut nach einer Feier zumute. Erinnerst du dich an die Stellung, um die ich mich beworben habe? Ich habe sie bekommen."

„Das ist ja großartig! In dem Fall lade ich dich ins ‚Old Sacramento' ein. Denn dann muss ich dir wirklich etwas Besonderes bieten." Dankbar für einen so treuen Freund wie Bill legte Sarah den Hörer auf. Ihm zuliebe wollte sie sich an diesem Abend besonders schön machen. Doch zuvor musste sie noch mit dem Verwalter des Wohnblocks über ihren Umzug sprechen.

Mr. Nelson schien sie schon zu erwarten. Er nickte nur, als sie ihm den Grund für ihren Besuch mitteilte: „Ja, ja, ich bin schon unterrichtet", sagte er dann. „Mrs. Ramsey hat vor ein paar Minuten angerufen. Ich möchte Ihnen auf keinen Fall im Weg stehen, bat sie mich. Diese Gelegenheit ist wirklich einmalig für Sie, Sarah. Wenn Sie zukünftig die Ramseys als Referenz angeben können, sind Sie gemacht."

„Was hat Mrs. Ramsey Ihnen gesagt?", wollte Sarah wissen.

„Dass sie Ihnen angeboten hat, sofort bei ihr anzufangen. Sie wollten aber Ihre Kündigungsfrist einhalten."

„Das stimmt", bestätigte Sarah. „Schließlich habe ich eine Vereinbarung mit Ihnen, Mr. Nelson. Ich möchte Sie nicht im Stich lassen."

„Keine Sorge. Im Januar ist ohnehin wenig zu tun. Mrs. Ramsey will Ihre Miete für den nächsten Monat zahlen, damit Sie nicht jeden Tag zwanzig Meilen hin- und herfahren müssen. Ich finde das sehr großzügig von ihr. Allerdings erwartet man von den Ramseys auch nichts anderes."

Sarah merkte, dass Mr. Nelson mehr über die Familie wusste als sie. Sie mochte ihr Unwissen jedoch nicht eingestehen und lächelte nur. Nach der Unterredung kehrte sie in ihr Apartment zurück, um sich für den Abend mit Bill anzuziehen.

Nachdem sie geduscht und sich das Haar gewaschen hatte, zog sie sich ihren Bademantel über und föhnte sich das Haar trocken, während Duke auf dem Badewannenrand saß und mit der Schnur des Föns spielte.

„Warte nur, bis du deine neue Behausung kennenlernst, Duke. Da hast du Platz zum Umherstreunen und am Abend ein schönes, warmes Plätzchen vor dem Kamin."

Zum Schluss schminkte sie sich. Die hohen Wangenknochen betonte sie sparsam mit Rouge, und die dichten, langen Augenwimpern bürstete sie mit Mascara.

Dann zog sie ein jadegrünes Cocktailkleid mit langen, bauschigen Ärmeln und einem gerüschten Ausschnitt an. Der weichfließende Stoff betonte ihre Brust und die wohlgeformten Hüften. Dazu passten die hochhackigen Sandaletten aus Schlangenleder im Farbton genau. Als sie die Ohrringe anlegte, die Tante Elaine ihr zum letzten Geburtstag geschickt hatte, klingelte es an der Haustür.

Auch Bill Blanding hatte sich für den Abend festlich angezogen.

Er hatte sich sogar das dunkelblonde lockige Haar kürzer schneiden lassen. Bill musterte Sarah voller Bewunderung, seine warmen braunen Augen schauten sie eine ganze Weile unverwandt an.

Während der kurzen Fahrt zum „Old Sacramento", erzählte sie ihm von ihrem neuen Job. Sie schilderte den Landsitz und ihre zukünftige Wohnung in leuchtenden Farben. Nur das, was sich zwischen Kenneth und ihr abgespielt hatte, unterschlug sie. Warum, wusste sie selbst nicht recht. Noch vor einer Woche hätte sie ihm alles erzählt, und sie hätten dann beide über Kenneth Ramsey und seine Methoden, sie zu engagieren, gelacht.

Bill stellte den Wagen im Parkhaus der Innenstadt ab. Von dem früheren, jetzt renovierten Lagerhaus gingen sie die wenigen Blocks zum Restaurant zu Fuß.

„Es scheint die ideale Stellung für dich zu sein", meinte Bill und drückte ihr den Arm, den sie unter seinen geschoben hatte.

„Das ist sie wirklich, Bill. Und Mrs. Ramsey ist eine reizende alte Dame. Sie scheint etwas von Blumenpflege zu verstehen, und es wird mir bestimmt Freude machen, für sie zu arbeiten."

Die Dunkelheit war hereingebrochen. Im feuchten Straßenpflaster spiegelten sich die Lichter der alten schmiedeeisernen Laternen. Nun, da die Stadt nicht mehr von den Sommertouristen bevölkert war, konnte man sich in die Zeit vor hundertzwanzig Jahren zurückversetzt fühlen, in die Zeit, in der die Stadt praktisch in ein paar Tagen hochgeschossen war und Menschen in großer Zahl auf der Suche nach Gold in das Great Central Valley strömten.

Ihre Schritte hallten auf den hölzernen Gehsteigen wider.

Sie gingen an Boutiquen vorbei, an Bars, Restaurants und Andenkenläden. Neues Leben war in den alten, aus Holz und Stein errichteten Bauten erwacht. Durch Restaurierungen und geschickt angepasste Neubauten war die Architektur der Mitte des neunzehnten Jahrhunderts erhalten worden.

„Wir sind da", sagte Bill. Sie betraten das Gebäude, das in jenen Jahren des Aufschwungs und der Blüte eine Bank beherbergt hatte. In dem winzigen Vorraum warteten sie auf den offenen, messingverzierten Fahrstuhl, der bedächtig vom Restaurant in der obersten Etage zu ihnen hinabkroch. Zu ihrer Linken führten breite, mit moosgrünen Teppichläufern belegte Stufen hinauf.

„Wir sind schneller oben, wenn wir die Treppe nehmen", schlug Bill vor. „Oder wird's dir zu viel?"

„Ganz bestimmt nicht", stimmte Sarah zu. „Ehrlich gesagt, so recht traue ich diesem alten Lift auch nicht."

Das solide Eichenholzgeländer der Treppe hatte eine glänzende Patina angenommen von den Tausenden von Händen, die sich an ihm in all den Jahren festgehalten hatten. Am Empfang machte Bill halt und nannte seinen Namen. Dann gingen sie in die Bar, wo sie darauf warteten, an ihren Tisch geführt zu werden. Sie würden in Ruhe noch einen Aperitif nehmen. Bill bestellte sich einen Martini mit Eis und Sarah ein Glas Weißwein.

„Ich liebe diese alten Gebäude. Sieh nur, wie sorgfältig die dorischen Säulenkapitelle gearbeitet sind und diese Wandtäfelung aus Mahagoni. Für einen Europäer muss es sich allerdings eigenartig anhören, wenn wir über Bauwerke aus dem Häuschen geraten, die nur etwas mehr als ein Jahrhundert alt sind", meinte Sarah selbstkritisch.

Bill lachte. „Macht nichts. Wir leben in einem jungen Land, in dem selbst das Alter jung ist."

„Schau dir den an", fuhr Sarah fort und wies auf einen hohen Spiegel hinter der Bar. „Wo findest du heute noch so wunderschön geätztes Glas? Wie Spitze sieht es aus."

Die Getränke wurden serviert, und Sarah hob ihr Glas, um Bill zuzuprosten. Dabei fiel ihr Blick auf ihr eigenes Spiegelbild, und im ersten Schock hätte sie fast den Wein verschüttet. Hinter ihr war plötzlich das dunkle, lächelnde Gesicht Kenneth Ramseys aufgetaucht, und neben ihm stand eine verärgert dreinschauende Vivica Harrington.

„Guten Abend, Miss Halston. Wie nett, Sie schon so rasch wiederzusehen", grüßte Kenneth.

Sarah nickte mit verschlossener Miene seinem Spiegelbild zu, bevor sie sich umwandte, um ihm direkt ins Gesicht zu sehen und Bill mit den beiden bekannt zu machen. Dabei wunderte sie sich, dass ihr überhaupt ein Wort über die Lippen kam, so verunsichert fühlte sie sich.

„Ich freue mich, Sie kennenzulernen, Mr. Ramsey", sagte Bill. „Sarah hat gerade Ihr Werk gelobt."

Wovon zum Teufel sprach Bill? Und welche Bewunderung klang aus seinen Worten?

„Haben Sie vielleicht auch etwas mit diesem Haus zu tun gehabt?", fuhr Bill fort.

„Ja, das stimmt." Wie viele andere reagierte auch Kenneth positiv auf die warme Freundlichkeit Bills. „Das Parkhaus haben wir ebenfalls renoviert und einige der Bauten in der Second Street."

„Sie haben fantastische Arbeit geleistet. Sarah und ich sprachen gerade darüber, dass man sich um hundert Jahre zurückversetzt fühlt."

„Vielen Dank für das Kompliment, Mr. Blanding. Uns hat die Arbeit an diesem Projekt sehr viel Freude gemacht. Es war zu den Dämmen, Brückenbauten und Bürokomplexen eine willkommene Abwechslung."

Sarah betrachtete während dieses Gesprächs verstohlen Vivica Harrington. Das blonde Haar trug sie jetzt hochgesteckt, und dadurch wirkte ihr schmales Gesicht noch feiner. Die Spaghettiträger des nachtblauen Abendkleides ließen die Schultern frei. Die weiche Seide umschmeichelte eng ihren vollendet geformten Körper. Sarah stellte mit einem leisen Neidgefühl fest, wie makellos schön diese Frau war.

Es schien aber, dass Vivica sich zu langweilen begann, weil sich Kenneth und Bill nur miteinander unterhielten und ihr die gewünschte Aufmerksamkeit versagten. „Was für ein niedliches Kleidchen tragen Sie heute Abend, Miss Halston. Sie sehen so verändert aus, dass ich Sie fast nicht wiedererkannt hätte."

Sarah schluckte. Sie erinnerte sich aber an einen von Bens Ratschlägen. Er hatte sie gelehrt, dass es wirksamer sei, einem Angriff mit Liebenswürdigkeit zu begegnen, statt zurückzuschlagen.

„Sie sehen genauso schön aus wie vorhin, Miss Harrington", erwiderte sie mit gewollt herablassender Freundlichkeit.

Vivica biss sich auf die Unterlippe. Sie hatte nicht damit gerechnet, dass Sarah ihre spitze Bemerkung so überlegen abwehren würde. Kenneth und Bill wechselten unbemerkt einen amüsierten Blick. Danach verabschiedete Vivica sich allerdings rasch und zog Kenneth mit sich fort.

Der Ober erschien und geleitete Bill und Sarah an ihren Tisch. Die Servietten und Bestecke lagen in Originalstahlkassetten, die Gebrauchsspuren aufwiesen.

„Kannst du dir vorstellen, dass diese Kassetten einst Goldklumpen und Urkunden über Schürfrechte enthielten?"

Sarah, mit ihren Gedanken immer noch bei der überraschenden Begegnung, nickte abwesend.

„Da wir gerade von erfolgreichen Unternehmungen sprechen", fuhr Bill fort, „woher kennst du eigentlich Kenneth Ramsey?"

„Er ist der Sohn meiner zukünftigen Arbeitgeberin", sagte Sarah.

„Aber woher kennst du ihn?"

Bill lachte laut auf. „Sag mal, liest du denn nie eine Zeitung? Nicht mal die Gesellschaftsspalte? Jeder in Kalifornien weiß, wer Kenneth Ramsey ist. Die Ramsey Construction ist eine der größten Firmen der Vereinigten Staaten. In der ganzen Welt hat sie gebaut."

„Das ist der bekannte Mr. Ramsey? Natürlich habe ich von der Baufirma gehört. Aber ich kannte den Vornamen des Eigentümers nicht. Außerdem lese ich keine Gesellschaftsnachrichten. Kein Wunder, dass Mr. Nelson so zuvorkommend war und mich so bereitwillig aus dem Vertrag entließ."

Deshalb glaubte Kenneth also, mit den Gefühlen anderer spielen zu können. Er leitete ein Geschäftsunternehmen, in dem sich Erfolg nicht durch übergroßes Zartgefühl einstellt.

Bill erzählte, dass Kenneth' Vater die Firma nach dem zweiten Weltkrieg gründete und sie, gemeinsam mit seinem Partner George Harrington, zu einem der größten Unternehmen in Kalifornien machte. „Nach dem Tod seines Vaters vor zehn Jahren hat Kenneth sie zu einem Riesenkonzern ausgebaut. Ein tüchtiger Bursche", setzte Bill bewundernd hinzu.

George Harrington? Ob das wohl Vivicas Vater ist? Wenn das stimmte, hatten Kenneth und sie gemeinsame geschäftliche Interessen. Noch ein Grund mehr für eine Heirat, dachte Sarah bedrückt.

Die beiden, an die Sarah dachte, betraten den Speisesaal und ließen sich vom Ober an einen etwas abseits gelegenen Tisch führen. Sarah beobachtete, dass Vivica über Kenneth' Hand strich, während sie miteinander redeten und lachten.

Sarah war froh, dass Bill die Bestellung übernahm, als der Ober zu ihnen kam. Sie bezweifelte allerdings, dass sie auch nur einen Bissen von dem Menü essen könnte, so zittrig und verwirrt war ihr zumute. Bill wählte für sie beide Spargelcremesuppe, Lammbraten und Salat. „Das Dessert werden wir später bestellen", beschied er den Ober.

Während sie speisten, berichtete er über seinen ziemlich ermüdenden Tag, der wie immer auch Enttäuschungen mit sich gebracht hatte. Die meist problembeladenen Familien, die er betreute, waren eine seelische Belastung für Bill. Sarah kam es oft vor, als ließe ihm seine Arbeit keinen Raum mehr für private Bindungen. Soviel sie wusste, gab es in seinem Leben keine Frau, die mehr für ihn bedeutete als eine gute Freundin. Alle seine Gefühle schienen nur auf die Menschen gerichtet zu sein, für die er sich verantwortlich fühlte.

Sie waren zwangsläufig auch an diesem Abend wieder das beherrschende Gesprächsthema. Sarah und Bill hatten sich vor einigen Monaten angefreundet. Doch die Anteilnahme, die Sarah normalerweise für Bills Sorgen und Nöte aufbrachte, war heute nur vorgetäuscht. Immer wieder wurden ihre Blicke wie magisch von Vivica und Kenneth angezogen, denen jetzt ebenfalls serviert worden war. Die beiden plauderten angeregt miteinander und nahmen kaum Notiz von ihrer Umgebung. Erst als Bill Iris' Namen erwähnte, horchte Sarah auf.

„Sie entwickelt sich überraschend gut", erklärte er zufrieden. „Ich wünschte, ich könnte das Gleiche über den Zustand ihrer Mutter sagen."

„Hast du sie wieder einmal besucht?", erkundigte sich Sarah.

„Ja, ich war gestern im Krankenhaus."

„Und wie geht es ihr?"

Mit gesenktem Kopf blickte Bill auf seinen Teller und schob mit der Gabel einen winzigen Knochen beiseite. „Eher schlechter als bei meinem letzten Besuch. Sie hat mich nicht einmal erkannt."

„Oh nein!", rief Sarah betroffen aus. „Ich dachte, seit sie aus dem Koma erwacht ist …"

„Die Schwestern berichteten mir, dass sie überhaupt nicht mehr reagiert. Sie liegt nur da, ohne sich zu bewegen, ohne zu sprechen. Die Ärzte können nichts mehr für sie tun. Die Hirnverletzung war wohl noch schwerer, als sie zunächst angenommen haben. Man wird sie bald in ein Pflegeheim bringen, und das ist dann der Anfang vom Ende."

„Jack Millidge hat das Leben seiner Frau zerstört", sagte Sarah voller Zorn. „Genauso gut hätte er sie gleich umbringen können. Und was hat er der armen Iris angetan! Ohne diesen Vater ist sie wirklich besser dran."

„Die Frage ist nur, wie lange wir damit rechnen können, dass er sich von dem Kind fernhält."

„Ja, daran denke ich auch so oft. Er kann jederzeit in die Stadt zurückkehren und herausfinden, wo Iris wohnt. Ich bin froh, dass sie nicht einmal ahnt, was auf sie zukommen kann. Begreifst du, warum Millidge nicht angeklagt und vor Gericht gestellt worden ist?"

„Du hast ja von den Ausführungen des Staatsanwalts gehört", erwiderte Bill. „Diese Juristen mischen sich nicht gern in Dinge ein, die sie für einen privaten Familienstreit halten. Ich muss aber zugeben, dass zu der Zeit niemand wusste, wie schwer seine Frau verletzt war. Die Ärzte erwarteten, dass sie wieder gesund würde, wenn sie erst aus dem Koma erwacht wäre."

„Ja, bis zum nächsten Mal!", sagte Sarah hitzig.

Resigniert zuckte Bill mit den Schultern. „Das ist der Lauf der Welt, Sarah. Wir können uns nur ans Gesetz halten."

„Auch wenn es schreiend ungerecht ist?"

Sie hatte die Hände zu Fäusten geballt. Er langte über den Tisch und bedeckte sie mit seiner Hand. „Sarah, wenn das Gesetz fehlerhaft ist – und ich gebe zu, das ist es manchmal –, müssen wir daran arbeiten, dass es geändert wird. Wir dürfen es nicht brechen."

„Du hast ja recht", murmelte Sarah zutiefst bedrückt. Zumindest theoretisch hatte Bill natürlich recht! Doch in der Praxis sah es so aus, dass man ein Gesetz zu befolgen hatte, das auf überholten gesellschaftlichen Traditionen beruhte, und dass man dabei mit dem Leben eines Kindes spielte. Bill war ein guter Mensch, manchmal sogar fast übertrieben gut. Aber er war sanftmütig und hatte zu viel Achtung vor den Autoritäten. Sarah schwor sich, alles in ihrer Macht Stehende zu tun, um Iris' Vater einen Strich durch die Rechnung zu machen, sollte er je wieder die Sicherheit seiner Tochter gefährden – Gesetz hin, Gesetz her.

Bill tätschelte ihre Hand. „Lassen wir das Thema. Ich hätte es gar nicht erst ansprechen sollen an einem Abend wie diesem, an dem wir doch vergnügt sein wollten." Er versuchte ein Lächeln, doch es fiel nur traurig aus.

Sarah nickte, obwohl sie wusste, dass der Abend ihnen beiden verdorben war. Ihr war nicht mehr nach feiern zumute. Nicht jetzt, nachdem sie vom Schicksal der armen Mrs. Millidge erfahren hatte, die unheilbar krank war. Nicht jetzt, da Iris eine Zukunft voller Gewalt und Vernachlässigung drohte.

„Hier gibt es köstliche Süßspeisen", wechselte Bill das Thema. „Wollen wir nicht einmal sündigen und uns das kalorienreichste Dessert bestellen? Ich hätte jedenfalls wahnsinnig Lust darauf."

Sarah zwang sich ebenfalls zu einem fröhlichen Ton. „Gut, warum nicht?" Sie schämte sich plötzlich ihrer vorherigen Zweifel, ob Bill sich nicht in einer Auseinandersetzung als Schwächling erweisen würde. Niemand durfte ihm unterstellen, Iris' Interessen nicht nachdrücklich genug vertreten zu haben, zumindest nicht weniger als die der anderen Familien, die er betreute. Sie lächelte ihm zu und strich ihm mit einer freundschaftlichen Geste über die Wange.

Während sich Bill bemühte, die Aufmerksamkeit des Obers zu erreichen, stellte Sarah fest, dass Kenneth und Vivica aufgestanden waren. Doch die beiden gingen nicht zum Ausgang, sondern kamen auf ihren Tisch zu, an dem der Ober inzwischen Bills Wünsche für den Nachtisch notierte. Auf einmal fand Sarah es reichlich kindisch, dass sie und Bill sich auf den mit Schlagsahne gekrönten Eisbecher geeinigt hatten. Das spöttische Lächeln, mit dem Vivica die Bestellung vernahm, verriet, dass sie darüber ebenso dachte.

Bill wollte sich erheben, doch Kenneth winkte ihm ab. „Wir wollen einen gerade eröffneten Discoclub besuchen", sagte er seltsam gezwungen. „Möchten Sie uns nicht begleiten?"

„Ach ja, bitte kommen Sie mit", unterstützte Vivica seinen Wunsch. „Wir treffen uns dort mit sehr netten Freunden."

Nachdem Sarah Bills fragenden Blick aufgefangen hatte, gab sie ihm ihre Ablehnung zu verstehen. „Tut mir leid", sagte Bill daraufhin. „Wir wollten noch eine Weile hierbleiben und haben auch gerade erst das Dessert bestellt."

„Machen Sie Ihre Bestellung doch einfach rückgängig", schlug Vivica vor. „Dieses kalorienreiche Zeug ist sowieso nicht gut. Ich esse niemals Pudding und Schokolade." Und dabei machte sie eine Bewegung, die die Aufmerksamkeit auf ihre schlanke Gestalt lenken sollte.

„Ich glaube, du solltest jedem die Entscheidung über seine Mahlzeiten selbst überlassen, Vivica", mischte Kenneth sich ein. „Lass uns gehen."

Doch Vivica, für die ein Nein keine Antwort war, blieb beharrlich.

„Dann kommen Sie eben später nach, wenn Sie fertig sind. Sagen Sie Ja!"

Aus der gequälten Miene, die Kenneth zeigte, folgerte Sarah, dass der Wunsch nach ihrer Begleitung nicht von ihm stammte. Aber welchen Grund konnte Vivica haben?

„Tut mir leid", wandte Sarah bestimmt ein. „Ich habe einen ziemlich ermüdenden Tag hinter mir, und Bill geht es nicht anders. Heute Abend ist uns nach einem Discobesuch wirklich nicht zumute."

„Ach natürlich", rief Vivica aus. „Verzeihen Sie mir, Miss Halston. Ich habe ganz vergessen, dass Ihre Arbeit sehr anstrengend ist. Aber ich bin ehrlich enttäuscht. Unseren Freunden hätte es großen Spaß gemacht, einen weiblichen Gärtner kennenzulernen."

Ein Ausdruck deutlicher Missbilligung zeigte sich auf Kenneth' Gesicht, und Sarah begriff, wie unangenehm es ihm war, Vivica so freimütig über den Grund der Einladung reden zu hören. Das Zögern, das er gezeigt hatte, ließ erkennen, dass er es eher unangenehm als erheiternd fand, seine Freunde mit einer Gärtnerin bekannt zu machen.

Sarah, die immer wütender wurde, vergaß alles, was Ben Yashimoto sie gelehrt hatte. Sie war nicht gewillt, die bewusst kränkenden Äußerungen dieses boshaften Mädchens hinzunehmen. Sie wollte sie, genau wie Kenneth Ramsey, ein für allemal in ihre Schranken verweisen.

„Tut mir leid, Sie heute enttäuschen zu müssen, Miss Harrington", sagte sie mit einem kalten Lächeln. „Da Ihre Freunde so leicht zu erheitern sind, würde ihnen vielleicht meine Clownsnummer gefallen. Kinder jedes Alters finden sie sehr spaßig. Mr. Ramsey hat sie gestern Nachmittag in meinem Apartment bewundern können. Er wird sicher nicht abstreiten, dass es ihm sehr gefallen hat."

Keine Nachspeise der Welt war so süß wie die Befriedigung ihrer Rache, als sie den wutentbrannten Blick sah, den Vivica Harrington auf Kenneth Ramsey abschoss, nachdem sie Sarahs Antwort schweigend zur Kenntnis genommen hatte.

5. Kapitel

In der folgenden Woche erledigte Sarah alle Gartenarbeiten für ihre alten Kunden, die es sehr bedauerten, sie zu verlieren. Während der Abendstunden packte sie ihre Habseligkeiten in Kartons, die sie sich von dem nahe gelegenen Supermarkt besorgt hatte. Duke war allgegenwärtig, er lief rein und raus und strich ihr zwischen den Beinen herum, offenbar von ihrer Unruhe angesteckt. Mrs. Ramsey erwartete Sarah nicht vor dem kommenden Montag, und Sarah war es sehr lieb, während der nächsten Tage Kenneth Ramsey nicht begegnen zu müssen.

Bei der Heimfahrt vom Abendessen hatte Bill seiner Verwunderung über die Art und Weise Ausdruck gegeben, in der Vivica Harrington Sarah provoziert hatte. „Ich habe allerdings auch noch nie erlebt, dass du jemanden so angefaucht hast", setzte er hinzu. „Das ist ja eine ganz neue Seite an dir."

„Sie hatte es nicht anders verdient", verteidigte sich Sarah. „Ich bin ihr nur zweimal begegnet, aber sie hat es fertiggebracht, mich ein paarmal zu kränken."

„Warum bedeutet es dir so viel, was sie über dich denkt oder dir an den Kopf wirft?", fragte Bill vorsichtig.

„Es ist mir gleichgültig, was sie über mich denkt. Aber findest du es nicht ärgerlich, wenn eine Frau im Alter von dieser Vivica nicht begreift, dass der Beruf, also die Arbeit, heutzutage nicht mehr vom Geschlecht abhängig ist? Außerdem – soll ich mich etwa vornehm zurückhalten, wenn mich jemand beleidigt?"

„Du hast in der Sache recht", räumte Bill zögernd ein. „Aber sonst bist du doch Leuten gegenüber, die so überholte Ansichten haben, viel toleranter. Entschuldige, aber ich frage mich, ob nicht so etwas wie Eifersucht hinter deinem Ärger steckt."

„Was für eine alberne Idee!", empörte sich Sarah, „ich bin doch nicht eifersüchtig."

Mit einem verstohlenen Blick in ihr zorniges Gesicht meinte Bill versöhnlich: „Dann ist es ja gut. Mir wäre es gar nicht lieb, wenn meine Freundin Sarah ihr Herz an Kenneth Ramsey verliert. Falls man den Klatschspalten in den Zeitungen glauben kann, ist er nicht gerade aufs Heiraten aus."

„Mach dir um mich keine Sorgen!", sagte Sarah etwas gereizt. „Mich interessiert es nicht im Geringsten, mit wem dieser Playboy flirtet und ob es ihm ernst ist oder nicht."

Dabei hatte Bill mit seiner Meinung über Kenneth nicht recht. Seine Mutter hatte ihr, Sarah, erzählt, dass er sich jetzt mit ernsthaften Heiratsplänen trüge. Als sie an seinen Kuss zurückdachte, war ihr fast zum Weinen zumute. Doch ein Kuss galt ihm wohl nichts. Er bedeutete nicht mehr als die Gewohnheit eines Mannes, der jede günstige Gelegenheit ausnutzte. In diesem Augenblick hoffte Sarah fast, dass er seine Leichtfertigkeit und Treulosigkeit niemals verlieren würde – auch nicht als Ehemann von Vivica! Wie viele Männer schien Kenneth Ramsey das Wort Treue nicht sehr wichtig zu nehmen. Darum war sie, Sarah, ohne seine zweifelhaften Aufmerksamkeiten bestimmt besser dran ...

Beim Packen stellte sie fest, dass ein Umzug die beste Gelegenheit bot, sich aller möglichen Sachen zu entledigen. So entrümpelte sie Schränke und Kommodenfächer von den Dingen, die sie jahrelang nur aufgehoben, aber nie mehr getragen oder benutzt hatte.

Doch als ihr das chinesische Kleid in die Hände fiel, das ihr Ben zum Schulabschluss geschenkt hatte, hielt sie eine Weile nachdenklich inne. Er hatte es auf einem Ausflug in San Franciscos Chinatown erstanden. Obwohl Sarah das Gewand bezaubernd fand, hatte sie in den Jahren zuvor niemals einen passenden Anlass gehabt, es zu tragen. Die Robe aus schwerer Seide hatte den traditionellen chinesischen Schnitt mit einem schmalen Stehkragen, langen, glatten Ärmeln und seitlichen Schlitzen. Die diagonal angebrachten Knöpfe waren mit schwarzer Seide bezogen. Das Kleid, das als einzige Verzierung eine reiche Handstickerei um den Saum aufwies, bestach durch seine schlichte Eleganz.

Behutsam verpackte Sarah es in Seidenpapier und dachte dabei voll sehnsüchtiger Liebe an Ben. Sie wünschte sich, dass er mit ihrem beruflichen Wechsel einverstanden sein würde ...

Am Samstagmorgen erwachte Sarah sehr früh. Der Tag war kühl, aber trocken und klar. Es war ein ideales Umzugswetter!

Um acht Uhr fuhr Bill mit einem großen Lieferwagen vor, den er sich von einem Freund ausgeliehen hatte. Doch bevor sie mit dem Einladen begannen, setzte Sarah ihm ein herzhaftes Frühstück aus Schinken, Eiern und Toast, Orangensaft und Kaffee vor. Wie die meisten Junggesellen, die Sarah kannte, bereitete er sich selbst nur selten eine Mahlzeit zu. Deshalb freute es sie, als sie ihn jetzt so tüchtig zulangen sah.

Da ihr Apartment mit dem Nötigsten ausgestattet war, als sie einzog, hatte sie sich nur wenige Möbel anschaffen müssen. Deshalb waren sie und Bill sehr schnell mit dem Ausräumen fertig. Einige Wandleuchten, die Stereoanlage, der Fernseher, ein dänisches Schränkchen aus Walnussholz, eine Nähmaschine und ein schöner alter Schaukelstuhl aus Ahorn, den sie von ihrer Mutter geerbt hatte – mehr besaß Sarah nicht. Nach einer guten Stunde war alles verladen.

Danach reinigten sie gemeinsam die Wohnung. Als sie gesaugt und gefeudelt hatten und die Spinnweben aus allen Ecken entfernt waren, blickte Sarah sich wehmütig in den Räumen um. Dann schaute sie noch einmal in ihren geliebten kleinen Garten. Wehmut beschlich sie.

„Du warst glücklich hier, nicht wahr?", fragte Bill, der neben sie getreten war und ihr kameradschaftlich einen Arm um die Schultern legte.

Sarah nickte und seufzte. „Es war das erste Zuhause, das mir ganz allein gehörte. Und dieser Garten ist das Letzte, was mich mit Ben verbindet."

„Aber Sarah", schalt Bill liebevoll, „in Gedanken wirst du immer mit ihm verbunden sein. Ein neuer Anfang ist schwer, auch dann, wenn wir ihn freiwillig wählen."

Einen Augenblick zögerte Sarah noch, ehe sie sich entschlossen umwandte.

„Gut, mein Lieber, los geht's. Merkt auf, ihr Ramseys, hier kommt Sarah Halston!"

Doch zunächst mussten sie Duke einfangen, der ihnen immer wieder entwischte. Schließlich ließ er sich in den ungeliebten Katzenkorb setzen. Während Bill die Fenster und Türen schloss, brachte Sarah den miauenden Duke in seinem Korb in der Fahrerkabine unter. Zum Schluss gab sie noch ihren Wohnungsschlüssel bei Mr. Nelson ab und verabschiedete sich mit ein paar Dankesworten. Kurz darauf waren Bill und sie unterwegs. Was würde ihr die Zukunft bringen? Hatte sie die richtige Entscheidung getroffen?

Eine halbe Stunde später bogen sie von der Autobahn auf die schmale Landstraße ab, die zu der Besitzung der Ramseys führte. Beim Anblick des Geländes, das Bill von der Auffahrt aus überblickte, stieß er einen bewundernden Pfiff aus.

„Nicht gerade klein", meinte er. „Hoffentlich hast du dir nicht zu viel Arbeit aufgebürdet."

„Das glaube ich nicht", erwiderte Sarah. „Jedenfalls werde ich mir alle Mühe geben, meine Aufgabe zu bewältigen."

Bill hielt am Ende der Auffahrt, und sie stiegen aus. Sarah bat ihn, einen Moment zu warten. Sie selbst ging zur Haustür und klingelte. Sekunden später wurde ihr geöffnet. Sarahs Hoffnung, Mrs. Mole hätte vielleicht gerade einen freien Tag, erfüllte sich nicht. So mürrisch wie stets nickte ihr die Haushälterin zu.

„Ich bringe meine Sachen", sagte Sarah und deutete auf den Lieferwagen. „Ich wollte fragen, ob wir über die Wiese fahren können, um nahe am Häuschen zu parken."

„Ich kann's leider nicht verhindern", antwortete Mrs. Mole, wandte sich abrupt um und verschwand.

Sarah wusste nicht recht, was sie mit dieser Bemerkung anfangen sollte. War es eine Ablehnung, oder war Mrs. Mole ins Haus gegangen, um die Erlaubnis zu holen? Sie blieb unschlüssig stehen, bis sie zwei Stimmen hörte und gleich darauf Mrs. Ramsey erschien. Sie begrüßte sie mit einem herzlichen Willkommenslächeln.

„Da sind Sie ja, meine Liebe – genau wie geplant. Alles läuft wie am Schnürchen. Das kann nur ein gutes Omen sein. Agnes sagte mir, dass Sie gern über die Wiese fahren möchten. Das ist nur vernünftig. Schlimmer als jetzt kann der Rasen ohnehin nicht aussehen."

Sarah ging zu Bill zurück und wies ihm den Weg. Zuerst wurde Duke aus seinem Korb befreit. Dann machten sie sich ans Ausladen. Im Schlafzimmer gab es ein Doppelbett. An drei Wänden standen Einbauschränke und eine Frisierkommode. Die eine Wand war vollständig verglast und gewährte einen schönen Blick auf die grüne Flusslandschaft. Die eierfarbenen Gardinen, durch die sich zartgraue Fäden zogen, stimmten im Farbton mit dem flauschigen grauen Teppichboden überein.

In dieses Zimmer stellte Sarah den Schaukelstuhl ihrer Mutter, und sie brachte eine der Lampen an. Kaum hatte sie den Stuhl aufgestellt, da sprang Duke hinauf, rollte sich zusammen und hielt sein Nachmittagsschläfchen.

Um vier Uhr verspürten beide Hunger. Der Lieferwagen war leer, alles, wobei Bill helfen konnte, war eingeräumt.

„Diese Kartons packe ich nach und nach aus, Bill. Ruh du dich jetzt aus. Ich werde uns etwas zu essen machen."

„Oh nein, Sarah, das ist nicht nötig", protestierte Bill. „In dieser Unordnung findest du doch nichts. Wir werden zum nächsten Café fahren. Bei der Tankstelle habe ich im Vorbeifahren eines bemerkt."

„Unsinn! Ich habe vorgesorgt und einen Karton mit Lebensmitteln für unser Abendbrot vollgepackt. Sogar eine Kühltasche mit zwei Dosen Bier für dich ist dabei."

Ein paar Minuten später hatte sich Bill auf der Couch im Wohnzimmer niedergelassen, ein Glas schäumendes Bier vor sich auf dem Tisch. Sarah bereitete in der Küche ein kaltes Abendessen. Es bestand aus Sandwiches, mit Wurst, Käse und Eiern belegt, und einem Tomatensalat, den sie in der Kühltasche mitgebracht hatte. Der Tisch war rasch gedeckt, und sie rief Bill in die Küche, der mit Appetit mehr als seinen Anteil verzehrte, denn Sarah war selbst zum Essen zu müde.

Sie gingen nach dem Abwasch ins Wohnzimmer hinüber. Es war dunkel geworden, und es hatte zu regnen begonnen. „Jetzt fehlt nur noch ein knisterndes Feuer, dann ist es hier drinnen richtig gemütlich", sagte Bill.

„Oh ja! Ich erinnere mich, dass draußen Holz aufgestapelt ist."

Es dauerte nicht lange, dann hatte Bill einige Scheite hereingeholt und sie im Kamin auf zusammengeknülltem Packpapier aufgeschichtet. Er hielt ein Streichholz daran, und die Flamme züngelte empor.

„Du solltest dir noch einen Kaffee aufgießen und dich etwas entspannen, ehe du schlafen gehst", schlug er Sarah vor. „Ich werde jetzt heimfahren."

Sarah versuchte vergeblich, ihn zum Bleiben zu überreden.

„Nein. Ich muss morgen in aller Frühe aufstehen. Pete und Jim werden mich gegen sieben Uhr zum Skifahren abholen."

Dagegen konnte sie nichts einwenden, und Sarah begleitete ihn zum Lieferwagen, um Bill auf diese Weise ihre Dankbarkeit zu zeigen. Ihr war kalt, und er spürte es und legte schützend den Arm um sie. Vor der Fahrertür blieb sie stehen, um sich zu verabschieden.

Sarah verspürte eine Aufwallung von aufrichtiger Zuneigung zu dem Freund, der ihr so selbstlos geholfen hatte. „Du bist so gut zu mir, Bill. Ich bin dir sehr dankbar", sagte sie, legte die Arme um ihn und gab ihm einen freundschaftlichen Kuss.

Er drückte sie liebevoll an sich. „Ich bin ein Glückspilz", flüsterte er ihr ins Ohr, „dass ich eine so liebe Freundin habe." Als Bill fortgefahren war, ging Sarah zum Häuschen zurück. Im Lichtschein ihrer offenstehenden Wohnungstür erblickte sie eine hochgewachsene Gestalt. Sie erschrak und stieß unwillkürlich einen leisen Schrei aus, bevor sie erkannte, dass es Kenneth war.

„Sie haben mich zu Tode erschreckt", sagte sie vorwurfsvoll, als er auf sie zukam. „Können Sie sich nicht bemerkbar machen? Müssen Sie sich immer anschleichen?"

„Verzeihen Sie", entgegnete er spöttisch. „Ich wollte die zärtliche Abschiedsszene der Liebenden nicht unterbrechen."

Also hatte er mit angesehen, dass sie Bill umarmte, und hatte sich seinen Reim darauf gemacht. Ihr sollte es recht sein. Vielleicht würde er sich weniger Freiheiten herausnehmen, wenn er wusste, dass sie mit jemandem befreundet war. Deshalb widersprach sie ihm nicht.

„Ich nehme an, Sie wollen etwas von mir. Dann kommen Sie bitte herein und schließen die Tür."

„Wenn Sie glauben, mir einen Augenblick Ihrer Zeit opfern zu können", sagte er genauso unliebenswürdig wie sie.

Er blickte sich drinnen prüfend um, bemerkte das behagliche Feuer und sah in der Küche die Reste der Mahlzeit. „Ich wollte Sie fragen, ob Sie Hilfe brauchen", begann er. „Aber ich sehe schon, mein Angebot ist überflüssig. Ich hätte mir ja denken können, dass eine Frau wie Sie", er zögerte, „Beistand hat."

„So ist es", stimmte Sarah kurz angebunden zu. Doch dann gebot ihr die gute Erziehung, höflich zu sein. „Setzen Sie sich doch. Kann ich Ihnen etwas anbieten? Zur Auswahl stehen Bier, Kaffee oder Tee – sonst leider nichts."

Kenneth nahm auf der Couch Platz und streckte die langen Beine dem Kaminfeuer entgegen. Sein dunkelbraunes Haar glänzte kupferfarben im Widerschein der Flammen. Er schaute Sarah gedankenverloren an, und ein leises Lächeln umspielte die schön geschwungenen, sinnlichen Lippen. „Mir ist alles recht." Während Sarah in der Küche Kaffee aufgoss, wurde ihr bewusst, dass sie sich beklommen und zugleich seltsam erregt fühlte – wie stets in seiner Gegenwart. Mechanisch goss sie zwei Tassen voll, dann trug sie das Tablett mit dem Kaffeegeschirr ins Wohnzimmer und stellte es auf dem Couchtisch ab.

Sie wollte sich auf einen Sessel setzen, doch da ergriff Kenneth plötzlich ihre Hand. „Kommen Sie zu mir vors Feuer", sagte er und zog sie blitzschnell neben sich auf die Couch. Fast wäre sie statt auf dem weichen Kissen auf seinem Schoß gelandet. Doch sie reagierte sofort und rutschte von ihm fort in die andere Ecke.

„Ich scheine etwas Anziehendes zu haben", meinte er mit einem anzüglichen Lächeln.

„Nichts, wogegen ich nicht immun wäre", gab sie kühl zurück.

„Scharfzüngig wie immer. Ich hätte Vivica davor warnen sollen, sich mit Ihnen anzulegen."

„Ja, das wäre besser gewesen. Sie selbst sollten auch auf der Hut sein."

Der warme Glanz verschwand aus seinen Augen. „Seien Sie versichert, dass ich das bin." Es klang wieder unfreundlich.

Während sie ihren Kaffee tranken, unterhielten sie sich über Belanglosigkeiten. Sarah war es recht, dass das Wortgefecht ein Ende hatte. Nicht nur, weil der anstrengende Tag sie erschöpft hatte, sondern vor allem, weil seine Gegenwart sie so verwirrte, dass sie große Zweifel fühlte, ob sie ihm lange widerstehen könnte. Ihre einzige Sicherheit lag darin, dass er von ihren Gefühlen nichts ahnte.

Kenneth setzte die leere Tasse auf dem Couchtisch ab und erhob sich. „Der andere Grund, weshalb ich Sie aufsuchte, ist eine Einladung meiner Mutter. Sie bittet Sie, morgen mit ihr zu Abend zu essen. Sie werden tagsüber noch viel zu räumen haben, und Mutter möchte nicht, dass Sie sich dann noch etwas kochen müssen."

„Wie reizend von Mrs. Ramsey", sagte Sarah gerührt. „Ich danke ihr sehr für die Einladung. Aber morgen werde ich nicht auspacken. Erinnern Sie sich an das kleine Mädchen, das Sie bei mir kennenlernten? Ich habe ihr einen Ausflug nach Sutter's Fort versprochen, wenn das Wetter gut ist. Falls ich Mrs. Ramsey morgen früh nicht sehen sollte, würden Sie es ihr dann bitte mit meinem Dank sagen?"

„Natürlich." Er ging zur Tür. „Verbringen Sie jeden Sonntag mit Iris? So hieß die Kleine doch? ... jeden Sonntag?"

„Hat denn Ihr Freund Bill nichts dagegen, dass man ihn Ihrer Gesellschaft beraubt?", fragte Kenneth neugierig.

„Selbstverständlich nicht", erwiderte Sarah mit Nachdruck. Für einen Moment vergaß sie, dass Kenneth ein ganz falsches Bild von dieser Freundschaft hatte. „Manchmal gehen wir beide mit Iris aus."

„Morgen wird er also nicht dabeisein?", fragte Kenneth hartnäckig weiter.

„Nein, morgen macht er mit Freunden einen Skiausflug." So, das dürfte für Kenneth Erklärung genug sein, warum ihr „Liebster", den Sonntag nicht mit ihr verbringen würde.

Kenneth machte ein sehr nachdenkliches Gesicht und schien irgendetwas zu überlegen. Glaubte er ihr etwa nicht?

Was für ein Spinnennetz weben wir? dachte Sarah. Sie begleitete ihn zur Tür und bat ihn nochmals, seine Mutter ganz herzlich zu grüßen.

„Und Ihnen danke ich sehr dafür, dass Sie gekommen sind und mir Ihre Hilfe angeboten haben", fügte sie hinzu, als er auf der Schwelle stand.

Er wandte sich noch einmal zu ihr um und suchte ihren Blick. „Mir tut es nur leid, dass Sie nicht auf mich angewiesen waren", sagte er in einem Ton, der so viel ehrliches Bedauern ausdrückte, dass Sarah nicht wusste, was sie darauf antworten sollte. Verlegen schwieg sie.

Sie war so in seinen Anblick versunken, dass sie wie hypnotisiert stillstand, als er eine Strähne ihres Haares zwischen die Finger nahm und die andere Hand um ihren Nacken legte. Er zog ihr Gesicht zu sich heran. Die Berührung seiner Lippen auf ihrem Mund war anfangs kaum spürbar. Doch als sich Sarah widerstandslos in seine Arme schmiegte, wurde der Kuss drängender, leidenschaftlicher. Für einen zeitlosen Augenblick presste sie sich an ihn. Sie spürte die Kühle der Abendluft nicht mehr. Doch als sich seine Hand in ihren Ausschnitt stahl, brach der Zauber. Erschrocken löste sie sich von ihm.

„Nein, bitte nicht", flüsterte sie. „Ich dachte, es wäre Ihnen klar, dass Bill und ich ... Haben Sie vergessen, dass ich nicht mit mir spielen lasse?"

„Im Gegenteil, Miss Halston. Wie könnte ich das jemals aus dem Gedächtnis verlieren", erwiderte er übertrieben unterwürfig, doch in den braunen Augen blitzte es spöttisch auf. „Es war nur eine freundliche Geste, die Ihnen zeigen sollte, dass Sie in die Gemeinschaft der Ramseys aufgenommen wurden. Und Sie sind so undankbar, es als bloßes Spiel zu bezeichnen." Mit einem frechen Lächeln und einem munteren Winken verschwand er in der Dunkelheit. Sie hörte ihn einen Schlager pfeifen.

Der nächste Tag war sonnig und nicht sehr kalt. Sarah war zufrieden, dass das Wetter ihnen keinen Strich durch die Rechnung machte. So kam Iris endlich zu ihrem ersehnten Ausflug ins hundertundvierzig Jahre alte Fort.

1840 überließ die Regierung Mexikos, der damals auch Kalifornien unterstand, 48 000 Morgen fruchtbares Land dem Schweizer Abenteurer John Augustus Sutter, nachdem er die mexikanische Staatsangehörigkeit angenommen und zugesagt hatte, die Region zu besiedeln und das Land zu bebauen. Alles, was aus seiner Zeit übriggeblieben war, war das weiße, aus luftgetrockneten Ziegelsteinen auf einem Hügel erbaute Fort, inmitten der blühenden, modernen Innenstadt von Sacramento gelegen – ein Denkmal der romantischen Tage des Wilden Westens.

Mittag war schon vorüber, als Sarah und Iris über die weite, mit uralten Bäumen bestandene Rasenfläche auf die hohen, massiven Tore des Forts zugingen. Die Kasse lag direkt hinter dem größten Tor, und während Sarah die kleine Eintrittsgebühr bezahlte, hüpfte Iris hin und her. Die beiden waren schon so oft hierhergekommen, dass sie auf die Plastikstäbe verzichteten, die der Besucher von Raum zu Raum mitnehmen konnte, um dem unsichtbaren Führer zu lauschen, der ihm die interessanten Einzelheiten des früheren Lebens im Fort vermittelte.

An einem Ende des rechtwinkligen Gebietes lag ein ebenfalls aus ungebrannten Ziegeln erbautes zweistöckiges Gebäude, einst Sutters Büro und Wohnquartier. Iris fühlte sich aber mehr zu den kleinen, an der Innenseite des Forts gelegenen Zimmern hingezogen. Da sie eine Menschenmenge vor der Küche versammelt sah, nahm sie Sarah bei der Hand und zog sie über den grasbewachsenen Platz mit sich.

Im schummrigen Licht stand eine junge Frau in der Küche, die auf einem alten hölzernen Tisch den Teig für einen großen Brotlaib knetete und den Besuchern von der Belieferung des Forts mit Nahrungsmitteln erzählte. Solch dunkles Krustenbrot wurde in jenen Tagen für alle Besucher gebacken. Für Soldaten, Indianer und Siedler aus dem Osten, für Abenteurer jeder Sorte. Die junge Frau erklärte, dass sie den fertigen Teig in einem der riesigen gewölbten Steinöfen backen würde. Hinter ihr war eine mächtige Feuerstelle, die fast die ganze Breite der Küche einnahm.

Nach der Küche besichtigten Sarah und Iris all die kleinen Räume, in denen einstmals die Handwerker gearbeitet und die Dinge hergestellt hatten, die in jenen rauen Zeiten zum Überleben nötig waren. Da gab es eine Schmiede, eine Tischlerei, eine Branntweinbrennerei, eine Küferei, wo der Fassbinder, jetzt von einer Wachsfigur dargestellt, seinem Gewerbe nachging, eine Sattlerei, einen Raum mit Webstühlen. Ein Laden war da, wo aus Ochsentalg Kerzen gezogen wurden, die wichtigste Lichtquelle im Fort. Nicht zu vergessen die Waffenschmiede. Nachdem Iris alles das gesehen hatte, auch die Läden des Hutmachers und des Schusters, die Müllerei und den Krämerladen, ergriff sie wieder Sarahs Hand und zog sie in die Richtung jener Kammern, die sie unter keinen Umständen ausließ.

In einer abgelegenen Ecke der Anlage befand sich ein dunkler, enger Vorraum. Der Türrahmen war so niedrig, dass nur ein Kind eintreten konnte, ohne sich zu bücken. Von diesem Vorraum führten drei ausgetretene und gefährlich schlüpfrige Steinstufen hinunter in ein noch kleineres, noch dunkleres Gelass zu einer mit einem Querbalken verriegelten Tür. Hier war das Gefängnis des Forts, von Sutter „Calaboose" genannt nach dem spanischen Wort „Calabozo" für Kerker.

Der Raum war kahl und nur mit einer Pritsche ausgestattet. In der Ecke hockte zusammengekrümmt eine unangenehm lebensecht wirkende Wachsfigur, einen verzweifelten Gefangenen darstellend.

Wie bei jedem Besuch verharrte Iris auch diesmal unnatürlich still und starrte auf die trübselige Szene. Sarah wurde das Herz schwer bei dem Gedanken, dass für dieses Kind Verbrechen und Strafe schon Erfahrungen waren, die zu seinem jungen Leben gehörten.

„Hier tun sie die bösen Leute hin", sagte Iris mehr zu sich selbst. „Vielleicht hat er ja jemandem Geld geklaut oder ein Pferd. Oder er hat Schnaps getrunken und sich gezankt."

„Das kann schon sein, mein Herz." Sarah wusste, dass Iris die in der Ecke kauernde Figur nicht für real hielt.

„Der Mann hat vielleicht seine Frau gehauen, und dann haben sie ihn hierhergebracht. Sein kleines Mädchen hat er auch verprügelt. Glaubst du, dass sie ihn noch liebhaben, Sarah? Auch wenn er so gemein zu ihnen war und nun im Gefängnis sitzt?" Sie wandte sich zu Sarah um und sah sie mit ihren klaren blauen Augen fragend an.

Sarah wusste nicht, was sie diesem noch immer verstörten Kind antworten sollte. Am liebsten hätte sie Iris von dem trostlosen Ort fortgezogen. Sie hielt sich aber an Bill Blandings Ratschlag, ihr die Möglichkeit zu geben, den unterdrückten Gefühlen, wann immer es sich ergab, freien Lauf zu lassen.

„Ich weiß es nicht, mein Liebling. Was glaubst du denn?", sagte sie schließlich.

Iris seufzte tief auf und wandte sich von der Tür fort. „Ich glaube, der Mann tut ihnen leid, weil er jetzt ganz allein ist. Aber sie können ihn nicht mehr liebhaben. Sie sind ganz weit weg gegangen, damit er sie nie mehr finden kann."

Das schwache winterliche Sonnenlicht erschien ihnen grell im Gegensatz zu der Düsternis des Raumes, den sie eben verlassen hatten.

„Guck mal, Sarah, da ist der Mann, der unsere Kekse mochte", rief Iris aus, als sie ins Freie getreten waren. Dabei zupfte sie Sarah am Jackenärmel.

Kenneth' hochgewachsene, sehnige Gestalt war kaum zu übersehen. Er lehnte an der Eiche am anderen Ende der Gemeindewiese. Die Hände hatte er tief in die Taschen versenkt und suchte mit den Blicken die Umgebung ab. Hielt er nach ihr Ausschau? Hartnäckig ist er ja, dachte Sarah verärgert und gleichzeitig geschmeichelt.

„Da bist du endlich!" Mit wenigen langen Schritten war er bei ihnen. „Sacramentos beste Bäckerin", sagte er, während er sich zu Iris hinabbeugte und ihr in das verlegen errötende Gesicht blickte. „Ich hörte, dass du heute hierherkommst, und wollte dich zum Abendessen einladen." Nachdem er sich wieder aufgerichtet hatte, fügte er hinzu, so als habe er Sarah eben erst bemerkt: „Ach, guten Tag, Rose. Sie sind natürlich auch eingeladen."

Sarah fragte sich, wen er damit wohl täuschen wollte. Sie hatte angenommen, er würde sie jetzt, da er sie in Bill verliebt glaubte, in Ruhe lassen. Aber offensichtlich bedeutete es ihm wenig, dass ihre

Zuneigung einem anderen gehörte. Aus schierer Gewohnheit stellte er ihr nach. Diesmal hatte er sich einen besonders abstoßenden Vorwand erwählt, indem er ein unschuldiges Kind in sein Spiel einbezog. Das war der beste Beweis, dass Kenneth Ramsey nichts weiter als ein ganz gewöhnlicher Don Juan war.

Voller Hoffnung, dass sie die Einladung des freundlichen Mannes annehmen würde, blickte Iris zu Sarah empor.

„Meinetwegen", meinte Sarah mit einem schiefen Lächeln, „wenn du gern mit Mr. Ramsey essen willst, nehmen wir seine Einladung an." Dann fügte sie hastig hinzu: „Aber zuerst möchte er sicher, dass du ihm das Fort zeigst. Ich kann mir vorstellen, dass er schon lange nicht mehr hier war. Warum seht ihr zwei euch nicht alles an, und ich setze mich unter den Baum und warte auf euch?"

Zu Kenneth' Ehre muss gesagt werden, dass er Iris nicht merken ließ, wie wenig er sich einen Rundgang wünschte. Nur mit der Andeutung eines Lächelns gab er zu erkennen, dass er Sarahs Trick durchschaute. In ihrer putzigen Art, die Erwachsenen nachzuahmen, bot Iris Kenneth an, ihm alles Wichtige zu erklären. Er winkte Sarah zum Abschied kurz zu und ging schicksalsergeben hinter dem Kind her.

Sarah setzte sich unter die Eiche. Sie stammte aus Sutters Geburtsort Kander in Baden und wurde 1939, zum hundertsten Jahrestag der Gründung der Siedlung, von den Nachfahren der Siedler des Goldenen Westens gepflanzt.

Während Sarah abwesend die umherstreifenden Besucher betrachtete, dachte sie über ihre Einstellung zu Kenneth Ramsey nach. Sie hielt ihn für eingebildet und leichtfertig, hatte aber dennoch uneingeschränktes Vertrauen in seine Zuverlässigkeit und nicht die geringsten Bedenken, ihm Iris zu überlassen.

Kaum fünfzehn Minuten später erschienen Iris und Kenneth wieder. Sarah beobachtete die beiden, die vor dem Fenster des Raumes stehen blieben, in dem Sutter im Januar 1848 von James Marshall erfahren hatte, dass im Schusswasser der Sägemühle am American River nahe Coloma Gold gefunden worden war. Dieser historische Ort lag nicht sehr weit von Kenneth Ramseys Besitz entfernt.

Kenneth lud die beiden zum Abendessen in ein kleines Restaurant in der Nähe des Forts ein. Es war besonders auf Kinder eingestellt. Die Speisekarte bot Pfannkuchen mit verschiedenen leckeren

Füllungen an, außerdem Sandwiches und alle möglichen Sorten Eis. Mit Freude stellte Sarah fest, dass sich Iris unwahrscheinlich wohlerzogen benahm. Artig saß sie mit geradem Rücken auf dem altmodischen Stuhl, die Hände im Schoß gefaltet.

Während des Essens widmete sich Kenneth fast ausschließlich Iris. Sarah fand es einerseits rührend, andererseits gab es ihr das Gefühl, überflüssig zu sein. Dann, endlich, wandte er sich ihr zu. „Ich habe übrigens Iris versprochen, Rose, ihr den Platz zu zeigen, wo damals das erste Gold gefunden wurde. Sie besteht aber darauf, dass Sie uns nach Coloma begleiten. Sind Sie damit einverstanden?"

„Du nennst Sarah einfach Rose?", fragte Iris. Sie hatte inzwischen ihre übliche Schüchternheit verloren. „Findest du ihren richtigen Namen nicht hübsch?"

„Doch, mein Schatz. Ich muss dir recht geben. Sarah ist wirklich ein schöner Name für Miss Halston." Seine Stimme war kühl.

Ein verlegenes Schweigen breitete sich aus. Iris spürte die unerklärliche Spannung zwischen den Erwachsenen. Sie blickte unsicher von einem zum anderen.

Schließlich ergriff Sarah ihre Handtasche und die Jacke des Kindes. „Dann nennen Sie mich in Zukunft Sarah", sagte sie freundlich, aber distanziert. „Es ist schließlich mein Vorname, und ich mag ihn."

Draußen vor dem Restaurant dankte Iris Kenneth höflich für die Einladung. Er beugte sich zu ihr herunter und gab ihr einen Kuss auf die Wange.

Sarah gegenüber blieb er kühl und knapp höflich. „Wenn es Ihnen recht ist, fahre ich Sie und Iris in meinem Auto heim. Ihren Wagen lasse ich morgen abholen."

Wieder war Sarah von seinem Angebot zwiespältig berührt. Wie anstrengend seine Gesellschaft doch war! Noch nie zuvor waren ihre Gefühle in einem so unerwünschten Aufruhr gewesen. „Ich danke Ihnen sehr, dass Sie so reizend zu Iris waren. Aber ich finde, wir sollten uns hier trennen."

„Also gut", meinte er. „Ich muss es Ihnen überlassen. Fahren Sie vorsichtig, Sarah. Wir werden uns ja zwangsläufig wieder über den Weg laufen." Mit dieser Bemerkung, die wie eine vielsagende Drohung klang, wandte er sich um und ging zu seinem Wagen, der nur wenige Sekunden später mit Vollgas und quietschenden Reifen davonfuhr.

„Wenn das seine Fahrweise ist", sagte Sarah trocken, „ist es wirklich besser, dass er dich nicht nach Hause fährt."

Iris zwängte ihre kleinen Finger in Sarahs Hand. „Ich glaube, du hast ihn beleidigt, Sarah."

Sie standen da und schauten dem Auto nach, bis es nicht mehr zu sehen war. Kenneth fuhr nicht in Richtung Highway, sondern er wandte sich der Innenstadt zu.

6. Kapitel

Anfang März hatte Sarah die gröbste Arbeit auf dem Grundstück hinter sich gebracht. Auf ihre Anregung hin hatte ein Trupp der Baufirma Ramsey die Auffahrt ausgebessert und mit frischem Kies bestreut. Die Wiese war von Unkraut befreit und inzwischen wieder ein Rasenteppich geworden. Frisches Blattwerk schmückte die Rosenstöcke, und nahe der Küchentür hatte Sarah ein Kräuterbeet angelegt. Die Erdbeerpflanzen auf einem der Terrassengärten hinter dem Haus versprachen reiche Ernte.

Seit jenem Tag in Sutter's Fort war Sarah Kenneth nur selten begegnet. Eigentlich hätte sie darüber froh sein sollen, da es ja ihr Wunsch war, ihm aus dem Weg zu gehen. Doch sie musste sich eingestehen, dass es sie schmerzte, wenn er sie im Vorbeigehen nur höflich und distanziert grüßte.

Es war ein lauer Frühlingsabend. Sarah hatte die Oleanderhecke um den Rasen von altem Astwerk befreit und ein Beet gejätet. Jetzt hatte sie Feierabend und erfrischte sich unter der Dusche. Sie liebte das schwarz-weiß gekachelte Bad, dessen Strenge sie mit beigefarbenen Frottiertüchern und grünen Farnen aufgehellt hatte. Als sie sich vor dem Spiegel ihr dichtes kastanienbraunes Haar kämmte, fiel ihr angenehm auf, dass sie von der Frühlingssonne schon braungebrannt war. In ihrem Schlafzimmer zog sie sich einen leichten, enganliegenden Hausanzug in sanftem Lavendelblau an.

Auf dem Weg zur Küche öffnete sie die Haustür, um die milde Abendluft hereinzulassen, die erfüllt war vom Duft der blühenden Mandel-, Pflaumen- und Aprikosenbäume.

Sie hatte ein Lammgulasch vorbereitet, dem sie jetzt eine Tasse Dosenerbsen hinzufügte, bevor sie es in den Ofen schob. Dann bereitete sie sich eine Schüssel voll frischem grünem Salat, Radieschen und Zwiebeln zu, die sie auf ihrem eigenen Gemüsebeet hinter dem Haus gezogen und nun geerntet hatte.

Sie ging ins Wohnzimmer und legte eine Chopin-Platte aufs

Grammophon, und als die ersten Takte den Raum erfüllten, hörte sie von der Tür her eine langentbehrte Stimme.

„Ich bin meiner Nase gefolgt und bin hier gelandet." Ihr Herz setzte einen Schlag aus, als sie sich umwandte und Kenneth im Türrahmen sah, braungebrannt und lächelnd. Sie stand wie angewurzelt und starrte ihn an.

„Darf ich hereinkommen, oder störe ich Sie beim Abendessen?"

„Nein, keineswegs. Kommen Sie nur." Immerhin war er ja der Sohn ihrer Arbeitgeberin? Vielleicht sollte er ihr eine Nachricht von seiner Mutter überbringen. In der ihm eigenen selbstverständlichen Art trat er ein und musterte sie von Kopf bis Fuß. Sarah, durch seine unverhohlene Begutachtung in Verlegenheit gebracht, war nur froh, ihm einmal nicht in Jeans gegenüberzutreten. Nicht etwa, dass sie auf seine Zustimmung aus war. Doch immerhin – sie war eine Frau und hatte den Wunsch, auch einmal einen guten Eindruck zu machen.

„Ich werde nicht lange bleiben. Mr. Blanding wäre sicher nicht erfreut, mich hier vorzufinden", bemerkte Kenneth in einem sonderbar unsicheren Ton.

„Ach, das würde ihn nicht stören", entfuhr es Sarah, bevor ihr einfiel, dass sie Kenneth in dem Glauben gelassen hatte, mit Bill ein Verhältnis zu haben. „Ich meine, er erfährt es ja nicht. Also, er kommt heute nicht." Doch das war noch schlimmer. Denn es klang so, als wäre sie bereit, ihm untreu zu werden. Um ihre Verwirrung zu verbergen, beugte sie sich hinab und hob Duke hoch, der sich schnurrend an Kenneth' Beinen rieb.

„Sie sind heute Abend also allein", bemerkte Kenneth, und dann zitierte er mit einem vieldeutigen Lächeln eine Verszeile von Gray: „,So manche Blume ward geboren, um ungesehen zu verblühen und ihre Süße zu vergeuden ...' Aber nicht Rose, Pardon, Sarah Halston, wenn es nach mir geht." Dann schloss er mit unschuldiger Miene: „Wie gut, dass ich noch nicht zu Abend gegessen habe."

Was für eine Anmaßung, dachte Sarah fast bewundernd. Aber was konnte eine wohlerzogene Hausfrau auf eine so unverfrorene Bemerkung anders antworten als: „Sie sind natürlich eingeladen, wenn Sie mit dem vorliebnehmen wollen, was ich für mich gekocht habe."

Selbstzufrieden lächelnd nickte er ihr zu. „Bei dem Duft, der durch Ihr Haus zieht, würde selbst der größte Feinschmecker mit Ihrem Essen vorliebnehmen."

„Sparen Sie sich Ihre Komplimente besser für später auf", erwiderte Sarah trocken. Dabei wusste sie genau, dass ihr das Gulasch hervorragend gelungen war. Sie konnte sich auf ihre Kochkünste verlassen. Natürlich gab sie sich nicht jeden Tag mit dem Essen so viel Mühe. Es war ein reiner Zufall, dass sie mit Hingabe gekocht und sich an diesem Abend einmal besonders hübsch gemacht hatte. Sehr oft zog sie sich nach dem Duschen einfach ihren alten, recht verblassten Bademantel über.

Zum Nachtisch servierte sie Kenneth Kaffee und ein Stück übriggebliebenen Käsesahnekuchen. Er hatte kaum den letzten Bissen hinuntergeschluckt, als er sie mit einem dankbaren Lächeln anschaute. „Sie sind eine Frau mit vielen Talenten, Sarah. Niemand darf behaupten, dass sich hinter Ihrem hübschen Äußeren nichts verbirgt."

Sie schaute ihn nachdenklich an. Verglich er sie insgeheim mit Vivica? Hatte jemand etwas Negatives über sie, Sarah, geäußert? Mrs. Mole vielleicht? Oder Mrs. Ramsey? Ja, so musste es sein. Aber womöglich bedeutete seine Bemerkung gar nichts, sie war nur so dahingeworfen, und sie redete sich nur ein, dass in seinen Worten eine geheime Bedeutung lag.

Zum Essen hatten sie Wein getrunken. Kenneth hatte Sarahs Glas stets wieder vollgeschenkt, ehe sie es ganz geleert hatte. Sie fühlte sich angenehm entspannt, als sie ins Wohnzimmer gingen. Kenneth erbot sich, Feuer im Kamin zu machen, denn es war kühl geworden. Sarah suchte eine Platte mit sanfter Musik aus.

Sie setzte sich auf die Couch und beobachtete ihn, wie er umsichtig Papier zerknüllte und dann die Holzscheite aufschichtete. Eine kleine Stimme begann sich in ihr bemerkbar zu machen, die sie warnte, sich nicht mit ihm einzulassen und ihm auf jeden Fall zu widerstehen.

Sarah war weder prüde noch altmodisch. Sie war eine moderne junge Frau. Warum sollte sie nicht einen Abend allein zu Haus mit einem attraktiven Mann verbringen? Es blieb ihr immer die Möglichkeit, Nein zu sagen, so wie sie es in der Vergangenheit schon ein paarmal getan hatte. Doch die innere Stimme hörte nicht auf, sie zu beschwören: Steh wenigstens von der Couch auf und setz dich woanders hin!

Sarah erhob sich hastig und nahm in einem Sessel Platz. Im

gleichen Moment richtete sich Kenneth auf und wandte sich ihr mit einem zufriedenen Lächeln zu.

„Obwohl Sie mir gerade ein köstliches Abendessen serviert haben, wage ich es, Sie nochmals um einen Gefallen zu bitten."

„Um was denn?"

„Morgen reise ich nach Mexiko. Wir bauen dort einen Damm. Es ist ein gewaltiges Vorhaben, durch das eine ganze Region mit Elektrizität versorgt werden wird. Der Mann, der sonst bei solchen Aufträgen die Aufsicht führt, liegt im Krankenhaus."

„Ich verstehe", murmelte Sarah, die überhaupt nichts verstand.

„Ich werde eine Woche fort sein, und es würde mich beruhigen, wenn ich wüsste, dass meine Mutter und Mrs. Mole nicht allein im Haus sind. Würde es Ihnen etwas ausmachen, während der Zeit zu ihnen zu ziehen?" Sarah zögerte nicht. Sie war ehrlich froh, Mrs. Ramsey, die sie inzwischen ins Herz geschlossen hatte, einen Gefallen zu tun. „Das mache ich gern, wenn Ihrer Mutter daran liegt."

„Aber ja!", sagte Kenneth. „Mutter wollte Sie schon bitten, mit ihr gemeinsam zu Abend zu essen, weil sie so gern in Ihrer Gesellschaft ist. Sie mag Sie sehr. Aber es wäre vielleicht diplomatischer, wenn Sie über den Grund für Ihren Einzug nicht sprechen würden."

Verwirrt blickte Sarah ihn an. „Aber wie soll ich es denn erklären, dass ich mit Sack und Pack in ihr Haus ziehe?"

„Oh, sie weiß natürlich, warum ich Sie bitte, zu ihr zu ziehen. Sie hält es für übertriebene Fürsorge, und deshalb ist es vielleicht besser, wenn man nicht zu viel über diesen Punkt redet."

Sarah nickte. „Ich verstehe. Ich bin auch der Meinung, dass jemand sich um sie kümmern sollte, und hätte es genauso gemacht wie Sie. Ich hätte sie auch überredet."

Kenneth lachte spöttisch auf. „Sie zu überreden hätte Wochen gedauert. Nein, ich habe sie erpresst, indem ich ihr angedroht habe, die Reise nicht anzutreten, wenn sie sich meinem Wunsch widersetzen würde. Dann hätte mein größter Konkurrent den Auftrag bekommen."

Sarah war über die Skrupellosigkeit, mit der er seinen Willen durchsetzte, zugleich belustigt und verärgert. „Ja, ich verstehe", wiederholte sie nur.

Selbstzufrieden, dass er wieder ein Problem gelöst hatte, holte er ein Taschentuch hervor und wischte sich die Hände ab. Dann trat er vor Sarah hin, beugte sich zu ihr, und mit einer einzigen Bewegung zog er sie hoch. Bevor sie etwas sagen oder sich wehren konnte, küsste er sie. Als sich seine Zunge in ihre Mundhöhle schob, war ihr, als träfe sie ein elektrischer Schlag. Sie spürte seinen sehnigen Körper dicht an ihrem. Der Duft seiner Haut, vermischt mit einem leisen Tabakgeruch und dem Duft seines Aftershave, stiegen ihr in die Nase.

Seine Lippen wanderten zu ihren Ohrläppchen und weiter zu ihrer Halsbeuge. Er murmelte Worte, die sie nicht verstand, die sie aber dennoch berauschten. Wie von weither vernahm sie das Knistern des Feuers und die süße Geigenmusik.

Kenneth schob den Stoff des Oberteils beiseite und strich mit festen, warmen Fingern über die kühle Haut ihres Rückens und der Schultern. Sarah war willenlos, sie erwiderte seine Liebkosungen und drängte sich noch enger an ihn. Ein brennendes Verlangen, wie sie es noch nie gespürt hatte, erfasste sie. Sie stöhnte auf, als er ihre Brüste streichelte, und sie vergalt Kuss um Kuss mit einer Inbrunst, die seiner nicht nachstand.

Doch dann schob er sie abrupt von sich.

„Kenneth, was hast du?", stammelte sie jäh ernüchtert. Verwirrt sah sie ihn an.

Er schüttelte den Kopf wie jemand, der nicht weiß, was ihm geschah. „Verzeih mir, Sarah. Ich bin ein Egoist. Ich darf von dir wirklich nicht zu viel verlangen."

Sarah war zumute, als hätte er sie geschlagen. Was hatten diese Worte zu bedeuten – was, vor allem, bedeutete diese Umarmung für ihn? War sie nichts als ein spontaner Einfall, aus der Situation entsprungen? Sie kämpfte mit den Tränen, die ihr in den Augen brannten. Hätte sie nur auf ihre innere Stimme gehört! Für ihn war sie eine ebenso leichte Beute wie all die anderen Frauen, die er besessen hatte …

Wie eingebildet war sie gewesen zu glauben, dass sie mit seinen unerwünschten Annäherungsversuchen spielend fertig werden würde. Nur eines stand für sie fest: Sie durfte ihn nicht spüren lassen, wie tief er sie verletzt hatte.

So nahm sie all ihren Stolz zusammen, lächelte spöttisch und sagte leichthin: „Du brauchst dich doch nicht zu entschuldigen. Ein knisterndes Feuer und sentimentale Musik – das erfordert buchstäblich ein bisschen Zärtlichkeit. Mach dir nur keine Gedanken. Ich hab's schon vergessen."

Kenneth' Gesicht nahm eine ungesunde Farbe an. „Du hast recht, Sarah, ich hätte es selbst nicht besser formulieren können."

Der Abschied war mehr als frostig. Danach vergoss Sarah noch heiße Tränen. Am nächsten Tag gelang es ihr, das Gefühl der Erniedrigung einigermaßen zu verdrängen. Sie fand, dass ihr der Stolz genau die richtigen Worte eingegeben hatte. Außerdem war es sinnlos, sich in Reue über etwas zu ergehen, das nicht rückgängig zu machen war. Sie gelobte sich nur, bei zukünftigen Begegnungen vorsichtiger zu sein und entschieden mehr auf Distanz zu achten.

Nachmittags um vier Uhr kam Wind auf, und es begann zu regnen. Sarah beendete ihre Arbeit und ging in ihr Häuschen zurück. Sie zog eine Cordhose sowie einen weißen Pullover an und packte ein paar Gegenstände zusammen, die sie zur Übernachtung im Haupthaus brauchte. Dann füllte sie Dukes Fress- und Trinknäpfe.

Inzwischen goss es in Strömen, und der Wind war heftiger geworden. Sarah warf sich ihren gelben Regenmantel über und rannte zur Küchentür des Haupthauses. Mrs. Mole hatte offenbar nach ihr Ausschau gehalten, denn die Tür wurde sofort aufgerissen, als sie ankam.

„Kann so 'n scheußliches Wetter nicht ausstehen", brummte Mrs. Mole zur Begrüßung. „Ziehen Sie das nasse Ding aus, bevor Sie meine ganze Küche unter Wasser setzen!"

Sarah stellte den Koffer ab und hängte ihren Mantel in den kleinen Waschraum hinter der Küche. Dann ging sie zu Mrs. Mole zurück, um ihre Hilfe anzubieten.

„Sie möchten sicher was Heißes", sagte die Haushälterin in einem Ton, der eine Spur weniger verdrießlich als sonst klang.

„Wenn es Ihnen keine Mühe macht", erwiderte Sarah.

„Ich habe gerade Kaffee gekocht. Dann werde ich mich zu Ihnen setzen", sagte sie zu Sarahs Verblüffung, stellte zwei Becher, gefüllt mit heißem Kaffee, auf den Tisch und fügte hinzu: „Dabei kann ich gleich die Erbsen fürs Abendessen palen." Sie holte eine Schüssel mit Erbsen aus dem Kühlschrank und ließ sich mit einem Seufzer auf den Küchenstuhl fallen.

Sarah fiel eine Veränderung in dem Verhalten der Haushälterin auf. Der Mund war nicht ganz so hart zusammengepresst, die Augen blickten weniger abweisend, und eine Erwartung lag in der Luft, so als würde sich jeden Augenblick etwas Angenehmes ereignen. Auf jeden Fall war die Veränderung offensichtlich genug, um Sarah noch vorsichtiger zu machen, als sie es Mrs. Mole gegenüber ohnehin war. Eine Weile beobachtete sie voll Bewunderung die Geschicklichkeit, mit der Mrs. Mole Erbsen palte.

„Ich hoffe nur, das Wetter ist morgen besser", unterbrach die Haushälterin die Stille.

„Ja, das hoffe ich auch." Sarah ging bereitwillig auf das Thema ein.

„Im Garten ist noch viel zu tun."

„Wir haben morgen eine kleine Besucherin hier, und ich möchte nicht, dass sie den ganzen Tag im Haus eingesperrt ist. Sie ist schon in diesem Apartment genug eingesperrt ..."

„Ach, wer kommt denn?", fragte Sarah.

„Das hübscheste kleine Mädchen von der Welt", erwiderte Mrs. Mole mit einem Ausdruck des Entzückens, der so gar nicht zu ihrem Gesicht passen wollte.

„Ihre Enkelin?", riet Sarah.

Mrs. Mole kicherte. „So gut wie! Vom Tag ihrer Geburt an habe ich Vivica aufgezogen, und als sie mit Bonnie aus der Klinik kam, habe ich mich genauso um ihr Baby gekümmert. Ich stehe den Harringtons so nah, wie man jemandem nur nahestehen kann, wenn man nicht blutsverwandt ist."

„Harrington?", echote Sarah. „Hat Vivica eine Tochter?"

„So ist es. Und die Kleine ist das ganze Ebenbild ihrer Mutter." Sie beugte sich zu Sarah und fügte vertraulich hinzu: „Es ist nicht meine Art, schlecht über Verstorbene zu reden. Trotzdem – es ist ein Segen, dass das Kind nichts von seinem Vater hat."

„Ihrem Vater?", wiederholte Sarah.

Mrs. Mole nickte heftig. „Er war so ein Ausländer, so 'n Dunkelhäutiger. Klein. Einmal hab' ich ein Foto von ihm gesehen, wie er jung war. Aber wenn Sie mich fragen, nicht mal in jungen Jahren war er ansehnlich zu nennen."

„Und er lebt nicht mehr?"

„Vor acht Jahren ist er gestorben, bevor die Kleine zur Welt kam. Glücklich ist er gestorben", fügte sie voller Nachdruck hinzu. „Die meisten Mädchen hätten einem alten Mann keinen zweiten Blick gegönnt und ihn schon gar nicht geheiratet und gepflegt, so krank wie er war. Sie ist eine Heilige." Mrs. Mole seufzte tief und blickte in unbestimmte Ferne, als sähe sie eine wunderbare Erscheinung.

„Ich verstehe", sagte Sarah nachdenklich, „ich hoffe, er hat Vivica gut versorgt zurückgelassen." Sie fühlte sich beschämt ob dieses nüchternen Gedankens – aber nur ein bisschen.

Mrs. Mole machte eine wegwerfende Handbewegung. „Geld in Hülle und Fülle, und das gehört sich ja auch so, wenn man bedenkt, mit welcher Hingabe sich Vivica um ihn gekümmert hat. Sie will nichts davon hören, wenn ich ihr das sage. Aber ich finde, sie hat das mehr als verdient." Nach einer Pause fügte sie voller Genugtuung hinzu: „Wenn man das Kind sieht, würd' man nie darauf kommen, dass sein Vater Ausländer war."

Sarah lernte eine ganz neue Seite an Vivica Harrington kennen.

„Die niedliche kleine Bonnie", murmelte Mrs. Mole voller Zuneigung. „Ein ganzes Wochenende darf ich sie bei mir haben. Vivica fährt nach Mexiko."

Sarah war wie vom Donner gerührt. „Nach Mexiko? Sie fährt nach Mexiko?"

Die ältere Frau warf ihr einen triumphierenden Blick zu. „So ist es, mit Mr. Kenneth. Sollte mich nicht wundern, wenn die beiden als Ehepaar zurückkehren." Dann schwieg sie bedeutungsvoll, so als ahne sie, wie schwer diese Neuigkeit Sarah traf.

Und Sarah war wirklich völlig erschlagen. Dass Vivica eine Witwe mit einem Kind in Iris' Alter war, gab ihr schon genug Rätsel auf. Aber dass sie mit Kenneth nach Mexiko gereist war! Sarah spürte, wie sich Kopfschmerzen anbahnten, schlimmer noch, ihr war zum Heulen zumute, und sie konnte die Tränen kaum zurückhalten. Wie hatte sie sich geschmeichelt gefühlt, weil Kenneth sie und nicht Vivica gebeten hatte, sich um seine Mutter zu kümmern. Nicht für eine Sekunde war ihr der Gedanke gekommen, der einzige Grund könne sein, dass Vivica mit ihm fuhr. Du liebe Güte, welche Närrin war sie doch! Und gleich nachdem er ihre Zusage hatte, hatte er sie geküsst. Genau wie das erste Mal, als er sie küsste, nachdem er seine Mutter dazu gebracht hatte, Sarah zum Kommen zu überreden.

Das alles passte nur zu genau in die Vorstellung, die sie sich bei der ersten Begegnung von ihm gemacht hatte. Er unterstützte jede Unüberlegtheit, die ihr in den Sinn kam, wenn das nur seinen Absichten diente. Gleichgültig ob er dabei ihre Gefühle mit Füßen trat. Nein, jetzt glaubte sie nicht einmal mehr, dass sein Verhalten Iris gegenüber echt war. Nur ein noch üblerer Versuch, mit ihren Gefühlen zu spielen! Dass er Iris dazu benutzte, würde sie ihm niemals vergeben.

Sarah erhob sich. „Es würde mich auch nicht wundern, wenn sie bei der Rückkehr verheiratet sind. Genaugenommen hoffe ich es sogar."

Mrs. Mole sah sie argwöhnisch an. „Sie hoffen es?"

„Aber ja. Sie passen gut zueinander. Ich finde, sie haben einander verdient."

„Wie recht Sie haben", stimmte Mrs. Mole überschwänglich zu. „Seit ihrer Kindheit sind sie eng befreundet. Ihre Väter waren ja auch Geschäftspartner. Sie hätten schon lange heiraten sollen. Und so wäre es auch bestimmt gekommen, wenn da nicht dieser Ausländer ..." Sie ließ den Satz unvollendet und starrte in eine unbestimmte Ferne. „Ja, ja. Dann habe ich endlich wieder eine Familie, und alles wird so wie früher sein. Da weiß man wieder, wohin man gehört, und braucht sich nicht zu fürchten, was der nächste Tag bringt."

Sarah unterbrach Mrs. Moles Tagträumerei. „Würden Sie mir bitte mein Zimmer zeigen, Mrs. Mole? Ich möchte mich vor dem Abendessen einen Augenblick ausruhen."

Im Badezimmer fand Sarah Tabletten gegen ihre Kopfschmerzen. Sie legte sich aufs Bett und fiel in einen ruhelosen Schlaf. Als sie erwachte, war es fast sieben. Sie hätte fast verschlafen. Der Regen klatschte gegen die Fenster. Um das Haus heulte der Sturm. Sarah wusch sich das Gesicht mit kaltem Wasser und kämmte das Haar. Dann ging sie hinunter, um mit Kenneth's Mutter zu Abend zu essen.

Mrs. Ramsey saß in einem tiefen Ohrensessel vor dem Kamin. Sie trug ein zartblaues Kleid, das hübsch mit ihrem weißen Haar harmonierte.

„Sind Sie krank, liebes Kind?", fragte sie besorgt, nachdem sie sich begrüßt hatten. „Sie sehen sehr blass aus."

Sarah zwang sich zu einem Lächeln. „Ich habe Kopfschmerzen, es ist aber erträglich."

„Nach dem Dinner gehen Sie sofort zu Bett. Oder würden Sie sich lieber gleich hinlegen und im Bett essen?"

Sarah bestand darauf, bei ihr zu bleiben, und Mrs. Ramsey gab schließlich nach. Doch während der ganzen Zeit, da sie miteinander plauderten, ließ sie sie nicht aus den Augen.

Nachdem sie sich über die bereits vollbrachten Arbeiten auf dem

Grundstück unterhalten und einen Plan für die nächsten Wochen entworfen hatten, schwiegen sie eine Weile. Sarah fühlte sich zu elend, um dieses Schweigen mit einem neuen Gesprächsthema zu überbrücken.

Mrs. Mole servierte ein Estragonhuhn und kehrte dann in die Küche zurück. Als sie das Zimmer verlassen hatte, fragte Mrs. Ramsey: „Hat Agnes Ihnen erzählt, dass Vivicas kleine Tochter ein paar Tage bei uns sein wird?"

„Ja, während ihre Mutter in Mexiko ist", sagte Sarah.

Mrs. Ramsey seufzte. „Es kam alles recht plötzlich. Vivica ist reichlich impulsiv. Die Reise war so kurzfristig angesetzt, dass sie keine Zeit hatte, einen Babysitter zu engagieren."

„Mrs. Mole scheint sich sehr auf den Besuch der Kleinen zu freuen", sagte Sarah.

„Oh ja. Ja, sie betet das Kind an." Mrs. Ramsey machte eine kleine Pause. Dann entschloss sie sich weiterzusprechen: „Sarah, ich möchte, dass Sie ganz ohne Hemmungen zu mir kommen, wenn das Kind Ihnen im Weg ist oder Sie bei der Arbeit stört. Es ist ein nettes Mädchen, aber es ist etwas verzogen." Sie warf Sarah einen bedeutungsvollen Blick zu.

Sarah verstand. „Ich kann recht gut mit Kindern umgehen", entgegnete sie mit einem Lächeln. „Manchmal können sie einem schon auf die Nerven gehen. Aber ich bin sicher, ich werde mit der Kleinen zurechtkommen."

„Seien Sie da nicht zu sicher!", meinte Mrs. Ramsey. „Nun gut, die arme Agnes wird jedenfalls ihre Freude an dem Besuch haben. Sie fühlt sich bei uns nicht wirklich wohl, müssen Sie wissen. Früher war sie in einer Familie, in der es lebhaft zuging und viele Gesellschaften gab. Für ihren Geschmack sind wir langweilige Leute."

„Warum versucht sie dann nicht, eine passendere Stellung zu bekommen?", fragte Sarah, obwohl sie die Antwort bereits ahnte.

Mrs. Ramsey zögerte. „Also, das ist so", begann sie dann in ruhigem, freundlichem Ton. „Agnes kam als sehr junges Mädchen zu den Harringtons. Sie war gerade aus der Schule entlassen. Als sie heiratete, hatte sie schon fünf Jahre für die Familie gearbeitet. Wenige Monate nach der Hochzeit kam ihr Mann bei einem Arbeitsunfall ums Leben. Sie hatte keine Kinder. Ihre Familie waren die Harringtons. Jetzt sind nur noch Vivica und Bonnie übrig. George, Vivicas

Vater, starb vor ein paar Jahren, und Vivicas Mutter hat vor Kurzem wieder geheiratet und ist nach Palm Springs gezogen. Vivica wohnt in einem Apartment mit einem perfekten Haushaltsservice. Sie hat keinen Platz für Agnes und braucht außerdem keine Ganztagshilfe."
Mrs. Ramsey machte eine Pause, um die folgenden Worte sehr sorgfältig zu überlegen. „Es kann Ihnen nicht entgangen sein, Sarah, dass Agnes – wie soll ich sagen? – ein wenig schwierig ist. Es wäre nicht leicht für sie gewesen, eine neue Stellung zu finden. Als die Familie Harrington auseinanderging, wusste Agnes nicht wohin."
Beim Anblick des bekümmerten Ausdrucks auf Mrs. Ramseys freundlichem Gesicht fand Sarah ihre Frage herzlos und wünschte sich, sie nie gestellt zu haben. Es war ihr peinlich, die Enthüllung der privaten Sorgen und Nöte der armen Mrs. Mole veranlasst zu haben.
„Dann hat Kenneth diesen Besitz erworben", fuhr Mrs. Ramsey fort, „und Agnes erbot sich, bei uns auszuhelfen, bis Vivica sich wieder verheiratet und Platz für sie hat oder bis Kenneth und ich uns eingewöhnt haben und eine andere Haushälterin gefunden haben." Sie lächelte und sagte mit allem gebotenen Takt: „So haben wir also alle von einer Situation profitiert, die sonst womöglich unglücklich verlaufen wäre."
Sarah hätte wetten können, dass Mrs. Ramsey Agnes Mole niemals entlassen würde, bevor diese selbst den Wunsch äußerte zu gehen. Ihr wurde schlagartig klar, dass Mrs. Mole sie, Sarah, als Bedrohung ihrer Zukunft empfinden musste. Durfte sie es ihr unter diesen Umständen übelnehmen, dass sie sie vom ersten Tag an abgelehnt hatte?
Nun, die Haushälterin brauchte wirklich keine Angst zu haben. Dafür sorgte Kenneth schon. Sarah war froh, dass sie nun die Hintergründe kannte. Denn sie konnte jetzt durchaus Mrs. Moles Gründe verstehen, konnte ihre Befürchtungen nachempfinden. Sie hätte schon sehr niederträchtig sein müssen, wenn sie sich auf einen kalten Krieg mit einer Frau einließe, die so einsam war wie Mrs. Mole.
Auch Sarah wusste, was es hieß, allein zu sein, ohne einen geliebten Menschen in der Welt zu haben. Jetzt mehr denn je. Denn der Traum, den sie so kurz geträumt hatte, war mit einem Schlag zunichte gemacht.

7. Kapitel

In den nächsten Tagen ging mit Mrs. Mole eine erstaunliche Veränderung vor. Während des Besuchs der kleinen Bonita Harrington war alle Trübsal, mit der sie sonst durchs Haus schlich, wie weggeblasen. Wenn sie nicht gerade glückselig strahlte, sah sie doch zumindest zufrieden aus. Und die Freude, die die Gegenwart des Kindes in ihr weckte, strahlte auf die anderen Hausbewohner aus. Es war der beste Beweis für die Macht der Liebe, die selbst ein so strenges Wesen wie Agnes Mole völlig veränderte.

Erstaunlich fand Sarah allerdings die Tatsache, dass die Ursache für diese Veränderung Bonita Harrington war – ein wenig liebenswertes Kind.

Bonnie, mit dem Aussehen eines Engels von Botticelli und dem Charakter eines Teufelchens ... Wahr genug, sie war das Kind ihrer Mutter. Denn nicht nur deren porzellanene Schönheit hatte sie geerbt, sondern auch ihre Herrschsucht und ihr anmaßendes Wesen. Der kleinste Anlass genügte, das Kind in ohnmächtige Wut zu versetzen. Ein paarmal wurde Sarah Zeuge solcher Szenen, die von Agnes Mole mit liebender Nachsicht gemeistert wurden.

Einer dieser unbeherrschten Ausbrüche hinterließ bei Sarah einen sehr schmerzlichen Eindruck. Denn er war gegen zwei Geschöpfe gerichtet, denen ihre ganze Zuneigung gehörte, gegen Iris und Kater Duke.

Es war am Sonnabend. Nachdem Bonnie den Abendbrottisch als Schlachtfeld zurückgelassen hatte, meinte Mrs. Ramsey trübsinnig: „Von Kenneth hörte ich, dass Sie eine kleine Freundin in Bonnies Alter haben."

„Das ist richtig", entgegnete Sarah unschlüssig und voll böser Ahnung.

„Ich habe mir gleich gedacht, dass Bonnie sich hier langweilen würde. Vielleicht, wenn Sie ein Kind zum Spielen hätte ... Was meinen Sie?"

Und so stimmte Sarah zögernd und wider besseres Wissen zu, Iris für den nächsten Tag einzuladen. Es würde, so hoffte Mrs. Ramsey, Bonnies letzter Tag in ihrem Haus sein.

Am Sonntag waren die kleinen Mädchen keine Stunde zusammen, bis sich Sarahs schlimmste Befürchtungen erfüllten. Die beiden waren wie Feuer und Wasser. Da Sarah sich schuldig fühlte, Iris Bonnies Tyrannei ausgeliefert zu haben, blieb sie die ganze Zeit in Hörweite der beiden.

Nachdem sie mit ihnen auf dem Rasen gepicknickt hatte, ließ sie die Mädchen bei Limonade und Kokosnusskuchen allein, um eine Hecke zu schneiden, die die Westseite des Rasens begrenzte.

Das Erste, was Sarah hörte, war ein gurgelndes Geräusch, gefolgt von einem schrillen Schrei: „Hör auf! Lass ihn los!" Das war Iris.

„Halt den Mund. Das geht dich nichts an. Ich bin die Mutter, und er muss den Saft trinken." Das war Bonnies Stimme.

Sarah schoss herum und sah, wie Duke, von Bonnie mit beiden Händen gewürgt, in der Luft hing und sich verzweifelt mit allen vier Pfoten gegen sie zu wehren versuchte. Es war ein Wunder, dass er sie nicht schon mit den Krallen erwischt und blutig gekratzt hatte. Iris war aufgesprungen und zerrte verzweifelt an Bonnies Kleid.

„Jetzt reicht's aber, Bonnie!", schrie Sarah und rannte los. Als Bonnie sie auf sich zustürzen sah, warf sie das Tier von sich, und wie ein Pfeil sauste der verschreckte Duke davon.

„Ich will sowieso nicht mit diesem hässlichen Biest spielen!", schrie sie.

Iris brach in Tränen aus. „Er ist nicht hässlich!"

„Ist er doch, genau wie du!", trumpfte Bonnie auf. Voll wilder Wut ging sie auf Iris los. „Deshalb hat deine Mutter dich auch verlassen. Die ist ja gar nicht im Krankenhaus. Das hat man dir bloß eingeredet. Ich weiß, dass sie weggelaufen ist, weil du so hässlich bist. So furchtbar hässlich, dass dich deine eigene Mutter nicht mal liebhat."

Der Schock traf Iris so heftig, dass sie zur Salzsäule erstarrte. Sarah hatte nur einen Gedanken: Sie musste sie so rasch wie möglich von der tobenden Bonnie fortbringen. Aber als sie die Hand nach Iris ausstreckte, zuckte sie zurück. Es traf Sarah wie ein schmerzhafter Stich. Glaubte das Kind etwa, sie würde es fertigbringen, es zu schlagen?

„Iris, mein Liebling ..." Behutsam nahm sie sie in den Arm und streichelte sie beruhigend.

Von Weitem erkannte sie Kenneth, der mit Paketen beladen auf Bonnie zuging. Seine Miene war finster, und er rief Sarah zu: „Ich werde mich um Bonnie kümmern. Nehmen Sie Iris mit ins Haus."

Sarah hob Iris auf. Das Kind brach, nachdem der erste Schock vorüber war, in hemmungsloses Weinen aus. Es schlang die Arme um Sarahs Nacken und barg das Gesicht an ihrem Hals. Der zarte Körper wurde immer wieder vom Schluchzen geschüttelt.

Das Letzte, was Sarah hörte, während sie auf ihr Häuschen zulief, waren Kenneth' ärgerliche Worte: „Jetzt ist aber Schluss, mein Kind. Halt den Mund, mach, dass du ins Haus kommst."

Ein paar Minuten später stand er vor Sarah, in den Händen hielt er noch die Pakete. Sie schaute hilflos zu ihm auf, denn auf dem Sofa, auf dem sie saß, lag Iris, die immer noch schluchzte, das Gesicht in Sarahs Schoß verborgen.

„Ich weiß nicht, was ich mit ihr anfangen soll", klagte Sarah, selbst den Tränen nahe. „Sie hört nicht auf zu weinen. Ich kann sie einfach nicht beruhigen."

Er hockte sich vor den beiden nieder. „Ich nehme an, Sarah", begann er in ernstem, fast feierlichem Ton, „du weißt noch nicht, dass mit Bonnies Augen etwas nicht in Ordnung ist. Ja, sie hat einen schrecklichen Augenfehler."

„Wirklich?", fragte Sarah verblüfft.

Ohne anscheinend von Iris Kenntnis zu nehmen, die aufgehört hatte zu weinen, um dem Gespräch der Erwachsenen lauschen zu können, nickte er. „Wir sprechen selten darüber", fuhr Kenneth fort. „Aber ich glaube, ich muss es dir jetzt erklären."

„Du meine Güte!", rief Sarah aus, die nicht begriff, worauf er hinaus wollte und was seine Erklärung mit der gegenwärtigen Situation zu tun haben konnte.

„Es ist eine sehr seltene Krankheit."

„Aha", sagte Sarah zweifelnd.

„Um es kurz zu machen, die Sache ist die: Das arme Kind ist unfähig, etwas Schönes zu erkennen."

Endlich begriff Sarah. Iris verhielt sich mucksmäuschenstill.

„Ja, es ist sehr traurig", sagte Kenneth. „Sie kann direkt vor der schönsten Blume stehen, aber alles, was sie sieht, ist Unkraut. Oder ein anderes Beispiel: Wenn man ihr ein hübsches neues Kleid schenkt, sieht es für sie wie ein Putzlappen aus. Man stelle sich vor, welch ein trauriges Leben das ist!"

Sarah ging auf das Spiel ein. „Oh, das ist wirklich tragisch. Arme kleine Bonnie."

„Ja, es ist eine schwere Last für ein so gescheites Mädchen. Niemals kann es all die Schönheit sehen, die wir bewundern. Natürlich sprechen wir mit Bonnie nicht davon. Was hätte es für einen Sinn, sie auf Dinge hinzuweisen, die sie einfach nicht wahrnehmen kann."

„Ich bin deiner Meinung", stimmte Sarah zu. „Es wäre nicht nur sinnlos, sondern direkt grausam."

„Genau. Deshalb widersprechen wir ihr auch nie. Wenn sie etwas hässlich findet, lassen wir es dabei. Denn sie kann ja die Schönheit nicht sehen. Da hat es doch keinen Zweck, mit ihr darüber zu streiten."

Kenneth und Sarah schwiegen und warteten gespannt. Iris ließ einen letzten tiefen Schluchzer hören, dann setzte sie sich auf und wischte sich die Tränen mit dem Saum ihres T-Shirts fort.

„Sie hätte aber zu Duke nicht so hässlich sein dürfen!", sagte sie. Aber es war deutlich zu hören, dass sie bereit war zu verzeihen.

„Ganz bestimmt nicht", versicherte Kenneth. „Darin gebe ich dir vollkommen recht. Sie muss dafür bestraft werden."

„Hm", machte Iris. Sie rutschte vom Sofa und setzte sich, die Hände im Schoß gefaltet, auf einen Stuhl. Verstohlen blickte sie auf die Pakete, die jetzt zu Kenneth Füßen lagen.

„Ja, nun zu meinen Reiseerlebnissen", begann Kenneth. Er nahm Iris gegenüber Platz und erzählte Sarah und ihr lang und breit von seinen Einkäufen in einer kleinen mexikanischen, Stadt, deren Name schier unaussprechlich klang.

Sarah beobachtete ihn, während er munter auf Iris einsprach. Auf einmal schämte sie sich ihres Verdachts, von dem sie vorher so überzeugt gewesen war. Nein, er wollte das Kind nicht benutzen, nur um bei ihr etwas zu erreichen. Sie war heilfroh, dass sie diesen hässlichen Gedanken niemals laut ausgesprochen hatte. Jeder, der heute seine einfühlsame Freundlichkeit Iris gegenüber miterlebt hatte, müsste überzeugt sein, dass diese Güte echt war, und dass er Kinder liebte.

Sie fühlte plötzlich tiefes Vertrauen zu Kenneth. Was auch geschehen war oder noch passieren würde, nie wollte sie vergessen, wie er dem empfindsamen, tief verletzten Kind geholfen hatte. Im übertragenen Sinne hatte er Iris eine Wunde erspart, die vielleicht nie ganz verheilt wäre.

Kenneth überreichte Iris ein Paket und forderte sie auf, es zu öffnen. Während sie es, um das hübsche Papier nicht zu zerreißen, behutsam auspackte, erzählte er ihr in allen Einzelheiten von dem Kauf. „Ich bin in viele Dutzend Läden gegangen und habe Hunderte von Sachen angeschaut. Manche waren vielleicht ganz nett, aber es war doch nicht das darunter, was mir vorschwebte. Ich wollte schon gerade aufgeben, als ich an einen kleinen Laden kam, der ‚La Belleza' hieß, und das bedeutet ‚Die Schöne'. Ich dachte, wenn ich hier nicht das Richtige finde, dann bin ich gescheitert. Also sagte ich zu der Verkäuferin in dem Laden: ‚Ich suche etwas für eine junge Dame, die eine Haut hat, so fein und zart wie Rosenblätter, Haare wie Kandiszucker und Augen so blau wie der kalifornische Sommerhimmel – kurz und gut, für eine sehr hübsche junge Dame.' Die junge Frau legte den Finger an die Nase und überlegte eine Minute. Dann blinzelte sie mir zu und ging in den rückwärtigen Teil des Ladens. Und das ist es, was sie extra für mich herausgesucht hat."

Als Kenneth seine kleine Ansprache beendet hatte, zog Iris ein kostbares Spitzengewand aus dem Seidenpapier hervor. Es war ein mexikanisches Hochzeitskleid. Iris drückte das cremefarbene Kunstwerk verzückt an sich und blickte Kenneth scheu an.

„Aber ...? Ist das Kleid für Bonnie?", fragte sie unsicher.

„Nein! Es ist für dich, du Dummchen. Was habe ich dir denn grad erzählt?", protestierte Kenneth lachend.

Iris senkte den Kopf. „Ich bin nicht hässlich, das weiß ich", murmelte sie verlegen. „Aber hübsch bin ich auch nicht." Es hörte sich eher wie eine ängstliche Frage an.

In gespieltem Entsetzen schlug Kenneth sich mit der Hand gegen die Stirn. „Ruf den Doktor, Sarah! Er muss unbedingt Iris' Augen untersuchen. Ich befürchte, sie hat sich bei Bonnie angesteckt."

Iris war zwischen Weinen und Lachen hin- und hergerissen, sah Sarah. Also stand sie auf, drückte das Kind an sich und schob es zum Schlafzimmer. „Natürlich ist das Kleid für dich, mein Schatz. Nun lauf, und zieh es über, damit wir dich bewundern können."

Voll tiefer Dankbarkeit wandte sie sich dann Kenneth zu. „Diesen Tag wird Iris nie vergessen. Ich möchte dir dafür danken. Es ist dein

Verdienst, wenn er ihr in glücklicher Erinnerung bleibt, statt ein Albtraum zu sein."

„Ach was", wehrte er ab. „Außerdem habe ich nicht ein unwahres Wort gesagt. Sie ist ein schönes Kind, wenn man nur die Augen hat, ihre Schönheit zu sehen."

Sarah verspürte den überwältigenden Drang, Kenneth zu umarmen und festzuhalten. Es war ein ganz anderes Gefühl als das, das sie vor einer Woche in diesem Raum empfunden hatte. Es war tiefer und stärker.

Sie gingen aufeinander zu, bis einer den Atem des anderen spürte, und ihre Lippen trafen sich in einem langen Kuss. Kenneths Mund wanderte über ihre erhitzten Wangen bis zu ihrem Hals, den er mit Küssen bedeckte. Ein köstlicher Schauer überlief sie. Er schloss sie in seine Arme, und sie schmiegte den Kopf an seine Brust.

„Deine Haut duftet wie Pfirsiche in der Sonne", flüsterte er.

Ihr war, als hätte sie keinen eigenen Willen mehr. Die Knie drohten unter ihr nachzugeben.

In diesem Augenblick stolperte Iris ins Zimmer mit einem vor Stolz und Freude verklärten Gesicht. Schuldbewusst löste sich Sarah von Kenneth. Wie konnte sie sich nur so völlig vergessen aus dem einzigen Grund, weil er sie berührt hatte!

Scheu und doch selbstbewusst stellte sich Iris vor die beiden Erwachsenen hin. Wie eine Blume wirkte sie in dem bauschigen hellen Kleid. Sarah spürte, wie angespannt sie auf das Urteil wartete. Nachdem er sie überschwänglich gelobt und bewundert hatte, überreichte Kenneth ihr ein zweites Paket.

„Dies ist zur Erinnerung an den Tag, an dem wir uns kennengelernt haben", erklärte er. Iris zog freudestrahlend einen buntbemalten hölzernen Clown aus der Verpackung. „Schade, dass er keinen lila Mund hat", fügte Kenneth mit einem Zwinkern in Sarahs Richtung hinzu.

Iris griff nach den Hölzern, an denen die Fäden der Gliederpuppe befestigt waren. Sie jubelte vor Vergnügen über die Verrenkungen, die der Clown machte.

„Und das ist für dich." Fast verlegen überreichte Kenneth Sarah das letzte Paket. Unter den gespannten Blicken der beiden packte sie es aus und blieb sekundenlang sprachlos. In den Händen hielt sie das gleiche Kleid, das Iris bekommen hatte – ein mexikanisches

Hochzeitskleid. Konnte dies Geschenk wirklich eine geheime Bedeutung haben, oder bildete sie sich das nur ein?

„Es ist genau wie meins, Sarah", jauchzte Iris. „Nun werden wir wie Zwillinge aussehen."

Sarah nickte und fuhr liebevoll mit der Hand über das gesmokte Oberteil, über die Puffärmel und den weiten handgearbeiteten Rock. Dieses Kleid war ein einziger Traum.

In den Tagen nach jenem ereignisreichen Sonntag musste Sarah oft an das wunderhübsche Kleid denken, das jetzt in ihrem Schrank hing und auf eine passende Gelegenheit wartete. Immer wieder stellte sie Mutmaßungen darüber an, was Kenneth wohl veranlasst haben mochte, ihr etwas mitzubringen – dazu noch etwas ganz Besonderes.

Nichts in seinem Benehmen, weder in der Vergangenheit noch in der Gegenwart, ließ vernünftigerweise den Schluss zu, er habe dem Geschenk eine geheime Bedeutung zugemessen. Das Ganze mochte aus einer Laune heraus entstanden sein. Großzügig, wie er war, hatte er wahrscheinlich den Impuls gehabt, dem niedlichen kleinen Mädchen, das er bei Sarah kennengelernt hatte, etwas zu schenken. Und weil er schon mal dabei war, kaufte er das gleiche Kleid ein paar Nummern größer für diejenige, die er in seinen Gedanken mit dem Kleid verband. Ohne jeden Zweifel, so einfach und bedeutungslos war es. Und doch konnte Sarah nicht aufhören, darüber nachzugrübeln.

Deshalb war es fast eine Erleichterung, als sie den wahren Hintergrund für den Kauf des mexikanischen Hochzeitskleides entdeckte.

Und das geschah an einem ungewöhnlich warmen Tag im frühen April. Die Temperatur lag um dreißig Grad. Sarah stöhnte bei ihrer schweißtreibenden Arbeit unter der Hitze. Sie säuberte die Böschung zwischen dem Pool und dem Tennisplatz von Unkraut. Es war still und friedlich um sie herum. Nur die Bienen summten emsig. Die Eintönigkeit ihrer Arbeit und die friedliche Ruhe, die sie umgab, versetzten sie in einen traumhaften Zustand. Deshalb fuhr sie erschrocken zusammen, als sie laut ihren Namen rufen hörte.

„Miss Halston! Hallo, Sie da! Sie sind ja fleißig wie eine Biene, und das bei dieser Hitze!"

Vivica Harrington stand auf den Terrassenstufen in der Nähe des

Schwimmbeckens. Sie trug einen stahlblauen Bikini, der so winzig war, dass nahezu jedes Fleckchen ihres Körpers unbedeckt blieb.

Sarah hatte natürlich ihre Arbeitsjeans und ein leichtes Baumwollhemd an. Um die Stirn trug sie ein Schweißband, das ihr die Haare aus dem Gesicht halten sollte.

„Ich hoffe, es stört Sie nicht, wenn ich ein Sonnenbad nehme, während Sie sich abrackern", fragte Vivica und deutete auf den Liegestuhl, der auf den Steinplatten neben dem Pool stand.

„Natürlich nicht. Warum denn auch?", sagte Sarah. „Sie haben bereits eine ansehnliche Bräune."

„Sie können sich gar nicht vorstellen, wie himmlisch das Wetter in Mexiko war", schwärmte Vivica. „Die ganze Woche nichts als Sonne – und Mondlicht natürlich."

Es war nicht misszuverstehen, was Vivica damit andeuten wollte. Sarah sollte sich Kenneth und Vivica im traulichen Beisammensein unter dem Licht des Mondes vorstellen. Und, verflixt noch mal, das tat sie auch.

In einer ihrer manikürten Hände hielt Vivica ein Glas mit einem eisgekühlten Getränk. Nachdem sie es sich auf dem Liegestuhl bequem gemacht hatte, nippte sie hin und wieder daran und hielt dann wieder der frühen Nachmittagssonne das Gesicht entgegen.

„Ich bin heute hergekommen, um Grace zu besuchen. Aber sie ist ja mit der Vorbereitung ihrer Party bis über beide Ohren beschäftigt. Agnes wird ganz von Bonnie in Anspruch genommen. So bin ich also mir selbst überlassen", plauderte Vivica.

„Aber bis zum Juni ist doch noch viel Zeit", entgegnete Sarah, nur um überhaupt etwas zu sagen.

„Nein, die Juni-Party bereitet sie natürlich noch nicht vor", erklärte Vivica träge. „Sie will in ein, zwei Wochen eine Einzugsparty geben. Das hat sie Ihnen doch sicher erzählt?"

„Warum sollte sie das tun?", meinte Sarah gereizt. Sie bückte sich, um eine tiefverwurzelte Unkrautpflanze aus dem Boden zu heben.

„Ja, das finde ich auch. Aber sie besteht darauf, dass Sie hinzugebeten werden." Der Ärger in Vivicas Stimme war nicht zu überhören. „Ich nehme an, dass Sie Ihre Einladung bald bekommen werden."

Sarah antwortete nicht. Was Vivica ihr da angekündigt hatte, verwirrte sie. Warum wollte Mrs. Ramsey sie, eine Angestellte, unbedingt zu ihrem Fest einladen? Wäre es nicht gescheiter, wenn sie ablehnte? Falls sie jedoch zusagte – was sollte sie dann anziehen? Kenneth würde natürlich anwesend sein.

„Das wäre eine Gelegenheit für Sie, das neue Kleid zu tragen", sagte Vivica, als hätte sie Sarahs Gedanken gelesen. „Es passt so gut zum Frühlingsfest."

„Sie wissen von dem mexikanischen Kleid?", fragte Sarah erstaunt.

„Das will ich wohl meinen", lachte Vivica spöttisch. „Ich habe mir fast die Beine abgelaufen, um etwas Passendes für Sie und dieses kleine reizlose Mädchen zu finden."

Bei diesen provozierenden Worten stockte Sarah der Atem. Es war ausgeschlossen, dass Kenneth Iris reizlos genannt hatte. Woher wusste Vivica sonst, dass das Kind nicht eigentlich hübsch war? Wahrscheinlich von Agnes Mole. An jenem Sonntag war Mrs. Mole zwar gütig und freundlich zu Iris gewesen. Doch im Gegensatz zu ihrer unvergleichlichen, geliebten Bonnie mochte sie Iris wohl als ein wenig niedliches Kind bezeichnet haben.

Völlig erschöpft von der Wärme setzte sich Sarah auf den Boden, zog ein schon benutztes Taschentuch aus der Jeanstasche und wischte sich ihr verschwitztes Gesicht ab. Also Vivica hatte das Kleid ausgesucht, das Sarah so viele Rätsel aufgegeben hatte. Offenbar war es sogar Vivicas Vorschlag gewesen. Vermutlich war ihr der Gedanke gekommen, während sie für Agnes Mole und Bonnie Geschenke aussuchte. „Warum kaufen wir nicht auch eine Kleinigkeit für diese – wie heißt sie noch? – für diese Gärtnerin, die sich Grace gegenüber so hilfreich gezeigt hat?" So mochte sie zu Kenneth gesprochen haben.

„Männer!" Vivica lachte nachsichtig auf. „Sie wissen nie, was sie kaufen sollen oder wo sie danach suchen müssen. Und es war ein brütend heißer Tag! Ich dachte, ich würde zerfließen."

Ohne Begeisterung überwand Sarah sich, danke zu sagen. „Es ist ein sehr hübsches Kleid."

Die Stille, die darauf entstand, wurde abrupt von Vivica unterbrochen. „Was wollen Sie dort pflanzen, wo Sie gerade Unkraut gejätet haben?"

Überrascht von Vivicas ungewohntem Interesse an ihrer Gartenarbeit, entgegnete Sarah: „Chinesischen Holunder, dachte ich."

„Ich würde einen Strauch mit roten Beeren vorziehen."

Sie würde es vorziehen? dachte Sarah, doch laut entgegnete sie: „Rote Beeren? Lassen Sie mich nachdenken. Es gibt so viele Sträucher, die rote Beeren tragen. Johanniskraut, zum Beispiel, dann die Zwergmispel, der Feuerdorn."

„Das Letzte, das Sie genannt haben. Feuerdorn, ja, den mag ich. Er sieht so hübsch aus im Herbst."

Sarah, nicht ganz sicher, wie sie reagieren sollte, zögerte einen Augenblick. „Die Bienen sind ein Problem. Im Frühling fallen ganze Schwärme über den Feuerdorn her. So dicht am Schwimmbad wäre das wohl nicht sehr gut."

Vivica richtete sich auf und beschattete ihre Augen mit der Hand. „Miss Halston", sagte sie mit Nachdruck, Sarah ärgerlich fixierend, „wenn Sie einmal Ihren eigenen kleinen Garten haben sollten, können Sie pflanzen, was Sie wollen. Bis es so weit ist, vergessen Sie bitte nicht, dass Sie hier nur angestellt sind." Gekränkt und zornig sprang Sarah hoch. Sie wollte sich rasch entfernen. Ihr fiel ein, wie inbrünstig Mrs. Mole gehofft hatte, Vivica und Kenneth würden verheiratet aus Mexiko zurückkehren. Das war nicht geschehen, sonst hätte Vivica sicherlich keine Zeit verloren, es offiziell zu verkünden.

Offensichtlich stand aber dieses Ereignis kurz bevor, denn sonst könnte Vivica kaum so reden, als wäre sie die Hausfrau und Eigentümerin. Nun gut, sollte sie ihren Feuerdorn dicht neben dem Schwimmbecken haben. Im nächsten Frühling, wenn er blühte und die Bienen über ihn herfielen, würde Sarah schon lange nicht mehr hier sein.

„Oh, Sie gehen?", sagte Vivica mit geheucheltem Bedauern. „Ich habe Sie doch nicht etwa gekränkt?"

Während sich Sarah entfernte, sank Vivica wieder träge in ihren Liegestuhl zurück und wandte ihr Gesicht der Sonne zu.

8. Kapitel

Während der folgenden Woche musste Sarah mit einigen unliebsamen Ereignissen fertig werden. Der arme Duke wurde krank und musste zum Tierarzt gebracht werden. Schädlinge hatten Sarahs gesamte Bohnenpflanzen vernichtet, und im Efeu hatten sich Schlangen eingenistet.

Eines Abends rief Bill an. Er berichtete Sarah, dass die Hausmutter des Kinderheims der „Freunde" ihren Posten wegen Krankheit aufgeben musste. Jetzt kam es darauf an, sehr schnell Ersatz zu finden. Sarah, die zu ihrer angenehmen Überraschung festgestellt hatte, wie gut Agnes Mole mit Kindern umgehen konnte, dachte daran, sie vorzuschlagen. Doch dann verwarf sie den Gedanken. Denn mit der bevorstehenden Heirat von Vivica und Kenneth war auch die Zukunft von Mrs. Mole gesichert.

Das Schlimmste aber kam erst noch: die Reillys verloren ihr Zuhause. Am Donnerstagnachmittag wollte Sarah mit Iris einen Stadtbummel machen, um dem Kind Sommergarderobe zu kaufen. Wie immer empfingen die Reillys sie überaus herzlich, doch Sarah entging nicht, dass sie bedrückt waren.

Während die drei Erwachsenen bei erfrischendem Eistee darauf warteten, dass Iris aus der Schule kam, erzählte Mike Sarah, was sich ereignet hatte.

Eine Firmengruppe hatte schon den größten Teil der umliegenden Häuser aufgekauft. Der Vermieter der Reillys hatte ihnen gekündigt. Innerhalb von neunzig Tagen mussten sie ausziehen.

„Einige unserer Nachbarn haben schon neue Unterkünfte gefunden", sagte Mike niedergeschlagen. „Aber wir nicht. Jedenfalls nichts, was wir bezahlen können. Die Wohnung muss ja groß genug sein für uns drei, und sie muss in der Nachbarschaft einer Schule gelegen sein."

„Ich habe Angst, dass man uns das Kind wegnehmen wird", jammerte Maggie.

„Nun hör aber auf!", fuhr Mike sie an, aber Sarah spürte nur zu gut seine eigene Angst. „Ganz gleich, was geschieht, das wird nicht passieren."

„Ganz gewiss nicht", fiel Sarah besänftigend ein. „Ich helfe euch bei der Suche nach einer passenden Wohnung. Irgendwo in dieser großen Stadt wird doch wohl etwas Passendes aufzutreiben sein. Vielleicht erhöhen die ‚Freunde' euch den Zuschuss. Und ich selbst kann auch etwas beitragen. Oder ... ich hab's!", rief sie aufgeregt aus. „Das Heim braucht eine neue Hausmutter. Warum meldet ihr euch nicht? Ihr wärt doch ideal für den Posten ..."

„Wir haben uns schon beworben", unterbrach Mike sie mit bärbeißiger Miene. „Sie haben uns abgelehnt. Wir sind zu alt."

„So haben sie das nicht gesagt", verbesserte Maggie ihn.

„Aber so ähnlich", behauptete Mike. „Wie auch immer, die Antwort war Nein. Damit versank er in dumpfes Brüten.

Sarah griff der Kummer der beiden ans Herz. Zweifellos hatte Mike recht. Die Organisation hatte Vorschriften, und eine davon war sicher, dass niemand über fünfundsechzig angestellt werden durfte. Es war nicht richtig, Menschen mit so wertvollen Erfahrungen und Fähigkeiten aufs Altenteil zu schieben. Doch so war es leider!

„Macht euch keine Sorgen", sagte Sarah mit einer Munterkeit, die sie keineswegs empfand. „Das werden wir schon hinkriegen. Gemeinsam schaffen wir's. Ihr werdet sehen, in ein oder zwei Wochen seid ihr eure Probleme los."

Später jedoch, als sie mit Iris in ihrem kleinen gelben Wagen zum Einkaufszentrum fuhr, fühlte sie sich keineswegs zuversichtlich und gelassen. Die Reillys konnten ohne Schwierigkeiten in einem preisgünstigen Apartment in einer der Senioren-Anlagen unternommen. Doch Kinder waren dort nicht erwünscht. Es gab auch die Möglichkeit, eine billige Wohnung zu finden, aber dort fand man nur selten eine Schule in der Nähe oder eine mit einigermaßen gut erzogenen Kindern. Beides zugleich – eine geringe Miete und eine angemessene Schule – gab es nur selten. Sarah wusste, dass es viele Mühe und ziemlichen Einfallsreichtum erfordern würde, eine befriedigende Lösung zu finden.

Es war fast vier Uhr, als sie ihren Einkaufsbummel beendeten. Eine erschöpfte Sarah mit der strahlenden Iris an der Hand strebten zum

Ende der Passage, wo farbenfrohe Sitzgelegenheiten zur Rast mit einer Eiswaffel einluden.

Danach stiegen sie auf dem Parkplatz wieder ins Auto. Sie kamen auf der Heimfahrt durch eine Einbahnstraße, in der gebaut wurde. Am Zaun entdeckte Sarah das Firmenschild der „Ramsey Construction". Sie fand es seltsam aufregend, Kenneth' Namen auf einer riesigen Holztafel zu lesen. Sie verlangsamte das Tempo und machte Iris darauf aufmerksam.

„Ach bitte, Sarah, können wir nicht aussteigen?", bettelte das Kind. „Vielleicht treffen wir Kenneth hier."

„Das glaube ich nicht, mein Schatz. Er hat Leute auf den Bauplätzen, die für ihn aufpassen und arbeiten. Aber wir können gern einmal anhalten, wenn du es möchtest."

Es war Sarah absolut klar, dass der Chef einer so großen, international bekannten Firma sich nicht persönlich um seine Neubauten kümmern musste. Aber für Iris war es sicher interessant, wenn sie einmal zuschauen konnte, wie Häuser entstanden. Dieses hatte eine große Stahlkonstruktion und würde wohl bald fertig sein.

Sie fanden in einiger Entfernung einen Parkplatz. Iris sprang flink aus dem Wagen und lief zurück zu dem Maschendrahtzaun, der unbefugte Personen von der Baustelle abhalten sollte.

„Siehst du, die Arbeiter tragen alle Schutzhelme, damit sie sich nicht verletzen, wenn ihnen etwas auf den Kopf fällt oder sie von der Leiter fallen", erklärte Sarah.

Iris war von dem geschäftigen Treiben gefesselt. „Sarah, schau doch mal, da arbeiten sogar Frauen. Wusstest du das?"

Iris hatte recht. Zu ihrer großen Verblüffung entdeckte Sarah einige Frauen. Sie trugen die gleichen Overalls und die gelben Schutzhelme wie ihre männlichen Kollegen.

„Das hätte ich nie gedacht", sagte Sarah mehr zu sich selbst als zu Iris. Sie fragte sich, wie lange Kenneth Ramsey wohl schon weibliche Bauarbeiter bei seinen verschiedenen Vorhaben beschäftigte. Hatte sie seine Einstellung gegenüber der Frauenarbeit vielleicht falsch eingeschätzt? Oder hatte sie ihn womöglich so nachdenklich gestimmt, dass er seine Meinung geändert hatte? Die Antwort darauf würde sie wohl kaum erfahren …

Aus der Kabine des Bulldozers blickte eine kräftig gebaute Frau wie von einem Thron zu ihnen hinab. Sie lachte breit und winkte Iris freundlich zu. Mit leuchtenden Augen schaute das Kind zu Sarah auf. „Wenn ich groß bin, möchte ich auch bei Kenneth auf solch einer Baustelle arbeiten."

„Ja, es muss faszinierend sein, bei einem so gewaltigen Unternehmen mitzuarbeiten", stimmte Sarah überzeugt zu. „Aber nun wollen wir zurückgehen."

Sie waren noch nicht sehr weit gekommen, als jenseits des Drahtzaunes ein junger Mann mit einem lauten Pfiff auf sich aufmerksam machte. Er steckte die Finger durch die Maschen und sah ihnen mit einem unangenehmen Grinsen entgegen.

„Hallo, Baby!", rief er Sarah zu. „Hast du heute Abend was vor?"

Sarah ergriff Iris' Hand. Sie beschleunigten ihre Schritte.

„Sieh zu, dass du die Göre loswirst. Dann werden wir beide eine nette kleine Party feiern."

Er setzte sich in Bewegung und lief zu Sarahs Entsetzen in gleicher Höhe mit ihnen weiter. Etwas entfernt sah sie eine Pforte im Drahtzaun, aber ihr Auto war noch nicht in Sicht.

„Kümmere dich nicht um ihn", sagte sie leise zu Iris, die ängstlich ihre Hand umklammerte. „Das ist nur ein ungezogener Flegel. Wenn wir ihn nicht beachten, wird es ihm langweilig werden, und er verschwindet wieder."

„Tut er uns auch nichts?", fragte Iris mit zitternder Stimme.

„Ganz bestimmt nicht, Schatz", versicherte Sarah wider besseres Wissen. Sie fing an zu laufen, da der junge Mann ihr in diesem Augenblick etwas unglaublich Zotiges zurief. Iris weinte erschreckt auf.

Das Auto war nicht mehr weit entfernt und der junge Mann ein wenig zurückgeblieben. Plötzlich ertönte ein lauter Fluch.

Sarah wandte sich hastig um. Sie entdeckte hinter dem Zaun Kenneth Ramsey, der von irgendwoher aufgetaucht war. Der Arbeiter wollte die Flucht ergreifen, doch Kenneth packte ihn am Hemd und wirbelte ihn herum. Was dann passierte, kam Sarah wie ein in Zeitlupentempo gedrehter Wildwestfilm vor. Kenneth' geballte Faust schoss von der Hüfte in die Luft, beschrieb einen Bogen und landete mit beachtlicher Wucht am Kinn des Arbeiters. Der Mann fiel rücklings auf den schmutzigen Boden.

Die Kollegen, die von allen Seiten angerannt kamen, standen

stumm im Halbkreis um den kampfunfähigen jungen Burschen. Es war irgendwie bedrohlich still geworden. Doch dann vernahm Sarah neben sich ein leises Wimmern. Erschrocken blickte sie zu Iris hinunter. Sie lag auf dem Bürgersteig, das Gesicht war weiß wie die Wand. Die kleinen Hände schlossen und öffneten sich.

Mit einem Schreckensruf kauerte sich Sarah neben Iris nieder. Sekunden später war Kenneth schon bei ihr. Er hob das bewusstlose Kind behutsam hoch und bedeutete Sarah durch eine Kopfbewegung, ihm zu folgen. Die Arbeiter starrten ihnen feindselig nach. Der junge Bursche hatte sich erhoben. Er rieb sich das schmerzende Kinn und murmelte einen halblauten Fluch.

Kenneth drehte sich zu ihm um und sagte mit harter, kalter Stimme: „Holen Sie sich Ihren Lohn ab, und verschwinden Sie. Ich will Sie auf keiner meiner Baustellen je wiedersehen."

Dann ging er weiter. Iris war zwar wieder bei Bewusstsein, aber sie lag reglos und blicklos in Kenneth' Armen. Er trug sie zu seinem weißen Auto, das jetzt vom Staub der Baustelle wie grau gepudert aussah.

Fast zehn Minuten dauerte es, bis Kenneth vor seinem Wohnhaus anhielt. Er fuhr mit Sarah und Iris hinauf in den zwanzigsten Stock und schloss die Tür zu seiner Dachterrassenwohnung auf. Dort legte er Iris auf einem großen weißen Sofa nieder und schob ihr fürsorglich ein Kissen unter den Kopf.

„Du bleibst jetzt schön ruhig liegen", befahl er und strich ihr zärtlich über das Haar. Iris nickte ihm folgsam zu, und ein erstes kleines Lächeln erhellte ihr Gesicht.

„Die arme Iris", sagte er leise. „Sie hat wirklich Pech. Wie kann man ihr nur helfen?" Er zog Sarah ins Nebenzimmer.

„Dabei weißt du nicht einmal die Hälfte von dem, was sie in ihrem kurzen Leben bereits durchgemacht hat."

„Ich habe es mir durchaus vorstellen können nach allem, was du angedeutet hast. Aber jetzt möchte ich die ganze Geschichte hören. Mach's dir bequem. Ich bin gleich wieder da."

Nachdem er das Zimmer verlassen hatte, ging Sarah zu Iris zurück. Sie hatte die Augen geschlossen und schien eingeschlafen zu sein.

Sarah trat ans Fenster, das über die ganze Breite des Raumes ging.

Von hier aus sah man auf die Capitol Mall hinunter, den langen, breiten Boulevard, der zu dem Kongressgebäude mit der leuchtenden goldenen Kuppel führte. Zur Rechten schwang sich eine kürbisfarbene Brücke über den Sacramento-Fluss. Der gesamte Südteil der Stadt lag zu Sarahs Füßen.

Doch selbst dieser wundervolle Anblick konnte sie im Augenblick nicht fesseln. Sie drehte dem Aussichtsfenster den Rücken zu und ließ sich in einem der weichgepolsterten Sessel nieder. Wohlig entspannt lehnte sie sich zurück und schloss die Augen. Es tat ihr gut, in Kenneth' Nähe zu sein. Sie fühlte sich in seiner Gegenwart so geborgen und behütet ...

Wenn sie ihm doch nur ihre Sorgen und Kümmernisse anvertrauen könnte. Er würde bestimmt für alle Probleme eine Lösung finden. Aber das war nur ein Wunschtraum, der sich nicht erfüllen konnte. Kenneth würde sehr bald mit Vivica verheiratet sein. Und Vivica hatte ihr klargemacht, wem sie das mexikanische Hochzeitskleid zu verdanken hatte.

Nein, sie durfte sich keine Illusionen über Kenneth' wahre Gefühle ihr gegenüber machen. Vermutlich hatte sie mit ihrem ersten Urteil über ihn recht gehabt. Er verstand es, mit Frauen umzugehen, sie für sich einzunehmen, wenn ihm danach zumute war. Sie selbst durfte niemals vergessen, dass sie nur die Angestellte seiner Mutter war ... Sarah versank in ihre trübseligen Betrachtungen. Wenn sie doch nur helfen könnte.

Es waren nur ein paar Minuten vergangen, bis Kenneth mit einem Tablett zurückkam. Er stellte drei Gläser mit Saft auf dem Sofatisch ab.

„Ich habe inzwischen veranlasst, dass dein Auto nach Hause gefahren wird. Ich bringe euch beide dann in meinem Wagen zurück."

Zwar hatte Sarah eben noch seine Kraft und Zuverlässigkeit bewundert, nun fühlte sie sich schon wieder durch sein eigenmächtiges Handeln gestört.

„Warum denn?", fragte sie kurz zurück. „Außerdem habe ich doch die Wagenschlüssel."

Er lachte. „Es gibt Leute, die keinen Schlüssel brauchen, um einen Motor zu starten."

„Wirklich? Solche Leute kenne ich nicht", erklärte Sarah.

„Du hast auch ein ziemlich behütetes Leben geführt", meinte Kenneth mit weicher Stimme. „Der heutige Tag hat es mir bewiesen."

„Was soll das nun wieder heißen?" Sarah war verärgert. „Es ging doch nicht um mich. Ich hatte Iris' wegen Angst." Das entsprach allerdings nicht ganz der Wahrheit. Sie blickte zum Sofa hinüber. Iris hatte die Augen weit geöffnet und hörte ihnen beiden angespannt zu. Leiser fuhr Sarah fort: „Du kannst die Situation nicht beurteilen, ehe du nicht Iris' Erlebnisse kennst."

Er hob spöttisch eine Augenbraue. „Ach ja, ich habe wohl völlig vergessen, wie stolz du auf deine Selbstständigkeit und Unabhängigkeit bist."

Sarah schwieg ein wenig verstört. Kenneth stellte vor sie und Iris die Gläser mit Saft hin und goss für sie außerdem einen tüchtigen Schluck Brandy in ein leeres Cognacglas. Sie wollte es nicht annehmen, aber er bestand darauf, dass sie es austrank. „Du brauchst etwas Stärkendes. Willst du bitte einmal etwas ohne Widerspruch tun?"

Sie trank widerstrebend, dabei fragte sie sich, warum Kenneth so gereizt war. Er tat fast so, als habe Sarah den hässlichen Vorfall absichtlich herbeigeführt, wohl um ihn zu ärgern. Er sollte sich nur nicht einbilden, dass sie nicht auch allein zurechtgekommen wäre! Schließlich war Iris nur deshalb ohnmächtig geworden, weil er diesen Burschen zu Boden geschlagen hatte. Sie konnte keine Gewalttätigkeiten mehr ertragen. Sicher, der junge Mann hatte auch sie, Sarah, erschreckt, doch so behütet war sie nun auch nicht gewesen, dass sie nicht schon früher mit unwillkommenen Annäherungsversuchen hatte fertig werden müssen ...

Sarah wollte gerade beginnen, Kenneth ihren Standpunkt eindeutig klarzumachen, als sie sich einer lähmenden Gleichgültigkeit und Erschöpfung bewusst wurde. Mochte er doch von ihr denken, was er wollte. Ihr war es egal!

Sie hörte ihm zu, wie er Iris erfolgreich von ihrem Kummer ablenkte. „Sobald ich ein wenig Zeit habe, fahren wir nach Coloma, wo James Marshall als Erster Gold gefunden hat. Freust du dich schon darauf?"

Iris nickte begeistert. Sie konnte schon wieder lachen. „Sarah kommt doch mit, ja?"

Kenneth warf Sarah einen kurzen Blick zu. „Sie kann sich uns gern anschließen, wenn sie Lust hat."

„Versprichst du mir noch etwas?", bat Iris, die die gute Gelegenheit nicht verpassen wollte.

„Erst muss ich hören, was es ist", erwiderte Kenneth in gespielt ernstem Ton.

„Wenn ich groß bin, will ich auch so schöne Häuser für dich bauen wie die Frauen, die ich heute gesehen habe. Du musst mir versprechen, dass ich dann für dich arbeiten darf."

Kenneth antwortete Iris spontan, nicht ohne vorher kurz zu Sarah hinübergeschaut zu haben. „Wenn du groß bist, dann darfst du jede Tätigkeit übernehmen, die du gelernt hast. Wenn du für mich Häuser bauen willst, und wenn du eine so schwere Arbeit bewältigen kannst – sicher, dann stelle ich dich ein."

„Oh Wunder über Wunder!", rief Sarah aus. „Darf ich dich fragen, wann du das erste Mal eine Bauarbeiterin eingestellt hast?"

„Sofort, nachdem das Gesetz über die Gleichberechtigung erlassen wurde", erwiderte Kenneth. „Aber, aha!", fiel Sarah ein. „Du musstest also erst vom Gesetzgeber dazu gezwungen werden."

„Wie ich schon sagte", fuhr Kenneth fort, „seit Januar haben wir uns umgestellt und haben viele weibliche Arbeitskräfte eingestellt."

Eine Weile maßen Sarah und Kenneth einander mit Blicken, dann sagte sie nachdenklich: „Ich verstehe."

„Wirklich?", fragte Kenneth. „Ich hoffe es."

Der teure Wagen wirkte in der staubigen, von Bäumen gesäumten Straße, in der das Häuschen der Reillys stand, völlig deplatziert. Beim Anblick der Limousine und ihres gut aussehenden, elegant gekleideten Fahrers, blieb Maggie Reilly der Mund offenstehen. Mike begrüßte Kenneth mit einem herzlichem Händedruck und freundlichem Lächeln.

„Es ist uns eine Freude, Sie kennenzulernen, Mr. Ramsey. Bitte kommen Sie herein. Darf ich Ihnen etwas anbieten?"

Kenneth verneinte dankend. Er würde gleich mit Sarah zum Abendessen fahren, erklärte er. Maggie warf Sarah einen fragenden Blick zu. Sie erhielt als Antwort nur ein Achselzucken, das besagte, dass auch für sie diese Information völlig neu sei.

Iris bestand darauf, erst einmal ausführlich von den aufregenden

Ereignissen der vergangenen Stunden zu erzählen. Maggie geriet völlig außer sich, als sie von dem Vorfall mit dem Arbeiter hörte. „Siehst du, auf den Straßen sind anständige Leute heutzutage nicht mehr sicher", jammerte sie ihrem Mann vor.

„Ach was!", unterbrach Mike sie mit einem besorgten Blick auf Iris. „Ich erinnere mich noch sehr gut an die Zeit, als du ein junges Mädchen warst. Du konntest auch keinen Block weit spazieren, ohne dass die Männer hinter dir herschauten und pfiffen. Das geht allen hübschen Frauen so. Ich finde diesen Vorfall auch nicht schön, aber es ist zum Glück nichts weiter passiert."

„Er ist nur nichts passiert, weil Mr. Ramsey zufällig in der Nähe war", wandte Maggie halsstarrig ein. Dann hielt sie aber doch den Mund, weil Mike ärgerlich die Stirn runzelte.

Während sich Kenneth und Sarah von den Reillys verabschiedeten, fiel Iris etwas ein. „Du hast noch meine neuen Kleider in deinem Auto, Sarah."

Kenneth strich ihr liebevoll übers Haar. „Mach dir darüber keine Sorgen. Ich bring sie morgen auf dem Weg ins Büro hier vorbei."

„Bitte, kannst du nicht kommen, wenn ich auch zu Hause bin?" Iris' Stimme klang so einschmeichelnd, wie Sarah sie noch nie vernommen hatte.

Kenneth lachte auf. „In Ordnung, kleiner Quälgeist. Ich komme, wenn du aus der Schule bist. Hoffentlich wirst du meiner nicht bald überdrüssig", neckte er sie.

Iris lächelte schüchtern und ein wenig beschämt. „Nein, nie, bestimmt nie, Kenneth. Ich freue mich immer, wenn ich dich sehe."

„Und ich freue mich immer, wenn ich dich sehe, Iris", beteuerte Kenneth. Er beugte sich zu ihr hinab und gab ihr einen Abschiedskuss.

Ein Lächeln umspielte Sarahs Lippen, während sie die beiden beobachtete. Wie reizend er doch mit Kindern umging! Er würde einen wunderbaren Vater abgeben. Bonnie, dieses widerborstige, unberechenbare Kind, konnte sich glücklich schätzen. Würde Bonnie das jemals begreifen?

Auf dem Weg zum Abendessen, das Kenneth ihr versprochen hatte, unterhielten sie sich kaum. Nur einmal meinte er, als sie an einer Ampel hielten: „Ich hoffe, Bill Blanding hat nichts dagegen, wenn ich dich einlade."

Sarah suchte nach einer passenden Antwort, die es ihr ersparte, schwindeln zu müssen. „Unter diesen Umständen wohl nicht, denke ich", sagte sie schließlich, wobei sie auf die Ereignisse des Nachmittags und Kenneth' Eingreifen anspielte.

„Unter welchen Umständen?", wollte er wissen.

Da sie sich schon einmal bedankt hatte und von ihm nicht für überschwänglich gehalten werden wollte, sagte sie kurz angebunden: „Ich kann immer noch tun und lassen, was ich will. Noch bin ich nicht verheiratet."

Nach einem kurzen Zögern meinte er: „Ja, bei mir ist es genauso."

„Na, dann ist ja alles in Ordnung", schloss Sarah mürrisch die kurze Unterhaltung ab und blickte angelegentlich auf die abendlich belebten Straßen.

Die Atmosphäre des kleinen Restaurants, das Kenneth ausgesucht hatte, war verführerisch. Gedämpftes Licht, eine romantische Atmosphäre, köstliche Essensdüfte. Der Ober grüßte Kenneth wie einen altbekannten Gast, und in Sarah tauchte der Verdacht auf, dass er hier oft mit einer anderen Frau, natürlich mit Vivica, speiste. Doch sie war fest entschlossen, sich das Vergnügen an dem Abend mit Kenneth nicht rauben zu lassen, und so verdrängte sie entschlossen alle Gedanken an das zukünftige Ehepaar.

Nachdem Kenneth die Speisenfolge bestellt hatte und ihnen ihre Cocktails serviert worden waren, kam er ohne Umschweife zum Thema. „Zuerst einmal möchte ich wissen, warum Iris heute ohnmächtig geworden ist. Zugegeben, es war eine unangenehme Situation. Aber du hast sie doch gemeistert. Ich erkannte das schon von Weitem."

Sarah erklärte ihm, dass es nicht so sehr das Verhalten des jungen Arbeiters war, das Iris so verschreckt hatte, sondern der Schlag, den Kenneth ihm versetzt hatte. Damit er es verstand und sich nicht von ihr angeklagt fühlte, musste sie weiter ausholen und ihm von den unglücklichen Zuständen in Iris' Elternhaus erzählen.

Sie waren schon beim Kaffee angelangt, als Sarah ihren Bericht beendete. Erst dann fiel ihr auf, dass sie ihre Mahlzeit nicht bewusst genossen hatte. Mit einem kleinen Seufzer lehnte sie sich zurück. Kenneth schüttelte den Kopf. Er schien es nicht fassen zu können, zu welchen Untaten ein menschliches Wesen fähig war.

„Was für ein Halunke muss dieser Millidge sein! Wenn ich mir vorstelle, dass manche Menschen alles dafür geben würden, ein Kind zu haben, das sie lieben können." Der Blick der dunkel gewordenen Augen verriet seine Empörung. „Man darf nicht zulassen, dass er seine Tochter je wiedersehen kann."

„Du hast vollkommen recht", erwiderte Sarah bedrückt. „Nur weiß niemand, wie das bei den geltenden Gesetzen anzustellen ist."

Kenneth gab dem Ober ein Zeichen, die Rechnung zu bringen. Er zog seine Kreditkarte hervor und sagte, ohne dabei aufzublicken: „Oh, es gibt immer Möglichkeiten ..."

Auf der Heimfahrt blieb Kenneth schweigsam. Sarah, die selbst in Gedanken versunken war, fiel das kaum auf. Es war das erste Mal, seit Iris ihr Schützling war, dass sie für die Zukunft des Kindes Hoffnung und Zuversicht schöpfte. Wenn sich Kenneth Ramsey für seine Belange einsetzte, dann hatte sich der Kummer, den sie selbst um ihn erlitt, gelohnt. Er war ebenso wenig vollkommen wie andere Menschen auch – aber wenn er ein Freund von Iris war, dann war er auch ein Freund von Sarah!

„Kenneth?", unterbrach sie das Schweigen.

„Hm", machte er abwesend.

„Ich möchte dir für alles danken, was du für Iris tust."

Er warf ihr einen schrägen Blick zu, und die Andeutung eines Lächelns lag um seine Lippen. „Sind wir nun endlich Partner geworden?", fragte er weich.

„Ja, sehr gern, wenn du es möchtest", meinte Sarah, auf einmal ganz verlegen.

„Und aller Zank ist vergessen?", forschte er weiter, und als sie nickte, fuhr er fort: „Wir denken nur an die Zukunft, und das, was geschehen ist, ist vorbei?"

Sarah lachte erleichtert. „Ja, so soll es sein. Die Vergangenheit ist vergangen und vergessen."

Zu ihrer Überraschung fuhr Kenneth vom Highway hinunter und hielt nahe der Ausfahrt auf einem Seitenstreifen an.

„Was ist los?", fragte Sarah aufgeschreckt. „Hast du eine Panne?" Sie blickte ihn an und sah sein lächelndes Kopfschütteln.

„Unsere wunderbare Versöhnung muss schließlich irgendwie gefeiert werden." Er legte die Hände auf ihre Schultern und küsste sie lange und fest auf den Mund. Dann schob er sie ein wenig von sich, um ihr in die Augen blicken zu können. „Der Kuss besiegelt unser

Versprechen. Du darfst nie wieder anderen Sinnes werden, hörst du?"

Sie zwinkerte rasch die aufsteigenden Tränen fort. „Ich werde niemals anderen Sinnes werden, Kenneth. Darauf hast du mein Wort." Er nickte und nahm so sanft ihre Rechte in seine Hände, als wäre sie aus kostbarem Porzellan. Dann neigte er sich über ihre Hand und küsste sie.

Gleich darauf fuhren sie durch die kühle Frühlingsluft weiter heimwärts. Sarah versank in glückliche Gedanken an den zärtlichen Kuss, der für immer ihre Freundschaft besiegelt hatte. Doch wieder einmal fiel ein Schatten auf ihre Freude. Es war ja nicht Freundschaft, was sie für Kenneth empfand. Sie liebte ihn, sie liebte ihn mit aller Kraft ihres Herzens – und sie würde nie aufhören, ihn zu lieben. Aber es gab keine Hoffnung für sie. Sie würde niemals die Familie haben, die sie sich so sehnsuchtsvoll gewünscht hatte. Denn wenn sie nicht zu Kenneth gehören oder ihm nur in bloßer Freundschaft nahe sein konnte, dann wollte sie auch keinem anderen Mann gehören. Sie würde unverheiratet bleiben, so wie Tante Elaine. Sie besaß nur die wenigen kostbaren Erinnerungen: seine Küsse und das Versprechen seiner Freundschaft. Das musste ihr genügen.

Die nächsten Wochen wären wahrscheinlich ganz anders verlaufen, überlegte sich Sarah später, wenn nicht vor dem Haus ein silbergrauer Wagen gestanden hätte und neben ihm die zornbebende Vivica, die die Arme in die Seiten gestemmt hatte.

Kenneth und Sarah waren kaum ausgestiegen, da stürzte Vivica schon auf sie zu. Zum ersten Mal sah Sarah jemanden, der im wahrsten Sinne des Wortes außer sich vor Wut war.

„Wir waren verabredet!", schrie sie Kenneth an.

„Es ist mir etwas dazwischengekommen", erwiderte er.

„Oh, ich kann mir vorstellen, was dir dazwischengekommen ist." Vivicas Stimme klang schmerzhaft schrill. „Ich verstehe nur nicht, wie du dir erlauben kannst, mich warten zu lassen, während du dich mit einem Dienstboten herumtreibst."

Es gelang Sarah, die wie erstarrt zuhörte, nur mühsam, die Fassung zu bewahren. Sie machte trotzdem den zaghaften Versuch, die tobende Vivica zu besänftigen. „Entschuldigen Sie – es war nicht Kenneth' Schuld. Ich habe ..."

Die unerwartete Heftigkeit, mit der Kenneth herumfuhr, ließ sie abrupt verstummen. „Hör auf!", sagte er scharf. „Wenn wirklich eine Erklärung nötig wäre, gebe ich sie Vivica selbst. Bitte geh sofort nach Hause."

Es klang wie ein Befehl, aber trotzdem zögerte Sarah noch.

„Tu, was ich dir sage! Willst du alles nur noch schlimmer machen?"

Die überlaute Stimme traf Sarah wie ein Schlag. Sie wandte sich um und lief, als ginge es um ihr Leben, davon.

Zu Hause warf sie sich auf ihr Bett und brach in herzzerreißendes Schluchzen aus. Irgendwann hatte sie sich in den Schlaf geweint ...

9. Kapitel

Am nächsten Morgen erwachte Sarah mit pochenden Kopfschmerzen und dem Gefühl, am Tiefpunkt angelangt zu sein. Sie kroch aus dem Bett, um Mrs. Mole über das Haustelefon anzurufen und ihr zu sagen, dass sie heute nicht draußen arbeiten würde. Danach dämmerte sie durch den Morgen, und es war bereits früher Mittag, als sie ein Klopfen an der Tür vernahm und danach Mrs. Moles laute Stimme.

„Hallo, hallo, wo sind Sie, Mädchen?"

„Hier bin ich", rief Sarah schwach.

Mrs. Mole stand in der Schlafzimmertür. Unter dem Arm trug sie eine schmale, lange Schachtel. Sie sah so gesund und energiegeladen aus, dass schon der bloße Anblick Sarah erschöpft in die Kissen zurücksinken ließ.

„Hier, deshalb bin ich hergekommen", sagte sie und warf die Schachtel auf Sarahs Bett. Mit schwachen Fingern versuchte Sarah, die weiße Schleife zu öffnen. Sie ahnte nicht, wer der Absender sein konnte. Hatte sie womöglich ihren eigenen Geburtstag vergessen? Aber als sie den Inhalt der Schachtel sah, wusste sie es nur zu genau, von wem der Gruß war, auch wenn keine Karte dabeilag.

Eine einzige Rose lag in der Schachtel. Sie war zur richtigen Zeit geschnitten worden, da die äußeren Blütenblätter begannen, sich zu öffnen. Sarah führte die kühle Blüte an ihre heiße Wange und schloss die Augen, die plötzlich von Tränen brannten.

Mrs. Mole lächelte. „Das ist sicher von Ihrem Herzensfreund."

Bei diesem Wort verlor Sarah die Fassung. Sie begann bitterlich zu weinen. Nein, die Rose kam nicht von ihrem Herzensfreund – das würde er niemals sein –, aber doch von einem Freund! Diese kostbare Freundschaft, die sie schon verloren zu haben glaubte.

„Sarah!", rief Mrs. Mole erschrocken aus. Doch dann fasste sie sich rasch wieder. „Aber, aber, schämen Sie sich. So ein großes Mädchen weint doch nicht." Noch während sie Sarah ausschalt, setzte sie sich zu ihr auf die Bettkante. Sie legte prüfend die raue, verarbeitete

Hand an Sarahs Stirn, um festzustellen, ob sie Fieber habe. Fast zärtlich strich sie ihr das Haar aus dem Gesicht. „Ist ja gut. Ist es nicht ein wenig töricht, bei einem so hübschen Geschenk in Tränen auszubrechen?"

Sarah verschluckte sich bei dem Versuch, die Tränenflut zu stoppen.

„Bestimmt hat Sie der Streit gestern Abend ganz durcheinandergebracht", murmelte Mrs. Mole. „Nehmen Sie sich Vivicas Temperamentsausbruch nicht so zu Herzen. Sie wissen doch, dass sie über jede Kleinigkeit außer sich gerät."

Es war rührend von Mrs. Mole, sie auf Kosten ihrer geliebten Vivica trösten zu wollen. Wenn man bedachte, von wem dieser Trost kam, musste Sarah ihr wirklich dankbar sein.

Am Ende befahl Mrs. Mole ihr mit der gewohnten Strenge, im Bett zu bleiben. Sie würde ihr eine kräftige Brühe kochen, kündigte sie an. Als Sarah schwach protestierte, sagte sie mit der Autorität einer Krankenschwester: „Ich werde sie Ihnen kochen, und Sie werden sie essen. Also, keine Widerrede."

Sarah sank in die Kissen zurück. Sie hob die langstielige Rose an die Lippen, die wohl Kenneth' wortlose Entschuldigung für seine gestrige Heftigkeit sein sollte. Mehr bedeutete sie nicht. Seine Befehle waren deutlich genug gewesen. Sie hatte nur zu gut begriffen, was sie sagten: Dräng' dich nicht zwischen uns. Mach die Dinge nicht noch schlimmer, als sie durch dich schon geworden sind ... In Zukunft musste sie, Sarah, absolut vermeiden, irgendetwas von ihm zu verlangen. Sie wollte bestimmt keine Schwierigkeiten bereiten ...

An einem Tag, eine Woche später, war es zu kalt, um im Garten zu arbeiten. Es regnete auch in Strömen. Sarah bot Mrs. Ramsey an, ihr bei den Vorbereitungen für die Party zu helfen. Sie setzten sich ins Esszimmer, an den mit Zeitungen abgedeckten Tisch und putzten gemeinsam das Silber. Das Feuer, das im Kamin knisterte, machte den Raum behaglich warm.

„Was werden Sie am Samstag anziehen?", erkundigte sich Mrs. Ramsey interessiert.

„Am Samstag?", wiederholte Sarah unsicher.

„Ja, zu unserer Einzugsparty."

„Ich dachte, die fände am Sonntag statt."

Mrs. Ramsey sah von dem Buttermesser auf, das sie gerade polierte. „Wie kommen Sie denn darauf, mein Kind? Es war niemals von Sonntag die Rede."

„Ich – ich habe Vivica wohl falsch verstanden ", erklärte Sarah, während sie sich an das Gespräch am Pool zu erinnern versuchte.

„Dann muss Vivica wohl etwas durcheinandergebracht haben. Sie neigt dazu. Gut, dass wir davon gesprochen haben, sonst wären Sie womöglich gar nicht gekommen."

Sarah schluckte. „Mrs. Ramsey", begann sie. „Es ist wirklich lieb von Ihnen, mich einzuladen. Aber ich glaube nicht …"

„Unfug", unterbrach Mrs. Ramsey ihr Gestammel. „Sie müssen kommen. Ich bestehe darauf. Und nun wollen wir nicht mehr darüber reden."

Es blieb Sarah nichts anderes übrig, als ihr zuzustimmen. In den vier Monaten, in denen sie für Grace Ramsey arbeitete, hatte sie lernen müssen, dass diese freundliche, charmante Frau einen eisernen Willen besaß und dass es fruchtlos war, ihr etwas ausreden zu wollen.

„Vivica erzählte mir, dass Sie den Abhang beim Schwimmbad mit Feuerdorn bepflanzen wollen", sagte Grace Ramsey.

Einen Moment zögerte Sarah, bevor sie ausweichend antwortete: „Man hat es so entschieden."

Mrs. Ramsey nickte und begann dann mit einer Erklärung, die, wie es im ersten Augenblick aussah, nicht zum Thema gehörte.

„Vivica betrachtet Kenneth und mich als ihre Familie, Sarah, als ihre adoptierte Familie sozusagen. Das ist seit ihrer Kindheit so. Ihre Mutter war ständig mit gesellschaftlichen Verpflichtungen beschäftigt, und ihr Vater war oft nicht zu Hause, denn er und mein Mann bauten das Geschäft auf. So kam es, das Vivica sich immer enger an uns anschloss. Und weil sie sich als Familienmitglied betrachtet, hat sie die Neigung, hin und wieder ihre Grenzen zu überschreiten. Wie ich schon erwähnte: Vivica ist eine sehr impulsive junge Frau. Bald wird sie ihren eigenen Haushalt haben, um den sie sich kümmern kann. Bis es so weit ist, möchte ich sie nicht mit den Angelegenheiten meines Haushalts belasten." Grace Ramsey blickte von der Arbeit auf, um zu sehen, ob Sarah zuhörte.

Dann fuhr sie mit einem kleinen Lächeln fort: „Sie, auf der anderen Seite, Sarah, haben uns nicht adoptiert, sondern wurden von uns sehr sorgsam ausgewählt. Auf Grund Ihres Wissens, Ihrer Erfahrungen, Ihrer Geschicklichkeit bat ich Sie, zu uns zu kommen. Sind Sie etwa anderer Meinung?"

„Nein, eigentlich nicht", murmelte Sarah.

„Also, was werden Sie pflanzen?"

Sarah hatte verstanden. Mrs. Ramsey hatte sich deutlich genug ausgedrückt. Vivica würde bald das Recht haben, Befehle zu erteilen. Aber jetzt noch nicht. Sarah lächelte erleichtert. Am liebsten wäre sie zu Mrs. Ramsey gegangen und hätte sie voller Dankbarkeit umarmt.

„Chinesischen Wacholder, dachte ich. Er ist anspruchslos, und seine Nadeln verfärben sich im Herbst so hübsch bronzegelb. Wenn wir dort blühende Pflanzen einsetzen würden, gebe es in der Nähe des Schwimmbeckens bestimmt Probleme mit den Bienen."

„Ausgezeichnet", sagte Mrs. Ramsey zufrieden. „Genauso hätte ich mich auch entschieden."

Die Garderobe der Gäste auf Mrs. Ramseys Party bot das übliche bunt gemischte Bild. Es entsprach dem lässigen Lebensstil der Kalifornier. Manche trugen Anzüge in gedeckten Farben, andere Smokings, wieder andere verwaschene Jeans. Die Damen waren in Abendgewändern oder Cocktailkleidern erschienen, aber dazwischen erblickte man Minitops über kurzen Röcken oder Folklorebousen aus Hawaii.

Sarah hatte das chinesische Seidenkleid angezogen. Der schmale Schnitt unterstrich ihre schlanke Figur, und die Pfirsichfarbe des Stoffes betonte vorteilhaft ihr gebräuntes Gesicht und das kastanienbraune Haar. Obwohl sie wusste, dass sie sehr hübsch aussah, fühlte sich Sarah gänzlich fehl am Platz.

Ihre Stimmung war trotz der ausgelassenen Fröhlichkeit um sie herum und trotz des ausgezeichneten kalten Büfetts auf dem Tiefpunkt angelangt. Denn wohin sie auch blickte, sie sah immer nur Kenneth. Kenneth, der im schwarzen Smoking und dem weißen Hemd so attraktiv aussah, dass es ihr den Atem nahm.

Vivica war so schön wie immer. Sie trug ein Abendkleid aus weißem Satin, in dem sie wie eine Eisprinzessin wirkte. Sie hielt sich stets an Kenneth' Seite, als seien sie und er für immer unzertrennlich. Der Anblick tat Sarah unsagbar weh.

Für einige Augenblicke hatte sich Kenneth von Vivica getrennt, um ihr einen Drink zu holen. Vivica blickte zu Sarah hinüber und

schlenderte auf sie zu. Während sie sie von oben bis unten musterte, meinte sie gönnerhaft:
„Wie nett Sie aussehen, Miss Halston. Ich hatte allerdings angenommen, Sie würden Ihr mexikanisches Kleid anziehen."
„Es schien mir nicht ganz passend für diese Gelegenheit", erwiderte Sarah kühl.
„So, wirklich? Wie gut, dass Sie noch etwas anderes anzuziehen hatten. Oder haben Sie dieses Kleid extra für die Party gekauft?"
Die Frage blieb unbeantwortet, und Vivica fuhr fort: „Wie tapfer von Ihnen, sich ganz allein unter all die fremden Leute zu wagen." Sie blickte sich in der Runde um und fügte mit falscher Fürsorglichkeit hinzu: „Ich hoffe, irgendjemand hat Sie mit den anderen Gästen bekannt gemacht."
Diesmal nickte Sarah, und Vivica neigte den Kopf nahe an Sarahs Ohr und sprach nun so leise, dass sie kaum zu verstehen war. „Ich muss mich wohl bei Ihnen entschuldigen, Miss Halston. Neulich Abend habe ich mich wirklich etwas albern aufgeführt. Ich gebe zu, dass es von mir töricht war zu glauben, dass ein berufstätiges Mädchen wie Sie auf die Idee kommen könnte, mit einem Mann wie Kenneth eine – äh – engere Beziehung anknüpfen zu können. Oder er mit Ihnen... Ich weiß selbst nicht mehr, was ich mir dabei gedacht habe. Manchmal, wenn ich mich über irgendetwas aufgeregt habe, geht mein Temperament mit mir durch. Tut mir leid. Ich weiß, Sie werden mir verzeihen." Vivica richtete sich auf und lächelte strahlend. „Wie Sie ohne Zweifel bemerkt haben werden, sind Kenneth und ich wieder ein Herz und eine Seele. Er ist wirklich ein Schatz! So geduldig mit meinen kleinen Launen. Gottlob liebt er nun einmal temperamentvolle Frauen." Mit einem flüchtigen Winken und einem triumphierenden letzten Blick entfernte sie sich.
Gleich darauf verließ Sarah den Raum mit den heiter gestimmten Gästen und ihrem fröhlichen Gelächter. Sie flüchtete sich hinaus in ihren Garten. Aber auch der Garten gehörte ihr nicht wirklich, er war ihr nur für kurze Zeit geliehen. Dieser Abend hatte endgültig ihre törichten, romantischen Träume sterben lassen. Wenn sie ihre Aufgaben bei Mrs. Ramsey geleistet und auch das Juni-Fest hinter sich gebracht hatte, würde sie ihre Stellung aufkündigen. Sie musste sich einen anderen Job suchen, ganz gleich wo, wenn sie nur nicht

länger der Qual ausgeliefert sein würde, Kenneth täglich zu begegnen. Kenneth, der einer anderen gehörte und bald heiraten wollte.

Mit schleppenden Schritten ging Sarah durch den Rosengarten. Jetzt, Mitte April, hatte sich die erste Rose geöffnet. Es war eine wunderschöne rote Mirandy. Sarah hielt inne, um die Blüte mit den Fingerspitzen zu streicheln.

Sie fuhr erschreckt auf, als sie unerwartet Kenneth' Stimme hinter sich vernahm. „Ja, es ist eine vollkommene Blume."

Sein weißes Hemd schimmerte in dem ungewissen Licht, aber Sarah wagte nicht, in sein Gesicht zu sehen. „Die erste Rose dieses Jahres", sagte sie leise.

Kenneth beugte sich hinunter und sog den Duft ein. „Welch ein Unterschied zu einer gekauften Rose! Sie sind so künstlich und ganz ohne Duft. Aber diese Blüte riecht wundervoll, und die Blätter sind noch warm vom Sonnenschein des Tages. Ich finde, das macht einem den Unterschied zwischen dem wirklichen Leben, das heißt, der Natur, und einem Kunstgebilde deutlich."

Sarah lächelte unbewusst. Ihr war das Herz bei seinen Worten ein wenig leichter geworden. „Trotzdem danke ich dir für die rote Rose aus dem Blumengeschäft. Ich habe es sehr nett gefunden, dass du an mich gedacht hast."

Sie erschrak, denn Kenneth packte sie plötzlich an den Armen und schüttelte sie ein wenig. „Ach, Sarah, viel lieber hätte ich dir diese Rose geschenkt, aber sie hatte sich noch nicht geöffnet. Und es war kein bisschen nett von mir!"

Er verstummte. Seine warmen, festen Lippen legten sich auf ihren Mund, und er zog sie ganz nahe an sich. Sie wollte sich ihm entziehen, doch es war so wundervoll, von ihm festgehalten zu werden, seine Küsse zu empfangen und sie zu erwidern. Auch wenn sie wusste, dass ihr nie mehr gegönnt sein würde, als diese gestohlene Zärtlichkeit, die vielleicht nicht einmal ihr galt, sondern einer anderen …

Ehe ihr unwiderstehliches Verlangen jeden Widerstand brach, ehe sie sich der Leidenschaft auslieferte, die sie jedes Mal spürte, wenn sich ihre Körper berührten, entwand sie sich ihm, obwohl es sie unerträglich schmerzte.

Im Mondlicht sah sie sein dunkles Gesicht, sie erkannte das Verlangen, das sich darin spiegelte, und sie wusste, dass es richtig war, ihm zu widerstehen, bevor etwas geschah, was sie beide bereuen würden.

Einen Augenblick schwiegen sie. Dann sagte Kenneth mit angestrengter Stimme: „Du hast recht. Es wäre falsch, wenn ..."

„Wir wissen beide, dass sich so etwas nicht wiederholen darf", unterbrach ihn Sarah hastig und sah verlegen zu Boden.

„Aber Sarah, wir haben uns doch versprochen ... ich dachte, dass wir ..."

„Ja, natürlich wollen wir Freunde sein. Das wolltest du doch sagen? Aber mehr nicht. Oder verstehst du unter Freundschaft etwas anderes als ich?"

Kenneth' Miene wurde hart, und er presste die Lippen aufeinander. Sarah erschrak. „Es gibt doch jemanden, auf den wir Rücksicht nehmen müssen. Vielleicht kannst du es vergessen. Ich kann es nicht." Warum zwang er sie dazu, sich für Vivica einzusetzen?

Er machte plötzlich den Eindruck, als hätte sie ihn mit kaltem Wasser übergossen. Mit völlig veränderter, unpersönlicher Stimme sagte er kühl und höflich: „Wie dumm von mir. Ich hoffe, du vergibst mir. Du kannst sicher sein, dass so etwas nicht wieder passiert. Soll ich dich jetzt zum Haus zurückbegleiten?"

Verstört ließ Sarah es zu, dass er ihren Arm nahm und mit ihr auf das hell erleuchtete Haus zuging. So hatte er sie auch an dem ersten Tag, als sie sich kennengelernt hatten, hineingeführt. Wenn sich doch diese schicksalhafte Begegnung niemals zugetragen hätte! Wie sehr wünschte sie sich, wieder jenes unbeschwerte Mädchen von damals zu sein ...

In der Halle verbeugte sich Kenneth höflich und verschwand dann, ohne noch einmal zurückzuschauen, in einem der überfüllten Räume. Sarah blickte sich nach Mrs. Ramsey um. Sie wollte sich bei ihr bedanken und sich verabschieden. Immerhin war es schon fast Mitternacht. Niemand würde sie vermissen, wenn sie das Fest verließ.

Sie fand Mrs. Ramsey in Kenneth' Arbeitszimmer beim Telefonieren. „Ah, da kommt sie gerade", rief sie, als Sarah über die Schwelle trat. „Warten Sie, ich geb' sie Ihnen, Mr. Blanding." Zutiefst erschrocken über den Anruf nahm Sarah den Hörer entgegen. „Ja, Bill. Was gibt es? Ist Iris etwas zugestoßen?"

„Nein, Sarah, ihr geht es gut. Aber ihr Vater ist in der Stadt. Millidge hat mich vor ein paar Minuten angerufen – er war natürlich betrunken. Er schrie mich an und sagte, dass er seine Tochter zurückholen wolle. Wir hätten sie ihm gestohlen."

Es war eine niederschmetternde Nachricht. Sarah blickte unwillkürlich hilfeflehend zu Mrs. Ramsey hinüber, die sich auf einen Sessel gesetzt hatte. „Was ist passiert, Sarah?"

Inzwischen hatte Bill hastig weitergesprochen. „Morgen, wenn das Büro der ‚Freunde' öffnet, sage ich dort Bescheid. Vorher wird Jack Millidge Iris auf keinen Fall finden können."

„Im Büro wird man ihm doch nicht ihren Aufenthaltsort verraten?", rief Sarah entsetzt aus. „Alle wissen doch, wie brutal Millidge ist."

„Ich hole Kenneth", sagte Mrs. Ramsey und eilte hinaus, ehe Sarah sie zurückhalten konnte.

„Sie sind gesetzlich dazu verpflichtet, ihm die Adresse zu geben", erklärte Bill, nun auch mutlos. „Du kennst ja die Vorschriften und hast dich oft genug über sie aufgeregt. Aber mach dir doch nicht zu viele Gedanken, was werden wird. Auf alle Fälle veranlasse ich, dass Jack Millidge seine Tochter im Büro der ‚Freunde' trifft und nicht bei den Reillys. Ich bin fest davon überzeugt, dass auch der Richter unter den gegebenen Umständen mit dieser Lösung einverstanden sein wird. Außerdem werde ich versuchen, das Treffen so lange hinauszuschieben, bis Millidge wieder nüchtern ist und sich beruhigt hat."

Es war Sarah schwergefallen, Bill geduldig zuzuhören. Jetzt verlor sie die Nerven. „Lass mich in Ruhe mit euren Gesetzen und Vorschriften. Mir geht es nur um Iris! Und was ist mit dir? Du bist auch bedroht. Du solltest sofort die Wohnung verlassen und vorübergehend in ein Hotel ziehen."

„Du weißt doch, dass meine Adresse nicht im Telefonbuch steht, nur meine Nummer. Aus eben dem Grund, um Komplikationen, wie sie jetzt entstanden sind, zu vermeiden. Reg' dich also bitte nicht auf. Ich habe dich nur sofort verständigen wollen. Ich möchte nicht, dass du es von irgendjemand anderem erfährst und nur übelnimmst, dass ich es dir verheimlicht habe. Aber du musst mir versprechen, dass du nicht in Panik gerätst."

Sie spürte, dass sie ihn gekränkt hatte, und riss sich zusammen. „Ich bin froh, dass du mich angerufen hast, Bill. Es soll dir nicht leidtun. Entschuldige bitte, dass ich mich so gehen ließ. Ich könnte dir gar nichts übelnehmen, mein Lieber. Du weißt doch genau, wie ich zu dir stehe."

In diesem Moment vernahm sie ein Geräusch und wandte sich um. Kenneth und seine Mutter waren eingetreten. Hatte er genug von ihrem Gespräch mitbekommen, um zu begreifen, was geschehen war? Wenn sie ihn doch nur um Hilfe bitten könnte, jetzt, da Iris wirklich in Gefahr war. Doch sie hatte sich geschworen, nie wieder etwas für sich zu erbitten, ihm möglichst nicht mehr nahezukommen. Der Vorfall im Garten hatte ihr bewiesen, was geschehen konnte, wenn sie diesen Vorsatz vergaß. Sie hörte nur mit halber Aufmerksamkeit zu, als Bill ihr versicherte, dass er sie auf dem Laufenden halten würde. Er bat sie zum Schluss, den nächsten Tag – wie stets am Sonntag – mit Iris zu verbringen. Gleich darauf verabschiedeten sie sich voneinander, und Sarah legte den Hörer auf die Gabel.

„Worum geht es?", erkundigte sich Kenneth, nachdem er die Tür des Arbeitszimmers ins Schloss gezogen hatte.

„Es geht nur mich etwas an", antwortete Sarah. „Du brauchst dir keine Gedanken zu machen ..."

„Aber Sarah", fiel ihr Mrs. Ramsey ins Wort, „Sie sahen so verschreckt aus, dass wir uns natürlich Sorgen machen. Bitte erzählen Sie uns, was Sie für Schwierigkeiten haben."

Jemand klopfte an die Tür. „Kenneth, Liebling, bist du hier drinnen?" Es war Vivica.

„Tut mir leid, ich bin beschäftigt, Vivica", rief er ihr durch die geschlossene Tür zu. „Es dauert nicht lange." Dann wandte er sich zu Sarah um. „Wirklich, wir möchten dir helfen. Sag es uns doch, wenn du irgendwelche Probleme hast."

„Ich danke Ihnen beiden für Ihre Hilfsbereitschaft. Es ist sehr lieb ... aber es ist nichts ... jedenfalls geht es nur mich etwas an." Sie wandte sich zur Tür. Kenneth versperrte ihr den Weg.

„Noch eins, ehe du gehst: Du hast hoffentlich nicht vergessen, dass wir morgen mit Iris nach Coloma fahren wollen?"

„Können wir es nicht auf einen anderen Tag verschieben?", bat Sarah. „Mir passt es morgen nicht. Ich hole Iris zu mir und ... Es gibt doch jemanden, auf den wir Rücksicht nehmen müssen. Vielleicht kannst du es vergessen. Ich kann es nicht." Kenneth zitierte die Worte, die Sarah im Garten zu ihm gesprochen hatte. „Offenbar bedeutet Freundschaft dir etwas anderes als mir. Ich habe meiner kleinen Freundin diesen Ausflug versprochen, und ich habe nicht die

Absicht, sie zu enttäuschen. Willst du also zu Hause bleiben oder Iris und mich begleiten?"

Er konnte nicht ahnen, was es für sie bedeutete, dass er sie so unter Druck setzte. Auch wenn er wieder einmal das Kind dazu benutzte, um bei ihr etwas zu erreichen, musste sie doch zugeben, dass es diesmal von Vorteil war. Iris würde bei Kenneth und ihr besser aufgehoben sein als bei den Reillys in Sacramento.

„Also gut", stimmte sie zu. „Ich werde morgen früh Iris abholen, und wir treffen uns dann bei mir im Häuschen." Kenneth schüttelte entschieden den Kopf. „Wir werden Iris gemeinsam abholen, und zwar mit meinem Auto. Wir können dann direkt von den Reillys nach Coloma fahren. Bitte sei um acht Uhr fertig."

Zu erschöpft, um mit ihm über etwas zu streiten, was im Grunde belanglos war, willigte Sarah ein. Sie verabschiedete sich von Mrs. Ramsey und verließ das Haus durch den Kücheneingang, um niemandem mehr begegnen zu müssen. Die Party war noch in vollem Gange.

Gegen halb neun Uhr fuhr Kenneth mit Sarah bei den Reillys vor. Nicht nur Iris erwartete sie fertig angezogen und fieberhaft aufgeregt. Auch Mike, der seinen Werkzeugkasten trug, und Maggie, die ihre alte schwarze Handtasche an sich drückte, waren zur Abfahrt bereit.

Erst als Sarah und Maggie, mit Iris zwischen ihnen, auf den Rücksitzen der Limousine Platz genommen hatten, erklärte Maggie der verwunderten Sarah, was geschehen war.

„Mrs. Ramsey hat uns heute Morgen um sieben Uhr angerufen. Sie entschuldigte sich für die frühe Störung und fragte, ob Mike und ich hinauskommen und ihr helfen könnten, das Haus nach der Party wieder in Ordnung zu bringen. Sie scheint eine furchtbar nette Dame zu sein, nicht wahr, Sarah?"

Keine halbe Stunde später waren die Reillys auf das Herzlichste von Grace Ramsey und sogar ebenso freundlich von Mrs. Mole empfangen worden. Kenneth, Sarah und Iris konnten sich auf den Weg nach Coloma machen. Unterwegs brachte Sarah das Thema natürlich zur Sprache.

„Ich habe mich sehr gewundert, wieso Mike und Maggie so plötzlich aufgefordert wurden, zu euch zu kommen."

„Ach ja?", meinte Kenneth wenig hilfreich.
„Hast du deiner Mutter von ihnen erzählt?"
„Natürlich."
„Ich wundere mich nur, warum deine Mutter mir gegenüber nichts davon erwähnt hat, dass sie die beiden um Hilfe bitten wollte."
„Sie hat wohl nicht angenommen, dass sie erst deine Erlaubnis einholen muss."
Sarah wurde langsam ärgerlich. „Selbstverständlich braucht sie das nicht. Du weißt genau, dass ich das nicht gemeint habe."
„Entschuldige, du hast natürlich recht. Mutter hätte es dir sicher erzählt, wenn sie sich nicht so plötzlich dazu entschlossen hätte. Als alle Gäste das Haus verlassen hatten, wurde ihr klar, dass mehr Arbeit auf sie und Mrs. Mole wartet, als sie bewältigen können. Deshalb habe ich ihr vorgeschlagen, die Reillys zu fragen. Schließlich wollten wir ja sowieso zu ihnen fahren." Kenneth warf einen kurzen Blick auf Iris und sah dann Sarah fragend an. „Du bist doch sicher froh, dass deine Freunde einen friedlichen Tag bei uns verleben werden."

Seine Worte enthielten eine geheime Bedeutung, aber Sarah wollte jetzt nicht darüber nachdenken. Es war für sie wirklich eine Beruhigung zu wissen, dass die drei Menschen, deren Schicksale ihr so am Herzen lagen, wenigstens für diesen einen Tag in Sicherheit waren. Sie atmete auf und fing an, sich auf die vor ihnen liegenden Stunden zu freuen.

Sie ließen allmählich die weitläufig besiedelte Ebene hinter sich und fuhren in das Vorgebirge der Sierra hinein, deren ferne schneebedeckte Gipfel im Licht der Sonne glitzerten. An Stelle von Äckern und Gärten breitete sich vor ihnen eine unberührte Landschaft aus. Das Erdreich der sanften grünen Hügel war mineralreich, wo es zutage trat, sah es rot aus, statt braun. Über allem leuchtete der ewig blaue Himmel Kaliforniens.

„Meine Ohren sind verstopft", klagte Iris.
„Das kommt durch die Höhe, die wir erreicht haben, mein Schatz. Schluck ein paarmal trocken herunter, und du wirst sehen, dann ist es gleich besser."

Die kurvenreiche Straße führte sie noch höher hinauf. Eichen, immergrüne Koniferen und würzig duftende Zedern säumten die Höhenstraße. Coloma lag inmitten eines Waldes, seine gepflegt wirkenden Park- und Picknickplätze waren wie ein Teil der Natur, und sie wurden von uralten, wuchtigen Bäumen beschattet.

Kenneth parkte den Wagen, und dann gingen sie die kurze Strecke zu der alten Sägemühle zurück.

Eine Gruppe von Besuchern bewunderte gerade das riesige Rad, das sich träge drehte. Ein junger Mann, der als Wächter und Führer tätig war, berichtete den Besuchern von den aufregenden Tagen des Goldrausches, der vor über hundert Jahren hier ausgebrochen war. Kenneth, Sarah und Iris schlossen sich an.

„Vor sich sehen Sie eine Nachbildung der alten Mühle", erklärte der junge Führer. „Die Originalmühle wurde endgültig im Jahre 1862 von dem reißenden Fluss hinweggespült. Aber sie war schon lange nicht mehr in Betrieb. Denn als 1849 die Goldsucher herbeiströmten, verließen die Arbeiter dieses Gebiet. Sutter verlor seinen ausgedehnten Besitz. Er starb Jahre später in Washington. Im Jahr 1924 wurden einige Überreste der alten Mühle gefunden, Sie können sie sich dort drüben anschauen. Aber auch diese Mühle ist wie das Original erbaut, mit der Krummaxt bearbeitet und mit Eichennägeln gedübelt."

„Es ist so unwahrscheinlich, dass von diesem kleinen Mühlwerk ein solcher Wandel in der Geschichte Kaliforniens ausgegangen ist", sagte Sarah staunend.

„Und nicht nur Kaliforniens Geschichte hat einen anderen Verlauf genommen, sondern die ganz Nordamerikas", berichtigte Kenneth sie. „Manche Historiker meinen, dass der Norden ohne die Gewinne aus dem Gold, das auf seine Banken geschafft worden war, nie den Krieg gegen den Süden gewonnen hätte."

„Woher weißt du das alles?", fragte Sarah.

„Ich habe mich immer für die Geschichte Kaliforniens und besonders für die Zeit des Goldrausches interessiert. Aber nun möchte ich euch das Museum zeigen, denn hier gibt es wohl nichts mehr zu sehen."

Während sie zu dem kleinen Gebäude hinübergingen, empfand Sarah ein Gefühl der Dankbarkeit für Kenneth, der es ihr ermöglichte, diesen einen Tag mit Iris frei von Sorgen und Ängsten zu verleben.

Inmitten des Hauptraumes des Museums stand eine alte Postkutsche, der man ansah, wie viele Meilen sie einst auf holprigen Wegen zurückgelegt hatte. Auf hohen Eisenrädern thronte der Wagen, in dem sechs Passagiere Platz gefunden hatten, offensichtlich in drangvoller Enge und ohne viel Reisekomfort.

Am Wagenschlag war immer noch die alte Tafel angebracht, mit vielen Anordnungen für die Mitreisenden. Kenneth las Iris schmunzelnd einige der Vorschriften vor:

„Wenn der Kutscher Sie auffordert, auszusteigen und zu Fuß weiterzugehen, gehorchen Sie unverzüglich und ohne zu murren. Sollten die Pferde davongaloppieren, warten Sie in Ruhe ab ...."

„Verzichten Sie bei Kälte vollkommen auf Alkohol. Sie werden sonst doppelt so schnell erfrieren ..."

„Spucken Sie nur an der Seite aus, die dem Wind abgekehrt ist ..."

„Hüten Sie sich davor, unterwegs zu schießen. Die Pferde könnten durchgehen." Kenneth las weiter:

„Über Religion und Politik sollte nicht diskutiert werden ..."

„Fetten Sie nicht Ihr Haar ein. Die Straßen sind staubig ..."

„Bilden Sie sich nur nicht ein, dass Sie zu einem Picknick unterwegs sind. Sie haben nur Unbequemlichkeiten, Plagen und viel Mühsal zu erwarten."

Trotz all dieser Warnungen wünschte sich Iris, einmal mit dieser Postkutsche fahren zu können.

„Das habe ich mir früher auch immer gewünscht", lächelte Kenneth. „Aber ich fürchte, für den alten Einspänner wird es keine Reisen mehr geben. So, lasst uns weitergehen. Ich zeige dir das erste Goldplättchen, das Marshall damals gefunden hat."

Sie stellten sich vor den Schaukasten, in dem auf einem kleinen roten Samtkissen das unscheinbar aussehende Plättchen lag, das den riesigen Goldrausch ausgelöst hatte. Rundherum waren Gesteinsproben aus dem an Schätzen reichen Erdreich dieser Gegend ausgestellt: Glimmer, Malachite, Opale und Zinnober.

Iris schien ein wenig enttäuscht zu sein. „Es ist ein winziges Stück Gold! Ich dachte, er hätte einen Klumpen gefunden." Lachend strich ihr Kenneth über das Haar. „Nein", sagte er, „es gab zwar die wildesten Gerüchte, aber die meisten waren übertrieben. Es gibt eine Geschichte von einem Goldgräber, der tatsächlich einen Klumpen Gold gefunden hat, der viele Pfunde schwer war. Er soll solche Angst gehabt haben, dass ihm der Fund gestohlen würde, dass er tagelang darauf sitzenblieb und die Vorübergehenden anbettelte, ihm einen Teller mit Schweinefleisch und Bohnen zu besorgen. Siebenundzwanzigtausend Dollar soll er für eine Mahlzeit geboten haben."

Nachdem Iris im Museum alles betrachtet hatte, lud Kenneth Sarah und sie in das hübsche alte „Nevada House" zum Lunch ein. Die rustikale Einrichtung des Hotels entzückte Iris. Die eine Wand des Esssaales war mit einem riesigen ausgestopften Mammutkopf geschmückt, von der Decke hingen Joch und Sattel eines Ochsengespanns, und in einem Glaskasten konnte man eine alte Messingwaage bewundern, auf der in früheren Zeiten das Gold abgewogen wurde. Die Tische waren mit roten Leinendecken und weißem Steingutgeschirr gedeckt. Sarah fühlte sich in diesem Augenblick fast wunschlos zufrieden. Sie überließ es Kenneth und Iris, die Speisenfolge zu bestimmen.

Auf der Rückfahrt, die sie eine Stunde später antraten, schlief Iris auf dem Rücksitz augenblicklich tief und fest ein. Kenneth schien sich nur auf das Fahren zu konzentrieren, er richtete kaum ein Wort an Sarah. Ihre heitere Stimmung schwand mit jedem Kilometer, der sie ihrem Zuhause näher brachte. Ohne es zu wollen, seufzte sie tief auf.

Sie schrak zusammen, als Kenneth ihre Hand berührte und mit einem sonderbaren Ausdruck in den Augen kurz zu ihr hinsah.

„Ich muss dir etwas sagen, Sarah. Meine Mutter hat inzwischen den Reillys die ganze Wahrheit erzählt – also alles, was du bereits weißt und ich auch inzwischen erfahren habe. Nur Iris ist noch völlig ahnungslos."

„Wie bitte?" Sarah rief es so laut, dass Kenneth sie mit einer warnenden Kopfbewegung zu dem schlafenden Kind sekundenlang zum Verstummen brachte.

„Woher weißt du es denn?", fragte sie mit gedämpfter Stimme.

Die ungewohnt verlegene Miene, die er zeigte, weckte Sarahs Argwohn. Es sah dem selbstsicheren Kenneth so gar nicht ähnlich, Unsicherheit zu verraten.

„Nachdem du in der vergangenen Nacht heimgegangen warst, habe ich mir die Freiheit genommen, Bill Blanding anzurufen."

Sarah schnappte nach Luft. „Ich habe dir doch ausdrücklich gesagt, dass es sich um etwas handelt, das nur mich angeht. Wie konntest du dich einmischen!"

„Du kannst sicher sein, Sarah, dass ich es mir sehr gut überlegt habe. Es hätte ja wirklich eine ganz persönliche Angelegenheit zwischen dir und Bill Blanding sein können. Aber meine Mutter war absolut sicher, dass mehr dahintersteckte. Ich ahnte, dass es um Iris ging, sonst hätte ich bestimmt nicht den Mut gehabt, Bill anzurufen. Er hat mir alles erzählt. Ich wusste sofort, dass die Reillys ebenso wie Iris gefährdet sind. So haben wir ihnen vorgeschwindelt, dass meine Mutter auf ihre Hilfe angewiesen wäre. Denn wenn sie die Wahrheit erfahren hätten, würde Mike vielleicht zu Hause den Helden spielen wollen, von Maggies Ängsten ganz zu schweigen."

Sarah schwieg, sie war viel zu verwirrt, um etwas zu sagen.

Es war nicht schwer für Kenneth, ihre Gefühle zu erraten.

„Verstehst du nun, warum ich dir nicht gleich alles erzählt habe? Ich fürchtete, dass du so reagieren würdest, wie du ja anfangs auch reagiert hast."

Es war typisch für Kenneth, sich einfach einzuschalten und die Verantwortung für andere Menschen zu übernehmen. Doch diesmal war sie ihm dafür von ganzem Herzen dankbar. „Ich weiß nicht, wie ich dir jemals vergelten kann, was du heute für uns getan hast. Ich werde wohl für immer in deiner Schuld sein."

„Oh, ich weiß schon etwas, was du für mich tun kannst", erwiderte er mit einem schrägen Blick.

„Ja? Sag mir, was es ist, ich bin zu allem bereit."

„Bei unserem Telefongespräch hat mich Bill ausführlich über Iris' schlimme Situation unterrichtet. Er sagte, dass sie nur von jemandem adoptiert werden kann, wenn ihr Vater seine Genehmigung erteilt."

„Und die wird er niemals geben!", ergänzte Sarah bitter.

„Ja, genau das meinte Bill auch. Er sagte, dieser Millidge wüsste nur zu gut, dass ihm nichts geblieben wäre als die Macht, Iris eine glückliche Zukunft zu verwehren. Er selbst lege gar keinen Wert darauf, seine Tochter zu sich zu nehmen ..."

Eine Weile fuhr Kenneth schweigend weiter, dann sagte er ruhig: „Ich sehe eine Möglichkeit, ihn dazu zu überreden, Iris freizugeben. Und dann könntest du sie adoptieren."

Plötzlich standen Sarahs Augen voller Tränen, und sie wischte sie verstohlen fort. Kenneth hatte offen ausgesprochen, was sie sich längst erträumt hatte. Nur ahnte er offenbar nicht, welche Hindernisse der Erfüllung ihres Traumes im Wege standen.

„Ach Kenneth, ich würde alles dafür geben, wenn ich Iris adoptieren dürfte. Aber wie soll ich das Gericht überzeugen können? Ich bin zu jung… ich habe keinen festen Job und eigentlich auch keine eigene Wohnung. Ich würde niemals die Genehmigung bekommen. Aber wenn ihr Vater wirklich auf seine Tochter verzichten würde, könnte jemand anderes sie an Kindes statt annehmen."

Die vage Hoffnung, dass Iris vielleicht einmal im Schoße einer Familie geborgen sein würde, ließ Sarahs Augen aufstrahlen.

„Es wäre einfach wundervoll, wenn du das erreichen könntest", sagte sie.

„Und wenn du nun verheiratet wärest?", fragte Kenneth.

„Das bin ich aber nicht", protestierte Sarah.

„Du hast mir vorhin versprochen, dass du alles für mich tun willst, Sarah. Ich bitte dich, mich zu heiraten. Wirst du Ja sagen?"

10. Kapitel

„Dich heiraten? Das kann ich nicht!" Sarahs Erwiderung klang erschrocken. Sie verriet Kenneth nicht, wie viel lieber sie ihm mit einem Ja geantwortet hätte. Aber es war unmöglich. Vivica stand der Erfüllung ihres innigsten Wunsches im Weg. Sie musste Nein sagen, wenn sie sich nicht selbst untreu werden wollte.

Dabei würde sie so brennend gern Kenneth' Frau werden! Sie hatte davon geträumt, sein Leben zu teilen, mit ihm schlafen zu gehen und wieder aufzuwachen und seine Kinder zu gebären. Aber er hatte sie nur gefragt, um Iris zu helfen, und dafür gebührte ihm ihre volle Anerkennung. Ihre Liebe gehörte ihm ja ohnehin ...

Sie gab sich ihren trüben Gedanken hin, und auch Kenneth schwieg. Ich wäre sogar bereit, ihn trotz Vivica zu heiraten, überlegte Sarah, wenn wir nur auf diese Weise Iris helfen könnten. Aber sie erkannte, dass es ein noch größeres Hindernis gab: Eine Ehe, in der sie ihre Liebe verheimlichen musste, wäre von vornherein zum Scheitern verurteilt!

Die Liebe zu Kenneth und das Vertrauen zu ihm waren bei Iris in den vergangenen Wochen ständig gewachsen. Sarah wusste, dass das Kind überglücklich sein würde, wenn es ihn zum Vater bekäme. Aber wenn die Ehe zerbräche, würde Iris den Vater verlieren, dem sie ihr ganzes Herz geschenkt hatte. Von diesem Verlust würde sie sich womöglich niemals wieder erholen.

Aber auch Kenneth zuliebe durfte Sarah seinen Antrag nicht annehmen. Er sollte die Frau heiraten, die er liebte, die er schon seit Jahren geliebt hatte. Nur hatte Vivica damals einen anderen Mann geheiratet und nicht Kenneth. Aber nun war sie frei – und außerdem gab es auch noch Bonnie, die so dringend die feste Hand eines Vaters brauchte. Sie hatte ältere Rechte auf Kenneth' Liebe und Fürsorge.

Und wenn sie nun alle ihre Bedenken und moralischen Vorbehalte in den Wind schlüge und Kenneth' Frau würde? Es bestand doch ein Funken Hoffnung, dass ihre Ehe trotz allem gutgehen würde ... Allerdings konnte niemand ihr garantieren, dass es Kenneth tatsächlich gelingen würde, Jack Millidge zum Verzicht zu überreden. Wenn Millidge seine Tochter nicht zur Adoption freigab, würde Kenneth an eine ungeliebte Frau gebunden sein und nicht einmal Vater des Kindes werden, für das er das Opfer gebracht hatte.

Nein, es war absolut hoffnungslos. Auch ihre tiefe Liebe zu Kenneth durfte sie nicht dazu verführen, so selbstsüchtig zu sein und ihn zu heiraten. Und sie konnte ihm nicht einmal die Gründe verraten, die dagegen sprachen. Er würde sie womöglich in seiner gewohnten Art einfach wegwischen und ihre ohnehin geringe Entschlossenheit ins Wanken bringen.

„Nein, es ist eine absurde Idee", bekräftigte sie laut. Noch nie waren ihr Worte so schwer über die Lippen gekommen.

Einen beklemmenden Augenblick lang schwieg Kenneth, er verzog den Mund zu einem verzerrten Lächeln. „Wer nichts wagt, der nichts gewinnt", sagte er mit einer erzwungenen Leichtigkeit, die wohl nur seinen verletzten Stolz verbergen sollte. „Ich hielt es eigentlich für einen ganz guten Einfall."

„Ja, das war es auch", warf Sarah hastig ein. „Ich habe selbst manchmal darüber nachgedacht, allerdings nie im Zusammenhang mit dir." Erst als ihr aufging, wie beleidigend das klingen musste, fügte sie lahm hinzu: „Ich meinte, ich dachte dabei an …"

„… an Bill Blanding." Kenneth konzentrierte sich so ausschließlich auf das Fahren, als ob die Straße vereist wäre.

Tränen verdunkelten Sarahs Blick. „Ja, natürlich an Bill."

„Über dich und Bill habe ich auch schon nachgedacht. Aber da ihr beide wohl noch keine festen Zukunftspläne gefasst habt … jedenfalls keine, von denen ich gehört habe … ich meine, du hättest vielleicht nichts … Schon gut, es geht mich wirklich nichts an. Auf alle Fälle möchte ich die Angelegenheit in deinem Sinne klären. Ich will mich bemühen, Iris' Vater zu überreden, seine Tochter freizugeben. Die Reillys werden nicht ewig für sie sorgen dürfen. Iris muss aber die Chance erhalten, sich bei einer liebevollen Familie geborgen und zugehörig zu fühlen."

Der Empfang, der ihnen daheim bereitet wurde, verhieß nichts Gutes. In der Halle hatten sich Grace Ramsey, die Reillys und Agnes Mole versammelt, die alle offenbar gespannt auf Sarahs und Kenneth' Rückkehr gewartet hatten.

Iris wurde von Mrs. Mole mit dem verheißungsvollen Angebot von Kuchen und Milch in die Küche gelockt. Kaum war sie verschwunden, da brach Maggie in einen Tränenstrom aus. Mike verschaffte sich nur mühsam Gehör.

Es stellte sich heraus, dass Jack Millidge schon in aller Frühe vor dem Büro der „Freunde" auf der Lauer gelegen hatte. Es war ein junges, unerfahrenes Mädchen, das an diesem Sonntag Dienst tat. Millidges wüste Drohungen und Beschimpfungen hätten bestimmt ausgereicht, um ihr die Adresse der Reillys zu entlocken. Aber zu allem Überfluss hatte Millidge, bereits wieder volltrunken, dem Mädchen auch noch sein Messer unter die Nase gehalten.

Nachdem er mit der Adresse abgezogen war, kam die junge Mitarbeiterin zur Besinnung, Sie rief Bill Blanding an, und der verständigte sofort die Polizei. Millidge, der das Häuschen verlassen vorfand, hatte in seiner Wut ein Fenster eingeschlagen, durch das er eingestiegen war, um die Einrichtung kurz und klein zu schlagen. Die Polizei konnte ihn nur noch festnehmen und einsperren.

Maggie hatte sich inzwischen etwas beruhigt. Sie wischte sich die Tränen fort. „Ich bin wirklich nicht wegen unserer Sachen so traurig. Die Hauptsache ist, dass wir alle heil und gesund sind. Das haben wir Ihnen zu verdanken, Mr. Ramsey, und natürlich auch Ihnen, Madam. Sie haben uns heute Morgen zu sich geholt, ohne dass wir die geringste Ahnung hatten, was auf uns zukam. Gott segne Sie dafür."

Dann wurden vernünftige Pläne gefasst. Mike und Kenneth wollten zum Häuschen der Reillys fahren, um zu sehen, ob sie irgendetwas Brauchbares bergen könnten. Vorläufig sollten dann die Reillys und Iris bei Mrs. Ramsey unterkommen.

Die Wochen, die folgten, verliefen für Sarah recht befriedigend, wenn nur nicht der Schmerz um ihre hoffnungslose Liebe zu Kenneth ihre Gemütsruhe beeinträchtigt hätte. Das Sommerfest stand bevor, und ihr geliebter Garten prangte in voller Blüte.

Während dieser Tage bereitete Mrs. Ramsey Sarah eine große, freudige Überraschung. Die Gartenparty war als Wohltätigkeitsfest zugunsten der „Freunde der Kinder" geplant.

„Oh, ich habe angenommen, Sie wüssten es, liebes Kind", hatte Grace Ramsey fast schuldbewusst gesagt, als sie Sarahs Verblüffung bemerkte. „Ich war so eingebildet zu glauben, dass jeder von meiner Beziehung zu den ‚Freunden' gehört hätte. Ich bin eines der Gründungsmitglieder und gehöre jetzt dem Vorstand an." Danach entwickelten sich die Dinge rasch und so, wie sich es Sarah im Stillen erträumt hatte. Mrs. Ramsey ließ sich gern von Mrs. Moles Eignung überzeugen, und sie erreichte, dass die überglückliche Agnes Mole den Posten der Hausmutter im Kinderheim erhielt. Sie konnte Mrs. Ramsey und Kenneth beruhigt der zuverlässigen Betreuung durch Mike und Maggie Reilly überlassen, die alle im Haus längst schätzen gelernt hatten.

Maggie wurde Haushälterin und Köchin, und Mike war ein überaus fähiges Faktotum für alles, was im Haus und auf dem Grundstück anfiel. Die Gewissheit, wieder gebraucht zu werden, etwas Nützliches leisten zu können, besänftigte zu Maggies Freude seine Reizbarkeit, unter der sie oft gelitten hatte.

Doch diese erfreulichen Veränderungen wurden noch bei Weitem durch die Tatsache übertroffen, dass Jack Millidge Kalifornien mehr oder weniger freiwillig verlassen hatte und nach Florida gezogen war. Vorher hatte er noch eine Verzichtserklärung unterschrieben, durch die er seine Tochter zur Adoption freigab. Sarah Halston war zum vorläufigen Vormund der minderjährigen Iris bestellt worden. Die Gefängnisstrafe für den Einbruch bei den Reillys war zur Bewährung ausgesetzt, aber nur so lange, wie Jack Millidge keinen Versuch unternahm, ohne die ausdrückliche Genehmigung des Vormundes Kontakt zu seiner Tochter aufzunehmen.

„Wie hast du es nur geschafft, dass er sich all diesen Bedingungen unterwarf?", fragte Sarah staunend, als Bill ihr diese Neuigkeiten überbrachte.

„Leider habe nicht ich diesen Erfolg errungen", sagte Bill, und Sarah meinte, ein wenig Eifersucht oder Neid herauszuhören. „Es war allein Kenneth' Verdienst. Weder er noch Jack Millidge wollten darüber reden. Ich kann nur vermuten, dass Kenneth ihm ein so verlockendes Angebot gemacht hat, dass Jack nicht widerstehen konnte."

„Du meinst, er hat ihn bestochen? Oder irgendwie erpresst?"

„Vielleicht. Aber wahrscheinlich gab Geld den Ausschlag. Ich nehme an, Kenneth konnte Millidge irgendwie von der Angst vor seiner ungewissen Zukunft befreien, wenn ich es einmal so ausdrücken soll."

Sarah atmete befreit auf. „Auf alle Fälle bin ich froh und dankbar für alles, was Kenneth für Iris getan hat."
„Ja", sagte Bill „So einen wie Kenneth findet man selten."
„Ich weiß", seufzte Sarah.
Bill bemerkte den schmerzlichen Ausdruck, der ihre Augen verdunkelte, und er begriff, was in ihr vorging ...

Es war Mitte Juni, nur noch zwei Tage vor dem großen Ereignis. Sarah hatte unermüdlich im Garten gearbeitet, damit Grace Ramsey ihn mit begründetem Stolz ihren Gästen präsentieren konnte.

Seit Mrs. Mole das Kinderheim leitete, war Vivica zu Sarahs geheimer Freude nur noch selten zu Besuch gekommen. Darum war sie ein wenig enttäuscht, als sie den silbergrauen Sportwagen die Auffahrt herauffahren und vor dem Haus halten sah.

Sie hatte gerade eine verblühte Rose abgeschnitten, nun richtete sie sich auf und wischte sich mit dem Ärmel ihres Kittelkleides den Schweiß von der Stirn. Mit einem leisen Unbehagen schaute sie Vivica entgegen, die in einer ärmellosen hellen Bluse und einem weißen Leinenrock elegant und makellos frisch aussah.

„Hallo, Sarah", rief sie schon von Weitem. „Sie sind ja immer noch so fleißig."

Vivica machte auf Sarah einen vorteilhaft veränderten Eindruck. Ihr Gesicht wirkte entspannter, das Lächeln aufrichtiger. Zum ersten Mal schien sie zufrieden, ja, richtig vergnügt zu sein.

„Ich muss Ihnen ein Kompliment machen", sagte sie nach einem flüchtigen Blick über die Blütenpracht. „Sie haben wahre Wunder vollbracht." Als Kenneth zum ersten Mal mit mir hierherfuhr, habe ich allen Ernstes gesagt: „Schatz, du musst verrückt sein. Hier kann ein Bauer nicht einmal sein Vieh weiden lassen. Aber wenn man sich jetzt umsieht, kann man nur staunen. Im Haus sieht es wunderhübsch aus, der Garten ist ein Traum. Ich könnte mir kein schöneres Wochenendparadies vorstellen."

Zumindest würde sie Vivica nicht mehr sehen müssen, wenn sie die Ramseys verlassen hatte, dachte Sarah mit einer Mischung aus Bitterkeit und Dankbarkeit.

„Ach, übrigens, wie gefällt denn Ihren armen Schützlingen das Landleben? Haben sich alle drei gut eingewöhnt?"

„Sie fühlen sich ausgesprochen wohl hier", erwiderte Sarah steif.

Sie fürchtete, dass Vivicas Frage eine versteckte Bosheit enthielt.

„Das war wohl nicht anders zu erwarten", murmelte Vivica, bückte sich und brach eine Rosenknospe ab.

Es versetzte Sarah einen Stich, und sie musste unwillkürlich an Ben denken. Am liebsten hätte sie der zukünftigen Herrin des Hauses den Befehl gegeben, die Finger von den Blumen zu lassen, aber sie beherrschte sich.

Vivica richtete sich auf und wandte sich mit einer graziösen Bewegung zu Sarah um, sodass ihr das schulterlange blonde Haar wie ein Schleier um den Kopf flog.

„Eigentlich ist diese hübsche Anlage viel zu schade, um in ihr eine Wohltätigkeitsparty zu veranstalten. Wie viel schöner müsste es sein, eine Gartenhochzeit zu feiern. Die Trauung könnte hier bei den Rosen stattfinden."

Es war Sarah unmöglich zu antworten. Irgendetwas schnürte ihr die Kehle zu.

„Können Sie sich das nicht vorstellen?", fragte Vivica ganz erstaunt. „Die Band könnte zum Beispiel auf der Terrasse sitzen und zum Tanz aufspielen, wenn ..."

Sie konnte Vivicas Zukunftsvisionen nicht länger zuhören. Mit einer erstickten Entschuldigung ging sie einfach davon.

Verblüfft sah Vivica ihr nach. „Es ist doch immer das gleiche Ärgernis", rief sie ihr hinterher. „Ihr werktätigen Leute habt keine Ahnung, wie man sich das Leben hübsch machen kann."

Am Nachmittag des festlichen Tages war Sarah mit allen Vorbereitungen fertig. Es wurde höchste Zeit, dass Iris und sie sich nun auch schön machten. Sarah hatte sich ein pastellfarbenes Seidensatinkleid gekauft, das ein zartes dunkleres Muster aufwies. Während sie es vor dem Spiegel überzog, hörte sie Iris' enttäuschten Protest.

„Ich dachte, wir würden als Zwillingsschwestern zum Fest gehen."

„Nein, mein Schatz. Trag du nur dein mexikanisches Kleid. Weißt du, ich werde den Reillys zur Hand gehen, und ich habe Angst, das Hochzeitskleid schmutzig zu machen."

Sie würde vielleicht später einmal so weit sein, dieses Kleid zu tragen, das Vivica für sie gekauft hatte. Jetzt, zu diesem Anlass, konnte sie sich nicht dazu überwinden. Es war noch zu früh.

Rechtzeitig vor dem Eintreffen der Gäste ließen sie sich im Haupthaus bewundern. Iris sah entzückend aus. Zum ersten Mal strahlten ihre Augen vor Glück und Zufriedenheit, und mit dem braungebrannten, volleren Gesicht konnte man sie endlich mit vollem Recht als hübsch bezeichnen. Maggie drückte erst Iris, dann Sarah mit feuchten Augen an sich. „In meinem ganzen Leben habe ich noch nicht zwei so wunderschöne Mädchen gesehen!"

„Drei, würde ich sagen", warf Mike ein und räusperte sich dann verlegen, als Maggie sich mit einem Kuss für das Kompliment bedankte.

Der erste Gast, der pünktlich um vier Uhr erschien, war Mrs. Mole, die zu einem ausgiebigen Schwatz bei den Reillys in der Küche blieb. Sarah und Iris gingen in den Garten, um Mrs. Ramsey zu begrüßen.

Über dem Tennisplatz war ein Holzboden errichtet, auf dem getanzt werden konnte. Bunte Leinwandzelte beschirmten die weißen Gartentische und Klappstühle. Die Band auf der Terrasse stimmte bereits die Instrumente, und Iris drehte sich fröhlich nach den Klängen im Kreis.

„Lauf ein wenig umher und schau dir alles an, Liebling", sagte Sarah, und Iris rannte davon. Mrs. Ramsey stand an der Bar, die nahe an dem Eingang zum Tennisplatz errichtet war. Sie gab dem Mixer letzte Anweisungen und breitete dann, als sie Sarah auf sich zukommen sah, weit die Arme aus. Sie küsste sie auf beide Wangen.

„Sie sehen bezaubernd aus, mein Kind. Bestimmt werden Sie heute alle anderen ausstechen."

Grace Ramsey schaute in einem fliederfarbenen Seidenkleid von raffiniert schlichtem Schnitt jünger und lebensfroher aus, als Sarah sie je erlebt hatte, und sie sagte es ihr auch mit einem von Herzen kommenden Dank.

„Aber meine liebe Sarah", wehrte Mrs. Ramsey ihr Kompliment ab. „Ich habe Ihnen zu danken. Es ist unwahrscheinlich, was Sie in sechs kurzen Monaten hier geleistet haben. Aus einem verwilderten Grundstück haben Sie ein Paradies gemacht. Wenn Ben Yashimoto Ihr Werk sehen könnte, wäre er bestimmt sehr stolz auf Sie!"

Sarah hatte Mühe, die Tränen zurückzuhalten, die ihr in den Augen brannten. Ihr wurde schmerzlich bewusst, dass sie nun bald die warme Freundschaft entbehren musste, die Mrs. Ramsey ihr von Beginn an entgegengebracht hatte. In diesen vergangenen Monaten hatte sie begriffen, wie unersetzlich die Liebe einer Mutter war, die sie in ihrer Kindheit vermisst hatte.

Endlich konnte sie sich wieder auf ihre Stimme verlassen. „Ich freue mich natürlich, dass Sie mit mir zufrieden waren, Mrs. Ramsey. Aber was ich für Sie tun konnte, ist nichts im Vergleich zu allem, was Sie für Iris und die Reillys tun. Ohne Ihre und Kenneth' Hilfe wären wir machtlos gewesen, das Kind vor Schaden zu bewahren …"

„Ach, Sarah", wandte Grace Ramsey mit einem liebevollen Lächeln ein, „wozu hat man denn Freunde?" Sie hob winkend die Hand. „Und da kommt auch Kenneth. Ich überlasse Sie seiner Gesellschaft und kümmere mich um meine Gäste."

„Du hast ein wunderhübsches neues Kleid an", sagte Kenneth im Näherkommen. „Ich finde es nur schade, dass Iris dich nicht dazu überreden konnte, das mexikanische Kleid anzuziehen, das ich dir mitgebracht habe."

Sarah war enttäuscht, weil Kenneth sie immer noch glauben machen wollte, dass er die Kleider ausgesucht hatte. Aber sie traute sich nicht, ihm diesen Vorwurf ins Gesicht zu sagen. Stattdessen meinte sie ausweichend: „Es passt mir nicht. Vivica hat wohl meine Größe falsch eingeschätzt."

„Das stimmt nicht, Sarah."

„Warum denn nicht? Ich kann doch wohl am besten beurteilen, ob etwas passt oder nicht."

„Mag sein. Aber Tatsache ist, dass Vivica nicht das Geringste mit dem Kauf zu tun hatte." Er musterte sie und setzte dann mit einem schiefen Lächeln hinzu: „Und mir darfst du glauben, dass ich deine Figur völlig richtig beurteilen kann."

Um ihre Verlegenheit zu verbergen, und um endlich Gewissheit zu bekommen, sagte sie provozierend: „Behauptest du etwa, dass Vivica gelogen hat?"

Kenneth kniff die Augen zusammen. „Ich verstehe dich nicht. Was hat denn Vivica damit zu tun?"

Wenn ihr doch nur erspart bliebe, ihm darauf eine Antwort zu geben! Allmählich verwünschte sie dieses Geschenk, und es war ihr nicht mehr so wichtig, wer es nun eigentlich ausgesucht hatte.

Sie spürte auf einmal seine Hände, die sich um ihr Gesicht legten und es zu ihm aufhoben. „Ich finde, du bist mir eine Erklärung schuldig. Ich bitte dich darum, Sarah."

Es war unmöglich, seinem Blick auszuweichen. „Vivica hat mir gesagt, dass sie die Kleider für Iris und mich ausgesucht hat."

„Hat sie das wirklich behauptet?", fragte Kenneth ungläubig. „Sie hat ein bisschen drumherumgeredet", erklärte Sarah, „aber sie ließ an der Tatsache keinen Zweifel und ... Ach, vergiss es. Es spielt doch keine Rolle, wer die Geschenke gekauft hat."

„Das ist richtig", stimmte er überraschend zu. „Letzten Endes ist es wirklich gleichgültig, ob es von mir oder ihr ausgesucht wurde. Für den heutigen Tag ist es sowieso nicht angebracht. Schließlich ist es ein Hochzeitskleid."

Erst bei diesen Worten ging Sarah auf, wie unwahrscheinlich es war, dass Vivica gerade dieses Kleid für sie ausgesucht haben sollte, das einst bei ländlichen Hochzeiten getragen wurde. Sie wollte Kenneth schon eingestehen, dass sie ihm glaubte, als er sie unterhakte und mit sich fortzog.

„Ich sterbe vor Hunger. Komm, lass uns über das Büfett herfallen."

Die lange, weiß gedeckte Tafel stand mitten auf dem grünen Rasen. Im Mittelpunkt lockte eine große Kristallschale, mit frischen Garnelen angefüllt. An den beiden Enden der Tafel standen fast ebenso große Schüsseln mit leuchtendroten Erdbeeren. Dazwischen boten kleinere Schalen süßen und sauren Rahm an, in die man die Garnelen und die Erdbeeren eintauchen konnte. Brot, Butter und viele Sorten Wurst, Schinken und Käse waren ebenfalls verlockend aufgebaut.

Kenneth füllte sich einen Teller voll, aber Sarah, der der Appetit vergangen war, nahm sich nur ein Stück in Parmaschinken gehüllte Melone. Dann folgte sie widerspruchslos Kenneth, der zum Rosengarten vorausging.

Der Platz, zu dem er sie führte, war still und friedlich, die anderen Gäste hatten offenbar noch nicht hierhergefunden. Das Lachen und die fröhlichen Zurufe der Schwimmer im Pool drang nur schwach zu ihnen her, ebenso wie die Klänge der Band, nach denen bereits auf dem Tennisplatz getanzt wurde.

Sarah fühlte sich wie im Theater, wo sie als Zuschauerin auf das Happy-End einer Komödie wartete, bei dem alle Probleme glücklich gelöst waren, das Liebespaar zueinandergefunden hatte und der Vorhang fallen konnte ... Für diesen Tag hatte sie wochenlang hart gearbeitet, schon bald würde das Fest zu Ende sein, und ihr würde für immer die Erinnerung an etwas Wunderschönes, Unerreichbares bleiben. Traurigkeit überkam sie.

„Schade, dass Bill heute nicht kommen konnte", unterbrach Kenneth' Stimme ihre wehmütigen Gedanken.

„Ja", sagte Sarah aufgeschreckt. „Es muss ihm etwas Wichtiges dazwischengekommen sein."

„Wenn du es wichtig nennst, dass er bei den Eltern seiner neuen Freundin einen Antrittsbesuch machen musste", meinte Kenneth leicht ironisch.

Ihr wurde klar, dass Kenneth inzwischen ihren Schwindel durchschaut hatte oder von Bill eines Besseren belehrt worden war. Sarah wand sich vor Verlegenheit. Was dachte Kenneth von ihr? Dass sie eine ungeschickte Lügnerin war, die einen Liebhaber erfand, nur um sich vor ihm wichtig zu machen?

Er schob sich eine Gabel voll mit Garnelen in den Mund, schluckte und sagte dann beiläufig: „Bill ist wirklich eine unerschöpfliche Quelle für Informationen. Was hätte ich nur ohne seine Auskünfte angefangen?"

Zu ihrer großen Erleichterung blieb ihr eine Antwort erspart. Sie hätte ohnehin nicht gewusst, was sie darauf sagen sollte. Ein junges, reizend aussehendes Paar hatte Kenneth entdeckt und kam, um ihn zu begrüßen. Sarah wollte die Gelegenheit nutzen und sich davonstehlen. Aber Kenneth hielt sie zurück und stellte ihr seine Freunde vor. Nach einem belanglosen Geplauder verabschiedete sich das Paar.

Ohne ihren Arm loszulassen blickte sich Kenneth mit zufriedener Miene um. „Der Garten bietet ein zauberhaftes Bild. Das haben wir dir zu verdanken. Mir kam eben der Gedanke, dass er eine wunderbare Kulisse für eine Hochzeit abgeben würde. Bist du nicht auch meiner Meinung?"

Gut, dass er nicht ahnte, wie weh ihr seine Bemerkung tat. Was mochte ihn dazu bewegen, sie in seine Zukunftspläne mit Vivica einzuweihen? Wollte er sich dafür rächen, dass sie ihn belogen hatte? Sie nahm sich mühsam zusammen.

„Ja. Vivica hat auch davon gesprochen. Sie meinte, die Trauung sollte hier im Rosengarten stattfinden." Sarah atmete tief ein und fragte dann mit fast versagender Stimme: „Steht das Datum eigentlich schon fest?"

Mit einer überdeutlichen Geste hob Kenneth den Arm und blickte auf seine Armbanduhr. „Hm, ich denke, dass es in diesem Moment passiert ist."

„Passiert? Was ist passiert?", fragte Sarah verblüfft.

„Na, die Trauung. In diesem Augenblick hat Vivica in Acapulco geheiratet."

„Aber sie wollte doch hier heiraten ... ich meine, du und sie ..." Doch noch während sie sprach, wurde ihr klar, dass Vivica tatsächlich nicht zum Fest erschienen war.

„Wer hat dich nur auf diese Idee gebracht, meine liebste Sarah?", erkundigte er sich mit gespieltem Erstaunen. Doch in seinen Augen las Sarah eine Botschaft, die sie nicht zu deuten wagte. „Vivica ist ganz bestimmt nicht diejenige, die ich hier sehr bald zu heiraten gedenke."

Vor lauter Unsicherheit wurde Sarahs Stimme ein wenig schrill. „Wie ich auf diese Idee gekommen bin? Durch dich natürlich – und Vivica sagte auch ... Deine Mutter hat es förmlich angekündigt. Das habe ich mir doch nicht alles nur eingebildet."

„Offenbar doch", meinte Kenneth mit einem zärtlichen Lächeln. „Die sogenannte Ankündigung stimmt ebenso wenig wie die Behauptung, die Vivica über den Kleiderkauf gemacht hat. Eine Heirat zwischen ihr und mir hat niemals zur Debatte gestanden."

„Aber du hast sie doch auf deine Reise nach Mexiko mitgenommen ..."

„Ich habe sie nicht mitgenommen, Sarah. Vivica hatte sich einen Tag nach meiner Abreise ins Flugzeug gesetzt und überraschte mich total. Ich hatte sie von vornherein im Verdacht, dass sie meine geschäftlichen Kontakte nutzen wollte. Sie war letztlich auf der Suche nach einem neuen – natürlich möglichst reichen – Ehemann. Und ich habe recht behalten."

„Was soll das heißen?" Sarah konnte die wunderbare Neuigkeit noch immer nicht fassen.

„Ihr ist ein sehr reicher und sehr anhänglicher Silberminenbesitzer über den Weg gelaufen. Inzwischen sind die beiden verheiratet. Er ist zwar beträchtlich älter als sie und leider auch ein wenig kränklich. Aber was stört das ein liebendes Herz." Kenneth' Ton war spürbar sarkastisch. „Vivica wird ihm seine letzten Jahre bestimmt verschönern. Sie hat darin ja einige Erfahrung."

Am liebsten hätte ihn Sarah direkt gefragt, was er wirklich über Vivicas zweite Ehe dachte. War er zutiefst verletzt, dass sie ihn ein zweites Mal im Stich gelassen hatte? Verbarg er nur seine wahren Gefühle hinter spöttischen, amüsierten Bemerkungen? Schließlich fasste Sarah sich ein Herz. Stockend kamen ihre Worte:

„Das ist sicher nicht leicht für dich. Ich meine, es schien so selbstverständlich zu sein, dass du und sie ..."

Er legte einen Finger auf ihre Lippen und brachte sie so zum Schweigen. „Ich habe schon seit einiger Zeit vermutet – nein, ich habe gehofft –, dass du eine völlig falsche Vorstellung von mir und meinen Absichten hast. Zugegeben, Vivica setzte sich von Zeit zu Zeit in den Kopf, mich zu heiraten, vor allem dann, wenn sie gerade wieder einmal eine Liebesaffäre beendet hatte. Aber selbst sie hat nie ernsthaft an die Möglichkeit geglaubt. Ich habe mich immer nur wie ein älterer Bruder gefühlt, dem die kleine Schwester ziemlich auf die Nerven geht."

„Ach so, ich verstehe", murmelte Sarah, die überhaupt nichts mehr verstand. „Du hast also nicht gewusst, dass Vivica nach Mexiko fliegen würde. Warum hast du dann nicht sie gebeten, deine Mutter zu hüten?"

„Meinst du wirklich, ich würde riskieren, dass meine Mutter an meinem Verstand zweifelt?", wandte Kenneth scheinbar empört ein. Dann fuhr er mit gänzlich veränderter Stimme fort. „Nein, Sarah, ich bat dich darum, weil meine Mutter dich sehr gern hat, weil ich weiß, dass ich mich auf dich verlassen kann und – vor allem – weil ich dich liebe."

„Bitte, Kenneth, mach dich nicht über mich lustig."

Statt einer Antwort zog Kenneth sie in seine Arme. So standen sie eine lange Weile still.

„Wie kannst du nur denken, ich könnte mit einer so ernsten Sache meinen Scherz treiben?", sagte er schließlich und strich mit den Lippen zärtlich über ihr Ohrläppchen.

Sie bog den Kopf zurück, um ihm in die Augen zu schauen. „Du hast dich vom ersten Tag an über mich lustig gemacht. Wie kann ich glauben, dass du mich ernst nimmst? Bill war nie eine Konkurrenz für dich, das weißt du offenbar schon seit geraumer Zeit. Vielleicht ist dir nur nach einem unverbindlichen Flirt zumute, und ich ..." Die Stimme versagte ihr den Dienst.

Mit einer heftigen Bewegung zog Kenneth sie fester an sich. „Sarah, Liebling, du willst mir doch nicht im Ernst weismachen wollen, dass du mir so etwas zutraust. Wusstest du nicht immer, wenn wir zusammen waren, wie viel du mir bedeutest – damals an dem Abend bei dir oder hier im Garten? Dann werde ich dich jetzt endlich überzeugen!"

Kenneth küsste sie, und dieser leidenschaftliche Kuss verriet ihr mehr, als alle seine Worte es vermocht hätten. Nur zögernd gab er ihre Lippen frei. Sie schaute ihm mit einer letzten Spur von Unsicherheit in die Augen, und sie las darin die Verheißung, dass alle ihre geheimsten Träume in Erfüllung gehen würden.

„Warum hast du mir nicht längst gesagt, dass du mich lieb hast?", fragte Sarah nach langen, seligen Minuten in seinen Armen, halb lachend, halb weinend.

Kenneth strich mit einer Hand sanft über ihr Haar. „Erinnerst du dich, was du mir am ersten Tag, an dem wir uns begegneten, erklärt hast? Es war eine Warnung. Du würdest jeden Job sofort hinwerfen, wenn sich ein Chef an dich heranmachen wollte. Das habe ich mir zu Herzen genommen. Du warst außerdem so empfindlich und kratzbürstig, dass ich mich vor jedem falschen Wort hütete aus lauter Angst, dich für immer zu verlieren. Nachdem ich mich gleich zu Beginn so unbeliebt gemacht hatte, hielt ich es für eine gute Idee, meine Mutter einzuschalten. Ich hoffte, es würde dir leichter fallen, für sie zu arbeiten, und du könntest mit der Zeit auch mir ein wenig Vertrauen schenken." So sind also alle die Missverständnisse entstanden, die ich so schwergenommen habe! dachte Sarah und stieß einen befreienden Seufzer aus. „Das hast du also gemeint, als du sagtest, du würdest lieber sterben, als mein Chef zu sein."

„Ja. Durch diese dumme Bemerkung hätte ich dich fast für immer verloren. Genauso falsch war es, dass ich meine Hände nicht von dir lassen konnte. Du musst das verstehen, Liebling – ich bin ein Mann –, und ich liebte dich so!"

Sarah schmiegte sich an ihn. „Ja, anfangs ging wirklich alles schief. Vor allem, nachdem du mich mit Bill gesehen hattest und ich dich glauben machte …"

„Warum hast du das getan, Sarah?", fragte Kenneth. Sein Ton verriet, dass er diese Enttäuschung immer noch nicht restlos überwunden hatte.

„Ich weiß es selbst nicht mehr, wie es dazu kam. Ich dachte wohl, du würdest mich in Ruhe lassen, wenn ich einen Freund hätte."
„Du hast dich also überhaupt nicht für mich interessiert?" Sarah küsste ihn. „Ich habe dich vom ersten Augenblick an geliebt", gestand sie. „Aber ich nahm doch an, dass du zu Vivica gehörst und dich mit mir nur ein bisschen amüsieren wolltest. Mir war es darum nur recht, dass du an eine Beziehung zwischen Bill und mir glaubtest. Ich – ich brauchte etwas, was mich vor dir schützte, was mir half, dir zu widerstehen."

„Sarah, meine geliebte Sarah, warum haben wir uns nicht schon längst ausgesprochen! Wenn du aber nicht Bills wegen meinen Heiratsantrag zurückgewiesen hast, obwohl du mich liebtest ... warum dann? Doch nicht etwa Vivicas wegen?"

„Ja, nur ihretwegen", gestand Sarah fast kleinlaut. „Ich hätte so gern Ja gesagt. Aber ich fürchtete, du wolltest nur Iris zuliebe auf dein eigenes Glück verzichten."

„Oh Mädchen!", sagte er mit erstickter Stimme. „Iris war natürlich der äußere Anlass, dass ich dich gerade an diesem Sonntag bat, meine Frau zu werden. Aber es ging mir nur um dich."

„Mussten wir wirklich so viel kostbare Zeit wegen all dieser dummen Missverständnisse vergeuden?", klagte Sarah.

„Gottlob ist es damit vorbei. Sehr bald werden wir für immer zusammen sein, anfangs wir drei und dann ..." Er brauchte den Satz nicht zu vollenden, Sarah verstand ihn auch so. Ein langer, langer Kuss besiegelte den Bund fürs Leben.

Dann hob Kenneth den Kopf und sah sich um. „Ausnahmsweise hat Vivica recht", begann er.

„Ja?" Sarah konnte ihr Glück noch immer nicht fassen.

„Ja", bekräftigte er. „Wir werden hier heiraten, in unserem Rosengarten. Hier habe ich dich aus den Dornen befreit und dich nun endlich ganz für mich gewonnen, meine liebste Rose!"

– ENDE –

Informationen zu unserem Verlagsprogramm, Anmeldung zum Newsletter und vieles mehr finden Sie unter:

www.harpercollins.de

Nora Roberts
Der Zauber dieser Sommernacht

Deutsche Erstveröffentlichung

**Nora Roberts –
Megans Hoffnung**

Sommerflirt oder wahre Gefühle? Megan weiß nur eins ganz genau: Nate ist ein echter Traummann. Kann sie mit seiner Hilfe endlich ihre Vergangenheit hinter sich lassen und der Liebe eine Chance geben?

**Barbara Delinsky –
Ein nie gekanntes Gefühl**

Sonne, Strand, Meer – Corinne könnte sich keinen schöneren Arbeitsplatz vorstellen. Wäre da nicht ihr Boss Corey, der zärtliche Gefühle in ihr weckt, die sie eigentlich niemals zulassen dürfte.

ISBN: 978-3-95649-577-9
9,99 € (D)

Carla Cassidy – Ich weiß nur eins, ich liebe dich

Gern hilft Dr. Frank der betörenden Fremden, die in der Hitze ohnmächtig geworden ist. Doch ein Kennenlernen scheint unmöglich: Sie hat Gedächtnisverlust – und weiß nicht einmal ihren Namen!

Margaret Way – Abschied von der Liebe

Jahre ist es her, dass Alex Scott das Herz gebrochen und sich für ihre Tanzkarriere entschieden hat. Doch jetzt ist sie zurück. Und plötzlich sind all die Gefühle jenes feurigen Sommers wieder da ...

Deutsche Erstveröffentlichung

Molly McAdams
Letting Go – Wenn ich falle

Schon mit 13 Jahren wusste Grey, dass Ben der Eine ist. Sie war so sicher, dass sie für immer mit ihm zusammen sein würde. Aber drei Tage vor der Hochzeit stirbt er an einem unerkannten Herzfehler. Ihr gemeinsamer bester Freund Jagger ist der Einzige, der Grey durch die schreckliche Trauer und vielleicht zurück ins Leben helfen kann. Sie vertraut ihm bedingungslos und könnte vielleicht mehr für ihn empfinden. Doch würde sie damit nicht ihre Liebe zu Ben verraten?

ISBN: 978-3-95649-629-5
9,99 € (D)

Susan Mallery
Der Für-immer-Mann

Deutsche Erstveröffentlichung

Quinn glaubt nicht, dass es die richtige Frau für ihn gibt.

Doch bei einem Wettkampf begegnet er der Selbstverteidigungsexpertin D.J., die ihn buchstäblich aus den Socken haut. Zwischen ihnen sprühen vom ersten Augenblick an die Funken. Da passt es sehr gut, dass D.J. ihn als Ausbilder haben möchte. So kann er ihr körperlich umso näher kommen. Nachteil: Emotional beißt er bei D.J. auf Granit. Doch so leicht lässt sich ein Special-Forces-Mann nicht von seinem Ziel abbringen ...

ISBN: 978-3-95649-624-0
9,99 € (D)

Linda Lael Miller
Der Traum in Weiß

In Bliss County ist das Heiratsfieber ausgebrochen! Nur Becca Stuart ist von dem märchenhaften Tag in Weiß noch weit entfernt. Fast zerbrochen ist sie an dem Schmerz, als ihre große Liebe starb und damit die Hoffnung auf das ewige Glück. Doch dann begegnet sie Tate Calder. Sein Lächeln lässt Beccas einsames Herz schneller schlagen - und zum ersten Mal seit langer Zeit spürt sie, dass es auch für sie ein Happy End geben könnte. Allerdings hat sich der verwitwete Single-Dad Tate geschworen, nie wieder den Bund fürs Leben zu schließen. Nicht gerade die optimalen Voraussetzungen für die Erfüllung des Hochzeitspakts ...

ISBN: 978-3-95649-275-4
9,99 € (D)